理學叢書

吕留良文集

上册

〔清〕吕留良 撰

俞國林 點校

中華書局

圖書在版編目(CIP)數據

呂留良文集/(清)呂留良撰;俞國林點校. —北京:中華書局,2021.6
(理學叢書)
ISBN 978-7-101-15206-7

Ⅰ.呂… Ⅱ.①呂…②俞… Ⅲ.中國文學-古典文學-作品綜合集-清代 Ⅳ.I214.92

中國版本圖書館 CIP 數據核字(2021)第 090577 號

責任編輯:許慶江

理學叢書

呂留良文集

(全二册)

〔清〕呂留良 撰

俞國林 點校

*

中華書局出版發行

(北京市豐臺區太平橋西里 38 號 100073)

http://www.zhbc.com.cn

E-mail:zhbc@zhbc.com.cn

北京瑞古冠中印刷廠印刷

*

850×1168 毫米 1/32 · 28 印張 · 6 插頁 · 600 千字

2021 年 6 月北京第 1 版 2021 年 6 月北京第 1 次印刷

印數:1-3000 册 定價:98.00 元

ISBN 978-7-101-15206-7

吕留良畫像　録自慚書卷首　清華大學圖書館藏

周易口義後序

昔朱子於詩傳自以爲無復遺憾而於易本義則意有不甚滿者趙子欽寓書朱子謂說語孟極詳說易則太畧朱子曰譬之燭籠添一條骨子則障一路光明若能盡去其障使統體光明豈不更好耶繇是窺朱子之意則本義一書爲先儒說理太多終翻窠臼未盡其所不甚滿者此也自制科頒教易遵本義經生行文嫌本義之畧而無所依傍於是閒入程傳然猶未離乎先賢之說也至講章

吕晚村文集　清禦兒吕氏鈔本　上海圖書館藏

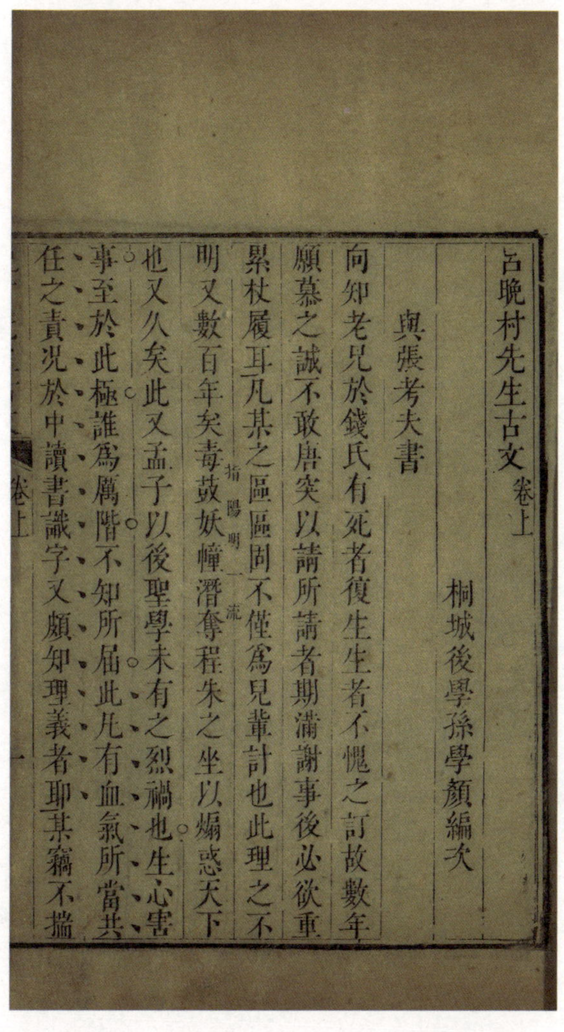
呂晚村先生古文　卷上

桐城後學孫學顔編次

與張考夫書

向知老兄於錢氏有死者復生生者不愧之訂故數年願慕之誠不敢唐突以請所請者期滿謝事後必欲重累杖屨耳凡某之區區固不僅爲兒輩計也此理之不明又數百年矣毒鼓妖幢（指陽明一流）潛奪程朱之坐以煽惑天下也又久矣此又孟子以後聖學未有之烈禍也生心害事至於此極誰爲厲階不知所屆此凡有血氣所當共任之責況於中讀書識字又頗知理義者耶其竊不揣

呂晚村先生古文　清康熙五十九年序刻本　中國國家圖書館藏

呂晚村先生文集卷一

書

與張考夫書

向知老兄於錢氏有死者復生生者不愧之訂故數年願慕之誠不敢唐突以請所請者期滿謝事後必欲重累杖履耳凡某之區區固不僅爲兒輩計也此理之不明又數百年矣毒鼓妖幢淆奪程朱之坐以煽惑天下也亦久矣此又孟子以後聖學未有之烈禍也生心害事至於此極誰爲厲階不知所届此凡有血氣所當共任之責况於中讀書識字又頗知義

呂晚村先生文集　清雍正三年南陽講習堂刻本　復旦大學圖書館藏

理學叢書出版緣起

理學也稱道學、性理之學或義理之學，興起於北宋。主要代表人物有程顥、程頤，相與論學的有張載、邵雍，後人又溯及二程的本師周敦頤，合稱「北宋五子」。南宋朱熹繼承和發展了二程學説，並汲取周、張、邵學説的部分内容，加以綜合，熔鑄成龐大的體系，建立了理學中居主流地位的學派；與此同時，也有以陸九淵爲代表的理學别派與之對峙。南宋末，朱學確立了主導地位。元代理學北傳，流播地區更廣。明代，程朱理學仍是正統官學，但陳獻章由宗朱轉而宗陸，王陽明繼之鼓吹心學，形成了理學中另一佔主流地位的學派。清初理學盛極而衰，雖仍有勢力，但頽勢已難挽回，一世學風逐漸轉變爲以乾嘉樸學爲主流。理學從産生到式微，經歷約七個世紀。而它在思想界影響的廣泛深入，超過兩漢經學、魏晉玄學、南北朝隋唐的佛學。

理學繼承古代儒學，融會佛老，探討了宇宙本原、認識真理的方法途徑、世界的規律性和人類本性等哲學問題，提出了比較完整的哲學體系，並涉及道德、教育、宗教、政治等諸多領域，繼承改造了許多舊有的哲學範疇和命題，也提出了不少新的範疇和命題，進行了細緻的推究。「牛毛繭絲，無不辨晰」（黄宗羲明儒學案凡例），雖有煩瑣的一面，也有精密的一面。就理論思維的精密程度而論，確有度越前代之處，在我國哲學思想發展史上起過重大的作用，在國際上也有影響。作爲民族哲學遺産的一部分，我們没有理由無視它的歷史存在。

新中國成立以來，學術界對理學的研究取得了很大成績。但在一段時間内，由於「左」的思想影響，妨礙了對理學進行實事求是、全面系統的研究，相關古籍資料的整理也未能很好地開展。近幾年情況有了很大變化，有關的論文、專著多起來了，有關的學術討論會也不斷召開。爲配合研究需要，國務院古籍整理出版規劃小組制訂的一九八二至一九九〇年的古籍整理出版規劃中列入了理學叢書，並開列了選目。這套叢書將由中華書局陸續出版。

理學著作極爲繁富，有大量經注、語録、講義和文集。私人撰述之外，又有官修的讀物，如性理大全、性理精義；也有較通俗的以至訓蒙的作品，使理學得以向下層傳播。本叢書只收其中較有代表性的著作。凡收入的書，一般只做點校，個別重要而難懂的可加注釋，或選擇較有參考價值的舊注本進行點校。熱切期望學術界關心和大力支持這項工作。

中華書局編輯部　一九八三年五月

前言

一

呂留良，字莊生，又字用晦，號晚村，别號耻齋老人、南陽布衣，浙江省崇德縣（今浙江省桐鄉市）人①。生於明崇禎二年己巳（一六二九），卒於清康熙二十二年癸亥（一六八三）。本生祖熯，娶明宗室淮莊王女南城郡主，爲淮府儀賓。父元學，萬曆二十八年庚子（一六〇〇）舉人，官繁昌知縣。晚村八歲善屬文，十二歲與里中人結文社，一時名宿皆避其鋒。國變，散萬金以結客，與侄宣忠入吴易義軍，兵敗，竄跡湖山，跋風涉雨，備嘗艱苦，至清順治五年戊子（一六四八）始歸里。十年癸巳，爲時所迫，不得已，易名光輪，出試爲邑諸生。十八年辛丑，謝絶社集，

①崇德縣爲五代後晉時設，北宋熙寧十年丁巳（一〇七七）轄十二鄉。明宣德五年庚戌（一四三〇）劃縣東六鄉另置桐鄉縣。清康熙元年壬寅（一六六二）避清太宗年號，改崇德縣爲石門縣。民國後恢復崇德縣名。一九五八年崇德縣和桐鄉縣合併，稱桐鄉縣（今改稱市），原崇德縣城所在地改名崇福鎮。

課子侄讀書於家園之楳花閣，與鄞縣高旦中斗魁、餘姚黄太沖宗羲黄晦木宗炎兄弟、同里吴孟舉之振吴自牧爾堯叔侄諸人以詩文相唱和。嘗作詩，有「誰教失脚下漁磯，心跡年年處處違」句①，至康熙五年丙午（一六六六）學使者以課按嘉興，晚村乃以之示學官陳執齋祖法，告以將棄諸生，避不應試，遂以學法除名。自是歸卧南陽村，與桐鄉張考夫履祥、鹽官何商隱汝霖、吴江張佩蔥嘉鈴諸人，致力發明洛閩之學，編輯朱子之書。「人益隱，名益高」②，康熙十七年戊午（一六七八），清廷開博學鴻詞科，浙省欲薦之，固辭得免。十九年庚申，清廷徵聘天下山林隱逸，嘉興府復欲薦之，乃剪髮爲僧，改名耐可，字不昧，號何求老人，隱居吴興妙山。越二年卒。

晚村生平，其子公忠所撰行略，已具大要；民國時包賚作年譜③，今有年譜長編④、呂留良傳⑤，以時繫事，於晚村出處行跡、往還交游、學術演變及聲名浮沉、身後褒貶等，多所稽考，發微闡隱，足資參考。兹不復贅。

---

①呂留良：耦耕詩，載倀倀集。

②呂公忠：行略，載呂晚村先生文集附録。

③包賚：呂留良年譜，商務印書館一九三七年版。

④卞僧慧：呂留良年譜長編，中華書局二〇〇三年版。

⑤俞國林：天蓋遺民——呂留良傳，浙江人民出版社二〇〇六年版。

晚村身丁明亡清興之際，滄海桑田，荆棘銅駝，出處去就，世故人情，歷之多矣。身後又罹最慘烈之文字冤案，涉案人數之多，量刑之嚴酷，爲清朝定鼎以來未有前例，後此亦莫能與比肩者也。

二

晚村一生著述頗豐，而生前刊刻者惟時文及時文評語。順治十二年乙未（一六五五）之冬，即從事房選於吴門。後自開天蓋樓刻局，鬻書於金陵、福建等地，公忠行略曰：「其議論無所發洩，一寄之於時文評語，大聲疾呼，不顧世所諱忌。」所謂天蓋樓選本者，風靡神州，以至四十年後之曾静，「因應試州城，得見吕留良所選本朝程墨及大小題房書諸評，見其論題理，根本傳注，文法規矩先進大家，遂據僻性服膺，妄以爲此人是本朝第一等人物。舉凡一切言議，皆當以他爲宗，其實當時並未曾曉得他的爲人行事何如。而中間有論管仲九合一匡處，他人皆以爲仁，只在不用兵車，而吕評大意，獨謂仁在尊攘」，遂私淑爲「宗師」，「不惟以爲師，且以他爲一世的豪傑」，至謂「明末皇帝該吕子做」①。於是有雍正六年戊申（一七二八）九月遣徒張熙

①詳大義覺迷録，雍正年間刻本。

投書川陝總督岳鍾琪，策動岳氏反清，遂引發離奇大案。

雍正八年庚戌十二月，刑部衙門議，以「吕留良追思舊國，詆毁朝章，妄形記撰，倡狂悖亂，罪惡滔天。……並請限一年内，飭各省州縣，禁毁其著述」②。九年辛亥十二月諭内閣：「吕留良以批評時藝，託名講學，今罪跡昭彰，普天共憤，内外臣工，咸以罪犯私著之書，及宜禁毁爲請。朕以爲從來無悖逆之大儒，若因其人可誅，而謂其書宜毁，無論毁之未必能盡，即毁之而無留遺，天下後世更何所據以辨其道學之真僞乎？以故毁書之意，概未允行。」③十年壬子十二月諭内閣，又有「吕留良之詩文書籍不必銷毁」等語④。直至乾隆朝四庫館臣訂查辦違礙書籍條款九則，其一曰：「錢謙益、吕留良、金堡、屈大均等，除所自著之書，具應毁除外，若各書内有載入其議論，選及其詩詞者，原係他人所採録，與伊等自著之書不同，應遵照原奉諭旨，將書内所引各條簽名抽毁，於原版内剷除，仍各存其原書，以示平允。」於是晚村之書不復爲人所睹矣；而人亦不敢睹，湖南安化縣民劉翱禀供狀書於顔希深，顔隨即奏報乾隆，有「其指斥吕留良、曾靜、唐孫鎬之處，又系從何考據」等語，乾隆旋諭曰：「即將該犯發遣烏魯木齊等處，以示

②王先謙：東華録雍正朝卷八，光緒十年甲申長沙王氏刻本。

③王先謙：東華録雍正朝卷九。

④王先謙：東華録雍正朝卷十。

懲儆，不得因其年已八旬，稍爲姑息。」①防民之口，至此爲極。

雖然，晚村之著述流傳於今者亦復不少。禁者禁矣，而家藏壁秘者亦在在有之。即如晚村之詩集，獄案前並未刊刻，而今著録於公藏書目之鈔本，亦不下十數種。清末書禁稍開，有關晚村之著作紛紛散出，而詩文集亦復有刻本數種②，流傳較廣。

三

予之蒐集晚村文獻，始於一九九八年，其時曾鈔録槧書數篇，今也猶存行篋。後經十餘年編訂，成呂留良全集，計收詩集、文集、四書講義、呂子評語等，於二〇一五年刊印。而内中之呂留良詩箋釋、四書講義二種，其後稍作修正，復又分别單行。編輯部同人以爲文集亦可析出，便於閱讀。因思當時補遺之編排，或有可商；且新見晚村信札多件，亦可增補，遂又重捨

①北平故宫博物院文獻館：清代文字獄檔第四輯，上海書店一九八六年影印。

②詩集有呂晚村東莊詩集，宣統三年辛亥風雨樓叢書排印本；呂晚村詩集，中華圖書館石印本；何求老人殘稿，民國十九年庚午言敦源鉛印本。文集有呂晚村先生家書真蹟，光緒三十三年丁未國學保存會國粹叢書本；呂用晦文集，光緒三十四年戊申國學保存會國粹叢書本；呂晚村墨蹟，民國六年丁巳商務印書館影印本；呂晚村先生文集，民國十八年己巳錢振鍠活字排印本；呂晚村文集，民國二十年辛未成都日新印刷工業社排印本。

覆檢之丁矣。

兹列整理凡例如左：

一、以復旦大學圖書館藏雍正三年乙巳南陽講習堂刻本吕晚村先生文集八卷續集四卷爲底本。是集爲晚村曾孫吕爲景輯刊。

一、以上海圖書館藏禦兒吕氏鈔本吕晚村文集爲校本（簡稱吕氏鈔本）。此本「留」字缺末筆作「留」，「學」字缺末半筆作「學」。鈐「天蓋樓藏」、「虞琴祕笈」、「金蓉鏡印」三印。有姚虞琴、徐益藩跋。其中十三篇文章爲底本所無。夾有晚村書札手蹟一頁（殘），彌足珍貴。

一、以中國國家圖書館藏康熙五十九年庚子刻本吕晚村先生古文二卷爲校本（簡稱孫刻本）。此本爲桐城孫學顔輯刊。孫氏字用克，號周冕，布衣。雍正十二年甲寅涉晚村案以死。此本較底本多與徐方虎書一首、復董雨舟書一首，另有宋詩鈔序一首，下標一「代」字。此本文末有江歙谷、孫學顔評語。

一、以天津圖書館藏康熙五十五年丙申張謙宜鈔本妙山精舍集（存上卷）爲校本。此本文末有張謙宜評語。

一、以清華大學圖書館藏鈔本晚村詩文集爲校本（簡稱詩文集鈔本）。此本存四册，前三册文，後一册詩（存後半）。鈐「鳴野山房」、「豐華堂書庫寶藏印」二印。

一、以中國科學院圖書館藏道光二十七年丁未王煜青鈔本吕晚村先生文集爲校本（簡稱王鈔本）。書口有「種梅書屋」四字。版銘頁署「符夢王煜青」。此本曾爲鄧之誠五石齋舊藏。

一、續集之宋詩鈔小傳，以中華書局圖書館藏康熙十年辛亥吴氏鑑古堂刻宋詩鈔本爲校本。

一、續集之質亡集小傳，以北京大學圖書館藏康熙二十年辛酉刻質亡集本爲校本。

一、以天津圖書館藏康熙四十二年癸未吕氏家塾刻本吕晚村先生家書真蹟、民國六年丁巳商務印書館石印本吕晚村墨蹟、中華書局圖書館藏道光五年乙酉吴榜鈔本耻齋文集及臺灣商務印書館人人文庫影印清蔡容鈔本天蓋樓雜著爲校本，其間凡逸出底本者，皆輯入補遺。

一、光緒三十四年戊申國學保存會排印吕用晦文集本（簡稱國粹叢書本）及民國十八年己巳錢振鍠活字排印吕晚村先生文集本（簡稱錢振鍠排印本），皆據雍正三年乙巳本翻刻。兹亦適當參校。

一、晚村所纂述之書籍與批點之時文，偶有記序，輯入補遺。

一、凡文末原有評語者，皆予保留。

一、凡輯入補遺者，於篇後説明所據文獻與版本情況；有疑處，並做考辨。

一、末附生平資料、序跋資料、書信、題詩、年譜簡編，以供讀者參考。

按，以上節自全集卷首前言之文字也。因體例相同，遂作借用。近來興趣移易，於晚村資料多未加著意，故所增補校訂，實亦有限。而全集本補遺原有據晚村手批杜工部全集輯出而成之天蓋樓杜詩評語一卷，此次未收。特此説明。

四

晚村卒後四十五年之雍正六年戊申（一七二八）九月二十六日，湖南永興人曾靜，遣徒張熙持書遞呈川陝總督岳鍾琪，策動起兵反清，引發「曾靜遣徒張倬投書案」，牽連到晚村。前此曾到中國第一歷史檔案館查閱該案資料，得見原檔若干，其關於晚村著述與家藏書籍者，摘録如左：

十月初二日岳鍾琪爲逆犯續吐情由謹再密進呈事：「臣伏查呂晚村名留良，本前明逋儒，我朝定鼎之後，彼惟以著書論文爲事，與紳士講藝往來，未聞有不法形蹟。是以伊孫前於一念和尚案内犯赤族之誅，蒙聖祖仁皇帝念其爲讀書明理之人，必無知情怙惡之事，不特宥其子姓，抑且原其本身。此誠天高地厚之仁，而呂留良自當洗心感戴，凡從前所作悖逆詩謡，即應銷毁，乃竟敢留存如故，以致傳鈔匪人。由此推之，罪大惡極，實神人之所共憤，國法之所不容者也。雖呂留良久已身故，而其子孫尚存，保無踵繼前惡，伏慝唧奸。况據張熙現供，吕留良著有備忘録，藏匿在家，則其奸罔之辭，竊恐不止於此。仰懇聖主密敕浙江督臣李衛遴委親信文武幹員，密至吕留良家内，仔細搜查備忘録等書，并拘拏吕留良子孫嫡屬。訊有實據，上請天威，嚴戮屍之典，行族滅之誅，庶可靖逆孽以滅妖邪，正人心而彰國法。」雍正朱批曰：「江浙已諭。」（檔號：04—01—38—0031—003）

十一月初三日李衛爲要犯已經全獲遵旨訊供覆奏事：「十月二十三日戌時，據自京馳驛差員賫到發回奏摺内奉有包封一件。……查單中所開，除浙江人犯外，尚有車鼎豐、車鼎賁、孫克用三犯。……面諭吴進義等，令其不必多帶兵役，聲張露風。只須到彼預將吕留良的屬子孫暗暗查出，惟稱因内廷纂修，史館購求遺書爲名，着將備忘録、吕子文集或有家藏奇異著作交出。否則，借此再行搜查。……其從前所著備忘録、吕子文集等書，俱經追出，内多缺略空隙，臣文義未能深曉，又不敢久留細看，并輕托他人，謹盡行固封進呈。……并起出書籍，開具清單，固封另箱進呈。」（檔號：04—01—38—0031—007）

十一月二十二日李衛爲恭繳密諭并陳下悃仰祈睿鑑事：「竊臣欽遵諭旨，已將逆賊張熙在陝供出要犯……當即拿獲，所查書籍亦皆逐一交出。……雖將五犯及書籍等項委員嚴押，於十一月初六日起程解部。……見吕留良家藏舊書甚多，雖皆即刻封貯，誠恐一時檢點不及，或有悖逆著述在内，復委知縣白環等四員公同前往，逐細查點，將經史刻本各書盡行造册加封；所有繳來鈔本，臣因赴江南會議，海塘攜帶至蘇，正在沿途細查封送。……吕留良之家所存鈔本各書。雖缺略不全，而片紙隻字，今逐加細查，内如流寇志、三垣筆記、雜志等，有干冒我朝之語，皆明季末年謬妄之人所記，及前明僞藩悖逆事跡，非國家定鼎以後新作之書，然至今存而未毁，罪何可逭。臣何敢一毫隱諱，并同續檢出之陰陽、占驗及吕留良、嚴賡臣一班假道學相傳著述等書，俱行固封進呈。……今將續行查出吕留良家書籍開具清單，另箱固封進呈。」（檔號：04—01—38—0031—009）

所有書籍運抵北京，雍正令張廷玉、蔣廷錫審查，張、蔣二人審後奏有書籍單、續查出吕留良家書籍單兩份。録如左：

書籍單：「今開吕留良家起出：備忘録二本，近古録一本；吕晚村已刻文集一部，續集一部，天蓋樓書鋪買書單一紙；吕晚村已刻古文二本，又鈔寫文集三本，祭祀、日記纂、行述一本；吕晚村鈔寫日記六束；吕晚村即何求老人鈔寫詩稿一本，又祭祀書文一本，又散詩稿一束，日記一本。嚴賡臣家起出：吕子備忘録一本，嚴賡臣日記三本；吕子文集一本，吕晚村詩集一本。沈在寬家起出：天文書十本，曆家表度説一本；輿地圖説一本；沈在寬修省録箋注草稿、雜志、木癭集、日記共六本。再有，着令嚴賡臣、沈在寬當堂寫出贈張熙詩四首，雖紙幅狹小，字畫潦草，因係二犯親筆，不便另謄，故將原紙進呈，合并聲明。」

續查出吕留良家書籍單：「今開：吕留良家訓一部，吕留良文一本，嚴鴻逵詩二本、文一本，流寇志六本，傳信録二本，三垣筆記一本，太白陰經一本，諸占一本，雜志一本，曆指一本，太乙一本，西曆法一本，吕留良家書籍册一本。」

後有張、蔣二人奏曰：「遵旨閲看吕留良、嚴鴻逵、沈在寬、曾靜等詩文書籍，謹將伊等悖逆謗訕、妄記訛言、感慨憤激之處，逐一貼簽標出，開具細單，進呈御覽。其餘書籍有係別人所著，詞意無關緊要，及雖係伊等所著之書，或雷同重見，或話無關係者，俱另行封貯，開具細單，一併奏聞。」（檔號：04—01—38—0032—023）

僅就上述四份奏摺而言，今傳之吕氏著述，惟備忘録、日記未之見耳。此二種偶有「悖逆」之言，蓋雍正御敕大義覺迷録内稍有引述故也。然雍正即謂「吕留良之詩文書籍不必銷毁」，則當年固封在案載諸書籍單内之吕氏著述，不知是否猶存天壤，其得有「重見天日」之時也歟？予惟跂予望之焉耳已。

辛丑穀雨，俞國林識於仰顧山房。

目録

上册

呂晚村先生文集卷一

書

與張考夫書……一
復張考夫書二首……三
與錢湘靈書……七
復高彙旃書……九
答某書……一一
答潘用微書……一二
與施愚山書三首……一五
答吴雨若書……二〇
答吴晴巖書……二三
與葉靜遠書二首……二五
答葉靜遠書……二七
答張菊人書……三〇
答戴楓仲書……三三
復黄九煙書……三五
答陸冰修書……三六

呂晚村先生文集卷二

書

與高旦中書二首……三九

寄黄太沖書……四二
與黄太沖書……四三
復姜汝高書……四五
復裁之兄書……四七
與魏方公書二首……四九
與萬祖繩書……五四
答萬祖繩書……五五
復高君鴻書……五七
答徐瑞生書……五九
答徐邈思書……六〇
與范道願書……六一
與錢孝直書……六二
與吴容大書……六三
答潘美巖書……六五
與某書……六六

復王山史書……六七
答趙湛卿書……六八
答許力臣書……七〇
與某書……七三

吕晚村先生文集卷三

書

答李萊駁書……七五
與沈靜宸書……七六
復翁衛公書……七七
與黄俞邰書……七八
與周龍客書……七九
與周雪客書二首……八〇
與徐州來書……八一
復徐孔廬書……八二
與徐子貫書……八三

與陳柳津書……八四
與陳簡齋書……八五
與陳執齋書……八六
與陳湘殷書……八八
答陳受成書……八九
與吴孟舉書三首……九〇
寄吴孟舉書……九二
復吴孟舉書……九四
與吴孟舉書二首……九四
與董方白書……九六
與沈起廷書二首……九八
與董雨舟書二首……一〇三

吕晚村先生文集卷四

書

與徐方虎書……一〇五
答徐方虎書……一〇六
答韓希一書……一〇七
與張午祁書……一〇八
與何商隱書……一〇八
復苗采山劉素治書……一〇九
與朱望子書二首……一一〇
與董方白書……一一三
寄董方白柯寓匏書……一一五
答柯寓匏曹彝士書……一一六
寄柯寓匏書二首……一一八
與柯寓匏書……一二一
與吴玉章書……一二三
與吴玉章第一書……一二五
與吴玉章第二書……一二九
與陳大始書……一三一

與董載臣書……一三二
答祝兼山書……一三三
與馬錢侯書……一三四
與仰問渡書……一三五

呂晚村先生文集卷五

序　論文

周易口義後序……一三七
西法曆志序……一三九
文雅社約序……一四一
古處齋集序……一四三
櫟園焚餘序……一四五
尋暢樓詩稿序……一四八
秋崖族兄六十壽序……一五〇
東臯遺選序……一五三
今集附舊序……一五六
庚子程墨序……一五九
五科程墨序……一六一
戊戌房書序……一六三
選大題序……一六六
東臯遺選前集論文一則……一六八
東臯遺選今集論文三則……一六九
程墨觀略論文三則……一七〇

呂晚村先生文集卷六

論辨　記　題跋

賈誼論……一七五
元祐三黨論……一七七
答谷宗師論曆志……一八一
友硯堂記……一九二
題錢湘靈和陶詩……一九九
題高虞尊畫像贊……二〇〇

自題僧裝像贊……二〇一
書舊本朱子語類……二〇一
書大學切己録卷首……二〇二
識碧山學士傳稿後……二〇三
跋八哀詩曆後……二〇四
書西樵兄遺命後……二〇五

呂晚村先生文集卷七

墓誌銘　祭文

隆德令贈奉直大夫靜寧州刺史
費公墓誌銘……二〇七
孫子度墓誌銘……二一一
從子進忠墓誌銘……二一五
從子履忠壙誌……二一五
從子愚忠壙誌……二一六
從子婦孫氏墓誌銘……二一七
從孫琦墓誌銘……二一九
哭吴自牧契兄親家文……二二〇
祭錢子與文……二二一
祭董雨舟文……二二三
哭阿彗文……二二四

呂晚村先生文集卷八

雜著

賑饑十二善……二二七
楳華閣齋規……二三一
力行堂文約……二三三
賣藝文……二三四
反賣藝文……二三八
丘震生筆説……二四〇
客坐私告……二四一
壬子除夕示訓……二四三

甲寅鄉居偶書……二四六
戊午一日示諸子……二四六
癸亥初夏書風雨菴……二四九
遺令……二五〇

呂晚村先生續集卷一

宋詩鈔列傳

小畜集……二五三
騎省集……二五四
安陽集……二五五
滄浪集……二五六
乖崖集……二五七
清獻集……二五八
宛陵集……二五九
武溪集……二六〇
歐陽文忠集……二六一
和靖集……二六二
徂徠集……二六三
武仲清江集……二六四
平仲清江集……二六五
南陽集……二六五
臨川集……二六六
東坡集……二六七
西塘集……二六八
廣陵集……二六九
後山集……二七〇
丹淵集……二七一
襄陽集……二七一
山谷集……二七三
宛丘集……二七四
具茨集……二七四

陵陽集……二七五
雞肋集……二七六
道鄉集……二七七
淮海集……二七七
江湖長翁集……二七八
雲巢集……二七八
西溪集……二七九
龜谿集……二八〇
節孝集……二八一
簡齋集……二八二
盱江集……二八三
雙溪集……二八三

吕晚村先生續集卷二

宋詩鈔列傳
眉山集……二八五
鴻慶集……二八六
蘆川歸來集……二八六
建康集……二八七
横浦集……二八八
浮溪集……二八八
香溪集……二八九
屏山集……二八九
韋齋集……二九〇
玉瀾集……二九〇
北山小集……二九一
竹洲集……二九一
益公省齋稿……二九二
文公集……二九二
石湖集……二九三
劍南集……二九四

止齋集……二九五
誠齋集……二九六
浪語集……二九七
水心集……二九八
艾軒集……二九八
攻媿集……二九九
清苑齋集……二九九
葦碧軒集……三〇〇
芳蘭軒集……三〇〇
二薇亭集……三〇〇
知稼翁集……三〇一
後村集……三〇二
盧溪集……三〇三
漫塘集……三〇四
義豐集……三〇四
東皋集……三〇五
石屏集……三〇五
農歌集……三〇七
秋崖小集……三〇七
清雋集……三〇八
晞髮集……三〇九
晞髮近藁……三〇九
文山詩鈔……三一〇
先天集……三一二
白石樵唱……三一二
山民集……三一三
水雲集……三一四
隆吉集……三一五
潛齋集……三一五
參寥子……三一六

石門文字禪……三一六
花蕊夫人……三一七

呂晚村先生續集卷三

質亡集小序
吳爾堯……三一九
陸之澼……三二〇
沈受祺……三二〇
張嘉玲……三二一
陳尚楨……三二二
吳繁昌……三二三
鄭雪昉……三二三
程定鼎……三二三
凌文然……三二四
吳士楨……三二四
高斗魁……三二五
郭　溶……三二五
裴亮佐……三二六
章金牧……三二六
高宇泰……三二七
俞汝言……三二八
徐廷獻……三二八
鄭官始……三二八
沈　修……三二九
沈　齡……三二九
黃子錫……三三〇
錢杵季……三三〇
錢本一……三三一
查　雍……三三二
虞汝翼……三三三
勞以定……三三三

陳祖肇 …… 三三四
陳　鐒 …… 三三五
董　楨 …… 三三五
董靈預 …… 三三五
吕章成 …… 三三六
張嘉瑾 …… 三三六
沈　昶 …… 三三七
錢魯公 …… 三三七
曹　序 …… 三三八
四兄念恭 …… 三三八
吕淑成 …… 三三九
范汝聽 …… 三三九
徐　鋒 …… 三四〇
章在兹 …… 三四〇
管諧琴 …… 三四一
錢行正 …… 三四一
章允增 …… 三四二
韋家秉 …… 三四二
陸文霦 …… 三四二
凌　尹 …… 三四三
朱　輔 …… 三四三
史宗遴 …… 三四四
祝文琛 …… 三四四
吕　鼎 …… 三四四
吴之昺 …… 三四五
郎　星 …… 三四五

吕晚村先生續集卷四

保甲事宜

告示 …… 三四九
保甲編牌册 …… 三五四

保甲規條……三五六
附賑饑規條……三六四

呂晚村先生文集補遺卷一

書

寄黄九煙書……三六九
復董雨舟書……三七〇
與董雨舟書二首……三七二
與董方白書二首……三七三
與董載臣書……三七四
與董雨舟書二首……三七五
與董方白書……三七六
與范玉賓書……三七七
與某書……三七七
與胡山眉書二首……三七八
與徐方虎書……三七九
答沈墨菴書……三七九
答曹子顧書……三八〇
與黄晦木書……三八〇
與徐州來書……三八一
與吴孟舉書三首……三八一
與沈幾臣書……三八三
與范玉賓書……三八三

呂晚村先生文集補遺卷二

書

復吴孟舉書……三八七
與吴孟舉書二十八首……三八八
與曹正則書八首……四〇一
與曹巨平書……四〇四
與鹿柴書……四〇四
與某書……四〇五

下册

呂晚村先生文集補遺卷三

家書

諭大火帖二十四首……四〇七

諭大火辟惡帖七首……四二〇

諭辟惡帖六首……四二五

諭降婁帖五首……四二九

與姪帖五首……四三一

與家人帖……四三三

與姪孫帖二首……四三四

呂晚村先生文集補遺卷四

記序　墓誌銘　祭文

宋詩鈔序……四三七

刻江西五家稿記言……四三九

記羅稿二則……四四二

記陳稿二則……四四四

記章稿二則……四四五

記艾稿三則……四四六

記楊稿三則……四四七

刻陳大樽稿記言……四四八

刻歸震川稿記言……四五一

刻唐荆川稿記言……四五三

補癸丑大題序一……四五四

補癸丑大題序二……四五五

補癸丑大題序三……四五七

大題觀略初刊凡例七則……四五九

十二科小題觀略序……四六六

十二科小題觀略凡例八則……四六八

十二科程墨觀略序……四七一

十二科程墨觀略客語後記……四七三
十二科程墨觀略凡例十三則……四七五
東皋續選論文……四八一
詩經彙纂詳解序……四八二
易經彙纂詳解序……四八四
跋正王序……四八五
井田硯跋……四八六
仲兄仲音墓誌銘……四八六
祭張木翁文……四八九
呂晚村先生文集補遺卷五
雜著
慙書……四九一
序一……黄周星 四九一
序二……陸文霦 四九三
序三……陳祖法 四九四
詩三百一無邪……四九五
周監於二一節……四九七
子語魯太一節……四九九
子使漆雕一節……五〇一
女與回也全節……五〇三
子曰回也一節……五〇六
如有博施全節……五〇八
子與人歌一節……五一〇
孔子曰才然乎……五一二
子在川上一節……五一四
或問子産怨言……五一七
君子有九一節……五一九
日知其所二句……五二三
衛公孫朝全節……五二四
大畏民志二句……五二六

詩曰妻子　兩節……五二八
詩曰嘉樂　二節……五三一
唯天下至　參矣……五三三
其次致曲　二句……五三五
此天地之所以爲大也……五三八
孟子曰天　全節……五四〇
今有受人　罪也……五四二
孟子道性　一節……五四四
請野九一　一節……五四七
孔子之謂　二節……五五〇
此五人者　友矣……五五三
舜發於畎　於市……五五五
孔子登東　二句……五五八
居仁由義　二句……五六〇
仁也者人　一節……五六二

呂晚村先生文集補遺卷六
雜著
呂晚村先生論文彙鈔……五六七
弁言……曹　鏽　五六七
呂晚村先生論文彙鈔……五六八
附録……六一四
八家序文摘鈔一條……六一四
程墨凡例二則……六一四
墨評舊序一篇……六一六
跋……呂程先　六一九

呂晚村先生文集補遺卷七
雜著
天蓋樓硯銘……六二一
團硯……六二一
風字硯……六二三

半眼硯……六二二
半月硯……六二二
白虹硯……六二三
蟲蛀硯……六二三
仇池洞天硯……六二三
圜硯……六二四
不滿硯……六二四
東明硯……六二四
瑞星硯……六二五
雙柱硯……六二五
仿子瞻東井硯……六二五
井田硯……六二五
帝弓硯……六二六
鳳池硯……六二七
力田硯……六二七
蟾腹硯……六二七
陸冰修硯……六二八
錢一士硯……六二八
宇宙硯……六二八
耻齋硯……六二九
流金紫玉硯……六二九
斷壺硯……六二九
鼉磯硯……六三〇
交食硯……六三〇
洮河硯……六三〇
八角硯……六三一
星輝玉法硯……六三一
蟲蛀硯……六三一
禦兒呂氏昏禮通俗儀節……六三六
親迎……六三六

前期一日女氏使人張陳其壻之室……六三七
厥明壻家設合巹位於室中……六三八
女家設次於外……六三八
主人告於祠堂……六三九
行醮禮……六三九
至於女家入俟於次……六三九
女家主人告於祠堂……六四〇
醮女……六四〇
奠雁……六四一
進綵輿……六四一
壻先行俟於門……六四二
女輿至……六四二
壻導入……六四三
至室……六四三
就席……六四三
進酒進饌者再……六四四
合巹……六四四
徹饌……六四四
脱服……六四五
主人禮賓饗送者及媒……六四五
次日夙興……六四六
婦見於舅姑……六四六
遂見於諸尊長……六四七
卑幼見……六四七
盥饋……六四八
遂饗婦……六四八
廟見……六四九
三日主人以婦見於祠堂……六四九
新婦見……六四九

呂晚村先生文集補遺卷八

雜著

東莊醫案

徐五宜先生患滯下膿血……六五一
陳紫綺内人半産胎衣不下……六五二
鍾靜遠暑傷元氣便血……六五三
錢嶢都子病疹泄瀉……六五五
吴華崖先生館僮熱症……六五六
孫子度姪女病半産咳嗽吐血……六五八
徐鸞和内人病咳嗽……六五九
吴尹明子患夜熱……六六〇
從子在公婦半産惡露稀少……六六一
吴維師内人患胃脘痛……六六二
家仲兄次女患感症……六六二
長姓者患齒衄及手足心熱……六六三
許開雍病齒……六六五
孟舉僕錢姓者患夢洩肝脹……六六六
董雨舟勞力致感頭痛發熱……六六七
董雨舟内人感症成瘧……六六八
徐方虎妹唇焦舌黑體熱痰急……六六九
徐方虎病三陰瘧……六七〇
徐方虎適蔡氏妹病感症……六七〇
沈凝芝内人類中風傷臟……六七二
沈凝芝側室病傷寒神情昏憒……六七三
勞仲虎勞倦致感體寒熱口苦……六七三
從子園丁咯血……六七四
孫子用患下血體熱……六七五
吴弁玉患寒熱肝鬱致感……六七六
沈禹玉妻寒熱鬱火虚症……六七七
朱綺崖大熱發狂昏憒暈絶……六七八

朱綺崖弟患左眼痛連腦 …… 六七九
楊鹿鳴跋 …… 六八〇
東莊醫論 …… 六八二
論小兒慢驚慢脾 …… 六八二
論陰症 …… 六八二
論瘧疾 …… 六八三
論痢疾 …… 六八三
論鼓症 …… 六八三
論膈症 …… 六八四
論吞酸 …… 六八四
治癇方 …… 六八五
治感症方 …… 六八五
論内經十二官 …… 六八六
論食厥 …… 六八七
論傷寒 …… 六八七
論生地黄黄連湯 …… 六八九
論温病 …… 六八九
論鬱病 …… 六八九
論古方逍遥散 …… 六九〇
論歸脾湯 …… 六九〇
論八味丸説 …… 六九一
論張仲景八味丸用澤瀉説 …… 六九一
論六味丸説 …… 六九三
論八味丸説 …… 六九五
論噎膈 …… 六九六
論補中益氣湯 …… 六九七

附録

生平資料
行略 …… 吕葆中 六九九
吕晚村先生行狀 …… 柯崇樸 七一一

呂晚村先生事狀 張符驤 七一七
祭呂晚村先生文 陳祖法 七二一
祭呂晚村先生文 陸隴其 七二四
輓呂晚村徵君 查慎行 七二五
何求老人傳 言敦源 七二五
呂留良傳 徐世昌 七二九
呂晚村傳 黄嗣艾 七三一
書呂用晦事 章太炎 七三四
序跋資料
妙山精舍集題記 張謙宜 七三七
呂晚村先生古文序 孫學顔 七三七
呂晚村先生文集題識 呂爲景 七三八
呂晚村先生文集跋 阮　元 七三九
題鼓峰賣藝文後 李鄴嗣 七四〇
耻齋文集跋 吴　榜 七四一
跋賣藝文 管廷芬 七四二
呂用晦文集跋 鄧　實 七四二
呂晚村墨蹟跋 張　謇 七四三
呂晚村先生文集序 錢振鍠 七四四
呂晚村文集弁言 徐　炯 七四六
呂晚村文集跋 姚虞琴 七四六
呂用晦文集跋 徐益藩 七四七
呂晚村先生家書
真蹟跋 員賡載 七四八
天蓋樓四書語録序 錢陸燦 七四八
天蓋樓四書語録序 王登三 七五三
四書講義弁言 陳　鏦 七五四
呂子評語正編略
例二十五條 車鼎豐 七五六
呂子評語餘編略

例八條……車鼎豐 七六一
吕子評語跋……曾習經 七六三
理學世系圖……張謙宜 七六四
錢吉士先生全稿序……沈受祺 七六五
質亡集序……徐　倬 七六七
宋詩鈔初集凡例……吴之振 七六八
四書朱子語類摘鈔
　題識……吕葆中 七七〇
晚村先生八家古文
　精選序……吕葆中 七七一
吕晚村手批杜工部
　全集跋……吕葆中 七七二
研莊遺稿序……吕葆中 七七三
研莊遺稿序……吴瞻泰 七七四
唐四家文序……胡會恩 七七五
唐四家文序……吴　涵 七七七
九科大題文序……戴名世 七七八
醫宗己任編弁語……吴之振 七八〇
己任初編啓……楊乘六 七八一
醫宗己任編序……王汝謙 七八二
醫貫砭序……徐大椿 七八三

書信

與吕用晦七通……張履祥 七八五
與吕用晦書……吴肅公 七九三
與吕晚村……陳祖法 七九四
與吕晚村書……許承宣 七九六
與某書……王錫闡 七九七

題詩

放舟至石門懷亡友吕晚
　村因過南陽村莊約無

黨同行……徐倬 七九八
無黨招飲南陽村莊出晚村遺照及先賢像相視復細觀便面墨蹟……徐倬 七九八
贈同里董載臣……勞之辨 七九九
和家雪客兄秋雨懷人詩 呂晚村……周在建 七九九
憶自髫齡□□大伯以朱子或問語録諸書手授誌感……呂種玉 八〇〇
兒時過南陽講習堂忽忽二十年矣念舊懷賢不勝悒怏……呂種玉 八〇〇
夜讀玉屏書晚村先生講義後詩次和一首……孫學顏 八〇一
次韻觀晚村先生真蹟并懷寒村時寒村讀書妙山……孫學顏 八〇一
丁未得錫山王氏所藏呂晚村家訓真蹟付之石印因題三絶……鄧實 八〇二
呂留良年譜簡編……八〇三

吕晚村先生文集卷一

書

與張考夫書

向知老兄於錢氏有「死者復生，生者不愧」之訂，故數年願慕之誠，不敢唐突以請。所請者，期滿謝事後，必欲重累杖履耳。凡某之區區，固不僅爲兒輩計也。此理之不明，又數百年矣。毒鼓妖幢，潛奪程朱之坐以煽惑天下也亦久矣，此又孟子以後聖學未有之烈禍也。生心害事，至於此極。誰爲厲階，不知所届。此凡有血氣所當共任之責，況於中讀書識字又頗知義理者耶〔一〕？某竊不揣，謂救正之道，必從朱子〔二〕；求朱子之學，必於近思録始。又竊謂朱子於先儒所定聖人例内，的是頭等聖人，不落第二等；又竊謂凡朱子之書，有大醇而無小疵，當篤信死守，而不可妄置疑鑿於其間。此數端者，自幼抱之，惟姊丈聲始頗奇其神合，故某喜從之論説，餘皆不之信也。今讀手札所教，正學淵源，漆燈如炬，又自喜瓦聲葉響，上應黄鐘，志趣益堅，已荷鞭策不小矣。

昔聲始謂目中於此事躬行實得，只老兄一人，於時已知嚮往；旋以失脚俗塵，無途請益，於今雖知覺未盡泯滅，而於小學入手工夫，未嘗從事，直無一言一動之是。此病不是小小，平生言距陽明，卻正坐陽明之病，以是急欲求軒岐醫治耳。前聞之韞斯，謂老兄將辭錢氏之席，冀可以俯愜夙心，故託韞斯相致。今承教，未可恝然，度賢者於去就之義，審之必精，不敢强也，亦惟潔己以待將來而已。至謂近思録、小學，兒輩展讀，刻期可了，此莫與古人師友講習之説有礙否？上蔡謂程子善言詩，念過便教人省悟，古人所以貴親炙之也。如何如何？

儀禮經傳通解十四册已收領訖，所言苕中善本，可得借鈔否？並望留神，餘不一一。

江歙谷：遵信朱子，是先生一生學業根本，而當時輩行中，惟楊園足以語此，故言之極其詳明剴切。

孫學顔：朱子的是頭等聖人，非智足以知聖人者，終信不及。學者須從小學、近思録下手做工夫，實見得從上聖賢相傳心法，然後知此文無一阿好語，而於朱子之書，自不敢妄生疑鑿於其間矣。

張謙宜：披瀝肝膈，情誼懇惻。此只是誠，學者勿摹其貌。

【校　記】

〔一〕義理　吕氏鈔本、妙山精舍集、詩文集鈔本作「理義」。

〔二〕妙山精舍集於「朱子」後旁補一「始」字。

復張考夫書

杭歸得手教，深喜道體安和。復晤寅旭，謂尊駕不日過齋，因爲修整破榻，灑掃以待者浹旬矣，而竟不見杖履之及。度今已及刈穫之期，或更須遲日，敢先致區區。

來教謂言行録之難成，其中條款，誠有如台慮之所及者。傳習録之批，不欲與世更起爭端，皆足以見先生實學爲己、鞭辟近裏之至意，其所以示儆者更深切矣。獨所謂非義之簞食，不可受人，欲仍就蒙館，不則寧枯槁楊園，似有若將浼焉，託詞以拒者，則某所徬皇回惑而不自知其由也。竊聞君子守先待後，其所至止，君公安富尊榮，子弟孝弟忠信，蓋其語嘿風流，皆足以廉頑立懦，固不在乎一卷之書、一鈴之説也。若言行、傳習二者，亦因去歲先生以無所事事爲歉然，則又妄揣以爲與伊川「別事做不得，惟有輯書有補」之義相當。故同商隱兄舉此奉商，亦惟先生可否，初不敢以爲必然也。然則先生辱教：「何必著書，不著書何必辭去哉？」再四尋繹，意者先生向時以爲有可就之義者，謂其足以陶鑄有成，不意年來舉動乖張，志氣隳落，有悦從而無繹改，深知其不可與有爲，大背乎先生之初衷，乃始爽然致悔於失人失言；斯其所謂非義者而加以是，亦教誨之苦心乎？果爾，某則以爲先生期之過高，待之過切，非因材之道也。

某本薄劣，識趣疎庸，通身病痛，隱微深痼，不可指數，但存此愛敬長者之一念，未嘗澌滅，庶可不棄絶之耳。韓持國之治室修窗，陳同甫之柑梨歲禮，雖老而不學，議論狂頗，而不終擯於程朱，或亦有道與人之一例也。抑更有請教者，先生所謂三百年間，紀載失實，不可信於後世，經變亂删修，盡非事實；愚則以爲此自古史乘之弊如此，不獨今日也。開國之時，文臣不如武臣，此亦恒理。人物高下，本不論文武，況此但録其一言一行耳，即朱子前集亦首列趙普、曹彬、潘美等。若趙普爲人，律之理義，有爲君子所必誅者，而朱子以之冠集，此亦因世次節存，或更有義也。復辟、議禮、三案、東事，若修史論事，則因事而論人，闕之載之，皆當嚴核，於此似可以不論，即論亦取其近是者而已。若必考論平生行修言道，足以當百世之師而後得存，則朱子自有伊洛淵源録在，其道學諸公之入言行，亦李幼武之所爲，非朱子意也。然即淵源録論之，如呂氏之學禪，張天祺、朱公掞之議論多過，游定夫之謂前輩不曾看佛書，王信伯之學術不正，李先之、周恭叔之晚節不終，邢和叔之後來狼狽，宜皆闕而不載者，而淵源且及之，則他可知矣。若精論學問之至，則本朝止有薛文清一人，然其言醇正而行亦有疎略者，將無本朝無足存者乎〔一〕？至於節義、循良、文學，此皆史法取人，非言行録之義例也。鄙見此書之體，當遵朱子義例，不必於朱子之上别求春秋之旨。文獻無徵，亦止就目前所知見，存一代之崖略，以俟後之學者而已。如旁搜廣覽，務求備盡，雖史局纂修，徵羅宇内，恐不能無遺憾矣。然今日有學識之君子，不就其所知見而折衷之，將來日更泯没，又何所依傍哉？事關學術人心，同志商確，不期行世，似非知小謀大、妄希表見者比；至於徇外爲人〔二〕，亦各求其志之所在、義之所歸，恐不得以燔書而廢烹飪之用也〔三〕。惟先生所謂心力可惜，韶光無幾，當玩心於先代遺經，則此義更有大於斯者〔四〕；然則先生即以尊經實學指教後生，亦不可謂非其義所出矣，又何必枯槁楊園之鄉乎？鄙私頑戇，惟先生其終教之。

葬分八錢附上，便間幸致朱兄。此事孟浪，妻弟竟不料理，將來某只得自爲荒壟用耳。宗首處望先爲一一致明。竚望南臨，以盡請益。

孫學顔：謹厚之士，自守有餘，然見道或有未徹，臨事必多滯礙。觀先生與考夫書，便知因時制宜，非印板聖賢所能。

張謙宜：詞氣恭謹，於商榷中，仍自婉順，可想其虚衷折節之雅。聞諸士林，考夫乃先生畏友，無黨之師也。

【校　記】

〔一〕無　呂氏鈔本、孫刻本、妙山精舍集、詩文集鈔本、王鈔本作「毋」。

〔二〕徇　呂氏鈔本、妙山精舍集、詩文集鈔本、王鈔本作「狥」。

〔三〕以　原作「於」，據呂氏鈔本、妙山精舍集、詩文集鈔本改。王鈔本此處「於」、「以」兩字並列。

〔四〕則此　妙山精舍集作「此則」。

復張考夫書

別後，輯略及延平答問二書，俱繕寫訖，刻工歲前無暇，尚未上板。淵源録領到，即發鈔矣。近思録雖有二本，俱未盡善，專望藏本是正。聲始姊丈有一本，自稱勝坊刻，不知果否？云尚在几案，幸并示之。

來書所云學術不端，此大非細故。竊謂流俗陷溺之禍小，邪説亂真之害大。哆口論學，便以排詆先儒爲事，此的的呵佛罵祖心傳，就其議論躬行，截然兩橛；如前數書，且鄙爲老生常談矣。某之不揣固陋，欲繕刻諸書，正如尊教。數年以來，神馳函丈，正謂世教日敝，學統幾絶，巍然楷模，惟先生而已。某於此事，頗思究竟，願得晨夕以承教益，其所依望者甚鉅甚切，固不第爲兒子輩也。

澂湖之約，固知終踐，但聞後歲則已過其期矣，故敢請耳。惟望不鄙棄而許之，幸甚幸甚。垂諭教子之道，敬佩格言。弟目前愜志者少，且冬春多事，明歲頗艱於力；戊申奉攀，又多一番周旋，故竟虚席以待伊洛之臨講矣。汝典兄曾一面，即歎其和粹真篤，近日少見。佩蒽兄雖未晤，尊鑒必不爽，當謹識之。商隱、子高兩兄幸爲道意。旦中兄已東還矣。儀禮經傳通解所闕數卷，冬底可得借鈔否？冗次率復，不備。

與錢湘靈書 別號圓沙

自丁酉讀行卷來，夢寐傾倒於先生至矣。癸丑冬，刺船毘陵，奉訪不遇，歸來怏怏若失。及先生主講舊京〔一〕，而弟又年來病廢，不能千里命駕。相慕如吾兩人，而慳於一面如此〔二〕，真可怪也。然吾輩投契，本不在形骸，雖千載上下，固當几席遇之，況生同居近，筆札可通，造物即狡獪，不能禁吾神思不相接也。

伏讀教言及見懷之作，情深氣盛，骨峻神清，彷彿與子瞻、山谷挑燈夜對，歎息希覯之才，視目前紛紛名碩，真不堪奴儈耳。然又竊意詩文即壓倒古人，不足盡先生地界，向上更有事在〔三〕。先生曩落塵網，固無可言者，今幸已灑然矣。顧視宇宙至寶，棄置籬壁間，無人掇拾，具眼有力者亦復漫然過之，反皇皇於瓦礫查礦，求零星之獲，無乃犯孟氏不盡才之訶邪？又思先生篤學嗜古，於此必久矣，深造自得，有非淺陋所知測耳。狂言正欲盡發所藏，不僅博夜窗一軒渠也。便間望不恡一傾膈辱教之。

明年設帳何地〔四〕，乞詳示以便郵寄。弟比爲了知言集，先刻諸大家專稿，惟唐荆川先生未得全本。先生久處毘陵，必熟習其子孫故舊〔五〕，能爲弟一蒐索否？天蓋樓拙選，目下亦將增定全集，尊稿乞更惠一本，若得近作未刻者以懸式天下，令聽塗毒鼓而死、齅返魂香而生，總在掌握間，亦大快事也。新刻金稿一册，奉爲消寒破睡之具。稚子行遽，欲言一時收拾不上，且俟再報耳。

孫學顏：當與題湘靈和陶詩參看，方知其立言用意之妙。

張謙宜：望其承當理學，語雖少，却是正意。蓋能作制義，只算文人，正恐僅以四書作舉業看過耳。

【校記】

〔一〕主　妙山精舍集、王鈔本作「坐」。

〔二〕而　據妙山精舍集補。

〔三〕妙山精舍集無「事」字。

〔四〕設帳　妙山精舍集作「帳設」。

〔五〕妙山精舍集、王鈔本無「習」字。

復高彙旃書

道之不明也幾五百年矣。正嘉以來，邪説横流，生心害政，至於陸沉，此生民禍亂之原，非僅爭儒林之門户也。歷朝諸君子知正其非，然卒不能窮其底裏，奏廓清之功，中賴忠憲先生，以正心大節，閑之於前；今又得先生淵源雒閩，承之於後。自來學者再世相傳，克昌厥緒，未有若斯之盛者也。施虹玉兄來，具述德門孝友躬行、家庭授受之樂，且諗新安諸友講習紫陽，得先生之鼓舞劘礪，日益光大，反經距邪，行兆已見，實天下後世之福。聖道之興，其在兹乎！不禁魂夢之飛越也。

某荒陬腐子，少失怙恃，顛危廢學，頹墮無成，徒以口耳之末，騰虚聲於污俗。致驚人宗，迺屈慮枉詞，下先村僻，又頒以大刻，教之指歸，勉其不力，至於誘掖奬借，有非某之所敢當者。再拜受讀，喜懼交集。伏歎先生嘉惠扶進之心，何如是其遠且至也。敬謝敬謝。手教謂陸派沸揚，朱學湮塞，從陸者易，從朱者難，足盡末流波蕩之失。某竊維其故，亦由從來尊信朱子者徒以其名，而未得其真；而近世闡提陸説者，其權詐又出金谿之上。金谿之謬，得朱子之辭闢，是非已定，特後人未之讀而思耳〔一〕。若姚江良知之言，竊佛氏機鋒作用之緒餘，乘吾道無人，任其惑亂；夷考其生平，恣肆陰譎，不可究詰，比之子靜之「八字着脚」，又不可同年而語矣。而所謂朱子之徒，如仲平、幼清〔二〕，辱身枉己，而猶哆然以道自任，天下不以爲非。此義不明，使德祐以迄洪武，其間諸儒，失足不少。思其登堂行禮，瞻其冠裳，察其賓主儔伍，知其未曾開口時此理已失，贏得滿堂不是耳，又安問其所講云何也！故姚江之罪，烈於金谿，而紫陽之學，自吴、許以下已失其傳，不足爲法。今日闢邪，當先正姚江之非；而欲正姚江之非，當真得紫陽之是。論語「富與貴」章，先儒謂必取捨明而後存養密。今示學者似當從出處去就、辭受交接處，畫定界限，札定脚根，而後講致知主敬工夫，乃足破良知之黠術，窮陸派之狐禪。蓋緣德祐以後，天地一變，亘古所未經，先儒不曾講究到此，時中之義，别須嚴辨，方好下手入德耳。

率臆妄議，自知矗狂，無當於理，惟先生不棄其愚而教正之，幸甚幸甚。家刻朱子遺書七種呈覽；其論孟精義、儀禮經傳通解，正在繕寫，以力艱未能速成，尚遲異日。虹玉兄歸塗取道錢江矣〔三〕，其篤志好學，敏鋭而端醇，目中尠覯，又足窺先生取友與人之無不善。兹以敝門人董生便道，謹令肅謁。率泐附候。陰令凝寒，初陽潛復，伏惟爲道愛護，以副遠望。不宣。

某再拜〔四〕。

某按，沈龍江文雅社約書劄一條云：「君上至尊，臣下表章未嘗用紅紙紅簽以爲敬。乃鄉俗往來率用全紅，無乃侈乎？」其言甚當。承先生賜帖，亦似過隆，今後願先生一概書劄止用白簡，或雙幅，或單帖，以存示儉示禮之意。未知是否？何如？某又拜言。

【校記】

〔一〕讀而思　原作「思而讀」，據孫刻本、詩文集鈔本、王鈔本改。按，所據底本於「讀」旁書一「思」字，於「思」旁書一「讀」字。

〔二〕仲平　原作「平仲」，諸本同。按，許衡字仲平，吳澄字幼清。

〔三〕錢江　吕氏鈔本、詩文集鈔本、王鈔本作「錢塘」。

〔四〕某　據孫刻本、王鈔本補。

答某書

茅齋晤對，未盡萬一；贈言在耳，至今如雷。此刻得十月廿八日書，千里之外，經年之別，諄諄不忘，以良規相勖，何見愛之至斯也！感激感激。弟本庸人，未嘗學問，丙午所爲，亦一時偶然，無關輕重。相知者喜其有片長足録，未免稱許過當；聞者因而疑之議之，亦其情也。足下又從而洗刷勸勉之，益令人慙死耳。然故人善善之長，同郡觀察之慎，於此具見君子愛人成人之意，周詳篤摯，又非尋常期贈比也。感謝感謝。

自別後，醫藥之事，凡外間見招者，一切謝卻，已一年矣。只知交及里中見過有不能辭者，間一應之。初亦未嘗計及醫品損益，但於斯有未能自信處，恐致誤人，以此謝卻耳，不意其已有合於良箴也。

今歲屈致考夫兄在舍，求其指教，冀於身心間稍得收拾，未知有受益之地否耳。張佩璁已會過，有志之士也。朱韞斯、曹射侯兄弟、祝兼山俱安好。中庸輯略已成書，延平答問刻及其半，近思録尚未上板，俟刷印時自當寄覽。雲士處五書當即致去。寄信客此刻即行，倉遽草草不備。

答潘用微書

某南村之鄙人也，至愚極陋，未嘗學問。幼讀朱子集注而篤信之，因朱子而知信周程〔一〕，因程朱而知信孔孟，故與友人言，必舉朱子爲斷，友人遂謬以爲好理學者，其實未嘗有聞也〔二〕。朱子所謂使人一日見其面目，聽其辭氣，察其所爲，則冗然一庸人耳，其不唾而棄之者幾希。吾友道原稱足下清操篤志，以道自任，則必學務爲己，其於取友輔仁，不啻詳且嚴矣。過聽人言，辱以長書下問，以先賢不可得聞之言，質之未嘗有聞之庸人，此則足下之失人失言，亦非某之所冒昧敢當也。

足下書云：「篤於信孔孟，故深於疑程朱。」某則不然，竊恐於孔孟未必篤信耳。果篤信孔孟，則未有更疑程朱者；若疑程朱之不合於孔孟，某將謂從孟子便應疑卻〔三〕：孔門但言仁，孟子則言仁義；孔子言性相近，孟子則言性善。可疑也且不止此，將謂從孔子便應疑卻：孔門問仁，孔子答之，彼此異詞，無一言之同，又何從得所謂一定之論，明聖賢之旨趣，爲後學之宗依耶？如此，則直合疑殺，東坡所云疑漢不曾有揚子雲也。

足下書又云：「宋賢之所謂理，即老莊之所謂道。」且未説程朱，即老莊二公亦未肯心服在，無怪乎觸處皆疑也。嘗聞之矣，言不難擇而理未易明，必於古人之書，反覆玩味，寬心游意，使其所説如出於吾之所爲，無復纖芥之疑，而後發言立論，辨其可否；不則理有未明，於人之言有未能盡其意者，豈可遽絀古人而直任胸臆之所裁乎？某之所聞於朱子者如此，若兩書中云云，某學識卑闇，實不能辨也。應君從未識其人，書中謂其有論宋賢性即理之非，則知其人亦未盡人言而輕於立説者，或者其所辨論足以超越前古，庶幾與足下鼓吹，有運斤投芥之合乎？

來書已轉託友人識其人者遞去，得其報當奉寄也。

吾友道原云，足下曾熟張考夫兄。某之畏友，只考夫而已，然其人亦篤信程朱者。足下若謂直接孔孟，鄙棄一切，則當自有同志，倘欲從程朱以得孔孟，則盍不就考夫質證之乎？道原兄行促，適患齒痛，不能握筆，口授兒子奉覆。高明以爲如何？

江歛谷：通首闢之雖嚴，然理有未明一段，真乃一服返魂丹也，不識用微能虚心領受否？

孫學顏：陽儒陰釋之徒，未有不疑程朱者，因其説不足以服人，故又借信孔孟之説以彈壓之。殊不知孔孟程朱，道統相傳，不差累黍，疑則俱疑，信必俱信，不容分彼此也。潘用微拾陽明之唾餘，欲鼓其説以亂吾道之真，故先生於此辨之最嚴，讀者尤宜服膺。

張謙宜：世間原有此種狡黠外道，抱孔孟而攻程朱，正是挾天子以令諸侯之故智。顧惜情面，罪比扶同，先生衛道之功，略見一斑。〇「應君從未識其人」旁注：豈杭州應嗣寅乎？眉批：今考訂是。

【校記】

〔一〕知　據妙山精舍集補。

〔二〕所據底本於「有」、「聞」間旁書一「所」字。呂氏鈔本有「所」字，妙山精舍集無。

〔三〕從　據孫刻本、妙山精舍集、王鈔本、詩文集鈔本補。所據底本於「謂」、「孟」間旁書一「從」字。

與施愚山書

去歲得九日手書，兼荷緑雪青螺之惠，秀色清芬，充溢村屋，恍如對敬亭見君子也。燮公歸時，欲數行候謝，而臨行相左，深以爲憾。頃接教言，重辱垂注，西望天末，但有神往耳。先生膺斯世斯文之望，所居與游，論文講義，流傳遠近，在陶鑄中者不爲少矣。

某跧伏荒塍，日趨弇固，偶於時藝，寄發狂言，如病者之呻吟，亦其痛癢中自出之聲，而賞音者以爲有當於歌謳，顧先生亦有取焉，又自懮然也。至謂痛抹陽明太過，爲矯枉救弊，此則非某所知。平生於此事不能含糊者，只有是非二字。陽明以洪水猛獸比朱子，而以孟子自居，孟子是，則楊墨非，此無可中立者也。若謂陽明此言亦是矯枉救弊，則孟子云云，無非矯救，將楊墨告子皆得並轡於聖賢之路矣。且所論者道，非論人也。論人則可節取恕收，在陽明不無足法之善；論道必須直窮到底，不容包羅和會，一着含糊，即是自見不的，無所用爭，亦無所用調停也。使陽明而是，則某爲邪説，固不得謂之太過；陽明而非，則某言猶有未盡者，而豈得謂之太過哉！從孔孟程朱，必以辨明是非爲學，即從陽明家言，渠亦直捷痛快，直指朱子爲楊墨，未嘗少假含糊也。然則不極論是非之歸，而務以渾融存兩是，不特非孔孟程朱家法，即陽明而在，亦以爲失其接機把柄矣。某所以寧犯不韙之名，而不敢以鶻突放過也。先生不鄙其愚，伏望更有以垂誨之，幸甚幸甚。

比欲蒐尋三百年八股文字成知言集一書，凡經生社稿，無不入選。貴郡爲聲氣淵源，遺文必多，望爲某一訪購羅致，感何如之。燮公爲寫知言集，未得即來，計秋深過候。先生稿樣，望先時料理成帙，渠到便於卒業也。尊文領讀，猶恨其少。小題湖筆，草率伴緘〔一〕。痔瘻作惡，不能握筆，口授兒子奉候，不恭。

江斂谷：論道非論人，一語破的，雖曲愛陽明者，亦不必爲之調停矣。

孫學顔：邪説亂正，似是而非，儒者衛道，不過辨取真是真非，令彼不得肆害於人心耳，豈真與之爭勝負哉！俗儒不識聖賢苦心，必欲打滅是非二字，務爲調停之説。此生民之禍，所以靡有底止，而憂心世道之君子，益不能已於辨也。

【校記】

〔一〕伴緘　原作「絆緘」，據吕氏鈔本、孫刻本、詩文集鈔本、王鈔本改。

與施愚山書

瀕行走别寓齋不值，即以尊稿致許兄。次日早發，遂不能再詣，至今惘然。

倥偬中草草讀先生之詩，未能盡窺堂廡，已信其遠則纓帶岑王、近則凌轢何李無疑也。然微窺先生，有不欲以是爲了卻一生者，則又深歎致遠明志，其進取者大矣。近世作者得到先生境界，不知復有幾人，而尊意如此，此非流俗所知也。而且咨嗟太息，以直諒下責於村子，何敢當，何敢當！然不敢不仰承尊旨，以求正於君子。竊謂古今論詩者，淺之爲聲調、爲格律，深之爲氣骨、爲神理，盡之矣。以此數者論先生之詩，所謂子女玉帛，羽毛齒革，君之餘足以波及天下，而何以益之？無已，則六經之義乎？孟子曰：「王跡息而詩亡，詩亡然後春秋作〔一〕。」然則詩之義，春秋之義也。全唐詩人，較量工拙，未必盡讓子美；而竟讓之者，諸人工於詩，子美得此義也。由先生今日推之極於大成，敢謂更不須進步，然所謂進步者，亦不過於聲調、格律、氣骨、神理間脱落變化而已。其著作能方郝陵陽、虞道園矣，講學能駕吴幼清、許平仲矣。先生試取此數子之集，平氣以衡之，得毋尚有欿然於中者乎？然以春秋視數子，曾不如其無有耳。豈數子之著作講學猶有所未工哉？亦或失其義也。先生誠退求諸此，不爲外物所動，灑然特立乎千仞之崖，其視郝虞吴許，直不屑點我足汗耳。不然，則所爲方駕數子者，無論是世情語，非世情語，是未及，是過之，總只在彼圈禬中，終無出理。此如風轉帆回，滿船物色，一齊拽轉，百貨到家，比之漂泊狂濤時，寶則猶是也，今乃爲我有耳。先生得無意乎？

某褊心迕俗，轉喉觸諱，非先生其何敢發此狂言耶？比歸里門，覩聞無非詫異〔二〕。向所謂由都會以及郡縣者，益駸駸見逼矣。目下決計活埋於南陽村舍，有句云「同流合污非所能，絶人逃世從兹始」，將以巨石支扉，不復與城闕周旋矣。先生倘不鄙其迂隘，有取乎論詩之義，則他日扁舟問我於岸蘆叢竹間，挑燈燒菜，藉草談經，亦自有一番景致也。

丹陽道中，次韻得一首録正。外所委已修改如法，並摹印二百册，附夔公馳上。雲泥暌隔，臨書依戀。

孫學顏：詩與春秋不同，而其義無不同也。然非學足以知聖人作經之心，終不解義之所以同者謂何，況欲守其義以善其身乎？請以此作題目入思議，而毋妄疑其説可也。

【校　記】

〔一〕然　據孫刻本、詩文集鈔本、王鈔本及孟子原文補。

〔二〕吕氏鈔本、詩文集鈔本、王鈔本於「覩聞」後有一「間」字。

與施愚山書

歲杪拜書，即匿影南村。腐儒過計，謂人心惡薄日甚，即殺運所開，聊避睹聞，竊恐不免。入春以來，風雨飄忽，草木時驚，竄息中言念高賢，渺焉天末，未嘗不搔首睠懷也。燮公來，得詳近履，捧誦手教，如接音徽。世事紛紜，至斯文危微絶續之會，先生幸脱塵鞅，亟以大擔壓肩，興起來者，任不小小，卻於分内亦只有此事合作，懸知灑然一切，墮地之甑，正不足當知道者之回顧沾帶矣。

尊著領讀，理法兼至，真大雅之作，即入集以惠後學。事理無大小，文字亦猶是也。有謂此與事理有別，與凡文字又有別，知其人於事理文字俱成斷港絶流，未有見處。在君平握粟，尚可言忠孝，況本來此物此志乎？論文正當共明此義也。詠見贈詩，風力又別具一格，鍾司徒書法，種種巧妙，總是熟中生耳。妄次三律，用志懷企，非敢以巴里和春雪也。又承葛香之惠，厚意篤摯，令人不敢辭，謹拜珍賜，至謝至謝。宣箋珀杯，聊以伴緘，非以云報，祈一笑置之。吴雨若兄未通賤名，不敢冒未同之愆。先生稱其行高學正，定非虚語，煩致嚮往之私，俟異日相見求教耳。燮公因尊稿未竣，匆遽西來，附此率率，不盡欲語。

答吴雨若書 號晴巖，宣城人

曩者得聞先生文行之高於施先生，久矣心企之。甲寅湯生來，辱先以手教，示以著作，開函啖發，不可𪗋邇。靜定披諷，皆衷正道，距邪説，犯天下之忌嫉而不顧；文之奇瑋，又足以達之，無論近世陷溺講師，雖前輩諸君子之救正，亦少此明辨也。先生又以某之荒言，時有近於指趨，欲引而寘之同聲之應。自顧闒鄙，何足以承此，然不敢不自幸且奮也。路長勢阻，奉報無郵，湯生昨歸，又相失，不得附書。先生迺不棄，復賜不倦之誨，循省稽㬦，益滋惶悚。

竊謂聖道在兩間，雖千年無人，任異端所惑亂，而未嘗澌滅也。今日疑果澌滅矣，忽於澌滅中得先生之言，又有一某千里不相約而合先生之言，此何由乎？即所爲澌滅不得也。是以君子不必爲道憂，而亟爲自憂，憂之必辨之，辨之必極其至而後已，豈過求以爭勝立異以爲高哉？不如是不能定是非之歸而實得之於己耳。故得彼之所爲非，而益信此之是，一辨也；真得此之所爲是，而後能盡彼之非，又一辨也。讀先生甲寅所示正王諸文，於彼説之非，既洞抉無餘矣。某復何以進？無已，則商吾之是者，可乎？夫所非爲王，則所是爲朱可知矣。按朱子平生所嚴闢者三焉：一金溪，一永康，一眉州也。金溪之爲姚江不必言，若永康之功利、眉州之權術，兼挾文章之奇，尤足以痼學士大夫之疾，故朱子闢之甚厲。果以朱子爲是乎？宜於此擇之精、語之詳矣。今讀後寄街南諸作，於義例似未嚴也，且議論往往出入永康、眉州間，毋亦朱子謂賢如吾伯恭，亦尚安於習熟，不甚以爲非者乎？倘於此有纖毫之疑，即於所是有未的，則所非雖甚辨，尚須勘驗也。自古有道所生之文，有因文見道之文，如退之、永叔因文見道者，先儒猶少之，以其有所明亦有所蔽，不足定是非之歸也。故學者多患不能文，能文者又患不純乎道，又必有韓歐其人生程朱之後，實得其道於己，一開斯域焉。度其文必韓歐有未之及者〔一〕，而惜未之見也。先生幾之矣，可仍爲未見程朱之韓歐哉！狂迂之言，似無端而可怪，然譬之舶賈泛大海，遇颶濤，群以盤針致戒於舵師，非其技嫻於舵師也，衆賈之命存焉爾。某且託命於先生矣，故不揣固陋，以求正於左右，其或未然，藉以發鍼石之施，尤某之深幸也。家刻朱子遺書一册奉覽，無緣面承教誨，惟冀以時爲道加重，不宣。

江歛谷：是非界限明白，則異端俗學之説，不攻自破。

【校記】

〔一〕文　原作「人」，據呂氏鈔本、孫刻本、詩文集鈔本、王鈔本改。又，所據底本於「人」旁書一「文」字。

答吴晴巖書

某頓首，敬復晴巖吴先生道兄足下：兩辱手書，賜以大著，恨道遠病廢，不能覿面求益，然循省惓惓之意，可謂厚且至矣。前者正王之教，似以某有一知半見之仰同，足以共論者。今兹惠示旨述〔一〕，則又似憫其知見之陋，而欲以所得廣之者。天下芸芸，幾人理會斯事？其高座説法者，勢又不可復受商量，如老兄之擔荷大業而垂誨不倦，誠世俗之所稀，某何幸而得此於老兄也。然某之惷頑僻固，實有所不可廣，亦不敢曲附爲同者，不敢不明告而冀垂亮焉。

某平生無他識，自初讀書即篤信朱子之説，至於今老而病且將死矣，終不敢有毫髮之疑，真所謂賓賓然守一先生之言者也。今教之曰：「爲講義制舉文字則當從朱，而辨理道之是非，闡千聖之絶學，則姑捨是。」夫講章制藝，世間最腐爛不堪之具也，而謂朱子之道僅足爲此，則亦可謂賤之至惡之至矣，此某之所未敢安也。夫朱子章句集注，正所以辨理道是非，闡千聖絶學，原未嘗爲講章制藝而設，即定制經訓從朱子〔二〕，亦謂其道不可易，學者當以是爲歸耳，豈徒欲其尊令甲取科第已耶？況某村野廢人，久無場屋之責，其有所評論，亦初非爲制舉文字當爾也。今指某尊朱以攻王爲制舉家資，則其不然又甚矣。果僅爲制舉家資云爾，則王何必攻，王非令甲所禁也。且某尊朱則有之，攻王則未也。凡天下辨理道、闡絶學，而有一不合於朱子者，則不惜辭而闢之耳，蓋不獨一王學也，王其尤著者耳。

昔者孔子之道雖大，然當戰國時，楊墨老莊儀衍輩出，天下幾無孔子矣，賓賓然守一孔子之言者，孟子耳。今天下知尊孔子而不敢非，此非今天下之明，孟子之力也。然孟子之言歷千餘年猶少信之者，以宋司馬温公之賢，猶疑且詆之，他可知矣。及南宋朱子出〔三〕，賓賓然守一孟子之言，然後孔子之道乃益著。今日老兄與某得以尊信孔子之道者繇孟子也，而得尊信孟子以及孔子者繇朱子也，故某之尊信朱子也，又親於孔孟。今教之曰：「奚爲賓賓然守一朱子之言？」則孔孟先危矣，奚有於朱子？陽明不云乎：「道天下之公道，學天下之公學，非朱子可得私，非孔子可得私也。求之於心而是也，雖言之出於庸人不敢非也，而況出孔子乎？求之於心而非也，雖言出孔子不敢以爲是也，而況未及孔子者乎？」今尊書之旨毋亦猶是，而且闢王學爲内篡，告子爲内畔，佛老爲外寇，不知所云云者爲内篡歟？内畔歟？外寇歟？吾恐老兄之於王學猶未盡其説，且有陰墮彼中而不自覺者矣。

夫陳獻章、王守仁，皆朱子之罪人、孔子之賊也。今特宗獻章後人之旨，而讕斥守仁，是猶魏、吴皆漢賊也〔四〕，尊魏得漢統而獨斥吴，宜非吴人之所服矣，況又奉魏以攻後漢乎？集中如「意爲心所存」、「大學從古本」、「格物格本末」，皆陳、湛後人之所已言，是老兄固未嘗不賓賓然守一先生之言也。但其爲一先生者不同耳，繇朱子而程子而孟子而孔子，此一先生也；繇尊刻所述而湛若水而陳獻章，亦一先生也；則繇陳獻章、王守仁而陸九淵而達磨而告子，亦一先生也。凡此先生者宜何從，則千古必有能辨之者矣。

蓋某之闢王説也，正以其畔朱子；而老兄之闢王也，不必不畔朱子，則某之闢王固不可仰爲同。而其賓賓然守朱子之説〔五〕，有一不合即以爲畔道而不敢從，則尤非尊教之所欲廣矣。老兄高明迴出，不難駕越朱子而上，度必有同得者與爲證合，最下亦須與朱子等者，而後能契服焉耳。某方俯伏朱子門廡之下，又安能知而敢與辨所説之是非哉！所敬布左右者，第以明己意，不敢强爲附和而已。悚息之深，伏冀垂察〔六〕。某再拜。

孫學顏：晴巖没溺於王氏之學，故以先生守一朱子之説爲非，且謂爲講章制藝則當從朱，辨道理、闡絶學則姑舍是，是分明自寫叛朱供狀，而猶不自知其有罪，可謂無忌憚之甚矣。嗚呼！群言淆亂，壞人心術，苟非知言君子，有以折衷其説，不幾又使宇宙爲長夜乎？讀者能與閑闢録同觀，庶幾不負作者苦心。

佚名：「今天下知尊孔子而不敢非」眉批：今天下知尊朱子而不敢非，此非天下之明，先生之力也，先生誠朱子第一功臣也。（王鈔本）

【校　記】

〔一〕惠　原作「專」，據吕氏鈔本、詩文集鈔本、王鈔本改。又，所據底本於「專」旁書一「惠」字。

〔二〕定　原作「祖」，據吕氏鈔本、詩文集鈔本改。又，所據底本於「祖」旁書一「定」字。

〔三〕朱　原作「諸」，據吕氏鈔本、詩文集鈔本、王鈔本改。又，所據底本於「諸」旁書一「朱」字。

〔四〕魏吴　原作「吴魏」，據吕氏鈔本、詩文集鈔本、王鈔本改。又，所據底本乙作「魏吴」。

〔五〕其　吕氏鈔本同。孫刻本、詩文集鈔本、王鈔本作「某」。又，所據底本於「其」旁書一「某」字。

〔六〕察　原作「詧」，據吕氏鈔本、孫刻本、詩文集鈔本、王鈔本改。

與葉靜遠書

兩接手書，皆發蒙鞭駑之言。千里勤渠，期責深至。顧某何人，足以當此，又復何幸而能得此也。三復永佩，敬謝敬謝。某頹唐不自力，兩年以來，撲撇塵埃，有消無長。考夫先生雖在舍間，而違離之日多，親炙之時少。今年又得瑜安、寅旭、佩璁諸君子相聚邑中，友朋合并之緣，從來希覯。然師資在望，故我依然，即容貌詞氣間，固是一麄疎人也，則其所爲開徑求益者，亦徒以名而已矣。不敏、不勇、不虚受，又孰有甚於此？臣猶知之，而況於君耶？今思刻意摒當，墨守洛閩之書，不欲爲顢頇謬悠之見，不敢爲主張調劑之言，卑之無高，冀有稍進，庶幾不負楷模劘切與千里提撕至意乎？然臣精銷亡，退就新儒〔一〕，不知終能收拾否也。朱子遺書四種先完，正在刷印，恨信行促迫，未及待成，俟後便寄呈可耳。何時快晤，以承教言。冗次率復，不備萬一。某再拜。

張謙宜：説本分話，故無應酬氣，此莫是最難處。

【校記】

〔一〕新　原闕，吕氏鈔本同。據孫刻本、妙山精舍集、王鈔本補。國粹叢書本作「頑」。

與葉靜遠書

自變動以來，貴里尤爲雲擾之地，未嘗不念及道翁，不知潛止何所。接教，審已越在近地，喜可知也。弟自前歲冬即移居村莊，比亦患瘡疥，至不能行動。吾道日衰，正人代謝，張考夫〔二〕、沈石長、張佩璁於去年相繼厭世，敝鄉同志，一時略盡；㢀存者何商隱、凌渝安而已。兩公皆未有後人，商隱近復受小人之侮，坐訟未已，不知天道何故？看此火色，殊未是陰消陽長之幾。如何如何？尊札中施、孫二姓，從未識其人，豈非敝郡講學之徒乎？若然，則邪妄人耳。乃與張、何雜稱之，甚失其倫，不可不辨也。中秋後候尊駕之來，以罄縷縷。敝居在南門外黑板橋，問吕家東莊即得。手不能書，口授兒子，不一一。

【校　記】

〔一〕夫　吕氏鈔本作「翁」。

答葉靜遠書

久不得覯止，遠企爲勞，接手教甚慰懸念。某衰病日深，支骨待死，較丁巳追隨時先生所覿憔悴之容，已不可復得矣〔一〕。醫事久已謝絶，惟點勘文字則猶不能廢，平生所知解惟有此事，即微聞程朱之墜緒，亦從此得之，故至今嗜好不衰。病中賴此摩挲，開卷有會，時一欣然，覺先聖賢一路，目前歷歷，而正嘉以後諸公，講學紛紜，病譫夢囈，皆因輕看經義，不曾用得工夫，未免胡亂蹉卻路頭耳。若謂弟逐蝸蠅生計，弟雖不肖，不至汚下如此。尊教殷殷愛我，而賜之鞭策，敢不感激思奮？然於斯意尚多未達，又未免耿耿也。

竊謂事理無大小，文義無精粗，莫不有聖人之道焉，但能篤信深思，不失聖人本領，即擇之狂夫，察之邇言，皆能有得；如本領差卻，則以曾子之慎獨，孟子之良知，未嘗不原本經傳〔二〕，然適爲近世惑亂之鼓笛，路頭一蹉，雖日日靜坐，時時讀書，徒以佐其謬妄耳。病在小時上學，即爲村師所誤，授以鄙悖之講章，則以爲章句傳注之説，不過如此；導以猥陋之時文，則以爲發揮理解與文字法度之妙，不過如此。凡所爲先儒之精義，與古人之實學，初未有知，亦未嘗下火煅水磨之功，即曰「予既已知之矣」，老死不悟所學之非。鼠入牛角，蠅投紙窗，其自視章句傳注文字之道，原無意味也。已而聞外間有所謂講學者，其説頗與向所聞者不類，大旨多追尋向上，直指本心，恍疑此爲聖學之真傳，而向所聞者果支離膠固而無用，則盡棄其學而學焉。一入其中，益厭薄章句傳注文字不足爲，而別求新得之解。不知正嘉以來，諸講學先生亦正爲村師之講章時文所誤，不屑更於章句傳注文字研窮辨析，乃揣撰一副謬妄淺陋之説，以爲得之，不覺其自墮於邪異耳。故從來俗學與異學，無不惡章句傳注文字者，而村師與講學先生其不能精通經義亦一也。蓋人聞邪異之解，則必於章句傳注真有自信不及處。要知此自信不及者，乃吾心之粗，非古説之失也；亦村師講章時文之所蔽，非章句傳注之本然也。篤信深思，精其心以求之，則其理自出；輕信粗心，則必反疑古説，於是奮其私智，穿鑿破碎，思妄駕乎章句傳注之上，罪不勝贖矣，乃反謂經義必不可以講學，豈不悖哉！今日理學之惑亂，未有不由此者，而其原則從輕看經義、不信章句傳注焉始，此某所以皇皇汲汲，至死而不敢捨置也。

遺書精義已成，尚未較對鋟補。儀禮經傳通解，正在繕寫發刻，但其事浩大，不知能畢工否耳。童蒙訓一册呈上。凌渝老今歲仍在敝里，涵養加邃，其尊翁已服闋矣，弄璋之事，並無其具，奈何！曹舍親俱好在。後學規訓容索取奉寄。率復不盡。

孫學顔：世衰道微，爲人心禍祟者，不外俗學、異學兩種，而此兩種病根，皆自輕看經義，不信章句、傳注生來。一經先生道破，覺正路之蓁蕪，爲之一空，學者毋終爲村師所誤可也。

張謙宜：先生所言，固中前朝巨公之弊。然彼雖叛經，其文章自成佛老體段，尚可欺誑一時。今則名遵傳注，而握管提衡之子，别有肺腑，其不宗程朱，亦不附異端，杜撰一種鄙俚荒蕪、漫無根柢之詞。使先生尚在，敢寓目開口耶？竊謂石門正學，又將落劫，書不待焚，而庋閣腐爛，即同灰燼，將奈之何！

張千里：本是富貴功名中人，遭時不偶，聊以經濟之才，寓之筆墨。又不甘僅爲時文選手，故假講學以博名，借時文以取利。以爲生長□□，縱不得貴且得富耳，縱不建功且立名耳。此一寸，真贓物也。○今日之病，又在小時上學，村師即授以南陽講義、東莊選本，以爲先儒精華，古人實學，不過如此。凡所謂「居敬力行，踐行盡性」者，率視爲姚江之流弊、江門之宗旨，概勿之省。其爲身心害事，可勝言哉！（轉引自吕留良年譜長編卷十六）

【校　記】

〔一〕已　妙山精舍集、王鈔本作「又」。

〔二〕原　呂氏鈔本、妙山精舍集、詩文集鈔本、王鈔本作「源」。

答張菊人書

於時文中見所著，瑰奇窅緲，知非經生家；後於孟舉處得所貽詩，清挺傲俗，又知非時下僞盛唐詩人。今來舊京見諸作，則洵元和、長慶之遺也。有作如此，其不傾注者情乎？顧以蹤跡暌異，不自唐突，乃忽枉詞屈慮，先我以書，又其中推許過當，有非某所可承者，則又怪執事之致於己者甚高，而假於某者何寬也！

某荒村腐子，生長喪亂患難之中，顛躓失學。今年四十又五矣，鬢齒敗墮，志業不加進，本末無足觀，挑燈顧影，輒自悲惋耳，又何云哉！自來喜讀宋人書，爬羅繕買，積有卷帙，又得同志吴孟舉互相收拾，目前略備。因念其爲物難聚而易散，又宋人久爲世所厭薄，即有好事者，亦揀廟燒香已耳。再經變故，其澌滅盡絶必自宋人書始，今幸於吾一聚焉，不有以備之流傳之，則古人心血實澌滅自我矣。因與孟舉叔姪購求選刊，以發其端，以破天下宋腐之説之謬，庶幾因此而求宋人之全。蓋宋人之學，自有軼漢唐而直接三代者，固不係乎詩也。又某喜論四書章句，因從時文中辨其是非離合，友人輒慫恿批點，人遂以某爲宗宋詩、嗜時文，其實皆非本意也。近者更欲編次宋以後文字爲一書，此又進乎詩矣。室中所藏，多所未盡，孟浪泛游，實爲斯事。至金陵見黄俞邰、周雪客二兄藏書，欣然借鈔，得未曾有者幾二十家，行吟坐較，遂至忘歸。憶出門時，柳始作綿，今又衰黄矣。

前孟舉云，見足下考索詳核而好奇。恨其時外走，不得親叩。又聞許示茶山、紫薇、斜川諸集，夢中時樂道之。今讀手教，更知其詳，如江西詩派一書，某求之十餘年而未得者也，承許秋後盡簡所蓄惠教，某何幸得此於執事哉！謹以所有書目呈記室，外此倘有所遇〔一〕，知勿惜搜致之力也。

某疇昔無境外之交，性又戇頑，不善懷刺掃門，尤畏近貴人。至此間初無所主，旋遇徐州來、黄俞邰、周雪客諸子，不以某爲怪而與近，則又自忘其麤疎也，而狂與諸子言，今日之所以無人，以士無志也。志之不立，則歧路多也，而歧路莫甚於禪。禪何始乎？始於晉。今中國士夫方以晉人爲佳，而俲之恐不及，又孰知有痛乎？自嵇、阮出而禮義蕩然，神州之所以陸沉也；王安石、蘇軾繼之，而北宋以陷；陸九淵繼之，而南宋以亡；王守仁、李贄繼之，而乾坤反覆，此歷歷不爽也。吾儕身受其禍，謂宜談虎色變矣，而猶多浸淫游戲於其中，其於治亂之原，殆有所未審耳。或者豪傑之士，不得志於時，則借以抒其無聊者有之。某竊謂今日不得志，未必非天所以成全之也，何用無聊而遽遁於異物耶？某又嘗謂，三代以下，學者大都被司馬遷、蘇軾二子教壞，令人靡所不爲。其病中於心術，人必不爲二子所惑，而後可以言學，詩文雖小道，其源流亦出於是。執事高明老宿，其不以某言爲誕悖乎？

所示時藝，得莊子、史記之神，而文序一首則孫可之筆也，只此已足俯視一切矣。詩文作家，執事固有辭之而不得者，然某之所望於左右又有進於是。横術廣廣，吾道無人，其可不疾痛而屈頭肩此大擔耶？足下年長於某，其聞識多於某，顧不揣刺刺云爾，亦以同溺旋渦中，不得不號責於有力善泅者耳。偶作二首，匆次不及謄清，以草稿附呈，亦以見求正之急也。末緣相見〔二〕，徒切依仰，言無倫次，恃鑒不宣。某再拜〔三〕。

孫學顔：士不立志，不知所以爲學，未有不溺於功利詞章，流於陽儒陰釋，而終於蕩滅先王之禮教者。篇中痛懲嵇阮王蘇諸人之弊，皆爲天下後世立防範也。惜當時無足語此義者，徒費先生一片救拔苦心耳。

張謙宜：東坡、子靜、陽明謂足以亡宋明，人必不信，此從生心害政、相沿成風處，究極言之耳。其及史公亦然。篇中望之極厚，然詩古文，無關於理學，先生姑一唤醒則可。

○讀蘇文，能取其所長、棄其所短者，惟見一方正學；讀史記有得者，如唐荆川、歸震川，而不免爲良知禪學所惑，看來真是難。己丑正月八日記。

【校　記】

〔一〕外此　妙山精舍集作「此外」。

〔二〕末　原作「未」，據吕氏鈔本、孫刻本、詩文集鈔本、王鈔本改。

〔三〕某再拜　據孫刻本、王鈔本補。

答戴楓仲書 名栻，山西人

某足跡不越江南，交游不及名位，荷鋤村畦，穿穴故紙，頽然乾坤一棄物，持此終老而已。何意數千里外，有道君子有從而物色之者，某適滋懼也。讀半可集，浩演渟滀，無從測其涯涘。再讀自序，始知淵源於東鄉。今從「二川」以入歐曾之室，故宜其門户正大如此。近世文字，自震川出，始能窺子固之藩籬；而千子表章震川之力，功更不小。然竊謂二公之論文，亦止論文之法耳；後來之説愈精，總不離文法，最上一關卻無道及者。不知古人用許工夫，成此不尷尬者，將安用也？眼前紛紛，多不出朱子辭、闢二途，江西頓悟，永嘉事功，而愚謂更當闢眉山之權術。去此三大患，必更有實得古人處，不知先生於狂言謂何也。

來教云：「大丈夫當此時欲以筆墨見長，可鄙甚矣。」此雖執謙之言，然語亦有病。世衰道微，不患亂之不歸於治，患只成漢晉唐宋，不能復三代，正在此時之君子存此理於筆墨耳。孔孟不得志，亦須存其言，豈以筆墨鄙乎？如徒以文法也，然後謂之筆墨也可，則且有不止於鄙者，如所謂頓悟也、事功也、權術也。其言之不精則禍中於生民，孟子所謂「生心害政」，立言者可不慎與？然則先生今日以著述自命，正當以宇内第一肩大擔子自任耳，何言之過輕也！

承惠，祇領傅草晉詩〔一〕，以誌勿諼。玉鈎藉返，適在村莊避兵，無以爲報，徒有慙負。拙刻偶評一集呈覽，若以筆墨觀，此又筆墨之最下矣。然或有未盡鄙處，亦欲於此下一轉也。一笑〔二〕。山河遼闊，相見末從，臨書神溯。

孫學顔：爲學必有實得古人處，方能透文字最上一關。而三代之治理，亦可藉是以存，然非能以宇内第一肩大擔子自任者，方且求向江西、永嘉、眉山門下討生活，而惟恐其不容也。又何怪其用許工夫，僅能成一不尷尬物事耶？此儒者之學，所以貴先立志也。

張謙宜：從古文引入正路，其用心良苦，然度其必不相當也。

【校記】

〔一〕傅　原作「傳」，據妙山精舍集、王鈔本改。妙山精舍集旁注：「傅君，太原人，善草書，名山。」

〔二〕一笑　據妙山精舍集補。

復黄九煙書

三次得書，皆以骨董爲緣，其事甚可憎，然以此得通數年未通之消息，又甚喜之也。執事清操好古，世不易得，某比雖杜門，無日不思一見，得書如得面焉，故不惜一引致耳，非好古董也。其售否厚薄固非所與聞，且孟舉不爲收藏大老官，用晦非孟舉門下幫閒客，九煙非用晦綫索人，而此一流輒溷乃公，令人悶悶。嘗謂某不幸交孟舉、自牧，疑殺天下人，凡有冀望於二友者，必以某爲狗監，得者引擅，失者蓄怨，胥責不少，即如執事尚有「用晦能得於孟舉，九煙不能得於用晦」之言，又何怪市井流俗之云云也。敝里之無一人足以語〔一〕，此執事所知也。某之所以善二友者，亦如韓公之於大顛，爲其頗聰明識道理耳，豈以其厚於貲能爲某用哉！即四方賓客所周旋與否，皆其本意，某未嘗左右於中也。

某少時不知學，狎游結納，無所不至，今始恨悔所作，不但佽邪浮薄惡之不爲，即豪傑功名、詞章技藝之志，皆刊落殆盡矣。故世多見許爲騷人、爲佽士、爲好客、爲多能，未嘗非過情之譽，然正皆其所恨悔者，非所願慕也。其所願慕者，窺程朱之緒言、守學究之家當而已。

讀來書及佳詠，似尚有知某不盡處，故輒自布其狀，謹和第三首韻曰云云，執事亦一笑而許之乎？中秋之約，竚望殊切，不謂又有如夫人腹疾之阻，不知今遂平復未？重九前後得補此約否？孟舉叔姪甚思把晤，囑筆加訂，諸不一一。

江斂谷：中間恨悔數語，真乃自道其實，而凡爲學者，亦不可無此恨悔也。

孫學顏：半非與先生爲道義交，乃敢以鄙瑣不堪之事，妄相干瀆，其所以自待者輕矣。書中借市井一流，痛懲其失，而以知有不盡一語結之，所謂聽其言也厲，如是如是。

張謙宜：正於没緊要中，竪起脊骨。

【校記】

〔一〕以　呂氏鈔本、妙山精舍集、王鈔本作「與」。

答陸冰修書

每寄信相約，輒疑辛齋不能來，今果然矣。十二日鼓峰舟過，留一字相致，即往吴門。弟因數行與兼山持奉，未至郭店，即乾斷，舟不能前而返。今函尚未拆也，并以送覽。不意忽有此行，迫促不能一晤，比之常日，倍覺黯然。

彦遠以珠彈雀之語，良是良是。弟則以爲莫道不是珠，且恐不得雀，得亦不足飽耳，況此非雀也，蜣螂鵰鴉，豈可彈耶？「纔説尋觜去耦耕，定知不是耦耕人」，辛齋豈忘鄙詩乎？乃欲得三四百千以老，嗟乎辛齋，此世界中豈有三四百千棄置路旁〔一〕，待芒鞵布襪人拾取耶？癡矣癡矣！他人蒙皮戴角，攫入箱袋中物，安肯拱揖而貢之不同道之人？若謂吾别有取之之術，此豈復成辛齋乎？憶前年太夫人生日壽序，某謂太冲書此意以厲辛齋幕賓游客之語，旋有身詈之而身爲之者，辛齋尚不知所警耶？況太夫人齒高，正啜菽飲水盡歡之時，豈遠游日乎？無肉喫菜，無菜喫淡，只有此法。耦耕便耦耕，更有何商量計較，莫鑄壞幾州鐵也。天之與我甚榮甚貴，正復有在，是珠不是珠，正在此間辧取耳。彈雀之後，豈復有珠哉？非辛齋，某豈敢發此狂言〔二〕，誠猶望其行之未成也。

研斲已久，欲待面商落筆，故銘尚未刻。銘曰：「石無奇色，而何以刻？余曰不然，辛齋之物〔三〕，耻齋斲之〔四〕，神斤妙質。茹光吐華〔五〕，終古不蝕。苟非其人，雖有奇石，劫燼塵灰〔六〕，無異瓦礫。敬哉吾友，永寶爾璧。」研作壺式，又有銘，則刺觸不堪書也，姑記以俟面時勒之。知己稀少，又復違離，悽愴如何。

孫學顔：志士不忘在溝壑，居今世不能咬菜根，未有不失其本心者。冰修賢於衆人遠矣，而猶不能免於時俗富貴利達之求，此先生之所以深惜而欲止其行也。

張謙宜：友誼藹然，在浙中尤爲對症之藥。無意爲文，如溪雲初起。

【校記】

〔一〕千　據吕氏鈔本、孫刻本、妙山精舍集、詩文集鈔本、王鈔本補。

〔二〕豈　吕氏鈔本、妙山精舍集、詩文集鈔本、王鈔本作「何」。

〔三〕辛齋　硯銘作「冰修」。

〔四〕耻齋　原作「辛齋」，據硯銘改。　斲　硯銘作「琢」。

〔五〕光　硯銘作「精」。

〔六〕劫燼塵灰　硯銘作「煨燼灺灰」。

吕晚村先生文集卷二

書

與高旦中書

别後何時抵鄞，塗次無所苦不？弟爲凶歲所窘，殊無善狀，思與吾兄尊酒論文之樂，曾未闋時，又如疇昔矣。頃悟虞山先生，囑道懷念，并訂兄駕明春早出，於詩史諸事大有所商，謂非兄與沖老昆季共爲料理，未易辦此也。

至文字之交，弟於三吴已無遺憾，獨越郡明州未獲同岑。丁酉孟春，曾合南潮敦盤於蓬藁中，其時浙東箋啓，俱託朱朗兄分致，不謂竟至浮沉，縞紵闕焉，至今耿仄。兹欲少爲整頓，不揣固陋，將勒成一書以公海内，而以兩郡君宗未經面商，難期畫一，非得大君子爲之主持，無緣聯合，且久知吾兄厭棄此事，未必樂聞。思貴郡董吴仲兄往曾於筆札論心，雖未識韓，而神交已久，此弟所最傾注者也。慈湖秦子臨兄與弟訂盟湖頭，爲性命之友，暇時望與兩兄爲弟細酌，全局儻有成算，弟即東渡錢唐，登堂拜母，并與諸同人商定。兩郡人文，爲東南一大觀，且得快聚桐齋，與賢兄弟叔姪聯床晤語，亦人生一段佳話，想不以塵俗鄙夷我也。貞一兄歸，率此附候。不一。

與高旦中書

半載不面，書問隔絶，此數年以來未有之闊疎。每一念及，未嘗不黯然也。附公擇二月書，停滯省下，越兩月乃得讀，然近狀則公擇先謂之矣。聞醫行鄰邑當事，得直足資薪米，甚慰甚慰。然此中最能溺埋，壞卻人才不少，急宜振拔灑脱爲善。念頭澹薄，自然删落，若不甘寂寞，雖外事清高，正是以退爲進，趨利如鶩，此中逕畛甚背懸，不可不察也。以老兄今日室無堅坐之具，身有攬取之才，而胸無足畏之友，從此塌脚，不難入無底之淵，故不禁其言之屑屑耳。

某百凡如故，家口亦粗安，但於己分内無分毫長進。醫未嘗不行，而醫理亦無新得。此地待老兄者甚衆，不得已來屬弟者，皆不足以慰其欲；每至技窮，未有不思使鼓峰在，當別有解治也。一月前晤考夫，自覺有益，恃以不孤。某思從前過愆，最大是自作自掩，今且自覺得處，痛自改治，正不知能接續推擴得去否耳〔一〕。近小葺蘭森堂，初意不過砌磚止溼，換窗蔽風雨而已。事機一動，勢不自止，又須改東西兩廊，又須於南牆架數間作書舍，未免多事浪費，然業已至此，只得成之。凡心之把捉不定，事之預料不來，放易收難，大約類此。

孟舉、自牧俱如常。令兄闇歸，稍足濟否？聞萸山欲出游，此間自去冬來頗以交游爲戒，恐致垂橐，大非算也。弟今秋爲次兒娶婦，冬營窆季臣先兄父子。過此便欲省事閉籬，煮水吃菜，以卒舊業，冀得些小工夫耳。秋涼得一出面爲妙〔二〕，欲言固不只此。

江斂谷：痛下鍼砭，愛人以德。

孫學顔：鼓峰賣藥以食其友，生平志節皎然，爲一時遺民之冠。先生與之書，猶以醫行當事，最易溺埋爲憂，可見士君子守己立身，洵非容易。而凡有志於上達者，不可不熟此以自警也。

張謙宜：文士一落術字中，其人品心術，少有能保全者。此致遠恐泥注脚也，文可謂吐血淋漓。

【校記】

〔一〕耳　妙山精舍集作「耶」。

〔二〕妙　妙山精舍集作「望」。

寄黄太沖書

春中奉教，闃寂至今〔一〕，往還未嘗無人，有書不得展讀，宿愆猶積，媿負何言。伏惟近履有相，大小清泰。聞提唱明州，宗風雷起，不審有幾許入室足荷擔大法者否？前書秋渡之約，想以此不果也。某於六月四日復舉一子。蘭森南牆搆得數椽，消卻半年光陰。餘無足道。潛溪、遜志、遵巖、荆川等集，不知曾爲撥忙看定否？亮牕粉壁間，甚思披受誨益也。

公擇歸，欲遣力走請，適旦中來致台諭。他書有未盡録，故謹於來春候教耳。近得程北山集六本，爲宋紙印者；又鈔得誠齋集一本，則舊本所未見；又吕涇野集二十本，蔡皎濱語録四本，及餘明人集數種，俱待晤時呈覽也。趙浚谷、霍渭崖二集，并望借看。外書目一紙奉記，以備簡發時遺忘。公擇行迫，不及一一。敝衣一件，松蘿一觔，聊爲寒夜著書之供。何時瞻奉，臨字惘然。

張謙宜：此等文，據案直書，并不作意，自爾蕭森，殆是天分過人。

【校記】

〔一〕寂　吕氏鈔本、妙山精舍集作「寥」。

與黄太沖書

貞一歇夏時，曾附數行相候；旦中來，得近況而無字；貞一到館未得晤，然聞其有字與公擇，亦不言太沖有札語也。餘自越中來者，輒言太沖有與吕用晦書，淋漓切直，不媿良友；而某竟未之見，何也？若不足與語，則不必作書；既作書矣，是欲其得規而改過也，而又不使之見，是借題作一篇好文字耳，定非吾直友之用心也，故某頗疑其説之妄。後問旦中，則曰：「誠有之，不過責善意耳。」某於是浩歎，謂太沖其果不知某者也！茫茫宇宙，何處無流輩。顧數年以來，竭情盡慎，只此數人，若將終身焉者，豈果相藉爲標榜哉？誠望切磨之益，使得聞其過，則日遷於高明之域無難也。太沖有責善之言，正某之所欲聞，奈何書成而不一示之耶？嗟乎太沖！天下捨讀書負氣之人，望誰能言？使太沖言之而當，於太沖爲知言；即言而未當，於太沖豈有過哉？但於言之外別有委曲依隱之私，是則太沖未嘗無言，而所以言者先失其道矣，然於某正不當作如是觀也。或者又云：「此太沖絶交之惡聲耳，非真責善也。子必欲見之，是又起爭端矣。」此則大不然。縱使太沖立言有私意在，是太沖自己病痛；太沖所言，自是某之病痛，兩者豈相除算哉？即如或言，不可知者心耳，其言豈有不是者，此某之所以引領拳拳也。千萬録示，以卒餘教。

外明人選本及宋元明文集、易象廿本，詹氏小辨一本，攻媿集三本，又韓信同集、金華先民傳，俱望簡發。天涯瞻奉〔一〕，臨書惘然。

孫學顔：太沖之書，不過絶交之惡聲耳。先生正欲於此中，求得切磨之益，可謂責諸己者厚以固矣。

張謙宜：心地坦白不待言，其文抑何跌宕沉着，引人入勝耶！

【校記】

〔一〕天　原作「未」，吕氏鈔本、妙山精舍集同；據孫刻本、王鈔本改。

復姜汝高書

某麤疎人也，平生以朋友爲性命，然以不慎齒舌，又家貧，禮數闊略，計所以得罪於賢豪間者不一，以故不復蓋覆其短，市廛污行，擿發殆盡，良友身質，諒自非誣，其爲群情共棄宜矣。比者旦中來，乃復荷手教之及，不謂其猶未見擯絶於老兄也。愧悚愧悚。今來唯有扃門掃跡，守章句集注以教兒子，願爲一村腐，庶幾補過末路而已。醫事功力不深，止是庸醫行徑，於古人略無發明處，間有所得，亦不能出旦中範圍，又豈足爲老兄道乎！承惠書二種，一佩前輩格言，一熟醫經塗軌，老兄之教我至矣。珍感珍感。

顧有所請者，尊公先生與老兄主張斯道，嘉惠來者，去歲委刻念臺先生遺書，其裁訂則太沖任之，而磨對則太沖之門人，此事之功臣也。若弟者，因家中有宋詩之刻，與刻工稍習，太沖令計工之良窳、值之多寡已耳。初未嘗讀其書，今每卷之末必列賤名，於心竊有所未安。嘗讀朱子與張南軒往復論刻書事，一字一句，必考存原本，其精慎如此，此所謂較讐之功也。今此書未曾一見原稿，直太沖傳本耳，未知其於原稿無一字一句之誤否？昔二程遺書，傳自上蔡、龜山；朱子語録，出於勉齋、潛菴，皆真得斯道之傳。其立身皭然，無一可議，天下於此信其所傳之不妄也〔一〕。

旦中述太沖語云，近日劉氏於廢簏中，又得學言若干，比今刻不止十倍。某雖不知今得之何如，然則所刻之爲人删定而非其全體可知矣，其又何所依據而較之乎？若較爲磨對之名，則萬公擇獨任者，偶一及之，而某未嘗磨對者，反每卷數見，尤所不安也。因其時太沖愛弟過厚，不覺其失耳。至小兒公忠則并無計工之勞，豈以其受業太沖門下，故亦濫及耶？則劉門弟子尚多未及，其爲弟子之弟子，殆有不勝書者，即如尊公門下，庸詎無人，而濫及穉子，豈此本爲太沖之私書乎？果其爲太沖之書，則某後學之稱，於心又有所未安也。望老兄一一爲某刊去。某非敢立異，事有要好太過反致失禮者〔二〕，不得不正之耳。老兄以爲何如？

敝廬訟事，因某放廢，恣其凌侮，至今未了也。自顧所處，辱身其宜，承遠念殷摯，感謝感謝。久欲奉報，道遠未得便信，今附某人，率此數字。

張謙宜：念臺是陽明流派，先生不欲列名集中，别有主意。其言未見原本，不欲妄居較讐者，特託詞耳。然其論自正。○按表忠記念臺傳云：王文成倡道於越，甫歷百年，世未遠而居相近，上紹見知之統者，爲總憲劉宗周云。觀其所推重，已呈款狀。撰是書者，鄞縣盧宜也。○近見念臺書，極謬，宜先生薄之。

【校　記】

〔一〕於　吕氏鈔本、妙山精舍集作「以」。

〔二〕禮　妙山精舍集作「體」。

復裁之兄書

襄指來，得五月廿八字，知小毒爲苦，今已平善耶？此是厥陰、陽明溼熱，若尚未愈，須用後方治之。所示婦去詞，言短味長，刺深旨厚，真風人之遺。蕩子空牀，塵鏡在匣，三復之餘，不禁綆縻之垂垂也。吾兄視弟，豈游戲波瀾人物哉！數年以來，屏棄一概，披胸納腹，其跡甚隘，雖敬愛如吾兄，然比之猶覺有間，它可知矣。意向冷灰凍壁中，尋取一箇半箇肯屈頭挑擔漢子，同鑽故紙蝕殘字，求聖賢向上事，自了此生分内而已。乃弟之所取者在此，而人之所求者又在彼，凡所爲説道理論文字，只如游方和上入門口訣耳〔一〕。一朝餕盡盧烹，圖窮匕見，本相一露，不能復揜。三吴間人無不笑弟之至愚，而歎此道之無人也。追思向時握手捉袂，揚眉瞬目，凌厲古人，呵罵一世，指冰霜嶽瀆以爲期，其噩夢耶？醉囈耶？病狐惑老魅耶？惝然自失，涕泗横出，真不能自信自解也。

昔有好色者，於逆旅遇靚妝女子，挑之就焉。明晝户尚扃，鄰舍訝，發之，存一顱一髮，有巨獸獰目腥脣突出，蓋不知何怪也。今弟所存猶不止顱髮，則爲幸甚矣。此種狡獪伎倆，諒不足當明眼者之一笑。乃聞所至傾動，唱宗説法，尚欲以此塗一世之耳目，以行其攫竊之術。韓公詩「願君莫嘲誚〔二〕，此物方施行」，又可一嘅也。

春間無事時，戲作得問燕、燕答二詩，別紙録去，聊發遠噱。弟已不願向世間疏明本末，因吾兄知信之深，屢荷遠念，故縱言及之耳，不足爲他人道也。近於襄指札頭見一行云〔三〕：「欲作瞽者説相寄。」別諭雖不詳，可以意會，得兄筆一點染，使妍媸無遁形，便足當辨姦、絶交論一則矣。望甚望甚。賀襄指「可」字韻詩，亦和得一首，并呈教。有便過語溪，作數日詩話，尤曠劫之願也。

【校　記】

〔一〕和　原作「當」，據錢振鍠排印本改。

〔二〕誚　原作「笑」，據呂氏鈔本、韓愈石鼎聯句詩改。

〔三〕札　原作「扎」，據呂氏鈔本、孫刻本改。

與魏方公書

惠示南雷文案，雨中無事，卒閱之。其議論乖角，心術鍥薄，觸目皆是，不止如尊意所指摘僅旦中一首也。旦中誌銘固極無理，而莫甚於與李杲堂陳介眉一書，其意妄擬歐陽論尹師魯墓誌之作，詞氣甚倨，儼然以古作者自居，教二生以古文之法及爲誌銘之義。夫不論法與義，則愚不得而知，若猶是法也義也，則某竊有詞矣。

凡銘之義，稱美而不稱惡，原與史法不同。稱人之惡則傷仁，稱惡而以深文巧詆之，尤不仁之甚，然猶曰「不没其實云爾」；未聞無其實而曲加之，可以不必然而故周内之，而猶曰「古誌銘之法當然也」。所引昌黎銘法爲證尤可笑，李虛中、衛之玄、李于之方術燒丹，其平生他無足傳，而實以好異死，法固不得而易也。王適之謾婦翁，所以狀侯高之騃，與適之負奇耳。如史記稱高祖「賀錢萬，實不持一錢」，豈爲謗高祖哉？至柳子厚之誌銘則更不然，子厚之黨叔文輩也，事關國史，其是非既不可移，而爲子厚誌，則此其一生之大事，又非細故瑣語之可隱而不必存者也，然至今讀其文，淋漓悲痛，但致歎於無推挽與排擠下石之人，蓋已深爲之湔祓矣〔一〕。

今謂旦中「工揣測人情於容動色理之間，巧發奇中，不必純以其術」。試取此數語思之，其人品心術爲君子乎？爲小人乎？謂旦中之醫爲下品，某不敢知；謂旦中之人品心術爲小人，此某之所決不敢信也！若太沖本意止歎惜旦中馳騁於醫，而不及從事太沖之道，則亦但稱其因醫行而廢學，亦足以遺詞立説矣，何必深文巧詆之如此！是昌黎一誌，而出子厚爲君子；太沖一誌，而入旦中於小人。其居心厚薄何如也。乃欲以猘獒之牙，擬觸邪之角哉？且昌黎立身皭然，未嘗與子厚同黨，故可以歎惜不諱；若旦中之醫，則固太沖兄弟欲藉其資力以存活，故從臾旦中提囊出行，其本末某所親見具悉，今太沖書中亦明云「弟與晦木標榜而起」矣〔二〕。旦中果有過乎？則太沖者，旦中之叔文也。使叔文而歎惜子厚，天下有不疾之者歟？又謂寧波諸醫，「肩背相望，旦中第多一番議論緣飾耳」。太沖嘗遣其子名百家字正誼者，後託貴人爲二子百家、百學援閩例，貴人偶誤記，納百家、正誼爲二，今改百學名百家以應之，非昔之百家矣。〔三〕納拜旦中之門學醫矣，夫以旦中之術庸如此，其緣飾之狡獪又如此，旦中於太沖其歸依相知之厚也又如此，不知太沖當時何以不一救止之，而反標榜之，又使其子師事之，及其死也，乃從而掎摭之？驅使於生時，而貶駁之身後，則前之標榜既失之僞，今之誌銘又失之苛，恐太沖亦難自免此兩重公案也。即「身名就剥」句，引歐陽銘張堯夫例，亦屬不倫。歐陽所謂「昧滅」，歎年位之不竟其施也，太沖所云，譏其不學太沖之道而抹殺之也。

旦中生平正志好義，才足有爲，其大節磊落，足傳者頗多，固不得以醫稱之，又豈遂爲醫之所掩哉？世有竊陳王之餘涎，掇雜流之枝語，簧鼓聾瞶，建孔招顔，藉講院爲竿牘之階，飾丹黄爲翰苑之徑，一時爲之閧然；然而山鬼之技終窮，妖狐之霧必散，此乃所謂「身名就剥」者耳。旦中身無違道之行，口無非聖之言，其生也人親之，其没也人惜之，然則旦中之日雖短，而身名固未嘗剥也，太沖雖欲以私意剥之，亦烏可得耶？夫德不如曾史，功不如禹稷，言不如遷固，即曰「身名就剥」，然則太沖之必不如曾史禹稷遷固，已萬萬可信也。日空長而名蚤剥，方自悲之不暇，而遑及悲旦中乎？所云「是是非非，一以古人爲法」，「言有裁量，毁譽不淆」，古文之道，豈復有出於此？然拔太沖之矛以刺其盾，其誌銘中如降賊後遁者、授職僞府賊敗慙死者、勸進賊庭歸而伏誅者，概稱其忠節，而憤其曲殺，以國論之大，名教之重，逆跡之昭然，不難以其私暱也而曲出焉；一故人陰私之未必然者，則必鉤抉而曲入焉，是非毁譽淆乎否乎？言之裁量謬乎否乎？當道朱門，枉辭貢諛，紈綺銅臭，極口推尊，餘至幺麽嵬瑣，莫不爲之滅瘢刮垢，粉飾標題，獨取此貧交死友，奮然伸其無稽之直筆，而且教於人曰，此爲古文之法，誌銘之義當然也。世間不少明眼，有不爲之胡盧掩鼻歟？

太沖有云：「昔之學者學道者也，今之學者學罵者也。」觀南雷文案一部，非學罵之巨子乎？罵人之罵而自好罵人，此楚圍之轉受僇於慶封也。夫罵焉而當，則曰懲曰戒；罵苟不當，則曰悖曰亂。今以悖亂之罵而横加諸人，曰「此古法也」，豈惟古文之道亡，將生心害事，其爲世道人心之禍，又豈小小者乎？旦中臨絶有句云：「明月岡頭人不見，青松樹下影相親。」此幽清哀怨之音也。太沖改「不見」爲「共見」，且訓之曰：「形寄松下，神留明月，神不可見，即墮鬼趣。」夫使旦中之神共見於明月岡頭，真活鬼出跳矣。旦中之句以鬼還鬼，道之正也。如太沖言，即佛氏「大地平沉，有物不滅」之説耳。青天白晝，牽率而歸陰界，太沖之云，毋乃正墮鬼趣乎？即「不見」「共見」，以詩家句眼字法而論，孰佳孰否，老於詩者皆能辨之。此文義之失，又其小者矣。

飄風自南，青蠅滿棘，本不足與深辨，但念旦中疇昔周旋，今日深知而敢辨者，僅某一人而已。若復閔默畏罪，是媚生貴而滅亡友也。故欲直旦中之誣，則不得不破太沖之罔耳。又念信旦中之審者，莫如賢叔姪兄弟，故敢嘮叨及之。至太沖所以致憾旦中，而必欲巧詆之死後，其説甚長，亦不欲盡發也。昨吴孟舉兄亦深爲歎息。寄示此書後有續集吾悔集四卷〔四〕，則此本猶有未全者。謹納上，幸視至。不宣。

張謙宜：層層摘發，如老吏翻案，如雷霆擊樹，真是神品。○黄太沖，名宗羲，别號梨洲，前御史尊素子。其學尊陽明，舊於尚書集解中，見其謬説，不一而足。甲午京邸書肆，又見學案一書，披其目録，雜程朱陸王而一之，駁舛昭然。惜不能買而讀之，斥其詩迕。

每閲此文，服先生闢邪力大，然王阮亭猶津津尊奉，益知此道之無人。丁酉春季識。

【校　記】

〔一〕袯　原作「袚」，據王鈔本改。

〔二〕晦　原作「誨」，據妙山精舍集、詩文集鈔本、王鈔本改。

〔三〕「名百家字正誼者」至「非昔之百家矣」　妙山精舍集無此四十九字，蓋吕爲景刻時所補之注，然將「名百家字正誼者」七字摻入正文，以致混亂，兹據妙山精舍集正。

〔四〕續集　妙山精舍集作「續案」。

與魏方公書

弟去歲浪游白下，臘盡歸里，即有移居村莊之役。春來稍加整葺，而風雨連綿，至今未有成緒。諸僮皆有搬運作務，是以未獲遺候，不審比來福履何似？尊堂暨合宅新祉勝常？懸企懸企。令叔燕中得意，曾南還未？燕公兄近況定佳，新居定於何所？聞有卜遷山陰之意，果否？渴思候晤，一罄闊悰；又適有不入城市之戒，南望停雲，徒切懷想耳。

吾兄遭赫烈之虞，滌蕩過當，親知無不惋歎，然所謂厄困震悸勞苦變動而後能光明，顔曾之養，爲樂甚大，此柳子厚所以賀王參元也。願益加刻勵，以復前業；折節好脩，德望隆起，非祝融之顯相耶？望之望之。夏初稍安，雖不入城，當櫂舟湖上，圖面以悉。兹因仔肩親翁至杭之便，荒函附候，率率不盡欲語。

與萬祖繩書

不奉教者數年於兹，思挹清光，渺焉天際。弟頹惰自廢，白首無成，猶欲以炳燭晚救，而今已病亟矣。咯血嗽痰，聲瘖卧熱，種種惡候，夜鬼相參。思老兄曠懷醇性，神王趣真，猶能以蠅頭細書集録古今遺文，以自娱樂，遠貽同好，真不啻蒲柳之視喬松耳。旦中兄一生行脚，多爲友朋，今其諸子孤寒，投止無依，誠知交之耻。恨弟久謝世事，無可爲謀，聞其近狀，且更有坑塹之憂，不第生計之寥落而已。弟謂此事須急圖明白决絶，日愈久則患益深，不可徒爲枝梧避地之策，自釀奇禍也。其三兄君爽同來云：「將轉爲鳩會，以了此案。」庶幾此説爲長。弟不敢辭乏，即措一會之貲付之矣，他非弟力之所能及也。

兄札又云：「數載前有一語之違。」弟愕然不記爲何事。兄即有語，弟未嘗聞，未嘗憾也。至謂「兄不登他友之堂，可以釋憾」，斯語尤可怪。弟年來此心不白於相知多類此，故交隙末，人生一倫之缺陷，兩有罪過，不止一邊事也。弟於他友實無致憾之意，而横被浮言鬨搆，無從辨解耳。未嘗憾他友，豈遷憾與友交好之人哉？至老兄與彼往還，自有本末，自有取義，柳子厚所云「何與我耶」，老兄亦惑於浮言，誤疑弟爾。實各無憾〔一〕，又何釋之有？忠介公鈔集領至，劉改之、劉原父二集甚欲得之，鄧栟櫚詩，舍間已有。天一閣中聞有袁清容桷、戴剡源表元全集〔二〕，爲刻本所無者，并望爲弟全鈔見寄。其謄寫資值，兄酌命之，或以拙刻相抵，或竟奉金，無不可者。程墨偶評、金黄稿各一册附正，希視至。病中不能手疏，口授兒子繕白，不盡。

張謙宜：心地如雪，此之謂大丈夫。

【校記】

〔一〕各　妙山精舍集作「果」。

〔二〕全　原作「表」，據妙山精舍集改。國粹叢書本作「兩」。

答萬祖繩書

弟病日加劇，根由鬱怫〔一〕，親知勸以游戲解之。仲春過湖上，欲看西溪河渚梅花，而雨雪爲虐，竟阻勝事。悶坐魏舍親齋中，忽接尊札，惠以手録公是、改之二集，不禁眼爲明而膈爲爽，忘沉痼之在體與陰霾之在庭也。近歲貴郡諸公，以弟爲異己之罪人，鳴鏑所注，萬矢恐後，獨老兄惓惓猶以故人相待，嗜其膚論，貽以未見之書，厚意有加。自揣無足致此於老兄者，但有感且愧耳。旦中歿後，門户荒寒，弟以力微累重，不能稍爲援佐，徒負故知，曾未有忠之盡而歡之竭也。念旦中當日所周旋，分甘給火，手援翼覆之人，今多反唇詬詈，聲達九泉，惟老兄殷殷軫卹，痛癢關切，友道之砥柱，於茲僅見耳。

袁清容集弟所有者，較來目僅十之一二，相去甚遠，得録惠爲佳，但卷帙浩繁，重累靜課爲不安也。戴集舊刻止四本，昨見天一閣書目有十本，豈字大本薄故耶？乞老兄爲我一查對，果與刻本無異否？若其中有一二不同者，亦望鈔賜。外唐荊川、歸震川、錢吉士、陳大樽稿各一册附上，江西五家稿已盡發金陵，俟今印寄奉也。率率不盡。

張謙宜：感其寄書一節，説他待旁人好，正是對照自己。

【校記】

〔一〕佛　原作「拂」，據呂氏鈔本、妙山精舍集改。

復高君鴻書

舍姪人從武林還〔一〕，得手教，審因便至省，足徵近況之閒適，甚慰甚慰。至所諭館事，以不能如約而責失信於方公，此似過也。世路艱難，讀書人毫無滋味，延師一事，日少一日，即有一二，皆爲高才捷足所取，甚難爲計。方公向時許尋，固屬摯誼，及求之不獲，無以應命，亦力詘於無可如何，非有心於欺紿也。天下之物，凡有之己者可以持贈如意，若事在求人，肯爲留心用力，已足感其意之厚矣，成敗得失，豈可并責之其人耶？以此待人，人孰肯樂爲之用，必至不敢輕許一語而後已。此不特方公知戒，即弟亦聞而卻畏矣。

至云「束手待斃」，此亦不可以責人也。學也祿在其中，果欲處館，但當益精其本領；本領既精，則人將求我。每見貴郡能文諸兄，在敝里已獲豐厚館穀〔二〕，次亦未至寒餓也。苟無其本〔三〕，縱僥倖到手，終亦必亡，曾何補於「待斃」哉？即行醫之道亦然。如尊公當日之行於三吳，亦其本領自取，非關人之薦揚而行也。若謂賴人薦揚，則戊戌、己亥之間，懸壺湖上者兩年，其時同游之友不惜極口，何以寂然不行？及庚子至敝邑，弟亦未嘗爲尊公標榜也，偶遇死症數人，投藥立起，於是一時翕然歸之。然則戊、己兩年之不行，以薦揚之虛語也；庚子以後之盛行，以本領之實效也。乃其時同游之友觖望於尊公者，以爲尊公之行，由於弟之力而得，弟之力又實由於彼之力，以此怨報德之薄，衆口一聲，至今不息，真欺天罔人之語。弟且無功，彼更何與？此弟每歎惋不平於斯者也。今同游之友，亦頗欲行醫，其子若姪亦皆以醫求食，何不一出其薦友之力，以自厚其身與子姪乎？豈爲其身與子姪者反不若爲友之切乎？由是言之，親友之用力，固其情誼當然；若成敗得失，則又由其人之本領與時命焉，不可强也。

弟自遡年謝息交游，不復與人世相接，亦無可爲轉覔之地，至戚至友貧困者更多，皆苦無以應之。有如尊門推令先君孝友之意，且學富而德粹者，莫如令叔，然且不能爲之謀，下此則令弟君眉，窘狀更甚於兄。前者令兄君求札來，亦欲覔地，然則即使有館，必須得三四處而後足以及吾兄也，固知其斷斷不能矣。承諭明正見顧，親戚好我，惠然肯來，粗茶腐酒，足奉談笑，固所願也；若以薦館行醫之事見屬，則萬不能奉命。徒費往返，益增督尤。寧使兄聞此而見惡於前，無致含糊而得罪於後。唐突附復，惟足下諒之而已。某頓首。

孫學顏：教人必盡其誠，文亦質樸可味。

張謙宜：樸中帶嚴，此豈曰中之子耶？斯無愧父執。

【校記】

〔一〕武林　原作「武陵」，據孫刻本、妙山精舍集改。

〔二〕敝　妙山精舍集作「鄉」。

〔三〕「本」下疑脱一「領」字。此句妙山精舍集作「苟其無本」。

答徐瑞生書

曩從鼓峰得聞高懷篤行，折節好古，靈蘭之道，超越遠近。鼓峰不輕許可，獨於道翁首屈一指，心竊嚮往焉。庚戌冬會葬烏石，思得一見，而尊駕時有天台之游，阻此良晤，至今悵然。某迂狂無似，每以麤疎得罪交游間，貴鄉名碩類能掎發其陰私，亦可約略其爲人矣。賢如鼓峰，經諸公譏彈，尚不足比數，況某之不肖者乎？令郎兄來，手教惓惓，猶不忘鼓峰之言，欲置之議論之列，先生得毋悮耶？恐比匪之傷，且累及令郎兄，此某之所愓息而趦趄不違者也。

數月以來，卧病苕山，昨昏抵舍，令郎兄以新作見示，展讀之際，光芒四射。恨令郎兄東旋遽迫，某又初歸，坌冗未獲涉筆，然已驚壓四座矣。新秋出晤，當更一傾倒耳。匆次草草，未盡萬一。

答徐遜思書

久耳盛名，愧未有夙昔之雅，反辱枉書屈慮，循省恧歎，無以爲辭。先生自叙平生三謬，乃三奇也，在今人固不復知矣。當時碩宿之爲文、論古、結友者，無不以是得名，如先生之馳譽東海，固名下無虚也。若弟之爲謬守章句之緒餘，犯禪學之詬厲，則自當時至今日，無不非笑而斥惡之者，斯真天下之大謬耳。

令嗣妙才，淵源家學，固當一瞬千里。弟自顧迂疎，於歐陽所謂「順時取榮」之道，相去甚遠。先生爲子擇當行舉子之師，而下問及弟，是猶調天馬而引之淖中，求神行而陷其足，亦太左計矣。適患咯血，復治痔瘻，支離伏榻〔一〕，辭不能多，力疾附候。不盡。

【校記】

〔一〕伏　吕氏鈔本作「枕」。

與范道願書

歲暮得手札，知罹尊公先生之變，伏想孝思崩摧，何以堪此。弟去歲爲家兄及舍親家事，歷碌經年，總計在家之日，不滿兩月耳。意緒惡劣，鬚白者三之一，齒落則過半矣。仲冬會旦中之葬，留甬上旬日，而風雪載塗，無從寄問。近除歸里，爲凶歲所困，田租竟不可問，一家四百指，須食米百數十石，仰頭打手，直無以爲計。目下價日騰湧，憂懸不可言。

詩集序斷不敢爽約，然此時愁如亂絲，意思收拾不上，實未能落筆，待春中心稍空閒，庶足以傾寫欲言，不至佛頭着屎耳。所示近詩鎚鍊老成，壁壘一變，望而震畏，足見漫游中不廢工夫，勇於爲學如此，何事不登峰造極，既歎羡又自愧悔也。吟詠數過，曾攜以示芥舟，共相欣賞，欲細爲點勘，少出一得之見，以就正於高深，然亦非此時所能，俟一併卻寄可也。宋詩鈔孟舉將印行已刻者爲初集，當特送一册，弟不知從何處附寄。此書易爲人沉没，必須的當，幸先酌示之。儗月盡月初入省奉弔晤語，今聞望後渡江，歸期又在冬底，言之黯然。無以將意，先具束芻之儀附上，幸爲告之几筵，遲日登堂再拜耳。信促率泐，不備。

與錢孝直書

前日曾以「不誠」二字答孝直，想孝直未必遂承認斯語。所謂不誠，不必懷挾僞妄也。凡言不經體驗，行不可告人，而多方曲折以回護之，皆謂之不誠。其根大約在好高騖遠，事事求出人頭地，此聰明有才者病每坐此，究竟不能出人頭地者多矣。無他，只不從實地用功也。從實地用功，只前字所云「細心讀書，隨事省察」，亦是大段語。若果從實地用功底人，只此八字便不肯渾淪放過。如一讀書，今日通某經，明日通某史，後日通某文集，如將吐納百家，反而問之，四書本經尚多窒礙處，此是不誠也。至於「隨事省察」四字，望之甚易，行之實難，只現今一日間，許多合做底事，都不去理會，教一一停當，卻去東塗「存心」，西抹「主敬」，是不誠也。忽而聖賢，忽而英雄，忽而才人，胸無所主，逐件便作登峰造極想，究不知歸宿何處，是不誠也。眼前有一光明正大之道不去行走，而向岐塗胡亂揣測，此爲墨翟之所哭也。今世衰道微，人心不正，天生聰明有才人皆有此責，只看人之肯任與不任耳。所謂「細心讀書，隨事省察」，以求進此道，吾非孝直之望而誰望耶？

今孝直能痛自針砭，不向外求，一言一動，内度之心，外稟之父兄，表裏如一，不求浮名，不取速效，醇謹端恪，事事誠實，便是出人頭地處矣。至若權術作用，此學道之鴆毒，人禽之關，正在乎此，此不可不知者也。因與尊大人先生言及前字，故更書此以申鄙意，尚有未盡，嗣奉詳之。

與吴容大書

敬賀吾兄掇巍第，步清華，開吾邑二三百年未有之盛事，鄉里之榮，何以逾此！而弟之所企幸則更異於是。夙昔晤對，每見殷殷於學術之正，人品之真，固知藴負有素。昨歲接手教，示及貴師質疑之著，審又出有道君子之門，相與研究精微，辨析同異，其足以崇正闢邪，爲聖學之金湯無難焉〔一〕，此則弟之所手額相慶者也。

王學之惑亂幾二百年，其間大人先生亦頗知其謬，然大約指摘其弊病者輕，而許與其具體者重，甚則與朱子兩分其是非，知其於邪正之界〔二〕，蓋猶有所未確矣。

讀質疑所論〔三〕，剖決精詳，絶無包羅夾帶，自羅整菴、陳清瀾、徐養齋以來，未有如是之親切著明者。此誠斯道之幸，生民之幸，非小小文字之功也。顧弟更有所進者，近世王學惑亂，雖未能廓如，然猶多疑而辨之。至於陳獻章一宗，幻妄充塞，如謂「意爲心所存」、「慎獨有獨體」、「一貫爲入門工夫，而非究竟」，其背畔程朱爲尤甚。然不幸其淵源誤出於前輩正人之口，遂足以鼓動流俗，不審張先生亦嘗聞其説而辭闢之乎？此宇宙生心害政之大患，有心者不可不力持而救正之也。弟未敢於張先生作未同之言，幸兄爲弟致景仰禱祝之意。

兹因敝門人董載臣入都之便，附此奏候。載臣遭其兄方白之變，孤危窮苦；而方白有首尾一宗，爲浮薄者所負，今將適楚責索，恐世路嶮巇，先望援於明德。吾兄能爲之規畫，使不至虚往，以慰其存殁，銘刻不獨載臣，尤弟之所感激勿諼也〔四〕。山菴率泐，無任馳溯。

孫學顔：異端持論，雖各有宗旨，然其借儒家説話，改頭換面，以惑世誣民，却只是一個套子。學者知陳獻章背畔程朱爲尤甚，則王學之非，可不辨而明矣。

【校記】

〔一〕學　呂氏鈔本作「域」。

〔二〕所據底本於「界」旁注一「間」字。

〔三〕所據底本於「讀」與「質疑」間旁注「貴師」二字。

〔四〕「兹因敝門人」至「感激勿諼也」九十二字，據呂氏鈔本、孫刻本、王鈔本補。孫刻本凡遇「董載臣」、「載臣」處皆空闕。

答潘美巖書

某病苦侵尋，精銷影瘦〔一〕，投骨山菴，以待氣盡。初非效冥鴻之飛，亦未敢墜野狐之窟〔二〕，然老不自力，志業摧頽，以視先生沉酣法苑，游戲詞場，拈祖綱於坊肆之間，調倡情於鼓笛之下，顛倒人間，不可方物，真不啻稷嗣聖人之笑腐傖矣。

某年來乞食無策，賣文金陵，亦止僦寓布家，自鬻所刻，並非立坊，亦未嘗販行他書，所謂「天蓋樓」者，乃舊園屋名，不可以移餉者也。若金陵書坊則例有二種：其一爲門市書坊，零星散賣近處者，在書鋪廊下；其一爲兑客書坊，與各省書客交易者，則在承恩寺。大約外地書到金陵，必以承恩爲主，取各省書客之便也。凡書到承恩，自有坊人周旋可託，其價值亦無定例，第視其書之行否爲高下耳。某書舊亦在承恩寺葉姓坊中發兑，後稍流通，遷置今寓，乃不用坊人。其地離承恩尚有二三里，殊不便兑客也。

辱賜教大刻，且命附以朽言。某自顧不能文，故凡所刻文字，從來無序，此外同志有作，亦未曾有跋引之詞，可爲佐證，非敢倨違。平生迂僻，於冶情綺語風流跌宕之音，性所不洽，至西來大旨，剌眼心痛，與新會姚江之説同疾之若傷我者。雖圓頂衣伽，而不宗不律不義講不應法，自作村野酒肉和尚而已。今先生所賜書，若不作西廂觀，則已入禪會；若不作法語觀，則必落豔辭；若謂兩者皆不涉，即是講學，則不離公甫、伯安。凡此皆某之所不知且不欲者。故不敢發函，隨來手附納。爰居之耳，聞鐘鼓而駭，想先生爲之拊掌大笑也。他有評論古今之大著，尚冀不悋垂誨。企仰何如。臨書無任馳溯。

【校記】

〔一〕銷　吕氏鈔本作「瘁」。

〔二〕敢　吕氏鈔本作「甘」。

與某書〔一〕

省足下前後二書，情詞懇切，議論奇創，皆以聖人不可知者相商，此非庸夫之所知也。雖下針發藥，極中其病，而弟之愚闇，終不知其所當然。敬謝教意，且固守「未達不敢嘗」之義耳〔二〕。若謂知之而不改，是何心哉？弟之所不出也，古人相勖，至無可奈何，則各尊所聞，各行所知，是或一道也。至云此爲良知不致之故，則大不然。弟之痛恨陽明，正爲其自以爲良知已致，不復求義理之歸，非其所當是，是其所當非，顛倒戾妄，悍然信心自足，陷人於禽獸非類而不知其可悲，乃所謂不致知之害，而弟所欲痛哭流涕爲天下後世爭之者也。朱子有言：「豈肯以其千金易人敝帚哉！」足下既自以爲不謬，則勉之而已，正不必欲其必同也。

孫學顔：或人必庸妄一流，故示以不屑教誨之意。

【校　記】

〔一〕孫刻本、王鈔本題作「答或人」。

〔二〕義　王鈔本作「意」。

復王山史書

某荒村腐子也，平生無所師承。惟幼讀經書，即篤信朱子細注；因朱子之注，而信程張諸儒；因朱子程張而信孔孟，故其所見皆迂拘而不可通於世。所謂理學講道，則槩乎未有聞也。其在文字，亦止知八股制義，於所謂古文詩詞，亦槩乎未有聞也。而質性又僻戾不可近，亦不樂與人游，故友朋絕少。如寧人兄南中之士，其志節學問文章，馳譽遠近，心甚企羡而從未得見，其他可知已。

今衰病侵尋，旦暮且死，惟願以褐寬博裹身入黄土，他無所求於世間也。側聞先生以鴻才實學，振興關西，續先聖之遺緒，寶鑑在懸，鬼燈失焰，固惟先生與寧人兄諸君子是望耳。法書聖謨，教我良深。家刻數種呈正，非報。伏枕不能握筆，口授兒子繕復。便郵行迫，不盡所云。

孫學顔：真得宋頭巾習氣，正不必以撏撦秦字漢語爲奇。

答趙湛卿書

奉復湛翁先生足下：猶憶酉戌之間，讀執事小試之文，破空出奇，如海鴻天馬，不可蹤跡。企仰有年，而雲泥暌左，末緣瞻拜，反蒙翰教〔一〕，示以鴻文，捧緘占氣，光耀衡宇，不自知何幸得此也。

某荒村腐豎，初無所知，交游借譽，多過其實。環顧平生，不直識者之一笑。年來衰病頹廢，鬚白齒脱，屏跡蓬篠間，久矣絶意人區〔二〕。偶爲亡友補葺殘藁，而親知從臾兒輩，並出其村塾塗抹本頭，刊刻問世，殊昧本懷。蓋「選手」二字，某所深耻而痛恨者，不幸其行跡如之。嘗謂近世人品文章，皆爲選手所壞，如尊教所云：「侏儒婦人，木雕泥塑，極盡妄作惑世之弊。」然猶就文字言也。若其苟且卑污，靡所不爲，一副齷齪肺腸，不堪照看。目未識貴人，輒呼其字甫，若舊知深好；名未通一刺，已譜叙交契，攀擡綫索，謂某某手授郵寄。士林廉耻之道，至此掃地盡矣。

當時每科各房自刻京稿，曰十八房、二十房行，及外間選家合選之，曰房書。亦自近年來吴越選工，爭牙儈之利，營狐犬婴媚之私，於是有幾十名家及選評專稿之事，皆小人之尤也。稿之刻在京則當屬房師，在外則屬鄉黨同筆硯之友〔三〕，外此便非分内所當爲，非諂即罔耳。故前歲徐方虎兄致書招某至燕選房書，并定其新稿〔四〕，某託友人固辭得免。凡諸名稿，曾無一拙評拙序可驗也。方虎與某疇昔風雨日久，不同泛泛，疑若可爲；然硜硜小人之性，自斷以爲不可，方虎亦諒其迂拘，不相强也。

今尊稿見委，實愜嚮往之志，奈於此義有不能自爲矛盾者，非敢故爲偃蹇也。但望大刻告成後，賜教一册，開示聾瞶，爲家塾指南。偶評有續刻，自當借光，少效揚讚之力，雖不能有加於萬丈之燄，亦自謂得豹變之一斑耳。極欲留讀，恐誤付梓，割情附壁，不勝馳戀。

張謙宜：傳稿不能盡當，直道難於概施，故言巽而意甚堅。○謙宜六十矣，見理益親切，轉覺良心難昧。庸妄者，雖惡言相加，亦所不悔。即勝友名流，有護前自喜之意者，并不請讀其文。回思先生之言，真有至味。戊子七月初九日識。

【校　記】

〔一〕反　吕氏鈔本、妙山精舍集作「伏」。

〔二〕矣　妙山精舍集作「已」。

〔三〕鄉黨同筆硯　原作「鄉同黨筆硯」，據吕氏鈔本、妙山精舍集、王鈔本改。

〔四〕其　原作「某」，據妙山精舍集改。

答許力臣書

某東海腐傖，未嘗學問，亦未嘗自通於四方有道，徒以塵壒浮譽，驚大方之耳。曩荷枉詞，教以著作爲足與論文析義者，然雖深感斯意，而期許過分，非所敢當也。村居杜門，無京華往來之便，未嘗以荒言奉報，懷抱耿耿，輒渝歲時。兹更辱不倦之誨，循省怠奮，惶惕無地。執事江淮碩宿，久爲四方所宗，其文洸瀁排奡，迥自成家，無趨時之習，并無以古建招之意，其足以信今而傳遠無疑也。乙卯坊刻，膾炙海内，與酒後呼天而奮袂者若合符券〔一〕，亦既自信而信諸人矣。今於已售已行之後〔二〕，復生疑憾，又何自信之不堅也。

某僻劣無似，於「選家」二字，素所愧耻，偶因補葺亡友遺選，并刻及塾課本子，行跡乖誤，剌違本懷，故於癸丑後立意不復評點，雖傾倒如尊文，未效表章之力，亦以例割愛也。至名家專稿，向來無一拙評拙序，坊肆皆知其不爲，此可案驗者。如癸丑徐方虎、趙聲遠、黄伯和諸兄，皆某夙昔好友，未嘗以此相屬，他可知矣。憶趙聲遠兄曾爲下問，某答之，謂近世人品文章，俱爲選家壞卻，目未識貴人，輒呼其字甫，若舊知深好者；乍通刺謁，已譜叙交契，稱某某手授郵寄，爲結納梯媒之地，士林廉耻，掃地盡矣。專稿之刻，在内則主考房師，在外則平生筆研師友爲宜，若選家評選，即屬諂媚之事，硜硜之意，斷以爲不可。聲遠亦諒其迂拘，不相强也。蓋文字傳否，自有定體，本領真足，則久而益彰，次亦因其本領厚薄爲時之久近，其精光氣力，外人不能掩，亦不能爲之持也。謂借選家時名，足令作者不朽，此選家誑惑自大語耳。執事試思守溪、熙甫、應德諸公之文，果賴誰選評而傳乎？近時如某某稿爲選家所揚詡者，不數年已隨煙草銷沉，又何選評之有乎？間有行而不敝者，其文自不敝，選家藉其文傳耳。揚子之書，桓譚輩不能舉，而望之後世復有子雲；昌黎集，待永叔出之敗簏中，而韓文之論定，則當時之無知者固亦久矣，而古人不以爲憾且疑也。

今執事吴門原本，大行於世，同時之子雲、永叔已不少矣，何惑於未必傳，而汲汲尋佛頭之糞哉？且三復金臺集，執事於古文振起如此，肆其力爲之，足與古人爭毫釐尺寸者在是〔三〕，時文直餘事耳。顔子不貳過，孔子從先進論，古人皆附全集以傳，無假外求也。所教尊稿，珍藏篋衍，俟異日有續刻，當盡發其英華，未必無一斑之窺。然此屬某論文之得失，與執事之文之傳否無涉矣。千里命使，愧無以塞責，但能爲决末必傳之疑，亦執事之所快聞也。隆儀拜璧，敬謝厚意。末緣摳掃，臨書皇恐。

孫學顔：極論選家習氣之惡，與爲文欲藉選家以傳者之非，可歎可警。

張謙宜：其所云本領，乃明理之精液，浩氣之英華也。

【校記】

〔一〕袂　原作「决」，據妙山精舍集改。

〔二〕於　原作「以」，據呂氏鈔本、妙山精舍集、詩文集鈔本、王鈔本改。

〔三〕尺寸　呂氏鈔本、妙山精舍集、詩文集鈔本、王鈔本作「寸尺」。

與某書

向辱賜書，示以大著，拜教勿諼。時從敝親邇中，得聞近履，深慰遠跂。昨接手札，更荷拳拳。某本村鄙，業無淵源，徒守童時誦習傳注，不敢變耳。講學之事，不但非其所知，亦平生所憎疾而不欲聞者也。拙選止於癸丑，以後不復從事矣。目下收拾有明三百年之文爲知言集，雖布衣社稿皆與焉，但生存不録，以人物界限必蓋棺論定也。苦樣稿不備，正在蒐討，不審貴處先民文字有可訪求者否？尊選歷科四百首，何日成書？别諭作序，弟之不文，非其人也。且有迂戾戒心，故即拙選數刻，亦未嘗自序，非敢託辭自外也，幸原之。天蓋樓一本呈教，匆冗不及一一。

呂晚村先生文集卷三

書

答李萊馭書

弟非知文者也，但不能自欺其一隙，以强附時好，率臆妄論，當世不以爲大謬而群異視之，或且以爲有裨於文事，其甚者則又謂不悖於聖人之道，弟亦不知其然否也。於坊本中偶得尊著，玉衡懸秋，異劍出土〔一〕，與塵物聲光迥異，亟繰藉以傳示宇内，正恨未窺全豹耳。先生輒引爲知己，而枉詞屈慮，至儗仲翔之一人，竊又自愧非其倫也。三復手札及惠教全稿，乃知先生於此道源遠流長，爲東吴之宿碩，則更深抱不識程伯子之耻矣。行將增定拙選，公諸藝林，不敢私秘也。比又論次有明一代之文，第苦足目隘陋，先生多聞廣交，不審能爲搜羅遺軼否乎？闡幽賞奇，度亦作者之同心也。詩扇之贈，重於拱璧，其中稱許逾分，有非所敢當耳。新刻金稿一本，呈求是正。冗次率率不備。

【校　記】

〔一〕異　吕氏鈔本作「星」。

與沈靜宸書

廿餘年闊別，亦知交中一段奇話，足見吾輩淡成落落之致。然道駕無緣至語溪，而弟時或至武林，則疎索之罪，實甚於弟，於先生嵇阮高致無與也。昨承枉顧，既失掃徑，豚子拜謁，反荷授餐，兹復重以嘉惠，新詩肆好，和以清風，茗氣如蘭，敢忘臭味，感頌之餘，益深惶悚。蓋弟十餘年來，頹放無狀，偃蹇村墟，遂成麋鹿之性，即敝里親知，多經年睽隔，至當事門牆，更久絶村子之跡矣。以此趦趄，不能摳候，然懷企之私，未嘗頃刻殊也。古人有云：「屈於不知己，而伸於知己。」今弟之硜硜，正欲求伸於先生耳，諒先生不特不我責，更有以曲全而廣護之也。蔣兄人文，小兒誦述其概，已切景慕。大匠門下，定無恒材，恨弟絶人逃世，無從説項耳。台諭雖心誌之，恐無以報命，有懷如何。村味不堪，聊佐清齋一匕。諸有欲言，當遣兒子詣稟，不盡。

復翁衛公書

客冬辱枉教，村燈寒牖，草草相見，短語遽别。又荷嘉惠，至今懸企，猶怦怦也。某於此事本無師承，又不勤學，虚聲誤人，爲害不小。加以素性迂僻，不堪應酬，數年以來，病苦百出，未免偃蹇，外間不察，以爲有所迎距，致取僇辱。以此今春自誓，不但不提囊行藥，并叩關謁醫者一概固辭。猶恐不免，不得已爲山游，爲白下之行，皆爲此也。

頃令親數顧〔一〕，致虚往返，接讀手教，益知罪戾，惶仄何言！然細忖令孫兄脈候，不過調理，既前方偶中，但宜守服，久則神旺，非他症比，必須更换加減者。即有他端欲商，第筆墨詳示，便可奉對，若必督其面胗，非不欣企，然柴門一開，不可復閉，使某何以辭於敝里諸親友也。至尊教所責，非庸俗伍不應一例相拒。此實不然，某概謝不敏，尚召詈尤，若有所揀擇於其間，則其罪自亦無解矣。古人有云：「士屈於不知己者，而伸於知己。」使有揀擇，亦寧受屈於庸俗耳。若先生夙昔爲文字之神交，近復承道誼心志之契，竊謂得伸其硜硜者，正於先生有厚期焉，固知一笑而釋之形骸之外也。伏枕率復，統希鑒原〔二〕。

【校記】

〔一〕頃 原作「項」，據呂氏鈔本改。

〔二〕原 原作「厚」，據呂氏鈔本改。

與黄俞邰書

不見顔色有年餘矣，村莊灌植之暇，亦時繙舊書，拂几開卷，未嘗不憶我俞邰也。世間知書人有幾，讀書人有幾，惜書人有幾？六陰晝盡〔一〕，微陽不滅，正賴此耳，非結習癡癖之謂也。得手札，知近履安勝，不減探討較讐之樂，甚慰甚慰。鹿床翁意況何似，比在何地？讀倡和落句，情深文至，三復闇然，愧村子不足以當之耳。欲次韻奉酬，俶擾中尚未得其緒。前所寄拙稿乃舊刻，非新作也。小題今始印就，以一册送正。爲兒戲則劇於此時，何異戒嚴講老子乎？亦欲見其癡頑耳。所借書，郵寄恐遺失誤，謹收貯，俟他日呈政〔二〕。弟書知爲愛護，不煩囑也。昨雪客字來，云劉雲莊集二本，爲程子介所浮沉。度子介爲吾兄所厚，不應有此憾事，況此係弟借兄委，不可不力索還之。知兄惜書之心，在彼猶在此也。患瘻經年，近復病疥，不能執筆，口授兒子奉書，不盡萬一。

【校記】

〔一〕畫　國粹叢書本作「晝」。

〔二〕呈政　原作「政呈」，據吕氏鈔本改。

與周龍客書

弟本鄉迂，以多難失業，未嘗有所實得，率意妄言，每不爲君子之所棄，亦其遇幸耳。乃吾兄傾蓋投契，又出尋常期待之外。昨得手教，情誼殷摯，令人感愧，不自知其何以得此於吾兄也。至欲以過分相處，弟何敢！弟何敢！在吾兄則歐陽子所謂謀道之急，不擇人而問，而在弟則柳子所謂環顧其中，未見有可取者。爲衆人師不可，而況吾子者也。吾兄天姿奇儁，上承家學之源，内有昆弟風雅之助，外多良朋名士交游之益，又加以好學深思、欿然不自以爲足之心，以此進德修業，其勢如渥洼天馬，得安驅於千里之康衢，雖老驥顧之阻喪，況弟之駑駘乎哉？小題一册呈正。手瘡作惡，不能搦管，口授兒子，牋候不盡。

與周雪客書

年餘不相見，顔色時來夢寐。荒村敗壁，倚樹臨流，出所惠竹根杯，與鄉友稺子浮白，輒舉豪契風流，以爲話柄，惜遠不能致耳。伏審近履，自太夫人以下皆安善。弟别來無一佳狀，鄉居稍習，性同麋鹿，與世間觝觸不堪，竟成獨腐。塵坌澒洞，不知所届，食指數百枚，號啼無策，過一日且作兩半日，其槩可覩矣。小題刻已久，因無紙刷印，今始成部一册，奉之几上，爲粘窗引睡之具。此何時，猶作此生活，亦可笑其癡頑也。痔瘻未平，又患瘡毒，不能握筆，口授兒子書候，不備。

與周雪客書

六年契闊，無時不思，兒輩歸，每述明德，深用慰企。弟降辱餘年，修不如短，老兄知我，亦不爲弔而爲慶耶？珍貺遠頒，不敢辭卻，然實有所不安，謹令小子叩謝。所許詩册在，吾兄贈言，隨時儆策，重於球璧，誠所樂得而讀，然正不必以壽爲義也。若徧徵他友之作，不過虚譽浮名，祝讚長生套語，有何意味，萬勿爲也。弟嘗謂壽文壽詩，起於末世誇誕營競之俗，古來文人之所無有也。至於屏障軸册，尤流俗之失，吾輩今日正當力矯此弊耳。如何如何？

月川集得爲刊行〔一〕，乃世間一大正氣事，非小小功德也〔二〕。其餘如薛文清讀書録、胡敬軒居業録，多爲流傳，皆有功於往古來兹者，先生得無意乎？弟精氣衰敗，思纂輯舊聞，急了欲了之書，而臟毒日深，不知尚有幾時偷息，造物肯容成此否耳？比卧疾山中，不能執筆，口授兒子繕奏，未盡。

【校記】

〔一〕爲　據吕氏鈔本、詩文集鈔本、王鈔本補。

〔二〕也　據吕氏鈔本、孫刻本、詩文集鈔本、王鈔本補。

與徐州來書　别號孔廬

前有數行奉寄，想已塵台覽矣。比來意況復何如？闔宅大小佳勝？所業又何書，有新得否？令子用功精進，足慰孔廬傳貽之意，便可一切勿問矣。弟自遭先仲變後，心緒惡劣，事端棼夥，直無有生之樂，更不足爲老兄道也。前札所稱某某見許，此固野人之幸，然非野人之意也。弟之論文，自論文耳，何嘗有某某在其心目中乎？孔廬老婆心切，欲於此中尋取上乘根器，弟竊未知其可也。先儒謂佛門若有一個男子，臨死時定索尺布裹頭去。立身瓦裂，更論何書，豈非鬼念大悲咒耶？淫坊酒肆，盡是道場，只除異端有此懺悔活路，恐儒門無此法也。吾輩雖欲曲爲之通，其如枉己正人何！若今日不可無扶進撥轉之功，亦只可望之未經沉溺者耳。波中品類，豈肯復登陸耶？

偶於亂紙中得少作數帖，雖未成書，聊奉充喬梓閒窗一噱；餘帖分致俞邰、仲枚、雪客、龍客、闇公、鹿峰諸兄。又敝門人董杲方白稿，前語欲一本，今奉到十九本，惟賞識取用，餘本渠欲發坊取值，買四象橋水筆，不若竟留案間，友朋間可分者分之，每本價五分，付敝寓友人買筆，不審可否？弟經年不至金陵，所發書坊葉姓者，頗萌欺蝕之意，敝友索之不吐，倘終於頑梗，欲仗大力與雪客兄以法彈壓之，深感相愛之誼。事悉敝友施卓人口中。餘嗣及，不一一。

復徐孔廬書

降辱餘生，俯仰多疚。讀贈言，鞭策重遠，令我愧汗，古璧温栗，拜君子之教深矣。未獲躬謝，先令豚子叩首，以頌明德。弟比買得一小山，名曰妙山，離家百里許，有峭壁深潭〔一〕，長溪修竹，將埋身其中，補輯舊聞以畢此生，不復知有世事矣。惟老友一相思，千里命駕耳。塵氛讐逼，令人心悸，常恐造物不容，便負斯志。如何如何？臟毒困卧，不能執筆，口授兒子繕奏。

【校記】

〔一〕璧　原作「璧」，據吕氏鈔本、王鈔本、國粹叢書本改。

與徐子貫書

正憶喬梓近況，而尊札適至，喜慰不可言。承惠製黄，知見愛之切。至謝至謝！來教云近看近思録，心中稍静，其所得也大，而進也邃矣。乃又云無得不進，何也？此書最難看，於此有見，視群書直土苴耳。教授講小學，亦是極頂事業，作聖之基，名世之具，備於此矣。某近正思刻小學，曩晤施虹玉兄云，書舖廊鄭店，有高足以欽兄藏熊勿軒注甚佳，不審可惠借一録否？幸足下爲我一訪請之。知言集料深望同志留神，所示近稿二册，劉則狐禪，陳則俗套，無足選者，即節取亦不多也。敝友行急，不及作書，尊公前乞叱候。

與陳柳津書

久不奉書問，伏審比來福履動定有相，德門大小和祥，足慰遠懷。太原修阻，久虚音信，不知家報已收幾次，意致何如？便中希示一二。

思疇昔奉教，謬承知愛，竊嘆真淳風雅，逸趣坦懷，諸親翁所同，而志節矯厲，不隨時俗，則於親翁尤切仰企之私。前者忽聞有應聘修書之事〔一〕，初疑必無是理，曾與湘翁令弟言及，囑沮再三，謂斷不宜做，即湘、秋二親翁已入世途者，於分或可應，然尚當以利害自止，況親翁自命何如人，此是何時勢〔二〕，漫然一呼而出耶？此已事不必言。昨從友人處見貴邑公憤文字，則竊以爲失禮之中又失禮也。凡作事立説，先須照管自己，即自反合禮，古人尚有奚擇何難之義。況自反此事不當爲而爲，則傷義；人不可與而與，則傷智，已先坐一半不是矣。譬之芳華吹墮圊溷，其平昔臭味，識者雅自辨之，但此時淘漉，欲與穢物分别香惡，則既入其中淘漉一番，播穢一番，惟有均不堪耳。深山窮谷，有志之士聞此舉者，固憎惡彼非，然亦未必肯放過賢者也，紛紛者又何爲乎？

文字中波及某者二條，不覺慚悸無地。如云求某賣劉書與姜二濱，因某得見二濱，尤屬誕謬。某與二濱從無交，因旦中與其郎汝皋論醫，故往還數次，二濱僅一面耳。只此一端，不惟摭事失實，將以某爲何等人哉！某方埋没身名，以無人齒及爲快，何污之至此！文字或未必出之親翁，然未有不與聞者，豈親翁平昔視某爲曳裾屈膝齷齪無耻爲蠅營狗苟之人耶？今後伏望親翁悔厲自愛，置之不言，立身進德，富有日新，彼中愆尤，不但公論難磨，即其本心上，亦自揩抹不去，豈不更甚於兩觀乎？因尊使歸，草泐無緒，俯冀鑒督，恕其唐突。何時北來，杯酒話舊，一吐欲言耶？諸親翁前不及一一，俱望叱候。不盡。

【校記】

〔一〕應聘修書　據呂氏鈔本補。

〔二〕時勢　據呂氏鈔本補。

與陳簡齋書

僧寮唄火，刺促夜分，八識田中，已鑄一善。讀書論文之簡齋於今九年，不自今日也。此後草頭行脚，屢過海昌，自顧非復向時行徑，不欲溷公耳。近則如狪獠山鹿〔一〕，野性已成，聞跫然之音〔二〕，畏而卻蹶，若引之入坐，有不止裂衣狂走者矣。其病如此，非敢自外雅懷也。老友辛齋、鼓峰已並致廡下，此玉山之廉夫、伯雨也。臭味風流，歇絶已久，一旦爲簡齋拈得，古之欲招陶陸與游者，真不啻老傖矣。咿啞所及，偶塗扇頭，江上晚來，故是村學中本色語耳，經作家勘驗，令我背汗直流。鼓峰近詩又增一格，直破半山之壘，老兄晨夕唱酬，亦信之否乎？辛齋遠歸，聞其體中尚未健，殊念切也。前因鼓峰行早，不及裁答，深以爲慭。率泐附候，不盡萬一。

【校記】

〔一〕狪　吕氏鈔本、詩文集鈔本作「洞」。

〔二〕跫　原作「蛩」，諸本同。莊子徐無鬼：「夫逃虚空者，藜藋柱乎鼪鼬之逕，踉位其空，聞人足音跫然而喜矣。」成玄英疏：「跫，行聲也。」王鈔本眉批：「蛩當作跫。」並引莊子云云。據改。

與陳執齋書 別號湘殷

籛侯至〔一〕，得手教，諗近履安勝爲喜。十月初存甥見痘，今已回好，但眼皮發，餘尚未乾，已無他慮。此德門之蔭，亦足慰尊親遠懷也。第某子孫四人出痘，而殤第八子，賤室終日悲淚，酸痛不可聞，以此心緒殊惡耳。

鑱侯明歲事，舍姪孫年尚穉，而受成昆季不容怠玩，兩者相較，自當捨語水而就姚江。在某親疎之誼，亦無分彼此也。但某本無知能，而鑱侯强納一拜，兩年以來，思少效力於鑱侯。雖粗發其端，而於老生箋箋之緒，尚有所未盡。即説書之理，不能無疑；行文之法，不能盡合。在某所見已如此，況其上焉者乎？以此爲師，不過流俗中一琤琤者耳。「名師」二字，尚未許承當。先生欲得名師以訓子姪，而急求鑱侯，究竟止取其習熟省便耳。然爲鑱侯計，明年必當捨姚而就語；即爲令子姪計，亦必當令其捨姚而就語。何則？令子姪之不可緩，固甚於舍姪孫；而鑱侯之不可緩，更甚於令子姪。使鑱侯之名師有成，則令子姪不過從容歲月間，其砥礪更有可觀，則爲彼正爲此也。儻先生以爲吾子姪期速成耳，安用此迂遠不切事情者？然則如今日之鑱侯，遠近不乏其人，亦何用取必於鑱侯，令其自誤誤人哉？以此擅爲決計，令明年仍就此地相期，猛力講究，以副先生屬望至意。度先生與人爲善爲懷，於初旨似殊而實合也。

別諭取所存物，今歲某以娶婦造屋，多費五百餘金。受成一宗，置絲未脱；舊存一宗，收布至閩，易帑而歸，目下正在印書，亦未得到手。鄙里之荒，較貴地加倍，日内尚未見顆粒之租，而催科迫於星火。枝梧之苦，有難以言告者。歲中度未能多措，須俟新春陸續奉納耳[二]。

裁兄文領入，襄指兄已爲刻二首矣[三]。匆次奉報，未盡所云。

佚名：爲子弟而求名師，讀書正自應爾。然名師未易得也，能於流俗中得一琤琤者，已足多矣。若不擇其人品，不問其學術，徒取其習熟省便，而曰吾期子弟速成，固無用彼迂遠不切世情者，吾恐其自誤誤人。歲月益久，病根益深，其爲子弟也，終以殺其子弟已矣。爲父兄者，可不猛省！（王鈔本夾注：此批非孫、江二先生語，乃大字草書。）

【校記】

〔一〕籛侯　篇中此二字皆作「籛候」，據呂氏鈔本、王鈔本改。

〔二〕「别諭」至「奉納耳」一百二字，據呂氏鈔本補。

〔三〕兄　據呂氏鈔本、王鈔本補。

與陳湘殷書

朔日正寄字奉候，越日而親母夫人至，既慰違離，復感存没，一喜一悲，情難言喻。親母即欲東渡，某以長途勞頓，攀留村莊調攝，待精神加旺起行，脈候和平，可紓遠念。因與親母語及，先生寬仁恬淡，於官途嶮阻〔一〕，固多所不堪，然以愚計之，將來即錦旋珂里，亦正費商量。蓋責望者衆，則觖怨必生，觖怨生則仇隙必至，此無論能應與不能應，有力盡而不見信之勢，故每見貴鄉官成諸君，多有建業於三吴，想亦由此也。先生何不於杭嘉間營馮驩之一窟，爲進退之計，其事亦易爲，且使吾輩得以相依，盤蔬斗酒，池邃林畔，尋晚年聚首之樂乎？狂言未必有當，聊以備葑菲之採。

【校 記】

〔一〕官 王鈔本眉批："官字疑宧。"

答陳受成書

朔日正作字附俊叔公，未行。初三日，令堂親母至，一時悲喜交集，殊難爲懷也。村莊叙語，調養頗安，且遲日東渡耳〔一〕。

兩省來札，知進修之志甚篤，恐虛少壯歲月，此意極難得。但吾儒正業與流俗外道自別，外道但欲守其虛靈，以事理爲障，故必屏絶塵緣以求之；流俗陷溺於詞章句誦，亦必離遠應酬而後得力。若古人爲學則不然，朱子解格物所謂「或考之事爲之著，或察之念慮之微，或求之文字之中，或索之講論之際，使於身心性情之德，人倫日用之常，以至天地鬼神之變，草木鳥獸之宜，莫不見其當然與其所以然」，凡此者皆學也。如足下今在署中，過庭之際，其所以服勞承志者如何？尊公事務鞅掌，即可以考得失感應之故，與所以經畫之方，或有所行役，則亦可以察風俗，覽形勝，訪古今，求人物，亦無非學也。得暇即讀書閲史，以擴充其所未及。總在立志專一，則凡所閲歷，皆於此事相關。若志趣游移，雖博物能文，總於己分無涉。足下試從此求之，事理既明，德業自進，即行文亦必沛然條達，與向不同，他日相對，正好商量也。莊中近復小葺，當淨掃一室以待吾受成耳。有便信時寄數字。

孫學顔：天下無事外之道，故無舍日用應酬爲學之理。學者須是立志專一，不爲流俗外道所惑，方知此文無一語虛設。

【校　記】

〔一〕「朔日」至「東渡耳」四十四字，據吕氏鈔本、詩文集鈔本、王鈔本補。

與吴孟舉書

自吴中歸，瘻患復作，行步支離，致疎良晤。承示讀周先生史貫，覈而不刻，辨而不畸，有永嘉豎論之精，無眉山翻案之失，真翼經之功臣，論世之尚友也。村檠展復，不釋吟嘆。劉鳳閣云：史傳淵浩，非探賾索隱致遠鉤深者，烏足辨明哉？弟於史學向未有知，周先生書成，得卒業而問津焉，是所願耳。吾兄綜貫古今，識神超朗，玄晏之任，捨此安屬？弟之不能，兄所知也。抑有一轉語，聞絃賞音，足徵雅曲。雖未能盡窺全豹，然於論輓輅子，見其痛心於治亂大關；論孔博士，知其出處之不苟；論焚書，明此道之必不煨燼於烈焰。有心哉，其藴負如此！周先生非今日之人，此書亦非今日之書也。寶鏡在懸，鬼燈失燄，藏之石渠，布之寰有，固周先生意中事耳。吾舌長存，斯言不朽，何用汲汲於蒼公醒噚間尋佛頭之糞耶？試以狂言質之周先生，資一大噱，何如？原稿藉完去，并致執鞭之慕。月初復理秣陵之櫂，歲内或未得歸，則相見在梅花後矣。

與吴孟舉書

前因相訂湖上，十八日早從餘杭力疾趕至，則吾兄已於十七早行矣。悵極悵極！志書之事，非吾人之所宜爲，弟之愚自審所處，固不必言，在吾兄亦萬萬不可。義理有是非，世故有利害，兩者皆不可也。吾兄於此未免尚有意興，於義理雖明知而不親切，漸且不以爲然，故敢切直言之。至弟之關係更不小，惟仗兄與喬三護持之力，得爲弟决絶此事，乃深感也。前見喬三，亦以弟言爲然，然其語云吾輩暗中相商於弟，不知此所謂掩耳盜鈴也。若此事可做，則宜直下承當，何必如此！即吾兄所云家世文字須料理，亦係流俗之見。此意不明，都無是處。説至此，令我氣塞矣。不盡虔禱。

與吴孟舉書

千里遠别，乃以瘍累，不得執手河梁，殊用耿耿。兄體中初和，宜加意保攝。出門與在家不同，飲食起居，分外當慎，雖藥餌勿妄投也。途中雖衣船足恃，然萬勿侈張，以招意外之虞。關津閘口，勿臨險登眺。至燕尤以收斂謹密爲主，最要戒譏評，重然諾，勿爲快意之舉，勿爲炙手之緣；禁絶鬬戲，屏遠聲伎，庶足以保身進德，省費避尤。但以詩文風雅，自重於儒林，以兄之才華，取自然之令譽，天下且將欽慕之不暇，豈假塵坌徵逐以取之哉？知兄明敏，不待弟言之及，然私心惓惓，有不能自已，惟吾兄察之。便中時寄數字見慰。燈下草草，不盡欲言，千萬珍重。方虎兄一字，附記室致之。

寄吴孟舉書

臘月奉書，附勞宅幕客，不審幾時至邸履新。動定有相，旅情和暢，足慰千里之思。尊門大小平安，可無煩縈念。弟於季冬舉第七子，正月又添一孫，食少口繁，徒多爲累。而浹旬中連遭先姊、姊丈之變，邅迴烏鎮，情緒之惡，更可知矣。

斐如兄傳兄歲底一信云：「正月書升必得差，決計同出。」最善最善。又聞積分例行，則尚須留此，此亦在兄自審機宜，難於遥斷。第書升出而兄獨留，凡事尤當加意斂約，以坐館爲上，依友次之，斷不可自借華寓。借華寓則必將供帳宴會，内無人必至畜姬妾，從此鋪排，不可收拾矣。區區所祝，惟願兄謹交游，遠聲伎，節浮費，嗇精神，馬弔之戲斷勿復近，傍人勸服槐花飲子，勿與商量而已。其中尤要慎赫奕之跡，古來文人失足，未始不因文字相知也。近日友朋在此中，大約只爭目前些小得失，不復知有平生品行，蠅營狗苟，真不可令冷眼人靜處笑看。吾兄夙昔洞然，今更當高着眼、牢跕脚，勿爲所移惑也。

前札中云梁姓者多藏書，許借楊大年集。今録上宋集目一紙，幸細問之，有可假者，亦快事也。所惠恭順餅，其包香綿紙，乃燕中最多之物，頗堅靭可用，望兄爲弟買千許歸，擇其精者尤妙，特以此紙寫書目呈樣，千萬勿忘。

大兒今歲爲自牧招與其長郎同坐，今在園中。賡虞令弟忽擇及寒陋，議婚於弟，將爲子女親家，此亦兄所欲聞者。因性孚之便，瑣屑及之。性孚來，欲尋一書館，有可爲地者，惟推分留神。方虎不及作字，寄聲相念。春寒料峭，爲道自愛，得歸只宜早歸。餘不備。

復吴孟舉書

得十九日書，悉近狀，甚慰遠念。讀答方虎語，尤感尤喜，歎老兄知弟之深，愛弟之切，而教弟之至也。方虎二十餘年之交契，分非不篤，然終是世故中人，方且以留夢炎、程文海自處，於語知己何有哉！歸時當叩首謝兄益我耳。聞比有疾惡之事，不知進止若何？弟意終以玉不抵鵲，吾輩胸界稍寬，便不直與較。如其機既發，又不可曰吾小懲之足矣，操刀必割，勢自如此。君子之待小人常疎，小人之伺君子必密，我以游戲處之，彼以切骨銜之，不可不慎也。便中望示其概，以慰戀切。

弟此間行止未定，畏暑，欲俟秋歸。若吾兄楚行必果，則弟留此以待爲廬山之游；如其不確，則七月望後束裝南矣，亦候兄教決之耳。諸所委已悉，陸續寄奉兄處。宋元集及經學書目乞録一紙來，黄俞邰欲看也。

與吴孟舉書

接札深服教益，意趣之合，未有及此者。又喜吾兄必擴充此義，以共砥有成也。第如尊教所云：「艇子繫門，東西問津。」便恐將來此地又成熱鬧，則并累此莊，奈何？

昨得復仲表兄之訃，竟客死粵中，爲之痛悼。人生不力學自拔，便爲貧老所困，豪奢之習未能忘，饑寒之味不能忍，甘以玉骨委之塵壒，回顧生平，無一成就，如復仲兄者，真可哀也。

鋤頭二事領惠，謝謝。日來稍稍翻蓋修葺，力作之人，朝出暮返，爲工無幾。兄當中有蚊幮借我一床，但取寬大，不妨粗惡，事畢即璧。若爲價不多者，奉值銷號可也。有暇過莊中，煮茶清話，以商種種，望之望之。

與吴孟舉書

兄發猛閉門讀書，謝絶一切，此吾道之幸，豈直兄自了事哉？可慶可喜可畏，然又有可慮，則恐虎頭蛇尾耳。此事一有進步，不第詩文道上，於吾兄德器必能脱去凡近，所造日高，非弟所能望其肩背也。抑又有奉獻之愚，兄近來於聲色太豪，竊謂顧瑛、楊維楨不足效，前移居札中業已發其覆矣，兄高明，豈不鑒之乎？即兄自謂精力過人，不妨游戲，不審保嗇此有餘之精力，爲平生大事用，不更善乎？迂言或有當，望察擇之。惠茶又得省客之教，拜賜尤多也。謝謝。

與董方白書

違離半載，初返園扉，思尋友朋里黨之樂，不謂舟過北門，忽睹妖異營搆。倉皇駭問其故，則曰：「新造小齊雲。」問誰主之，則皆平昔交好者。僕止之不能，諍之不應，不得不望救於同志。

竊謂此事有大不可者七：崇尚異端，誣民惑世，即無知妄作，猶恃紳儒正人起而禁遏之，況可倡此厲階耶？一也。年不順成者三載矣，今歲幸無他，然十室九空，流離未復，今無故發此大難之端，度所費不下數千金，時絀舉盈，極爲民害。二也。或者舊時原有遺跡而修復之，然且異端教宜汰不宜興〔一〕，今忽創建非常，此風一熾，燎原難息，民生何堪？三也。數年前海濱特立小普陀〔二〕，致三吳愚氓，燒香雲集，男女闐塞，千艘驟擁，穢跡彰聞，包藏叵測，當事震怒，擒其渠魁，置之法，禍乃得解；此覆轍不遠，今「小齊雲」之名，一播遠近，恐其患更有甚焉者矣。四也。此地係通邑咽喉，商賈薪米於是乎聚，漕輓官艦於是乎經，因河道逼狹，平時尚有剥淺阻塞之虞，將來香船駢擠，又何以堪？況吾邑疲弊〔三〕，幸上下皆恕其貧苦，以故數經凶荒而得免；今舉動若此，將浪得殷侈之名，來筦算之誅求，動不測之覬覦，以貽當事之憂。五也。又聞此地曾有尼築菴，以損傷地脈爲詞撤之，且經申報上司矣。尼之與僧有何分别，菴之與殿又加大矣，豈尼凶而僧吉乎？抑菴則傷脈，而殿又忽致福也？萬一有執此説以論可否者，前後互異，不知諸公將俾中尊何辭以對上司也？六也。私創夙有明禁，昨見孟舉兄，云杜公意亦不以爲然，然則其爲非法可知矣；不知諸公何故執迷，必欲畔正道，𢿛禁令，違父母之訓，而徇此邪妄之説耶〔四〕？七也。

蓋其説實惑於風水。不知風水之術，即使有之，亦當論地脈水法之去來消納〔五〕，方爲實理。今但云去水方位，宜興殿閣。夫水行地中，屋架地上，水不畏屋高而逗遛，屋不惡水流而拒阻，此理之易辨者也。若果有益水口，則北寺之巍峩，與夾岸僧廬，已足扼其吭矣；虎嘯之鬱聳，又足攔其要矣，又安用此疊疊者爲？況吾邑去水之口甚多，登雲橋以南，對縣治直走者十餘里；郭南橋以東，南寺以東，迎恩橋以東北，三里橋以東，傍縣治横瀉者，皆去水也，又安得許多地藏殿以塞之哉？此風水之説更可不待智者而破也。

此事一時之成毀似小，而關吾邑後此無窮之利害實大〔六〕。僕人微言輕，與諸公嘵嘵，竟不見省，伏望足下以此理直告之杜公。杜公爲吾道計，爲法守計，爲生民風化計，必深且切。倘得毅然禁止，永絶妖妄，則陰德之及吾邑者，直與語水相無涯〔七〕；而足下衛道之功，亦非淺尠也。舟次草草，虔禱千萬。

江歙谷：於一小事指陳弊端，歷歷明盡，此先生文理密察處，即此便見經濟實學。○看他逐段中各有許多曲折。

孫學顔：此篇與與沈起廷書，俱極論創建淫祠之非，崇正闢邪，可謂不遺餘力。

【校記】

〔一〕異端教　妙山精舍集、王鈔本無「端」字。
〔二〕特立　妙山精舍集作「時造」，王鈔本作「特建」。
〔三〕弊　妙山精舍集校改作「敝」，注曰：「敝，壞也。」
〔四〕徇　妙山精舍集、王鈔本作「狥」。
〔五〕水法　據吕氏鈔本、妙山精舍集、王鈔本補。
〔六〕關　妙山精舍集作「開」。
〔七〕直　吕氏鈔本、妙山精舍集作「真」。

與沈起廷書〔一〕

前日別後，微窺兄意，尚未甚以鄙言爲然，故又囑方白詳致。繼晤華老，亦曾託道此意。

又會孟舉兄叔姪，極言其不可。諸兄皆吾輩道義素交，故弟與痛切論辨，蓋此事關係非小，不意諸良友偶誤至此。弟歸數日，耿耿憂懼，三夜不成寐，但爲此事。今知兄高明，必翻然不吝徙義之勇，不煩弟嘵嘵矣。頃晤華老，觀其意中尚戀戀不忍捨，有姑縮小其規制之説，此護短遂非調停之俗腸，非賢者光明磊落之道也。漢高祖聽人言宜立六國後，即爲刻印，後因子房言不可，即立促銷印，千古以此美高祖之光明磊落，真大豪傑作用。當其刻印，未嘗無説，見其納言之廣；當其銷印，又第見其改過徙義之敏決。天下後世稱歎無已，何嘗議其始之誤聽，又何嘗笑其後之不終哉！故此事兄既知其誤，宜即斷然已之，萬勿作調停猶豫之見。況聞此地向有尼欲造菴，縣間曾有以傷地脈爲辭，申報上司矣。尼之與僧，有何分別？菴之與殿，以小易大，在世法亦有所不可。杜公昨見孟舉，言及此事，豈可違法以徇妖妄乎？今直以杜公不可之旨下場，甚正大甚光明磊落，兄斷勿失此機會也。抑弟又有慮者，凡禿丁之毒謀最深，諸佛總甲之慾興正熾，必不肯中止。度此事非兄與諸友不能，必然多方摇惑吾兄，或以吾輩作事不可失手自廢，或以禍福，或以募化之物已收，紛紛俗説。兄須毅然以理義斷止，使其説不得而惑。彼見諸策不行，必將造作流言以激吾兄，或增揑弟不堪之語，爲離間之計，皆勢所必至，惟兄明鑒而勇斷之也。

南中遠近有道有識之士，聞弟述吾兄梗概，皆敬慕不置。此舉若遂，其有損於吾輩德望不小。弟聞朋友之義，猶臣之事君。君過不諫，非人臣也；友過不諍，非人友也。事君之道，諫不聽，則以去就爭之。今弟亦輒敢以去就決之於兄及諸好友。儻此事終不可罷，則將來集雅之堂，必無某之跡矣。惟兄高明勇决，迥出流俗，可與盡言。弟此號呼，聲淚迸出矣，伏望鑒其愚戇而採擇之。幸甚幸甚！禱切禱切！至禾數日，度十七八定當歸叩尊齋。若經過北門，見營搆巍然，便不復能東也。瀕行，草草不盡。

佚名：合與董方白書觀之，又見先生交友之誠處，所謂忠告而善道者如此。（王鈔本）

【校記】

〔一〕題原作「與某書」，據呂氏鈔本、孫刻本、王鈔本改。

與沈起廷書〔一〕

方白昨過致尊旨，謂弟與孟舉日遠日疎，不可不亟爲修好釋㜸之事。其言真以切，其情深以厚，其計慮亦遠以周，此弟之所感激而欲涕者也。然反覆籌之，有所必不可者，不得不詳其説於左右。

昔弟與孟舉非尋常悠泛之友也。其才情穎朗，意氣展拓，謂可同切劘於正人君子之塗，冀各有所成就，非世俗徵逐酒食往還體面以爲歡也。其母夫人識弟於稠人之中，命之納交如其嫡從之屬，孟舉亦竭情盡歡，表裏無間者十有五年。而有劉徧楷〔三〕、余蘭之變，賴兄與諸友綰合，至今又五六年矣。弟受其解衣推食、吉凶同患之德，既渥且久，夢寐不敢忘，今日但有弟負孟舉耳，不可謂孟舉負弟也。嗟乎！弟何心哉！弟何心哉！蓋所以斷斷不合者，實弟之迂拘僻戾，自足以取之。富貴利勢，天下之同好也，必曰詩書禮義；參禪付法，古今名士多爲之，必曰異端邪説之當辟；驕奢淫欲，得志於時者之所爲也，必曰收斂保嗇，毋踰繩墨；諂臣媚子，所以娱心志也，必曰親君子遠小人；戲弄博簺，講習聲技，豪家之風流，悦世之善物也，必曰是非君子之道，名教中自有樂地；凡吾所欲爲，游吾門者皆當逢迎順旨，雖否亦可，此忠於所事也，必曰是則是，非則非。一冰一炭，一朔一南，背馳遼絶，乃欲强挽而使之同，兄試思之，將令弟改轅易轍以就孟舉乎，抑能令孟舉棄其所樂而下徇匹夫乎？兄亦知其不可也。何若使孟舉自快其人生行樂之見，無復有僞道學之可憎，敗人意興於其間；亦使弟自適其枯槁絶物之性，不睹不聞，無復憂惶駭愕，鰓鰓嘵嘵，日取罪於達人，所謂彼我之間，各得分願，不亦善乎？蓋所爭在志趣，不在事跡，事跡可以修釋，志趣不可以修釋也。

方白云，吾兄亦知難於驟洽，且求全故交之念切，欲弟姑自貶損無深求，且作尋常悠泛之往來，於義宜無害。然弟又有所不可者。思當時交誼，期許之過深，今忽改而之淺，吾不忍爲此態也。又思劉、余變後，孟舉本無悔過服罪之心〔三〕，徒迫於友朋之牽揞，勉强相通，周旋世故，外合中離，誠意不孚，所以復有今日。錢若水所謂無品節高蹈之臣〔四〕，所以貽人主之輕鄙，揣蒙正之眼穿復位，譏昌言之罷斥流涕，皆苟且依違之有以自取也，豈可更蹈前日之覆轍耶？朋友之倫，與君臣同，皆以義合，不合則止。如爲行道而事君，道不行則潔身而去，此難進易退之義也；若當時以道不合而退矣，又欲其降而取乘田委吏之義，留戀苟容，則大不可也。文叔在上，下放嚴光，士各有志，豈能相强。今者孟舉原未嘗絶弟，弟自不可立於孟舉之庭耳。夙昔之惠，但有感恩，豈敢怨乎？吾兄往矣，致語孟舉，江湖浩浩，游乎兩忘之鄉，斯可矣。各匿其意，貌與盤桓，名曰世情，實嶮黠之所爲，又何取焉！言不盡悃，統冀鑒諒。不宣。

江斂谷：此先生所謂欲學朱子，當從去就交接處，畫定界限做者也。世風日下，寒士日戀富交，而富者益輕寒士，總緣脂韋不斷絶耳。須知能感人處，却不在戀戀也。看他義正詞嚴，無一語放倒自家，直是可以廉頑立懦。

孫學顔：較與董書，意更深切。中間許多箴規語，都是對症之藥。洲錢先生卒得爲端人正士，未必非因此感悟而然也。嗚乎！人生不幸不聞過，顧安得直諒之士與之爲友耶？

【校　記】

〔一〕題原作「與某書」，據呂氏鈔本、孫刻本、王鈔本改。

〔二〕衜　原作「行」，據呂氏鈔本改。按，劉衜楷於康熙四年乙巳至八年己酉任石門縣知縣。

〔三〕罪　呂氏鈔本、王鈔本作「義」。

〔四〕品　呂氏鈔本、王鈔本作「秉」。

與董雨舟書

浪游半載，固多離群之歎，而於吾兄疎遠，更有異於尋常百倍也。舊京所遇，殊無足道，止鈔得書籍數千葉，差足快意耳。然視兄閉門養高之樂，又有雲泥之別矣。歸來見里中所爲不道，不勝憂憤，喜方白志同語合，乃得暢所欲言。接手教，固知淵源之有自，又喜老友雖久暌，而此意未嘗無水乳之契也。持正閑邪之功，實出喬梓，弟又何益之與有？承諭力民明歲之計，兄之子孫猶吾家也，兄但計其合當如何，得力民成就遠大，弟固祝而望之，其敢以私利礙公家大策乎？方白近來敏决亦迥乎不凡，不知兄門將來昌大當何如也。極欲晤對，以盡闊悰，未識何時能過敝齋作數日暢談？冗中率率未盡。

與董雨舟書

尊教至，適弟已入省，遂致稽遲。豚犬重累載臣，恃喬梓夙昔世雅，故敢以輕鮮唐突，若見麾卻，令我慙恧無地矣。雖知己情逾骨肉，無藉虛文，然兒輩終身始事，不可不存此戔戔之意也。伏望一笑置之。虔禱虔禱！歸君已下榻荒村，但風雪中難爲載臣，甚不安耳。新年正望杖履過從，商定山林經濟，耦耕之志，於是乎有成，真人生快事也。

呂晚村先生文集卷四

書

與徐方虎書

江城度歲，景物光陰，別見客中興趣，雖游橐不甚稱意，然吟詠所得，自足豪矣。目疾困人，知清齋習靜，不日自可。弟爲荒村風鶴，不能鼓枻候晤，西望怏然。老畏城市，甚於萑苻，不自知失保身之術，亦足見其迂戾而闇於事理。將來欲令家人入城，以此身委之而已。小兒駑下，愧勿能教，幸得親門牆，正賴鞭箠之力，萬勿以成人待之。昔友文字，刻板已竣，專待大序行世。弟友大半皆兄友也，而弟平生於交游間情事，及雲雨變幻之來，亦惟兄知之最深，幸勿恡一援筆揮灑此意，拜賜多矣。

姚江近狀亦各行其志，但依附其門者，必見攻以示親信，如演義所云投名狀者，真可怪笑也。有如别諭，其曲折可以意想，吾輩亦無如之何，止當謹默自全，庶幾遠謗之道，吾兄以爲何如？承名泉珍味之惠，至謝至謝。新刻金正希稿及先外祖稿各一册附正，晴窗引眺時，不無少助也。餘不多及。

答徐方虎書

弟病極矣，光陰無幾，汲汲打包，猶恐不及。痁鬼模糊，苦不相投，卧想碧巖、蒼弁之間，自是神仙會集，非病僧所得與也。有人行於途，賣餳者隨其後唱曰：「破帽换糖。」其人急除匿。已而唱曰：「破網子换糖。」復匿之。又唱曰：「亂頭髮换糖。」乃皇遽無措，回顧其人曰：「何太相逼生！」弟之薙頂，亦正怕换糖者相逼耳。兄不哀其窮而加歎美焉，毋乃過耶？

旌德湯生，不特爲弟寫樣，并管刻局中事，若此公一出，則十餘人皆須散遣矣，故不能也。有吕建侯者，寫字亦相同，但手慢，每日不及五篇，故其人自不肯寫，今特令之過從，若希兄以爲可用，則留之，否則急遣歸，弟處鑿補等事皆賴之也。小兒刻文一本呈正，幸批抹教之。

答韓希一書

年餘間别，時時往來於懷。方老屢約爲弁山之游，而弟衰病日逼，生趣索然，九原不可作者，行將就之耳。登臨之事，度非所能矣，昔人所以歌「爲樂當及時」也。

試牘文字，弟素性所不喜。蓋時論以至庸至俗之文，則名之曰墨卷體；而以無理無法者，則名之曰考卷體，世間惟此二種惡業流傳耳。弟之惡考卷體也又甚於墨卷，以其尤遠於理法也，交游間有投贈者，即以糊壁覆瓿，未嘗有所留貯，故無以應命，惟質亡集有故人試牘，附覽。

弟處自開刻局，有二十許人，皆恃湯生一手寫樣給之。而刻局中一應收發料理，亦皆湯生主其事，若令出門一日，則二十人皆須罷遣矣，故勢有不能〔一〕。有吕建侯者，其字與湯生同，但手慢，每日不及五首，其人自以爲非策，故不肯寫樣，而爲琢硯、鐫碑帖、雕印鈕、刻扁額齋聯諸事，時下無出其右者，今特令走謁，試鑒定何如。明文備從未繙動，承令表弟索取，謹以原本納還，幸致之。舍姪於杭遇闞姓者，雜貨店人也，而好名，自言有明文數千肯相借，未及浹月即促索，至加訶責，急還之乃已，於此悟文之宜買不宜借也。先兄遺文之賜，如獲拱璧，感謝感謝。蒼水先生已得其全稿，若月函固無可著者，若其人已古，可入質亡集耳。小兒新刻一本、小草三帙呈正。尊公前幸致候。伏枕率率不備。

【校　記】

〔一〕有　吕氏鈔本作「必」。

與張午祁書

尊恙餌藥來有進無退，自是賤技庸劣，不能測中病機耳。更酌改備擇，善自頤養，博採名術，以復天和，此遠懷所禱也。古老志節之士，雖時喜禪悦，然非其安身立命處，若付之闍毘，是以西裔待之，使不得正其終，恐有所不忍，其慘毒又甚於暴露矣。弟計山中葬埋爲費有限，且禍福無主，隨地可藏，幸致山眉兄圖其合於義理者爲之，勿以苟且辱志士。若資有不給，吾輩朋友之誼，各有不得辭，群力衆舉，似亦易易也。草率附復，諸容晤悉。不一一。

與何商隱書

違教幾兩載，不免有倀倀之歎。先生歷境雖困，而其道益光，正足以見識養之邃。人之無良，曾無與於先生者也。若弟滿前刺觸，動足成膂，事皆由己，不關他人，其取困又與先生不同，不審先生何以終教之乎？

春夏營構山菴數間，雖未盡落成，而泉生室中，峰當牖外，澄潭可釣，峭壁可登，松徑竹林，可以避客，亦復欣然忘老。第苦空谷無音，寂歷誰語，安得晨夕高賢奉几杖以開蒙翳哉？倘先生不棄荒昧，秋間拏艇奉迎，試憑眺其間，可居可游，惟先生指趣所適，得遂追隨之志，固不勝大願也。

志雒所患，當以温補收功，自是正論。第其中次第，宜先滋補，而後議温，或可以不温而愈；若必至温，則又進一步説也。至其婚事，竊以爲禮節易而居處難，此須先生與渝老、幾臣熟計長便，弟無從籌畫，僅可從諸公後，少效涓埃之力耳。志雒東來，率復不盡。

孫學顔：言外可想見商隱人品之高。

復苗采山劉素治書〔一〕

兩兄奇才駿志，崛起西陲，又與家姊丈游，熟聞雒閩之旨。前歲遠辱惠書，示以佳製，開緘循讀，光燄四射，吴越善文之士，未能或之先也。天下將治，地氣自北而南〔二〕，今南風日靡，而北有兩兄卓然自拔於方隅，非將治之賴乎？充兩兄之力，詎止陵轢時賢，以之入古作者之室，固優爲之。然弟之屬望於兩兄者，抑又不在此也。譬之賈焉，視市集之闕乏者而爭致之，獲利十倍，然猶庸賈也，今之善其文以取華望者是也。若擇市集之所賤棄者獨居焉，是爲奇貨〔三〕，其售無期，而利不可量，賈斯良矣。今天下所群棄而不取者何物乎？此奇貨也，兩兄亦有意耶？弟老且病矣，爲俗氛所苦，薙髮入山，與野僧柴漢爲侶，不足與聞斯道，惟兩兄勉之而已。家刻二册、小兒妄作二帙，附呈記室，用博一粲。便郵附候，不盡所云。

孫學顔：引進後學，意思真摯，然市集紛紛，竟無知奇貨可居者，如庸賈何。

張謙宜：理學者，才人名士之所畏惡也，故屬望而不敢竟其説。

【校記】

〔一〕孫刻本題作「復苗生劉生」。

〔二〕地 據妙山精舍集補。按，此句邵雍語。

〔三〕是 吕氏鈔本作「視」。

與朱望子書

屢得甥字，去年以書信附蘇州，而郵客已行，竟不得致，怏然。閱甥近文，較昔條達，知勤業不怠，日有進詣，可喜可慰。第尚未能開拓境界，不脱膚淺平實四字，大都好通篇逗點，無可抹亦無可圈也。其病坐無意思，故無曲摺生發。今特寄與程墨一册，金正希、黄陶菴稿各一册，吾兒竿木集一本，其中金稿與竿木集尤爲吾甥對證之藥，當細玩之。家中尚有歸太僕、唐荆川稿，不以相寄，因此等文字，甥宜慢看，不能得其精微高妙之故，則徒益其膚淺平實而已。爲甥計，急力闢生徑，使心思别出，乃有進處，否則終無當也。

吾痔瘻增劇，連年咯血，今聲嘶痰嗽不止，日就枯瘁，加以塵埃嬰逼，意益不堪，遂削髮爲僧，結茅埭溪之妙山，苟延性命。急欲完知言集及一二種要緊文字，而精神已不支，搦筆收拾不上，家中子姪門人之文槩不能批看，故甥文亦不及動筆也。苗兄、劉兄文甚佳，北方有此神駿，尤不易得，愧殺南人矣。觀其志趣亦不凡，似不甘以時下自了者，故以數言慫恿之，晤間爲道斯意。醫理難精，以餬口之心爲醫，更必不精。其説甚長，俟歸時面言可耳。便信行遽，不及多語，惟善自愛，以副遠念。五舅字與朱大甥。六月廿二日〔一〕。

【校　記】

〔一〕六月廿二日　據吕晚村先生家訓真蹟卷四補。

與朱望子書

男子志在四方，爲行其道也。若漂泊，則何志之有？然一身猶可以自解，奈何以白髮之親，流離塞上，倘有意外，不得遂首丘之仁，是誰之責歟？甚至以故婦爲辭，則三妃不從蒼梧，豈大舜反戀皇英之墓耶？若以新恩得所，樂而忘歸，寧陷其親於荒徼，此尤與於不仁不孝之大者，甥又何以自立於兩間也！情切故詞直，惟甥勉之。十月九日舅字與大甥。

與董方白書

久不與賢者相對，繫念無時，形之夢寐。得近札，知以館穀北留，較之奔馳，此爲良矣。若得閉户讀書，做些著實工夫，爲益更不小，只恐此中應酬世故，又從而牧之耳。此不必講義理，只與論利害，則作宦之危，自不如處館之安，宦資之不可必，自不如館資之久而穩也。惟幕館則必不可爲，書館猶不失故吾，一爲幕師，即與本根斷絶。吾見近來小有才者，無不從事於此，其名甚噪，而所獲良厚，然日趨於閃鑠變詐之途〔一〕，自以爲豪傑作用，不知其心術人品至汚極下，一總壞盡，驕諂並行，機械雜出，真小人之歸，而今法之所稱光棍也。究之所取，亦東坍西漲，有虚聲無實際，歲月之間，消落如故，落得個終身狼藉耳。其家人見錢財來易〔二〕，皆驕奢不務本業，則又數世之害，故不可爲也。

來札云：長安富人肯爲捐納，以其輸錢得官，於心未安而止。此固是矣。然賢者見識，於理尚隔一針。在今日而言〔三〕，以文以錢，有以異乎？無以異也！若他人代爲捐納，則雖今日亦有所不可〔四〕，使其人即不望報，我何義以處之？如其不能不望報也，則此官豈可爲乎？辭受取予，立身之根本，足下不安於輸錢，而反安於他人之捐納，此吾所謂差卻一針也。滚滚馬頭塵中，自然無人物在裏，亦不足較量，但足下自能高着眼孔，跕得脚住，則所望於賢者不輕耳。

僕迂病日甚，即邑里紛紛，俱不欲相近，看此世界中真無一足把翫者。惟殘書數種未了，思後來歲月無幾，將屏棄一切，汲汲了此，此僧家之打包者也。但恨同志稀少，無處商量。向日張佩璁頗聰明細心，有志向上，欲引以爲助，而天奪之遽。邑中止一吴自牧，天資過人，近年德業日新，以爲賴有此人，而七月間又以疾暴亡。看此氣象火候，殊不佳，顧影煢煢，有口掛壁，真無生人之樂矣。不知天意欲何如，此數書又安能以一手一足成之也。言之可悲可痛！令弟文字甚長進，志趣亦漸入高明，第苦無定疊工夫，打成片段耳。嘉善柯寓匏到燕，曾相會否？此兄質性極美，有意於正業，爲文亦高雅無俗韻，華胄中絶少者，只是門第習氣重，世故深，擺脱不得，亦是無可奈何。然素心奇賞，此意時時不泯，得閒即與商論，想互有益也。選文行世，非僕本懷，緣年來多費〔五〕，賴此粗給，遂不能遽已。其中議論去取，未免招人憎忌〔六〕。目下刻成墨評一部，中多直抹批駁，恐外間不無謡諑，或别生是非，故尚游移未出，不知當復如何，幸爲我察之。得早見裁示，恃爲行止也。冗次率率不備，俟後再寄。某頓首〔七〕。

壬辰科張君名永祺者，余極喜其文細實有本領。聞其宦在燕中，幸爲我一訪之，得其全稿爲妙，其墨卷鄉會俱不曾見，欲讀尤切。目下程墨完，即料理知言集起矣，凡明文不論房行社稿，皆爲我留神訪之。又湯若望有天文實用一書，幸爲多方購求一部，感甚。某又言。

孫學顔：經歷世故愈久，處義愈精，惟有本者能之。

張謙宜：只是義精，故照見一切世情。讀竟慨然，真有李文靖之嘆。

【校　記】

〔一〕然日趨於閃鑠變詐之途　妙山精舍集無此十字。

〔二〕妙山精舍集無「人」字。

〔三〕今日　據呂氏鈔本、孫刻本、妙山精舍集、詩文集鈔本、王鈔本補。

〔四〕今日　據呂氏鈔本、孫刻本、詩文集鈔本、王鈔本補。

〔五〕妙山精舍集無「緣」字。

〔六〕免　原作「勉」，據呂氏鈔本、妙山精舍集、詩文集鈔本、王鈔本、錢振鍠排印本改。

〔七〕某頓首　據孫刻本、妙山精舍集、詩文集鈔本、王鈔本補。

寄董方白柯寓匏書〔一〕

正月入埭，買得青山潭石壁一帶，溪山幽峭，樂而忘返，留連者兩月。昨始歸家，見手札，知近詣加進，不爲聲塵所動，甚慰甚慰。且有寓匏相講習，喜可知也。墨評之不宜，寓匏別時見規，正與足下言合，感愛我之深，鄙意竟皮閣不出矣。臨奇來，述時論有招致詩文之事，頗有齒及者，聞之不勝震悸。區區本末，足下所知也。昔人所云不值半文者，豈敢昧忘耶？初與寓匏論文字，曾及舊絶句一首，正爲此耳。此係某平生關目，惟足下急與寓匏審察消弭之策。知我只二公，所恃爲保護餘生者不小也。激切激切。餘悉載臣札中。心緒惶擾，諸不盡〔二〕。

張謙宜：此舉博學鴻詞時事。觀其傴切，真有談虎色變意思。

【校　記】

〔一〕妙山精舍集題作「寄董方白」。據書内所述，似僅與董氏一人。

〔二〕盡　妙山精舍集作「一」。

答柯寓匏曹彝士書

使歸後甫畢塵事，而小孫患痘殊劇，旬日來未免憂懸，忽忽無緒。昨晡始有生意，得力疾展讀。坐此遲爽，耿仄何如！兩兄文各負奇偉，寓匏天才駿逸，迥絶塵姿，多於蘊藉中挺瀟灑不羈之致；彝士風骨雄勁，所向空闊，一瞬千里，不可捉搦。不謂於文字頹澌時覿此異材，又能閉户相砥礪，不屑稍近流俗，只此雅懷，已足千仞。乃冲襟虚挹，問不擇人，村子環顧其中，則皆君之所餘也，又何以相益？

無已，竊有所質，兩兄之爲此文也，其心有篤好，爲文固當爾耶？抑外間風旨乍更，爲决科之利耶？篤好以爲當爾，則志定而氣堅，必有進而無退，不至於古人不止。彝士文有云：「孤行無偶而不懼，舉世菲薄而不慙。」此見道之言也。兄試自舉勘，果不負斯語乎？若猶未也，則决科之意急，而爲風氣所拘也〔一〕。風氣有何定一，津要倡論於上，朝行矣，升沉局幻，暮復變焉。爲文而由此，則志惑而氣躁。庸流乍撼之不動也，數鉅公沮之稍動矣，數名宿引之又動矣，或得或失，誘之挫之，則大動而不能自主矣。出門抱行卷，自以爲逢時，數十日抵郊衢〔二〕，聞時尚又不爾，回惑失措，則今日所爲，安知非他日所悔乎？文由心生，心正則文正，心亂則文亂，此不可不辨也。某之論文亦止如此，未嘗期其書之必行世，世之從吾言也。適與時論相凑，謂其功足變風氣，爲近日選家之勝，此某之所深耻而痛恨者也。但使舉世噪罵，取以覆瓿黏壁，錮其流傳信從，如蘇氏「烏臺案」、朱門「僞學禁」，莫不拒絶遠避，而有人焉獨以爲不可不業此，此則某之論文果有功，而其不止於文者，亦駸駸盡出矣。兩兄於此，得毋猶有所疑乎？

前在金陵，有時貴相識者欲某定其房稿，曾有絶句云：「自古相知心最難，頭皮斷送肯重還。故人今有程文海，莫便催歸謝疊山。」〔三〕此心言也。兩兄深知此意，至燕市絶不齒及，若有問者，第云「衰病，事事頽廢，更無足道者」，則知我愛我之至也。

江歛谷：爲文趨風氣，即喻利之根源也。學者欲正誼明道，於此一關先打不破，更有何説！

孫學顔：與文人講究，必有透頂之論，本領深厚故也。

張謙宜：嘗誡子弟云：「文章遇合，如商人行貨，自珠玉錦繡，以至銅鐵布絮，俱有售主，但當致上等貨，不必揣摹衆情。若主意不定，雜濫澆薄，未有不折閲者。世豈少劣文僥倖之輩，爾文到極劣時，人又棄而弗顧矣。」讀先生文，足堅人向上之志。

【校記】

〔一〕拘 妙山精舍集作「驅」。

〔二〕郊 妙山精舍集作「交」。

〔三〕詩參見何求老人殘稿卷五零星稿，題爲得孟舉書志懷，後兩句作：「故人誰似程文海，便恐催歸謝疊山。」

寄柯寓匏書

相晤輒遽别，恨無旬月之留，從容商論。今復有此壯游，一摩青雲，便與枋榆暌隔，即行止亦不得自由，正不知相見何時也。僕杜門掃跡，心知最稀，自辱交以來，每嘆兄冲襟摯性，曠才嗜古，近世所不多見，甚思合并共事，所欲期於相成者頗鉅。惜雲泥勢阻，更不勝悵惘耳。所教孫言之戒，非愛我之至，安得聞此！敢不書之几牖以自警。

僕自計生平，未嘗開堂説法，亦未嘗與人往復爭辨。比來謝病不對客，對客亦不敢談及此事。惟是時文批評中，酒酣耳熱，未免放言，兄所聞其由此乎？抑别有爲乎？幸明示之，以便省改也。十二科墨選中多直抹，以此遲疑未出，今承教，自當庋置，亦幸知之早也。燕市見惡者不少，望時爲察之，有聞即密示爲囑。大兒金陵初歸，課義尚不廢。名山業未曾見，拜惠，謝謝。四方交游問，幸不忘蒐討之囑，至禱至禱。湅石因祝兼山未到，故不曾動筆，此必須兼山奏刀，方不失筆意。俟其來，即與合作，奉至宅上。但不知宅上須授何人，燕中寓在何所？俱望示知，便於寄札也。武功録前本先附璧〔一〕，提綱尚欲一閲，他日馳納。閩茶毫筆伴緘，爲舟中消暑，一笑。率復不盡。

張謙宜：儉德避難之旨。

【校　記】

〔一〕前本　妙山精舍集作「十四本」。

寄柯寓匏書

久不得書信，正切懸念，接手教甚慰。降辱餘年，不欲掛齒，親友皆卻之，尊惠遠頒，不獲返納，破例登受。愧謝愧謝。某病甚矣，血脈瞀亂，神志改常，每一觸發，即忿戾肆突，亦自知其不祥，然不能自制，此不治症也。紅塵澒洞，轡震林莽，憂惶悸慄，病益增劇。自念麋鹿之性，久與世不相入，固知死安於生，修不如短，所依違沾戀者，惟耿耿舊聞，孤危無寄，思收羅散軼，考正其是非，編就數書，質之後世子雲，庶幾無負此生而已。而看此火色，造物似不相容，前有字寄方白，囑致足下，冀知己保護之，得了前件耳。然天下事每出意料之外，或非人力所及，此即命也，豈可逃乎？

來札云歲前有所聞，不知何事。彝士云恐知之不能相忘，此猶是相知未深語。凡謗必有所由來，定非無根者，或我實有過而陷於不知，或彼言雖浮其實，而自處原有未盡，即竟屬空中樓閣，而我之所以致彼憎者，亦必有其端，正好藉以自察。若聞言生恚，但咎人誣，不責己過，此俗情之所同，稍知爲己者，决不如此。

文穆不欲知姓名，乃大臣含容之量，非儒者克治之義也。然某尚疑文穆此語，亦是黄老之學，并不是古大臣含容真量。如其言，倘一知姓名，即終身不忘，其胸中亦隘甚矣。天下安得如許不見不聞者，以全大臣度量耶？此等見識横於胸臆，名爲黄老，實不免於鄉原流俗之歸，陰私忮刻，潛隱竊發，其患有不可勝言者。吾輩講究，正要打破此箇病根，庶幾有進脚處耳。

足下天性粹美，志趣超然，雖處風塵，知不爲習俗所移。第患於是非真妄界頭〔一〕，或未能一劍兩截，討個决斷分明，則未免頭出頭没，久之亦恐把握不住耳。率意妄揣，不知賢者以爲何如？得便幸勿吝往復，正好商量也。茲因敝親魏方公兄之便，匆匆附此。見方白幸即示之。有信與彝士，均質以此意，未必無所攻錯也。手顫不能細字，囑兒子縉白，不盡。某頓首。

江歙谷：中間辨文穆含容一段，有功學者不小。

孫學顔：於克己工夫，不肯絲毫放過，可以爲法。

張謙宜：吕氏之謗，至今不息，總恨其書之大行耳。是與之爭發兑，非與之爭道理。間有一二批駁者，又説不通，故江浙人妒忌尤深。中間邁身自省一段，只合如此説，才忿恨，便差却。

【校記】

〔一〕患　吕氏鈔本、孫刻本、妙山精舍集、詩文集鈔本、王鈔本作「恐」。

與柯寓匏書

把别忽已經年，某衰病侵尋，嘔血不已，而塵壒坌集，去除不能，遂於夏間削頂爲僧，自名耐可，號曰何求，更字不昧。行徑如是，想足下聞之，不直一笑也。帶水暌隔，令祖母之變，絶不相聞，有失奉慰，歉然歉然。

足下天性粹美，氣宇渾厚，自是遠器。第向來習染深錮，不易解脱，未免擔閣耳。今乃於讀禮静處，奮然發學道之志，可敬可喜。所謂近世學者，患在直求上達，此總是好名務外，徒資口耳，於身心實無所得。至目前紛紛，則又以之欺世盜名，取貨賄，營進取，更不足論也。要之，真欲爲此學，須是立志得盡〔一〕，下手便做，不但求辨説之長始得。從上聖賢道理已説得詳盡，又得程朱發揮辨決，已明白無疑，今人只是不肯依他做，故又別出新奇翻案耳。所謂至簡至當，豈有外於四書五經者？只是做時文人看去，只作時文用；爲詩古文者看去，只作詩古文用；若學道人看去，便句句是精微正當道理，更何經書之有哉？第程朱之要，必以小學近思録二書爲本，從此入手以求四書五經之指歸，於聖賢路脈，必無差處，若欲別求高妙之説，則非吾之所知矣。要之，此事須面談，非筆墨所能達也。

明史提綱從未卒業，不詳其書得失。向見范淯川御龍子集及所論曆法奏疏〔二〕，知是讀書博辨之人，疑其書必有異，故留此欲待稍暇。今承索取，附使奉還，他時有遺力及史事，尚冀借看也。學蔀通辨取歸，復爲他友借去，近聞平湖顧蒼巖已刻板印行，則購求亦甚易耳。又荷珍惠，深愧何以當此。感謝感謝。使者遽旋，草草未盡，俟晤言。不一。

孫學顔：聖賢道理，備具四書五經，學者若不只作一場話説讀過，一生受用儘無窮。看先生指點詳明處，有志之士，亦當知用力之地矣。

張謙宜：説向上徑路，真朱子嫡傳，又妙在不腐鈍。

【校 記】

〔一〕盡　孫刻本、妙山精舍集、詩文集鈔本、王鈔本作「定」。

〔二〕御　原作「拳」，吕氏鈔本、妙山精舍集、詩文集鈔本、王鈔本作「豢」。按，左傳昭公二十九年：「古者畜龍，故國有豢龍氏，有御龍氏。」黄虞稷千頃堂書目卷二十五著録「范守己御龍子集七十八卷」，四庫全書總目卷一百七十九别集類存目亦著録，曰：「是編以集爲名，實則兼收其説部，故目録每卷惟署曰『御龍子第幾』首。爲膚語四卷，次天官舉正六卷，次參兩通極六卷，次即曲洧新聞四卷，次乃爲吹劍草五十三卷。」又按，范守己，字介儒，洧川人。據改。

與吴玉章書

山中遽歸，惟慮後期爽訂，抵舍不見信息，知非吉徵，不謂果罹大故，思惟至性崩摧，何以堪此。又聞有傷體之事，不禁頰然。伏念數年相與，且謬有師弟之稱，自恨平時不能指陳正道，推明禮意，足下聰明果毅，必奮然以聖賢之孝道爲歸，不至毁性滅義，不以禮事其親如此。此非足下之過，而某之罪也。夫復何言！

夫人子於親，苟可以致心竭力於踵頂，豈有愛焉？然古來稱至孝者，帝王中無如虞舜，賢士中無如曾輿矣，乃一則父置之死而不死，一則慎保手足而無敢傷。思此一聖一賢，於父母病革時，豈於身有所惜，於心有所未盡，於此事有所不能，以遺後人以突過哉？亦以止於孝之道有所不可也。禮於居喪瘠毀，尚比不慈不孝，故衰麻有期，哭踊有節，若任心行之，以不孝爲孝，亦復何所不至。近世不明禮義，刲股斷臂之事〔一〕，紛紛多有，正人君子亦嘗深論其非，而流俗溺惑，錮不可解，然猶多出於無知之氓，正賴讀聖賢書如玉章者，有以救正之耳。奈何不務法虞舜、曾輿之事親，而下效愚夫愚婦之所爲，豈愚夫愚婦之爲，反有加於虞、曾者耶？今玉章此舉，震動顓蒙，流俗無知，轉相傳誦，惑世誣民，爲害非細，四方有道之士，必指某而斥之曰：「夫夫也，固嘗與之游矣。其爲邪説然耶？其告之不忠耶？」某亦誠無所辭，獨負疚無分毫之益於足下，而侈然以師道自居〔二〕，真愧悔難安耳。成事不説，今復何言，惟足下勉自愛，率慰不具。

孫學顔：玉章無精義之學，而好爲苟難，故以刲股斷臂救親爲孝，先生引經據禮以斥其非，且憂其惑世誣民，爲害不小，真乃仁人之用心也。凡爲人子者，俱當以此爲戒。

張謙宜：豺虎之惡，弗食其子，而况人乎？凡割股救親，皆昫翁媪不如猛獸者也。故事後猶必規正，此所謂不明乎善者。

【校　記】

〔一〕股　妙山精舍集作「骨」。

〔二〕而　據吕氏鈔本、妙山精舍集、王鈔本補。

與吳玉章第一書

與足下交數年矣。足下固執謙節，初不得辭，然嘗自疑以爲其趨不一，終不能有益於足下，必成兩悔，時杌杌不自安，今乃漸覺其果信也。

昨自山中歸，獨不見足下面會文字，問之舍姪，云：足下先數日過舍，至期不作文而去，强之不可。且與舍姪言，大約謂「諸子皆游藝，己不欲游藝者，故不爲」，其立説甚高；再則曰即爲之，必不能勝諸子，故不爲，其説又益下。然高與下總不足論，即作文不作文猶小節耳，獨以足下之病在心者深錮，其本指與某相背謬，故不得不一直告也。凡某之欲諸友爲文，非以希世獵名，爭區區詞章之末也。人之樂有師友，蘄明此理而已。理之明不明何從辨，必於語言文字乎辨之，知其所明者若何，未明者若何，而後得效其講習討論之力，故曰「君子以文會友，以友輔仁」。既曰輔仁，第須於仁乎取之，何事於文哉？蓋言者心之聲也，字者心之畫也，心有蔽疾隱微，必形於語言文字，故語言文字皆心也。惟告子自信其心，不復求義理之是非，分内外爲二，故云「不得於言，勿求於心」，而孟子直闢以爲不可〔一〕，而自舉其所學曰「我知言」。今觀孟子之語言文字何如也，斯豈非游藝所得耶〔二〕？且吾所欲爲文非藝也，論語之所爲藝〔三〕，注曰「禮樂之文，射御書數之法」〔四〕，文者指其儀節言，法者指其技術言。若禮樂之本，射御書數之理之所以然，則亦非藝之可名矣。故朱子特注「文」「法」二字，乃所謂末也。然且學者必須游習以博其趣，是則吾道無内外精粗之可分也益明矣。況以程朱之説，上求孔曾思孟之指，能體會其義而發明焉，則爲佳文；不則相與辯駁極盡以期有合，此亦格致之一道也。奈何以「藝」之一字抹摋之哉！足下謂諸子皆游藝，蓋譏諸子之不志道據德依仁也。諸子於存心力行之功，誠有所未逮，然從此見理日明，其後亦未可量。

前在山中觀足下所爲文，愛其筆力夭矯曲盤，固亦未嘗不能文也。特於義理有未然，故批摘其謬誤以相告〔五〕，是足下工夫所少，正於志據依處有不的耳。其所以不的，正於文字義理不精察，則志非所志，據非所據，依非所依耳。病在是而不思治，虧欠在是而不求益，悍然以爲吾自有所得，烏用是！是病者日益病，而虧欠者日益虧欠，以至於消亡也。且足下自謂於存心力行根本，有實得乎？則其語默作止之間，必人皆得而驗之。即以今會業一事而言，若果不願爲，則當辭之於早，先期來矣，及會而渝，可謂誠乎？晨訂而午變，言詞閃鑠，不可謂信；以師命而赴，不致告而避，不可謂敬；衆友群集，即不作文，亦當終事而散，倏忽逃會，可謂無禮。如藝必勝人而後游，則古今之能游者寡矣〔六〕；不勝人即不游，謂好學者如是乎？己則不能，而微譏他人，務以求異求勝，是不謙讓也。辭氣悻悻，傲岸而不顧〔七〕，是躁戾而失養也。凡此數者，未病乎，抑本病也？不力行之故乎，抑不求知之故也？然則足下之存心力行，與所謂志道據德依仁者果安在，而欲以之傲人勝人哉？

諸友平昔亦以足下瓌異之材，果毅之質，流俗希有，嘗與某私相歎跂，以爲追琢有成，必非凡近所及，故箴規過於切直者有之。足下概不爲己虛受，一擊不中，輒思幡然颺棄，豈何自待之淺隘也！子路人告以有過則喜，故曰百世之師，今既不能喜矣，又加憤焉，其志氣相去幾千萬里，更何以造舜禹之域耶？

抑會文之事，實出於某，非諸友私集也。某欲諸友材質高下者，皆講習討論於其中，以求義理之歸，蓋某與天下爭學術是非之界正在此。今足下自以本心力行爲得，而不欲從事於文義，其本指正與某相反。然則足下之所非不在諸友，而在某之立説誤人矣，而猶晏然自居爲足下之師，不亦大昧罔無耻之甚哉！自白沙、陽明以來，以本心力行爲説，不求義理之學盈天下，目前竊其緒餘以鼓舞賢豪者不少〔八〕。足下既見某説之非，即當早自決擇，就其徒印證焉；或有以益吾子，使可朝悟而夕成也〔九〕。奈何依違腐儒之門，坐縶千里之足哉！人之從師，爲道耳，豈爲世情。某雖不敏，必不敢以此相責。若必以昔日一拜爲嫌〔一〇〕，即以此書當某納還前拜之狀可也。某頓首〔一一〕。

張謙宜：讀前書，想見其好高自喜；讀此書，又想見其好勝怙非。以此向學，必不能入，故早謝之去。不然，少作一會文字，亦屬小過，何至如此決絶。

【校記】

〔一〕妙山精舍集於「闢」下有「之」字。

〔二〕非　原作「亦」。妙山精舍集朱筆改作「非」，旁批：「疑作不，或作非。」眉批：「非字是。」據改。

〔三〕爲　妙山精舍集作「謂」。

〔四〕御　原作「藝」，據呂氏鈔本、妙山精舍集、詩文集鈔本、王鈔本、朱子四書章句集注改。下文「射御」同此。

〔五〕批　原作「抑」，據呂氏鈔本、妙山精舍集、詩文集鈔本改。

〔六〕妙山精舍集於「者」下有「亦」字。

〔七〕慠　據呂氏鈔本、妙山精舍集、詩文集鈔本補。

〔八〕舞　妙山精舍集作「動」。

〔九〕悟　原作「語」，據妙山精舍集改。

〔一〇〕日　妙山精舍集作「者」。

〔一一〕某頓首　據妙山精舍集補。

與吴玉章第二書〔一〕

大始來，得足下札，讀之不覺失笑。笑足下之强欲置辨，辨而益彰也。足下意止欲辨不赴會不譏游藝耳，然既云不譏游藝，不敢非我教矣。又云群聚會文，不可謂非角勝，悦人耳目，專詞章而離道德仁。又云雖非世俗社比，然仍從事文義，可不謂譏之非之乎？且吾所責於足下者爲心體有病，而足下曰氣質之故；吾責足下以理義不明，而足下曰機調生澁；吾責足下以本事之失，而足下曰平日偏蔽。辭其大而任其細，飾其近而咎其遠，若以爲此日此事此心毫無過失者，則諺所謂「白强」者也。

夫足下云云，自以爲辨之而無過矣。然而讀者以矛刺盾，但見足下之過益彰者何也？此即足下輕視文義之效驗也。文義不通，病在心有蔽錮；心有蔽錮，病在不求明理。欲明理奈何？亦仍求之文義而已矣。夫文義之不通，豈止不善爲文哉？凡語言書札動止無一足以自達者〔二〕，故文義非細事也。至謂窗下拈題抒寫，請教質正，每月所限文數，未嘗不遵，而獨不可以會課，此更非也。某豈區區期足下以作文者乎？王唐歸胡何足爲百世師，足下不欲作時文即已，何必强爲？但文義不可不通，而理不可不明爾。若既可拈題抒寫，則窗下與會課何異？

論語曰：「君子以文會友。」易曰：「麗澤兑，君子以朋友講習。」禮曰：「相觀而善謂之摩。」古之學者皆以聚友論文爲樂，未有閉户私搆乃爲有得者也。又謂會課即角勝，起悦人耳目之心，必至專詞章而離道德仁，此更大謬不然。昔朱子論試士比較之非，謂其有黜陟進退，以利誘人也；程子譏爲文悦人耳目，爲其以詞章求媚於世者也。若師友相聚，爲講習義理之文，初無利誘，亦非求媚。即曰角勝，角是非精粗耳；即曰悦人，悦師友耳，又何患乎專詞章而離道德仁？果其專辭章而離道德仁，將角必不勝，而師友之耳目亦必不悦矣。孔子曰：「當仁不讓於師。」不讓於師，角勝之大過，則將仁不可任乎？孟子曰：「令聞廣譽施於身，不願人之文繡。」聞譽者悦人之所致，則將德不可飽乎？會課之角勝悦人，亦如是而已，足下何厭惡之甚乎？推足下欲速好勝之意〔三〕，一作文即欲使友朋歎服，而莫之指摘，此正角勝求悦人之隱根，雖日處窗下拈寫，而此病益深，不必會課而後有也。至於變化氣質，涵養性情，此是適道以上事，足下頭路未清，見解未的，方在未可共學中，何言之倨也！

凡某之爲此言者，非欲足下之强順吾説而從事時文也，止欲足下通文義以明理，明理以去本心之蔽而已。乃足下嘵嘵徒辨其未嘗非師譏友，而初不辭其非之譏之之實，皆坐不通文義不明吾説之所指也。今亦不須復辨，足下但取聖賢之書，虛心玩味，先通其文義，而漸求其理之所歸；不必作時文，有所見即作古文論説亦得，或作講義、或作書牘亦得，此豈復有角勝悦人、專詞章而離道德仁之患乎？若文義未通，而曰吾以性命自負、道德自企，此又諺所謂「未學爬，先學走」者也。世間或有此法，而某實不知。足下自信甚堅，則亦求其能助足下者而問之可耳。某自揣非其人，誠不敢擔閣足下時日。他日足下遇其師，片言了悟，乃嘆「爲此腐儒枉費許時工夫，遲我蚤聞道」，則某罪豈可逭哉！因大始歸，便附此數言，并足下前書批去，惟足下察之。

【校記】

〔一〕吕氏鈔本、詩文集鈔本題作「再與吴玉章書」。

〔二〕語言　吕氏鈔本、詩文集鈔本作「言語」。

〔三〕推　原作「惟」，據吕氏鈔本、詩文集鈔本改。

與陳大始書

玉章前會不作文逸去，以不欲游藝立説，甚可怪。察其意，大約褊隘不虚心，欲速不求益，而姑以云云自文耳，然已是心術有病。若認真以爲游藝不當爲，則病在學術悖繆，更不可藥矣。不得已作一字與之，足下取看，以爲何如？初八日僕村莊自值會，足下先日須至。玉章來否，聽之，勿强也。吾所辨在此理此心是非耳，非有私憾，正不必謬爲謝過之舉也。大始賢友足下。　　留良頓首〔一〕。

【校　記】

〔一〕大始賢友足下留良頓首　據吕晚村墨蹟補。

與董載臣書〔一〕

屢欲草數字，以行人促迫而止，然未嘗不念及足下也。僕在此只得書集多種爲快；所遇人物，大約世情中汩没多少好才質，最上不過志在記誦辭章而已。都會雜沓，誠然無人，誠足壞人。張先生所慮「同流合污，身名俱辱」，其言固自不刊，但學者自問何如，正要此間試驗得過。鴨子使繩縛，止爲庸人説法也，濟不得事。吾不解抱不哭孩兒，寧遭簡點，此意無從告訴，但歎息知人之難耳，不審足下又何以益我也。漢園之變，令人悲悼，其人雖粗，然下梢展拓得開，不入鬼窟活計。惜哉，今不可復得矣！足下學醫，張先生亦甚憂，然僕知尊公深，此未可以口舌爭，且學道而先違親意，亦無此理學。奈何奈何！兒輩失所依託，令我茫然失措，又不審足下能爲我轉計否？匆次草草。

孫學顔：真學者大患，但不可概論有道耳。若自己信不過，便欲如先生云云，亦只是一場鶻突，不可不知。

【校　記】

〔一〕王鈔本題作「與門人」。

答祝兼山書

初謂相聚正久，故未罄鄙私，不意事違其願，接手札殊惘然也。然受徒講習，自是儒者正業，且昦弟叔姪相叙一堂，真人倫樂事〔一〕，正不必以離群爲恨耳。况論説之餘，研閲方書，原可並行不悖。第過承謙抑，自顧所得淺陋，無以裨益高深，輒自慙也。張叔承六要一書，本末兼該，條理不紊，不可不看，其中「病機」「治法」二要，尤爲精詳可守。若齋中未備此書，不妨遣人來取。寒食左右鼓峰先生必至，此時望過舍數日，定有聞見之益。醫雖小道，非於理學明、於世機淺不能精也。有便信時寄聞問，以慰遠懷。候晤不久，不多及。

【校記】

〔一〕真 錢振鍠排印本作「直」。

與馬籛侯書

立夫之病，止是闇於義理，而鄙於利欲。吾固嘗言之，不深責其欺也。然朋友之道，所重在信，苟其爽信，是即欺也。乃曰其跡似欺，若其心本無他者，譬之跌宕於倡樓，而謂信足至此實無邪心，人其諒之乎？且立夫之爽信在返關之時，已屬無解，其後益甚耳。大麻之館，本非大始所求，亦非吾爲立夫計也。立夫自因失血，急欲暱我來謀近地之館，吾以語大始，大始甚喜而定關，然吾固知立夫闇鄙，未必無中變，猶未之致也。立夫入省，又屢遣信來問館事成否何如，然後信而與之。未幾乃忽來返關，則治病之慮寬，而計較利便之私起矣。

今觀其字，謂冬間至省，如久歷波濤，一朝登岸，不勝愉快，可知其始終本無意於此地師友之樂也。前之求館，爲病亟不得已耳；病之既愈，館於何有？然而紿師矣，負友矣。當此之時，已難免於欺之一字矣，況又有後案乎？即明年在家之説，亦立夫自覺不安而計出此，吾未嘗督之也。然而許我矣，而又倍之，爽德再矣，又何必託名在家，實有其心而後謂之欺也！季冬廿一日之後，正月初十日之前，曾不遣尺一謀之師友，而即安於杭，是立夫之所欲也，又何云不欺哉！然而其欺也實生於鄙，而其鄙也實由於闇，闇且鄙則固有已欺而不自知其欺者矣，則雖謂之非欺亦可耳。

吾前在杭，不意其在彼，突如相見，不免棖觸。自念相與八年，曾無分毫之益於立夫，而使其顛倒至此。又在家之説吾已遍告人人，今實無以謝友朋，更無以對大始。吾之局蹐更甚於立夫，故但有黯然無緒而已〔一〕，非震怒也。大始能無毫髮之憾，吾甚服之。況立夫於我從無愆尤，又何罪責之有？從此求明義利而克改之，在立夫已事耳。五月之來，且姑緩之，待吾慚之漸忘也。便中即以此意告之。

【校記】

〔一〕然　呂氏鈔本作「默」。

與仰問渡書

昨載臣來，致足下傳示沈孟澤督過之言，不覺聞之驚歎，雖夢寐之中，亦不料及此。已矣，可勿復言。然恐足下諸友有未悉者，故聊白其概。

僕與孟澤向曾同社，交本不深，故孟澤原未嘗知僕，僕亦不敢自居爲孟澤之知己也。即孟澤之醫，初得之於宋稺圭；及鼓峰至邑，遂棄其學而學焉。鼓峰既歿，孟澤乃不惜下問，僕雖無知，亦不敢不盡其誠。數年以來，孟澤之道日行，然皆其才能自足以收之，僕自問曾無涓埃之益於孟澤，故亦未嘗敢竊以爲己功也。況僕自村居避跡，惟恐問醫者之至，堅辭曲遯，至於發憤。此自性所不能，志所不欲，亦非外飾以爲高，凡有問者必舉孟澤以對，此足下之所知也。

然則今日之云云又何爲乎？我知之矣。孟澤譽望日隆，其體不可復詘，其勢不可復受直言以自貶也。思目前所不達時務而仍爲直言者，計惟僕一人，所謂「寧逢惡賓，無逢故人」耳，然僕自計之終不能復事孟澤矣。僕之平生惟有一直，謂僕借私以呰毀，雖他人不相與者未嘗爲之，況孟澤乎？若欲僕曲徇標榜，昧其是非之理，唯阿諛是從，亦素所不能也。昔金碧安有云：「用晦待我甚厚，感之不忘，然其不堪處必將甘心焉。」僕之所遇大約如此，亦其黷闇所自取，不敢以是怨他人也。古之假道學有言：「我日斯邁，而月斯征，各尊所聞，各行所知，無復望其必合也。」若孟澤更語及，幸舉以復之。手瘡初愈，未能握筆，口授兒子奉白。某頓首。

吕晚村先生文集卷五

序 論文

周易口義後序

昔朱子於詩傳自以爲無復遺憾，而於易本義則意有不甚滿者。趙子欽寓書朱子，謂説語孟極詳，説易則太略。朱子曰：「譬之燭籠，添一條骨子，則障一路光明，若能盡去其障，使統體光明，豈不更好耶？」由是窺朱子之意，則本義一書爲先儒説理太多，終翻窠臼未盡，其所不甚滿者此也。

自制科頒教，易遵本義，經生行文，嫌本義之略而無所依傍，於是間入程傳，然猶未離乎先賢之説也。至講章叢出，則又拉雜諸家穿鑿附會之説，而加之以俗陋之己意，學者喜其依傍而可以餖飣也，則益蔓衍而不知所返。如近日坊本，其説尤鄙劣，而時之以易名家者無不宗以爲傳，上非是不以取，下非是不以應，名奉典制，實則離考亭而畔本義者也。蓋朱子之意主於簡，而今則惟恐其説之少；朱子以易爲包含活絡〔一〕，而今則一以硬裝死著；朱子之大旨在象占，而今則以象占爲駢疣，此其所以離且畔也。惟程子亦云：「三百八十四爻，不可只做三百八十四解。」今則並無三百八十四用矣，此不特畔本義，並畔程傳也。

吾師五宜先生，玩索於此者三十餘年，探窟躡根，與二三子朝夕論説，手鈔舌膾，雖時講細曲，亦爬羅補苴，以收其一得。久之，成口義一書，遠依雲峰之通釋，近涵虚齋之蒙引、次崖之存疑，同爲本義之臣翼〔二〕。淵明所謂「汲汲魯中叟，彌縫使其淳」者也。某從游最久，近復與先生之從子鈺有子女之屬，同梓是書，以發蒙斯世，因請刊落群言，獨存本解，以傳考亭之精意。先生曰：「吾救時世之妄耳〔三〕，非詮本義也。本義則朱子且以爲多，而吾更爲之增其籠竹乎〔四〕？且今之説易，非以求易，求行易之文耳。文雖多而易欲簡，其勢逆而難從，吾故就其説而導焉。朱子自謂於諸家之説，只就語脈略牽過此意，惟吾口義亦於時説牽過而已。若夫朱子之所不甚滿者，而吾能滿之乎？爾其爲我序之。」某竊懼闇鈍，不足以敷張師意，因次述所聞以識於後，庶幾離畔者知所返焉。門人呂某謹序。

孫學顔：考亭著本義一書，易道如大明中天矣。餘子紛紛妄作，皆爲燭籠添骨子耳。

張謙宜：合四聖人成一書，自周易始。一人心力，豈能窮其底藴？不滿意，正見煞用工夫來。援文公以尊其師，恭謹至已。

【校記】

〔一〕絡　原作「括」，據妙山精舍集改。

〔二〕臣　妙山精舍集作「羽」。

〔三〕世　吕氏鈔本、妙山精舍集、詩文集鈔本、王鈔本作「書」。

〔四〕籠竹　原作「籠燭」，詩文集鈔本作「燭籠」，據吕氏鈔本改。

西法曆志序

洪武初，大將軍徐達等平元都，收其圖籍經傳子史凡若干萬卷，輦至京師藏書府。嘗召儒臣進講，以資至治。間有西域書數百册，文殊字異，無能解者。十五年秋九月癸亥，上御奉天門，諭史臣李翀、吴伯宗曰：「天道幽微，垂象示人，人君體行之成治功。古帝王仰觀俯察，以修人事，育萬物，文籍以興，彝倫攸叙。邇來西域陰陽家推測天象至精密，有驗其緯度之法，又中國所未備，其有關於天人甚大，宜譯其書，以時披閲，庶幾觀象可以省躬修德，思患預防，順天意，立民命焉。」遂召欽天監靈臺郎海達兒、阿答兀丁，回回大師馬沙亦黑馬哈麻，咸至於廷。出所藏天文陰陽曆象書，命次第譯之，曰：「爾西域人，素習本音，通華語，其口以授儒，爾儒譯其義，緝成文焉。毋藻繪，毋忽越。」明年二月書成，凡曆法、經緯、表度三卷，載在掌故。然以翻譯未廣，且不詳其論説，以故一時詞臣曆師，無能參用以入大統者。

夫載籍所傳，天地陰陽變化之故，日月星辰之運行，寒暑晝夜之代序，與人事爲吉凶，與物理爲消長，義弘衍矣。然至理精微，充塞宇宙，固未嘗以華夷間也。中葉，星曆諸臣以舊法未合天行，求改正。萬曆中遂有修曆譯書、分曹治事之議，使分曹各治，事畢而止，大統不能自異於前，西法又未可爲我用，猶二百年來分科推步之故已。烈皇帝究知其然〔一〕，命禮臣督改之。勅廣集衆長，兼收西法，凡譯書一百四十卷，皆西法也。時中外多故，未及會通，以頒布瀛宇，以繼述高皇帝遺意，而京師變陷矣。豈遠裔絶學，其得行於九夏，亦遇合有時，不可測歟？不然，以聖哲之主，前後譯撰，而卒不得用，何成之難也。一代鉅典，未能備衆美，成大法，遐方藝術之奇，又不克見正於聖作，儒臣守理而不知數，曆家執成法而不知變化消息之道，天經乖舛，彝倫攸斁，豈非天哉！

江歙谷：西法足補曆家未備之説，以其理之精微，有關於天人故也。惜三朝譯撰，俱不得其用，而一代鉅典，竟未爲完璧，殊可歎耳。

孫學顔：曆法未合天行，非精於數與通乎變化消息之道者，不能改正其失。西學有可采用處，固聖哲所不遺也。篇中慨歎成書之難，卒致天經乖舛，是多少關係在。

【校　記】

〔一〕烈皇帝　原作「懷宗」，據王鈔本、錢振鍠排印本改。後文改同此。

文雅社約序

文雅社約者，歸德沈文端公之所作也。其約始於家門，及乎里黨，大趣多返樸崇儉，斟概近俗存古之意。嘗考是書之作，歸德方爲秩宗，不數年遂執政，當得志可爲，何不釐舉制度、修明文章、移易海内之風俗而還之古，而顧踽踽涼涼，獨與二三鄉友相率爲會，如雒陽九老故事，以爲盛舉，何其卑也！意其時鵑聲北飛，樹私竊柄，歸德雖與之同列，豈鬱鬱枋梲，不能獨有所建豎，是以爲政六年而遂老歟？然則爲是書者，將毋志有所未逮，其亦有不慼於中者歟？孔子曰：「吾猶及史之闕文也。有馬者借人乘之，今亡矣夫！」風俗之變，如江河之日趨而下也。今去歸德又七十餘載矣，視歸德所歎息更有甚焉者。夫陳俎而作聖基，祭野而淪陷應，禮之得失，關乎運數，其幾豈不在微乎？歸德慮之早矣。使是書而行於吾鄉，則俗盡變，而吾鄉獨不變也；行於吾家，則吾鄉盡變，而吾家獨不變也。竊以爲歸德相業之餘烈，於斯而見矣，會讀書者亦論其世焉可也。許子開雍雅志好禮，緦然憂流俗之頹敗而不知底也。亟刻是書，而問序於余，其裨益於世道人心非尠也，故樂而爲之序。禦兒呂□□謹書〔一〕。

孫學顔：社約亦有功世教之書，觀序中感慨情深處，便見歸德非無意於當世者。惜鬱鬱枋梶，未能罄其底藴耳。

【校記】

〔一〕禦兒呂□□謹書　據孫刻本、王鈔本補。

古處齋集序

竊嘗謂三百年來，詩文無作者，或曰：「是有故乎？」曰：「有。病坐制舉業。」「罪至此乎？」曰：「舉業無罪焉，學舉業者爲之也。」

人之知識，如果核之有仁，而草木之有荄也。枝榦花葉，形色臭味，天性具足，雖妍醜萬態，莫不各有其生趣在焉。澤之以水露，治之以器鐵，厚之以垢壤，蒔壅不拂其性，光華爛然。反是，雖天性具焉，而生趣萎瘁矣。朽枿敗腐，蒸出芝菌，非朽敗之能爲芝菌也，養之者厚也。

剪綵而綴之，一枝之間，而四時之花具，然而人不加賞者，其生趣絶〔一〕，其性非也。今爲舉業者皆有俗格以限之，循是者曰中墨，稍異則否。雖有異人之性，必折之使就格。而其爲法則一之曰套，取貴人已售之文，句鈔而篇襲焉，無隻字之非套也。以是而往試輒售，其爲力省，其見效速。父以是傳，師以是教，則靡然從矣。夫人之知識，必有所緣而生，而手筆隨之，生久益熟，熟乃成性，則不可復易也。唐康崑崙琵琶爲長安聲樂第一，而屈於段師善本，德宗令段師授康，段曰：「遣崑崙不近樂器十餘年，使忘其本領，然後可教耳。」套也者，三百年來文人之本領也。以此掇科目，獵榮譽，爲仕途捷徑，蓋平生得力之處，雖魂夢間不能自忘也。且身既貴顯，職在清華，或素有文字名，諛客日進，輦金帛乞數言爲光寵，幸載名字。彼方哆然談文章，論得失，義不可辭，曰未嘗學也；又不可下問，則悍然爲之，於是始作詩古文辭，則又不知古人爲學之法，即有告之曰：「是當多讀書，深養氣，如柳子厚所謂取道之原，旁推交通，以爲之者。」彼將曰：「是老死具也。爲力省，見效速，吾故用吾法耳。」試以爲古文，則儼然周秦兩漢六朝唐宋矣；以爲詩，則儼然漢魏晉宋齊梁全唐矣。凡此皆可以套得之，則又就其中擇其名之最盛而易飾者套焉，文則必周秦漢也，詩則必漢魏盛唐也。立説既高，附和尤捷，流至今日，其焰益張，雖高人名士，禪客女子，無不翕然論體格，擬聲調，作煙火臺閣、塵土酒肉語，云是正宗，遂牢不可破。此無他，天下庸夫多，而有志於學者寡，惟此可不讀書而能也。若曹固不足道，弘正嘉隆之間，名公迭起，得斯道之正者凡數大家，幾入韓歐之室矣，然以語神明變化，有難言者，則猶本領之未忘，舉業之累，於斯乃見耳。

吾師陳湘殷先生，性清真古淡，與世接無畦町。兄柳津，弟有上、紫綺，各負才致，遂居湫觧，真率如一人。每置酒輒見召，亦時枉敝廬，呼酒命醉，出手指爭勝負爲歡笑，或竟醉卧齋榻不返者累日。當酒酣，解衣脱幘，狂論迅發，座客皆愕眙相顧，先生獨不怪也，曰：「是真可與語。」因出古處齋集稿一卷，曰：「試爲我訂定之。」退而卒業，則天然爛熳，不假粉飾，而鏤肝瑑腎，窅窅離離，無所不有，然又不可摘謂某首似某，某句調似某也。乃大驚曰：「是豈舉業家所得者？」先生笑曰：「吾爲舉業，亦未嘗解套人一字。」此真不拂其性，生趣爛然者矣。因自信「病坐舉業，舉業無罪」之説，於是乎益堅。然君且不以爲足，誦讀徹昏曉，蠁達行路，雖凝寒溽暑不間也；所手鈔古今書，等身者三四，不知其志願何！

昔嘗問黄太沖：「浙以西人稱多慧，而學者每出南岸，何也？」太沖曰：「浙西之材，未十歲許，便能操觚，文與年進，至三十許而止，自是以後，則與年俱退亦如進，故日就銷落。吾地人差樸，然三十後正讀書始耳。」時竊震其言。今先生挺不世之才，無俗學本領之累，著作益上，而且益厚，其養如此，所云根茂者實遂，膏沃者光曄，將爲玉樹琪枝，丹葩瑶草，非人間恒有，又安可以常理測識哉！若某蒲柳之質，向未嘗有所進取，今又不自力學，行年三十有四矣，與年俱退，日就銷落，誠如所言，殆不自知其税駕也。雖天性具在，而生趣萎瘁，行蹈先聖不秀不實之歎，讀古處齋詩文，三復太沖斯語，能不瞿然悔懼歟？

孫學顔：詩文套法，不止偷意盜句、剽竊字眼，凡有蹊徑可尋皆套也。學者欲去此病，須如退之所云：「毋望其速成，毋誘於勢利，行之乎仁義之途，游之乎詩書之源，無迷其途，無絶其源，庶幾有入頭處。」然非先讀此文，感發羞惡之心，亦未必便肯立志，尋向上去。

【校記】

〔一〕趣 原作「趨」，據王鈔本改。

櫟園焚餘序

吾友吴孟舉歸自燕，亟稱周雪客之賢也。余至金陵，因見之，則孟舉之言信，相得歡甚。雪客泫然出其翁櫟園詩文曰：「先子於喪亂顛躓之後，舉平生所作畀之束炬，此其流傳於知交而某收羅得之者也，故名曰焚餘，而吾子試序焉。」余謝不敏，不能序大人先生文也。雪客曰：

「固知子。雖然，以某故也，必序之。」余受讀而歎曰：「子知而翁之所以焚乎？知其焚而存之，是也；不知則益之焚也，亦如其不存。」坐客咸起曰：「何謂也？」曰：「古之人自焚其書者多矣。有學高屢變，自薄其少作者；有臨殁始悔，不及爲，謂此不足以成名而去之者；有刺促恐遺禍而滅者；有惑於二氏之説，以文字爲障業者；有論古過苛，不敢自留敗闕者；甚則有侮叛聖賢，狂誖無忌，自知不容於名教，故奇其跡以駭俗而自文陋者。其焚同，而所以焚不同也。今櫟園舉前後悉焚之，未始以昔爲非也，焚之後又未始不復作也。其書又不觸忌諱，不墮魔外，屬屬焉以古之作者爲歸。然則櫟園之所以焚，又必有不同於古人者矣。」

嗟乎！櫟園以卓犖跌蕩之材，夙負令譽，天閑之上駟，群龍之腹尾也。中州南國，水委土附〔一〕，揖元禮於舟中，醉正平於座上，望者以爲神仙，不測其所届也。忽焉天地震盪，劫灰晝飛，猿鶴蟲沙，蒼黄類化，浪平痛定，一時同學僅有存者，宇内屈指，櫟園巋然其一也。雪樓草廬，豈異人任，迺天下方乞膏馥於櫟園，櫟園且取而煨燼之，何歟？兔園糞溲，重自珍戀，猶什襲繰藉，況著作如櫟園，非有所大不堪於中而然歟？余是以惜其書不如悲其志也。豪士壯年，抱奇抗俗，其氣方極盛，視天下事無不可爲，千里始驟，不受勒於跬步，隱忍遷就，思有所建立，比之腐儒鈍漢，以布紟終殮村牖，固夷然不屑也。及日暮塗岐，出狂濤險穴之餘，精銷實落，回顧壯心，汔無一展，有不如腐鈍村牖之俯仰自得者〔二〕。吐之難爲聲〔三〕，茹之難爲情，極情與聲，放之乎無生。彼方思早焚其身之爲快，而況於詩文乎哉！然則從其焚而焚之乎？又不然。焚者志也，其不可焚者書也，知其焚又知其不可焚，使他日不自焚，以得櫟園之所以焚，是在雪客而已。南陽村白衣人序。

江斂谷：序焚餘詩文，足令泉下人通身汗下，然正意却都在無字句處。令人尋味而得，真奇觀也。

孫學顔：書不可焚，因其焚而知其所以焚，故不惜其書而悲其志。當玩味末段，意思深遠。

張謙宜：爲官場中人説法，憐惜處，正是出脱，然氣味却辣。

【校記】

〔一〕委　原作「委」，據吕氏鈔本、孫刻本、妙山精舍集、詩文集鈔本、王鈔本改。

〔二〕鈍　原作「儒」，據吕氏鈔本、妙山精舍集、詩文集鈔本、王鈔本改。按，上文有「腐儒鈍漢」，則此處以作「腐鈍」爲是。

〔三〕難　原作「雖」，據吕氏鈔本、孫刻本、妙山精舍集、詩文集鈔本、王鈔本、國粹叢書本改。

尋暢樓詩稿序

孟舉之詩，神骨清逸，而有光豔，着語驚人，讀者每目瞤而心蕩，如觀閻立本、李伯時畫天神仙官，旌導劍佩，驂駕之飾，震慴爲非世有，然不敢有所嗜願，爲非其類也。凡爲詩文者，其初必卓犖崖異，繼而騰趠絢爛，數變而不可捉搦，久之刊落，愈老愈精，自然而成。今孟舉方當卓犖崖異與騰趠絢爛之間，固宜其驚人如此。所謂小稱意則人小怪，大稱意則人大怪，孟舉正須問其稱意何如昔人耳。人知我而驚，不知我亦驚，直不可以此介意也。桓譚、侯芭不足以知揚雄，而待韓愈知之；李翺、□□〔一〕、皇甫湜不足以知韓愈，而待歐陽修知之；若李白、杜甫之詩，則又近白、甫時之韓愈知之，宋人因而師承焉，今人又未之知也；然則唯作者而後能知作者，自古爲然。而作者之出也，或駢肩而生，或數百年一二千年而生，吾同時無其人，則必待之數百年一二千年而後生焉〔二〕，足以竭吾之長而攻吾之短，此真吾之所戁畏而託命者也。

目前紛紛，廣座長塵，拈黑道白，如土蠓野馬，其不足與於斯也明矣。而今人舐筆蘸墨，方以此曹之喜憎爲是非，所謂未有長卿一句、賓王一字，而罵阮籍爲老兵、宋玉爲罪人〔三〕，殊可劇歎也。歸有光目王世貞爲妄庸巨子，世貞曰：「妄則有之，庸則未也。」有光曰：「未有妄而不庸者！」歸之文至今可傳，以其意中能無此巨子也。今天下之巨子，其出世貞下又不知幾何。使吾之所爲爲其所稱歎，則必爲古與後之作者所嗤詈矣〔四〕；爲其所疑詫〔五〕，則必爲古與後之作者所抉擿矣〔六〕；爲其所屏棄不復置目，然後必爲古與後之作者所笑視目逆耳〔七〕。今孟舉雖不爲所喜，而猶爲所驚怪，其於作者尚未知何如也。然孟舉進方鋭，將數變而不可捉搦以底於成，則其驚怪益甚，其爲屏棄不復置目，終所必至，顧在孟舉能卒不以此曹介意否耳。陸務觀曰：「外物不移方是學，俗人猶愛未爲詩。」余愛誦此句〔八〕，輒自咎平生言距陽明而熟於用處，不事撿束，正坐陽明無忌憚之病。爲詩恨僞盛唐，而未離聲律，兩騎夾帶，猶爲所牽挽，思欲坐進古人，所待於後甚遠。不汲汲有求於今世者，心知其甚難，然不敢不與孟舉同厲之也。南陽村友□□氏序〔九〕。

孫學顔：詩文雖小技，然作者胸中，必各具一副不可磨滅本領，豈妄庸巨子所能知耶？故學者但當求稱意如昔人耳，不必以土蠓野馬之喜憎爲是非也。

張謙宜：爲知己好友叙詩，都遮揜周旋不得，此正是赤骨立爲人處，其論詩火候，今始知之。

【校記】

〔一〕□□　原闕。吕氏鈔本、孫刻本、妙山精舍集、王鈔本、黄葉村莊詩集本同。

〔二〕黄葉村莊詩集本於「後生」前有「黄口」二字。

〔三〕「方以此曹」至「宋玉爲罪人」三十四字　黄葉村莊詩集本作：「方以此曹之喜憎爲是非趨背，得其譽，便可罵阮籍爲老兵，訶杜甫爲村子，一爲貶毁則志惑氣索，如喪家失父，不可自立於門户，諺所謂『以盲引盲，相將入坑』。」

〔四〕古與後　黄葉村莊詩集本作「前與後」。下句同。

〔五〕疑詫　黄葉村莊詩集本作「詫異」。

〔六〕所抉擿矣　黄葉村莊詩集本作「所疑而抉擿矣」。

〔七〕目　孫刻本、妙山精舍集、詩文集鈔本、王鈔本作「莫」。

〔八〕愛誦　黄葉村莊詩集本作「讀」。

〔九〕南陽村友□□氏序　據黄葉村莊詩集本補。

秋崖族兄六十壽序

辛丑三月，予過虞山紅豆村莊，蒙叟先生時八十，辰在重九之後。請以數言壽先生，先生曰：「子休矣。壽余者無過以吾家彭祖爲徵，子知吾祖以雉羹饗帝啓〔一〕，封彭城，而不知其遭厲、幽之禍，流離西戎百有餘年，若此之播越也。且鴻水滔天，憂墊溺焉；十日並出，憂燒灼焉；九嬰、封狶、窫窳、檮杌之徒，憂跋扈抵突焉。雖其受壽永多，然八百年内，享升平，歌暇豫，軒眉皤腹，開口而笑者，固無幾也。此漆園後生，睥睨冥靈，笑我祖之以久特聞者，而子謂我願之乎？」予謝曰：「誠如先生言，此非上壽時。願先生力自愛，以副宇内望。」

歸不數日，而得姚江族兄秋崖書，麗以乞言小引，蓋秋崖兄今年甲子周，辰亦在重九後。東國名鉅，無不搆詩文爲祝者，而吾兄意未當也，又走書數百里命細子，豈頌禱揚美之辭，猶有所未備歟？繇虞山之説推之，壽錢氏者之必以彭城，亦猶壽吾家者之必以蒲州也。蒲州當武宗之時，兩舉進士不第，潦倒驢背間。已得度世術，匕刀圭，餌丹藥，鍊精葆神，至於今不化，隱見湘潭岳鄂汴淮吴越之墟，言長生家必以爲宗。然吾數其後未四十年，遘金統之難，區宇糜爛；又五十餘年，而陰山微種，開門揖盜，燕雲以南，無復人理；數不半百，五朝八姓十主，自生民以來，未有若斯之酷也！宋德不長〔二〕，東罹於耶律，西躪於拓跋，完顔、蒙古，相繼甘人，磨牙吮血，腥聞過百年。是蒲州所閲歷，固有倍蓰於彭城者；彭城之八百有盡〔三〕，而蒲州之長生無窮，則變亂之奇，自今日以迄不可推測，抑又烈矣。湘潭岳鄂汴淮吴越之墟，耳斷雞犬，目斷爨煙，蒲州時一過之，狐狸叫嗥，鼷鼠公跡，城郭如故，寂無人聲，依回四顧，獨自愁苦，其爲漆園之所笑者，又不啻垂天之於枋榆也。是雖伯陽奉書，子喬進藥，與蒲州同不朽，吾兄豈爲之哉？

然則吾兄之所欲言可知已。夙負奇氣，博聞强識，於典籍無所不窺，而不得一讀東觀藏書。依泊塵沙，所畜泄益奇，其所遇合益落，既當天地反覆，思有所樹立而不可得。今且老矣，猶日手一編，孜孜矻矻，與古人較量得失。日斜睹景，忽忽有所不樂，則浮大白以驅之，醉醒而吟，吟倦復醉，所作詩古文辭，又累墜及牛腰矣。此其意豈屑與今日浮華之子，假聲律，摭詞句，以文其俗陋者鬭蕣華木槿之觀哉？誠欲使天下知今日江南，尚有行年六十而志不衰，學益進，爲吕秋崖其人者。吾道不墜，凡爲男子當如是矣，又何必假緱山之桃，乞安期之棗，爲吾兄祝也耶？是則吾兄之乞言，與蒙叟謝客小牋，情同而致異也，細子敢不亟稱之以爲壽〔四〕？

孫學顔：借荒怪之説，寫感憤之情，真古今有數奇文，不獨爲壽序開生面也。

【校　記】

〔一〕饗　原作「響」，據孫刻本、詩文集鈔本、王鈔本、國粹叢書本改。

〔二〕不　原作墨丁，據孫刻本、王鈔本補。

〔三〕固有倍蓰於彭城者彭城之八百有盡　原作「固有倍蓰於彭城之八百有盡八百有盡」，據王鈔本改。

錢振鍠排印本作「固有倍蓰於彭城之八百彭城之八百有盡」。

〔四〕以　據孫刻本、詩文集鈔本、王鈔本補。

東皋遺選序

吾友陸雯若既没四年，其家於故篋得其評選歷科程墨稿一卷，授吕子補緝成集。嗣子少，未悉始末也，爲序而歸之。曰：

此不足以成雯若名，然其心志嗜欲之所存，不可没也。自萬曆中，卿大夫以門户聲氣爲事，天下化之，士爭爲社，而以復社爲東林之宗子，咸以其社屬焉。自江淮訖於浙，一大淵藪也。浙之社不一，皆郡邑自爲，其合十餘郡爲徵會者，莫盛吾兄季臣與諸子所主之澄社。己卯以後，季臣應徵辟，詣京師，不復徵會四方。予時年十三，因與從子約同里孫爽子度、王皡浩如者十餘子爲徵書。壬午冬〔一〕，浩如乃以雯若來會，予之交雯若始此。

凡社必選刻文字以爲囮媒，自周鍾、張溥、吴應箕、楊廷樞、錢禧、周立勳、陳子龍、徐孚遠之屬，皆以選文行天下，選與社例相爲表裏。雯若於是與同社有壬午行書臨雲之選，選自此始也。始之社也，以氣節，以文字，以門第世講，互爲標榜，然猶修名檢，畏清議，案驗皂白，故社多而不分。及是則士習益浮薄傾險，一社之中，旋自搏軋，鏃頭相當，曲直無所坐。於是郡邑必有數社，每社又必有異同，細如絲髮之不可理，磨牙吮血，至使兄弟婣戚，不復相顧，塗遇宴會，引避不揖拜者，咸起於爭牛耳，奪選席。販夫牧豬，皆結伴刊文，清書爭道而不避，社與選至是一變而大亂。予叔姪遂支石蔽葉，一聽雯若諸友之所爲。

雯若爲人警敏而才，能高氣鋭，喜任事而樂多友，故人人牽挽以爲私己，雯若固汎應焉，而道益廣也。雖狙逆詭合，亦欣然忘宿物而暱就之。然新故遠近之間，終不能徧愜，則群忌恚以爲異己，排詆益急，雯若意不堪，出而求之兩海虎林間〔二〕。當是時，吴中選事漸闌，而浙風方競。張耳、陳餘同得名者也，外論優耳而劣餘，耳竟佩印收麾下，而餘漁獵澤中，甚怨之，思一得當以報耳。遇雯若則大喜，結驩無不至，雯若感其意，亦以身許之，倚蕩衝冒。耳不勝怒，一蹄而蹶。吴會之士，莫不奉約束，無肯讀耳之書者，雯若之名大震。於是耳之黨援，囓指劘骨，致死於雯若；而向之會壁垓下者，又嫉其聲之赫也，而還攻之。雯若舉足，左右咎責隨至，刀瘡箭瘢，穿穴膺膂，轉鬬不休以死，而耳、餘之怨反解矣。雯若晚益厭苦，乃北抵燕，南泝襄海〔三〕，思一豁其湮塞磊塊之氣，歸而架精舍於東皋，積書其中，意豈止此哉？其止此，命也。歐陽永叔悲蘇子美之被擊，意不在子美，予獨悲天下之擊雯若者，意專在雯若也。

今者社事禁絶已久，猘吽牴觸之徒，皆席豐資、盜虛譽，遨游當塗，彌縫疇昔，獨雯若至今被譏訶吹索，爲人謝過釋罪之具，尤可歎也！雖然，以一布衣壇坫東南者十餘年，短箋四出，清流奔走，畫船珠衱，川注雲浮，龍山、虎丘、西湖、東塔、苕溪、語水之間，市傭婦女，猶能指其譏集之處，述其輿從管絃供飲館帳之盛，自復、澄以來，未之有也。及其瓠落江湖，望鎖廳一第，以塞黨人，志亦卑甚可哀，乃天故靳之。讀其書者，黄口小兒，俯拾膴仕，而雯若竟以藍衫歛矣。謗焰雖息，光芒何懸？篝火雨窗，楓青路黑，颯然歎息之聲，其魂魄猶依此書也。金沙、婁東、雲間當其盛，東皋獨當其衰，天豈以一雯若結社事之案乎？何摧之甚也。嗚呼！其可悲也夫！同里吕某序。

江歛谷：極力揮灑，爲死友吐氣，沉魂滯魄，當解散一空。

孫學顔：雄深勁悍，直逼西京，昔友王秋畹云爾，仍之。

張謙宜：沉痛纏綿，節奏激楚，此等文全是意滿氣豪，一涌而出。意味從報任少卿書來，月峰先生所謂「據案一揮，庶幾似之」者也。集中最上乘文字。〇「張耳、陳餘同得名者也」旁注：豈爾公、百史耶？今知爲石門王生、朱生爭操選政者。

【校　記】

〔一〕壬午冬　據吕氏鈔本、妙山精舍集、詩文集鈔本、王鈔本補。

〔二〕海　妙山精舍集作「浙」。

〔三〕海　妙山精舍集作「漠」。

今集附舊序〔一〕

今日文字之壞，不在文字也，其壞在人心風俗。父以是傳，師以是授，子復爲父，弟復爲師，以傳授子弟者，無不以躁進躐取爲事。躁進躐取則不得不求捷徑，求捷徑則斷無出於庸惡陋劣之外者。聖人之言曰：「性相近，習相遠。」子弟之初爲文，未有無性者也。教之者曰：此轉苦不合，此語苦不熟，此一筆太遠，此一解太高，此一字一句未經諸貴人用。凡室中有光頭綫裝書，一切戒勿觀，朝而鋤，夕而燒薙之，不至於庸惡陋劣焉不止。未幾而揣摩成，以取甲乙如拾遺也。吾聞之，先輩大家，研究聖賢之書，浸淫於古文字，不知磨墨幾丸〔二〕，退筆幾簏，敗紙殘稿幾百束，而不敢幾一得；今之圈鹿欄牛，胎毛尚濕，調弄之無，鈔仿套數，朝塗而夕就矣。群謂某某已如法，將必售，則果如若言；其所謂轉不合、語不熟、筆太遠、解太高、句字未經用及好閱光頭綫裝書者，大約未必售，售亦離離如曉星，輒曰其人數偶耳。嗚呼！何其言若符券也。

人之愛其子弟，則期之以聖賢，或爲名臣豪傑，最下亦不失爲文章之雄，何至突梯滑稽，驅之使爲雞鶩鳧等〔三〕？吾讀其文，知其父兄先生之所願望，不過爲拜塵黄門、由竇尚書、吠籬侍郎而已，故其言曰：「制舉業之於科目，猶叩門之有甎楔也，門啓斯擲之耳。且君之欲入斯門也，何爲也哉？爲其美官也，爲其多得錢也。」然則其視舉業也，猶之乎穿窬之有鍬鍤，盜俠之有斧匕耳。排其闥，發其秘藏，負匱揭篋，擔囊而趨，又何甎楔之有？程子曰：「子弟患其輕俊，當教以經學念書，勿令其作文字。」古之人以聖賢之學爲學，故其視文字也猶糠粃糟魄然，慮其玩物而溺志也。今天下之視文字，殆不啻糠粃糟魄矣，豈皆學聖賢之學者與？人未有不戀其妻若子者矣，而游方之外者，吸光景，練精炁，以離坎爲媾精，以嬰胎爲孕育，其視棄妻子直敝屣耳。情生者無不以爲難，然而文信侯亦能之，故一妻子也，或敝屣之以度世，或敝屣之以釣奇，其心之善不善，豈直雲淵也哉！今天下之輕視夫文字也，亦若是而已矣。惟其視文字也輕，故明知其庸惡陋劣而不以爲耻，曰：「吾以釣聲利、弋身家之腴而已〔四〕。」程子曰：「灑掃應對，可以至聖人。」則知舉業亦可以爲伊傅周召。然而聞此說也，則群啞啞而笑矣。魏收引據漢書以斷宗廟事，諸博士笑曰：「未聞漢書得證經術。」今天下豈特以制舉業爲糠粃糟魄也哉？其視四書五經，亦猶博士之於漢書焉爾。謂其中有吾所當致知而力行者焉，則又群啞啞而笑耳。以故學究之支離，儇薄之荒僻，佛老異端之說，浸潤陷溺焉而不知其非。比年以來，亦復知有傳注矣。然非真知傳注之有切於己所當致知而力行者也，特以時尚焉耳、科條焉耳，則其視傳注果無異於異端佛老之說也？無異於異端佛老之說，則今日可以爲傳注者，明之日復可以爲異端佛老，何則？其心壞也。以既壞之心而求明書理，不明書理而求文字之復古，是鍛根株而求華實、塞江河之源而求波濤之奇險也，有是哉？

天下明知爲庸惡陋劣而不顧者，謂挾其術無不應也。蒲伏新貴人之門，求其平生得力之處，以爲枕秘。僥倖苟竊之徒，鼓其空腹，妄爲大言，至污極鄙，鄭重而受之，如長史右軍筆法，戒其子弟，雖千金勿傳矣。然三家之村，五都之市，比户聽之，其枕秘如一也。雖有才人，困躓場屋，間不能自振，亦復稍稍爲之。故一省餬名之士，幾及萬人，其不能揣摩如法者，約二千餘人，其不願如法者，數十人而已，餘擾擾數千，皆所謂如法者也，而題名者不及百人耳。所謂不願如法者，榜必有數人焉，離立於其間，此數人者，殆天所以扶斯文於不墜乎？然世卒謂如法者獲多，故雖屢受鍛削而不悔。不知夫如法者以數千人中而得數十人焉，不願如法者以數十人中而得數人焉，其於多寡之計當必有辨矣。且庸惡陋劣一也，而數十人得舉，數千人得黜者，何也？曰：「數十人幸，而數千人不幸也。」夫所貴乎庸惡陋劣者，謂挾其術無不應耳，而亦有幸不幸焉，吾又何樂乎爲庸惡陋劣者乎？故曰：「文字有常賢，科目無常遇。」其人當遇，雖轉不合、語不熟、筆太遠、解太高、句字未經用及好閱光頭綫裝書，而不能禁其爲遇；苟不當遇，雖庸惡陋劣，極揣摩如法，而不能强其爲遇。人知文字不與禄命爭得失，則其作文字與讀文字之心，皆不出於釣聲利、弋身家之腴，然後視文字也重。重則禮義之悦根於心，而廉耻之道迫於外，雖日撻而求其庸惡陋劣也不可得矣。雖然，以予腐儒之力，與億萬庸父兄先生爭，其勢必不勝，又況其躁進躐取之法，更有出於文字外也。

孫學顏：此爲重利達而輕視文字者説法。若聖賢之學，則内外本末，自有輕重緩急之序，雖不輕視文字，亦豈肯溺志於詞章耶？讀者須理會先生立言之意，非但欲人不做庸惡陋劣文字已也。

【校記】

〔一〕孫刻本、王鈔本題作「東皋遺選舊序」。吕晚村先生論文彙鈔題作「墨評舊序」。

〔二〕磨　據孫刻本、國粹叢書本補。

〔三〕爲　吕晚村先生論文彙鈔、王鈔本作「與」。

〔四〕腴　原作「腴」。按，腴即瘦字。既曰「釣聲利」，則「弋身家之瘦」於意不愜。且下文此句即作「腴」字。又按，孫刻本、王鈔本作「腴」。據改。

庚子程墨序

乙未之冬，燕坐玄覽樓，群居凷然，無所用其心，因與雯若同事房選，於吴門市傭一室如農車大，鍵閉其中，匝月而竣事。蓋其爲日也暇，而致力也專，雖未必當乎古人，而世亦滿志矣。嗣而坊客驟以試牘程墨進，則賈人騖利，視外間許可者而役之，例爾也。時又無事事，樂爲其所驅，且迫之以程期，限之以額，兩人從事苦不給，因分理之，故五科程墨則予之論居多焉。酉、戌以來，類皆分閱而互參。

凡有事一選，輒屏棄他業，汲汲顧景，以徇賈人之志。然雯若性勤，而予習於懶；予迂拘犖確，而雯若博通無礙；予手目遲拙，自辰達酉，詮次不過五六首，而雯若盡日之力，時至一二十許。才之敏鈍，其相去懸絶，固不可强也。夫以予才之鈍，知識之迂拘，性之懶如此，而從事於逼迫程限之役，其爲煩苦也殆不啻瘿疥之於肌膚，而瘧癖之於腸腑，去之惟惡不速矣。而顧累累焉數見其成書，若甚樂此而不知疲者。蓋中無恒業，則日見無事，見無事則益凷然無所用其心，心無所用，則其苦有甚於逼迫程限之役者，故欣然受之而不辭也。

今年家仲兄以予之馳騖而漸失先人之志也，錮予於楳華閣中，命授二猶子業，戒出入，謝賓客。閣之陽又爲構講室數椽，予挈二幼子與二三友人之子哦於其間，口爲唱，手爲讀，心爲解。鄉晨而起〔一〕，夜分而止，經傳雜進，背誦還前，講説異科，文字殊類。目偶不眡而嬉戲作，耳偶不聰而紕謬者衆，思慮偶不及而疑義難析，諸弊蘽起，刻晷程功，猶懼不暇。昔程子以文字爲翫物喪志，曩未篤信斯語，今予句讀耳，遂不能旁及乎他，亦心有所用而事不能兼，理固如是也，況乎學聖人之道者哉？然予之短於才而蔽於識也，則亦可見矣。而客又以庚子墨卷至，謝之。語未移時，顧謬悮者三起，客亦咨嗟而去。已而雯若示書曰：「選已成，獨其序非足下手譔不可。」則雯若愛友之切，復分其美以與我，君子長者仁厚之道也。顧予豈敢襲取不疑，以重掩良友之德意哉？爲叙其實如此。若夫是科之文，則雯若之予奪論次具在，予尚俟受而卒業焉。未卒業不敢妄有所稱述古也，亦懼無當也。

【校　記】

〔一〕鄉　原作「卿」，據王鈔本改。國粹叢書本作「嚮」。按，「鄉」即「嚮」也。

五科程墨序〔一〕

自開闢至今兹，其爲文不知凡幾何變也；自今兹至不可億算，其爲文又不知凡幾何變也。有腐儒焉，欲起而一之，必有腐儒焉起而爭之，又必有腐儒焉起而調劑之。夫其一之、爭之、調劑之，是皆爲變所驅，而不能用變者也。善用變者，有可變，有不可變。予天下以可變，而奪之以不可變，可變者文，不可變者理。今夫煙波雲氣，斯天下之至奇且幻者也，然求煙波於污池，觀雲氣於赤鹵，其爲奇與幻者無有也，故觀雲氣者必嶽麓，求煙波者必江湖。夫江湖嶽麓，自開闢至不可億算，猶故物也，而天下且以爲荒忽怪異，莫奇且幻於此，此非煙波雲氣之力哉？然煙波不能自爲起滅，而雲氣不能自爲卷舒，則皆江湖嶽麓之自爲奇幻而已。煙波雲氣可變，而嶽麓江湖必不可變，文之有理，則猶江湖嶽麓也。其有文則煙波雲氣也，以至變之文，傳不變之理，雖開闢至不可億算，其爲文無不可定，況數科乎哉？

顧文運之變，每視文理之勝負爲盛衰。理勝於文則極治，平則盛，文勝則衰，純乎文則亂。自治而盛也文運長，自衰而亂也文運促。成弘以上，制科之文，理勝之文也；嘉隆之間，文與理平之文也；萬曆以至啓禎，則文勝與純乎文之文也。其變也如四時然，寒而燠，肅而和，風馳而電掣，即吾操筆落紙時，已迅逝而不可留，蓋無瞬息不變也。乃自開闢至不可億算，其爲春秋者如是，其爲冬夏者如是，然則非變也，復也。復所以爲變也，是以歲之冬也，必復而爲春，必不復而爲秋爲夏可知也。則文運之亂，必復而爲治，必不復而爲衰爲盛可知也。天下曰文已復古，然而非復也，變也。何則？今所復者，當成弘之前，而不當慶曆之下也。朱子曰：「高祖文帝詔令只三數句，貞觀開元都無文章；嘉祐以前，其文極拙，而詞氣謹重，有欲工而不能之意。」嗚呼！此真文運之極治哉！今之復古者有是乎？故曰非復也。然滓者變而爲清，譎者變而爲正，荒怪者變而爲醇雅，震震然知文之必本於理，殆將以開文運之復乎？由此進之，使孔曾思孟以及周程張朱之書，燦然復明於天下，如二儀五緯經天羅次而不息，庶幾猶及見成弘以上歟?乃一之、爭之、調劑之者,方且習訓詁之説,竇空虚浮滑之調,謂若者守溪,若者震川,若者昆湖荆川思泉。嗚呼!使數君子者在今日,其爲文又不知其何若也。乃捨不可變之理,而刻畫可變之文,是猶去嶽麓、離江湖而求所謂煙波雲氣,而且執繪之雲氣,塑之煙波,謂開闢以至億算,凡爲煙波雲氣者當如是也。悲夫!是爲腐儒而已矣。

孫學顔:可變者文,不可變者理。知以理爲主,而不徒事乎文之變,斯善用變而不爲變所驅矣。腐儒一切皆反是,故反復引喻以著明之。而論文之能事,幾無復進於是者。

【校記】

〔一〕孫刻本、詩文集鈔本、王鈔本題作「五科程墨觀略序」。

戊戌房書序

今天下有壞人心亂教化者若干人,去之可以彊國,而奸民竊盜不與焉;天下有損事業耗衣食者若干人,去之可以富國,而冗兵濫員不與焉,則庸腐之儒是已。先王設庠序以養儒也,非以其庸腐而養之也。督以學臣,訓以師長,禮義以閑之,廉耻以風之,非聖人之書不敢觀,非濂洛之理不敢從，故其謹小慎微謂之庸，方萬闊步謂之腐〔一〕。而今所謂庸腐者不然，吏之庭肩相摩衽相聯者儒也，胥之門頂相望踵相接者儒也。行安得庸，心安得腐？及其分章句，握三寸，智盡能索，困若囚縛，則爲庸腐而已矣。先王非以其庸腐而養之也，而其流不得不至於庸腐，則豈立法之未盡善歟？漢元光五年徵天下有明當世之務、習先聖之術者，令與計偕。所謂當世之務，即今之對策；所謂先聖之術，即今試士之經義耳。當時詩分四氏，易有三家，治一經必精且嚴如是。然易有韓氏二篇，嬰所撰述。蘭陵孟氏世禮春秋，亦以陰陽災變名家，而虎觀諸儒集五經互參同異。劉安曰：「五行異氣而皆和，六藝異同而皆通。不學六經，不足通一經。」古人治經若斯之難也。

自科目以八股取士，而人不知所讀何書，探其數卷枕秘之籍，不過一科貴人之業。黠者割首裂尾，私立門類，沿襲鈔撮，俄而拾取青紫，高車大馬，誇耀閭里。嗚呼！苟如是，是亦可矣，幾何而不相勸以盡趨於庸腐哉？蓋嘗以爲起祖龍於今日，搜天下八股之文而盡燒之，則秦皇且爲孔氏之功臣，誠千古一大快事也。然以爲科目之弊專由八股，則又不然。宋神宗熙寧二年議罷詩賦明經諸科，以經義論策試進士，蘇軾曰：「自文章言之，論策爲有用，詩賦爲無用；自政治言之，則詩賦策論經義俱爲無用。」旨哉斯言！後卒用王安石議，論者以爲科目之壞自此始。夫取士之以八股，數百年於兹矣，理學碩士出其中，將相名臣出其中，而盡歸科目之弊於八股可乎？夫科目之弊，由其安於庸腐，而僥倖苟且之心生。文氣日漓，人才日替，陳陳相因，無所救止。宋濂求賢論曰：「以愚選智，譬如以石式玉。求玉如石，玉無似者；求智如愚，萬無一獲。」故愚以爲欲興科目，必重革庸腐之習而後可。計庸腐之儒，邑可得數百人，累之則郡可得數千人，又累之則海内可數十萬人。此數十萬人者，今日損十萬焉何害，明日又損十萬焉何害？誠飭釐學宫，士必通經博古、明理學爲尚，即不能遽通經、遽博古、遽明理學，而取其庸腐者汰其三之一焉。令甲甚嚴，士風一變。然後及期大比，先試其詞臣必通經、必博古、必明理學者命之典試，其所選士必通經、必博古、必明理學者也。而餘亦用有司歲校士例等次之，其庸腐者復汰其十之一焉。如是則庸腐者無所側足，而士皆務通經、務博古、務明理學，行之數科，士風大變。故夫主持文運於上，以清賢路，求真才，此科目之所以興也。今不澄其培植之原，使人安於庸腐，而僥倖苟且之心生，則其弊無所不爲，雖嚴刑峻法以釐治之，而人才亦未必可得矣。且此數十萬庸腐之儒者，其耳目無所開，其心思無所用，游談妄議，武斷鄉曲以爲蠹，如此而人心不壞、教化不亂、事業不損，衣食不耗而無害於國家者，未之前聞！

愚生長草莽，不知忌諱，竊冀當世之名公鉅卿留心時務者，當輶車之採焉。昔賈誼以經生陳時事，大臣絳灌等畏害之，論者惜其才，以爲誼誠少年，安有立談之間而痛哭流涕於人主之前者也。竊以爲不然。誼之所言，如削分藩、制邊塞，皆深中機密，非經生所宜言，故犯時之忌耳。苟職所宜言而言之，言之而激切，雖痛哭流涕何害！今有爲經生所宜言者，不得不激切言之，言之而不得其所，故於是科房書而識之於首，以當吾之痛哭流涕者也。

【校　記】

〔一〕萬　王鈔本眉校曰：「方下萬字，批云疑誤。吾友友夏以爲萬字傳寫之訛，萬同矩。」

選大題序

一春爲風雨所敗，筆床硯匣皆黴潤不可近，書帙狼籍几案間，堆積如亂雲。胸徑湮鬱，任其縱横弗理也。有客排户，攜新貴人書及諸名家選本若干卷，屬與雯若共詮次之。時方悶久，思一暢所蓄，即取筆爲塗竄數藝。客竊睨視焉，則多世所欣賞者也，輒大驚。徐請問曰：「商之鼎、周之彝卣，識者咨嗟歎絶，許直百萬，實不與一錢，吾見凡三年矣。吾吴人鼓鑄，朝葬而夕就，淬以藥法，罨之成五色，斑駁陸離，爲若水、若土、若血、若汞、若漆、若灰之所侵裹，則如墨、如銀、如緑沉、如翡翠、如丹砂、如蠟、如瓜皮蕉葉安石榴、如火衲，包漿渾脱，雲雷蟠螭，欵識凸凹，無不精好，千年之色，成於頃刻，其所爲，人故目擊之，而日售千百枚，故曰：『三年不鬻真，一日賣千僞。』願先生其謝商周而法吴鑄也。」

余閣筆而應曰：「夷光鄭旦，耕者見而忘犁鉏，覩無鹽宿瘤，則未有不卻走者，惟妍醜無異形，故好惡無倒置也。」而客曰：「不妻，妻必夷光鄭旦，天下鰥欲死，故天下之愛夷光鄭旦與愛無鹽宿瘤等。千載以來，知己皆不再得，而村豔市妝，鬆堊相競，則無不顛狂而願妃焉者，何也？淫行多而真好色者寡，故雖有夷光鄭旦與無鹽宿瘤，皆雜容於鬆堊之中而莫之辨也。且余估也，估不善計美惡，而雅計多寡。今一城邑間，凡讀書者百，則買書讀者三分百之一，貧不能具直者，富不妄費者，而假録讀者併直而共製者，亦三分百之一，其一則竟無須書矣。凡買書者百，其讀中下書者半强，中下且不能讀者半弱，讀最上書者百之一二耳。然一二中又且有貧不能具直者，而假録讀者併直而共製者，更傲岸不屑污一顧者，幾無須書矣。而吾估紛然，食指繁夥，無不待舉火於讀書者三之一，奈何捨九十餘人之所欲得而求售於未必售之一二也？」余曰：「是未易爲若道也。人必不爲習俗所移，而後可以移習俗。淇上之歌，華周之哭，匹夫婦也，而足以變一國哀樂之節，其情深而法善耶？情雖深不能使金鐵木石爲感泣，法雖善不能使蠉飛喙息詰礫鉤輈者變音而諧調焉，無他，所本無也。若夫哀而哭，樂而歌，此人心之所自有也。哭焉而悲，歌焉而肉好，亦人心之所自有也。自有之而不自得，忽有人焉舉吾心所有者而發於聲，聲成文，變成方，令聞者欷歔霑巾不能仰視，或眥决及髮，或目瞤舌屈而無聲息，或激越飛揚而盪魂魄搖心神動血氣，余一不知夫歌哭之至於是也。於是乎凡爲哭焉思悲，凡爲歌焉思肉好，不期於霸而歌者皆霸，不期於梁之妻而哭者皆梁之妻矣。若是者，匹夫匹婦不能變一國也；其變一國，即一國之自爲變也。況乎理義者心之所同然，而文采節奏又理義之所自出。傳曰『人皆可以爲堯舜』，謂人性之無不善而有爲者皆至道也。又何有於傳注之顯，句字之末，而不足翼程朱、駕韓歐哉？第使天下曉然於中正之途，而詖淫邪遁之不敢作。胥天下讀最上之書，子方棄僞而求真，汰惡而取美之不暇，而又何慮夫百中之一二也耶？」

客起謝曰：「如先生，利乃益多，又不獨在估也。」

孫學顔：情深法善，古今文章之妙，總不出此四字。王石鱗謂：「先生爲文，絶無依傍，如此種怪怪奇奇，雖逼似昌黎，而氣骨高古，本領深厚，並非昌黎所能及。」可謂知言。

東臯遺選前集論文　一則

洪永之文，質樸簡重，氣象闊遠，有不欲求工之意，此大圭清瑟也。成弘正三朝，猶漢之建元元封、唐之天寶元和、宋之元祐元豐，蔑以加矣。嘉靖當極盛之時，瑰奇浩演，氣越出而不窮，然識者憂其難繼。隆慶辛未，復見弘正風規，至今稱之。文體之壞，其在萬曆乎？丁丑以前，猶厲雅製；庚辰令始限字，而氣格萎薾；癸未開軟媚之端，變徵已見；己丑得陶董中流一砥，而江湖已下，不能留也；至於壬辰，格用斷制，調用挑翻，淩駕攻劫，意見龐逞，矩矱先去矣；再變而乙未，則杜撰惡俗之調，影響之理，剔弄之法，曰圓熟，曰機鋒，皆自古文章之所無，村豎學究喜其淺陋，不必讀書稽古，遂傳爲時文正宗。自此至天啓壬戌，咸以此得元魁，展轉爛惡，勢無復之。於是甲乙之間，繼以僞子僞經，鬼怪百出，令人作惡。崇禎朝加意振刷，辛未甲戌丁丑，崇雅黜俗，始以秦漢唐宋之文，發明經術，理雖未醇，文實近古，名搆甚多，此猶未備也；庚辰癸未，忽流爲浮豔，而變亂不可爲矣。此三百年升降之大略也。

東皋遺選今集論文 三則

一省一科之風氣，定於主司；天下數科之風氣，定於選手。通闈即無合作，不得不因陋就簡，此主司之予奪兼數命者也；聚遠近先後而論斷之，引繩削墨，是非灼然，此選手之予奪專於理者也，故選手不與主司較遇合而後足以論文。昔之選手大都如是，故其書至今可以惠後學。今之選手本領庸劣，其腹之空疎，手之甜俗，更甚於學究，秀才助彼説而張其燄。昔之選手能轉天下，今之選手爲天下轉，故曰：今之選手，今之秀才之罪人也。

吴次尾譏萬曆末年士自本科十八房而外，不知宇宙尚有何書，前此作者尚有何人，實學之衰，極重難挽。近時習尚，正復如此。己丑壬辰，一返蔓縟而歸之醇正，多老學好古之士，故格力遒上。乙未以來，名曰模範先民，實趨空疎甜俗，其所見之理、所宗之法，不能出萬曆乙未之圓俗機鋒，况能闖嘉隆以上之籬落乎？戊戌己亥辛丑，雅鄭互見，未嘗無矯傑之作，而外間盛行偏取下流，不知佳文幾何盡爲俗眼所埋没。是編亦就其中澇漉耳，尚恨翻圓俗機鋒窠臼未盡也。

次尾標摘當時俚俗字句爲「文禁」，且曰：「此等惡習始於一二空疎之子，以僥倖取捷，後人無學無識，轉相套襲，日增月盛。」今之惡習尤甚矣，目不識經史爲何物，而欲練餙辭彩，不得不出於俗談諢語，臭穢不堪。有人悟近日一名稿，全部只三百字可了，以爲秘妙，蝍蛆甘帶，鴟鼠嗜糞，良不虚也。嘗取次尾之義於家塾戒之，其詞句字法多不及載。今略舉活套陋調於此，如云云，如此腔板，不能盡舉，可以類推。使乳腥小兒弄筆如此，定以爲凡胎下梢，必無出息。老老大大，髭長面皺，猶作此等見識，豈不愧耻！而選者密圈濃贊，以爲妙法，又從而傅益之，其惑誤後起不小也。有是非羞惡之心者，試思吾言，知必有斷然不爲者矣。

程墨觀略論文〔一〕三則

文體之敝也由選手，而選手之敝也由蒙師。時文法度之最淺近者如破承之貴簡切而高渾也，小講之虚涵而勿盡也，提挈之得脈而勿痕跡也，提比之籠翻而勿急也，小比之點次老鍊也，中股之開合切實也，後股之推廓而不餒不泛也，過文之宜反宜正緩急合度也，結比之有餘勇也，掉尾之力勁而有別趨也，一句之當拆發也，全章數節之剪裁有要也，半段半句之當縮咽得氣也，過脈疊句之當上瞻下顧而實做本位也，連斷詳略之不可混也，兩截對扇之各有定義也，立柱分股之不可合掌也，布局命意之不可複疊也，此宜童子試筆時講明久矣，而今之巨公皆犯之，選家賞歎之。蓋今之選家亦今之蒙師之弟子也，則豈非蒙師罪哉？昔者盛時，吴中大家嚴重師坐，皆不惜厚幣豐養，致敬盡禮，以聘名宿，爲師者亦自力學珍貴，以副其責。今皆不然。欄中之牛，撫有數金館穀，若項王弄印刓敝，視善承吾意者與之，亦如其雇工然，不患其無有也。爲師者因各營狗監以求進，既得之則婴媚順旨，諂事弟子，彌縫及乎僮僕，以是爲固館之術。然且有攫而擠之者，其價日以賤，其品業日以卑，其人日以衆，或戲謂二千五百人爲師，其徒數十人，非徒少而師多，蓋人人皆可爲師也。師既如是，見文之奇博有本者，懵不能句讀音釋講解，則必力求空疎活套之書以爲業，使其徒速成，而已可免訴。於是乎空疎活套之選家，得哆然餬口於其間，亦無人不可爲選手也。選生師，師生選，文體遂極敝而不可返。文體猶小者也，使古來讀書種子於是乎斷絶，天下奇材美質於是乎無成，苟且奔競之習深，而人心風俗於是乎大壞。彼蒙師選手，不過爲一身一家衣食計耳，曾不意禍弊之至此極也。今縱不能驟還於古，願皋比論文者，取淺近法度共講明之，其爲文也亦必取資於六經左國莊騷史漢唐宋作者，如程畏齋之分年日程、趙考古之學範，成法具在，可倣而行也。余嘗謂五方言語謠唱，百里殊風，無一同者，獨乞兒爹妳之聲，普天下無二。今文萬喙雷同，猶此聲耳。士龍怵他人之我先，退之惟陳言之務去，苟力行之，後有作者起，必來取法，是爲作者師也。

程子曰：「今之學有三，而異端不與焉，一訓詁，一文章，一儒者。」余按今不特儒者絶於天下，即文章、訓詁皆不可名學，獨存者異端耳。昔所謂文章，蘇王之類也，訓詁則鄭孔之類也，今有其人乎？故曰不可名學也。而有自附於訓詁者，則講章是也。儒者正學，自朱子没，勉齋漢卿僅足自守，不能發皇恢張，再傳盡失其旨，如何王金許之徒，皆潛畔師説，不止吴澄一人也。自是講章之派日繁月盛，而儒者之學遂亡，惟異端與講章觭互勝負而已。異端之徒，遂指講章爲程朱，而所爲儒者亦自以爲吾儒之學不過如此，語雖誇大，意實疑餒，故講章諸名宿，其晚年皆歸於禪學。然則講章者實異端之涉廣，爲彼驅除難耳，故曰獨存異端也。永樂間纂修四書大全，一時學者爲靖難殺戮殆盡，僅存胡廣、楊榮等苟且庸鄙之夫主其事，故所摭掇多與傳注相謬戾，甚有非朱子語而誣入之者，蓋襲通義之誤而莫知正也。自餘蒙引、存疑、淺説諸書〔二〕，紛然雜出，拘牽附會，破碎支離，其得者無以逾乎訓詁之精，其失者益以滋後世之惑，上無以承程朱之餘緒，下適足爲異端之所笑非，此余謂講章之説不息，孔孟之道不著也。腐爛陳陳，人心厭惡，良知家挾異端之術，窺群情之所欲流，起而决其籬樊，聰明向上之士，喜其立論之高〔三〕，而自悔其舊説之陋，無不翕然歸之。隆萬以後，遂以背攻朱注爲事，而禍害有不忍言者。識者歸咎於禪學，而不知致禪學者之爲講章也。近來坊間盛行本子，淺陋更甚，又有增改各刻，愈出愈謬，然且家佔户嗶，取其簡便。穢惡既極，勢不得不變，變則必將復出於異端，此有心吾道者之所深憂而疾首也。朱子教人但涵泳白文，有未得而後看本注，看注未得而後看或問。今當依之爲法，以本注爲主，無論新舊講章，一切弗泥，即大全中亦但看程朱之言，其餘諸儒合於注者取之，否則闕之，如此則進可以求儒者之學，退亦不失爲古之訓詁，或庶乎其可也。

學者有思辨之文，有記誦之文，二者工夫皆不可少。今人但解記誦而不知思辨，此文之所以日下也。不知思辨處得力最多，思辨長識見，記誦長機神，機神所附麗止於腔調句字，若識見長，則道理精、法度細、手筆高、議論暢，文品不可限量矣。故思辨之文不必句句合度可讀，但就一篇之中，得其高出在何處，其弊病在何處，研窮剖析，擇善而從，擇不善而改，故雖不佳之文，皆可以長識見，此即格物之學所必當引繩批根，不可使有毫髮之差者也。至於腔調句字，乃所以襯簟其道理法度、手筆議論者，固不可不熟，不熟則識見雖高，不能自達。然腔調句字因時爲變，在一時中又有高下異同，各從其所主，但取其有當於己之機神者讀之極熟，到行文時自有奔奏運用之妙。即解有未當，局有未真，皆在所略，故每有平淺無奇之文，而名家反得其用，又不可不知。然此則不可以選限，並不必佳選而後有者。是集止爲學人指示思辨之法，爲增益識見之助。誠虚衷細心以講究之，則甲乙皆我師資也。若記誦之文，雖不外此中而具，然聽人自取，無一定之論矣。

【校記】

〔一〕孫刻本題作「續選凡例」，詩文集鈔本題作「續選例言」，皆闕「學者有思辨之文」一則，故曰「二則」。三條具見十二科程墨觀略卷首。王鈔本分作三篇，一篇一則。

〔二〕疑　原作「義」，據十二科程墨觀略凡例、王鈔本改。按，所據底本於「義」旁書一「疑」字。

〔三〕論　原作「説」，王鈔本作「談」，據十二科程墨觀略凡例改。

呂晚村先生文集卷六

論辨　記　題跋

賈誼論

明君之於賢臣也，或身用之，或留於其子孫用之，皆用也。於其言也亦然，或身行之，或留於其子孫行之，皆行也。故或用其身而行其言，或不用其身而行其言，或身與言俱不用而亦用，此明君用臣之心與謀子孫之道也。

漢興至孝文帝，天下殷强，海内充溢，舉朝訢訢，謂將成三代之治矣。而賈誼以洛陽儒素，年不及强仕，位不及卿相，抵掌闕下，陳痛哭之言，上危亡之語，天子慨然歎爲不及，非其才之明而策之當，而能傾動英主若此乎？然而言不盡行，出就長沙，身終於梁傅，則又何也？於是言者曰：「誼初進言，以疎賤之人，計貴戚之事，過於切直，是以不得志。」此其説非知誼者也。

孔子曰：「邦有道，危言危行。邦無道，危行言孫。」當有道之世，而用無道之術，是重誣其君也；挾諛佞之智，而欲行王伯之道，是自欺其學也；偷合苟容，浸結權貴，以求得志，及其得志而後圖之，是背本而賊義也。此數者，一介自愛之士所不爲，而謂賈生爲之乎？故曰此非知誼之言也。言者又曰：「漢室素輕儒術，道不同，故終不見用。」嗚呼！是烏知夫明君用臣之心與謀子孫之道哉！文帝之時，其左右朝廷、決天下之大計者，皆與高祖披荆斬棘、共起山澤者也；否則，皆先朝所擢之巖穴而用之廊廟者也。其出就侯國者，皆天子之叔伯兄弟也；否則，皆功臣之後也。一旦以少年布衣，加於老成貴介之上，而且欲裁抑勳舊，損削侯王，大或至於召亂，小亦必至於讒沮，是不得用臣之福，而先受臣之禍，欲行其言而并不得保其身也。是故出以老其才，靜以俟其用，計絳灌諸臣衰退之年，當賈生强邁之日，於是舉而授之，此所謂明君用臣之心也。且賈生諸奏，其大者在乎封建，其言至善也，其策至當也，其憂慮至忠也。而文帝遲之又久，卒不及舉行者何也？蓋其時淮南濟北諸王，雖間有舉動，旋就夷亡，其他大國猶拱手受詔，未有異謀，苟即分更其制，則必皆奮臂而起，於是動兵勞民以大傷百姓，此文帝之所不忍也。假己之名以予人，聚民之怨以歸己，此文帝之所不欲也。文帝曰：「吾不若及其治而後行之。」此則久安長治之業耳。其後謀削諸侯，而七國果造亂矣。七國既平，而主父偃等果遂能行其策矣。終漢之世，無侯國之變者，偃之謀也；偃之謀，文帝之謀也；文帝之謀，賈生之謀也。而賈生之言固已行矣，此所謂謀子孫之道也。

雖然，使賈生不即死而絳灌衰，則必見用於文帝之世；使文帝不即崩而七國亡，則亦必身用賈生之言，然而不能則命也。乃世儒不察，猥以不遇之言短賈生而罪文帝。且士之欲得於君也，將取卿相之尊用其身而已乎，抑欲行其言也？如欲用其身而已，則後世之君，養無益之臣，知而不言，言而不當，以及於敗亡者，胡可勝計也！如欲行其言也，則賈生又何嘗不遇哉！

元祐三黨論

漢以上無黨，自漢而晉而唐而宋以來代有黨。漢晉唐宋之盛也無黨，而其敗而亡也代有黨，天下於是乎罪黨，黨之爲禍也烈矣哉！然自漢而晉，而唐而宋以來，宦侍者非黨，而氣節黨；跋扈者非黨，而清流黨；傾險者非黨，而正直黨。其所謂黨人者，類皆吾之所欣慕者也；其以黨之名加人者，類皆吾之所疾惡者也。天下而罪黨，將罪其所謂黨人者乎，抑罪其以黨之名加人者乎？故曰：「黨也者，小人中君子以危國家之名也。」

夫君子與小人，其不並立也若陰陽然，此長則彼消，爾生則我死，故古之聖人不戒於群陰壯盛之時，而戒於一陰初生之候。坤之初六曰：「馴致其道，至堅冰也。」姤之初，遯之二，聖人皆有危慮焉。明乎小人之退不盡，其道必至於否剥窮陰而後已，故君子小人競進，則君子必日踈，小人必日密。其始也，君子以小人攻小人，幸而勝，所用之小人轉而攻君子，幸而不勝，則又以君子攻君子。至以君子攻君子，而君子無不退，小人無不進矣。然所謂君子者，或爲累朝之所顧命，或爲人主之所深知，或爲朝野之所倚重，即攻之未必退，退之未必盡也。小人曰：「吾中之以黨名，則雖累朝之顧命而不足恃，雖人主之深知而不能留，雖朝野之倚重而不敢救。」於是乎黨之爲禍，蓋浸淫流漫而不可止，君子於此成不朽，國家以此成敗亡，吁可畏哉！

熙豐之間，王吕之黨，茅彙而進，海宇洶湧，莫不決齒而甘心焉，而熙豐無黨名。哲宗之初，聖母在上，群賢在下，始之以司馬，繼之以吕范，其經筵則程氏之道德也，其文翰則蘇氏之文章也，其輔相則劉王之政事也，此數公者，其於君子小人何居也，然而元祐名黨矣。嗚呼！黨之爲黨果何如哉？蓋熙豐諸人閼鬱於下，怨入肝髓，日窺伺間隙以求得志，於是陽附於君子之門，而陰搆夫黨錮之禍，洛朔蜀之名成，而熙豐之黨進矣。或曰：「三黨之名，蓋諸君子互相訾擊而成也〔一〕，於熙豐何有焉？」吾嘗讀程蘇之書矣，其議不合，非無黑白之跡、是非之分也，然究未嘗以黨相目，且諸君子不以黨加於熙豐之間，而以黨加於垂簾之際，一何惑也！若曰轉三黨者爲之也，此正熙豐諸人所謂陽附而陰搆者矣。張商英之在元祐也，上詩求進，諛佞無耻，而紹聖之乞毁碑者，商英也。周秩之爲博士也，親定謚號，自附正人，而紹聖之乞斲棺鞭屍者，秩也。子瞻之黜英州也，全臺劾其先是制詞多訕謗語，范公曰：「言者皆當時御史，何不即納忠，而今乃奏耶？」由是觀之，紹符之黨人，元祐之黨人也；元祐之黨人，熙豐之黨人也，洛朔蜀諸公又何與焉？然則此數公者皆無可議者乎？曰此則有辨。伊川先生之於宋也，猶其有泰宗兩曜也。登高者望之以爲表，處闇者依之以爲明，萬古長夜望之以爲昏旦，若蘇氏兄弟，特文章之雄耳。楊康國之言曰：「其學爲儀秦，其文爲縱横捭闔，無安靜理，用之又一安石也。」此可謂知蘇者矣。

夫使荆公當日無神宗之遇，備位制誥中，若疏劄騁文辭，更不幸遷徙炎荒窮海之鄉，鬱鬱不得志，以其所欲爲立言以垂不朽，後世讀其書慕其爲人，如見伊吕焉。不知其敗壞滅裂如今日也，而且相與歎其不見用，使三代帝王之治不復見於後世，豈不重哉！故荆公不幸而見用於神宗，而首惡於熙豐；子瞻幸而不見用於神宗，而垂美於元祐，而要之爲内翰則有餘，爲宰相則不足，子瞻之與荆公一也。不然，王雱欲斬韓富之頭以行新法，荆公悚然曰：「女誤矣。」荆公以異己之敵，猶知韓富之不可非；子瞻以同類之賢，而不知伊川之不可毁。以此乘時在位，其於進賢退不肖何如也？范公九年之奏曰：「當時臺諫如王巖叟朱光庭賈易等，皆素服頤之經術，故不知者指爲頤黨。」〔二〕則洛之與朔固未嘗有訾擊之事，又安得有分黨之名哉？惟蘇氏以歌哭葷素之璪節，開過於伊川之門，使熙豐諸小人得乘其間，而散入於其中，出其蟲鼠之技，轉相掊擊，以黨之名中洛朔，而即以黨之名中蜀，以成紹符建中之禍，而子瞻不知也。古人有言：「朔，自守之兵也；洛，應敵之兵也；蜀，侵鄰之兵也。」由是言之，其開關而揖盜者，非蘇氏也哉？然以蘇氏爲非君子也，則又不可。夫蘇氏特其學未醇耳，其才剛毅明决，風生而嶽立，竄逐窮荒，而愛君忠國之思，百折而不可磨滅，豈若後世齷齪細儒，干依正類，操戈矛於堂，弄雲雨於手，其智出熙豐下哉！且熙豐諸人變幻百出，以搆君子，流其身，籍其家，追奪其爵號，羅織其子孫，其得計殊甚也。然腐儒穉子讀數寸之史，輒唾詈而恚恨之不置。而程之道德，蘇之文章，王劉之政事，長存天地間者，因黨名而益著，黨顧何累於君子哉！且使天下之爲經筵者至於程，爲内翰者至於蘇，爲輔相者至於王劉諸子，而曰黨人也，然則人主將日求黨人而師之友之臣之之不暇，而又何罪焉？故曰元祐非黨也。豈惟元祐，自漢而晉，而唐而宋以來之所謂黨者，皆非黨也。然則無黨者乎？曰否，以黨之名加人中君子以危國家者皆黨也。

孫學顔：或以此爲先生少作，觀其判斷分明，無一語含糊。恐非精於義者，亦不能道其隻字。

【校　記】

〔一〕子　據孫刻本、王鈔本補。

〔二〕此句，范太史集卷二十六薦講讀官札子原作：「當時臺諫官王巖叟朱光庭賈易皆素推伏頤之經行，故不知者指以爲黨。」

答谷宗師論曆志

蒙發天文志，已細細同陳生較訂訖，謹如限繳進，第中有不得不言者。蓋天文一志，歷代皆有定説，大略相承，加多加密而不大相遠，凡一代曆法進退損益，及曜緯占驗之原皆從此出，不可不慎也。先朝宮界限度積分，俱集前代大成，未嘗創改。迨至烈皇帝時，始有西曆一書，然未經會通中曆，確有定論，頒布海宇，則此書在先朝尚爲未定之書，但可資其議論，以究天學異同。若以爲明天文志如是，則是從洪永以至熹廟，其時皆無天文也，其時之所謂天文皆非也。今所發天文志，大約撮取遠西曆書中一二種，雜以鄭端簡天文述捃湊成書，與先朝原法踰遠。夫所謂一代之史之志，必使後人據書握策，可以求此朝之成法，可以求此朝成法之疎密是非，可以求此朝政令徵驗得失之故。今乃盡去舊法，而但取末年未定西域一國之書以爲一代天文如是，其爲作者荒瞀之責小，天下後世執此以誣先朝之法，其罪安歸乎？故某前謂曆法一志，必須細細推算，種種脗合，又須博徵故實章疏，考訂明確，方可操縱成文，誠不敢鈔撮急就，以塞一時之責也。今將此志中難解者一一粘出，共計粘票八十二紙，其票粘未盡者，細陳左幅，惟師臺裁正。

辨經宿

三垣二十八宿，各有所屬之星，星有定數，數有定位，歷代以來，中國相傳不易；其從北極分十二辰次，以定赤道限度，亦歷代相傳不易，從未有以辰次割裂星宿者也。故凡天文志中分列經星，所以爲觀占推驗之用，自宜逐垣逐宿逐座交還完確。今但取西人分宫表度編作星經，或一座而割裂於兩宫，或一座而割裂於數宫，本宿忽失數星，他宫忽多數星，令觀者茫無覓處。此雖明於經緯者尚費查考，遺之後人，竟成夢話矣。不寧唯是，并於西人之説又多紕繆，如今所票粘者正復不少。以此爲志，何以示後世以觀占推驗之實乎？

辨黄道極

北辰爲天之樞，萬古不易；日行爲七政之紐，歲歲不常。究其細微，蓋緣日積而成歲，刻積而成日，則是不常者刻刻有之，分分秒秒有之也。其六十六年八閲月而退一度，固顯然可見者矣。惟其不定如此，前聖賢於帶天之紘處立爲一定之所，强名之曰赤道；

分天爲十二宮，以爲日行不定者立法。宮者，日月星辰之辰是也。是出萬古一定之度，列萬古一定之宮，不可移易者也，故聖人曰「居其所而衆星共之」。居者日日如此居，共者日日如此共，惟其不易也，而後於其不常者立法求之，不常者有常可求焉。於是月之出入於黄道者遠不踰六度，亦猶日之出入於赤道者遠不踰二十三度九十分三十秒也。月一歲十三轉有奇，又白道斜正，上下遲速不常踰甚；因黄道不常之常者求白道斜正，上下遲速不常踰甚者，亦有常可求矣。

五星之出入上下遲速進退於黄道者，別有多端之不常一一，皆以日爲主，則姑且弗論，若是乎不常之可求如此，豈非以黄道乎？黄道不常，何以可求，豈非以一定之赤道，一定之宮辰乎？赤道宮辰何以可求，豈非以萬古不易之樞尊而無對之北辰乎？北極之於赤道其重如此。如曰黄道自有極，七政藉之運行，則此北極者，離所謂黄極也者二十三度有奇，而時時刻刻、分分秒秒拱黄極而流轉，與衆星同拱黄極也。然此黄極者二萬四千三百五十年餘，則成一黄極小規矣。小規之徑，以前人之度度之，蓋長四十七度八十分六十秒云。黄極則背負小規，所負之規亦分三百六十度，亦六七十年而移一度，且漫言時時刻刻、分分秒秒而漸移也，且漫言二萬四千三百五十年餘而移一大周天也。夫人拱而向之，注目而認之，定爲黄極矣。但見黄極也者，亦爲北辰一日一周，而成一小規云。徑之長，以前人之度度之，蓋四十七度八十分六十秒云。虚空難以定其極，置爲黄極渾儀規而觀之，北極蓋去黄極二十三度有奇云，北辰蓋一日一周黄極云，北極蓋二萬四千三百五十年餘而一大周黄極云，北辰時時刻刻、分分秒秒而漸移於黄極云。北辰者且不安其居，拱黄極之不暇，而何暇受衆星之共云？

伏而思之，鳥、火、虚、昴取象於蒼龍、玄武、白虎、朱雀以定四方。四方定矣，宫辰分焉，列宿序焉，後世宗焉，曆法密焉，皆恃有極焉以爲之主也。極者，不移之謂也，非時時刻刻漸移之謂也。居者不移，移者不居，居與移兩無所定，衆星亦無從而共矣。二十八宿距星可擴不可踰，十二辰位次有方難可改，將舉而名之曰東玄武、西朱雀、南青龍、北白虎，愚氓未之能信也。學者眼眶不大，止見得目前四千餘年内之事，未能了夫二萬四千三百五十年餘之事，然約略言之，或不大異耳。竊謂誣天之行，莫可憑於一時；誣民之史，難取信於百世。關係甚鉅，是以冒昧唐突，知犯忌諱而不敢默默也。

辨瑞星

老人星去極一百四十三度四十三分，去南極三十九度一十九分五十秒，在順天北極出地四十度之處，南極入地亦四十度。老人星常隱不見，此係經星恒度，非若七政錯行，彗孛含譽等隱見不常者也。然則永樂四年二月庚辰旦老人旦見，及累朝數見者，恐未足信後世之識者也。若在順天而見，則必歲歲同之，何以他年不見也？蓋老人星在南極入地三十六度之處，見之頗難。旦見丙，未幾而日出星隱矣；夕見丁，即淪入地中不見矣，故謂之瑞。蓋在千餘年前三十六度之地，今歲差漸移，即北極出地三十六度之處，未旦而先見，夕見而不即没矣。如今日浙中北極出地三十度有奇之處，冬春之交夕見數月，夏秋之交晨見數月，不足爲奇也。

辨七政

天地之理，有逆斯有順。上九字原藁另書格外，疑可删去。文曜麗乎天，其動者七，是爲七政。七政右迴者逆數也，易曰「數往者順，知來者逆」，易之爲數也逆，易日月也。陽變陰合而生水火木金土，五氣一陰陽也，陰陽一太極也。太極，易也。其用爲二五，二五者七政也，以故七政皆主逆。

洪武十年春，太祖與群臣論日月五星之行，翰林應奉傅藻、典籍黄麟、考功監丞郭傳皆以蔡氏左旋之説對，上曰：「天左，日月五星皆右。朕自起兵以來，與善推步者仰觀二十有三年矣。嘗於天清氣肅，指一宿主爲，太陰居其西，相去一丈許，晝夜則太陰漸過而東矣。爾等不明論之，豈所謂格物致知之學乎？」然七政皆主日，日率正則諸率皆正，日大明陽之精光，太陰承光夜明，五緯因之，而有遲疾留行順逆焉。七政惟日有光，一天威柄不下移也。月星皆無光，賤陰也；依日以爲光，藉天子寵命以出政於四方也。向日則昭明，背則魄伏，示順逆也。近日則光盡，上不可偪也。日麗天而列曜息，陰不當陽也，當陽則人主憂。日所行曰黄道，黄道無定體，因其所行强名也。南北二極之中各九十一度三一四三七五是爲赤道，赤道定位也，亦强名也。赤道定而後黄道之無定者，亦有定焉。月所行曰白道，白道出入於黄道内外，亦猶黄道之出入於赤道，强名以求定也。黄道相距最遠者二十三度九十分三十秒，冬至夏至日所在也。黄白相距最遠者六度，日行舒，月行速，當其同度，是爲合朔；舒先速後，近一遠三，是爲弦；相與爲衝，分天立中，是爲望；以速及舒，光盡魄伏，是爲晦；月循黄道内外而東，近北入黄道内曰陰曆，近南而出黄道外曰陽曆。陰陽體相遇爲會，會於黄白相結爲交，而食生焉，故曰交食。日，君象也。下有失德，應合於天，而適相值，理數參也。日食，陽不勝陰也；月食，陰不避陽也。月食行入闇虚，異地見同，故無時差；日爲月所掩，其時刻分秒，九服見殊，時差立矣。日輪大，月輪小，日道近天在上，月道近人在下，小掩大，近掩遠，故日食既，時周圜光溢出如金環也。日月變色失光芒，彗角鬬盪，小戴爪耳足如人，摇隕並見，出非所，王者惡之。

五緯水火金木土，日用五府之精光也。五緯各自有其道，出入於黃道内外，故亦因黃道求之。太陰因日爲望晦，而不因日爲遲疾。五緯不因日爲盈虧，而因日有遲疾順逆也。近日而疾，遠而遲伏，後而疾而遲而留，行皆順；留而退而又留，行皆逆。留而復順行而遲而疾而伏，而爲一周。合後見於東曰晨段，見西曰夕段，北齊張子□悟有盈縮之變〔一〕，而加減常率，以求其逐日之躔，頗親密矣。水行最速，一瀉千里，金行世如流泉，三月改火，木歲一凋落，土博厚不遷，故金水附日，歲一周天，火二歲，木一紀，土二十八歲一周天。土名填，讀如鎮，以靜爲體；讀如田，其用填塞也。木八十三年而與日合者七十六，火七十九年而與日合者三十七，土五十九年而與日合者五十七。金水雖依日，然金八年而合於日者五，水四十六年而合於日者一百四十五。七政自下上，一月二水三金四日五火六木七土。金火近日略同，然金仰得光而返景，火俯得光而順施，故火之效爲尤著。土最高，月最下，皆遠日，非濕即冷。木居土寒火熱間，氣和平，以故祥歸木，災歸火也。五星行列宿視所好惡，遇所好則所惡反之。凡五星起怒、芒角、拔劍、反羽、凌鬬、貫環、蝕吞、戴、勾、已、同光、牝牡，晝見經天，七寸以内犯列舍星宿，各以其所臨爲占。正德二年，五官監候楊源疏言熒惑入太微帝座前，東西往來不一，宜思患預防。時劉瑾亂政，輒矯旨杖戍之。嘉靖三年，光禄少卿樂護上言正月五星以次聚室，太陽臨近，隱伏不見，天象暗聚，流氣降精，占曰：「五星聚，是爲改易，有德受慶，子孫蕃昌；無德失國家，百姓流亡。陛下初承大統，五星適聚，可不益脩聖德以承此大慶乎？」崇禎初，日食不合，詔議之。海西法謂太陰朓朒之故，一因赤道上之黄道升降不齊。凡月離正降六宫則朔後疾見，斜降六宫則朔後遲見；離正升六宫則晦前遲隱，斜升六宫則晦前疾隱。一因白道距黄道之南北，在北即入地後，黄道疾見，在南則入地先，黄道遲見。一因月視行度之遲疾，視行爲遲段則朔後見月遲，爲疾段則朔後見月疾。至若五緯異行，各有赢縮加減，凡星在歲行規極遠之所，必合於太陽，其行爲順而疾，體見小；在歲行規極近之所，其行爲逆而疾，體見大。若土木火三星行逆則衝太陽，金水二星行逆必夕伏而合，行順必晨伏而合。其各星之順行而轉逆、逆行而轉順之兩中界爲留，留者非星不行，乃際於極遲行之所也。各星見伏之限以地平障蔽日光，晨昏光之久暫不等，星□時刻又自不等，故一以地平爲主。大約星在黄道南則度多，在北則度少矣。

統論見伏之因，一以太陽下於地平，一以星在緯之南北，一以極出地高下，一以黄道升降斜正，不第以太陽距度爲定也。其論頗細賾，與中法略殊，考正曆善詳之。

辨分野

乾坤交而變化生，變化生而調御出。帝王俯仰之功，所以勤庶績以承休光，猶痀蚪之於肢體，百絡縷分，一歸於心，故手足不相覺而倐救至，傳曰「四方有敗，必先知之」，蓋有其道矣。周禮保章氏辨九土封域，各有分星以觀妖祥；戰國時臯、唐、甘、石諸家主十二州兼斗秉以察機應，漢志分次具詳之。又有費直説周易，蔡邕月令章頗不同，若陳卓張衡京房譙周等更言所入宿度，又加異矣。唐貞觀中，李淳風撰法象志，始以唐州縣配之。而一行以爲天下山河之象存乎兩戒，北戒負地絡之陰，以限戎狄，爲胡門；南戒負地絡之陽，以限蠻夷，爲越門。河源自北紀與地絡會行，謂之北河；江源自南紀與地絡會行，謂之南河；觀兩河之象，與雲漢之所始終，而分野可知矣。雲漢自坤艮，北斗自乾巽，其分野與帝車相直，皆五帝墟也。列舍在雲漢之陰者八，爲負海之國；在陽者四，爲四戰之國，其説最精密云。

夫天之列舍盡於二十又八，而地之周徑以億萬計，其於中國十二州次，不啻數十億而一也。然王者盡以配我疆域，候符咎如景響答焉，豈列宿之所臨主盡是耶？上下中和清淑之氣於是焉聚，是爲天地之心所長存也。其區隅遼緲皆有仰觀之法，若回回、遠西諸國，亦能言象度，以測運緯，雖名號不同，星躔分次，亦列十二宮以爲準。至星位離合，則與諸夏特殊，若斗杓則易爲熊尾，南門則分爲馬尾及腹，敗臼則破爲火烏等。牽聯截割，非中國之舊，皆荒茫不可辨；彼土用以占步，亦復有信矣。然則氣數之所通感，統之至大且尊，析之至雖甚纖細，莫不具天地往來消息之故，故自天子公卿大夫士庶人及遠夷血氣之屬，皆當知戒譴，修德業，以答天意焉。而其爲大且尊者，固有常主哉。

若夫海宇裂王，畛域數分，一象則共占，共占而各驗，此又天道之遠，錯綜互變，非智術所能窺測也。洪武十七年，大明清類天文分野書成，凡二十四卷，詔賜秦晉燕周楚齊六國，大抵欽天監十二分野分配州郡，與唐志稍異。古之辰次與節氣相係，各據當時曆數與歲差爲遷徙，今更以七宿之中分四象中位，自上元之首以度數紀之，而著其分野，其州縣改隸雖不同，但據山河以分爾。晉天文志十二次始角、亢，以東方蒼龍精首也；唐始女、虛、危，以十二支困敦首也。其以斗牛爲星分之首者，日月星起於斗宿。古之言天者由斗牛以紀星，故曰星紀則星紀爲十二次之首，而斗牛又二十八舍之首也。太祖應運肇基，而南京應天爲星紀斗建之分，與三統之正相協，數千年間，帝王之運適符於今，豈偶然哉！

辨象占

天人上下，一氣之屬，其理與數不相間。政變於下則上應，象變於上則下應，吉凶倚伏，互相爲根，自然之符也。然天文應異及日月薄蝕、緯星犯守、鬬合諸異，曆家皆有恒法求之，雖密合親疏，法人人殊，皆可以推步得焉。故崇禎戊寅熒惑守心，西海曆家言五緯各有常行，當其留不以堯舜而避，當其退不以桀紂而延，以故守心非災。豈古所稱天象變占感召之理，皆非與？古大順之世，王者恐懼修省，兢兢於天命之不易，而其時薄蝕凌犯之事少，當衰亂怠棄則益多，代不爽也。譬之陽燧取火，方諸取水，易鏡求之則不應，抑又何歟？明高皇久行間，熟知乾緯。及即位，徵集諸言天家至京師議法象，搜抉往牒，并華夏海夷之術，今古略綜，至於省災祲、戒符瑞、敬天勤民，尤不敢忽焉。故其訓戒諸王及飭諭群將，皆非疇人算士所能測。列宗相傳，明時觀變，凡以謹天命、察幾宜咎謝以撫人事，代無差貸也。嗣及中葉，象緯之學闕如，保章、馮相守成法而不知變，欲以形先察微、脩救曆數以輔成至治，難矣。烈皇帝初年，慨然欲改治之，特命開局於京師，兼收中外諸法，將會歸以垂鴻摹，會國變未成也。

今考恒星、雲漢、經緯之次，七曜運行儀測分躔歷舍之道，載在靈臺，行於朝野者，采著成篇。雖術法繁移，其於一朝得失之故，不可誣已。若夫象曜陰陽之異，星精犯合流隕之占，其理與政事俯仰，雖推布有常度，而災害在國君大臣。夫月毁於天，而魚腦減於水，東風至而酒湛溢，陰陽迭感之，故災豈無意哉？故時數會則氣滋，氣滋則幾兆，幾兆則象懸於上，事形於下。天下不知其所以然而適相值，是爲主德；主德所及，運會生焉，是爲天道。天道者，大人之精符，王事得失之先著大防也。知之脩懼，謂之聖人，其義固有出於曆數推步之先者與？用備載簡册，以昭鑒戒，通三五焉。

【校　記】

〔一〕張子□　闕字諸本同。按，北齊書卷四九方伎列傳有張子信者，善醫術、易卜等。

友硯堂記

予幼嗜研石，所畜不下二三十枚，其佳者纔四五耳。憶甲申與從子亮功游杭，見一青花紫石，兩人爭出直買之，互增其數，至過所索，賈反詫不售。歸相咎者數日，予卒以厚直得之，亟呼良工趙三者斲爲宋款，抱卧累月不厭，其癖可笑率如此。

時交游皆浮薄，所謂社盟名士，習知不過八股，寫八股之研，不過市閒石片鑿水池，或更於旁穿穴，納綫絡頸下入試，一枚可值二十許錢極矣。見予所嗜研，輒怪而非笑之。予研大率得之骨董肆中，及山人門客之以骨董謁者。初嗜古，繼嗜奇，最後乃嗜端石，每嗜必受骨董之詐，故畜多而佳者少。然因欺而盡得其理，故歷之久而解識益進，若朋友淵源贈受之道，則曾未之及也。

遭亂竄跡山水，其佳者不忍舍，則托之村友。村友死於兵，研盡散失不可問。戊子以後，歸理筆札，則亦買市中石片磨墨，故友孫子度過而悲之，贈以眉槽小端硯，予自此復有研。初予之交子度也，亦以盟社集崇福禪院，獨予兩人坐大殿，出所作詩相質，子度攜新得澄泥研及程孟陽畫册，玩語竟日，社人皆笑。子度手予詩卷，題曰：「吾兩人當爲世外交，詩文其餘事耳。」它日復示書曰：「吾輩今日無可爲，惟讀書力學，事事當登峰造極，定不落古人後。」自此俱不復與社人通。嗟乎！子度吾真友，研吾真研也。辛卯子度死，予益落魄不自振。

己亥，遇餘姚黄晦木，童時曾識之季臣兄坐上，拜之東寺僧寮，蓋十八年矣。當崇禎間，晦木兄弟三人以忠端公後，又皆負奇博學，東林前輩皆加敬禮，所與游者負重名，如梅朗三、劉伯宗、沈崑銅、吴次尾、沈眉生、陸文虎、萬履安、王玄趾、魏子一者，離離不數人，天下咸慕重之。一二新進名士，欲游其門不可得，至有被謾罵去者。既亂，諸子皆亡落略盡，而晦木氣浩岸如故，後起不知淵源，習俗變壞，益畏遠之。然晦木固不能一日無友者，左右前後顧，則索然蕭矣，於是得予則喜甚，曰：「是可爲吾友。」晦木求友之急至此，蓋可悲矣。晦木性亦嗜研，時端州適開水坑，同邑有官於粤者，予從購石十餘枚，與晦木品其高下，晦木又喜以爲有同好也，謂予曰：「予兄及弟，子所知也。有鄞高旦中者，此非天下之友，而予兄弟之友也。」庚子遂與旦中來〔一〕。其秋太沖先生亦以晦木言，會予於孤山，晦木、旦中曰：「何如？」太沖曰：「斯可矣。」予謝不敢爲友，固命之。因各以研贈予，從予嗜也。其研有出自梅朗三、陸文虎、萬履安者，其人雖已古，然繇三子之交而追之，或冥漠所不拒，孟子所謂友天下之士爲未足者，非耶？予又自幸其友之足尚也，因以「友研」名吾堂。同邑吴孟舉見而喜之。孟舉新獲研出自黄澤望，遂以見贈。澤望固予所慕，而孟舉又友之，宜進者，亦受而登諸堂，吾友與研於是乎盛矣！或曰：「子之友盡此乎？」予曰：「非也。或不能得研，或有研而不必取，又烏乎盡！」「然則子之名堂也，得毋重研而輕友乎？」曰：「否。予之研固不盡此也。研雖良，非良友不以登吾堂；吾友良，雖無研亦不敢不登也。」

八角研

餘姚黄太沖名宗羲所贈也。研八角而不匀，角當四正，體狹長，兩旁角闊，頞又狹於下，背作屈角，三足。有銘，即用六朝回文舊語，而中刻耶蘇三角丁圓文。其質則歙之龍尾也。太沖詩云：「一硯龍尾從西士，傳之朗三傳之我。燕臺澒洞風塵中，留之文虎亦姑且。十年流轉歸雪交，治亂存亡淚堪把。」未幾失去，又十一年而復得之，遂以見贈。

紅雲研

餘姚黄晦木宗炎所贈也。石青紫而有紅文若覆雲者，故名。晦木以黄金屈巵一、銀幾兩得之。其製闊邊小槽。晦木亂後物皆散盡，惟此硯廑存，出入必偕。其第三子百世尚未婚，晦木云：「吾將以此硯聘佳婦。」已見予嗜硯，即以畀予，而晦木子適爲予婭。晦木因作紅雲硯詩以贈，詩曰：「幼不學問多拘惑，購石斲硯勞心力。南唐沉泥宋龍尾，洮河鼉鄖誇耳食。西園磊磊成石林，豈顧寒廚炊煙息。磨礱既久美惡判，寶硯無如端谿善。端必下嵒之子石，天生硯材千古擅。搜奇弋詭又十百，最上絶倫有雙硯。飢寒剮剥患難逼，干戈死喪頻鍛鍊。衰翁甇甇止一身，更無他物樂晨昏。願言雙硯盟偕老，相隨松城縈蔓草。大兒殭倒小兒號，去兵去食甘立槁。又割片石易握粟，單輪隻翼生趣少。尚擬守此度餘年，夜雨慘澹孤燈前。刳心鐫腸鬼莫知，淚落硯池生寒泉。憶我弱冠授室初，細君弄物黃金瓻。奪來易此一片石，墨華璀粲香披敷。三十年來惡夢長，石與予兮共埋光〔二〕。馬隊講肆固不宜，趙璧塵甑豈相當。我今屏息對奴隸，頑石止堪補泥牆。語溪吕子間世才，刃鋒凜凜辟氛埃。義理深究紫陽旨，經綸自喜管樂比。健翮負天卑鳧雁，窮老如予何益子。三生九死敦夙好，縮衣節食佐行李。文人屋好并愛烏，且愛頑石過璠璵。予曾戲言效米氏，欲以研易小樓居。子直笑領不爲怪，天壤何人識此迂。吾兒二十尚未婚，覥焉爲父徒欷歔。子能相之驪黃外，衣子之衣廬子廬。吾思報子貧無術，形影相隨止片石。贈君兼作紅雲歌，紅雲灼灼臨清波。温如處子豔如荷，稜稜丰采藏柔和。鈔經箋傳闢邪説，斧鉞亂賊誅么麽。」

鳳池研

鄞高旦中斗魁所贈。旦中有研二，皆萬履安所與。其一爲澄泥唐槽，履安游於杭得此研，即馳書旦中，曰近得張伯雨研。圓體三足，其池作鳳形，盤其尾，轉與咮相及。刻「句曲外史印」，文曰「貞居」，背有銘曰：「交文明，考文德。舒九苞，輝翰墨。」字環書作小篆，蓋奇物也。伯雨雖元人，其高致亦可尚友也。

眉槽小研

同邑孫子度爽贈予。淡青端石，杭人趙三所琢，高三寸，廣一寸九分。

卣研

同邑吴孟舉之振見贈。癸卯春夏，予與太沖、旦中坐水生草堂，與孟舉、自牧諸子倡和甚樂。忽得晦木書，云澤望病劇，以此硯及石田、衡山畫售爲藥價。太沖、旦中踉蹌東去，澤望竟不起，此物遂歸孟舉。憶予年十四，見澤望於東寺，氣象偉然，與子度坐禪榻論司馬温公集，予側聆之，不敢問難。近得游太沖、晦木間，謂旦暮見之，不意遂死。今得此硯，如見其面豐然，其目修然，其聲琤然，又足感也。研嘗爲嶺南梁稷非馨所購，天然石樸，面滿黄臕，中穿蟲蛀，開嚬以磨墨。予改爲卣研，初高二寸許，破其半作唐槽，歸之太沖，爲黄氏續鈔研。

山高月小研

同邑吴自牧爾堯贈也。亦甲申游杭所得，凡三石，一爲宋欵，次爲瓶研，此其三也。從子亮功爲予銘，且序曰：「叔父得端谿舊坑石子，方六寸，四周天然，面浮蕉，背緑文，如畫工所設遠山者。有眼半啣文上，如隔山待月，方過此嶺。文左可着墨，墨痕初溢，如山雲欲雨，坡陀滃鬱。或旁注眼上，則翳月微露，清光猶見也。因以山高月小名，而命宣銘。」銘曰：「秋月明，秋山横，壯士遇之悲生。反謂秋氣之無情，乃有怨怒愁痛之聲。秋月爲之低昂，秋山爲之不平。化怪石如肝脾，以成雕琢之奇。山釭月角，融結而入乎文字聲詩。使天陰欲雨，庭無月時，借置吾廬，爲苦吟資。久假不歸，抱墨淋漓。頓首𠻳詞，曰宣欲之，叔父其撚鬚一笑而許我分癡乎？」此銘久失之，研亦從村友散亡，流轉至自牧，乃割贈。時從子壻徐大竹適至，於舊篋得亮功遺稿一帙見畀，此銘在焉，遂勒之，又一段奇事也。

往時交游道盛，余與陸文虎、梅朗三數子獨有研好，所畜多絶品。外舅葉六桐先生、友人王子樹皆官粤中，不能致片石，最後萬履安以曹秋岳之力搜訪，亦未見有余敵者。亂後雲煙過眼，一時交游亦零落爲異物，余從樵人瀑布嶺下拾土題名而已。因歎交游之盛衰，關於世運之升降；而硯石之聚散，又關於交游之盛衰，如李格非之記名園一例也。讀語溪吕用晦友研堂記，朱鳥欲來，關塞且黑，毒龍未怒，環劍可求，耿耿者久之，信有生習氣之不易除也。雖然，用晦之友即吾友，用晦之硯即吾硯，往時之盛，蓋庶幾復見之。契弟黄宗羲跋。

【校　記】

〔一〕庚子　諸本皆作「戊子」。按，高旦中四明醫案：「庚子六月，同晦木過語溪，訪吕用晦。」「戊」字顯誤，據改。

〔二〕埋光　原作「理光」，據吕氏鈔本、王鈔本、國粹叢書本改。

題錢湘靈和陶詩

和陶始東坡，山谷稱其出處不同，氣味相似，此山谷阿所好耳。氣味那得似，淵明有所不可者也，東坡無所不可者也。平生沾沾於升沉得喪之際，鬱勃輪囷，孤憤懟恨，一變而爲禪悦、爲神仙方技、爲任俠、爲滑稽、爲飲酒近婦人、爲排闔縱横之説〔一〕，以無所不可爲達，正有大不達者存也。其和陶也，游戲韻脚，亦無所不可中之一耳。後人沿而和焉，是又刻東坡之舟也。然吾得一人焉，爲張北山。北山當德祐以後，徵書至門，遺民瀾倒，如平仲、文海、幼清、子昂諸人，皆不能自立，獨北山堅拒，以東海大布衣終其身，可謂得義熙之志矣。和陶雖在東坡後，而有所不可，即居東坡前可也。自餘和者，皆非和陶，乃和蘇耳。虞山湘靈〔二〕，乍嬰塵網，旋返自然，澡雪氛垢，快然可無遺憾，殆天所以成其和陶乎？宜不得比東坡之達也。讀其詩，寄託高遠，脱棄纆索〔三〕，其於古人固有曠世合節者矣。獨其於有無不可之間，爲陶乎？爲蘇乎？「認得淵明千古意，南山經雨更蒼然」，此在湘靈自勘之，余固不能辨也。晚村同學弟吕留良書於天蓋樓〔四〕。

孫學顔：尚論古人，識高於頂，警醒湘靈，意更深切。讀者玩索有得，當不屑爲東坡一流人物矣。

張謙宜：看人品於文字中，立界甚嚴。不多着語處，用意微妙。論東坡一段，乃文士通病，更無古今之異。

【校　記】

〔一〕闔　原作「闔」，據圓沙和陶詩、妙山精舍集、詩文集鈔本、王鈔本改。

〔二〕圓沙和陶詩「湘靈」上有「錢」字。

〔三〕弃　原作「去」，據圓沙和陶詩、妙山精舍集、詩文集鈔本、王鈔本改。

〔四〕「晚村」以下十三字，據圓沙和陶詩補。

題高虞尊畫像贊

凡今幅巾，不耐澹薄。望火日游，其狀磊落。佛門兒孫，侯門翼角。不知其隱，安問其學。巋然此老，冰懸雪壓。雙趺隱然，八字着脚。後未或知，曩則已確。其圖可傳，斯名不怍。

自題僧裝像贊

僧乎不僧而不得不謂之僧，俗乎不俗亦原不可槩謂之俗。不參宗門，不講義録。既科唄之茫然，亦戒律之難縛。有妻有子，喫酒喫肉。奈何衲裰領方，短髮頂禿。儒者曰是殆異端，釋者曰非吾眷屬。咦！東不到家，西不巴宿。何不袒裳以游裸鄉，無乃下喬而入幽谷。然雖如是，且看末後一幅。豎起拂子，一喝曰「咄！嘮叨箇甚麽，都是畫蛇加足」。

書舊本朱子語類

壬辰夏買此書，爲書船所欺，自三十一卷至六十六卷俱闕，而自此本至末凡十本又重出。全書中又多爲庸妄人所批抹，侮聖人之言，小人而無忌憚至此，每展閱時，恨怒無已。書此示兒輩，讀書無論聖言，當加敬畏，即古人文字亦不得輕肆動筆。且以戒與書客買書，當細對卷葉，翻看污損，勿輕信而怠忽焉也。

書大學切己録卷首

江西有程山一宗，皆以隱居講學爲事。有南豐謝秋水名文洊，著大學切己録，自序謂「向宗陽明，力否朱子，其實並未曾讀朱子書，惟據先入之言，幾成黨同伐異之見；至乙未閲李寅清大學稽中傳，丙申始取朱子書讀之，乃著此書」。然仍皆調和兩是之説，未可謂之曾細讀朱子書也，蓋先入之害如此。

識碧山學士傳稿後〔一〕

右先外大父學士葵陽先生文稿。年遠散軼，據陳百史五十大家本僅三十餘首，後四世孫相如從友人處得十許首，又從桐鄉錢蒼城得其婦翁姚北若所藏本十許首，最後四世孫裔出舊刻宧稿訂定數首，共五十八首，而諸改墨爲程者不與焉。

按先生文凡三變，初爲渾灝踔厲驚世之文。嘉靖辛酉甲子間，風氣冗弱，茅葦彌望，先生與同里趙玉虹獨勉爲古學，救之以精練典則。會隆慶改元，釐正文體，遂以第一人舉於鄉。辛未後文體復振，皆先生力也。庚寅歸里，與門生子弟論學不少倦，而文益簡淡高遠。今集中所載，多後兩變作也。海内過其門者，無不成名士，如會稽陶望齡、晉陽王濬初、華亭董其昌、同郡朱國祚陳懿典馮夢禎諸所陶鑄甚衆。先生初入翰林，爲館課輒傾其曹，同館雖前輩無敢雁行，而先生又嚴峻好直言，遂爲時貴所忌。萬曆戊子主順天試，取王錫爵子衡爲榜首；第十名李鴻，又申時行之壻也，言者遂以攻先生。下廷臣覆試至再，諸生文皆如格，事乃白。然先生遂自劾求斥，慰留再四，疏十上，竟告疾歸。先是丁丑會試，張居正欲以子嗣修相屬，先生堅避不入簾，爲江陵所頷，以故久不遷。夫不肯趨附熏灼之江陵，而私調停畏葸之太倉、長洲，固有以知其不然也。然先生終拂衣不起，絶無顧戀營冀之情，其名節自重如此。

竊論先生之文，上裁嘉靖以前之迂蕪，下截萬曆以下之俚怪，酌乎古，不入乎時，三百年文運之正中極盛也。編修時疏正文體，謂必先端士風。士風倒瀾，欲正無繇，因陳六事，曰去浮靡、止奔競、明是非、禁佞諛、禁黨錮、禁清談，啓禎間事無不灼見。嗚呼！誠得行其言，豈止文字無末流之禍哉！外孫吕某謹識〔二〕。

孫學顔：葵陽亦文人之雄，然其可傳於後世者，却是能以名節自重，篇中特爲提出。

【校　記】

〔一〕孫刻本、王鈔本題作「書黄葵陽稿目後」。

〔二〕吕某　王鈔本作「吕留良」。

跋八哀詩曆後

汪孝廉魏美　陳晉州士業　中山人自然　錢宗伯牧齋

王先生子文　劉先生伯繩　黄孝廉季真　仁菴義禪師〔一〕

黎洲八哀詩，余同哭者只牧齋、魏美耳。然伯繩余所願見，甲辰將渡江而不果，識其子子本於杭。前年黄木正寄詩於余，得聞其父孝廉之風。子文則立谿、烏石數爲余寄問焉。山人之死友，又余之舊也。是皆宜哭，不當以識不識異。今年求宋元集於晉州，晉州雖亡，不可等之路人。惟於仁菴無淚焉。嗟乎！年　月，幽草無銘。甲拜乙號，荒臺有記。耿寒燈於霜木，許故劍於南枝，其聲光氣力，能使後世惻愴如見，而況於余乎？南陽某謹跋。

【校　記】

〔一〕南雷詩曆卷二八哀詩所詠無「王先生子文」一首，而易以「蒼水」一題。

書西樵兄遺命後

此先兄十一年前書留篋中者也。甲寅八月十六日午，兄病革，命簡以付某及平生事略數紙曰：「爲我善成之。」問家事，曰：「不必言。」嗚呼！此非明於義利邪正之辨，豈易及此？以視世之名爲士大夫，而惑於禍福死生，佞佛乞靈、甘於叛聖而不顧者，其智愚賢不肖相去何如也。諸子孫豈惟恪遵，更當推明此意，於爾身爾家，一言一動，必懷義而去利，守正以闢邪，庶不忝爾所生哉！甲寅八月廿八日，弟某拭淚謹書。

吕晚村先生文集卷七

墓誌銘　祭文

隆德令贈奉直大夫靜寧州刺史費公墓誌銘

仕宦之獨尊進士也，不知始於何年。至於國雖亡，而進士之權有餘烈，其師生同榜世次蔓延遍天下，蟠結深固，故進之捷，退之難，其聲譽易起，有詿誤亦經營易復，雖至失職敗節，猶能飾罪爲功，顛倒朝廷之刑賞；而自舉貢以下則反是，雖有高行偉烈，曾不敢與爲比例焉。故艾千子謂「舉人官至府同知，便爲入閣」，憤進士之黨也。而其中則又有門户之黨，雖以進士之尊也，亦必繇乎此。凡入於黨者，亦進捷而退難，聲譽易起，詿誤易復，雖失職敗節，可飾罪爲功，而其力并可顛倒宇宙之是非；其不入於黨者則又反是焉。乃其不入黨者，則又有二。黨有陰有陽，有正有邪，其翻覆傾軋，勢必有消有長。當消長之交，大位者必有危禍，於是黠者出焉，曰吾於兩者皆不與，混混默默，善事上官，分積寸累，潛致崇階，實陰用陰邪之力，而又不爲陰邪所累，蓋其術又狡矣。進雖不捷，退之甚難，亦能完聲譽，免詿誤，飾罪爲功，以顛倒是非刑賞，而其爲迂拙自守，誠不知有所謂黨者，則又反是焉。嗚呼！仕官之難至於此！士之欲自樹立，而出不由進士，仕不入門户，以迂拙守官，死封疆而無聞焉，如隆德令華陽費公者，豈不又甚難者與？

按公名彦芳[一]，字爾英，華陽其號也，世居邑之某某里。祖某，父某，公爲仲子，未弱冠補邑生，萬曆癸卯舉於鄉，年且三十矣。又七躓公車，以母老且病，冀及禄養，不得已遂謁選，歸而丁母憂。服闋，授江西上高令。公自以一榜起家，思以治行自奮，而不善爲逢迎結納之術，居數年，無異聲。旋以漕事挂議，謫江西按察司經歷。時公有門人秉銓政者，或勸公通委曲，可亟復，且得美地，公笑而不應。崇禎五年冬，乃起補陝西平凉之隆德。秦地自延綏寇亂，蹂躪無完土，武臣莫肯用命，失機則以賄免；守土者率望風解竄，營救於樞要；天子亦以武備久弊，罪不在小臣也而寬之，多得不死。於是行間不戰，郡縣不守，賊益横行無所阻。是年春，秦將曹文詔、楊嘉謨等始屢戰而勝，有西濠虎兕隴州諸捷，賊黨可天飛、獨行狼、不沾泥、混天猴、紅軍友等相繼擒斬，秦中得少休息。公至治，急招流亡，繕城郭，勸農設賑，民賴以安。然秦寇散在楚蜀者日復充斥，乃以延撫陳奇瑜總督五省，檄諸軍追賊，賊盡竄入漢興間。方賊之在楚豫也，廣衍四潰，撲之實難，今逼入巉山窮坂之中，自春及夏，大雨連月，弓脱馬斃，進不得食，退無所奔突，環諸省之兵蹴之，賊之滅可待也。賊魁李自成困興安之車箱峽，峽巘不得出，行賂乞降，奇瑜狃於楚捷，輕賊不足平，且冀大功之速成也，許而縱之。賊出棧道，即與略陽群盜合，掠破州縣，勢不可制，而秦患復猖矣。

賊分爲二支，一入長平，犯涇陽；一趨鄜，剽盩厔。衝突飄忽，臨鞏平凉，在所不支〔二〕。公聞報，急募兵。未集而防守把總王珍先遁，賊破靜寧州；閏八月二十九日，以城無兵衛遂陷。賊執公求金，掠其署，大失望。其首號信王者詫曰：「窮如是，其好官邪？」縛不殺。先是，公遣僕丸書求救於固原道陸夢龍。陸報公堅守，旦日親率兵至。剳爲賊所得，即分賊騎設覆於六盤山。陸至，陷伏中，軍衝爲二，力戰而死，身被創矢，無完膚。陸，蓋公同年友也。賊返城，遂害公。公挺立受刃，腰領皆穿穴以死〔三〕。固原失事聞，天子愍悼，命查衈死事者。秦撫練國事疏報含糊，謂公被傷，不知所及。再命覆核，乃得公死狀，聞者憫之。卒以中無黨助，且王珍懼罪，賄中樞求脱，反譖公城守謀疏，故僅贈公奉直大夫靜寧州刺史，而逃將獨得不誅。

悲夫！公於上高善自謀，不必降爲幕；爲幕而善爲謀也，亦不與隆德之難；雖及難矣，當時有通賊者、棄城遁者、賄賊以免者，其法甚多，皆可不必死也。而公竟歷坎壈至於此，此則所謂公之迂，公之拙也。然使公成進士，爲黨人，得此一死以張大之，朝野相引爲重，其迂且拙，又爭傳爲奇節矣。然則公之不幸，在不成進士爲黨人耳，非迂拙之累公，公之累迂拙也。公死後十年而京師失守，士大夫相率迎拜，旋轉取富貴，黨論互爲塗飾：開門者樞臣也，而曰舉義；投名受職，賊敗乃死也，而曰殉節；勸進賊廷，歸伏誅也，而曰黨誣。天下既亡，刑賞固無從問，而宇宙之是非，亦任其顛倒如是而莫之正，以彼視公，公真可以不必死者耳。然而公寧以死守其職，又不得厚卹，朝論泯然，清議亦莫爲辨；死後數十年，事往世移，益少稱述之者；棺在草間，子孫貧不能葬，號於里左；至此而後，公之迂拙乃盡，則世以迂拙爲仕宦之戒焉，亦其宜也。

吾友吴孟舉之振聞而悲之曰：「公，故吾舅也。公孫婦，又吾姊。姊蚤没，吾幼無聞焉。其忍終暴公而使之湮滅乎？」乃具甎埴、治灰石、召圬者襄其子孫，後公死四十九年而得葬於其居之偏，而以叙銘屬余。公子某婦，又余表女兄也，義不得以不文辭。公配施氏，有賢識，能相公，生幾子〔四〕某某〔五〕，皆祔葬左右，孫某某〔六〕，亦以其生壙次焉。銘曰：

宜然乎不必然，世所謂權。不儘然而然，吁公之賢。死固人之所難，豈輕責乎名臣而重與小官？久而不剥，封兹柳棺。

孫學顔：費公忠義大節，雖不得厚卹於當時，而數十年後，得此誌銘，亦不啻榮於華衮矣。至篇中序公履歷艱難，而有明一代敗亡之故，亦即了然言下，則又非龍門之筆，不能有此力量。

【校記】

〔一〕芳　原作「方」，據呂氏鈔本、明史改。

〔二〕在所　呂氏鈔本、詩文集鈔本、王鈔本作「所在」。

〔三〕領　呂氏鈔本、詩文集鈔本作「勁」，王鈔本作「脛」。

〔四〕幾　詩文集鈔本作「某」。

〔五〕某某　呂氏鈔本作「某某某」。

〔六〕某某　呂氏鈔本作「某某某某某某某」。

孫子度墓誌銘

崇禎十一年戊寅，余兄季臣會南浙十餘郡爲澄社，雜沓千餘人中，重志節、能文章、好古負奇者僅得數人焉，孫君子度其一也。越三年，子度擇同邑十餘人爲徵書社。時余年十三，子度見其文，輒大驚曰：「非吾畏友乎？」社中曰：「稚子耳。」子度曰：「此豈以年論耶？」竟拉與同席。時璫亂既夷，正類旋振，而外猾内訌〔一〕，國勢頽壞，門户之鬬復興，靡然敝天下之精神於聲氣，而世益無人。

余從子宣忠從子度游，館荒園水閣，余時往就之，論列古今及當世，擘畫慷慨明瞭，皆可旦夕施行者。案畜日本佩刀，長二尺，自爲銘曰：「吾與汝俱廢置而不試，天下洶洶，太平其可致乎？」又與從子作金人承露盤倡和，詠後漢君臣七人，詞旨悲激，聞者壯之，而不能測其謂。又數年，國破。丁亥，從子殉難虎林，固至性素然，然師友之感勵多也。當從子被收，適在君墨兵齋中，獰卒并縛去，錮吴山閲月。及訊，從子謾駡，君力爲之爭其善，致受杖。然亦以此直之，放歸，纓絶醢覆，琴碎海枯，自是埽跡城市，往來苕霅間，成悽孤幽渺之致，視昔之豪壯一變。如是者六年，竟以鬱瘵死。嗚呼！其不可及也。

子度長身玉立，廣額修髯，兩顴插起如華嶽，劍眉濃矗，紫眸燿然，望者以爲神仙。平居塞默，似不長於言者，及議大事，對鉅公，析疑送難，衆噤不敢發，則侃侃瀾涌，洞中樞要，吐音清迥，若鸑鷟之伏百鳥也。父遘奇疾，廢者十餘年，奉藥必親如一日，遇亂欲有爲而終不以身許人者，以父故也。撫誨諸弟皆有成業，與物坦然無忤，而崖岸嶄嶄不可犯以私。家無完壁，老穉恒飢，淡然相守，知交濟之亦受，然未嘗有望援乞潤之意，故貴厚者不得而近，亦無可以驕之。

年二十三，以高等補杭郡廩生，名噪遠近，與四明萬泰、陸符，錢塘卓回、沈佐，餘姚黄宗義、宗炎，嘉善魏學濂互相期負，而遽罹國變，即奮然厲冰雪之守。有勸之出者，怒不答，作貞女傳以自託焉。爲文清挺屼嵂，不傍籬樊。虞山錢牧齋稱有老泉父子與近世歸太僕風。而其奈何不能自已者，一寄之於詩，爲風酸雨駭、山哀海思、荒怪回惑、變亂不可揣測之音，然皆帖然蟠結於醖藉跌宕之中，故讀者但覺其高秀閒遠。嘗云：「詩窮乃工，今日之窮又不然，羲皇以來僅再見耳。當唐宋人未有之窮，必有唐宋人未有之詩。」其意甚長，而所見卓遠，不爲唐宋詩人所縛如此。自欲老其年以盡發之，不計其止於此也。喜作字，能合魯公、率更、海岳爲一家。間破墨作圖畫，老工歎爲不能及。

憶余初得交子度，竊意東南如許，所見不數人，必吾足目不廣；及變亂，即所謂數人者，或碌碌死，或改節死，或老而衰，求如子度之皭然又不易得也。然自子度死二十三年，余足目亦數更矣，并所謂數人者未之多覯焉，更可怪也。昔與子度游者，皆重自標置，有老友干賄，子度庭訶之，即改戢；又有邑吏某、賣藥某慕其風，皆好賢樂施以自親。自子度死，習俗益污下，向之同社，面目變換至不可識。驕者以奴隸辱故人；諂者多潦倒自貶，白頭拜門，走於時貴；後起恣惑聲利，不復知名義爲何物，狂敗無耻，恬不相詫。使子度及見之，其憤疾當復何如，固不如不見之爲愈耶？然子度而在，意其人有所畏，都不至此，亦未可知也。以是歎賢者之存亡，其繫人士風俗之重也如此。若子度者，烏可復得哉！夫子度一人耳，其名位甚不足動人，然則士誠賢，正不在多也。而余之媮惰無狀，其生也不足爲重輕，以負吾死友之知，抑又可哀已矣。子度名爽，别號容菴，先爲浙東人，八世祖遷居語兒之檀樹村，今家焉。曾祖仁壽，以貲雄。祖良佐，號景亭，勇略異人，與遼將劉大刀綎爲俠友，而讀書有奇識，終隱不出。考有慶，習儒行。曾祖妣蔡，祖妣郭，妣徐。配張氏。子二：長慎，娶執友徐廷獻女；次懷，娶費氏。女二：長適吕尚忠，次適胡洪叙。孫一：元履。孫女三：俱慎出。生萬曆甲寅四月十五日，得年三十有九之五月二十有八日卒，又二十三年十二月庚申，其孤慎卜葬於其祖墓之左〔二〕。而問銘於余，余不得而辭者，以子度之知也。銘曰：

此窒然凷然，何足以藏君。惟生同乎冰沙窮海之纍群，死何所不可爲君墳。黄泉律回絪復緼，後有昌者行所云。

【校記】

〔一〕猾 據吕氏鈔本、王鈔本補。詩文集鈔本作「蠋」。

〔二〕卜葬 原作「卜墓」，據吕氏鈔本、詩文集鈔本、王鈔本改。

從子進忠墓誌銘

君名進忠，字集思，行二，邑宣化里人。曾祖熯，淮國儀賓，尚南城郡主。祖元學，繁昌令；祖妣孺人郭氏。父茂良，夏官郎；妣宜人包氏，生母聶氏。君生崇禎甲戌二月十日。爲人沉毅篤摯，善飲，喜讀書，每以一尊一卷默坐，竟夜忘寐。居家循禮法，不爲外習所移，而志與境左，坎壈鬱幽。丁酉十月十九日嘔血以卒，僅年二十有四。配王氏，生子二：長懿行，娶梁氏；次懿謀，娶許氏；女一：名文，未字；孫女一，尚幼。乙卯正月庚申祔葬父兆之右。銘曰：

而貌之瑟然，而氣之赫然，而情誼之蔚然而胡年壽之歘然，是殆不知其然，而不得不然，其長發乎兹丘之鬱然。

孫學顔：集思，志士也。其生平盡五六十字中，固當以奇創銘詞傳之。

從子履忠壙誌

余仲音兄之第三子，名履忠，字垣人，崇禎己卯某月某日生。余伯兄伯魯名大良，娶檇李朱氏，爲太僕大啓公女，淑麗多才，而有盛德。伯兄不慧，斷人道，終身不令人知，卒無子，仲兄因以履忠後之。娶同邑石墩楊氏。年二十爲邑庠生，敏於記誦，而短於搆攄。性嗜豪飲，雖盎無儲粟，必典衣擁壺，相對終日以爲歡。仲兄時當變難後，析産既薄，而履忠夫婦復不善治生，家漸落。仲兄憎其縱惰，不甚顧惜，且聞其妻黨有觖望誶語，愈益惡之。貧日甚，至寒無絮襦。某年某月某日，楊氏先病死，履忠鬱鬱，越某月某日，嘔血亦卒，年僅二十有七。傷哉！大凡處姻戚骨肉間，雖甚愛情激，猶宜顧大義，善爲説。夫使人失父子歡，至蹇死不得意，是欲厚所私而適戕之也，可不慎歟？生二子：長懿典，娶孫氏；次懿範，聘徐氏。二子以辛酉季冬壬寅，卜葬祖墓之東阡，因爲記其略。父名茂良，爲部郎；祖諱某，繁昌令，余本生父也；曾祖諱某，尚南城郡主，爲淮府儀賓。叔某書。

從子愚忠壙誌〔一〕

愚忠，字及武，仲兄第四子也。曾祖諱某，淮府儀賓，尚南城郡主；祖諱某，繁昌令；父茂良，樞部郎，即余仲兄。兄於國難後，又遭尾大之變，令愚忠同其兄履忠從余學。爲文頗善領會，第性多雜慧，而不勤正業，又喜訑己。余稍抑之，輒厭去。旋爲邑庠武生，遂疏遠文字。然於算數音韻六書之術，嗜之不衰，時有所撰解，多出人意。余欲終引之學，冀幡然有所成，而屢爲燕僻所沮，曰：「安用是卑卑者！」亡何，患血疾卒。悲夫！距生崇禎癸未某月某日，得年二十有六。娶湖州潘宗玉國瓚女，中丞昭度某之孫也。生二子：長懿秉，娶俞氏；次懿臻。以辛酉十二月壬寅，同履忠葬於父墓之浜東，越東百步許，則繁昌祖墓在焉。叔某書。

【校記】

〔一〕壙　呂氏鈔本、詩文集鈔本作「墓」。

從子婦孫氏墓誌銘

余仲兄性豪宕，於儒釋不甚辨。卒之日，忽以文字一幅授余，令勿作佛事。余受命，終喪未嘗用浮屠法，凡俗禮之出於彼説者，悉罷之。家人以遺命，故不敢有他，然意未協也。兄之第五子名奇忠，頗能文矣，而病痼。妻孫氏，余友子度爽之姪子雒誦之女也，工容皆殊衆，年十幾歸奇忠。奇忠病漸狂不可堪，婦視之惟謹，遂勞鬱成瘵，某年某月某日先奇忠卒。卒前旬日，與其父訣。父痛之，謂女少夭，夫子既病廢，女又無所生，室中物固路遺耳，盍多作佛事以資他生福？婦頷之，家人皆以爲宜。次日强妝起坐，請余往訣曰：「婦且死，吾父憐之甚，令作佛事，此不可也。大人昔有成命，尚未信於後人，豈得以婦故亂家法，使大人之命繇婦廢乎？昨不欲拂父意耳。恐婦死，家人且以爲詞，敬請翁主其事，證婦言以謝婦父。」余歎曰：「爾賢如是，然得無疑怨乎？」曰：「婦於此不疑也，又何怨。所怨者命不永，負諸大人耳。」余不覺泫然爲起曰：「爾誠賢，誠苦命不永。雖然，爾勿怨也。人生修短榮悴，以古今視之，直瞤睫間耳。雖修且榮，竟同盡，何足慕者。今爾明於理，合於道義，能成余兄志，使後世子子孫孫援孫氏母訓爲法，即此數言，既永不死矣。且爾不觀諸庸下婦人乎？第知自私利，惑溺邪説，悖舅姑之教，輕棄夫子。當其生時，人理滅久矣，雖倖長年，享豐盛，卒爲宗黨唾笑，鄉鄰不知愛歎，以今思之，此與犬豕何異哉！然則爾固未嘗短且悴，而彼亦未嘗修、未嘗榮也，又何怨之有？余且誌爾墓，記斯語以不忘。」婦爽然起謝，越數日乃卒。又幾辛酉季冬某日，祔葬於先兄之墓左。嗚呼惜哉！義當與銘。銘曰：

紛彼男子難與論，嗟爾幼婦何所聞。善成正訓貽子孫，命不可續賢永存。視我此碣信不湮。

孫學顏：巾幗中有此奇人，愧殺多少讀書識字秀才。宜其得此佳文，以垂不朽。

從孫琦墓誌銘

君名琦，字荆山，原名懿脩，以應試更今名。初讀書，塾師卑鄙，不契舉子業，因學將略鈐策，則嗜不倦。年十五即善騎射，雖關外健兒歎爲不多也。爲人細小精果，結束支架，無不驍駿。年十七，補邑庠武生。丙午秋，馳較萬人圍場，采呼如雷，知與不知爭識之。榜發，爲有力敓去，省下爲之騰憤，至己酉乃舉於鄉。尤善控悍馬，嘗騎入市，忽奔逸人仆，君攬繮逸過，力稍猛，顛旋從尻尾躍而登，時馬騁飈迅，見者以爲神。然自是傷其膂俞，不覺而患成矣。明年乃病瘍，醫又決其要，創口竟不合，逾三載以卒，蓋甲寅正月六日也。距生庚寅年十二月七日，得年二十有五。其仁孝性成，即抱疴累歲，執人子禮益謹。父偶值微疾，必强起侍奉，父諭曰：「汝憊甚，勿爾也。」君不爲勞倦。及病革，忽命製寬博儒服服之，問家人曰：「何如？」曰：「甚都。」顧其婦，曰：「斂我如是矣。」乃知曩所處，殆非其好也。蚤從力學，明大義，其爲詎止此，且死之怨也。惜哉！娶陸氏。曾祖元肇，太學生；祖調良，父岳咨，俱邑諸生；母陸氏。以甲寅十月丙辰祔葬官村祖墓之側。銘曰：

才耶命耶，教耶性耶？奮發者其志，而杌者其病耶？夫焉知全歸於是者非幸耶？

孫學顏：天生賢豪，不幸短命而死。爲誌銘者，却以「全歸於是」爲幸，真悲痛不忍言。

哭吴自牧契兄親家文

茫茫九區，我知者誰？曰君一人，而又如斯。與君相知，壬辰之歲。笑視莫逆，不解所謂。自此迄今，二十六年。其交益新，若未覯然。始而藝術，繼而文章。久之攜手，雒閩之堂。我行不掩，君不我非。言之不擇，亦不我疑。所以然者，非繇私好。信其平生，必更有道。云每見過，無論請益。游戲笑言，亦必有得。嗚呼至此，豈誠然乎？君之好善，舉世所無。波及我者，皆君之有。取之不足，反忘我醜。憶辛亥秋，大麻舟中。米鹽絮語，驟驚不同。問胡從得，勿悋我告。君曰無他，即子之教。十五年前，受近思録。如嚙木札，心口不屬。比來讀之，分外有味。時翫一條，不能捨棄。歎君篤學，益畏益親。七年之間，富有日新。嗟彼義襲，徒事表襮。真醇内積，肅雝敦睦。流俗視君，猶夫人耳。察及幾微，昔賢有幾。器重道遠，方期共肩。何圖中路，履隻輪單。斯文將喪，逆天者亡。何有於君，而得久長。顧我逆天，死反得後。知我不材，君賢加又。嗚呼已矣，吾厭吾生。廣廣横術，涼涼獨行。有疑焉析，有知焉質。舉頭觸棖，口張掛壁。知交戀我，大槩因醫。救君不能，學醫奚爲。哀哉自牧，賢門之表。豈惟賢門，東南絶少。我子君女，失賴如何。此猶私痛，悼道實多。川竭復流，哲萎難再。我悲孰知，英靈長在。

孫學顔：痛知己之難得，詞意極悲惋。中間極力表章自牧善於爲學，尤令讀者想見其爲人。

祭錢子與文

自黨禍之爲烈於天下也，固知其中之無人。惟闔棺而議定，孰有如君之超然自拔於緇磷〔一〕。吾邑聲氣之盛，實開於崇禎之丑、寅。與江上之應、婁東之復、雲間之幾連軫接武，爲東林之後塵，皆君與二三老友爬羅鉤結，千里荷擔而脱巾，渡錢塘、探禹穴，自江以東無不從君；而得與於盤敦，豈草野以虚聲相標榜，而中朝河北遂挾神州以胥淪？蓋風流消散，泣藏翼與隱鱗。然君與門户相終始，而不爲其所埋湮。方其盛也，不得一第置身於青雲，與之樹私植援〔二〕，飽氣燄之炙熏；及其衰落，又不能借夙昔名字之知，如今日之遺民，爲要路謁客以呈身，或捉刀懷槧爲幕府之師賓。最下則含乳乎南宗，開堂賣拂，此其家亦可以不貧。奈何三尺之籬，數十竿之竹，蔽影於九曲之村？於是知君之志趣，益迥絶於儕倫。頗憶疇昔之周旋，其與爲性命者，左拍夫振公、子謂，而右抱子度、季臣。既數子之云亡，蘭摧蕙歎，固一落而不能自振，雖恢諧嬉駡，詭時玩世，人皆以爲老狂，而不知其淚假笑揮而血從醉吞也〔三〕。形不悴而神傷，又何能久於人世之紛綸。嗚呼哀哉！過君小齋，榻舊書存。詣君令子，孝友博聞。冀班荆以累世〔四〕，庶幾魯國之與長文。君亦復何悲乎？其憑几而歆此一樽。

孫學顔：門户中人物，志節皭然如子與者甚少。先生謂其超然自拔於緇磷，可以不愧。

【校記】

〔一〕緇磷　原作「緇鄰」，據錢振鍠排印本改。按，論語陽貨：「不曰堅乎？磨而不磷。不曰白乎？涅而不緇。」

〔二〕植援　原作「值援」，據詩文集鈔本、王鈔本、天蓋樓雜著、錢振鍠排印本改。按，宋書卷六十七謝靈運傳：「穿池植援，種竹樹堇。」

〔三〕其　據呂氏鈔本、詩文集鈔本、王鈔本、天蓋樓雜著補。

〔四〕以　呂氏鈔本、詩文集鈔本、王鈔本、天蓋樓雜著作「於」。

祭董雨舟文

百年纔半，舊友無幾。老健如公，奈何遽爾。去冬語余，溺血如縷。雖無所苦，中衰時滓。余聞暗驚，知非佳事。然與公談，矍鑠可喜。謂當偶然，不無推擬。豈期公命，竟殞於此。憶年十七，追逐亂始。余毁厥家，公妙頰齒。經營岩澤，連絡首尾。塵扇所及，如潮赴海。海凍龍沉，蛇返鄉里。風波肆盪，扞蔽縫彌。閔余多難，門户傾圮。於骨肉間，委曲善處。艇子一葉，前山漾裏。狂濤屋高，舟獻其底。公自持橈，力盡得艤。余坐浸中，度曲不已。公恚問余，此豈歌所。余遽應公，不歌亦死。相與大笑，濕衣就邸。公告暫還，某日復詣。是時對簿，及期迫竢。衆譁必爽，雜進讒詆。余兄疑沮，遑遽無主。余决無他，請立表晷。正爭訟間，雨舟至矣。二人同心，大約如是。公每舉之，以戒諸子。諸子從游，名業日起。公愛埭溪，團瓢陽塢。余買妙山，亦築風雨。二老風流，短衣芒履。兩家子弟，教之一體。提攜壺榼，詠詩習禮。可樵可農，不失初旨。此有何奇，而天不許。哀哉雨舟，世豈復有。言無不合，事無不理。雄才明略，吾今誰語。憑筵一哭，心傷無緒。嗚呼尚饗。

孫學顔：董公一代偉人，與先生心相契處，原非世俗所能知。篇中特舉約信之小者，以概其餘，頗極文章變化生新之妙。

哭阿彗文

痛哉阿彗！今日汝死三朝矣。阿爺阿娘哥哥皆痛汝不忍捨，二伯伯四伯母賜楮幣哀汝，父執吴五叔叔嬸嬸亦遣人弔汝。今吾令汝乳姆攜菓餌蔬飯祭汝，汝不能飲，令其握出乳汁以飲汝。

痛哉阿彗！汝生面方，廣額豐下，耳長垂珠，隆準脩眉，髮頂黛緑，膚如凍肪，瞳如髹漆。母抱汝前，十步之外，目光及我，啼聲震鄰。項頸肩脊〔一〕，屹如山立，兩手常對握端拱，不自掉弄。其骨度莊凝如此，無一死法。生未十日即能笑，數月以來，洞解人意，呼之相親，即捧面哺口。吾有不釋，母令爲花鼻，即能蹙山根作皺紋，口輔出頰以悦我。其聰明而孝如此，亦無死法也。

阿彗阿彗，汝何以死？汝初病痘，不八日而靨，不十日而痂落，梅片疤白，無苔痕，吾即驚憂，謂必有變。已而餘氣怒生，幸部位不犯要害，進參芪託裹之藥，瘍雖未愈，而肌肉神氣未曾減損〔二〕，謂可不至死也。汝苦藥，每服必强灌，見持茶盞至，即戟手摇頭，牙噤喉拒，捏閉汝鼻，纔進少許，宛轉呼號，其難如此。以故汝母乳姆姑息煦嫗，見汝少安，便勸輟藥，後之間斷致危，遲遲報信，皆坐此也。

六月十八日，吾以事須往杭州，念汝病不可離，時高旦中在海昌，遣人來迎黄晦木，將同往蘇州。吾因致書曰：「彗兒病且危，弟欲暫入省，計駕從此至吴便道也〔三〕，不靳一跋涉，活此細命。晦木亦待於此矣。」吾謂必足以致吾友，遂放心至杭，否則吾雖忍甚，豈能捨汝而去乎？杭州數日不見家報，計已調理平復矣，因更淹數日。寫目市貨，有戲具字，館人笑問，吾答以五兒病新愈，買以娱之也。孰意廿七之酉，而有阿墀之信乎！吾問阿墀，然後知次日海昌竟不至，但遣童迎晦木耳。童謾云廿三日且至，遲則廿六也〔四〕。不謂汝病劇於廿三日，身熱洞瀉。家人妄冀吴門之約，又望吾之歸，因循五晝夜，變症蠭起，始遣墀報。吾冒暑奔歸，已無及矣。此是吾方術之疎，而期人之過，急外務而不飭家人以速聞，使汝失治以死也。吾殺汝，又將誰尤？

汝生於乙巳九月，至今纔十月耳。吾名汝爲彗，汝母曰：「何用此不祥者？」吾曰：「乃其所以爲祥也。」今其果不祥耶？汝瞳子能自會於兩眥，吾又戲名曰烏鬭。此二小名吾每呼汝，汝目諾而口應者。將於晬日，命汝正名曰定忠，此汝所未知也。今以語汝，汝其能應否耶？

痛哉阿彗！遺衣委床，啼音在耳，汝母乳姆，哭聲一發，刲心鉥骨，吾又何堪？行且權厝汝於識村，囑汝兄輩，異日吾没後，舉汝祔於吾家之側，與汝相依，以誌吾痛也。

阿彗第五，今同第八弟祔葬識村，歲時亦祔食。公忠記〔五〕。

【校　記】

〔一〕項頸肩脊　原作「項頸肩背」，據吕晚村先生家訓真蹟卷四改。

〔二〕曾　原作「嘗」，據吕晚村先生家訓真蹟卷四改。

〔三〕計　據吕晚村先生家訓真蹟卷四補。按，所據底本於「省」、「駕」之間旁書一「計」字，且眉批曰：「『駕』字上原稿有『計』字。」

〔四〕廿六　原作「二十六」，據吕晚村先生家訓真蹟卷四改。

〔五〕公忠識語，據吕晚村先生家訓真蹟卷四補。

吕晚村先生文集卷八

雜著

賑饑十二善[一]

賑饑之法莫善於散米，而莫不善於施粥，莫善於各里散米，而莫不善於城市籠統散米。各里散米之善何如？施粥止可及近里之人，十里以外多不能及，即數里以内人，其藏府筋骨已爲饑餒所敗，欲其晨赴夕歸，力既不堪，況竟日止此一粥，而奔馳往返，數日之内，即使不闕施粥，亦必轉填溝壑。至於罷癃老稚之斷不能出而餐粥者，又不必言矣。散米則皆安居而受賑。其善一。

煮粥必多人料理，徒飽此曹，私其情親，養其傭僕，有破冒之弊，有偷竊之弊，有添水之弊，有宿餿之弊；又薪米器具之費，有此二項，計米一石，饑民所食不過二三斗耳。若省此賑米，足供三倍。其善二。

城市游閒無賴，皆得積飽，鄉愚瀕死之民，安能與爭？强者或數處重餐，弱者或後時空返。不公不均，無從核理。散米則案籍分給，即無重餐，亦無空返。其善三。

一家有幾口吃粥，必須齊出。此只消卑幼一名持票赴領，全家皆得安業。且近見吃粥婦女出頭露面，有志者羞泣可憐，愚稚者習成無耻，甚至執役之喪心綽趣，亡命之調笑擠挨，言之足令髮竪。散米則皆得全其禮節，又可不廢女紅。其善四。

然此猶小者也。救目前之性命，當救將來之性命；救將來貧民之性命，即救將來凡民之性命。蓋目前之性命在口食，而將來之性命在農桑。若施粥之法，無論如從前諸弊，民不沾恩，即使奉行盡善，飢民人人受惠，日日飽餐，於城市之中，朝出暮還，如此不消一月，田地誰爲耕鉏，禾苗誰爲種穫？目前飢民，終作餓殍；即目前不飢之民，亦同歸於盡矣。惟各里散米，則僅費頃刻之支領，仍不曠逐日之工程，農安於甽畝，婦安於機紝，無曠土，無流民，有無相濟則情厚，死徙不出則俗淳。其善五。

况飢民宜散而不宜聚，宜静而不宜動。日喧闐於闤闠，更有隱憂。何如帖然於村落間乎？其善六。

城市散米，似乎米多倍濟，然鄉民走領數合之米，往還過午，飢腸難支，必不能持歸炊煮，不過於城市即换餅餌或畀飯肆，些須之米，所買幾何？不足一飽，則反不如施粥矣。各里散給則無是患。其善七。

籠統賑施，人户難稽，應領而不得領，不應領而多領，弊端蘗生。惟各里造册自賑，則鄰里熟悉，真僞難欺，必無不均不公之病。其善八。

城市賑施，必每日領給，此則或五日一給、十日一給、半月一給、廿日一給、一月一給俱可，遲速之期，視米之多寡難易爲準，但以五日、十日爲佳，蓋五日以下則太頻而勞，十日以外則總給米多，飢民恐有不知撙節者，前去後空，反致飢餒，不可不爲之節制也。其善九。

所賑之米雖止數合，然十日、五日總結，不奪其工，其人仍可做生活以佐益之，則全家鼓腹矣。其善十。

或疑此但救土著，而不救流亡。不知流亡之在地方深足爲害，其中狡黠頑或煽爲不良，久成癰痏，往往坐此。況被災之處，財力艱難，飽一流亡，必餒一土著。夫此之流亡，即彼之土著也。但使各州縣各都啚舉行此法，各賑其土著，安得復有流亡？即有流亡，聞故鄉有米可賑，誰樂爲流離異域之人乎？其必歸而就賑矣。是不救流亡，正所以救流亡也。近見東三縣不被災之處，流民群聚，當事紳士捐米賑濟，自是仁人用心，然飢民傳聞，皆相率奔赴，流亡益多。初意賑之遣還，其如所賑有限，既不足爲路糧，而後至者衆，則又轉生覬望，不思歸亦不能歸，究意不保其生，轉死他鄉者多矣。不災之處，徒費財粟，無益於流民；被災之處，土田益荒，將來之憂更大。是流亡之因救而愈甚，不可以不察也。不若此法通行，直救流亡之根源。如隣封豐熟，仁人君子肯博其施，則竟彙集錢穀，持赴被災之地，分助其地之不能賑者，此尤活人之實德也。其善十一。

此法既行，人不出鄉，又可佐以興作之事。各里之中，巨室長者，或疏鑿，或纍造，皆可以活人。其里中公役，則高鄉宜濬河浜，低鄉宜築圩岸。有産之家，計畝稍出升合，既以活人，又可爲己業無窮之利。若當時推擴此義，爲力尤大，即如吾邑官塘大河，自松老橋至石門高橋四十里間，河道淤淺，故潦則易盈，旱則易涸，若乘荒時挑深，真可爲語溪萬世之澤也。其法每工食米一升，更給一升爲工值，使足以養其全家，則存活者衆矣。其善十二。

孫學顏：此即致堂「賑饑莫要乎近其人」之意也。看他用意周匝，立法盡善處，直是無絲毫滲漏。非王佐之才，詎能辨此。○直起直收，綱領條目，井井不亂。以文字論，亦古今無兩。

【校記】

〔一〕孫刻本、詩文集鈔本、王鈔本題作「賑饑議」。

棣華閣齋規

程子曰：「灑掃應對進退，造之便至聖人。」今日爲學，正當以此爲第一事，能文其次也，其共勉之。

晨起必蚤，面水未至，先入位習業。盥櫛衣冠畢，進揖，同學相揖，即就位。從容莊肅，展書開讀，聲必明朗，毋含糊低懈，必記遍數〔一〕，不許偷少。背書不許差譌字句、重覆上句。凡一課初完，稍覺昏□□□靜坐一息〔二〕，或命散立一息，但不得借爲游戲地。□□飯〔三〕，講書必衣冠，講時靜聽默思，有疑義則從容起問。若問及，必莊對，毋口中囁嚅，欲吐不吐，亦不得率爾致語，全不思索。至有懵然不覺，心馳於外，昏氣倦容，呵欠瞌睡交集〔四〕，此下愚質也，當予杖以醒之。講畢，揖退就位，再看書，靜思一息，乃執他業。傍暮課畢，庭下散步。言必循理，思而後發，不許戲謔，或以尖酸隱語，或以筆墨譏笑，此最是下流輕薄兒所爲，勿學也。夜飲群敘〔五〕，必和必敬，飲食必自顧容儀。燈下習業，即先完者，亦且靜坐沉思，反覆翫味，最有益。余未寢，毋先卧也。除講書飲饌及午膳後小憩〔六〕、夜飲前後散步欵語，餘時不許私相往來、聚談嬉戲。凡言語應對，必響亮決絶，然又不可突而聲厲。拜揖須深，首不可仰，正立圓拱，疾徐中度。揖須端立〔七〕，緩退，毋輕躁〔八〕。趨走莊重，毋跳躍顛躓。坐必正直，毋跛倚。有客至，在堂者起揖，在房者非呼不許出揖，揖畢即入位。課業非命坐不得與坐，非命輒誦不得輒誦，非問及不得參語。書本須愛護，不使污損及摺角。凡學者最忌好高躐等，如不命作文而私自拈題，或至妄作詩古文詞，釘本塗寫，私看閒書，私學它藝，極爲學累，終難長進，必痛責而□□之〔九〕。有事須出，則詳告以故，如期而歸。倘所出非□□〔一〇〕，必究其極而大懲焉。凡午前課闕，不許與午飯；□□課闕〔一一〕，不許與夜飲〔一二〕；燈下課闕，不許就寢。

辛丑歲，先君子始謝去社集及選事，攜子姪門人讀書城西家園之楳華閣中，此其齋規也。黏壁久，故有闕字。公忠記。〔一三〕

【校記】

〔一〕必　據呂晚村先生家訓真蹟卷一補。

〔二〕□□□　王鈔本作「疲可以」。

〔三〕□□　王鈔本作「凡喫」。

〔四〕交集　據呂晚村先生家訓真蹟卷一補。

〔五〕叙　原作「聚」，據呂晚村先生家訓真蹟卷一改。

〔六〕講　原作「讀」，據呂晚村先生家訓真蹟卷一改。
〔七〕端　呂晚村先生家訓真蹟卷一闕。
〔八〕躁　據呂晚村先生家訓真蹟卷一補。
〔九〕□□　王鈔本作「嚴禁」。
〔一〇〕□□　王鈔本作「所告」。
〔一一〕□□　王鈔本作「晚」，國粹叢書本作「午後」。
〔一二〕與　據呂晚村先生家訓真蹟卷一補。
〔一三〕公忠識語，據呂晚村先生家訓真蹟卷一補。

力行堂文約

昔之子弟患其馳騖，爲聲氣之習所壞；今之子弟孤陋寡聞，夜郎自大，日趨於惡劣污下而不自知，其失均也。今爲此約，但會文字，不會酒食。一以戒徵逐，二以節浮費，三以遠社席之風。有觀摩之益，無囂競浮動之虞，亦興起大雅之一助乎！

日期三、八，文限二作，從俗從同也。題必晝一，乃有相觀之善。每期大小題各二，以分長幼。近者凌晨傳發，遠者先日封寄可也。

師長無權，則心志不精專，長務外之弊，故批點之任，各歸其師，不可侵越。無師者歸其家長，或其同學之友。師長以爲佳，迺得見付入集；如不甚足觀，無妨置藏不出，以待次期之長進。慎勿欲速好名，捉刀作僞，以誤子弟也。

文須當日搆寫批看，次日午前彙付。若過四、九兩日，雖有佳文，不復入集，以策驕惰。

文既集，總釘傳閲，以前後次序爲甲乙，間着評語。如有絶頂佳文，仿月泉例，贈以筆墨小物。其三次無文入集者，亦薄罰焉。

每齋傳閲不得過三日，以次傳遍，歸還草堂，遺失闕損者罰之。

文必用格紙謄清，其字句之疵，師長即爲抹改，亦不必別録，以考其真。每朔日分一月格紙，願則來取，不敢拒亦不敢强也。

不遵信朱子者勿與。

對題鈔套文字，最爲無耻，較出必罰。

寫別字有罰。

賣藝文

東莊有貧友四，爲四明鷓鴣黄二晦木〔一〕、檇李麗山農黄復仲、桐鄉殳山朱聲始、明州鼓峰高旦中。四友遠不相識，而東莊皆識之。東莊貧，或不舉晨爨，四友又貧過東莊。獨鼓峰差與埒，而有一母四兄弟一友六子一妾，乃以生産枝梧其家，而以醫食其一友，友爲鷓鴣也。鷓鴣貧十倍東莊，而又有一母五子二新婦一妾，居剡中化安山。有屋三間，深一丈，闊纔二十許步，床竈書籍，家人屯伏其中，烈日霜雪、風雨流水遶攻其外。絶火動及旬日，室中至不能啼號，鼓峰雖以醫佐之，不給也。而又有金石玩好之性，喜鑿印章，結構撫摹秦漢，間作南唐圖書記，或摹松雪朱文筆法，高雅可愛。至其精論六書，則斯邈俗吏，茫昧古法，殆不可與語。東莊謂賣此頗可得飽腹，謀之鼓峰，云鷓鴣技不止此，若其可以玩世者，則又善畫，畫李思訓、趙伯駒二家法，精致微妙，出是亦可得錢。因憶吾黄麗農畫亦兼南北宗，尤妙董巨神理，下筆秀潤生動，直坐元四家於廡下。麗農固自秘，郡人亦無識者，年來困益甚，子女十數人，有子之妾四。麗農少壯，故豪奢，日夕遂至不堪。責逋者環坐户外，輒慟哭欲自引絶，責逋者多驚散去。然稍閒又欣然弄筆，都不復憶也。

吾友賣畫，此當與結伴，而鷓鴣意又欲賣文與詩，謂此事可吾輩共計耳。然吾姊丈聲始淵源程朱，所作文不減歐九，爲雜著小品，奇詭要㫬渟蓄，出入蒙莊史遷昌黎間，而獨不喜作詩，是亦有不能共計者。顧其人别無藝能，於經紀爲尤拙，隨意至友人處，坐講今古，竟日不倦，其家具食食之，否亦論難泉湧，了不知餓，便至昏黑。家有二幼子一弱女，早喪母，惟一房老與俱，則腸鳴如雷矣。桐鄉人皆以爲癡。行且飢欲死，出其長，但文耳，而其文又可傳而不可賣。鷗鴣曰：「姑試之。安必其無一遇也。」因約聲始竟賣文，餘友共賣文與詩，麗農鷗鴣共賣畫，鷗鴣東莊共賣篆刻，東莊獨賣字。鼓峰掀髯曰：「終不令子單行。」鼓峰小楷類樂毅論及東方朔像贊，行書逼米海岳，間追顏尚書，於是鼓峰東莊共賣字，既以字食，且以食友。

約成，草於吴孟舉之尋暢樓。孟舉書畫故奇艷，涉筆成趣，得天然第一。謂：「吾手獨不堪賣耶？」「然如子家不貧何？」曰：「請以字佐鼓峰東莊，以畫佐鷗鴣麗農。吾出藝，而諸君共收其直，可乎？」衆曰：「幸甚。」東莊乃脱稿而屬孟舉書。

鷗鴣〔二〕

石印每方一錢〔三〕　金銀銅鐵印每方三錢　玉印瑪瑙印〔四〕每方五錢　水晶印磁印每方四錢　犀象琥珀蜜蠟玳瑁印每方二錢〔五〕　北宗山水每扇面三錢　詩律一錢、古風二錢〔六〕、長律每十韻加二錢　文壽文一兩、募緣疏一兩、祭文五錢、碑記書序各一兩、雜著五錢〔七〕

麗農

南北宗山水每扇面三錢、册頁三錢、單條五錢、全幅一兩、手卷每尺三錢、堂畫二兩〔八〕　詩文同鷗鴣

殳山

文每篇一兩

鼓峰

小楷每扇面二錢　行書一錢　帷屏每幅三錢　錦軸每幅八錢　齋扁每字一錢

柱聯每對一錢　詩文同鵬鴣、麗農

東莊

石印每方三錢　小楷每扇滿面三錢　册頁三錢　手卷每尺三錢　行書每扇面二錢、

册頁手卷同，單條三錢　草書每扇面一錢〔九〕、册頁手卷同　詩文同鵬鴣、麗農、鼓峰

孟舉

小楷每扇面二錢　行書每扇面一錢　柱聯每對一錢　畫竹每扇面一錢　寫生每扇一錢、

着色二錢

孫學顏：以奇人爲奇事，必有奇文以傳，無怪其無一語之不奇也。

【校　記】

〔一〕木　原闕，據天蓋樓雜著、國粹學報補。

〔二〕諸本俱無此潤格例，據天蓋樓雜著、國粹學報補。

〔三〕一錢　國粹學報作「二錢」。

〔四〕「玉印」之「印」字原闕，據國粹學報補。

〔五〕二錢　國粹學報作「五錢」。

〔六〕二錢　國粹學報作「三錢」。

〔七〕雜著五錢　原闕，據國粹學報補。

〔八〕堂畫　國粹學報作「堂幅」。

〔九〕一錢　國粹學報作「三錢」。

反賣藝文

庚子作賣藝文，錢牧齋見而歎曰：「昔之西園畫記也，今爲汐社許劍録、玉山草堂雅集矣。」剡中黎洲先生德冰擎拳獨立，排拓二百年之詩文，於九流百家之術無不貫穿，予欲廣賣藝文以位先生，而以吴自牧之詩畫算數聲音之技附之。鍾山民部黄半非、射山陸辛齋聞之，喜而見過。黄民部者亦賣文字，自作駢語小引，久不見售，辛齋則思賣而無伴，於是皆欲寄賣於吾，文更有一二循例請附者，則不之許也。

有傳黎洲爲人作賣藝文，引用爲例，曰：「子法甚隘，而黎洲道廣耶？」予曰：「不然。必有爲言之也。」未幾黎洲寄示此文，果以徇故人之子請者，又一例也。或又曰：「子之徒益夥矣，某郡若某某、某鄉若某某，皆援例賣藝，方以子爲貨殖之祖，可無虞其孤另而難行也。」已有工挾薦牘請見曰：「某某致語東莊，工甚精，幸厚遇之，庶幾賣藝初意。」予始怪且笑，已復自痛其立説不善，害一至於斯也。季布髡鉗、子胥鼓簫、相如滌器、豫州種菜結髦、柴桑乞食、中散力鍛、步兵哭喪，織簾屩屨、負薪補鍋之徒，趣有所託，而志有所逃，不極其辱身賤行不止也。然未聞人奴市乞擔糞踏歌操作之賤工，有竊儗於諸子者。且吾經年不見一買主，而賣之如故，此豈較良楛短長、趨時變、爭長落者哉？富家熱客持金錢按吾文價以請〔一〕，此不直吾友一笑也。何則？藝固不可賣，可賣者非藝，東莊諸人以不賣爲賣者也。且吾寧與人奴市乞擔糞踏歌操作之賤工伍耳。人出丐販之下，而欲假篡於豪賢，此人奴市乞輩之所不爲者。今有人墮落坎壈，灰頭炭嗌，沿門號索，其唾罵不顧者，常也。雖不能飯，而嘆憫焉，長者也。從而摹倣其形狀以爲嬉戲者，此輕薄兒無人心者耳。夫至沿門號索而猶不免於輕薄者之嬉戲，予之所以滋悔也。因以黎洲、鵰鴣、鼓峰、孟舉、自牧約不復賣藝爲一例；聲始已得食，所賣不賣俱無與爲一例；麗農、半非、辛齋浮沉客路，勢不能自止，竊儗嬉戲亦不暇計也，聽其自賣爲一例。嗚呼！知予之賣藝也非銜奇，則其不賣也亦非高價以絶物，吾知後之哀其賣者，又不如哀其不賣者之痛深也。

孫學顔：賢豪賣藝，皆以不賣爲賣者也。而假篡一流，輒思攘臂其間，是真欲以高名爲奇貨矣。篇中痛斥此輩，足令古今賣藝者，一齊稱快。

【校　記】

〔一〕以　原作「價」，據詩文集鈔本、王鈔本改。

丘震生筆説

山谷老人曰：良工爲筆，其擇毫也猶郭泰論士。然毫爲兔，次羊，次貍，又次輔之以鮝。兔最貴，必雜以羊貍，輔之以鮝，收中材也。然是物也，終日握而不敗，卒無損乎擇毫之道，則最貴多與？有工焉，聚鮝而束縛之，參以羊貍，渲氄爲衣，固儼然毫也。於是乎蛣蛤蒸獺猩毛鼠鬚雞翮之族，則皆得起而嚇毫，毫又無如何也，然而其工則賤矣。茗上丘震生，蓋精於擇毫者，於南國知書善屬文之士，無不歷歷能指其名。庚子季夏過予，袖尺幅，云欲通於其所能指名者。余謂此曹方爲世所嚇，恐未能厚，子且勿去。然丘子既精擇毫，又能慕知書善屬文者，真無媿爲工之有道矣。知天下之不爲鮝與羊貍者，於丘子又有神合也。書以果其行，且一一致語。

繞指柔　妙手脱丸，無形有劍。殺人如麻，何須百煉。

游戲自在　長年蕩槳，群丁撥棹。有何老子，大悟於棼道。

欬珠　腷腷膊膊藜藿腸，磊磊落落生夜光，曾不若一囊坐北堂。

姥胎髮　西抹東塗，奈何爲婆，獨不見黄口小兒鼓嚨胡。

金僕姑　翻身向天仰射雲，雲中委羽何紛紛。

無心散卓　不立文字，指揮如意，天花墮地。

鶻落　秋風震翮，草枯眼疾。爲君前驅，百不失一。

小梯媒　爲神智騮何如望火馬，不見黑頭公滿天下。

横行　起赤城，流丹精，破宛陵。

醉鶴　飛飛摩蒼天，實不持一錢。

客坐私告

某所最畏者有三：

一曰貴人。夙遭多難，震官府之威，今夢見猶悸。故雖生平交契，一登仕途，輒不敢復近。

非過爲揀擇也，心有恐懼，習久成性耳。對宦僕如伍伯也，捧大字書帖即牌檄也，登朱門則揣揣焉大庭福堂也。二曰名士。向苦社門之水火，今喜此風衰息矣，而變相傍出，尤不可方物。如選家論時藝，幕賓談經濟，尊宿説詩古文，講師爭理學，游客叙聲氣，方技託知鑒介紹。彼皆有所求耳，接與不接總獲詈尤。每晨起默禱，但願此數公無一見及，即終身大幸也。三曰僧。生平畏僧，甚於狼猰，尤畏宗門之僧。惟苦節文人託跡此中者，則心甚愛之。然邇年以來，頗見託跡者開堂説法，諂事大官，即就此中求富貴利達，方悟其託跡時原不爲此，則可畏更過於僧矣。

又有九不能：

一曰寫字。本不善書，比苦痔瘍去血久，筋脈顫振，并失其故矣。二曰行醫。靈蘭之書，向未之讀也。因家人病久，醫友盤桓，粗識數方。間與親契論列，遂爲謬許，傳誤遠邇。今三年之中，兄喪、女夭、冢婦暴亡，身患藏毒，淋漓支綴，其能事可覩矣。且年未五十，鬚白齒墮。瘻疾一發，卧起洗滌，非人不便。頹然一廢物，豈能提囊行市耶？三曰應酬詩文。少孤失業，又無師授，不知行文之法。每苦有情不能自達，況應酬無情之言乎？四曰批評朋友著作。性不善諛，而時尚所宗，未展卷帙，先須料簡諛詞，又須揣合其意。如曰「惟公不好諛者乃佳」，其苦甚於夏畦。五曰借書。所寶惜者惟此，而友人借去，輒不肯見還。所謂「借者一癡，還者一癡」也。當永以爲鑒。但欲依鈔書社例，各鈔所有之書相易則可。六曰薦牘。凡人投契，各有誼分。標榜樹私，乃門户中籠絡之術。吾戇而固，安能爲此。至醫關人命，師長生徒，尤不敢妄舉。況有言不信，亦無可舉處。七曰宴會。病不能久坐，優劇素所痛惡，觴政爭呶，多致生釁，皆其所不堪。八曰貨財之會。親知嫌隙，大約因貨財〔一〕。而銀會，事非一人，期非一日，吾見始終無言者鮮矣。況力實不勝，其能免乎？凡有告急，但諒己力所及，有則贈之，無則辭焉。若必以會相强，及居間借當之屬，斷然不能。九曰與講會。吾身不能居仁由義，何講之有！

凡此三畏九不能，友朋間有知其大半者，有知其一二者，有全不知者，但一不知而觸焉，必因之得罪矣，故不敢不布。

【校　記】

〔一〕因　原作「開」，據天蓋樓雜著改。

壬子除夕示訓〔一〕

吾自讀浦江鄭義門規範，即慨然慕之。彼人也，我亦人也。彼爲法於一家，可傳於後世，我未之能逮也，願與吾子孫共存此志，期於必成。度其規制法度之全，勢不能猝備，當以漸爲之。而其根本大要不可緩者有四〔二〕，先與妻子諸婦立約相勉，其共聽焉。

一曰敬順。凡爲妻者必敬順其夫，爲子者必敬順父母，爲弟妹者必敬順兄嫂及姊，爲姪者必敬順伯叔，爲幼婦者必敬順長婦，如此，則孝弟之道成矣。中心敬順，外間言語呼揖行坐作爲無不敬順。即如行坐一節，吾每見兄立而弟自坐，夫立而妻自坐，長婦立而幼婦自坐，傲然自由，毫不肅恭起立。此雖小節，實即不敬順之心所發也。今後推此戒之。

一曰無私。大凡人家分爭，兄弟不和，其端必始於妯娌。婦人小見，只要自好，自管後來自做私房，不知你要自好，誰人肯讓你獨好？一人要便宜，大家要便宜；一人存私，大家去存私。自然兄弟不和，不能同居矣。我今日告祝諸子媳婦〔三〕，第一要斷絶此一點惡念頭，不可分此疆彼界。一應器物，大家用，大家收拾愛惜。有僮婢大家使喚，大家教訓炤管。飲食大家分嘗〔四〕，大家收藏出客。凡貨財産業一進一出，必禀命於尊長，不得擅自主張。若有欺父母，瞞公婆，私藏器物，私造飲食，私護僮婢，私置田産，私放花利，私自借債做會等，此是第一不孝，查出即行重責離逐。大凡妯娌不睦，必有小人從中搬鬬是非，其所以搬鬬者，皆因此疆彼界，各房人各要獻媚於家主，説别房不好，以見其忠，家主反道他護家，曲爲庇護，以致不解。今大家不分爾我，便永無此弊。或有言語可疑，便當告之尊長，登時對會明白，不可存留胸中，此輩自無所容其奸矣〔五〕。

一曰勤儉。每日雖無大事，必要早起晏眠。家長早起晏眠，卑幼誰敢貪懶？上人早起晏眠，下人誰敢貪懶？早起晏眠，一日抵兩日。吾目中所見敗家子破落户，無不晏起早眠者，不可不戒也。至於勤而不儉，雖有亦立盡。子孫繁多，衣食艱難，今當事事節縮，如食不必兼味，衣用紬布，勿好綾羅繡緞及金珠無益之物。

一曰去邪。凡聽信邪説，則父子兄弟夫婦之間〔六〕，必無恩情，必無禮義。師尼老佛誘引唆鬭，其害無窮，布施騙財，乃其小者也。今吾家子孫婦女不論老少，不許燒香念佛，并不許吃觀音、三官、準提、斗七等齋；僧尼老佛，不許往來。凡一應冠昏喪祭行禮，不許用僧道及陰陽禁忌阿婆經，妄言禍福，則自然邪不勝正，和氣致祥矣。

其共聽而勉守之。壬子除夕耻齋老人書。

【校記】

〔一〕呂晚村先生家訓真蹟目録、孫刻本、王鈔本題作「壬子除夕諭」，呂氏鈔本、天蓋樓雜著作「家訓」，詩文集鈔本作「壬子除夕誡諭」。

〔二〕有　據呂晚村先生家訓真蹟卷一補。

〔三〕日　據呂晚村先生家訓真蹟卷一、孫刻本、詩文集鈔本、王鈔本補。

〔四〕嘗　原作「嘗」，據吕晚村先生家訓真蹟卷一、詩文集鈔本改。

〔五〕奸　原作「閒」，吕氏鈔本作「間」，據吕晚村先生家訓真蹟卷一、孫刻本、詩文集鈔本、王鈔本、天蓋樓雜著改。

〔六〕兄弟夫婦　原作「夫婦兄弟」，據吕晚村先生家訓真蹟卷一、孫刻本、詩文集鈔本、王鈔本改。

甲寅鄉居偶書

某迂戾無狀，屢獲罪於賢豪，循省愆尤，兩儀充塞，而硜硜之性，頑不可改，必將蹈國武之禍，用是屏跡丘樊，不復溷厠里黨。所冀知交，待以「移之遠方，終身不齒」之例。愛我者譬某浪游未返，晤言雖渺，筆札可通；見惡者譬某已爲異物，不見其人，亦將置之不校。則恩怨可以胥忘，是非可以不論，江湖浩浩，放此餘生，皆長者之賜也。城市義既不入，村中亦無禮數見賓，倘猶以往返驅使相責，有斷不能奉命矣。謹拜陳白，伏冀慈諒。

戊午一日示諸子

程子曰：「人無父母，生日當倍悲痛，更安忍置酒張樂以爲樂？若具慶者，可矣。」如是，故天下生日之可慶者不多有也。不多有而慶之也乃宜，此終身不當慶之例也。沈文端云：「古者以八十爲下壽，近世乃有慶七十者。」文端，萬曆間人，其言猶如此，然則世俗縱不能行程子之説，亦當俟七十以上乃可。夫謂之慶者，以其難得而得，故足慶也。使六十以下而慶焉，是以宜短命詛之也，非慶也，此六十以下不當慶之例也。然此皆泛論也，在吾今日則更有所不可者。

吾遺腹孤也，父喪四月而始生，墮地之日，即襁衰麻。生母抱孤而泣，暈絶而甦。分撫於三兄嫂〔一〕，三歲而嫂亡。已而出嗣，考妣祖母相繼奄棄〔二〕。十三歲本生母又卒，母年僅三十七耳。計自始生至十五歲，未嘗脱衰絰〔三〕，視他兒衣綵繡、曳朱履，如衮舄之不易得。人世孤苦，無以加此。每一追憶，未嘗不心傷涕溢也。平生未嘗一會親朋〔四〕，奉觴拜二人壽，而身受子女族屬姻戚交游之娱樂。母年不能及四十，而幸己之五十爲榮；以父喪母哭之日，爲置酒張樂之辰，其可乎？不可。或謂吾遭多難，厥宗幾覆，今幸而爲不食之果，斯可慶也。若是，則其不可也滋甚。人固有以生爲重者，亦有重於生者。以生爲重，吾幾當死而不死，則自戌亥以後，無日不宜慶也，何待五十？如其有重於生也，則偷息一日，一日之耻也。世有君子聞之曰：「夫夫也，何爲至今不死也。」則其僇嚴於鈇鉞，又何慶之有？故爲吾計，惟有閉門深匿，以木葉蔽身，以泥水亂跡，如世間未嘗有我者，斯得耳。使以辱身苟活者爲賢而慶之，將置夫年不滿

三十、義不顧門户、斷脰飛首以遂其志義者於何地也？此吾終身不當慶之義又有異乎他人者，而六十以下之例，又其小而不必言者也。然此言不可告於親朋，不得已援世俗避生之例。俗之避也以明謙，其下者以惜費。費吾素所不惜，謙亦無所謙，聊以釋吾上下之痛而已。凡親朋以壽盒祝儀來者，慎勿受，雖以此得罪勿顧也。汝等見長者，但叩頭辭謝，且禀白吾語云：「良辰佳趣，村酒野花，奉諸先生杖履之歡，正復有日，豈必沾沾此際觸其惡緒，而益其脅尤哉！」諒諸先生愛我，且熟其硜硜，必不怪也。

孫學顔：先生生於憂患之中，其生平所深痛而不忍言者，略見於此，亦足以知其至性過人矣。

【校　記】

〔一〕分　據呂晚村先生家訓真蹟卷一補。

〔二〕祖母　原作「祖妣」，據呂晚村先生家訓真蹟卷一改。

〔三〕未嘗　呂晚村先生家訓真蹟卷一作「不」。

〔四〕未嘗　呂晚村先生家訓真蹟卷一作「不曾」。

癸亥初夏書風雨菴〔一〕

到此菴中，屏絶禮數。病不見客，隘不留卧。經過游觀，自來自去。送迎應對，一概求恕。久坐閑談，爾我兩誤。可惜工夫，各有本務。知者無言，怒亦不顧。問我何爲，木雕泥塑。何求老人書。

二妙亭對聯〔二〕　妙山妙泉搆亭名二妙。

開牕放山入　閉户聽泉流

西首圓洞板窗上

初月寒潭留白住　微陽遠嶂送青歸

【校　記】

〔一〕吕氏鈔本、詩文集鈔本題作「癸亥初夏書於風雨菴中」，王鈔本作「辛酉初夏書於風雨菴中」。

〔二〕自「二妙亭對聯」以下，據吕氏鈔本、詩文集鈔本補。

遺令

不用巾，亦不用幅巾，但取皂帛裹頭，作包巾狀。

衣用布，或嫌俱用布太澁，内襖子用紬一二件可也。

貼身不必用綿斂，勿以我斂伯父法亦用之。小斂大斂，斂衾必須焰式。

棺底俗用灰，則土侵膚矣，他物俱不妙，惟將生楮揉碎實鋪棺底寸餘，然後下七星板爲佳。斂後棺中空隙之處，以舊衣捱娶爲妙。然下身必不彀，亦莫如成塊生楮，輕而且實。凡未斂以前，親族送生楮，勿燒壞。

帖子上稱呼，但稱「不孝子」，蓋世俗「孤」、「哀」分配之稱，原屬無理，且有行不通處。假如嫡母先亡，而有後母，乃丁父艱，則將如何？稱「孤子」則傷嫡母，稱「孤哀」則傷後母，此所謂行不通者也。聞應士寅遺命一槩稱「哀子」，渠所據儀禮喪稱「哀子哀孫」，入廟稱「孝子孝孫」，然不知「哀子哀孫」「孝子孝孫」皆祝史之詞，非子孫自稱之名也。古人居喪，豈有狀帖與人通者哉！

故舊親友有作祭奠者力辭之，止受香燭。惟新親翁勢必難辭，須遣友致意，雖作祭來，斷不受也。萬不得已，領其准奠二兩，多至四兩，四兩以上，回之不受。

客來弔者，止子孫親人哭，不必令僕婦等代哭，且多婦人哭聲，亦非禮也。

雖新親遠客富貴之客，止用蔬菜，不用酒肉，以遺命告之可也。力作之人，不在此例。

一月即出殯於識村祖父墓之西，壬山丙向。三月即葬，葬請萬吉先先生主其事。

一月先作主，粉乾，待葬時題主，虞祭如禮，仍安几筵。

年老大而無子，理當娶妾，但不許娶娼妓及土妓之屬。

子孫雖貴顯，不許於家中演戲。

先君子終於癸亥八月十三日，遺命絶筆於十一日之晨。然中有數條則自七月來已書之矣。男公忠泣血謹記〔一〕。

【校記】

〔一〕公忠識語，據吕晚村先生家訓真蹟卷一補。

呂晚村先生續集卷一

宋詩鈔列傳

小畜集

王禹偁，字元之，濟州鉅野人。九歲能文，太平興國八年進士，授成武主簿，徙知長洲縣。端拱初召試，擢右拾遺、直史館，拜左司諫、知制誥，坐劾妖尼，貶商州團練使，量移解州，進拜左正言，直弘文館，出知單州，尋召爲禮部員外郎，再知制誥。至道元年入翰林爲學士，知審官院，兼通進銀臺封駁司，又坐謗訕，罷爲工部郎中，知滁州、揚州，召還知制誥，又坐實録直書，出知黄州，徙蘄州而卒，年四十八。今有小畜集六十二卷，紹興丁卯沈虞卿所編也。當時元之自編，按其序則三十卷，宋史言二十卷，脱誤也。元之詩學李杜，故其贈朱嚴詩云：「誰憐所好還同我，韓柳文章李杜詩。」學杜而未至，故其示子詩云：「本與樂天爲後進，敢期子美是前身。」

是時西崑之體方盛，元之獨開有宋風氣，於是歐陽文忠得以承流接響。文忠之詩，雄深過於元之，然元之固其濫觴矣。穆修、尹洙爲古文於人所不爲之時，元之則爲杜詩於人所不爲之時者也。

騎省集

徐鉉，字鼎臣，會稽人。與弟鍇未弱冠以文行稱。仕南唐三主，歷官至吏部尚書、右僕射。機命制誥，咸出其手；文章議論，與韓熙載齊名。宋問罪江南，請使見太祖乞存，辨論不屈，太祖亦嘉禮之。後隨後主歸宋，授太子率更令，改左散騎常侍，累封東海郡開國侯、檢校工部尚書，卒年七十六。精於篆隸，修許氏説文，自撰韻譜。江南馮延巳曰：「凡人爲文，皆事奇語，不爾則不足觀，惟徐公率意而成，自造精極。」詩冶衍遒麗，具元和風律，而無澒涊纖阿之習。初，嗣主以讒貶移饒州，適周世宗兵過淮，鉉即榜小舟歸昇州，賦詩有云：「一夜黄星照官渡，本初何面見田豐〔一〕。」其伉直如此。大梁以後氣稍衰茶矣〔二〕，蓋情鬱爲聲，悽楚宛折，則難言之意多焉。

【校記】

〔一〕初　原作「朝」，據宋詩鈔改。

〔二〕荼　宋詩鈔作「恭」。

安陽集

韓琦，字稚圭，相州安陽人。弱冠舉進士，名在第二，方唱名，太史奏日下五色雲見。累官至右僕射、侍中，歷儀、衛、魏三國公，出備兩鎮，輔三朝，立二帝，決大策，安社稷，制西夏，出入將相，事具史傳，不載。卒年六十八。大星隕於治所，櫪馬皆驚。單贈尚書令，謚忠獻。詩率臆得之，而意思深長，有鍛鍊所不及，理趣流露，皆賢相識度。其題劉御藥畫册語云：「觀畫之術，維逼真而已。得真之全者純也〔一〕，得多者上也，非真即下矣。」人謂此術不獨觀畫，即可觀人物，竊謂惟詩亦然。魏公勳業彪炳，直無暇於筆墨爭長，然語窺閫奥，無他，此道得也。

【校記】

〔一〕純　宋詩鈔作「絶」。

滄浪集

蘇舜欽，字子美，梓州銅山人〔一〕。以父任補太廟齋郎，調滎陽尉，尋第進士，改光禄寺主簿，知長垣縣，遷大理評事，監在京店宅務。以范仲淹薦，召試集賢校理，監進奏院。舜欽所論侵權貴，而婦父杜衍與仲淹、富弼在政府爲時忌，會進奏院祠神宴會，不與者銜劾舜欽用鬻故紙公錢召妓樂，醉歌狂悖，因欲摇動衍等。舜欽坐除名，後爲湖州長史，卒年四十一。既廢，居蘇州，買水石作滄浪亭，益讀書，時發憤懣於歌詩。善草書，酣酒落筆，往往驚人。與梅堯臣齊名，時稱「蘇梅」。劉後村謂其歌行雄放於聖俞，軒昂不羈，如其爲人，及蟠屈爲吴體，則極平夷妥帖。蓋宋初始爲大雅，於古樸中具灝落渟畜之妙，二家所同擅，而梅之深遠閒淡，蘇之超邁横絶，則又各出機杼，永叔所謂「不能優劣」者也。至情志忠惻，而議論富理，要又非詩人粗豪一流所比。詩有云：「筆下驅古風，直趨聖所存。」又曰：「會將趨古淡，先可去浮囂。」其本領卓越如此。

【校 記】

〔一〕梓州銅山 據宋詩鈔補。

乖崖集

張詠，字復之，濮州鄄城人。舉進士，知崇陽縣，歷官樞密直學士，知成都益州，禮部尚書。其治績多在蜀中，具載史傳。剛直自立，智識深遠，有澤被天下之心。尤博典籍，雖卜筮醫藥種植之書，無不精究。自少得劍術，無敵於兩河間。善弈棋，精射法，飲酒至數斗不亂。惡人諂事，不喜俗禮，因自號乖崖子。寫真自贊曰：「乖則違衆，崖不利物。『乖崖』之名，聊以表德。」嘗訪三峰陳希夷摶，摶顧謂弟子曰：「此人於名利淡然無情，達則爲公卿，不達則爲帝王師。」其爲高人推重如此。幼與青州傅霖同學，霖隱不仕，詠既貴，求霖者三十年不可得。晚自金陵造朝，論丁謂、王欽若，出知陳州。一日霖忽來謁，閽走白詠，詠訶曰：「傅先生吾尚不得而友，汝敢呼姓名乎？」霖笑曰：「是豈知世間有傅霖者。」詠問：「昔何隱，今何出？」霖曰：「子將去矣〔二〕，來報子爾。」詠曰：「詠亦自知之。」曰：「知復何言。」翼日辭去，後一月而詠卒。贈右僕射，謚忠定。詩雄健古淡，有氣骨，稱其爲人。其與傅山人詩云：「寄語巢由莫相笑，此心不是愛輕肥。」足以見其志也。

【校　記】

〔一〕去　原作「出」，據宋詩鈔、宋史本傳、東都事略改。

清獻集

趙抃，字閱道，衢之西安人。中景祐元年進士乙科，通判宜州。以母喪廬墓三年，孫處爲作孝子傳。召爲殿中侍御史，京師號「鐵面御史」。進參知政事，已而求郡，旋召旋罷。英宗朝除龍圖閣直學士，知成都，蜀益治。神宗初召知諫院，曰：「聞卿匹馬入蜀，以一琴一鶴自隨〔一〕，爲政簡易，亦稱是耶？」既與王安石議政不協，求去，除資政殿學士，出外改越州。致仕，尋卒，贈太子少師，謚清獻。詩觸口而成，工拙隨意，而清蒼鬱律之氣，出於肺肝。然其學多本於佛，與濂溪爲僚而不知改，故亦不能卓然有所發揮也。

【校　記】

〔一〕鶴　原作「龜」，據宋詩鈔、宋史本傳、九朝編年備要改。按，東都事略作「龜」。

宛陵集

梅堯臣，字聖俞，人稱宛陵先生，宣州宣城人。以從父蔭補太廟齋郎，歷主簿、縣令，監税湖州，簽署忠武、鎮安兩軍節度判官。初，大臣屢薦宜在館閣，嘗一召試，賜進士出身，餘輒不報。嘉祐初，學士趙概等十餘人，列言於朝，乃得國子監直講，累官至尚書屯田都官員外郎。撰唐載記二十六卷〔二〕，多補正，乃命編修唐書，書成，未奏而卒。聖俞少即以能詩名天下，求者踵至。其初喜爲清麗閒肆平淡，久則涵演深遠，間亦琢剥以出怪巧，然氣完力餘，益老以勁。其應於人者多，故辭非一體，非如唐諸子號詩人者僻固而狹陋也。在河南時，王晦叔見而歎曰：「二百年無此作矣。」賢士大夫如温公、東坡、介甫諸人，咸敬重之。尤與歐陽文忠公善，世比之韓孟，兩公亦頗以自況。故貢奎詩云：「詩還二百年來作，身死三千里外官。知己若論歐永叔，退之猶自愧郊寒。」蓋言詩力也。又龔嘯云：「去浮靡之習於崑體極弊之際，存古淡之道於諸大家未起之先，此所以爲梅都官詩也。」果信。

【校記】

〔一〕記 據宋詩鈔、宋史本傳補。

武溪集

余靖，字安道，韶州曲江人〔一〕。舉進士，與尹師魯同應拔萃科，靖爲冠。累官至秘書丞，充集賢校理，天章閣待制。時范仲淹以言事觸宰相得罪，靖疏救之，坐貶監筠州酒稅，已仲淹得白，乃召還。慶曆中，夏元昊納誓請和，將加册封，而契丹兵來，止毋與和，朝議患之。靖謂「撓我爾，不可聽」。乃假靖諫議大夫，報契丹於九十九泉，卒屈其議，取其要領而還。加知制誥、史館修撰。時相忌之，坐習蕃語，出知吉州，奪官。皇祐初復起，平儂智高於嶺南，拜集賢學士，遷吏部侍郎。交趾寇邕州，以爲廣西體量安撫使，靖往，移檄而定。拜工部尚書，始興郡開國公，食邑二千八百户，實封二百户。代還，道病卒。累贈少師，謚曰襄。有武溪集二十卷。爲文不爲曼辭，如辨謚、論史、序潮等篇，皆有所發明。詩亦堅鍊有法，時歐陽變體復古，靖與交厚，故亦棄華取質，爲有本之學。

【校記】

〔一〕曲 原作「合」，據宋詩鈔、宋史本傳、東都事略改。

歐陽文忠集

歐陽修，字永叔，吉州永豐人。天聖中進士，補西京留守推官，召試學士院，爲館閣校勘。以書詆諫官高若訥，貶夷陵令，徙乾德，改判武成軍，遷太子中允、館閣校勘、集賢校理，知太常理院，出通判滑州。慶曆初，擢太常丞，知諫院，拜右正言，知制誥。以朋黨出知滁州，遷起居舍人，徙揚州、潁州，復龍圖閣直學士，知應天府。母憂起復，判流内銓，以翰林學士修唐書，加史館修撰。勾當三班院，判太常寺，拜右諫議大夫，判尚書禮部，又判秘書省，兼龍圖閣學士，權知開封府。唐書成，拜禮部侍郎、樞密副使。未幾，參知政事。定議立英宗。以觀文殿學士、刑部尚書知亳州，徙青州、蔡州，以太子少師致仕。卒贈太子太師，謚曰文忠。其詩如昌黎，以氣格爲主。昌黎時出排奡之句，文忠一歸之於敷愉，略與其文相似也。

和靖集

林逋，字君復，杭之錢塘人。少孤力學，刻志不仕，結廬西湖孤山。真宗聞其名，賜粟帛，詔長吏歲時勞問。臨終詩有「茂陵他日求遺稿，猶喜曾無封禪書」，時人高其志識。賜謚和靖先生。逋不娶，無子，所居多植梅畜鶴，泛舟湖中，客至則放鶴致之，因謂「梅妻鶴子」云。其詩平淡邃美，而趣向博遠，故辭主静正而不露刺譏，梅聖俞謂「詠之令人忘百事」，大數搴王孟之幽〔一〕，而擄劉韋之逸。歐陽文忠愛其梅花詩「疏影横斜」一聯，謂前世未有此句，黄涪翁則以「雪後園林」二語爲勝之。蓋一取神韻，一取意趣，皆爲傑句。然知歐陽之所賞者多，知涪翁之所賞者少也。所作雖夥，未嘗留稿，或問之，曰：「吾不欲取名於時，况後世乎？」故所存百無一二。如當時稱其五言有「草泥行郭索，雲木叫鉤輈」句，集中已不可得，其他遺軼可知也。

【校記】

〔一〕搴　原作「塞」，據宋詩鈔改。

徂徠集

石介，字守道，兖州奉符人。年二十六，舉進士甲科，爲鄆州觀察推官，歷官至國子監直講。慶曆中，進用韓范富杜諸臣，介躍然喜曰：「此盛事也，雅頌吾職〔一〕，其可已乎？」乃作慶曆聖德詩，直指大臣，分别邪正。詩出，泰山孫明復曰：「子禍始於此矣。」以是爲人所擠。杜公、韓魏公俱薦之，拜太子中允，直集賢院，尋卒於家。怒之者謂其詐死，北走契丹，請斲棺驗之〔二〕，幸不許。所爲詩文，皆根柢至道，排斥佛老及姦臣宦女，庶幾聖人之徒。魯人稱爲徂徠先生，因以名其集。永叔詩云：「問胡所專心，仁義丘與軻。揚雄韓愈氏，此外豈知他。尤勇攻佛老，奮筆如揮戈。」又云：「金可鑠而銷，玉可碎非堅。不若書以紙，六經皆紙傳。但當書百本，傳百以爲千。或落於四夷，或藏在深山。待彼謗焰熄，放此光芒懸。」今讀其詩，嶙峋硉矹，挺立千尋，温厚之意，存於激直，得見風人之遺。然正學忤時，直道致黜，千古一轍，其可哀也。

【校　記】

〔一〕雅　歐陽修徂徠石先生墓誌銘同。按，宋詩鈔、宋史本傳作「歌」。

〔二〕驗　原作「殮」，據宋詩鈔改。

武仲清江集

孔武仲，字常父，臨江新喻人。至聖四十八代孫也。舉進士，中甲科，調穀城主簿，教授齊州，爲國子直講，歷秘書正字、校書、集賢校理、著作郎、國子司業，論詆王氏，進起居郎，侍講邇英殿〔一〕，起居舍人，旋拜中書，直學士院，擢給事中，遷禮部侍郎，以寶文閣待制知洪州，改宣州。坐元祐黨奪職，居池州，卒年五十七。與兄文仲、弟平仲並有文名，時稱「二蘇三孔」。元祐文人之盛，大都材致橫闊，而氣魄剛直，故能振靡復古。如三孔者，皆文章之雄也。然文仲恃才，爲蘇氏所使，攻毁程子，晚知懊恨，嘔血而没。君子病之，集藁罕傳，周益公時搜合爲三孔清江集〔二〕，已不可多得矣。一言不知，令名剥落，爲文人者每得罪聖賢，不必爲奸邪，而卒不得與於君子，豈獨一文仲哉！作者不可以不慎也。因附其遺詩數首於末。文仲字經父，舉進士，官至諫議大夫，中書舍人。

【校　記】

〔一〕殿　據宋詩鈔補。

〔二〕時搜合　原作「搜合時」，據宋詩鈔改。

平仲清江集

孔平仲，字毅父〔一〕，武仲之弟。登進士第，呂公著薦爲秘書丞，集賢校理，出爲江東轉運判官，提點江浙鑄錢、京西刑獄。紹聖中，以元祐黨人屢謫韶、惠、英三州。徽宗召爲户部、金部郎中，提舉永興路刑獄。帥鄜延、環慶。黨論再起，罷，主管景靈宫，卒。平仲長於史學，工詞藻，故詩尤夭矯流麗，奄有二仲。

【校　記】

〔一〕毅　宋詩鈔有小注曰：「一作『義』。」

南陽集

韓維，字持國，開封雍丘人。父億，參知政事。維受蔭入官。父没，閉門不仕。歐陽修薦爲檢討，知太常禮院，出判涇州。英宗免喪，除同修起居注，侍邇英，進知制誥，知通進銀臺司。神宗初除龍圖閣直學士，充群牧使，出知襄州、許州，入爲學士承旨。會其兄絳入相，出知河陽，知許州、提舉嵩山崇福宫，召兼侍讀，加大學士，拜門下侍郎，出知汝州，以太子少傅致仕，轉少師。紹聖中，坐元祐黨，安置均州。元符元年卒，年八十二。徽宗初追復舊官。維同時唱和者爲聖俞、永叔，其深遠不及聖俞，温潤不及永叔，然古淡踈暢，故足爲兩家之鼓吹也。酴醾絶句在集中不足數，而世盛稱之，古今豈有定論哉！

臨川集

王安石，字介甫，臨川人。後居金陵，亦號半山。登進士上第，簽書淮南判官，再調知鄞縣，通判舒州，召試館職不就，用爲群牧判官，知常州，移提點江東刑獄。嘉祐三年，入爲度支判官，俄直集賢院。明年同修起居注，知制誥，糾察在京刑獄。以母憂去，終英宗世，召不起。神宗爲太子時聞其名，即位，命知江寧府，數月，召爲翰林學士，兼侍講。熙寧二年，拜參知政事，變行新法，天下騷然。罷爲觀文殿大學士，知江寧府。再起爲相，屢謝病，又罷爲鎮南軍節度使〔一〕、同平章事，判江寧府，改集禧觀使，封舒國公。元豐二年〔二〕，復拜左僕射，觀文殿大學士，换特進，改封於荆。哲宗立〔三〕，加司空。卒贈太傅，謚曰文，配食孔廟，追封舒王。南渡後，始罷從祀。安石少以意氣自許，故詩語惟其所向，不復更爲涵畜，後從宋次道盡假唐人詩集，博觀而約取，晚年始悟深婉不迫之趣。然其精嚴深刻，皆步驟老杜所得，而論者謂其有工緻無悲壯，讀之久則令人筆拘而格退。余以爲不然，安石遣情世外，其悲壯即寓閒淡之中，獨是議論過多，亦是一病爾。

【校記】

〔一〕軍 據宋詩鈔補。

〔二〕二 原作「三」，據宋詩鈔、宋史本傳改。

〔三〕立 據宋詩鈔補。

東坡集

蘇軾，字子瞻，一字和仲，眉州眉山人。嘉祐二年進士，調福昌主簿，對制策入三等，除大理評事，簽書鳳翔府判官，入判登聞鼓院，召試直史館。丁父憂。熙寧二年還朝，判官告院，權開封府推官，出判杭州，知密徐湖三州。以爲詩謗訕，逮赴臺獄，謫遷黄州團練副使安置，築室於東坡，自號東坡居士。移常州。哲宗立，復朝奉郎，知登州，召爲禮部郎中，遷起居舍人，尋除翰林學士，兼侍讀，拜龍圖閣學士，出知杭州，召爲翰林承旨；數月，知潁州、揚州，復召爲兵部尚書，兼侍讀，改禮部，兼端明殿、翰林侍讀兩學士，出知定州。紹聖初，貶寧遠軍節度副使，惠州安置，又貶瓊州別駕，居儋耳。徽宗立，移舒州團練副使，徙永州，更三赦，遂提舉玉局觀，復朝奉郎。建中靖國元年，卒於常州，年六十六。南渡後贈太師，謚文忠。子瞻詩氣象洪闊，鋪叙宛轉，子美之後，一人而已。然用事太多，不免失之豐縟，雖其學問所溢，要亦洗削之功未盡也。而世之訾宋詩者，獨於子瞻不敢輕議〔一〕，以其胸中有萬卷書耳，不知子瞻所重不在此也。加之梅溪之注，鬭釘其間，則子瞻之精神，反爲所掩，故讀蘇詩者，汰梅溪之注，并汰其過於豐縟者，然後有真蘇詩也。

【校記】

〔一〕於　原作「以」，據宋詩鈔改。

西塘集

鄭俠，字介夫，福清人。第進士，調光州司法參軍，秩滿入都，見安石，言新法非便，安石不悦，使監安上門。會久旱，俠繪門上所見流民困苦圖，發馬遞投銀臺進之。神宗覽圖嘘唏，罷新法，浹日大雨。用事者爭置俠擅發馬遞之罪，編管汀州，改英州。哲宗立，放還，除泉州録事參軍。元符復送英州，建中靖國放還，復前職。崇寧監衡山廟，旋追毀前命，勒停五年，降告復將仕郎叙用，俠遂不復出。在英時號大慶居士〔一〕，還鄉所存惟一拂，故又號一拂居士。宣和元年，忽夢鐵冠道士遺之詩，視之，乃子瞻也。嘆曰：「吾將逝矣。」作詩云：「似此平生只藉天，勝如過鳥在雲煙。如今身畔無餘物，贏得虚堂一枕眠。」授孫而卒，年七十九。嘉定中，謚曰介。俠少苦學，其古詩疎樸老直，有次山東野之風，不得以當行格調律之。

【校記】

〔一〕時　原作「宗」，據宋詩鈔改。按，錢振鍠排印本作「州」。

廣陵集

王令，字逢原，廣陵人也。年十數歲，與里人滿執中爲友，偉節高行，特立於時。王安石赴召，道由淮南，令賦南山之田詩往見之，安石大喜，期其材可與共功業於天下，因妻以其夫人之女弟。年二十八而卒。令詩學韓孟，而識度高遠，非安石所及，不第以瓌奇也，惜限於年耳。

後山集

陳師道，字履常，一字無己，號後山，彭城人。年十六，謁曾南豐，大器之，遂受業焉。元豐初，曾典史事，以白衣薦爲屬，尋以憂去，不果。章惇冀其來見，將特薦之，卒不一往。蘇東坡與侍從列薦爲教授，未幾，除太學博士。後以蘇氏私黨，罷移潁州，又换彭澤，以母憂不仕者四年。元符間，除秘書省正字。侍南郊，寒甚，其妻於僚壻借副裘，蓋熙豐黨也，竟不衣，病寒卒。初學於曾，後見黄魯直詩，格律一變。魯直謂其讀書如禹之治水，知天下之脈絡，有開有塞，至於九川滌源〔一〕、四海會同者，作文知古人關鍵。其詩深得老杜之法，今之詩人不能當也。任淵謂讀後山詩似參曹洞禪，不犯正位，切忌死語，非冥搜旁引，莫窺其用意深處，因爲作注。蓋法嚴而力勁，學贍而用變。涪翁以後，殆難與敵也。

【校　記】

〔一〕九川　原作「九州」，據宋詩鈔、尚書禹貢改。

丹淵集

文同，字與可，蜀梓州人。初以文贄文潞公，公譽重之，由是知名。登皇祐元年進士，爲邛州軍事判官，調靖難軍幕。至和中，召試館職，判尚書職方，兼編校史館書籍。以親老，請通判邛州，尋改漢州。熙寧中復入朝，與執政議新法不合，以論禮坐奪一官，出知陵州，徙洋州，所至皆有政績。代還，判登聞鼓院，數月，出知湖州，尋卒。稱石室先生。自謂有四絶：詩一，楚辭二，草書三，畫四。且云：「世無知我者，惟子瞻一見，識吾妙處。」其詩清蒼蕭散，無俗學補綴氣，有孟襄陽韋蘇州之致。與東坡中表，每切規戒，蘇門亦嚴重之，不與秦張輩列。送蘇倅杭云：「北客若來休問事，西湖雖好莫吟詩。」蘇不能聽也。世以爲知言。

襄陽集

米黻，自云「黻即芾也」，故亦作「芾」，字元章，太原人，徙居襄陽，號襄陽漫仕，後徙居吴。以母侍宣仁后藩邸舊恩，補浛光尉〔一〕。歷知雍丘縣、漣水軍使、太常博士，知無爲軍。召爲書畫學博士，賜對便殿，上其子友仁楚江清曉圖，擢禮部員外郎，出知淮陽軍，卒。解音律象緯，善屬文，作韻語，要必己出爲工，務崖絶魁壘。悟竹簡以竹聿行漆，故篆籀法特古，作字遒勁奇峭。畫山水人物，自成一家，極江南煙雲變滅之趣。晚以研山易北固園亭，名海嶽庵、淨名齋，又作寶晉齋，因號海嶽外史。又以曾監中嶽廟，號中嶽外史，自稱家居道士。有潔癖，世謂「水淫」。任太常，奉祀太廟，洗去祭服藻火，坐是被黜。冠服作唐人，所好多違世異俗，故人皆稱「米顛」。嘗作詩云：「飯白雲留子，茶甘露有兄〔二〕。」人叩之，曰：「只是甘露哥哥耳。」王安石愛其詩，摘書扇上。東坡云：「元章奔逸絶塵之氣，超妙入神之字，清新絶俗之文，相知二十年，恨知公不盡。」答曰：「更有知不盡處。」其風致可想也。有山林集十卷，恨未見其全。

【校　記】

〔一〕洽光　原作「臨光」，據宋詩鈔、宋史本傳改。

〔二〕荼　莊綽雞肋編、宋詩鈔作「荼」。按，詩經邶風谷風：「誰謂荼苦，其甘如薺。宴爾新婚，如兄如弟。」襄陽詩本此。

山谷集

黄庭堅，字魯直，分寧人。游灊皖山谷寺、石牛洞，樂其勝，自號山谷老人，天下因稱山谷，以配東坡。過涪，又號涪翁。第進士，歷知太和。哲宗召爲校書郎，神宗實録檢討官，起居舍人，除秘書丞，國史編修官。紹聖間，出知宣鄂。章蔡論實録多誣，責問，條對不屈，貶涪州别駕，安置黔州。即日上道，投床大鼾，人以是賢之。徽宗起監鄂州税，歷知舒州，丐郡得太平州，旋罷。嘗忤趙挺之，及相，嗾除名，編管宜州〔一〕，卒年六十一。宋初詩承唐餘，至蘇梅歐陽變以大雅，然各極其天才筆力，非必鍛鍊勤苦而成也。庭堅出而會萃百家句律之長，究極歷代體制之變，自成一家，雖隻字半句不輕出，爲宋詩家宗祖，江西詩派皆師承之。史稱自黔州以後，句法尤高，實天下之奇作，自宋興以來一人而已，非規模唐調者所能夢見也。惟本領爲禪學，不免蘇門習氣，是用爲病耳。

【校　記】

〔一〕編　九朝編年備要、揮麈餘話同。按，宋詩鈔、宋史本傳、宋名臣言行録續集作「羈」。

宛丘集

張耒，字文潛，號柯山，人稱宛丘先生，楚州淮陰人。少善屬文，游學於蘇轍，轍愛之，因得從軾游，稱其汪洋沖澹，有一唱三歎之聲。第進士，歷官至直龍圖閣，知潤州。坐蜀黨，徙宣州，謫監黃州酒稅。徽宗起爲太常，出知潁、汝，復坐黨籍落職。在潁時，聞蘇軾訃至，爲舉哀行服，遂貶房州別駕，安置於黃。後五年，得許自便，居陳。時二蘇及黃晁諸人相繼殁殁，惟耒尚存，士人就學者衆，分日載酒肴事之，其名益甚。卒年六十一。史稱其詩效白居易，樂府效張籍，然近體工警不及白，而醞藉閒遠，別有神韻；樂府古詩用意古雅，亦長慶爲多耳。子瞻謂秦得吾工，張得吾易，謾相壓也，要在秦晁以上。

具茨集

晁沖之，字叔用，初字用道。舉進士，與陵陽喻汝礪爲同門生。少年豪華自放，挾輕肥游帝京，狎官妓李師師，纏頭以千萬，酒船歌板，賓從雜沓，聲豔一時。紹聖初，黨禍起，群從多在黨中，被謫逐，遂飄然棲遁於具茨之下，號具茨先生。十餘年後重過京師，憶舊游，作無題詩二首，爲時所傳。時諸公謀欲用之，高挹不顧。至疾革，取平生所著曰：「是不足以成吾名。」悉焚之，故其詩不多。呂紫微位之江西派中，云：「衆人學山谷，叔用獨專學杜詩；衆求生西方時，秀實獨求生兜率。」然又云：「叔用嘗戲謂：『我詩非不如子，只子差熟耳。』答云：『熟便是精妙處。』叔用大笑。」此亦紫微多上人語耳。若其淵渟雅亮，筆有餘閒，未肯退下一格也。劉後村稱其「意度宏闊〔一〕，氣力寬餘，一洗詩人窮餓酸辛之態〔二〕」，「南渡後惟放翁可以繼之。」其見許如此，足爲雅鑒。

【校　記】

〔一〕宏　原作「容」，據宋詩鈔、劉克莊江西詩派小序改。

〔二〕酸辛　原作「辛酸」，據宋詩鈔、劉克莊江西詩派小序改。

陵陽集

韓駒，字子蒼，蜀仙井監人。嘗在許下從蘇轍學，稱其詩似儲光羲，遂名於時。政和以獻頌補假將仕郎，召試賜進士，除秘書正字，尋坐蘇氏黨，謫知分寧。召爲著作郎，奏舊祠祭樂章，辭多牴牾〔一〕，因更撰定五十餘章。遷中書舍人，兼修國史，權直學士院，復坐鄉黨曲學，提舉江州太平觀，卒於撫州。詩有磨淬剪截之功，不吝改竄，有寄人數年，復追取更定一二字者。故其集不多，而密栗以幽，意味老淡，直欲別作一家。紫微引之入江西派，駒不樂也。

【校　記】

〔一〕牴　原作「抵」，據宋詩鈔改。

雞肋集

晁補之，字无咎，濟州鉅野人。年十七，從父官杭州，著七述，言錢塘山川風物之麗。時東坡爲通判，正欲作賦，見之，稱歎曰：「吾可閣筆矣。」由是知名。舉進士，試開封及禮部別院皆第一，神宗閱其文，曰：「是深於經術，可革浮薄。」累仕著作郎，充秘閣校理，國史編修，尋坐修神宗實録失實，降官。徽宗召還，未幾復以黨論，坐貶還家。葺歸來園，自號歸來子。大觀末，出黨籍，起知泗州，卒。有集七十卷，自謂「食之則無得，棄之則可惜」，故名雞肋集。

道鄉集

鄒浩，字志完，常州晉陵人。第進士，爲太常博士。哲宗擢爲右正言。時廢孟后，立賢妃劉氏，浩切諫削官，羈管新州。徽宗立，召還復官，問：「諫草安在？」曰：「焚之矣。」退告陳瓘曰：「禍在此乎？異日奸人妄出一緘，則不可復辨也。」蔡京用事，果爲僞疏陷之，遂謫衡州，尋竄昭州，五年得歸，復直龍圖閣。病卒。高宗贈寶文閣直學士，賜謚忠。嶺表歸後，自闢小圃，號曰道鄉，故學者稱道鄉先生。

淮海集

秦觀，字少游，一字太虚，揚州高郵人。豪雋慷慨，溢於文辭，舉進士不中。盛氣好奇，讀兵家書。見蘇軾於徐，爲黄樓賦，軾以爲有屈宋才，介其詩於王安石，亦謂清新如鮑謝。軾勉以應舉爲親養，始登第筮仕。元祐初，軾以賢良方正薦於朝，除秘書正字，兼國史院編修官，日有研墨器幣之賜。紹聖初坐黨籍，出判杭州。以增損實録，貶監處州酒税，使者承風旨伺過失，無所得，則以謁告寫佛書爲罪，削秩，編管横州，徙雷州。徽宗放還，至藤州，出游華光亭，爲客道夢中長短句，索水飲，笑視水而卒。朱子謂渠詩「合下得句便巧」，吕居仁云：「少游過嶺後詩，嚴重高古，自成一家。」故當時於蘇門並稱秦晁。晁以氣勝，則灝衍而新崛；秦以韻勝，則追琢而渟泓。要其體格在伯仲，而晁爲雄大矣。

江湖長翁集

陳造，字唐卿，淮之高郵人。自以無補於世，置江湖乃宜，又以物無用曰長物，言無當曰長語，故稱江湖長翁。年二十五，始學儒。四十三登乙未科，尉繁昌，改教授平江府。參政范石湖曰：「使遇歐蘇，名不在少游下。」尋知定海縣，授朝散郎，淮南路安撫司參議官，病卒。陸放翁序其集，謂「能居今篤古，卓然傑立於頹波之外」。其詩椎鍊，不事浮響，故見許如此。

雲巢集

沈遼，字睿達，以兄遘任入官爲審官西院主簿，出監明州市舶司，遷太常寺奉禮郎〔一〕，改杭州軍資庫，攝華亭縣事。奪官，徙永州。元豐八年二月，卒於池州。遼畜聲妓，几研間陶瓦金銅物，皆數閱數百年，遠者溢出周秦。王介甫贈以詩云：「風流謝安石，瀟灑陶淵明。」其子雱亦有詩云：「前日覽佳作，淵明知不如。」及徙秋浦，築室齊山，名之曰雲巢，一洗年少之習，從事禪悦。蘇子瞻嘗語人曰：「睿達末路蹭蹬，使人耿耿。求此才韻，豈易得哉！」余閱其詩，間出入俗調，佳者亦生硬排奡，不知何以諸公見賞之如是也。悉爲汰去，庶諸公不爲失言耳。

【校　記】

〔一〕太常寺奉禮郎　原作「太常奏禮部郎」，宋詩鈔作「太常奉禮郎」，據宋史本傳改。

西溪集

沈遘，字文通，錢塘人。以郊社齋郎舉進士〔一〕，廷唱第一，謂其已官，改第二。通判江寧府，除集賢校理，知制誥，出知越杭二州，遷龍圖閣直學士，知開封府，拜翰林學士。丁母憂，卒於墓廬。有西溪集十卷。詩非其能事，而唱和者爲王介甫、蘇子美，何故而止於是也。

【校　記】

〔一〕社　據宋詩鈔補。

龜谿集

沈與求，字必先，湖州德清人。登政和五年進士，累遷至明州通判。召對，除監察御史，歷兵部員外郎、殿中侍御史。請都建康，上不悦，出知台州，召還，再除御史，遷御史中丞，前後幾四百奏〔一〕，其言切直，自敵己以下，有不能堪者。高宗時有所訓勅，每曰：「汝不識沈中丞耶？」移吏部尚書，出知潭州，召除參知政事，出知明州，遷知樞密院事。卒謚忠敏。其詩喜論體製格律源流所自，不貴苟作。有龜谿集十二卷。

【校　記】

〔一〕幾　原作「卷」，據宋詩鈔改。

節孝集

徐積，字仲車，楚州山陽人。少孤，從安定學，門下踰千人，獨以别室處之，遣婢視飲食澣濯〔一〕。盛寒一衲裘，以米飯投漿甕中，日食數塊而已。事母至孝，以父名石，平生不用石器，遇石輒避。母死，廬墓哀號，三年如一日。每以五字教學者。公卿部使者交薦，除楚州教授，改防禦推官，又特改宣德郎。崇寧間，又特除西京嵩山中嶽，皆非常制。七十六卒於家〔二〕。謚節孝處士。先是，枕書卧册間，大書曰：「五月榴花不肯開，直待徐郎來。」筆蹤不類人世書，卒時適五月一日，人皆異之。詩文用腹稿，嘗曰：「文字在胸中，未暇出者甚多也。」晚年耳疾，不發遠書，率以小詩報之。

【校　記】

〔一〕澣　原作「瀚」，據宋詩鈔改。

〔二〕七十六　原作「七十八」，據宋詩鈔、宋史本傳改。

簡齋集

陳與義，字去非，號簡齋，汝州葉縣人。登上舍甲科，歷太學博士，擢符寶郎，尋謫監陳留酒税。南渡後，避亂襄漢，轉湖湘，踰嶺嶠，召爲兵部員外郎。紹興中，累官翰林學士、知制誥，至參知政事。卒年四十九。少學詩於崔德符。問作詩之要，崔曰：「工拙所未論，大要忌俗而已。」嘗賦墨梅，受知徽宗，遂登册府。高宗尤喜其「客子光陰詩卷裏，杏花消息雨聲中」之句。天分既高，用心亦苦，意不拔俗，語不驚人，不輕出也。晚年益工，旗亭傳舍，摘句題寫殆遍，號稱新體〔一〕，體物寓興，清邃紆餘〔二〕，高舉横厲〔三〕，上下陶謝韋柳之間，劉後村謂「元祐後詩人迭起，不出蘇黄二體，及簡齋始以老杜爲師。建炎間，避地湖嶠，行萬里路，詩益奇壯，造次不忘憂愛，以簡嚴埽繁縟，以雄渾代尖巧，第其品格，當在諸家之上」。劉須溪序其詩，亦謂「較勝黄陳」，比東坡，云「如論花，高品則色不如香，逼真則香不如色」，其推尊如此。簡齋自言曰：「詩至老杜極矣，蘇黄復振之，而正統不墜。東坡賦才大，故解縱繩墨之外，而用之不窮。山谷措意深，故游泳玩味之餘，而索之益遠，要必識蘇黄之所不爲，然後可以涉老杜之涯涘。」味此，足以定其品格矣。簡齋晚年讀書吾邑之□□鄉，有遺蹟云。

【校記】

〔一〕號稱新體　原作「稱號新」，據宋詩鈔、葛勝仲陳去非詩集序、蔡正孫詩林廣記後集改。

〔二〕餘　原作「徐」，據宋史本傳、張嵲陳公資政墓誌銘改。

〔三〕厲　原作「麗」，據宋詩鈔、宋史本傳、張嵲陳公資政墓誌銘改。

盱江集

李覯，字泰伯，南城人。舉茂才異等不中，以教授養親，從學日衆。范仲淹薦試太學助教。嘉祐中，召爲海門主簿、太學説書，卒。門人鄧潤甫上其所著書，尤長於經制。朱子謂「李泰伯文字不軟帖，氣象大段好，實得之經中。雖淺，然皆自大處起議論。若老蘇父子，得之史中戰國策，故皆自小處起議論」，真知言也。詩雄勁有氣燄，用意出人，有云「格如平易人多愛，意到幽深鬼未知」，見其得處矣。

雙溪集

王炎，字晦叔，新安婺源人。所居武水之曲，雙溪合流，因以爲號矣。登乾道進士，始令臨湘，受學於南軒先生，入中都，官博士。慶元四年爲實録檢討，尋轉著作佐郎，出守湖州。年八十餘。著有雙溪集。炎詩頗爲世所稱許，然亦多庸詞〔一〕，今擇其刊落者入鈔。

【校記】

〔一〕詞　宋詩鈔作「調」。

吕晚村先生續集卷二

宋詩鈔列傳

眉山集

唐庚，字子西，眉州丹棱人〔一〕。年十四能詩文，賦明妃曲、題醉仙崖諸作，老師匠手皆畏之。中紹聖進士，爲州縣官，至大觀始入爲博士。張商英薦其才，除提舉京畿常平。商英罷相，庚坐貶，安置惠州。會赦，復官承議郎，提舉上清太平宫。歸蜀，道病卒，年五十一。自南遷海表，詩格益進，曲盡南州景物，略無憔悴悲酸之態。劉濳夫謂其出稍晚，使及坡門，當不在秦晁下。今觀其結束精悍，體正出奇，芒燄在簡淡之中，神韻寄聲律之外，雖云後出，固當勝爾。

【校　記】

〔一〕稜　原作「陵」，據宋詩鈔、宋史本傳改。按，隋書卷二十九地理志「眉山郡」條下：「丹稜：後周置曰齊樂，開皇中改名焉。」

鴻慶集

孫覿，字仲益，嘗提舉鴻慶宫，故自號鴻慶居士。五歲時即爲東坡所器。第政和間進士。靖康偪擾，爲執法，爲詞臣，旋由瑣闥歷吏、户長貳，連守大邦。紹興而後，遭值口語，斥居象郡，久之，歸隱太湖二十餘年。孝宗朝，命編類蔡京王黼等事實，上之史官。年九十餘卒。由其居閒久，故問學深，誠有宋之作家也。獨以其誌万俟卨之墓，嘉靖間，常州欲刻鴻慶集，邑人徐問曰：「覿有罪名教，其集不當行世。」遂止。嗚呼！斯言固秋霜也。今不廢其詩者，以見有詩如此而不得列於作者，欲立言者知所自重耳。

蘆川歸來集

張元幹，字仲宗，永福人。太學上舍，歷官至大監。所與游皆偉人賢士，嘗哀其亡友唐愨生詩帖，褾軸璀粲，如諛達人貴公得氣時，人嘉其朋友之義。又於亂紙中得其祖文靖手澤，知祖未第時壻於劉氏，劉無出，葬於福清，元幹求之榛莽中，割牲釃酒，爲文刻石，以傳子孫，作幽巖尊祖録。宣政間，游定夫、楊龜山、陳了翁、朱喬年、李伯紀、洪駒父、徐師川、吕居仁名賢三十餘家，咸題跋歎美之。有蘆川歸來集十餘卷，得之書肆廢帙，逸其大半，詩止近體六、七二卷，清新而有法度，蔚然出塵。觀其序王承可詩云「初從徐東湖指授句法」，知淵源有自也。

建康集

葉夢得，字少藴，吴縣人。紹聖四年進士，自婺州教授召爲編修官，歷祠部郎、起居郎、翰林學士，出知汝州，提舉洞霄宫。政和五年，起知蔡州，移帥潁昌府，尋提舉南京鴻慶宫。紹興初，起爲江東安撫大使，兼知建康府，移知福州。上章請老，仍提舉洞霄，致仕而卒。贈檢校少保。夢得有總集百卷，此集乃知建康時所作，總集中之一集也。建康是時值用兵，契闊鋒鏑之中，而吟詠蕭散，固是詩人之致。

横浦集

張九成，字子韶，開封人。徙居錢塘，從學於龜山。紹興二年，策進士，直言者置高等，九成遂擢首選。授鎮東軍僉判，歷至刑部侍郎。秦檜和議不合，謫邵州，復以傾附趙鼎落職，高宗特予宫觀。先是，徑山僧宗杲與善，檜諷論其與宗杲謗訕，謫南安軍十四年。從學者稱横浦先生。每執書就明，倚立庭磚，歲久，雙趺隱然。寶慶初，贈太師、崇國公，謚文忠。九成於經學頗多訓解，然習於異學，故議論多偏，詩亦多禪悅空悟習氣。

浮溪集

汪藻，字彦章，德興人。入太學，登進士，歷江西提舉。徽宗製君臣慶會閣詩，藻所和，群臣莫及，傳稱於時。時胡伸亦以文名，人爲語曰：「江左二寶，胡伸汪藻。」遷著作郎，忤王黼，與祠，寓晉陵八年。欽宗遷起居舍人。高宗歷擢中書、給事、侍講、直學士院，一時詔令多出其手。拜翰林學士，以所御白團扇，親書「紫誥仍兼綰，黄麻似六經」十字以賜。除龍圖閣，奏纂三朝日曆，進顯謨閣學士，知徽州，論落職，居永州卒。在晉陵時，徐俯、洪炎、洪芻自負無所屈，見藻詩於僧壁，唶曰：「我輩人也。」詣舍上謁而去。藻歎曰：「撚鬚琢句，騷人墨客不平之鳴耳，烏足尚哉！」詩高華有骨，興寄深遠。有浮溪集六十卷，失傳，此選本文粹所載也。

香溪集

范浚，字茂明，婺之蘭江人。紹興中舉賢良方正，昆弟多居膴仕，竟以秦檜當國，抗節不起，隱於香溪，因稱香溪先生。著書明道，多本於經學。朱子取其心箴於孟子集注中，由是重於儒林。金仁山謂其集近亡，此本爲其從子元卿所輯，而陳巖肖弁序者爲香溪集。

屏山集

劉子翬，字彦沖，以父韐任授承務郎，辟幕屬。韐死靖康之難，子翬痛憤哀毁。服除，通判興化軍事，以羸疾丐祠，歸隱屏山，學者稱屏山先生，而自號病翁。與籍溪胡原仲、白水劉致中爲道義交，所學深遠。朱子受遺命，往游其門，子翬告以易「不遠復」三言，俾佩之終身。一日感微疾，即謁廟，訣别家人，與朱子言入道次第而殁。詩與曾茶山、韓子蒼、吕居仁相往還，故所詣殊高。五言幽淡卓鍊，及陶謝之勝，而無康樂繁縟細澀之態，則以其用經學不同，所得之理異也。

韋齋集

朱松，字喬年，號韋齋，新安人。文公朱子，其嗣也。第進士，除秘書省正字。建炎紹興間，詩名藉甚。聞河南程子之學，捐棄舊習，朝夕研討，久而深有所得。趙鼎督川陝荆襄，招爲屬，不就。鼎再相，除校書郎，歷度支員外、史館較勘、司勳、吏部郎。秦檜主和議，上章極言其不可。檜諷御史論其懷異自賢，出知饒州，未至，卒。

玉瀾集

朱槔，字逢年，文公之叔父也。少有軼才，自負其長，不肯隨俗俯仰，厄窮踸踔，有人所難堪，而其節愈厲，其氣益高。其詩閒暇，略不見悲傷憔悴之態。因夢名堂曰玉瀾。梁溪尤延之叙其詩。

北山小集

程俱，字致道，衢之開化人。以外祖鄧潤甫恩補官，坐上書論紹述罷歸。宣政間進頌，賜上舍出身，歷官禮部郎。建炎，直秘閣，知秀州。南渡，航海趨行在。紹興初，爲秘書少監。時庶事草創，俱摭三館舊聞，爲書曰麟臺故事上之，擢中書舍人，兼侍講，旋除徽猷閣待制。晚病風痹。秦檜薦領史事，不至。卒年六十七。爲文典雅閎奥，詩則取塗韋柳，以闚陶謝，蕭散古澹，有忘言自足之趣，標致之最高者也。

竹洲集

吴儆，字益恭，初名偁，避秀園諱，改名。登紹興二十七年進士，調明州鄞縣尉，歷官至朝散郎，知邕州軍州，轉泰州，乞祠主管台州崇道觀。卒於淳熙十年，謚文肅。當時朱子及張南軒、吕東萊、陳龍川、范石湖、葉水心、陳止齋諸公咸與友善。其自邕而入對也，南軒書孔子之剛、曾子之勇、南方之强三章以誌别。嘗作尊己堂記，朱子見之喜曰：「往者張荆州、吕著作皆稱吴邕州之才，今讀其文，又見其所存。」其爲聖賢所許如此。四方從學者，尊爲竹洲先生。

益公省齋稿

周必大，字子充，一字洪道，廬陵人。第進士，中博學宏詞科，以教録召試館職，授秘書正字，至監察御史。孝宗初，權給事中，請祠，提點福建刑獄，除秘書少監、直學士院侍講、中書舍人，出知建寧，遷翰林學士，除尚書，參知政事，拜樞密使右丞相，封濟國公。光宗拜少保、益國公，出判潭州。寧宗初，以少傅致仕。卒贈太師，謚文忠，年七十九。韓侂胄禁僞學，指爲罪首。有集二百卷。詩格澹雅，由白傅而溯源浣花者也。

文公集

子朱子文公〔一〕，諱某〔二〕，字元晦，一字仲晦，徽州婺源人。中紹興進士第，歷事高孝光寧四朝，仕至轉運副使、崇政殿説書、焕章閣待制，致仕，年七十一卒。理宗贈太師，封信國公，改徽國。屢經薦召，爲小人所沮抑，旋仕旋已，道終不行。知南康時，建復白鹿洞書院。游武夷，愛其山水奇宕，築精舍，論道其中。所至生徒雲集，教學不倦。天下攻僞學日急，不顧也。孝宗時，侍郎胡銓以詩人薦，同王庭珪内召，故朱子自注詩云：「僕不能詩，平生僥倖多類此。」然雖不役志於詩，而中和條貫，渾涵萬有，無事模鐫，自然聲振，非淺學之所能窺，此和順之英華、天縱之餘事也。

【校記】

〔一〕子朱子　宋詩鈔作「朱子」。

〔二〕某　宋詩鈔作「熹」。

石湖集

范成大，字致能，吴郡人也。紹興擢進士第，授户曹，監和濟局，遷正字。累遷著作佐郎，除吏部郎官，奉祠。起知處州，入爲禮部員外郎，兼崇政殿大學士。使金國歸，除中書舍人，出知廣西靜江府，除敷文閣待制、四川制置使。召對，除權吏部尚書，拜參知政事，奉祠。起知明州，除端明殿學士，尋帥金陵，進資政殿學士，再領洞霄宫，加大學士，卒。所居石湖，在太湖之濱，阜陵宸翰扁之。其詩縟而不釀，縮而不窘，新清嫵媚，奄有鮑謝；奔逸俊偉，窮追太白。當是時，石湖與楊誠齋、陸放翁、尤遂初皆南渡之大家也。誠齋言：「余於詩豈敢以千里畏人者，而於公獨斂衽焉。」

劍南集

陸游，字務觀，越州山陰人。十二能詩文，蔭補登仕郎，鎖廳薦送第一，秦檜孫塤居次，檜不説。明年試禮部，復置游前列，檜顯黜之，由是爲所嫉。檜死，始赴寧德簿，以薦除敕令所删定官。孝宗初，遷樞密院編修，編類聖政所檢討官。召見，賜進士出身，尋免去。五爲州别駕，西泝僰道。范成大帥蜀，爲參議官，以文字交。不拘禮法〔一〕，人譏其頽放〔二〕，因自號放翁。後累遷，與祠，起知嚴州。再召見，曰：「卿筆力回斡，非他人可及。」同修三朝國史、實録，陞寶章閣待制，致仕，封渭南伯，卒年八十五。詩稿最多，以居蜀久，不能忘，統署其稿曰「劍南」以見志。孝宗嘗問周必大曰：「今詩人亦有如唐李白者乎？」必大以游對，人因呼爲「小太白」。劉後村謂：「近歲詩人，雜博者堆隊仗，空疏者窘材料，出奇者費搜索，縛律者少變化，惟放翁記問足以貫通，力量足以驅使，才思足以發越，氣魄足以陵暴，南渡而下，故當爲一大宗。」吾謂豈惟南渡，雖全宋不多得也。宋詩大半從少陵分支，故山谷云：「天下幾人學杜甫，誰得其皮與其骨。」若放翁者，不寧皮骨，蓋得其心矣。所謂愛君憂國之誠見乎辭者，每飯不忘，故其詩浩瀚崒嵂，自有神合。嗚呼！此其所以爲大宗也與？

【校記】

〔一〕禮　原作「體」，據宋史本傳改。

〔二〕頹放　原無「頹」字，宋詩鈔作「放頹」，兹據宋史本傳、鶴林玉露卷十四改。

止齋集

陳傅良，字君舉，居温州瑞安縣之帆游鄉。學於永嘉薛氏，得伊洛之旨；又從南軒、東萊聞爲學大要，其名益高。爲太學録，累遷至嘉王府贊讀，龍樓閣問寢不時。獨切諫，每以天性感悟孝宗父子，後知上意弗回，遂乞歸。寧宗初，除中書，與朱子同朝，疏留朱子，爲韓侂胄所忌，詆學術不正，遂罷去。杜門居一室，曰止齋。嘉泰二年，復提舉江州，起知泉州，力辭。授寶謨閣待制，尋卒於家。初從薛氏，自井田、王制、司馬法、八陣圖之屬，該通委曲，皆可施之實用。復研精經史，貫穿百氏，以斯文爲己任，故其詩格亦蒼勁，得少陵一體云。

誠齋集〔一〕

楊萬里，字廷秀，吉州吉水人。中紹興進士，爲零陵丞。張浚勉以正心誠意之學，遂自名其室曰誠齋，光宗親書二字賜之。歷官國學、太常，知漳州、常州，提舉廣東常平茶鹽，帝親擢東宫侍讀。以議配饗忤孝宗，出知筠州。光宗召爲秘書監，尋出江東轉運，總領淮西江東。朝議行鐵錢，萬里不奉詔，改贛州，乞祠，自是不復出。韓侂胄築南園，屬爲記，許以掖垣，曰：「官可棄，記不可得。」侂胄權日盛，遂憂憤成疾，家人不敢進邸報。適族子自外至，言侂胄近狀，萬里慟哭，呼紙書曰：「奸臣專權，謀危社稷，吾頭顱如許，報國無路，惟有孤憤。」别妻子，筆落而逝，年八十三，謚文節。其詩自序始學江西，既學後山五字律，既又學半山七字絶句，晚乃學唐人絶句。後官荆溪，忽若有悟，遂謝去前學，而後涣然自得，時目爲「誠齋體」。嘗自焚其少作千餘，中有如「露窠蛛衈緯，風語燕懷春」、「立岸風大壯，還舟燈小明」、「疎星熤熤沙貫月，緑雲擾擾水舞苔」、「坐忘日月三杯酒，卧護江湖一釣船」之句，擧似尤延之，歎惋曰：「詩何必一體，焚之可惜也。」後村謂：「放翁，學力也，如杜甫；誠齋，天分也，似李白。」蓋落盡皮毛，自出機杼。

古人之所謂似李白者，入今之俗目，則皆俚諺也。初得黄春坊選本，又得檇李高氏所録，爲訂正手鈔之，見者無不大笑。嗚呼！不笑不足以爲誠齋之詩。

【校　記】

〔一〕誠齋集　宋詩鈔分作「江湖詩鈔」、「荆溪集鈔」、「西歸集」、「南海集鈔」、「朝天集鈔」、「江西道院集鈔」、「朝天續集鈔」、「江東集鈔」、「退休集鈔」九種。

浪語集

薛季宣，字士龍，永嘉人。年十七，起從荆南帥辟，書寫機宜文字〔一〕，由武昌令召爲大理寺主簿、大理正，出知湖州，改常州。年四十而卒。季宣爲程門再傳，而所言經術則浙學也，故浙人宗之。其詩質直，少風人瀟灑之致，然縱横七言，則盧仝馬異不足多也。

【校　記】

〔一〕字　原作「事」，據宋詩鈔、宋史本傳改。

水心集

葉適，字正則，温州永嘉人。淳熙五年進士，爲節度判官，以薦召爲博士，兼實録檢討官，嘗薦陳傅良等三十四人於丞相，皆得人。林栗劾毁朱子，適上疏力爭，以是重於儒林。預寧宗内禪議，左右趙汝愚，汝愚貶，亦罷官。旋召權兵部侍郎，韓侂胄欲立功出師，思適草詔以動中外，改吏部兼直學士院，以疾辭。適不能止其行，第勸其先防江，不聽。兵敗，以適知建康府，沿江制置，除寶謨閣待制，措置頗得宜。會侂胄誅，亦奪職。奉祠者十三年，以寶文閣學士卒，年四十七，謚忠定。詩用工苦而造境生，皆鎔液經籍，自見天真，無排迮刻鎸之跡，豔出於冷故不膩，淡生於鍊故不枯，曾點之瑟方希，化人之酒欲清，其意味足當之。

艾軒集

林光朝，字謙之，閩之莆田人。隆慶元年進士，任袁州司户參軍，知永福縣，召爲秘書省正字，歷著作佐郎、國子司業，出提點廣東西刑獄，徙轉運副使，加直寶謨閣，召拜國子祭酒，除中書舍人，以集英殿修撰出知婺州，提舉興國宫，卒。光朝學於陸子正，子正學於尹焞，而光朝之學，一傳爲林亦之，再傳爲陳藻，三傳爲林希逸，其師友之際如此。林俊曰：「艾翁不但道學倡莆，詩亦莆之祖。用字命意無及者，後村雖工，其深厚未至也。」

攻媿集

樓鑰，字大防，自號攻媿主人，鄞人也。登第，歷太府宗正寺丞，出知温州。光宗初，累擢中書舍人，遷給事中，奏留朱子，時論韙之。進吏部尚書，以顯謨閣學士奉外祠，奪職。韓侂胄誅，復官，兼翰林侍講。年過七十，精敏絶人，詞頭下，立進草，院吏驚詫。除端明殿大學士，位兩府；五年，進資政殿大學士。卒贈少師，謚宣獻。詩雅贍有本，然往往浸淫於禪。禪學之傳，莫熾於四明，當時老宿如攻媿，已不能辨矣。

清苑齋集

趙師秀，字紫芝。四靈之中，惟師秀嘗登科改官，然亦不顯。四靈尤尚五言律體，紫芝之言曰：「一篇幸止有四十字，更增一字，吾末如之何矣。」其精苦如此。

葦碧軒集

翁卷，字靈舒，永嘉四靈之一。蓋四人因卷字靈舒，故遂亦以道暉爲靈暉，文淵爲靈淵，紫芝爲靈秀云。

芳蘭軒集

徐照，字道暉，永嘉人，自號山民。有詩數百，斲思尤奇，皆横絶欻起，冰懸雪跨，使讀者變踔憀慄，肯首吟嘆不自已，然無異語，皆人所知也，人不能道耳。嘉定四年卒。

二薇亭集

徐璣，字文淵，從晉江遷永嘉。歷官建安主簿、龍溪丞，武當、長泰令，嘉定七年卒，年五十九。初，唐詩廢久，璣與其友徐照、翁卷、趙師秀議曰：「昔人以浮聲切響、單字隻句計巧拙，蓋風騷之至精也。近世乃連篇累牘，汗漫而無禁，豈能名家哉？」四人之語遂極其工，而唐詩由此復行。曹能始以璣爲照之弟，按水心二徐墓誌，既不同派，而其詩卷亦各以名相呼，有以知其不然矣。

知稼翁集

黄公度，字師憲，閩之莆田人。紹興八年進士第一。任簽書平海軍節度判官，代還，除秘書省正字。秦檜以公度與趙丞相鼎善，不悦。小人希檜意，論公度著私史以謗時政，罷歸，主管台州崇道觀。初，公度赴朝，道過分水嶺，有詩云：「嗚咽泉流萬仞峰，斷腸從此各西東。誰知不作多時別，依舊相逢滄海中。」及公度歸莆，趙丞相先已謫潮陽。小人傅會其説，謂此詩指趙而言，將不久偕還中都也。檜益怒，以惡地處之，通判肇慶府事〔一〕，攝守南恩。檜死，召除尚書考功員外郎。無何，疾卒。林大鼐誌其墓，謂「詩效杜甫，古律格句法逼真」；洪邁謂「精深而不浮於巧，平淡而不近俗。其『悲秋』句，不知謫仙、少陵以還，大曆十才子尚能窺其藩否」，要皆過情。唯陳俊卿謂「雖未盡追古作，要自成一家」，其言爲差近云。

【校 記】

〔一〕肇 原作「紹」，據宋詩鈔改。

後村集

劉克莊，字潛夫，莆陽人。後村其號。學於真西山。以蔭入仕，除潮倅，遷建陽令，移仙都。嘗詠落梅有「東君謬掌花權柄，卻忌孤高不主張」，讒者箋其詩以示柄臣，由此閒廢十載。因有病後訪梅絶句云：「夢得因桃卻左遷，長源爲柳忤當權。幸然不識桃并柳，也被梅花累十年。」後起至將作簿，兼參議。端平初，爲玉牒所主簿，奉祠〔一〕；起知袁州，累遷廣東運判，又奉祠。起江東提刑，召對，以將作監直華文閣，賜同進士出身，專史事。尋入經筵，直綸省。無何，以留黄不奉詔，用秘閣修撰，出爲福建提刑。初，趙紫芝、徐道暉諸人擺落近世詩律，斂情約性，因狹出奇，合於唐人，時爲四靈體格〔二〕。後村年甚少，刻琢精麗，與之並驅。已而厭之，謂諸人極力馳驟，纔望見賈島、姚合之藩而已。欲息唐律，專造古體。趙南塘曰：「不然，言意深淺，存人胸懷，不繫體格。若氣象廣大，雖唐律不害爲黄鍾大吕，否則，手操雲和，而驚飈駭電，猶隱隱絃撥間也。」後村感其言而止，然自是思益新，句愈工，涉歷老練，布置闊遠。論者謂「江西苦於麗而冗，莆陽得其法而能瘦、能淡、能不拘對，又能變化而活動」，蓋雖會衆作，而自爲一宗者也。

【校　記】

〔一〕奉　原作「奏」，據宋詩鈔改。

〔二〕爲　宋詩鈔作「謂」。

盧溪集

王庭珪，字民瞻，盧陵人。登政和八年第，調衡州茶陵丞，拂衣去盧溪，築草堂，因號焉。時胡銓論忤秦檜，謫嶺南〔一〕，獨庭珪送以詩，語且觸檜，坐流夜郎，檜死得還。數召對優禮，除國子監主簿，主管台州崇道院，九十三卒。學邃於易，著易解，見者歎爲必傳。會詩獄捕至，攜書鐍篋中，爲卒所攫去，歎曰：「天厄吾書。」門人楊廷秀序其詩，謂「得傳於曹子方，出自少陵，而主於雄剛渾大」，此第言其崖岸爾。若遣思屬詞，未離窠坎，使真氣蒙翳於篇句間，亦未免於詩家疵癘也。

【校記】

〔一〕譎　原作「調」，據宋詩鈔改。

漫塘集

劉宰，字平國，金壇人。紹熙元年進士，歷江寧尉、真州司法、泰興令，以浙東倉司幹官告歸，監南嶽廟。累召不起，隱居三十年，卒謚文清。宰以吏事稱，而淡於榮利，一時朝廷所不能致者，宰與崔與之耳。詩亦常調，而五言古稍優。

義豐集

王阮，字南卿，豫之九江人〔一〕。朱子講學白鹿洞，阮從之游。慶元初，孽臣竊柄，附者如市，阮未嘗一躡其門。晚守臨川，陛辭奏事，柄臣密客誘致之，迄弗往見，奉祠而歸。其詩得之張紫薇安國，故不爲徒作。有義豐集。

【校記】

〔一〕按，九江屬江西，非豫地，「豫」字宜作「贛」。

東皋集

戴敏，字敏才，號東皋子，復古之父，乾道間人。平生不肯作舉子業，獨以詩自適，終窮而不悔。且死，復古方襁褓，語親友曰：「吾病革矣，而子幼，詩遂無傳乎？」太息而卒，語不及他，其篤好如此。遺稿不存，復古後搜訪，得此十篇，鍛煉精而情致逸，此石屏詩源，猶少陵之審言也。

石屏集

戴復古，字式之，天台黄巖人。居南塘石屏山，因自號焉。負奇尚氣，慷慨不拘。少孤，痛父東皋子遺言，收拾殘稿，遂篤志於詩。從雪巢林景思、竹隱徐淵子講明句法，復登放翁之門，而詩益進。南游甌閩，北窺吴越，逾梅嶺，窮桂林，上會稽，絶重江，浮彭蠡，泛洞庭，望匡廬五老、九疑諸峰，然後放於淮泗，歸老委羽之下。游歷既廣，聞見益多，爲學益高深而奥密，以詩嗚江湖間五十年。或語復古「宋詩不及唐」，曰：「不然。本朝詩出於經。」此人所未識，而復古獨心知之，故其詩正大醇雅，多與理契，機括妙用，殆非言傳。然猶自謂「胸中無千百字書，如商賈乏貲本，不能致奇貨」，蓋謙言也。吴荆溪稱其「蒐獵點勘，自周漢至今，大編秘文，遺事廋說，何啻百千家」，包盱江亦謂「正不滯於書」，乃楊升菴直議其「無百字成誦」，此癡人説夢耳。又傳其游江西，富家以女妻之，三年思歸，乃言曾娶。婦翁怒，女曲解之，臨行贈詞曰：「惜多才，憐薄命，無計可留汝。揉碎花牋，忍寫斷腸句。道旁楊柳依依，千絲萬縷，抵不住，一分愁緒。捉月盟言，不是夢中語。後回君若重來，不相忘處，把杯酒澆奴墳上土。」遂自投江死。今考集中略無蹤跡。後人因詩餘木蘭花慢一闋，有「重來故人不見，但依然楊柳小樓東」之句，乃强實之。讀陳昉跋云：「有忠益而無諂求，有謙和而無誕傲。」姚鏞云：「忠義根於天資，學問培於諸老。」朱子亦以詩相贈酬。使無行至此，其得爲大儒君子所稱許，至升菴乃發覆耶？平生著作甚富，趙懶菴選百三十首爲小集。觀者謂趙於古少許可，而此編特博。袁蒙齋又選爲續集，蕭學易選爲第三稿，李友山姚希聲選爲第四稿，鞏仲至又爲摘句。復古自云：「詩不可計遲速，每一得句，或經年而成篇。」其鍛鍊之苦，師友琢削之精，故所選得十九焉。方萬里曰：「慶元以來，詩人爲謁客成風，干求要路，動獲千萬，石屏鄙之，不爲也。」嗟乎！安得斯人，一愧世之幅巾朱門、望塵獻詩者哉！

農歌集

戴昺，字景明，號東埜，石屏之從孫。嘉定己卯登第〔一〕，授贛州法曹參軍，有東埜農歌集。石屏稱其「不學晚唐體，曾聞大雅音」者也。集中答妄論宋唐詩體者云：「安用雕鎪嘔肺腸，辭能達意即文章。性情元自無今古，格調何須辨宋唐。人道鳳簫諧律吕，誰知牛鐸有宫商。少陵甘作村夫子，不害光芒萬丈長。」知此，可與言詩矣。

【校　記】

〔一〕己　原作「乙」，據宋詩鈔改。

秋崖小集〔一〕

方岳，字巨山，新安祁門人〔二〕。紹定間爲别省第一，登徐元杰榜進士，累遷至吏部侍郎。先前以史嵩之嗾論罷歸，後以丁大全嗾論罷下郡，中以賈似道之劾兩調邵武軍，以坎壈終身。是，范杜左右相，得博士之除，遷秘書郎、宗正丞，未幾范去，遂出爲淮閫參議官，兼權工部，而一出不可復入矣。詩主清新〔三〕，工於鏤琢，故刻意入妙，則逸韻横流，雖少嶽瀆之觀，其光怪足寶矣。

【校　記】

〔一〕宋詩鈔題作「秋崖小藁鈔」。

〔二〕新安祁門　據宋詩鈔補。

〔三〕清新　原作「新清」，據宋詩鈔改。

清雋集

鄭震，後更名起，字叔起，號菊山，閩連江人。早年場屋不利，棄舉業，更讀書，客京師三十餘年。歷主於潛、諸暨、蕭山學，晚爲安定和靖書院堂長，又開講於平江、無錫，伏闕論史嵩之。淳祐丁未，鄭清之再相，震登其門罵曰：「端平敗相，何堪再壞天下！」被執，與子女俱下獄，京尹趙與籌縱之。鄭罷相，乃免。與林膚齋、周伯弜爲行輩。詩有倦游稿，仇山村選四十首爲清雋集。所南作家傳云：「得詩十五篇。」此蓋流落交游間者，所南未之見也。

晞髮集

謝翱，字皋羽，慕屈平託遠游，乃號晞髮子，福之長溪人。文丞相開府延平，翱以布衣諮議參軍。天祥卒，亡匿，所至輒感哭。挾酒登浙江子陵釣臺，設天祥主亭隅，再拜號哭，以竹如意擊石，歌曰：「魂朝往兮何極，暮歸來兮關水黑。化爲朱鳥兮有咮焉食。」歌畢，竹石俱碎，詳西臺慟哭記。欲爲文冢，瘗之臺南。後往來杭睦間，與方韶卿鳳、吴子善思齊等厚。乙未以肺疾死，囑妻劉以文與骨授之方。有許劍録。其會友之所，名汐社，取晚而信也。每執筆遐思，身與天地俱忘，語人曰：「用志不分，鬼神將避之。」古詩頡頏昌谷，近體則卓鍊沉着，非長吉所及也。

晞髮近藁

福唐黄坤五語余，晞髮集近世行本多遺漏，曾鈔畜二十餘首，皆刻板所無。余聞之心往，恨其不攜行笈，得一見也。從子愚忠自苕上潘氏鈔得晞髮近藁一帙，爲發狂喜。原集古詩大半，此多作近體，屈蟠沉鬱，吐茹奇豔，皆世所未覩，豈即黄春坊所謂與？然黄云二十餘首，而此編有五十首，數既不合，且此署晞髮道人近藁，當是末年未定殘草，别爲一卷，流傳人間，又非刻本零星遺漏比也。然則黄氏二十餘首，又不知何詩矣。惜春坊云亡，不得一質證之。此帙附天地間集十餘首，即皋羽所編當時諸公詩也。按本傳有二卷，此亦不完。書潘氏藏本，爲陸子傳手蹟，有題識。子傳名師道，吴人。

文山詩鈔〔一〕

文天祥，生時夢紫雲，故名雲孫，天祥其字也；寶祐乙卯，以字貢，遂改字宋瑞，又字履善，吉州廬陵人。廷對第五，理宗擢第一。歷官校書、著作郎，至兼學士，國史院，崇政殿説書、玉牒所檢討。賈似道以致仕要君，降詔多諷語，逆賈意，奏免，始闢文山以居。旋起提刑湖南，移知贛州。德祐乙亥，元兵渡江，奉詔起兵，除右文殿、樞密，權兵部侍郎，兵屯洪，詔入衛。權工部尚書，除浙東西制置使，江西安撫大使，兼知平江府。常州破，朝議棄平江，趣天祥移守餘杭，進資政殿學士。丙子正月，伯顔兵至高亭，陳宜中、張世傑皆遁，乃除右丞相兼樞密，至北軍講解。遂爲所留，而臨安降表已出，伯顔即脅隨祈請使北行。至京口，脱走，趨真州，謀合兩淮作興復計，而制置李庭芝疑拒之，復從揚州逃至高郵。嶇崎數瀕死，得渡海道至台温，奉益王於福州，改元景炎。除觀文殿學士、右丞相，不拜，以樞密使都督諸路軍事，出南劍，號召天下。繇汀漳入梅州，戰雩都，大捷，因開府興國。元兵大至，旋潰，妻妾子女皆陷。奔汀，移循州。端宗崩，衛王立於碙川，改元祥興。天祥乞移軍入朝，而宜中、世傑忌阻之，第加少保、信國公。張弘範破崖山，令弘正襲，執天祥，服腦子二兩，不死。縶至燕，不屈，因兵馬司者四年，而志愈堅。會有中山薛寶住投匿名書，指丞相舉事者，司天儀又奏三台星折。乃召至殿中，猶欲諭降之，語益厲，遂遇害。衣帶有贊曰：「孔曰成仁，孟曰取義，惟其義盡，所以仁至。讀聖賢書，所學何事？而今而後，庶幾無愧。」詩集不多，有指南録三卷，皆奉使脱難、興復記事之詩。又有吟嘯集，則囚燕所作。又獄中集杜詩二百首。自指南録以後，與初集格力，相去殊遠，志益憤而氣益壯，詩不琢而日工，此風雅正教也。至其集杜句成詩，裁割鎔鑄，巧合自然，尤千古擅場。今别爲一帙，而以指南録中十八拍附之。嗚呼！去今幾五百年，讀其詩，其面如生，其事如在眼者，此豈求之聲調字句間哉！

【校 記】

〔一〕此篇原闕，據宋詩鈔補。

先天集

許月卿，字太空，婺源人。後字宋士，人稱山屋先生，小名千里駒，字駒父。從董介軒於程正思，朱子門人也，又受學魏鶴山，有志當世。入江淮幕中，以軍功補校尉，詔罷鶡弁，就舉制，以易魁江東。廷對觸史嵩之，見抑，賜進士及第，授司户參軍。復率三學訟權相，理宗目爲狂士。歷官府學教授，復以上言小相失職，相免得留。尋改江西提舉常平，六年不就，既至，治政廉肅，人號爲「鐵符」。循承直郎浙西運幹。賈似道當國，以月卿試館職，言不合，罷去。買田宅於姑蘇，已而散之，歸故里，閉門著書，號泉田子，游從者翕然。德祐乙亥，欲以月卿開闔東南，未幾宋亡。深居一室，但書「范粲寢所乘車」數字，不言幾十年而卒，年七十。謝疊山嘗書其門曰：「要看今日謝枋得，便是當年許月卿。」月卿則自比履善甫，蓋無愧三仁焉。

白石樵唱

林景熙，字德陽，號霽山，温之平陽人也。咸淳辛未太學釋褐，授泉州教官，歷禮部架閣，轉從政郎。宋亡不仕，客於會稽王修竹英孫之家。會楊璉真伽發宋陵，英孫使客收其棄骨，景熙得高孝兩函，與唐玨所收者葬於蘭亭，樹冬青以識。庚戌卒於家，年六十九。所居在白石巷〔一〕，詩六卷，曰白石樵唱，大概悽愴故舊之作，與謝翱相表裏。翱詩奇崛，熙詩幽宛。蛟峰方逢辰曰：「詩家門户，當放一頭。」非虛言也。

【校記】

〔一〕巷　原作「菴」，據宋詩鈔、吕洪霽山文集原序改。

山民集

真山民，不傳名字，亦不知何許人也，但自呼「山民」云。李生喬歎以爲「不愧迺祖文忠西山」，以是知其姓真矣。痛值亂亡，深自湮没，世無得而稱焉。惟所至好題詠，因流傳人間，然皆探幽賞勝之作，未嘗有江湖酬應語也。不惟吴許上通於天，即自命遺民，而以詩文通當世者，視山民才節，亦足愧恥矣。張伯子謂「宋末一陶元亮」，非過論也。

水雲集

汪元量，字大有，號水雲，錢塘人。以善琴事謝后、王昭儀。宋亡，隨三宮留燕，後爲黄冠師。南歸，幼主平原公及從降駙馬右丞楊鎮，丞相吴堅、留夢炎，參政家鉉翁、文及翁，提刑陳杰與王昭儀、清惠以下廿有九人，賦詩餞之。後往來匡盧彭蠡間，世莫測其去留。危太史素謂其「長身玉立，修髯廣頞，而音若洪鐘，江右人以爲神仙，多畫其像祀之」。詩多紀國亡北徙事，與文丞相獄中倡和作，周詳惻愴，人謂之詩史。鄭明德、陶九成、瞿宗吉所載僅數首〔一〕，虞山錢牧齋得之雲間鈔書舊册〔二〕，録爲水雲集。

【校記】

〔一〕僅數首　據宋詩鈔補。

〔二〕虞山　據宋詩鈔補。

隆吉集

梁棟，字隆吉，其先湘州人，生於鄂州，後遷居鎮江。弱冠領漕薦，登戊辰第。選寶應簿，調錢塘仁和尉，入帥幕，一時聲名張甚，旋避地建上。丙子宋亡，歸武林。弟柱，字中砥，入茅山從老氏學，棟往依焉。庚寅遭詩禍，名益著。時往來茅山、建康間，江東人士從者甚衆。乙巳無疾卒。平日好吟詠，稿無存者，門人問故，曰：「吾詩堪傳，人將有腹稿在。」宋遺民之皭然者也。

潛齋集

何夢桂，字巖叟，初名應祈，字申甫，嚴之淳安人。咸淳乙丑省試首選，時罷臨軒，廷唱一甲三名，授台州軍事判官，歷仕至大理寺大卿。知事不可爲，遂引疾去。至元，累徵不起，築室小西源著書，自號潛齋。尤深於易學，與陳止齋、方蛟峰游。善詩，淳樸不泥規摹之跡，而志節皎然。有潛齋集。

參寥子

僧道潛，號參寥子，錢塘人。哲宗朝賜號妙總大師。爲蘇眉山門客，唱和往還，形於翰墨，時人因重之。陳後山贈序，舉其論唐詩僧貫休、齊己，非用意於詩，工拙不足病，以是知所貴乃其棄餘，可謂善諷矣。杭本多悮集他詩，今未及與析也。

石門文字禪

惠洪，字覺範，江西新昌喻氏。試經得度，以冒故惠洪牒，責還俗。張商英特奏度之，郭天信奏賜寶覺圓明禪師。政和初，坐交張郭，配崖州，赦還，又以張懷素黨繫獄，因商英誤也，旋釋。建炎二年，示寂同安。五燈會元作「彭氏」，「天信」爲「天民」，賜號在寂後，皆非。詩雄健振踔，爲宋僧之冠。

花蕊夫人

費氏，蜀之青城人。以才色事孟昶，號花蕊夫人。太祖平蜀，俘入後宫。昶敗時，精兵尚十四萬，宋師止三萬耳。太祖以蜀亡問，費答詩云云，太祖更寵愛之。嘗私懸昶像於閣中，太祖見訊，紿曰：「此蜀中張仙也，祀之有子。」遂傳畫焉。後輸織室，以罪賜死。尤工填詞，入汴時題葭萌驛壁云：「初離蜀道心將碎，離恨綿綿。春日如年，馬上時時聞杜鵑。」調醜奴兒令也。書未畢，軍騎催行，遂止半闋。有人續之云：「三千宫女皆花貌，妾最嬋娟。此去朝天，只恐君王寵愛偏。」使費能抗節從昶母，此詞不幾爲輕薄惡札哉？然審徵奉表，寅遜促裝，一女子與十四萬小人，又何責也。世傳其宫詞百首，清新豔麗，足奪王建、張籍之席，蓋外間模寫，自多泛設，終是看人富貴語，固不若内家本色，天然流麗也。王平甫考王恭簡所集，云止二十八首，然其餘别無可據，且手筆一格，故仍之。按花蕊夫人有二，其一爲蜀王建妾，號小徐妃者，王衍時污亂，爲莊宗所平，亦隨歸中國死。二人皆出於蜀，皆以亡國失身終，亦異矣哉！

呂晚村先生續集卷三

質亡集小序

吴爾堯自牧 同邑

自牧，吾黨之第一流也。其聰明絶世，而未嘗浮露奇智也；其篤志正學修内行，而未嘗標示崖異也。有文如此，場屋未有識者，交游未有稱者，而浩然自得，未嘗有愠悶之色也。其意之所之，吾不知其止也。今亡矣，吾亡以爲質矣，吾亡與言之矣。○自牧嘗云：「十五年前讀近思録，直是削淡無滋味。今每閲一條，輒數日不能舍，覺得道理無窮。」嗚呼！若自牧者，可謂善讀書矣。○自牧天分之高、用心之精，吾目中罕見其倫也。凡世間極難驟解之事，如樂律、韻母、推步、經緯、割圖、測量之類，以語自牧，但發其端，未有不立窮其藴者。吾曩與度曲倚和，管絃相入，曲盡微妙。嘗於一笙，悟聲音假借、單和配合之理，非工師之所曉也。○自牧才情奇巧，目前無其儔匹，然一意斂約，不事表襮。作爲詩文，不輕出示人。與流俗偕處，油油然不少自異也。然其志識造詣，有昔賢所不易及者，斯文其後從之言耳。

陸之澣宗伯　海寧

宗伯同余仲兄貢於南雍，時寇逼都城，大司成策問諸生，無一應者，惟余仲兄首出條對，次則宗伯繼之。兩生侃侃談，兵圜橋門，而聽者皆大驚，以爲浙中多奇士。余兄竟不克展所藴而卒，宗伯亦貧死。此其南雍積分課文也。〔一〕

沈受祺憲吉　嘉善

憲吉家麟溪，距郡城二十里，自宋迄今十五世矣。家有北山草堂，山有栝子松九株，皆二三百年物，其態不一，各有名以象之。憲吉家世淵遠，富而好禮，其祠廟爵豆，皆古雅而合於則。與人交，篤於分義，而又退讓不近名，遠近皆以長者稱之，反以此掩其才華，蓋未有知憲吉之深於文者。丁巳春，余尋知言集佚藳於鴛湖，有友言憲吉所藏之富，遂移艇子訪之。憲吉一見如素，恨相見之晚，留余榻其齋，盡出殘帙，酒闌燈灺，娓娓不倦。乃驚歎其論文之精嚴，目前無其匹也。憲吉與錢吉士友善，其論文宗旨亦與吉士合。吉士選同文録，憲吉與有功焉。乙酉歲，憲吉坐其齋。〔二〕夏五，聞吴郡變亂，欲歸視，具舟將行，常時鼓枻即發，是日下舟，復起絮語者數四。已出溪，復回舟，持所著稿授憲吉曰〔三〕：「不欲攜此歸，君爲我藏之。」乃别。是夜吉士歸家被亂，與其子皆焚死，而稿幸存。憲吉乃起簡篋中，并自所作文授余曰：「吾老矣，不足以慰亡友之託，今且以累公。吾文不足傳，公選知言集，有節義諸公而失其文者，以吾文繫之。吾文賴賢者以傳，亦吾志也。」余拜而受之，且約余過其北山消夏，共商知言集事。余以病不果往，越一年而憲吉死矣。憲吉雖不欲自衒其名，然余不敢湮埋憲吉之實，因歎北山一會，若專爲錢沈二公之文而速余行者，非偶然也。

張嘉玲佩葱 吴江

佩葱躬行刻苦，鋭然以聖賢爲必可至，取師友必真君子，如張考夫、凌渝安、何商隱、沈石長、巢端明、王曉葊，皆正志篤學，待之極盡其誠。處弟姪宗黨以恩勝義，破其貲産，至死無以斂葬不惜也。居喪哀毁由中，三年不露齒，不入閨房。妻以勞瘵死，里人非笑之，以爲執禮所致，俗之惡薄如此。然即其非笑，可以見佩蕙之賢矣。○佩蕙年少負儁才，譽望日起，宗黨交游，皆以富貴期之。忽謝棄一切，問道於吾友張考夫先生，篤志聖賢之學，刻苦敦行，踐履純粹。而讀書極精細，不肯放過絲粟。與考夫問難，往返最多，遠近學者嘆爲不可及。自謂其學無一不得之考夫，請受拜，至再四，考夫閉閣不受。余問之，考夫曰：「此吾畏友也，豈敢倨乎？且吾惡夫今之講學者以師爲招，因以爲利也，又何學之有？吾與佩蕙一救正之，不亦善乎？」卒不受。佩蕙執弟子禮益恭。甲寅，年三十五，與考夫相繼病卒。嗚呼！道之興廢命也，佩蕙適當之。顏氏之子，豈以短命無書傳，有歉於孔門首配哉！○佩蕙英年稟饑，視榮膴如拾芥，且貧困憂患，萃於其身。一旦志聖賢之學，即敝屣棄之，此非見道分明，安能無動於中耶？一時流俗憎訕之，隱者又挾以爲重，余笑謂憎訕固其宜，若隱者正自不同，必好學能文如佩蕙，斯爲難得，斯爲真隱耳。○齊家是第一難事，惟克己反求，足以感之。張氏自佩蕙以興起自任，一家蒸蒸，有雍睦之風。惜天奪之速，不竟其緒，然修齊之效可睹矣。〔四〕

陳尚楨有上　餘姚

有上天資和靜，厭薄塵俗，默坐終日，啜苦茶，燒黃熟，便欲忘老。而居家處友，又皆篤摯有繩尺，斯亦其胸臆間物也。○有上以貧死，死之際，從容談笑，不令家人悲涕〔五〕，可謂能有其難者矣。乃其配景氏，居喪數日，絶不露激烈之色，默然自經以從〔六〕，又難之難者也。

吴繁昌仲木 海鹽

至性人語，易刻露樸直，而此極高華婉摯，可以覘其家風及其所養矣。〔七〕磊齋先生，大節千古。其訓家有云：「做官不入黨，秀才不入社，便有一半身分。」初疑其言過激，今而知爲痛心切骨之言。仲木奉教，志存忠孝，勁骨節立，見者神傷，惜不永齡，以竟厥緒耳。

鄭雪昉灊師 海鹽

灊師鴻博俊逸，而血性湛摯。遇亂，與友人之難，爲同事所賣，受笞辱憤死，人皆惜之。

程定鼎扶埜 嘉興

扶埜天質英奇，風神散澹，終日與對，無一俗情塵氣。壁立蕭然，亦不見其有憂思乞態。每辰出暮返，詣友朋談笑，或竟至忘歸。未嘗閉户咿唔，而拈筆纚纚，風馳泉湧，動成奇觀，郡中能文之友，未能或之先也。去年遇之，顏色憔悴，云犯寒症，幾不相見矣。余戲之曰：「質亡集中得佳文，亦復不惡。」因相與大笑。不謂斯言遂成妖夢。年來交游零落，江湖流下，無可與語。今又失扶埜，南湖斷岸，吾悵悵安之耶？

凌文然偉燈 湖州

偉燈，忠清公長子也。忠清之文，清微自得，爲時所尊。躬行嚴毅，立朝岸然，見惡於權貴。甲申之變，浙西死國者，一人而已。偉燈竟以貧死，蘆扉土銼，其夫人白髮蕭然，無有過而存之者。斯不獨其文泠，於此歎忠清公之人品世德，亦只一泠字爲不可及。○湖州山水清遠，忠清公得之以爲宗，偉燈又以明潔繼之，皆苕霅間靈氣也。

吴士楨正子 德清

正子和易而介，與人交皆有尺寸。晚年以貧依人，處之泰然，如游蓬户。嘗爲余述顯者僇辱故人與受者善事無怨之狀，歎人情不易測如此。正子周旋其間，頗多全護，他人都不知也，可謂難矣。

高斗魁旦中 鄞縣

旦中聰明慷慨，幹才英越，嗜聲氣節義，嘗毀家以救友之死。有所求，不惜腦髓以狥。精於醫，以家世貴不行，至是爲友提囊行市，所得輒以相濟，名震吴越。友益望之深，至不能副，則反致怨隙。又爲友營館穀，招徒侶，復責以梯媒關説，力有不能得，亦得罪。於是群起詬之，然旦中意不衰，病革猶惓惓於諸友。死之日，貧不能備喪葬，孤寡啼飢，無或過而問焉者，而詬聲至今未息，真可怪可痛。文中抒寫，皆肺腑間物，激楚悲凉，不堪卒讀。○旦中平生尤多求全之毁，其友至今師席散滿吴越，皆旦中所推挽嘘植者也。然毁之不去口，殆不可解也。〔八〕

郭　溶水容 同邑

水容爲余中表群從，崇禎間即與其兄彦深、疇生、義潔同負名於時。彦深、疇生相繼獲雋，義潔兄弟鬱鬱不得志，水容獨矻矻不少衰，余甚壯之，而不意其遽逝也。其子孝威盡出所作約二千餘首，其文精深博雅，絶非近人所能，并非彦深、疇生所及。乃歎科名之不足論人，而文人之湮没於荒塍寒牖者何限也。集中僅存數十首，以見其概，亦識余向時知之恨不盡云。

裴亮佐靖公 海寧

其度安詳，其神清映，其旨醇厚，其爲人亦爾。〔九〕靖公，予女兄之孫也。閎覽能文〔一〇〕，早負時譽，而生長聲利之區，俗以勢位相攫，雖至親同氣，不免於魚肉。靖公思决科以衛門户，而猝不可得，則鬱憂以死。臨没，盡取所著投之火，曰：「是物誤我！」其悲憤可哀矣。

章金牧雲李 德清

章氏多奇才，雲李爲最。氣象迥秀，如登秋峰，其中雲氣怪物，瑰麗荒忽，不可名狀。爲人重名義，有幹才，乃終於卑邑，不及中壽，真可惜也。其弟芝黄、石黄、子黄，皆才而夭，世運與？域兆與？求其説而不得，謂斯世不應有此奇文可耳。○戊戌己亥間，雲李、六象、方虎、雯若與予同游湖上，時雯若有不快於諸子，西陵、吴門名士之仇雯若者〔一一〕，聞之〔一二〕，過從甚殷，置酒蕭寺，飲酣奉卮曰：「請謝去雯若，願終執鞭弭隸麾下。」雲李與諸子毅然起對曰：「公等自可相與，何必去雯若而後交？吾輩有口血，自相責耳，豈爲公等哉！且如公言，又何取於吾輩

耶？」乃大慙謝。讀此文〔一三〕，思當時氣誼風采，儼然在目。○雲李好爲二氏之言，而其文特昌明如是，故愈奇而得正。〔一四〕

高宇泰虞尊 鄞縣

虞尊，初字元發，旦中之從，中丞玄若公長子也。篤志節，善交游，山顛溟澨，窮歷奇險。性坦率，不設機備。壬寅間以事囚非室兩載，治經作詩，悠然自得。久之乃釋，亦無懽容，越人笑之，呼爲「大孟浪」云。晚年益肆力讀書，自號隱學。畫一像作幅巾寬博，高坐藤床，過余索題句，余題曰：「凡今幅巾，不耐澹薄。望火日游，其狀磊落。佛門兒孫，侯門翼角。不知其隱，安問其學。巋然此老，冰懸雪壓。雙趺隱然，八字著脚。後未或知，曩則已確。其圖可傳，斯名不怍。」又雜書數絶有云：「募師謁客法堂開，眼與眉毛弄一回。君向明山且高坐，等閒莫遣下床來。」「小閣攤書木榻枯，春風坐對久忘吾。閉門休歎無良友，只恐開門負此圖。」時虞尊欲游秦晉間，見余句即毅然自止。越人惡余者又謂此罵君耳，何贊之有？然虞尊終不以余言爲非〔一五〕，又人之所難也。

俞汝言右吉 嘉興

右吉在崇禎間得名，三十年來爲檇李領袖。其襟度惇龐渾涵，非時下猥浮名士所能及。讀其文，猶足挹其靜雅之氣。

徐廷獻子諤 同邑

子諤與孫子度友善。子度極靜漠，子諤極粗豪，而其文微雋如是，真能得朋友之益也。

鄭官始雅三 海寧

雅三之文，其入也如秦始之營驪山，至鑿不能傷、燒不能毁而後止；其出也如周穆之巡海外，設鳳腦之燈，列璠膏之燭，照耀乎群仙之宫。不能深極無際，則亦無此奇光外發也。○雅三與雯若友善，余因識之，未久而化。其婿王端士録其遺文見投，人家子弟多不能收拾先人藁本，如端士者，又難得矣。

沈　修遠游　桐鄉

遠游任達而好奇，信神仙吐納之術，嘗辟穀數月，日惟啜蜜或清酒數杯而已。家人强之，旋亦復食，然終不近也。性嗜潔，每浴必數易水，以竹紙拭之。一浴必用紙刀許，適無紙，每風立自乾，不用巾也。篝檠油漬，雖新衣必裹指攜取，其袖垢膩，復割之，時衣無袖之衣以對客。有姚姓者爲所憎，遂并憎凡姓姚者，有過客刺入，欣然起接，遠觀則姚姓也，急縮手退避，刺已飄及裾，即截去其裾，其僻如此。然行文説書，則一軌於雒閩，未嘗爲游移突過之論，故與余言頗契。自遠游死，聲始遠役未返，一望桐川，荒榛寒雨，輒爲黯然也。

沈　齡子真　桐鄉

子真，遠游令子，聲始之婿也。少年篤志嗜學，爲人湛靜有至性。遠游歿，負土營窆，有撓之者，子真飲泣力拒，衝暑淋雨，晝夜勞憒，既封而病卒，遠近哀且惜之。

黄子锡復仲 嘉興

余表兄，號麗農，豪邁風流，以好義毁家，至號寒斷火。然壞床破壁之中，未嘗一日無論心之客也。平生最急友難，晚年竟游死粤東，幼子沆扶柩歸瘗於杼山。老友巢端明爲詩哭之，餘輒忘之矣。吁！可悲也！○仲兄風流文采，而志趣奇偉，破産結客，與大樽、闇公諸君相期許。晚年鬱鬱，思以神仙自託，而惑於方士行積氣開關之法，頗詡得效。余力言其害，笑而不顧。未幾而病，始悔其誤，則深不可爲矣，殆猶未免於神怪之累耶？讀文不禁憮然。

錢杵季亦駿 海鹽

予友商隱先生，明道有盛德，而艱於子，於群從中最喜亦駿。嘗請遂立之，商隱曰：「其家贍於我，不忍其舍菀而就枯也。」然亦駿甚賢，居家孝友，近人而不涅於俗。龍山許大辛其外父也，苦節違時，亦駿左右之甚至。大辛死，治喪撫孤盡其力，此豈較量生産者？商隱之言，蓋其慎也。乃忽以暴疾卒，予爲商隱惜，又傷大辛之後無依，蓋三致悼焉。

錢本一柏園 桐鄉

柏園初字一士，蚤領時譽，目空其群，而曾從周鍾游，未免漸染習氣。嘗言鍾館其家時，雞初鳴即起，柝銖錙作小封無數，至晨粥猶未息；自午及暮，餽贄紛然，乃視其厚薄以小封勞來力，日以爲率。因嘆曰：「今日名士，安得有此盛事乎？」余應之曰：「鍾之敗節戮身，成於小封，而君猶沾沾耶？」時柏園適游粵歸，同張子考夫過廓如樓，以孃子香、鷄舌香數片見惠，且出端石求銘，余戲題之曰：「鷄舌四，孃子二。易數字，銘於是。」柏園不釋，然考夫笑曰：「盍益之，可乎？」余乃復書其下曰：「者誰氏，錢一士，讀書不覺老將至。何如坐聽郴州語，張子命銘考君志。君曰一士士何事？爲名士耶此石敝，爲真士耶此石棄。」不數年考夫没，柏園亦病，得松陽教授，支離强往，竟死山齋。平生與考夫爲老友，而未能卓然自立，名士之害人如此。然柏園意致蕭散，至窮餓不知治生，相對終日，無卑乞之態、塵俗之言，固非時下名士所能望其項背也。

查雍漢園 海鹽

漢園童年以文蜚聲南國，宗黨交游皆以榮顯期之，然漢園意殊不自止，有志體用之學。初惑於二氏，旋悟其妄，以名世自許；復誤於功利之術，一反而求之身心；又入良知家言，力行其説，以爲聖人之道在是矣。然率其所見，往往過當，不能無動於中。辛亥春，聞予之狂言於許子大辛，甚疑異。適予寓趙家橋陳孟樸齋，漢園同大辛見訪，遂留榻，相與劇論此事，所持甚堅。至中夜，忽披衣起揖曰：「廿年之疑，於兹盡釋。」乃大悔向來之過，又談竟日而别。至冬，復過予廓如樓，晤考夫、商隱、渝安、曉菴、佩蕙諸友，歸語人曰：「如游天外。」問其説如何，曰：「非爾所知也。」壬子秋試，凡明經例有鄉邑起送文字，漢園紿家人以赴省，竟持札至予東莊，相對兩月而歸。此札至今留予架，家人莫之知也。友朋間徙義進道之勇，未有如漢園者。癸丑予至秣陵，而漢園與大辛相繼以病卒。予數年來喜爲澉湖雲岫之游，自二君殁，遂痛不欲東，亦吾道之窮也。○漢園雄才駿氣，具攬取當世之姿，而見道分明，即毅然敝屣塵鞅，非其中實有所得而能然乎？〔一六〕

虞汝翼異羽 錢塘

異羽長身勁骨，慷慨傲岸，望之如太華當秋，睥睨諸峰，莫敢仰附。一時名流習爲希世之學，突梯脂韋，以標榜趨營爲作用，異羽獨鄙罵之。有名宿於會集詰之曰：「君何得罵我爲小人之尤者也？」異羽曰：「不然。」其人喜曰：「固知君無是言。」異羽毅然正色曰：「非謂無言，但無『之尤者也』四字耳。」其人憒沮而去。異羽言笑飲啖自若，四座驚歎，其風致如此，竟以貧病鬱鬱而卒。近俗益頹敗，友朋中求異羽之氣象，真不可復得也。

勞以定仲人 同邑

仲人天才曠逸，而於理解極邃，同社會課每拈一題，雯若諸子必問仲人云何，仲人輒爲指陳源流新舊各説之不同，復爲剖析以歸於一，無不爽然稱善。自珍其文，不肯輕示人。傾貲購書數千金，及古今金石書畫，下至尊匜瓷玉之玩，皆賞鑒精好。死二十餘年，其所藏無一存者。昨從其家索遺稿，亦不可得。偶於廢簏獲其會課數首，亟録以志人琴之悼云。〇仲人生業甚厚，適覯世變，即散家財，厚其知交戚屬，凡貧士有一技之長，賙卹不倦，待以舉火者甚衆。或浪游湖山，則畫船歌妓，雜沓如雲，酒闌自調三絃，與客倚和，一時稱絶。已而棄去，曰：「是近於狹邪。」乃學彈琴，選奇材自製。聞某寺鐘樓懸紐桐木最良，搆樓以易之，琴成，費已數百金。吴越琴師，無不造其門者，洞究神妙，皆歎謝不如。已而曰：「豪矣！非我志也。」買横山造精舍，思深隱其中，賓客復從之，溪船筍輿，沿道爭役，但曰：「詣横山者，即坐往，不論直也。」仲人曰：「此將及我，不可居。」乃復出。既出，而山中果亂。因毁損其舊第，築幽室，植花竹，貯經籍其間，約予同讀以老，蓋至是而仲人生業略盡矣。越一年而病卒。宗族富貴皆以仲人所行爲癡，其後人亦自以爲戒，然仲人絶世聰明人也，當時即有問之者曰：「公即不取富貴，何必爾？」仲人嘻然曰：「是非若所知也。」

陳祖肇柳津

餘姚

柳津至性誠篤，胸襟坦白，喜交志行之人〔一七〕，樂道節烈之事。遇非其類，聞不義之名，雖盛歘不能留也。嘗館一巨室，故仇東林者，主人酒闌呼童子，輒以東林諸君子之言令其譍喏以爲樂，柳津愕然起立，謾駡而出。家貧，資館穀，竟棄去勿顧，人皆笑其迂，其介直多類此。○柳津於忠孝節義，如飢渴飲食，頃刻不舍，故於尺幅游戲，亦奔湧流出，讀之憮然。〔一八〕

陳　鎊西長　德清

西長，吾門鏦之兄也。陳氏多强穎之資，然皆憎疾根本理義之學，獨西長聞其弟之説，雖不能爲，輒欣然信之，而竟以疾夭。鏦痛其兄之不克有成，而他無語也。簡其文質我，録之以信其足惜焉。

董　楨豫林　同邑

豫林處交游重名義，緩急危難，以身赴之無所恡，斯文亦其流露之餘也。○浩歌清嘯，皆有風月無邊、庭草交翠之趣，其所見者卓矣。〔一九〕

董靈預湛思　烏程

湛思風神閒朗，才思超逸，翩翩佳公子也。感遇憂貧，遽致殞謝。境之困人，有非意之所能遺者耶？

吕章成裁之　餘姚

吾族兄，號蓼園。才略俊偉，思經世之用，游歷四方，晚遘喪亂，隱於館穀，非其志也，然意氣不衰。有故人誣詆余於顯者之家，蓼園憤甚，作棄婦歎以寄余，煉師俞體崖亦不平之，余答以「兩公學道人，尚有火氣耶？此固余過也」。蓼園書激昂慨切，於篋中簡文字復讀之，不禁垂涕。

張嘉瑾宣誠　吴江

宣誠爲佩蕙之弟，爲人伉爽有至性。佩蕙之喪，朋友會弔，念其無以葬，孤寡無以生，議所以助之者，宣誠掩淚毅然拜謝曰〔二〇〕：「有某在，豈可以累諸公。且兄臨死囑曰：『負某友幾錢，某友幾分，爲我還之，吾死乃安。』推是言也，兄豈肯受乎？兄所不受而某受之乎？」卒辭之。枝梧困踣，心力殫竭，絶無潦倒冀乞之意。越三年亦病卒。悲夫！天於志士摧折至此，真難解也。雖然，適以見佩蕙兄弟之賢，亦復何恨。

沈　袓扶升　同邑

扶升生而韶令，爲時所稱，而以疾早殞。其婦薛，秀淑而有孝節。其姑有女贅壻，溺愛之，不欲立後，且憎薛；往依母家，則貧不可處，困苦不堪者久之，遂病瘵。其夫撤几筵，即靚妝謝親族而死，親族之知者泣慰之，薛謝曰：「諸親當賀我，不必慰也。」問故，曰：「我年少爲未亡人，得早死，一幸也。家中多難言，死則潔身無累，二幸也。夫坐方除，即隨往九原，無他牽掛，三幸也。但不能奉事兩姑，視死者入土，負吾父生成之恩，爲耿耿耳，然死之樂爲多。」一時聞者皆賢之。予録扶升文，亦爲存其婦也。

錢魯公漢臣　鄞縣

余庚戌冬爲旦中葬事過甬上，獨漢臣一見投契，依依不能舍。未幾聞漢臣死，余病不能復東，徒負漢臣也。

曹　序射侯　同邑

靜氣和光，對之浮情消盡，此自攄襟度之文也。〔二一〕崇禎時，射侯、叔則爲蘭皋社，與余社友不相契，然余兄弟與射侯兄弟獨相得於壥壒之外，不以樊籬間也。思當時蠻觸之徒，固不直晉人之一吷。

四兄念恭　諱瞿良

煉奇情佚氣，出爲和平之音，而體骨崖柴，自流露於光風霽月之下。〔二二〕崇禎間社盟聲氣，鬨然互競，吾兄獨不屑一顧。然各社名宿及四方鄉黨，無不敬而親之，若明道之能化物也，故其文多自得之致。國家當覆亡之運，不必生奇奸大惡，但所用無非鄙夫，便足令神州陸沉，群生塗炭。一時爲君子者，受鄙夫之牢籠，或取其幹才，或信其小節，或因依門第世講，遂不惜爲之援引。此輩得志，但知爲身家禄位，其黠者兼爲交游，則譽望尤重。不知其爲交游，正爲身家禄位久遠計，未嘗一念及君國天下也。只看一個「與」字，便具千古朋黨傳論在内，此吾兄目

擊心痛之言也。〔二三〕

吕淑成幼陶 餘姚

幼陶，余族兄。俶儻多材，試輒壓衆，而生非其時，不勝感憤，以飲酒消之。已而漫游四方，又無所遇，益縱酒自放。以飲得病，愈病愈飲，至不能飲而卒。悲夫！○幼陶兄應次鄉貢，而以讓其貧友。自辛卯後闈牘必上堂，輒以無後塲罷，人皆迂怪之。亦善以愚成其志者也，故能發麾痛快如是。〔二四〕

范汝聽鄰音 同邑

鄰音，余内兄子也。湛静善文，補邑博士。家貧，資館穀，又勤於生産。二者不能兼營，往往兩廢。清坐破屋中，吟詠不輟，意亦不苦也。年三十餘，遘勞嘔血。疾革，自經紀喪事，至蔬果屨箸，纖屑皆手定，余曰：「兄用心至死不悔。」答曰：「我不爾，亦詎得活耶？」放筆掩卷〔二五〕，就枕而逝。

徐　鋒次公　同邑

次公，吾師第二子，與余同筆硯二載。人多畏其傲岸孤僻，實皆天真爛熳也。以悶悶不得意，嘔血而死。每過其居，輒凄然久之。

章在兹素文　吴縣

素文得名最早，此猶其崇禎間社刻也。自辛卯、壬辰以後，清音選本行天下，每行卷房書出，各省賈人先納值坊間，必待清音乃去。坊人具幣聘，盛供給，每部數百金。有時序文目録既發矣，而爲家人婦子所留，又必厚餽劇讌而後得。蓋選家之盛，自周介生、范文白以來，未有能及清音者也。然二十年間，軟熟浮滑之文，庸鄙荒劣之選，亦日滋月蕃，豈風氣遷流，雖素文固亦有不能自主者乎？

管諧琴襄指 餘姚

襄指多逸情，以氣節自命。亂後棄業，隱於教書，又以拘牽爲苦。性嗜酒，每飲必酣。遇人無機事，然不屑流俗，故人亦少近之。喜爲詩文，無家可藏，隨地散軼，嘗有傷師道篇、夢伯夷求太公薦子仕周詩等作，曲盡猥瑣僞妄之情狀，爲時所傳誦。予嘗見其手定十餘本，今皆不可得，不知流落何處也。

錢行正孝直 同邑

孝直生而穎異，年十三即能文，爲邑諸生，氣英鋭，有遠志，不屑一切。從予游，予每抑之令自下。其尊人子與，予老友也，暮年氣衰，門庭蕭寂，急欲得其子之發揚。有友謂之曰：「守腐儒言，必敗乃事，盍從吾説，可以速得志。」於是轉爲標榜作用之學，數年而無所得，其境益困。孝直悔悟，作詩曰：「固知朽斷還求匠，豈忍膏肓不謁醫。」將復過予也，不數日而病，遽不起。垂絶，猶爲其父兄道予不置。處分身後事，井井當於理，神明瑩然，至瞑不亂。予之不能使孝直有成，罪也夫，命也夫！○孝直於朋友間，最博愛，其期負亦闊遠。嘗欲攜一書友，遍圖域中形勝，至今其人語及孝直，輒流涕，亦足以見其氣誼也。〔二六〕

章允增能始 德清

能始，雲李之叔，初緣社集，與東倫不契。此其試牘也，爲方虎諸友稱賞，知名於時，乃捐棄夙故，更相欸洽。閲此憶臨溪讌集，已二十年事矣。

韋家秉白孫 武康

白孫爲吾友六象長子。妙齡超詣，其文即老成如此，同社皆以千里目之。惜乎不永年，碎此名寶。

陸文霦雯若 同邑

雯若見余文，揶揄謂：「子是宋人文字。宋人議論繁，不如漢疏高也。」余笑曰：「憑君漢疏高，也須喫宋人議論乃定。」一時戲謔在耳，憶之不禁愴然。雯若文實高，余不能及也。○雯若每言，讀書不貴善取而貴善棄，故其爲文也，與靈氣往來，字裏行間，别有阡陌。〔二七〕

凌　尹銘功　同邑

銘功，予表姪也，才而夭。婦王氏少寡無子，宗族無可依者，而志不更。索其文，流涕出之篋衍。爲人子孫多不能存手澤，况無後之寡婦乎？此可重也。

朱　輔伯揆　同邑

伯揆，與余兄季臣友善，崇禎間嘗數至余齋論文，娓娓忘疲。性惇龐和易，不知世間有機事，而文獨變幻如是。初好爲博雜之學，晚年喜談道，多入良知之説。龍蛇無家，其諸此文之見歟？

史宗遴培因 海寧

培因館於豐氏，余乍面即鑒其才。適里中有疑獄，培因作文以論之，遂爲怨家所訐，幾至困殆，其直諒不顧機網類如此。

祝文琛魯來 海寧

雯若極稱魯來之才，予因與之熟，蓋疎爽歷落人也。自悲壯盛不遇，多激昂不平之氣。語有不合，輒面折之，雖鉅公尊宿，攝衣登階，直詆其非，如呵斥市兒。見者皆駭然，亦無不服其勇也。

呂　鼎太羹〔二八〕

峭奇促節，怪石曲巖，小景出奇，多損遠勢。獨吾太羹兄於嶔崎繁碎中，益見淋漓悲壯之氣，此非僅於句字、段落間求古者也。

吴之昺尹明〔二九〕

庚辰癸未間文字，吾邑曹思遠建其宗，而郭疇生、顧自公繼之，於左國諸子，雜取其雋峭之句，别成要渺之音。急管哀絲，刻商激羽，一時風移遠近。不善學者，但摹仿聲調，而遺其理趣，遂流爲纖佻斷促之病，漸失其故矣。尹明與自公諸子礱琢，故文氣亦近似，讀者翫其議論警拔，與神情深遠處，自得其真矣。

郎星友月〔三〇〕

友月宿負盛名，熟於舉業，日拈十數藝，有餘力。每鄉年會，富家大賈，多奉貲幣，擬闈中題目，求搆文爲枕秘，友月應之無倦色，以其文獲售者甚衆。友月亦不甚珍惜，隨手施與。其子晉颺又早夭，故無復存者，僅於故篋得此耳。

按，吕晚村先生續集收入質亡集小序，録四十九人。此書當分論語、大學、中庸、孟子四部分，今所見北京大學圖書館藏質亡集，僅存論語耳。今本質亡集小序内有十數人未見其中，則必是見諸大學、中庸、孟子者。論語内另有章靜宜（湘御）、俞嘉言（臣狂）、唐游（海觀）、陳元璧（玉仍）、田方來（昭許）、章金乾（丁黄）、蔡新來（堯眉）、吴之㬎（尹明）、徐之福（斗錫）、吕鼎（太羹）、葉生（又生）、俞㬎（日絲）、吴榞（永言）、嚴有穀（既方）十三人，除吕鼎（太羹）一人有小傳類文字外，餘皆僅論其所録之文章耳。王鈔本收入吴之㬎（尹明）、郎星（友月）二人小傳，自是據後文輯録者。聞湖北省孝感市孝南區圖書館藏有質亡集殘本，著録存論語半部、大學、中庸，十年前曾託彼省友人前往查閲，爲拍攝徐方虎序言以歸，餘亦未得大概，而予以不能躬自比對爲憾矣。

【校記】

〔一〕此其南雍積分課文也　據質亡集、王鈔本補。

〔二〕乙酉歲憲吉坐其齋　據質亡集補。

〔三〕持　原作「將」，據質亡集改。

〔四〕「齊家是第一難事」至「然修齊之效可睹矣」　據質亡集、王鈔本補。

〔五〕涕　原作「啼」，據質亡集改。

〔六〕「從」字下原有「之」字，據質亡集删。

〔七〕「至性人語」至「及其所養矣」　據質亡集、王鈔本補。

〔八〕「旦中平生尤多求全之毁」至「殆不可解也」　據質亡集、王鈔本補。

〔九〕「其度安詳」至「其爲人亦爾」　據質亡集、王鈔本補。

〔一〇〕覽　原作「博」，據質亡集改。

〔一一〕名士　據質亡集補。

〔一二〕之　原作「此」，據質亡集改。

〔一三〕此　原作「君」，據質亡集改。

〔一四〕「雲李好爲二氏之言」至「故愈奇而得正」　據質亡集補。

〔一五〕然　據質亡集補。

〔一六〕「漢園雄才駿氣」至「非其中實有所得而能然乎」　據質亡集補。

〔一七〕「行」下原有「人」字，據質亡集、王鈔本刪。

〔一八〕「柳津於忠孝節義」至「讀之憮然」　據質亡集、王鈔本補。

〔一九〕「浩然清嘯」至「其所見者卓矣」　據質亡集補。

〔二〇〕謝　原作「辭」，據質亡集改。

〔二一〕「靜氣和光」至「此自攄襟度之文也」　據質亡集、王鈔本補。

〔二二〕「煉奇情佚氣」至「自流露於光風霽月之下」　據質亡集、王鈔本補。

〔二三〕「國家當覆亡之運」至「此吾兄目擊心痛之言也」　據質亡集、王鈔本補。

〔二四〕「幼陶兄應次鄉貢」至「故能發麾痛快如是」　據質亡集、王鈔本補。

〔二五〕掩　原作「捲」，據質亡集改。

〔二六〕「孝直於朋友間」至「亦足以見其氣誼也」　據質亡集補。

〔二七〕「雯若每言」至「别有阡陌」　據質亡集補。

〔二八〕「吕鼎太羹」條，原無，據質亡集補。按，吕鼎當是「同邑」人。

〔二九〕「吴之昺尹明」條，原無，檢諸北京大學圖書館藏本質亡集，雖録其文，然文末未有上述文字。兹據王鈔本補。按，吴之昺似是「同邑」人。

〔三〇〕「郎星友月」條，原無，檢諸北京大學圖書館藏本質亡集，未見其文。兹據王鈔本補。按，郎星隸籍不詳。

吕晚村先生續集卷四

保甲事宜　代邑侯劉諱佐明作

己未之歲，年穀不登，萑苻充斥。先君子謂力行保甲賑濟，則可無虞也。因條畫規制，精詳美備，邑令劉君諱佐明善而舉行之，先君子躬先以爲之倡，闔邑帖然，實其驗也。未幾，劉令去，而此法廢矣。因取當日所條畫者附録於文集之末。〔一〕

告示

石門縣爲嚴飭力行保甲等事，奉院道憲票，即將鄉城保甲逐户挨查，如有容留來歷不明之人，及爲逃盜窩綫接引者，查訪得實，定行按法連坐，仍具册報查等因奉此，合行曉諭，爲此示仰通邑知悉奉憲。保甲之法，最爲今日良圖，有司官立意舉行，然往往不見有益者，皆由胥隸不體上意，種種故套，無益於事，徒擾民間百姓。未受保甲之利，先受保甲之害，誰肯樂於奉令者。卒至逃人盜案日起，官民胥受其害，胥隸亦拖累其間，此無他，皆奉行不力之所致耳。今本縣與爾民人約，務體憲檄，所以力行保甲者，其要有三：一在於簡便易行，一村之中，燈火相照、音聲相聞者，結爲一甲，不必拘定十家編牌造册，不必盡開年貌及女口老幼，其真實工夫全在暗相稽查，本甲中有面生可疑之人來家否，有本人無故常常出門不回否，有則密報擒究，其向來月結季册、十家門牌等項，徒費紙札，徒勞奔走，一概不用，所謂簡便易行者此也；一在於舉報得人，保甲正副，得誠實老成之人，料理一村公務，各衛身家，各備器械，一家有警，衆家合救，一村有警，衆村合救，未有不濟者，如不得其人，虚應故事，假公濟私，反爲民害，今即着向年丈量圩長，公舉本圩保甲正副，務期誠實老成，才幹服衆，所謂舉報得人者此也；一在於督率有方，必須釘支河以遏奔突，立橋栅以扼要害，置器械以資堵禦，派巡守以固關防，明賞罰以齊心力，勤稽察以清亂萌，歲時伏臘，相爲聚會，説好話，講好事，有些小爭端，從中勸息，此中省了多少錢財，消了多少仇氣，一旦有事，自然如臂使指，所謂督率有方者此也。爾百姓果體此三要行之，未有不盜息民安者，方與憲檄「力行保甲」四字無媿矣。特示。康熙十八年十二月　日給。〔二〕

石門縣正堂劉□□爲曉諭事〔三〕。照得四郊多警，風鶴不時，本縣特頒行奉憲保甲三要，總爲爾民安全至計。此法通行，寇盜難侵，兵捕不至，近鄉遠村，皆得安居樂業。今查爾民尚多遲延觀望，未盡力行，皆因大窩奸綫，不便其私，多方詭惑，致生疑沮。大約巨室則畏事自全，窮民謂恃貧無恐，遠賊處偷安倖免，窩盜者抗法藏奸。不知燒劫之慘，巨室先受其殃；剿捕之騷，窮民盡罹其害。無盜之地，正宜未雨綢繆；近賊之區，急當奉法遠禍。倘再因循不舉，一時凶徒突至，爾等無援無備，勢難堵拒，或至驅脅入夥，屯聚爲巢。無論被賊殘抄，身家不保，即大兵會剿，盜多竄遁之方，民無逃避之處，旗麾所指，玉石難分，到此求全，悔之晚矣。本縣爲爾民興念及此，卧寐寒心，爲此再行曉諭，更將前頒三要斟酌申明，開列於後，期與爾民實心奮力，亟速行之。

一申明舉報得人。

舉報向憑都啚，遞年多非本圩中人，安知本圩中事？今着重丈量圩長者，不過因圩長習知本圩人户，庶幾舉報得人。圩長可充即充之，如圩長不能，即着圩長會同通圩公議圩中誠實有身家才幹者充本圩保正保副，原非坐定圩長爲保甲正副也。況保正保副止爲料理本圩人户，並無意外役擾，抑且官府優以禮貌，免其雜徭，即任事日久，不妨另議更代，必無永遠偏累之患。爾等各圩毋自疑滯，速速會議，取具保正保副姓名甘結，編册報縣，以便委任施行。

一申明簡便易行。

原頒册式，原以住址附近聯爲一牌，但每牌必須設立牌長。保正副管一圩人户，牌長管一牌人户，牌長覺察十家，保正覺察衆牌長，方有責成，如臂指易使。今特設保甲編牌册式，保正副即將此册挨户編造，一牌十家爲率，寧少無多，自相互結。就本牌中選擇老成有才幹者爲牌長。不論次序，牌中人户悉聽牌長查察調撥。如有不軌之人，十家不肯結入或結後發覺者，牌長即報保正，密報本縣法究。

一申明督率有方。

憲行橋梁水陸設栅、填釘支河、置備器械等項，向來保甲通行在案，歷有成效，原非新設，今務實心整飭。其橋跨兩岸兩圩，均派公造，毋得互諉。栅木務宜堅固，毋得苟且塞責。填釘支河，即取就近沿河雜樹，不許伐人墓木。器械必須精利可用，毋得虚應故事。俱限日取具完工日期，結狀呈繳。

以上三要，即就前法申明，其間事宜别有規條十四款詳示，令爾民人人通曉易行。如更有流言阻撓及圩中頑抗不遵者，即係窩綫，保正副指名呈報，定以通盗治罪。毋更怠玩，自貽伊戚。特示。康熙十八年十二月　日給。〔四〕

石門縣正堂劉□□爲申嚴保甲等事〔五〕。本縣疊奉憲檄，督催保甲，期以弭盗安民。業經再四曉諭，趁此東作未興之際，協力舉行，繕結完固，庶可望將來之綏輯豐登。爲此通行闔縣各圩，立限取結編册，聽候查驗。又思圩地大小不等，烟户多寡不齊，其圩小户少者，或數圩可歸併一副，圩大户多窵遠星散難稽者，一圩可分爲二三副，悉聽爾民會同酌議便宜，詳具甘結，造册呈報。册紙用第二次頒定「保甲編牌册」式，限五日一體完繳。其橋梁有緊要處必應設栅者，亦有重複幽僻之橋可拆斷不必設栅者，其河港有必宜填釘者，有宜留水栅啓閉者，亦聽爾民公酌長便，限七日内一體填釘置造完備。整辦器械，務期精利，候本縣示期親臨勘驗，如有頑梗者，保正呈禀枷究；若過限不具結册，不釘港造栅備械，該役重責卅板，即帶保正保副回話。甲中如有素行不法、恃强不悛者，不許混結入册，以憑法究。倘有因荒鼠竊、情實可原、真心悔悟者，許保正查驗的實，取具親族鄰里保結報縣，即准入册自新，從前過犯，概免誅求。自通行之後，仍有抗延不結甲地方，此必盜賊之老巢，窩綫之積穴，凶徒盛而良民少，欲行不能，欲報不敢，此非可以法制化誨者矣。本縣即會同駐防請兵進剿，掃清亂萌，以保安良善。法在必行，毋更怠玩自悮。須至示者。康熙十九年正月　日給。〔六〕

石門縣正堂劉□□爲保甲既行〔七〕，亟設法賑飢，以安民生以弭盜源事。照得盜賊竊發，皆借飢荒兩字煽誘良民，鄉愚無知被惑，亦多出於無奈。若得升合苟延，誰甘冒死爲賊？本縣所以力行保甲之法，一則可以清查盜黨，一則可以賑濟飢民。蓋保甲不行，雖有賑米，各鄉無奉行任事之人，從何給散？貧户憑都啚開報，欺弊多端，每每豪强冒濫烹分，真貧不沾顆粒。

今保甲既行，則保正保副即可任事給散，開報貧户，通圩從公酌議，必然真實無欺，此保甲之法所以不可少緩須臾也。但思賑米無出，則法雖良而實惠不及，何以禁其流亡，消其惑亂？本縣現在詳議申請督撫各憲設法捐施外，特瀝誠懇告鄉紳巨室仁人長者，樂善義助，每見齋僧捨佛，動百盈千，徒飽奸邪之腹，尚且稱爲善事，若此救鄉里之生命，其爲現在功德，獲福無量，豈不更可信耶！一面着各圩保正副作速編甲造册，既就册中查酌極貧應賑人户男女老弱病苦無依者，備造一細册呈報，不許狥私冒濫，以憑計米給賑。其本圩殷厚之家，即着保正副委曲勸募，若使窮民離散，富室誰與守禦？抑且田地拋荒，租糧後從何辦？況此輩逃亡，必爲匪類，村有綫導，虚實盡窺，亦大家之憂也。誠使温飽者各損口糧，拯濟鄰里，感恩報德，保護必堅，以義爲利，人豈無心？度本圩輸賑所不足者，以官施義助補之，支吾至麥熟蠶收，貧富皆安枕無虞，人和氣洽，必且感召豐登矣。此在情理之相通，非法令之可强，惟有心有識，共圖利之。本縣手額以竢。須至示者。康熙十九年正月　日給。〔八〕

保甲編牌册〔九〕

　　　　　　　保副
字圩第　　牌保正

牌長

一户　　男丁　　業

一户　　男丁　　業

一户　　男丁　　業

一户　　男丁　　業

一户　　男丁　　業

一户　　男丁　　業

一户　　男丁　　業

一户　　男丁　　業

一户　　男丁　　業

一户　　男丁　　業

每牌十家爲率，如少一二户不必補湊；如多，分爲二牌。婦女孩童不必載，同居男丁十五歲以上逐名填寫。户丁有增減出入遷徙，牌長皆登記。每月初一日填寫一張，送保正彙記，以憑不時查點。

保甲規條

按保甲一法，爲綢繆未雨之良圖，實守望相助之遺制，不惟弭盜戢亂，實可善俗維風。查嘉湖地方盡屬水鄉，與他處有堡砦關廂可守者不同，港汊叢雜，漾蕩迷茫，飄忽去來，無從攔阻，所以向來萑苻嘯聚，時煩剿遏，究竟難斷根株。自康熙元年，奉前院頒行保甲六款，深中三吴利弊，舉行未遍，盜賊潛消。前督奉行嚴肅，擒盜即斃杖下，積患立時平定。幾二十年，民生安堵，皆保甲之功也。承平日久，人怠法弛，兼值災荒，乘機蠢動，若不修舉已效之猷，何以剪除難圖之蔓？本縣特訪縉紳先生、袍衿耆宿，將前憲原法參詳商訂酌議，得「保甲規條」一十四款，詳明開列，皆簡便易爲，與爾民熟講而力行之。但愚民狃安畏難，狥私玩法，可與樂成，難於謀始。特將此法行與不行利害，先爲分别曉諭，以期決擇勇遵。毋忽。

實行保甲之利有八

盜不入境，殷户得保貲財，貧家得保妻女，一也。地方無賊，則無會剿兵馬之驚騷，二也。凡事有保正牌長奉行，不差捕役擾害，三也。早晚巡查覺察，併偷竊潛消，可使路不拾遺，四也。甲中有事，互相勸化，省口角官司，五也。民不逃亡失業，農桑日盛，六也。講究惇睦，緩急自相賑濟，七也。民强則盗弱，勢窮心悔，漸可化頑爲良，八也。

不行保甲之害有八

被劫被佔，民不聊生，一也。富室畏盗，遷徙他方，窮民益無依賴，二也。窮民無可遷徙，只得開門納盗，事敗連害，三也。捕搜兵勦，玉石俱焚，四也。田地抛荒，久遠難復，五也。租息難徵，錢糧無辦，遷與不遷，貧富同盡，六也。一村失事累及各村，一鄉失事累及通縣并及官長，七也。嘉湖會勦，俱本鎮汛兵，尚有地方官紀律，若蔓延大勦，必請外郡客兵及滿營八旗，如向年紹金台處等府屬邑之民，骨肉不能相保，八也。

保甲規條十四款

一畫港分界

保甲地界，當論村落，不論都啚。都啚止係徵糧户籍，與民居住址無干，向來止據都啚行移，所以秖成虚應故事，毫無益於地方。今實心舉行，不必復問都啚，但就各圩扇挨次編結。須相度地勢，圩大者一圩爲一保，圩小者或兩圩或三四圩合爲一保，總以四界河港，可分可守處，與保正才力可管多管少，聽各圩保正互相斟酌，區畫爲界。

一報保正副

向來開報保正保副，俱責成都啚，遞年甲首充辦，或身居城市而籍在鄉村，或住址西郊而册當東里，或人止一户而產分各區。既非本圩之人，安知本圩之事，所以保正不知甲内情形，地方不知保正調度，不過答應官府，造一套沿門册籍，具一紙甘結遵依，應一次點名散牌，派一番分費使用而已。自康熙元年，前院頒行六款，不論都啚界限，惟取本保中人選當正副，然後其法得效。今即責令丈量圩長，會同合圩公議圩中信服之人，一正一副，不論紳衿士商，但取有身家有才幹老成練達者，限日具結，開報甲内之事，盡以付之，聽其調度。官長優加禮貌，特免雜徭，如勤勞日久願退者，即圩中復議更代之人，不得永遠偏累。其人若不堪不法等事，許通圩呈官另議。

一編選牌長

保正保副既定，即令挨户編牌造册。每牌以十家爲率，寧少無多，即七八户亦編一牌，不必補湊足數；如過十家以上，即分爲二牌。就一牌之中，不論次序，不拘年齒，但選幹才老練者一人爲牌長，一牌中事盡責成之。凡施行公務，保正副傳牌長，牌長分付各户。其十家中有事，舉報牌長，牌長報保正副，保正副報官。臂指相使，呼吸相通，故牌長極爲緊要。其户丁，凡成丁者俱載册，婦女孩兒不必多載。其間有親戚往來或户丁出外生理者，即着牌長登記册内，每月朔望送保正副查察點勘。倘有隱匿奸細、私通寇賊、講餉窩贓、來歷不明、蹤跡可疑者，一家不報，十家連坐。有向行不法甲中不肯結入者，即係盜夥，報官擒禁；五日無親屬保結，立寘重典。

一填釘支河

向來奉憲頒行，凡支流小港，盡行填塞，更加叢樁大木，一概不許開通。其小民往來城市大路，亦行釘柵，但容一小口通舟，仍置木牌鍊鎖，日開夜閉，着地方保正每柵撥鄉勇五人看守，遇警即關防守禦等語。因承平久廢，今仍行築塞，務期每港兩頭填釘，樁密土厚，令不可起發，此治盜之要策也。

一設立橋柵

嘉湖水鄉散漫，無險可守，凡賊人經過水陸，必由橋梁，橋梁即險隘也。上下設柵，處處關防，一遇有警，各村把守，雖有大隊械船，豈能飛渡？即使逐柵攻打，亦可阻滯凶鋒，令各圩得援救追躡，故此法爲保甲要務。凡有橋梁，除重疊幽僻可廢之橋即拆斷不必設柵外，其餘通行緊要之橋，橋上設立柵門，橋下設立樁柵，各用鍊鎖，早啓晚閉。橋跨兩圩，兩圩保正公派共造，不得互相推諉。其要害之橋，仍設管柵一人，即近柵居住者，專司啓閉，保中量給守夜米若干。夜中有叫柵者，非緊要公務，不許開放。如有警急，另派牌丁守禦。橋在空野四遠無人者，於橋下公築土室一間，以安守更之人。

一置備器械

康熙元年奉憲頒條約，有備器械船隻以資防禦一款，内載年來悍弁刁捕，凡遇民間家藏一鎗一刀，便指稱通盜，所以民間視爲禁物，大家廢棄，惟求乾淨生涯，以致盜賊衝突，惟有望風逃竄。若欲責其張空拳冒白刃，以素不習兵革之人，禦凶鋒毒焰，蓋又難矣。且弓矢鳥鎗刀劍等物，民間原許備用，本朝定鼎以來，從無禁約，況當此盜賊充塞之時，若不令民間預先備辦，是保甲之法難行而防禦之實仍未得也。今編甲既定，即令各備器械，農隙之時，保正率令嫺習。内中保正副甲長隨身器械，尤宜精利，聽保正不時看驗。再令保正各備雙櫓快船，四楫小船，俱編字號，遇警應援等語在案。因承平日久，皆易犢買牛。今宜仍遵前法，令其亟行置辦精利器械。如本地所無者，許保揭稟官給牌驗往買，庶不虛應故事。

一訓習策應

一圩之中，聽保正遴選其人，地大户多者三四十名，地小户少者二三十名，各聽保正訓習，帶領巡察策應。此數十名於册内另注「巡察」二字，不入牌内派役。約聞號鑼或號銃，則此數十名先急赴保正家伺候，其各牌人户俱持械謹守各自門户，聽候賊犯某處的信，保正傳牌長撥令救援，方許出門，不許亂竄奔走。即撥救牌丁，一牌中止撥一半出救，一半自守，本牌自行輪流，不得一齊亂竄。

一守望傳警

賊信緊急，要害橋柵，即於附近各牌每夜輪流五名看守，各置竹柝、更鑼、號銃。派更巡警，不許託故推諉。如有真病凶喪等事，牌長驗實，另撥一人替代記册，他日仍令替補還之。保正保副不時巡行稽察，如有頑抗不到及暫到潛歸者，牌長舉報，每作弊一夜，罰做工五日；若牌長不報，保正副巡知，并牌長同罰五工。遇有賊犯柵，五人即協力堵禦，隨舉號銃一聲，附近各柵亦接銃一聲，令保正聞知；即舉銃二聲，巡察人齊赴聽用；舉銃三聲，合圩牌長各撥丁赴救。不到及後至者，從重議罰；其有暗通奸細訛傳誤事者，送官刑審正法。

一臨敵救禦

賊犯一牌，鄰牌即行救援抵敵，保正副督率附近各牌策應堵殺。如有退縮者罰銀若干，逃避者以通賊論，能殺賊傷賊者賞銀若干，其奮勇力鬬被傷者賞銀若干，仍公家醫治，退走被傷者無賞，被賊殘害者給棺盛斂，仍周恤其家。

一擒送盜犯

向來被盜之家，獲盜之人，一經送官，體難速結，六問三推，遷延時日。因而巨窩大綫，串通蠹捕，賄閣營放，或反誣告失主，或反罪擒送之人。每每大盜未經授首，被害先已罹殃。失物卻又遭官，獲盜反以累己，所以見真贓而不敢認，遇真盜而不敢擒，養成勢大，究竟貽害官長。查康熙元年憲頒第四款，内載保甲既行，可以不假兵捕，不訴官司，地方力行嚴拿呈送，即刻嚴刑法斃等語在案。今後盜犯除當場殺死不論外，其擒獲真盜真綫，審實取具地方甘結，或杖或枷，立寘重典，不更展轉張皇，以致淹留漏網。上無盜案之罣累，下免會剿之驚騷，賊徒震慴，日就駭散矣。

一公設費用

凡置栅木、鎖鍊、器械、船隻及守栅訓習飯米等項，計無所出，必須保中公派，保正副會同通圩估計須用若干，挨户酌議上中下分等。果有極貧分文不能者，即令做工退算；老弱孤寡并不能做工者，公議免之；其不在保中而田地在本圩者，亦計産派助；有向居本圩而今還城鎮者，亦照户均出；其有好義大家格外施貲及保中犯例應罰者，保正副收貯登册，即爲公用，以省衆力。設立簿籍支銷，歲終會同各牌長總算。如有借端存私科索者，通圩呈究。

一禁止擾害

凡地方既編甲造栅，即給示禁止一應兵丁捕役，非奉文知照，不許擅入騷擾。其或他處案發，牽連保中之人，亦但飛稟與本圩保正保副牌長，令其自行擒解審理，不許擅往提抄，株連詐害。倘或盜犯凶强，保正副不能擒解者，密報本縣，方遣捕兵協拿，庶地方不至擾害。

一鄰圩互援

凡賊犯某處，本圩自行堵禦，其鄰圩即當救援。若賊來之處任意放行、賊去之處不行追截者，呈官究論。凡救護鄰圩，止保正副率巡察之人往援。若賊多人少，方撥附近牌丁出栅。其餘牌中人户，各謹守本地橋栅，無得輕動，以防賊人詭計突犯。

一招徠向化

盜賊半爲飢寒所逼，又因無法禁制，横行無忌，是以脅從嘯聚。今保甲通行，其勢日蹙，殄滅易易，但念因荒失足，未必盡屬窮凶。且各憲好生，久開一面之綱，果有真心悔悟者，許保正副查驗真實，取具鄰里及親族甘結報縣，即准與入册自新，不更誅求前罪。向來盜賊盤踞巢穴，若肯遵法結甲驅散凶徒，亦概免剿究。一經洗刷，盡是良民，毋執迷不悟也。

以上各款，每保正副各給一本，令其與各牌長講解明曉，各牌長又與各户丁講明習熟，臨事方無差誤。本縣不時親行巡訪，倘保正副漫不遵依，或奉行不實，或講究不明不熟以致差誤者，定行罰懲，另議正副。其中事宜，尚有細微未盡，當因法增修者，聽各保正副酌議揭報，本縣虚心採擇。總期歸於盡善，實有益於地方而已。鉅公賢士，勿吝教之。

更有一條，雖不關保甲，而實爲保甲之要原，然必保甲成而其事可行者，賑濟是也。思盜賊之起，多迫於飢荒，即有叛亂之民，亦必挾此以煽動愚民。若得賑濟，以安其生，誰甘冒死爲賊乎？查賑濟之法，莫善於就各地方散米，如往年石邑紳士長者所行，已有成規。但闔縣廣遠，各區苦無任事之人，則奉行不實，且開報貧户，必多豪强冒濫、真貧不及之患。今既行保甲，則保正副即可任事奉行，而圩中貧户開報必然公確，且各圩互相勸輸睦鄰，以同捍盜賊，即温飽者亦深受其利。若貧民逃亡，富室必無孤立保甲之勢，此吾所謂保甲成而其事可行也。但貧户多而温飽少，勢未能相濟。本縣現在酌議，上請於院司各憲設法施賑，次告於紳袍士庶之好義樂善者，各助餘粟以活遺黎，則盜賊自然消散，而巨室良民，俱獲安全，豈非保甲之要原耶？是在仁人長者與有識之士共相勸勉，非法令之可施。本縣惟禱祀而跂望之耳。

附賑饑規條

先着各圩保正保副，公同各牌長開報圩中極貧應賑人户，務期公確，不得狥私冒濫，或真貧遺漏、或虚捏丁口等弊，查出罰賑米若干。

其貧户除本人壯丁可傭工負販度日者不給外，其老弱病苦男婦逐名上册，勿漏勿虚。

先期該圩保正保副持募助賑米簿，於圩中温飽之家勸募施助，曉以救活鄰里真實功德，隨其發心量力多寡書完。保正副總計貧户若干，本圩賑米若干，彙報總數，其不足者，於通縣公施賑米内發給。

貧户數開定，即編號造册，每户給與賑票一紙收執。聽候示期，於附近公處給賑，貧户齎票領米，每十日一給。主者驗票即發，發過一次，票上即用一圖記其票，仍付貧户收執，以便下次齎領，戒勿遺失。

票式

石門縣　字圩賑饑票

貧户　　保甲第　　牌

男丁　　女口

康熙十九年　　月　　日　　給第　　號

〔一〇〕

凡開報造册給票，必用「保甲編牌册」内原報姓名，不許更换名號。如與册内姓名互異者，即係虚捏鬼名，不准給發。其男女丁口，亦俱細開名字，以憑查考，不得空填數目。

給發公處，擇取附近菴觀寺廟，門徑可容多人者。或數圩同發，或一圩獨發，但取近便爲主。一圩獨發，則保正保副自行散給；若數圩同發，則擇一方中賢能紳士長者主之。如圩多人衆，一方無可主者，則請佐貳官長主之。

先期數日出示知會，的於某日給散某某處圩賑米，在某處地方聽候唱名驗給。先一日將賑米載至其處，至日主者寅早齎坐册至公處，親自看驗米數，較准升斗。令一人司唱名驗票，一人司算數發米，主者親自用圖記，每發一户米，册上票上各用一圖記，原票發與。其有不到及錯悮者，即注册内；偶失賑票者，許禀明驗實補給，册内注失票補給字，已發過幾次等字。

【校　記】

〔一〕此段文字應是晚村長子公忠所記。今傳諸本俱無，兹據詩文集鈔本補録。

〔二〕「特示」以下，據詩文集鈔本補。

〔三〕正堂劉□□　原闕，據詩文集鈔本補。

〔四〕「特示」以下，據詩文集鈔本補。

〔五〕正堂劉□□　原闕，據詩文集鈔本補。

〔六〕「須至示者」以下，據詩文集鈔本補。

〔七〕正堂劉□□　原闕，據詩文集鈔本補。

〔八〕「須至示者」以下，據詩文集鈔本補。

〔九〕詩文集鈔本於「册」下有「式」字。

〔一〇〕票式圖原闕，據詩文集鈔本補。

呂晚村先生文集補遺卷一

書

寄黄九煙書

城南曉别，歸作數月淒然。新歲復同諸子看梅東莊，坐昔日大樹下，憶九煙先生離遠，情思索莫，爲之閣筆，終席不能成醉，然猶謂相去不甚遠，冀得時通往來。接手教，知新寓又不可久，且將棄去此土，讀未卒簡，已黯然心碎。九州如許大，竟無處安頓一奇男子，真可仰天流涕者也。輪自顧孱拙，不能爲先生效尺寸之謀，徒使齷齪小人笑成敗、鳴得計，惟有撫膺愧恨。拙句如命書上，原擬稍暇，畫烏絲，作楷法呈政，而使者力疾促行，不能待，潦草塗抹，殊不足觀。先生但鑒取其意可耳。

録自黄容、王維翰輯尺牘蘭言卷三，康熙二十年刻本。文末黄叙九評曰：「惟奇男子，故九州無處安頓；不然，只一語溪安頓之有餘矣。」

復董雨舟書

船子回，得手教，反復數四，不禁歔欷掩袂也。然而猶有未盡者，則以兄之所見，終不脱乎利害之關，而未嘗一及乎是非也。計十數年來，解衣推食，周其困急，孟舉之厚我至矣。然古人有言，今而後知君之犬馬畜伋也。弟門户衰落，復遭尾大之變，今又自放廢，雖不知我者無不爲之隱憂以虞也。今日之事，弟切身患乎？非切身患乎？得時而有力如孟舉，宜何以處此也。譬之漢時周太尉之入北軍，而呼爲劉氏者左袒，爲吕氏者右袒，此時斷無中立之理也。決然曰：「吾左袒矣。」此尚得爲吕氏之真友乎？棄妻逐臣，則正弟今日之謂耳。天下豈有貧賤之君夫棄逐富貴之臣妾者哉！

弟自去年以來，不揣疏逖，屢進蹤迹太密、宜少收斂之説。不聽，則言之再三。自今思之，不覺自笑，毋怪其以我爲妬婦之讒與娼嫉臣之間也。自取棄逐，不亦宜乎？然而今日之事，弟則自有以處之矣。如兄之諄諄，則猶未爲知弟也。

無論十餘年之情，爲近時之不多得。思其母夫人識弟於流輩中，而命其子與友。及彌留時，嗚咽流涕而囑弟曰：「吾止此一子，幼失父無教，其言行未嘗一當。今吾無可託者，以屬之子，子其善教之。」弟收淚而對曰：「敬諾。」孟舉匍伏床下，慟不能起。思及此，弟即聽舍侄之所爲，異日何以見其母夫人於泉下也。弟之號呼震動者，實冀有醒悟，可以轉敗爲功耳。今既已矣，則弟自有善處之法。蓋舍侄爲其僕所詐，則斷斷不可，弟以族主受詐，無不可也。如此，則兩邊之累俱杜矣。

至如兄云，過此以往，縱有道義金蘭接踵而得，寧復有如此者？此則弟所謂以利害而不以是非者也。人之相知，貴相知心。感恩有之，知己則未。如兄言，不過復得一推解周急之人耳，非得真友也；否亦不過永失一推解周急之人耳，非失真友也。是其道也義也，舜受堯之天下而不以爲泰；非其道也義也，伊尹一介不以取諸人。弟方悔其從前苟且嗟來，今日進退失據，以爲恨事，兄乃尚欲以弟爲馮婦耶？此世界中豈復有第二箇孟舉，弟更將舍之何求，然弟固有所不可者在也。已矣，弟亦無意於斯世矣，無一人知己亦不恨矣。所幸乖戾，甘爲舉世辱笑之人，以畢生於荒村而已矣。復何言哉！

尊駕倘可於今日明日入城，一共詳定善處之法尤妙。否則，初頭恐已定爲，亦不必出也。

弟留良頓首。廿四日燈下。

雨老道兄大人。

與董雨舟書

佳山得主，幸何如之。竟如尊諭，以胥姓板障歸湘兄，以李姓湯姓歸吾兄。文契在舍，客歸時簡送也。山柴包票，以行時不言，遂至山不曾攜得。奈何？

雨老道兄先生師事。

弟留良頓首。二月望。

與董雨舟書

先兄窆期在初十外，初八日移各柩到地，前龕亦須於是日發行。弟處無兩處船隻人力，且此處人到彼，未免紛雜多事。意欲即於兄處爲稅一船，僱數力，竟於是日載至識村。該費幾何，乞酌示，即當先奉，至期令小兒來起引也。何如何如？又不知此龕竟完固可入窆否？若有破爛不堪必須更改之事，亦須兄察而預示之，以便爲計也。弟明日至識村起土，至初二出邑，得便望即寄示爲荷。

雨老道兄大人。

廿八日午刻，弟留頓首。

與董方白書

賤體尚未能步履，故不得走晤。飲黄連方而諸症無所加，此佳候也。紅係瘀滯物行之，雖多亦無妨，但以眠食爲主耳。

方白契友足下。

留頓首。

與董方白書

事機既發，操刀必割，斷無可中止之理。足下出手又勝，孟舉省多少瞻顧。雖盡力也，但孟舉今正當協力同前，彼人亦必不肯放過，落得趁此成一番公案。已作字致兩公矣。辨稿附上。陸時促行，頃刻間不能出色，但此以備訟言張本，只宜作揭體，不用文飾，不審足下以爲何如？若欲稍文，惟足下同孟兄或大小兒潤色之亦可。闔邑人心雖動，恐稱干比戈者未必有，實際須廷老用意拓致方安。有便即寄信相慰。千萬千萬。載臣字來，致尊公意，辭明年館事，令我手足失措。如何如何。

方白世契足下。　老友留良頓首。六月廿六日午刻。

與董載臣書

稺陸兩載無一字之及，不知其意思何如，故欲作字復止。今書去，亦恐路遠，未必得見耳。筆十管奉用，北路風沙，巨細難使，故中具紅袍四管，爲彼處相宜也。諸凡珍重。載臣賢友。

所言已盡悉。下鄉凡事須詳慎，勿輕信人言。機緣之至，尤宜細察爲善也。不一一。老友留良頓首。

以上六首録自王世杰主編藝苑遺珍法書第二輯，香港開發股份有限公司一九六七年發行。按，王氏書謂吕氏尺牘「凡三十四幅，兹選印十六幅，計六札」。惜王氏未注明吕氏尺牘所藏之地，遂至另十八幅無從尋覓。

又按，所選復董雨舟書六幅，並非全秩，實脱漏第二幅（即「也譬之漢時周太尉之入北軍而呼爲劉氏者左祖爲吕氏者右祖此時斷無中立之理也決然曰吾左祖矣此尚得爲吕氏之真友乎棄妻逐臣則正弟今日之謂耳天下豈有貧賤之君夫棄逐富貴之臣妾者哉弟自去年」八十六字）。幸此首曾收入孫學顔編吕晚村先生古文卷上，據以補足。文末孫氏評曰：「先生與孟舉交，曾受其母夫人臨終之託，原非往來泛泛者可比。至不得已而爲悔恨。曰『苟且嗟來』、『進退失據』之語，不過引咎責躬，以冀聞言者之醒悟耳。觀與沈書『才情穎朗，意氣開拓』云云，則始終欲其同歸於善可知。若便以絶交論視之，失其旨矣。」所謂與沈書，即與沈起廷書，呂氏鈔本同；王煜青鈔本呂晚村先生文集卷三作與某書。

與董方白書第一首末鈐「頭陀耐可字不昧號何求老人」印。

與董載臣書末「下鄉凡事須詳慎勿輕信人言機緣之至尤宜細察爲善也」二十三字爲墨筆塗去，紙尾有收藏者釋讀鈔録，並注曰：「此廿三字語意含糊，尚不觸目，不識何以塗之。」後鈐「龐青城收藏印」、「井里館鑑藏書畫真蹟」印，則曾藏吴興南潯龐氏井里館。左下原鈐「風雨闇主」，應爲晚村隱妙山後所用印。

與董雨舟書

（前缺）有幾時。弟山上有竹百餘，舊歲云止得新竹數竿，此必鄰人盜筍矣。此弊不知何以治之，今番敢煩老兄爲弟一主之，并計一長便管守之法爲妙。弟家中亦需竹用，倘山上有舊竹宜起者，幸爲裁剪，於柴船上帶歸。啓老所言季竹，云比柄竹尤美，千萬爲覓數本。駕歸時幸過鄗村，作一二日晤對爲望。

雨老道兄先生左右。

功弟留良頓首。

録自上海圖書館藏書札手蹟（殘頁）。

與董雨舟書

弟明歲兩幼子尚未得師，必欲以此累載臣矣。相與晨夕，尤爲樂事。第太薄陋，不成禮，恃知我深耳。載臣慮及令孫，則弟處極可攜一位同坐，粗茶淡飯，知不以爲慢也。附啓奉懇，伏候既俞。虔禱虔禱。

歸公東莊之訂已定，期於月前往迎，而弟斯時適有杭行，不可已者，必得喬梓一行，以重其事。當令小兒追隨杖屨耳。至莊中一切經濟，尚須與老兄細商，共成此可傳之事也。

雨老道兄信友。

弟留良頓首。十九日燈下。

録自故宫博物院藏書札手蹟。按，引首鈐「晚村」（葫蘆形），左下鈐「友硯堂圖書記」。

與董方白書

胸不實而有痰，於昨方中加桔梗一錢、五味子十餘粒，飲完此四五帖用後方調之：

山藥二錢　麥門冬去心二錢　茯苓一錢　熟地黃五錢

山萸肉一錢　五味子研十一粒　丹皮一錢　澤瀉二錢
天門冬去心一錢　生地黄二錢
方白賢友。　留良頓首。
録自醫史雜誌第一卷第二期「吕留良先生遺方手蹟」。

與范玉賓書

兩各冗睽，不獲敘語，時爲惘然。令妹囑筆，問會期何日。歲暮各家匆迫，似不宜遲也。萬望示之。耑此。
賓兄老舅左右。　弟耐可頓首。

與某書

學中舉、虹諸士來報命，幸監其誠。台下許考童生久矣，引望遍通國矣。沈公、裴老、安成其不到考者，仍責以勉之。諸童引領教指，如彩雲影裏望仙人見也。清秋正好，一邑鵠似。

弟留良頓首。

以上二首録自葛嗣浵愛日吟廬書畫續録卷三「明顧炎武吕留良屈大均行書尺牘合册」條。

與胡山眉書

弟日内病甚，無日不頭痛身熱，病中亦有意外逼迫，已於枕上剪髮爲僧矣。正擬出月得小愈，即入山叩齋，候晤商築妙山風雨庵，爲掛笠洗鉢之地，總須大護法爲我經營布置耳。醫事尤所悔恨，令弟令母舅之證，幸别商之高明，弟今雖至尊齋，與諸親友相見，亦誓不診脉寫方矣。極知違迕，無所逃罪，然硜硜之意，固有所不可回者，度知我能諒之也。病顫不能握筆，口授兒子奉復，統俟孟秋晤悉，不盡。

與胡山眉書

赤雯來，審起居勝恒爲喜，循讀手教，反覆開喻，憂弟病之日深，親翁之愛我至矣。弟顧此世界，真不堪把玩，且生無益於人，而脩短有數，亦非人力所能爲意，聽其自然而已。伏承知己諄諄，敢不勉服藥餌，以仰副至情。第恐草根木皮，終無活人之權耳。近得一醫，治痔漏頗驗，且去此一種齷齪患苦，亦大快事也。畏暑，未能出門，須俟秋涼，入山叩晤。力疾率復，不盡。

與徐方虎書

弟障業難消，黑風吹逼，五火沸騰，血如泉湧。度此病日深，浮生無幾，遂於枕上削髮爲僧，從此屏謝一切。木葉蔽影，得苟延數年，完一兩本無用之書，願望足矣。但恐造物小兒見惡，未許留連光景耳。世間紛紛，總不涉病僧睹聞。甲里人謂一笑付之，猶多此一笑，弟病不能笑，亦無暇笑矣。吾兄知愛最深，聊復及此，他無足道。疾小愈，入山爲把茅計，或得過從一話也。

答沈墨菴書

舊書入手，雨淚沾巾，三十七年畜此，歎先生志氣所存矣。弟村腐頽唐，不足以當先生之期契，正恐不是詩人莫獻詩耳。敬和來章，敢求教益，原書完上。

答曹子顧書

疇昔從敦盤之末，得奉清塵，彈指忽二十五年矣。先生主持風雅，著作衣被寰區，即制藝一道，挹其膏馥者，皆成藝林之秀。惜時論中更，篇章散軼，不得盡窺全豹爲憾事耳。某頽唐自放，侵尋衰病之餘，舊業日益銷落，猶守三家村中老教書家當，沾沾不舍，直不足當有道之一笑。令倩令侄問非其人，正抱慙恧，乃先生亦作此過分之稱許，不幾令議者并議藻鑒之失耶？華紵既隆，非所克承，藉完肅謝。家刻附正，露白葭蒼，不勝馳溯。

與黄晦木書

得六月十三日書，知近狀清苦，而有曠達之言，此是竿頭更進處，不審比復何如？寒餓老病，磨鍊益光，正不足爲志士患也。第恐活埋不過，又未免且忍一慙耳。廉遠大小俱平安，明年館仍舊，雖無佳況，粗草過日，可無它慮。某次兒已娶婦。目下爲季臣兄窆事，經營殊苦，過得此，冀有數年休息。然債負滿身，又難偷安，如何如何。

與徐州來書

施敝友歸時，以匆冗不及領尊札，深用悵然。審比來老兄暨閤宅動止有相，足慰遠企。弟村居荒略，俶擾中偷安過日，間取故書障眼，亦毫無工程。不知老兄新得何如，子貫進業何如？商賢遺稿，曾録得副本否？仲枚下帷何所？小題刻已成，奉賢喬梓各一本，爲破睡之具。此時作此，何異雪天賣蒲葵乎！亦可一大笑也。痔瘻未愈，復患瘡毒，手不能書，口授兒子牋白，不盡。

與吴孟舉書

舟次數字，寄孫子雒兄，想已入覽矣。此事所爭在行止，若止則吾道之幸，吾邑之幸。若不能止，則雖起兄不與，究竟是起兄倡舉，不能辨也。若謂今姑以狹小了局，不知秃丁開山，無洞掘蠏，今雖草草，後必增華。誰生厲階，至今爲梗，將來悔之晚矣。老兄道義干城，豈忍坐視？必望以全力止之。夫慶源先生書院，弟尚止兄與起兄與事，况此邪妄之甚者邪！弟憂惶無既，但有叩天禱兄神勇而已。

與吴孟舉書

瀕行晤起兄，意尚膠固，未盡以弟言爲然，辭以他人不能止。此本倡自起兄，咎將安委？即委之他人，亦推班出色之智。究竟事歸起兄，又何辭之有！昨兄述杜公之言，則當事不許可此舉可知，必欲護短以狥邪妄，不知起兄何故執迷如此。弟憂惶無策，計惟吾兄痛癢相關，然度起兄已不受諍言，乞兄直以大義利害陳之杜公，令杜公出示禁止；一面告止吾輩諸親友有力之家，勿妄費金錢，則其事易息，而起兄亦便於下塲，並他人不能止之説，亦可破矣。此事惟兄能爲，更無第二人能助力者，萬祈留神行之，以必得爲妙。庸人視此等事極懈極輕，弟視之則最切最重，平生熱血，惟吾兄前可直灑，亦惟吾兄能掃拭之耳。舟次，虔禱千萬。

與吴孟舉書

頃晤華老，其説頗多猶豫，恐起老未必能決然，特作數字，乞兄面致，爲弟極論之。若此事終行，弟欲蹈東海矣。禱切禱切。

與沈幾臣書

玄雒來，得手札，諗近況甚慰。半年以來，多在山中，結蓋頂之茅，爲殘年投老計，他無足語者。志雒在舍間，因兒輩無好樣，徒成擔閣，今得從賢親提誨，又近承存雅堂教澤，其有成可期矣。第其婚禮，須亟與商老計而行之，使其身心皆有所收束，則夙苦不難愈，而德業亦可以進益。甥于佩璁既没，而決訂此古人不可及之誼，今當曲爲成全，以遂此高行，與世俗婚媾不同，不必待媒妁、旁人代爲陳請，而後可否者也。何如何如。

與范玉賓書

昆生令弟屋事，兄禾歸，手札許弟蠶畢措銀見還，此出於兄命，非弟之願望也。昨見兒輩述稼孟傳兄言，要弟作字，力促至落山時親至昆生處坐索，或本或利，方可先清若干。弟聞之，乃不禁愕然悟歎，與兄交厚幾三十年，不知其用心之巧妙如斯也，請舉始末相質可乎？

弟初思避地，原借吾兄後廳書房前後，承推愛慨許，即奉物脩築，且更致租金於令弟及盛族，多置數處，然則弟非無所託足，而計及昆生之屋也。顧弟屢欲關斷後廳書房，而兄且收其鎖鑰，移遷其物件，微旨已露矣。嗣緣昆生忽有脱去尊居門面之舉，兄欲自解其急，突過弟齋，以昆生典契見命，是役也，兄爲弟乎？爲昆生乎？蓋自爲也。既全門面，又卻借居，一舉而兩得焉。兄之巧妙，一也。

弟仰體尊意，不敢不從者，一則全不假之義，一則謂典屋得以自主，關鎖貯物，行止擅便，不似前者掣肘耳。孰知昆生之屋，必不肯出乎？乃又倡爲弟本避亂，遇警方來，來即暫出之説。夫遇警暫避，親眷皆可叨庇，何用如許典價？蓋兄原量弟非久居，名典非典，落得用銀，故以此給弟，而屬昆生耳。及弟力懇交典不已，乃始訂出屋；及再背約，兄復有字改訂日期。遷延之間，不覺過此歲月。兄之巧妙，二也。

昆生之樓門揔當賣，堦石已售，其不可居不欲居明矣。昆生何故而必不可出？其不可出非昆生也，兄也。卧榻之側，豈容他人鼾睡。故暫住則可，久居自便則不可，猶夫後廳書房之例也，於是不得已而轉爲還銀之説。此兄之巧妙，三也。

還銀初非弟意，然在兄字，已確訂見楚，今忽令稼孟致語，若似乎深爲弟計者，而已微露不可全得之意，將爲逋掛張本。蓋明知銀之不能還，亦如屋之不可出，姑爲曲説，逐漸延捱變計耳。此兄之巧妙，四也。

弟與昆生，向無往來，所信仗者，實惟吾兄耳。昆生平素，弟未之知，可曰兄亦不知耶？既出一時權宜，自亦當爲弟善其始終。況昆生令弟也，而兄又居間，則屋之當出，銀之當還，自應明正痛切言之。彼或不從，尤宜垂涕泣而道者，何嫌何畏，而故作此陰陽閃鑠之狀？於昆生處必使弟爲難人，而兄爲好人，若原可不出不還者，而催促非我也；於弟處亦必使昆生爲難人，而兄爲好人，若早該即出即還者，而欺負非我也。昆生與弟同入吾兄圈禶之中，顛倒懊惱而不得了，而兄所自爲則久已隱遂矣。此巧妙之五也。

然而凡事難逃乎究竟，究竟倡典之説者兄也，書契居間者兄也，訂期交屋者兄也，不可出屋而改議還銀者兄也，又將於還銀生變者亦兄也。昆生者，兄之傀儡也，提手者手動，提眼者眼動，原不可與論是非也。佑公者，兄之鷹犬也，呼之噬則噬，呼之止則止，亦不可與責理論也。然則此事之究竟，弟求亦求，兄望亦望，兄怨亦怨，兄必不得已而至一朝之忿，亦惟忿兄耳。有屋則還弟屋，有銀則還弟銀，惟兄命是聽，不問之昆生也。恐兄之巧妙，正復未已，故敢索性掀破言之，觸冒虎威，無所逃罪。

以上十二首録自禦兒吕氏鈔本吕晚村文集，其與徐方虎書一首，亦載孫學顔編吕晚村先生古文卷上、王煜青鈔本吕晚村先生文集卷四；與黄晦木書一首，亦載妙山精舍集，張謙宜評曰：「貧士之竇符。」

吕晚村先生文集補遺卷二

書

復吴孟舉書

受吾兄之惠，真難更僕數矣。歲暮節逼，風雪中復念及寒子，贈以厚物，兄固以古人自處矣。如弟慚何也。受者不辭，施者不厭，時以語家人，亦無不且感且怪耳。對使拜登，以成知我之誼。老伯母前幸爲致謝，容即面頓也。鼓峰因前局須往料理，如期竣事，前夜邑尊節禮，必得同往爲妙，其爲期，惟兄定之可耳。三鼓南行矣。托弟道謝，因兄之未得走聞也。率復不盡。

孟舉道兄信友。

弟留良頓首。

録自中國嘉德國際拍賣有限公司二〇〇七年嘉德四季第十一期拍賣會圖録。

與吴孟舉書

昨二物已議定一兩二錢，此亦天下至賤之物，道翁幸覓與之。刻下爲旦老成一二印章，頗可觀。得暇望過齋看看。宗師已發嘉興牌矣，初二日縣考，十五日府考，此府房來信，想不謬也。

孟舉道翁信友。

輪拜。

又

昨見附送沈季老保産三數頃，即同姚太衡兄面致。季老意望加厚，弟與太衡竊計，老伯母前難於再請，不若即推收一事，議一得體之禮，季老自取推收票並收物票相奉，則一舉兩全，不審可否？適聲始姊丈在舍，不能走商，耑此，代面。餘悉太衡口中。不一。

孟舉道翁手足。

弟輪頓首。

又

家仲省游未歸，俟其來，當往索之耳。

孟舉道翁手足。　　輪頓首。

又

尊留頌悉，容午後問之家仲，以報翁也。不具。

拙稿乞即發來，又白。

拙草領到。筆六枝，皆名手所製，而兄所無者，其無字一枝則嘉興沈明機作也。試一一賞鑒之。家仲處至傍暮始往言耳。

孟舉道兄信友。　　留弟頓首。

又

弟口瘡腫甚，今日不能出門。乞之當在明早矣。特聞，不具。

小兒病已退，虚尚未復。兄處參乞再發數錢，價奉上，幸如數與之，勿自貶損也。雯若病遂危，不成脉矣，又不禁爲之怵然也。

孟舉契兄信友。靜遠事已語之，渠之如命，想當自報也。　留頓首。

又

沈香一兩一錢五奉上，可即令高賢剉入。樓上書數册及廳上保命歌三本、陳師昨夜詩一張，俱乞簡發來手。

孟舉道兄信友。　弟輪拜。

又

昨抵暮，叔則兄字來，渠意欲再加數錢。爲物不多，其情良苦，且數物亦未嘗不賤，吾兄可爲之周旋不？又復仲兄在園，薪水想有所不濟，未審松阮諸公處可爲之游説，預有所贈不耶？餘面悉，不盡。

孟舉道翁。　弟輪頓首。

又

奠曹夫人公分設祭，故分各三星，吾兄乞再補二星來。姚扶雲畫卷，且先付五錢來與之，少則再加可耳。

孟舉道兄。　弟留頓首。

徐瑞宇店取金扇二柄，渠開四錢，乞酌與之。

又

來諭極是，弟亦料理不及此。禹功適出門，已令奴子追之，若不及，當以板令獻侯處覓一人，往相鑿補之耳。

兩宥。

又

廉遠婚期欲擇一吉日，須在十月望以後、晦以前爲率。道翁云令叔精於此理，不知可一爲轉懇否？耑此。

輪頓首。

孟舉道翁信友。

又

禾中人前日已去，明日必歸，斷無他慮也。沈宅出帳，容稍暇過尊齋領還之。此時適有小冗，未及趨晤。率復。

孟舉道翁信友。　　輪拜。

又

承惠佳葛，頃已命良工製衣，服之無斁，以誌明德。第賤軀頗長，尚少三尺許，外間無從覓配，敢爲無厭之請，如何？老伯母昨夜何似？細示以便定方也。

孟舉道翁信友。　　輪拜。

又

昨道翁所贈，想即補移去之數耶？向承高義，鼓峰已先致意，今恐重誤，故弟敢私問也。屋事，渠復有鬩墻之意，故囑且稍緩，儻忽無定，亦可一笑也。

孟舉道翁信友。　　輪再拜。

又

承佳茗之惠，謝謝。小木之札，適方得讀，以料尚未備，須再遲遲，大約在午日後耳。刻事得果，真吾道一大盛事，古人有知，其感激當何如也！亂稿一卷奉上，幸細爲緝録。明當面商，不盡。

孟舉契兄信友。　　輪頓首。

又

四肢時作冷，無力，頭目虚暈，此中氣弱也。用加減補中益氣湯，明晨再詳診，必有驗矣。刻事，想不復果耶？若爾，當爲料理遣行之局也。

孟舉道翁信友。　　輪頓首。

又

以市中無廣葛，故煩爲覓取耳。乃竟叨尊惠，則奉託盡爲索賜矣。愧何如之！然吾兄意重，又不可卻，謹拜登，容面領也。老伯母若以參爲疑，且仍服昨方亦可，但朮須重用耳。啓詞妙絶，酎返。

孟舉道翁信友。　　弟輪頓首。

又

詩啓領入，即與燮公商定書上也。第一行不過此八字爲安，「語兒」「禦兒」皆可，後篆一章亦極易事，明日持晤再悉。

孟舉道翁信友。　　輪拜。

又

周易大全曾簡出不？鄉中項小木前許其有所製作，故特出邑聽命，乞道翁與之論定，訂期動手可也。

孟舉道翁。　輪拜。

又

兄處弈具不全，而弟頗有重者，願以一副奉貢。弟日内即將有省中之行，經文事欲與坊人一議。不唯示之。

孟舉道兄信友。　弟輪頓首。

又

數載知交，極荷厚雅，自愧無所仰裨，故不敢復受館穀耳，況敢高卧而受無功之禄耶？尊意則心誌之，尊帖當面時繳還也。

孟舉道翁手足。

輪拜復。

又

頃冰脩字來，問候兄近況，且以征科慮、持珀玉二事，欲求賢以濟，兄能應之不？原字並覽。

孟舉契兄信友。

留頓首。

又

靖遠處書已議定二十金矣。惟兄即有以濟之，思則定於十五可也。靖遠近頗志學，吾輩當示之以真直，幸勿更作支離也。

孟舉道兄信友。原札附覽。

弟輪頓首。

又

昨所言，其爲人固甚鄙；顧其行況，甚是凄涼。今渠將他往，所許幸即擲來，且得比昨許數再少加爲妙。

孟舉道兄信友。輪拜。

又

日來頗有所用，無以枝梧，皇皇汲汲，神思無一刻寧快，所不敢對吾兄言者，以兄愛弟切，有請必應，叨惠良多，恐事有難繼，反傷鮑子之心也。不謂吾兄已窺之於微，頃承尊諭，真感骨肉之愛。但弟自揣不當受之無藝，亦非全交禮意，謹以室中雜氈呈請，倘有可取者，留用以濟所需，受惠實多矣。如蒙俞允，方敢乞領耳。

孟舉道翁信友。弟光輪頓首。

又

長慶集及元十家詩，乞簡發來，以消午熱也。利三刻價若止六分一兩算，亦不爲過厚，渠亦不願有他想云。依兄算，尚須有三錢之找耳，擬之以三塔鬼，則未免太刻也。陳師序尚未謄出，俟日呈教。

孟舉道翁信友。

弟輪頓首。

又

數詩奇古幽峭，光華爛然，竊爲别識，恐多不確，爲賢叔姪笑也。

孟舉道翁信友。

輪頓首。

又

道翁損囊贈友，有加無已，即求之古人中不概見，弟何幸得之於吾兄也。當即致晦老，其感激則弟鐫之五臟矣，非可立謝。

孟舉道翁信友。

留再拜。

又

丘震生筆價，原須與之一一明示，每種幾何，實價如此，吾輩在外當爲高其聲價，不以此例告也。弟所以不與之次者，因弟性素寬，不耐持論，故敢借力於道翁耳。渠來，幸細開而找與之，弟當奉償也。桐鄉遣人去否？若遣人，可至弟處取板，恐遲則禹功欲歸精德矣〔一〕。復老册，張仲欲至弟處看之，幸發來，且用印也。

孟舉道兄手足。

弟輪頓首。

【校記】

〔一〕精德　疑當作「旌德」。

與曹正則書

弟昨自省中歸，即同元長走候，門告辭以體中失和，未識果否？眠食更何如？能起晤否？幸有以慰我。

弟留頓首。

芥舟兄。

又

尊製持論弘正，體勢淵遠，以子政之風規，運蔚宗之琢練。山齋發函三復，如喬岳長江之在望，溪山爲之失色。即今夔公繕寫發刻，此集恃以傳矣。容歸時叩頌，不盡。

弟留良頓首。

芥舟道契兄親家。

又

家兄頃一字與弟，其意必欲吾兄周全其急。原字奉覽，萬祈吾兄作餵身法願，濟此大苦苦厄，亦功德無量也。草此布懇，幸弗兼拒。明當走決。不一。

芥舟兄。

期弟留拜。

又

古唐詩紀，價索三金，然其人急於得物，尚可減也。明晨面悉。不多。

芥舟兄。

弟留拜復。

又

更有妙事，乞駕即過同享之，何如？灝老在過，極欲走侍，以俗事可憎，相對殊無清味，故未遑如教耳。黄道盤在家中，午餘當耑力取上云云，頃間不能即得，然已有主，不過數日間先奉也。此復。

芥舟道兄。

弟留頓首。

又

弟弔儀已具，如吾兄能省半刻之暇，不妨即同往一拜，且明日元長欲出，覓權厝之地，恐未必在宅受弔耳。如駕萬不能去，弟將先行矣。此叩。

芥舟兄。

弟留再拜。

又

午刻洗盞，敢枉駕過，以知己不敢具柬，希宥之，並乞早過爲荷。如柬老過詢，婉道弟意，即拉之同至。並囑。

芥舟盟兄。

弟留頓首。

又

頃孔老報兄及弟，因不識兄寓，覓致弟處，耑力走奉。暇乞過談，以便同赴，何如？

正則道兄。

弟留叩。

與曹巨平書

佳篇領讀卒業，當即致陳師也。程墨應制，適有餘本，竟以奉閱，幸存之。

巨平姪倩世雅。

留良再拜。

與鹿柴書

有菲薄致沈元老，希煩盟兄爲轉致不恭之罪。素憎俗套，故概不作晏會以邀親知，亦乞並致此意。容日邀吾兄之寵以攀元老玄教也。祈委曲叱名，俟當晤謝。

鹿柴道親翁大人。

弟留叩。

尊扇並書上。

與某書

四十日風雨壞墻破屋，一事不可爲，真令人愁悶。聞兄比來精神旺相，意興增豪，今日花朝，思循例爲扡插花草，此爲慰喜耳。

以上與吴孟舉書二十八首、與曹正則書八首、與曹巨平書一首、與鹿柴書一首、與某書一首，録自石門吴氏裦鋗廬藏吕晚村墨蹟，上海商務印書館民國六年九月影印本。按，裦鋗廬，吴澂室名。吴澂爲孟舉九世孫，字待秋，别號裦鋗居士、鷺絲灣人等，擅丹青，兼長治印，與趙叔孺、吴湖帆、馮超然並稱「海上四大家」，又與吴湖帆、吴子深、馮超然合稱「三吴一馮」。民國五年任上海商務印書館美術部部長，故有此書之印行。又按，曹度，字正則，又字叔則，號芥舟，又號蠱耻民、蠱翁，崇德人，與兄序字射侯、廣字遠思齊名，女適晚村長子葆中。曹嶽起，字巨平，晚村二兄茂良之婿，故稱「姪倩」；鹿柴，稱「道親翁大人」，當亦爲戚屬，待考。

理學叢書

呂留良文集

下册

〔清〕呂留良 撰

俞國林 點校

中華書局

吕晚村先生文集補遺卷三

家書

諭大火帖　二十四首

一

我十六日繇德清入省，隔二日即會黄二伯，方知姨夫歸念堅决，斷不可復留之意。吾平生狥友爲人，自一身以外，無所不可，然每不見德而見怨，類如此。此命也，弗復言。但我爲廉遠，口雖不言，半年以來爲渠明歲謀，曲折辛苦，即汝曹亦所不知。就是明年萬先生之請，亦爲姨夫居多。今事機甫就，而變端忽起，爲讒譖者所快。半年經營赤心，付之冰雪，此可歎恨耳。

吾今年冬底將搆室數椽，爲汝曹讀書之所，思於後樓五間内出二間與姨夫寓居，爲降婁與姪孫輩書堂。前後兩館，互爲講習，將來局面必有進於此者，此吾爲人之癡想也，而今已矣。吾爲姨夫委曲經營，不知姨夫已早託人覓館於杭州，吾此一番周折，豈不扯淡可笑耶？今行計已決，不必再言，古人云：「善終者如始。」寧人負我，毋我負人。況黄二伯爲我性命之友，以篤誠待我，雖此時爲人所惑，行當自知，亦不必辨也。我意欲趕歸，爲渠料理行事，而此間又不能脱身，故特以字囑汝。汝母性隘，恐聞其相負之狀，心不能平，汝可善言慰之。凡事從厚，以全終始之誼。下半年脩金已送過一兩九錢，尚少一兩一錢；又節儀四錢；又老子在渠處四箇月，已付過渠飯米銀一兩，尚少二錢；又夏間黄二伯往蘇，吾曾借渠一兩送之，許渠筭還，尚未付與。以上數項，分文不可缺少，汝可一一封開説明送之，外可送程儀二兩。若銀子無從設處，可將我收票，要在公到沈家支屋價用之，萬萬弗悮。問母親有紬綿衣飾等物，可送者送些，以盡姊妹之義。臨行時須設酒爲餞。又紅雲端硯係黄二伯贈我者，汝可洗淨，連紫檀匣送與姨夫，云：「姨夫行促，家父不能備物，此硯係君家故物，轉以相贈，幸善藏，以成一段佳話。」

以上諸事，汝須一一遵行，不可違錯一件。蓋讒人得計，姨夫行後，必且大入吾罪。黄二伯德性誠明，見識高遠，形跡之間，可不必簡點。廉遠性庸識小，此等處必不能免。吾所以細細詳慎者，非以自解，實欲使異日自省，無纖毫愧怍而已。此是汝第一次任事，成父志，歷世務，俱於此覘汝，汝慎毋忽。我於廿五六日必歸矣。内房中長漆匣内有裁成手卷宣德紙一卷，可即封寄上來。字到，即着恂到黄九烟先生家中，寄一口信，云「在此平安，寓在法雲菴中，不日即歸也」。父字付公兒。

是帖爲公忠承命之始，蓋壬寅歲也。

二

恂來，得汝字，處事得當，殊慰吾念。吾此間已無他事，急欲歸家，所遲遲者，以高五伯往海昌，待其歸，須初二三方能到縣也。漕贈等項，乘鶴稟云甚急，可令其預支問壁王家屋租或衖内房租應用，切不可借米銀。將來米決貴，不可輕用也。廿八日父字付公兒。

三

魏宅郎君已愈，而乃翁又病滯下，留我調治，尚有數日耽閣，故先遣雲歸。今年田須履畝分別高下，以便冬間取租，此事只在此數日内要行，遲則有刈穫者，無從分别矣。汝弟兄計議，回帳上分往一看，計二三日可了。或壽或祺，分帶同看可也。此間偶見一錢刀，其製甚精，借付汝看，看過即付雲持來還之，係魏宅令魏堂物，不可得也。初二日付大火。

四

姑娘已於昨夜夜分逝矣。死喪之慘，未有如此者，且家貧徹骨，百無一有，尤可悲痛。吾爲料理棺斂之事，所攜金已盡，家中絶無。大兒可爲我致吴自牧先生，暫移數金來備用，不用即還原物也。字到即備飯盒三牲，汝輩只一人來。亦可問二房四房，有船明早附之，無則另叫一小船。此處廿三蓋棺。不可多帶人，舟中飲食自備。廿一日辰刻。

五

此間病毫不得手，而主人見留甚切，不得已先遣舟歸。然吾亦不能久停，月内必還矣。思朱甥北行甚迫，不知決於何時。若出月，則且待吾返，不必言；如在月内，汝可持吾字向吴五叔處移十金，并吾致姑夫書送之。若五叔處適無有，或賣米、或當物，曲計得當。親戚中如朱姑夫在所不同，今落困苦中，不可不用吾情也。但多則量力不能，亦義不可過耳。莊中東邊屋瓦須急蓋落，新做桌櫈可令漆工往油之，只用熟清油，不可著脚有顔色。發來批文廿首，舟中所定，即付燮公寫對付刻。吾適歸不必説，遲則續有從新墅行船寄達也。廿二日字付大火。

六

雖甚忙，不得廢文字。吾於此驗其進退，勿違也，即讀亦不可廢。

七

請題作文，則能勤其業矣，吾所喜也。題二紙，大小雜擬，可從中酌取爲之。荆川二刀付去寶忠，須督。今業文有進步，并一變其頑戾之氣，乃爲不負。灑掃應對進退間，無一時一事可觀，那得長進？教法須從此處着力也。十九日字與大火。

八

劉利三歸，有一信，定已到。吾大約十六動身，十七至家也。餘姚黄先生在此晤過，聞晦老同大孤在邑，今接其字，乃爲募緣見我，亦大可笑。此事我平生所深惡，豈肯爲之乎！勿理可也。十四日字。

九

吾歸期大都在月盡。山中甚適，但記念伯父事不知如何，時懸懸耳。先生來會過，約廿日前到館，到即至莊。莊中供給日用，坐聽先生爲政；其脩理牆屋諸事，亦惟先生命。著壽解工匠備物料可也。治地種作，事事宜留心。督令做生活，時時請教先生；但不可令此曹知本之先生，恐愚人私憾也。十三日辰刻字。

十

視汝所閱文，甚有進，可喜。第小評更須着意，又須脱時派。付來上冬選文一卷，加意參之。

十一

隣里吾向必親答，以存敦睦之意，汝輩輒驕肆，此意甚薄，大非吾所望也。鄉中酒菜已盡，可料理來；酒不妨多載數埕，省得臨渴掘井。

十二

我月初將有金陵之行，此間需樣子甚急，汝可用心爲我選擬，亦省我許多氣力。霜武處讀本，并照渠所許樣子，即得人取來爲妙。付大火。

十三

至無錫弔高彙旃先生，即行。若主人堅留，停日許則可，不可久。以遺書、槧書致施虹老。凡有友，即囑訪宋人文集及知言集稿子，不可忘。若見嘗熟陸湘靈名燦者，索其舊稿。無錫華氏有慮得集，便則求之。問顧修遠家尚有書可訪否。有十二科程墨硃卷未見者，亦要尋。在京吃用，若楊宅有客在彼過年，即與衆位同打火，若無人則自起火，不可擾楊宅，以刻苦淡泊爲主。一出門即釘日用小簿，日日登記覺察，他日歸時，我要查勘，勿怠。在京中不可闕讀書、作文之功，有船歸，即寄所作文字來。客路最多游戲、博弈之友，不可近也。至京，先具帖拜楊宅喬梓，致書。次日即往謁徐州來先生及子貫，致書。以次拜周雪客、龍客、園客、黄俞邰、贊玉、倪闇公，各致書。徐宅鄰有左仲枚文相，十竹齋主人胡靜夫，周鹿峰，王安節，劉藜先；問王元倬先生安好，須拜候之，其壻李子固，鎮江人。弔楊商賢，問其遺稿。不可高興終日出游。

十四

丙辰年公忠初至金陵，臨行，書此以囑。

三次書信及銀板包帕果物俱收得。自汝行後，無刻不挂念；見信，舉家歡喜。家中自汝母以下皆安，吾亦頗適。程墨目下趲工，然須五月成書耳。書局有氣色，甚慰。但聞主人去歲晚間不備，頗有踈失。汝性懶散，當加意提撕。凡早晚出入及客多讌集時，尤宜照管。知尋得舊文十餘種，樂不可言，此難得之珍也。寄時須緘固，付的當人方可，起岸尤穩，不可草草。更多方購尋之國表、國門、廣業，尤要。幾社文，有友云有至六集者，恨未之見也。此間除夕二鼓大雨，忽大電震霆者三，與霰雪交作，不知京中同否？老二房伯母於初二亥時逝去，亦不作佛事，但次日即大斂，未免與禮意相左耳。謝文侯爲汝婦畫遺像，形神極肖，空中懸揣得此，大是奇事，此後可永傳不死，亦大足慰也。吾行期須在三月，但恐汝久客思家，則吾當早出，俟汝後信報我爲定耳。適有船開，先寄此數字，餘在卓人來總寄也。徐先生喬梓前先致候謝之，行人促，不及作書，俟嗣便奉記。會計録所值不過二金。見朱子語類即收買，不嫌其重，友人須此者多也。十一日燈下字付大火。

鄭汝器吾欲乞書堂額三：一「南陽講習堂」，正廳用者。一「明農艸堂」，東廳用。一「爲善讀書」，將來後樓下用。俱須方二尺許大。暇時先與説，俟寄筆去再懇之。

十五

兩次信都收得。劉仲明來，知汝近狀，甚慰。家中大小皆安。廿二日吾在省，汝弟有信，又寄紙四十簍，曾到未？天下無足爲之事，故亦無不足爲之事，猶是向來苗頭高語，讀書作務，初非兩件，只是當前必有一分内合做底事，隨分求盡爲難耳。若要爲要止，憑心任氣，無所不可，此便不是本天之道，不是聖賢主敬之心，不可不自察也。彼中闕人不得，且苦汝在彼；汝婦小祥前，當令人來暫代耳。玉華印書，發銀帳二本，并補大題三捆，共二百七十部付去，可收明。四月五月會題并到，不見前兩會文，何也？衆議汝文，每次月有南京船到而無文，即注罰。吾閲汝前次文，自以爲高脱，而不覺其入於輕略，蓋見理未到至處，不可强造巍界也；更須向沉着、痛快、精寔、絢爛中求之。知言集尚在搜羅，動手當在秋冬耳。語孟説已分鈔，來月可寄還矣。北盟會編亦應收之書，但價太昂則不必，非不易得者也。四月初九日字與大火。

十六

計汝行至丹陽，道中當遇雨，不知雨大小如何，不至困苦否？廿許日無信至，甚念之。寧波潘友碩昨寄字，有文目，其中頗有欲得者，今復字索之，可即致與。渠書云多有願易吾選者，汝可請問須幾種幾部，便斟酌發去。局中事事當覺察，閲歷一番，心細一番，亦是學問長進處。事理無大小，只是此心做自家，見得此意，自不見俗事累我矣。水筆燈檠，有即寄來；文字有購得者，隨早晚附寄。有繭紬，或紫花布，或牙色紗鞋，做一雙來，我自着者。汝衣服履帽，欲用即用，不必拘儉約太過。即在外行止，亦聽汝便宜，欲歸即歸，欲止且止，但歸則須預聞我耳。此刻適爲師魯之郎病劇，在吴親翁齋榻寫此，諸友處不及作字，可致候，俟再書。印得者各種陸續寄些，爲刻局支用。只此。三月初九日燈下書與大火。

十七

十八九連雨，甚念驢背之苦，廿九日得信乃喜。寶忠瘧若未愈，可買陳皮、半夏各一兩，用神麯打餬爲丸，每服二三錢，淡薑湯下。局中生意不佳，想非其時，亦舊書行將闌耶？若氣色不旺相，急宜出新書幫襯之。乙丙丁文樣須盡收，選看以備用。在寓勿斷作文字，此吾所惓惓者。一概艱大費手題目，向來不曾經營者，可一一做去。寶忠工課，勿令間輟，其勉體此意。十月朔日字與大火。

十八

姚龍起行，一字一綿被定到矣。墨卷十一月中乃得到京，黄稿亦將於此時并行，慙書不印，意欲待habe陌澤集同行，質亡集則歲底可出矣。舊書氣色不振，則乙卯以後文不得不繼起，此事吾意屬之汝，汝可留意，暇即閱選，吾爲託作可也。陌澤集即將發刻。汝文大題甚少，可多搆，勿置空言也。只此。十月十四燈下字與大火。

十九

三次信、物俱收，家中各安健。但念汝兩人十日前寄一字，不謂其人中止，此外無便可寄，知望眼亟亟也。日内爲汝續娶事，已議德清蔡堯眉之女，即方虎之甥。聞其女頗賢能，遂有成訂，行禮只在新春矣。埭頭拜見，亦屬斯時。京中花縐紗要兩疋，一石青，一玄色；花縐紬兩疋，一大紅，一玄色。俱不必甚重，每疋長官尺二丈四尺足矣。但須兩頭有機頭，不可用剪斷者。程墨目下方完得兩回，先令宙押出，餘俟續寄。書竟不走，不知何故。聞有翻板之説，確否？程墨中欲删文字，方虎、孟舉細閲過，止去龔申二首云，此外可不必。不審雪客以爲何如，不妨多商也。

「選文」及「麗澤」二説，汝言甚有理，已令其收拾文樣，不妨備覽也。寶忠有便，令之歸；若渠意欲留，亦聽之。汝兩年在外，頗欲汝還，乃今年租米難討，日内尚未及半，汝弟脱身不得，又須留汝在京。歲晚凄清，未免縈臆耳。布銀收遲，較他人又甚，明是經紀欺書猷，此事終非吾輩所宜做也。施虹玉事處亦合義，但不知兩邊真契如何，恐勉强委曲，則將來未必無病端耳。朱家姑夫已歸，亦可喜事。復公尚留彼，云須三年還也。載臣攜諸徒往玉樹堂，坐兩月許，甚適，明年决計聚徒其中。吴玉章、曹巨平皆有裹糧之興，於此煅鍊得一二人，亦不枉我一窩熱血，未知究竟如何耳。與寶忠講書，甚善，亦能領略否？許時不見汝兩人寄文來，何也？誨忠近文頗有進，想亦汝所樂聞者。徐周諸公處怕冷嬾，作書致意可也。十一日燈下字與大火。

二十

寶忠歸，知汝歲暮孤另，舉家念汝，無不黯然。昨橙齋得燕中信，云薦舉事近復紛紜，夜長夢多，恐將來有意外，奈何？吾意及事至則難爲計，欲先期作披緇出世之舉，庶可倖免。汝在京，即今當爲布其説，云我厭棄世綱，已决意入山爲住静苦行僧，不復與世周旋矣。我且遯跡妙山，待燕中爲定再作商量耳。初一日燈下書付，餘俟後信。與大火。

二十一

聞郡中有社舉，斷斷不可赴！雖世交執友來拉，亦固謝之，即得罪勿顧也。盛奕雲處唐稿即得鈔來爲快。嘉善曹次典云有荆川全稿，可往天寧寺問之。即録與盛目一紙，令其對，所無者鈔寄爲妙。廿一日字付大火。

二十二

汝等何日到京？局中光景何似？書棍得有消息着落否？計將何法治之？急商定。清溪書牘，吾雅不喜請乞故人，以是欲行復止；若必須用，汝急作數行寄歸，吾即遣人取來也。外衣一包，共六件。書箱一隻，還俞郃。書因暑熱，且無心緒簡尋，俟後寄耳。六月望日字與大火。

二十三

連得汝信及行李已收。閩事此間亦作此商量，無人去，事恐無益；欲去，則無其人，正費躊躇。若金陵已有文書，必須人去，則汝必須急歸，蓋家中編審事脱不得人。更思此番到閩者與向時經紀不同，筆舌兩項，汝弟皆非所長，直須汝自一往耳。此等處，亦須歸面酌之，難以遽斷。此月中再得百數十金乃足了債，至少必再得百金，不知能有濟否？莊中東北角造觀稼樓成，須柱聯兩對，煩鄭公爲一揮灑，并前所求山庵扁額，早寄，急欲湊建侯手刻也。只此。七月初八日字與大火。

柱木細，字不可大；簷低，亦不宜長。若近日有能作楷與行者，亦求寫之擇用，庶不一式也。

寒風旭日鷄豚社
翠浪黄雲燕雀家
畬鉏程積力
刈穫策新功

二十四

一徑南行，親知皆有惋惜之言，兒得無微動於中乎？人生榮辱重輕，目前安足論，要當遠付後賢耳。父爲隱者，子爲新貴，誰能不嗤鄙？父爲志士，子承其志，其爲榮重又豈舉人進士之足語議也耶？兒勉矣。一路但見好書，遇才賢，勿輕放過，餘無所囑。五日字與大火。

諭大火辟惡帖 七首

一

廿七晚已抵山，同行者錢、王兩先生，湖山好友，相對甚樂，惟恐此樂之不能久。家中諸事，汝宜努力料理，勿輕以擾我，則養志之道也。先生到館，若莊中未端正，且坐縣間，俟稍脩葺而往亦可，惟先生指揮行之。顏子樂來，其禮數亦請問先生。徐親家欲於十八日迎凌先生，應如何亦質之先生。若到時我不在，汝宜代我往徐宅通其賓主之情，恐凌先生有所可否處，不便即直陳之於新主人也。其贄讌之禮，與親翁言，俱宜豐厚。掛像祭祀之事可已，但云俟我補行也。打起精神，凡事留心，勿悠忽游戲，如我在家時。廿七日燈下付大火與辟惡同看。

二

自出門日日順風，三日半已抵鎮江，爲糧船擠塞，兀坐兩日，乃得出江。於廿四日進城，寓楊瑞民家，一路平安適意。今日始發書至坊，北客尚未到，而坊人口角，看火色頗佳，云去年秋冬，北客問程墨不絕口，雖數千書來，亦早去矣。但有一說可慮者，云此間坊賈止許外路人來此賣書，不許在此間刷印，未知此說如何，且看光景作商量耳。汝兄弟在家，諸事須留心，不可仍前，百事不管。讀書當精勤於時文，看書精細，發揮盡致，即此是講學，即此是好古。舍此而博求，高自位置，不爲穿鑿之邪説，即爲迂腐之粗談，欲進步也難矣。此吾所諄諄切切而於大火尤三致言者。家中看蠶，内無老成警醒之人，一班都是睡魔，吾甚憂念。蠶絲事小，火燭事大，不可不小心照察。諸幼小兒孫加意調護，倘有些小不安，非不得已者，慎勿輕易服藥。吴五叔處八家詩選印完即寄來，此間並無一册也；并致之，有便人來者即附信慰我。船回，書此字付大火、辟惡。

三

廿八日寄信從新墅船上歸，到否？此間北客陸續有到者，要等全場會墨出方買書；而金陵、姑蘇近地買者甚衆，氣色殊噪也。吾所最快者，得黄俞邰、周雪客兩家書甚富，而恨不能盡鈔耳。今寄歸李伯紀梁谿集九本，可向曹親翁處借福建刻本一對，無者方録出，亦可省些工夫。又晁説之嵩丘集七本，書到即爲分寫較對，速將原本寄來還之，兩家極珍惜，我私發歸者，當體貼此意，勿遲誤，勿污損也。黄家有楊鐵崖集，比吾家本子多數倍，吾欲查對鈔全，可簡出寄來。刻本二本，又宋景濂鈔本二本，共四本，在娘房牀後斑竹書桌上。宋鈔本有木匣，可將刻本併置其中。俞邰索我家書目看，便中寫來，并發出，明人集亦録上。渠尤要者，經學及史料雜家也。趙東山汸春秋集傳，吾家有否？此間有之，無則當鈔歸。家中大小平安，有便即寄信慰我。此間書一發完即歸矣。然書籍留人，戀戀難釋，意且在此結夏，大約秋初作歸計耳。家人帳目，汝兄弟打起精神筭催，勿使拖延。我不在家，即是汝輩露頭角處。我一向寬廢，正望汝輩振作，勿蹈我弊習也。五月十三日字付大火、辟惡。

四

盛六船來，收初十日字，知舉第三孫，十分歡喜，可小名京還，以志吾游也。大媳蓐中安健，須慎調理。汝母及大小各好？吾甚慰念。此處書甚行，但北客陸續來，未旺。云大約今歲在秋冬極盛，爲房書故也。施卓人歸，寄鈔本二種，作速鈔完付來，第一勿污損。切囑。寫來書目，似尚未全，可并史料雜書皆開來，少則吴五叔處書目併借寫來可也。西崑倡和詩、黄度書説二種，黄俞邰要借看，簡出寄至。回聘禮物，借用五叔者，須問價，即納去。程墨、大題，此間隨印隨發。蘇州、杭州、蕪湖、寧國皆來要書，因待北客，未盡發去，故未暇寄回，俟吾歸帶來耳。桐鄉當物有火爐一票，不可遲誤，可即往贖歸。鍾姊要縑人物，此兒戲中無益之費，吾不與買，亦所以教之也。暑熱可畏，舟行尤苦，吾大約新秋動身。晁李二集，仍用夾板，内將油帋包書入夾，以防污濕。勿誤。六月初二日字付大火、辟惡。

五

印有神歸，一信曾到未？施卓人廿一日來，書信俱收。吾體頗安，痔亦不作，但暑瀉多日，今早方止耳，説與汝母，不必掛念。此間書大走，而紙騾長。前字中物，速速寄出。若無的當人可可，付來春秋集傳四本，可託，即向施卓人、葉鼎玉兩家會銀與之；但寄會票法馬出來，亦甚便也。今付即分鈔，將原書寄來還之。勿遲。張先生字中道及教大火以「撿束」二字，甚中大火之病。已逾看，當書紳永佩，以克治改過，爲不負師訓，不徒作一番説話也。懿修父子忘恩，照各房送禮斟分，豈可更過，卯波亦決無顏見我也。載臣以父命辭館，此事甚費商量，如何如何？汝輩細與陳酌，不可已則以何人爲代邪？憂甚憂甚！吾歸期大約在七月盡八月初，早則路熱，怕行耳。山西親家字一封，得便即寄去。六月廿六日字付大火、辟惡。

張楊園先生手帖

望日之夕，與兩令子與載臣、霜威宿於東莊，夢書「檢束」二字贈無黨，覺而思之，不爲無義。無黨平日，終是此二字分數少。康節先生稱風流人豪，往往書此，用意可知已。所以百泉山中，能冬不爐、夏不箑也。

六

凡我書册器具，汝等不得擅自取去，費我尋覓，此我最不喜事，汝等宜知之。若欲看欲用者，必請而後可；或暫時看用，當即還其故處。切戒切戒。今暇時將樓上房中書爲我整理一番，汝輩向來拖開者，亦一一簡進。能收拾清楚齊正，尤我所喜事也。

七

大火明後日先攜書籍、筆研、被褥至莊，將我廳中桌上書本，除時文及没要緊書且留，其餘盡數帶來。前要曆本看，如何竟忘却，總見不用心，没料理。今後凡我有字出，須牢記，件件要有回復。十五日付與兒。

諭辟惡帖 六首

一

於汝兄案頭見汝字，欲聚精會神謀治生之計，此無甚謬。乃云：「文章一事，當以度外置之。」此錯却定盤針，連所謂治生之計，通盤不是矣。吾之爲此賣書，非求利也。志欲儆法鄭氏，則其爲衣食制度之本，不可不先足備，正欲使後世子孫知禮義而不起謀利之心，庶幾肯讀書爲善耳。若必置文章而謀治生，則大本已失，所謀者不過市井商賈之智，孟子所謂蹠之徒也，焉有君子而可以蹠自居乎？昔孟母之教子，再遷近市，孟子戲爲賈衒，母曰：「此非所以居子也。」去之學側，卒成孟子。吾之使汝輩賣書，固失孟母之道矣。吾向不憂汝鈍，而憂汝俗，此等見識，乃所謂俗也。醫俗之法，止有讀書通文義耳。今乃欲度外置之，其繇俗而趨於污下，不知所底矣。喻義喻利，君子小人之分，實人禽中外之關。與其富足而不通文義，無寧明理能文而餓死溝壑，此吾素志也，亦所望與汝輩同之者也，豈願有一蹠子哉！字又云：「若再悠忽過日，真無所立身。」其語似奮激有爲者，乃其所志則棄文義而騖利，吾不知其所欲立者何等之身也。古人戒悠忽，正爲無志於學耳。若志在貨利，則其患又甚於悠忽矣。此種鄙俗見識，其根起於無知而傲，傲而不勝則惰，惰而不能改則自棄，自棄者必自暴。然則汝之所謂聚精會神以治生者，乃吾之所謂悠忽而真無所立身也。己則自棄，乃託以質地庸下。夫知、仁、勇，天下之達德，如其不能，故曰：「好學近知，力行近仁，知耻近勇。」加百倍之功，則愚必明，柔必强。今汝實未嘗用力，而曰質地使然，天亦不肯承認此罪也。此係汝上達下達分路關頭，故痛切言之。淵明詩云：「夙興夜寐，願爾斯才。爾之不才，亦已焉哉！」吾亦無如之何也。朱虎脾瀉已止，今時帶紅積，然神氣健旺，無足慮者。目下嗣欽、降婁、四明皆患重感甚劇，數夜不寐，憂勞不可言。賣下銀有便即寄歸，前銀盡買紙，將來婚禮在邇，修房備物，需用甚急也。餘言汝兄能悉之。九十月間汝兄不出，則十一月初汝亦須歸幫忙也。待後信再計。汝兄病三陰瘧，頗憊憊，故出未有定期耳。八月廿八日字與辟惡。

二

兩次字都到，行李物件俱收明。昨吾往嚴墓弔宣成，故不及寫字。今歸，知船尚未開，又附此。諸已悉汝兄字内。讀書執事，原無兩義。讀書以明理爲要，理明則文自通達，於人情世故亦無所不貫，故曰無兩義。若讀書只求文法字句，執事只求貨利私欲，則自然兩相妨礙矣。其根原只在立志正大，用心精細篤實。其工夫先在看書義明白，次求古人文字能達吾意，斯盡矣，非規規念句調弄筆頭而謂之讀書也。甚望汝歸，而彼處脱人不得。汝兄瘧勢未愈，如何如何！須酌一良策，汝於十一月初得歸爲妙。翻刻之説，酌事勢恐未必確，即有之，鞭長不及，奈之何哉？明文合選，若是許伯贊選本，甚欲得之，惜太價昂耳。六合之説果否？果則大暢也。以後賣下銀，仍照汝兄規矩，各封原封，勿併攏，帳上細書，以便查對。行舟促字，不及詳細，俟後信。三弟婚期在十一月十九，汝須十日前到爲佳。十月初七日字與辟惡。

三

廿二日朱二船出，寄補大題三捆，字一封，定已收得矣。目下家中皆安好，只愁旱涸，車戽爲苦。再數日無雨，屋後塘亦絶流，又不免荒亂之憂耳。冬菜子聞南京者爲佳，寧國一帶俱年年在京買子，可羅升許來試看，然此須白露後半月下子乃佳，不可遲也。萵苣子亦需之，并尋來，兼訪其種植澆培之法。汝兄出門，大約在中秋後重陽左右，若汝意欲遲早其間，亦無所不可，汝自酌，寄信來説可也。在外切不可廢讀書，雖忙亦偷空爲之。秋涼須備寒衣，因汝婦在母家，不及問之，若欲製新者，汝自酌用可也。七月十六日字與辟惡。

四

端硯無有，即有而刻字送人，是獻技也，義所不可，况擅用它人物乎？凡與人交往，皆當心存誠敬，却不可不揆義理，有曲阿之意，即應對進退周旋間皆然。不可要用人便不管自己，無所用便一概簡傲去，因此一事發此語，當時時存記，不專指此也。付出玉盃一枚，可用用之，否則别覓它物。與辟惡。

五

作文不可畏難，即未能佳，且做去，多做自通，越縮越生踈矣。凡人何可量，只是自畫便了却一生耳。怕人笑便終受人笑，不怕人笑更何人笑得我也！勉之勿忘。四月廿四日字與辟惡。

六

汝以何項帳無禮於二酉，使以字訴我？甚失處親戚之誼。凡事不可以利傷義，婦言不足聽也。席片要緊，更得數牀爲妙。

諭降婁帖　五首

一

出外舉止須莊重謹厚，與人謙和，語言簡雅，切勿輕躁，與人取笑。局中諸事留心覺察，習勞學筋節。自奉須刻苦，勿作高興妄費之事及置買游戲無用之物。得少閒即讀書，細心看大全，温誦古今文字，有所見即作文以發之，勿游閒過日。前大火帶歸文獻通考續集，反闕正集，見書舖有正集，可買補之。遇古書爲家中所無者，勿惜購買，此不與閒費爲例也。見吾相知者，皆致候，云「病甚，不能作書」。

二

我在山中兩月，昨始歸家。汝兩次書信已收，家中皆安。汝向不更事，近能獨任外務，不以爲苦，此可喜也。但凡事須詳慎，勿似夙昔輕躁妄爲，寧失之畏葸，毋自以爲能，則庶幾無大過矣。雖無人講解，然不可不讀書。受成約此月至，至即出代汝，汝寬以待之。其餘悉汝兄字中。行促，書此數字，俟後便再寄也。五月初六日字與降婁。

三

沈書升來，信物已收。書不走動，亦只得耐心信命，不應便起妄想。汝在寓，無人提撕，便恐墮落，早晚不可不讀書，讀書便是提撕法也。不可妄有作爲及燕辟佚游謔浪作鬧，此最損根本，不可不儆。受成已出，其尊人期其速歸，故勢未能出，欲遣大火來代汝，而日内郡邑有試事。汝兄爲汝地，不意弄假成真，勢又不可出，汝須耐苦月許，待此間商量人出更代耳。兹因魏親翁北上之便附此。五月廿二日字與降婁。

四

張祥於吴江擔閣，廿二始到，正在懸挂也。生意冷淡，或趕新客到，尚有想頭；不則，何以卒歲耶？朱氏昆季用情深厚，見時致我感念之意。然我有要言囑汝：汝不可因其情至，或以事干請，或私爲委曲，或爲旁人所誘用，損其昆季盛誼，敗我家清苦堅守之志節。汝年幼無遠識，恐墮落此中。切戒。廿三日辰刻字付降婁。

五

五月廿二魏親翁進京一信，想尚未到。家中皆安，但念汝獨自久客，正令汝兄來代。在外能細心任事，服父兄之勞而釋其憂，即人生分内第一義也。第不可廢讀書，廢讀書則流入市井污下而不知矣。勉之勉之。六月初三日字與降婁。

與姪帖 五首

一

山中初聞横街火災，甚爲爾憂。今知焚店屋八間，何以堪此！又聞欲賣基地與方家，其價亦不爲少。第此價到手，先須打算後路。吾意非贖屋即贖田，仍足抵還糧之用乃可。若未算後路而先賣銀，必然花費打散，雖吾亦不能自保，而況於爾乎？至或云放典取息，或云託人做生意，此皆騙局，立盡之道，不可行也。此中事宜須待我歸。汝今且與家人算計：何處産好，宜贖，價須若干，以便脱産置産；若畢竟無産可贖，則此地終不可賣，又當别圖起造之法也。汝兄歸，先此數字。十三日字與四房姪。

二

有銀納秀才，不肯迎父母，想人家養子何用？不知此時父母存亡若何，一向丢在腦後，忽然寫起帖子，又須用這老頭子。我不忍見此名帖，可爲我還之，且云：待他父母歸後，纔與相見也。叔字。

三

東嶽廟係吾家家菴，自祖父以來，世令僧人居守。近聞道士希圖攘奪，雖僧道皆屬異端，然祖父遺規，不敢輒有變更也。吾病不能出，姪可主持，嚴戒道士毋得多事，吾家斷斷不容也。叔字。

四

聞日來外間狹邪之風甚熾，富室子弟盡爲所煽壞，舉國若狂，可恨可畏。汝脚根未牢，宜

更加警省，以彼曹爲懲戒。勿輕出門，所謂不見可欲，使心不亂。愼後闕

五

門簿一本、諭帖一張付到，此是爲吾姪讀書進德修身齊家之助，當分付家人共遵守之，勿視爲泛常虚應故事也。叔字仁左姪覽。

與家人帖

大叔偶被親族匪人所誤，今幸悔悟，家門之福。但恐此輩孽根不斷，仍來煽惑，特設立門簿，着爾等衆人輪流值日管門。如□□□□□□□□□四人，乃騙誘罪魁，今後不許往來。除拜節及喜慶行禮祭掃不論外，餘時不許容此四人進門。如值日人不行阻住，查出重責卅板，仍罰追飯米。倘此輩恃强直闖，不聽爾等勸止，許爾等盡力推攔。蓋此是誘壞爾主仇人，親族之義已絶。爾等各爲其主，正是忠處，不作衝撞論。即有是非，我自與理論，爾等無畏也。特諭。

貼四房後門内，不許損壞。

從弟至忠，字仁左，四伯父耕道先生之子。少孤，先君子教撫之。偶惑一妓，遂至流

蕩。先君子嚴加禁督，始而懟憤，終迺悔悟。末年翻更勤儉，家賴以不破焉。公忠記。

與姪孫帖 二首

一

葬日已擇在十二月二十外兩三日内，其挑浜之日，擇本月初七日起工，其次初十日亦可用。但此係大事，又事非一房，須先期計議停當，不致臨期有誤。各房須料理費用，衆家事極難做，必公誠和讓，奮發義勇，乃克有濟。惟賢者勉之耳。叔祖字與諸姪孫。

二

移居匆匆，吾無以爲意，准盒少許，甚愧。汝祖若在，定有一番照睞，惜不及見，言之愴然。今推汝祖意，與汝銀一兩，雖不多，亦當念爾祖也。時時歸省母兄，勿致踈離。去家稍遠，間隙易生，慎之戒之。讀書作字，務本向上。近正人，遠市井游戲，此吾之惓惓期望者也。叔祖字。

以上諭大火帖二十四首、諭大火辟惡帖七首、諭辟惡帖六首、諭降婁帖五首、與姪帖五首、與家人帖一首、與姪孫帖二首，録自吕晚村先生家書真蹟，康熙四十二年吕氏家塾刻本。

按，晚村家書計四卷，其卷一楳華閣齋規、壬子除夕諭、戊午一日示諸子、遺令，卷四與甥朱望子帖、和東坡洗兒詩示兒輩、得澹生堂藏書三千餘本示大火詩、井田硯銘與大火、書舊本朱子語類、哭阿慧文諸篇已收入詩集、文集各卷，兹從略。

呂晚村先生文集補遺卷四

記序　墓誌銘　祭文

宋詩鈔序

自嘉隆以還，言詩家尊唐而黜宋，宋人集覆瓿糊壁，棄之若不克盡，故今日搜購最難得。黜宋詩者曰「腐」，此未見宋詩也。宋人之詩變化於唐，而出其所自得，皮毛落盡，精神獨存。不知者或以爲腐，後人無識，倦於講求，喜其説之省事而地位高也，則群奉「腐」之一字以廢全宋之詩，故今之黜宋者皆未見宋詩者也； 雖見之而不能辨其原流，則見與不見等。此病不在黜宋而在尊唐。蓋所尊者嘉隆後之所謂唐，而非唐宋人之唐也。唐非其唐，則宋非其宋，以爲「腐」也固宜。宋之去唐也近，而宋人之用力於唐也，尤精以專。今欲以鹵莽剽竊之説凌古人而上之，是猶逐父而禰其祖，固不直宋人之軒渠，亦唐之所吐而不饗非類也。曹學佺序宋詩，謂「取材廣而命意新，不剿襲前人一字」，然則詩之不腐，未有如宋者矣。今之尊唐者，目未及唐詩之全，守嘉隆間固陋之本，皆宋人已陳之芻狗，踐其首脊，蘇而爨之久矣。顧復取而篋衍文繡之，陳陳相因，千喙一唱，乃所謂「腐」也。譬之膾炙，翻故出新，極烹芼之巧，則爲珍美矣。三朝三暮，數進而不變，臭味俱敗，猶以爲珍美也，腐乎？不腐乎？故臭腐神奇，從乎所化。嘉隆之謂唐，唐之臭腐也，宋人化之，斯神奇矣。唐宋人之唐，唐之神奇也，嘉隆後人化之，斯臭腐矣。乃腐者以不腐爲腐，此何異狂國之狂其不狂者歟？萬曆間李蓘選宋詩，取其離遠於宋而近附乎唐者，曹學佺亦云選始萊公，以其近唐調也。以此義選宋詩，其所謂唐終不可近也，而宋人之詩則已亡矣。

余與晚村、自牧所選蓋反是，盡宋人之長，使各極其致，故門户甚博，不以一説蔽古人，非尊宋於唐也，欲天下黜宋者得見宋之爲宋如此，其爲腐與不腐，未知何如，然後徐議其合黜與否。或繇是而疑此數百年中，文人老學游居寢食於唐者不翅十倍後人，何獨於嘉隆之説求一端之合而不得，因忽悟其所以，然則是集也未必非唐以後詩道之巫陽也夫。時康熙辛亥仲秋之朔，洲錢吴之振書於鑑古堂。

孫學顏：戴石屏謂本朝詩出於經，非唐人所能及。先生他文亦云：「宋人之學，自有軼漢唐而直接三代者，固不繫乎詩也。」學者能合觀此二説，而知其意義所在，則知宋腐之譏，真不啻以鴟梟笑鳳凰矣。然近代詩人，又有專以摹仿句調、聲響爲能學宋詩者，是又所謂刻畫無鹽，不自知其醜也。〇又石屏從孫答妄論宋唐詩體者云：「安用雕鎪嘔肺腸，辭能達意即文章。性情原自無今古，格調何須辨宋唐。人道鳳簫諧律吕，豈知牛鐸有宫商。少陵甘作村夫子，不害光芒萬丈長。」

録自宋詩鈔卷首。此篇孫學顔編吕晚村先生古文卷下、禦兒吕氏鈔本吕晚村文集、鈔本晚村詩文集、王煜青鈔本吕晚村先生文集亦收入。序出晚村而冠以他人者，甚多，後所録者大皆類此。

刻江西五家稿記言

葆中問於大人曰：「評稿獨詳於江右，何也？」大人曰：「吾於是乎有感也。三百年制義之作，壞於萬曆，極於天啓，而特興於崇禎，亦即壞於崇禎。崇禎之興也繇江右，而其壞也繇金沙。當其壞也，不在壞時，每伏於極盛之際，於其興也亦然。繇成弘至於嘉隆，非無小盛衰也，然理必本之孔孟程朱，而文必摹乎周秦漢唐宋，故雖小衰，皆盛也。及萬曆之變則不然，初變爲村師之講章，繼變而爲佛經語録。是二種者，似乎異趣，而其實一家。蓋以俗學始者，必以邪學終，未有講章而不歸於佛經語録者也。然其文實俚鄙，不足以塞學士大夫之意。天啓間，乃又變而爲子書。子書猶古也，如莊之奇，說，以浮麗爲宗，以理學爲戒，蓋自是而崇禎季年之文，復大亂而不可救矣！自戊辰而辛未，而列之逸，管韓之雄峭，荀揚之勁深，彼又不能爲也。第剽掇其纖詭險仄之語，以傳其鄙俚之思，甚至篇中無賊殺寇盜，即不稱名構。嗚呼！文章至此，可爲大亂之極矣！然究其淵源，實濫觴於弘正中陳王之學，故曰壞伏於極盛之際也。

「江右艾南英千子出萬曆之季，與其同鄉羅萬藻文止、陳際泰大士、章世純大力者，倡正說於天啓之間。論題則復稟傳注，體法則准諸先民，而又盡破帖括之習，直取周秦漢唐宋之文以行之。即王唐歸胡之格調，亦鎔釋蜕解，而自露精華，天下翕然信之。於是崇禎初年，始知以古文爲時文，峰起瀾湧，名不一家，則千子之力也。方是時，金沙有周鍾者，復社之盟主也。其選文行世，亦與千子埒。然人品心術，固迥然沆瀣井泥之不同，即其選文也，亦一誠而一罔。千子篤於論文，周則借以爲聲氣籠絡之用。故艾選持論齗齗，雖同席者不相假；而周則包羅遷就，無所不可，於門户豪盛之家，尤逢迎婞婀。故艾當時即爲世所欲殺，而周雖身敗名辱，至今猶有護惜稱道之者，其所操術然也。

「千子嘗從講於東林，爲復社者亦傍東林之後，以故千子篤於同學，又篤於論文，不惜與之力爭，其譏訶切直，固有人所難堪者。一時聲氣之宗，皆大惡之，不以爲愛朋友與文章之道也，而直疾其異己。然以千子故，東林不可斥爲邪黨，乃嗾四方之附和聲氣者，環而攻焉，力反其甲戌，文氣日上，此千子之說行也。至丁丑而靡，而庚辰，而癸未，遂蕪穢不治，則金沙之說行矣，故曰興於江右而壞於金沙。夫以天啓之極弊，而艾與諸子奮其間，及其與南中爭而亂也，則在戊辰、己巳，正當崇雅黜鄭之時，而已音移律變。

「然則盛衰倚伏之故，不洵可鑒哉？」千子之言曰：『文章之道，自史記後，東漢人敗之，六朝又大敗之，至韓柳而振，至歐曾王蘇而大振。故文至宋而體備，至宋而法嚴，至宋而本末源流遂能與聖賢合。』斯言也，千古之特識，即起左莊馬班韓柳歐蘇諸公於今日，無以易其說也。然而千子亦有未盡其道者，知以周秦漢唐宋爲文矣，而其爲講章佛經語録僞子之病，猶在也；知以傳注爲理矣，而其陳王陽儒陰釋之根，猶未盡也。所謂楊墨之言不息，孔子之道不著，故一時之文，亦止乎此，而不能駕軼乎古人，此則千子之所少也。天下之求上乎千子者，固當因其道而加精焉；即欲攻千子之失者，亦必於此乎鍼其痏而瑑其瑕，躋當時之文於成弘嘉隆之右，則其足以壓倒千子不難耳。奈何不爭千子之所少，反取其鄙棄不屑事者以攻千子，是猶結群羊而角猛虎，適自喪其生而已，於虎何傷乎！黨力既消，公論益出，千子之說，固可以傳信古今，而當時浮競之文，久已同腐草死灰矣，豈不悲哉！宋元祐之政，足稱盛治，惟能去熙豐之弊也。其不能上擬三代者，司馬韓富諸公之所少也。繼元祐者，不紹述三代，而紹述熙豐，則不惟失元祐，而必至於宣和、靖康矣。崇禎文字之壞，何以異此！夫一江右制義之盛衰，無足深惜。吾獨感崇禎之初，直足越成弘嘉隆，闢宋制以來之所未有，而爲諸浮薄黨爭所敗，不特不能興，且覆滅焉。豈古今聖賢之源流，有不可復振者歟？抑氣運使然，所謂廢不可支者，於文字亦然歟？然其爲升降得失之故，亦概可睹矣。此吾於江右之文，獨有感也。」

「其附以楊澹餘何也？」曰：「以文品相近，且生同時，産同地，故并及之，無它義也。」

男葆中謹識，時康熙壬戌冬至後三日。

録自吕留良評點江西五家稿卷首。鈔本晚村詩文集、王煜青鈔本吕晚村先生文集題作「江西五家稿序」，車鼎豐編吕子評語餘編卷三亦收入。

記羅稿　二則

文止先生文無專刻，其散見於社選者亦無逸義，故止就合作摘謬論次之，得文一百六十二首。四家之中，獨大士名極噪，至今群稱企之，固未必盡知大士之美也。震其氣魄議論，又多且快耳。次則大力猶有推之者，亦驚其鱗角異衆，疑其爲靈者也。至羅先生，則知者益鮮矣，然而其文實踞三公之上，以其無色聲香味之可悦也，故民無能名焉爾。大人序其品曰〔一〕：「羅爲最，陳次之，章又次之，艾終焉。」問：「楊維節之品何居？」曰：「在章、艾之間。」已而曰：「前評殊誤，羅爲最，艾次之，陳又次之，章終爾。楊較鬆薄。艾之識力高出前輩，非諸子所及也。」或曰：「昔者艾千子、吴次尾諸家亦嘗推羅爲第一矣，然其後譽漸衰，得無日久之論爲是歟？」曰：「不然。昌黎之文，李習之皇甫持正已極推尊，然至宋初，猶無信之者，待歐陽永叔出，而後千載無異辭，故近則以親信者而傳，遠必以明辨者而定。」

竊聞四公之爲人也，陳曠朗而傲踈，章豪宕而鍥刻，艾則剛正簡直而不能容物，惟羅沉静澹易，獨無矜競之風，此四公之人品，即四公之文品也。四公生平契密，然陳、章皆爲南中聲氣所搆，致隙末於東鄉，而羅獨嶷然，始終無少間。此又以文品驗人品，信曠朗豪宕者易摇，而沉静澹易者難動也。故擇友者但觀其文，而其人之性術可得矣。或疑有文者行多不逮，曰：「無行之人，文雖佳，定有病在。人自不察爾。」

録自呂留良評點江西五家稿之羅文止先生稿卷首。

【校　記】

〔一〕大人　車鼎豐編呂子評語餘編卷三作「嘗」。

記陳稿　二則

大士爲文以誇多鬬捷驚人，故多漫成，少精構；多段幅之奇，少全體之美。今集凡有一篇半首數比之佳，固無不録。其有大謬於理者，恐後學别見，反以爲奇而效之，則誤世不小，故亦抹存以見瑕瑜之不掩。

近日坊選好竄改删割人文字，然以施於時下之人猶可，今且污及先輩，不可也。時下之人，學問淺薄，雖有稱爲古者，其底裏不過講章時文而已，正如方言土俗，爾汝共諳。然猶有高出選家者，不足以服其心也。況乎先輩之文，源遠流長，雖極粗率之調，觸戾之詞，必有來歷，一篇之間，自成片段，與今之聲音笑貌渺不相及。古人謂身坐堂上，乃足判堂下之是非，今豈特堂下哉，直坐之門外者耳。乃欲更反門内堂上之言，不亦異乎？大士之文，粗服亂頭，不無敗闕，亦西施之病，捧心成妍，奈何以講章時文之鄙穢闌厠其間，續狗於貂，點金爲鐵，不畏天下後世，或有通人笑罵耶？

録自吕留良評點江西五家稿之陳大士先生稿卷首。

記章稿　二則

天啓辛酉，大力先生舉於省，即有章子大業之刻，而今不可得矣，亦但從艾評四家本爲據，少益之，得二百餘。嘗於國表中見「懷諸侯」二句文，嘆爲是題之絶唱，而艾本無有，則其合作中之脱漏，蓋不知有幾，可惜也。大人謂，讀章文當落其皮毛而掐其骨竅，但知章爲子派，此爲皮毛所掩也。其回斡雄勁，間架簡潔，自得古大家之遺，而思力刻深，每於奥窔族腠之間，别開幽徑，窅渺泠峭，其味無窮，第不耐粗心人領會耳。

初，東鄉之與諸公爲社友也，一時比之沛公之有三傑，蓋魚水之合也。自東鄉與復社爭辨選事，痛詆聲氣之文，其有力者欲殺之。東鄉不得已，舉己與同社之文，亦痛詆以示公，此合作摘謬之所繇作也。是書出，忌者喜得間矣，復社領袖請得令臨川，名爲慕四家，實欲傾東鄉也，因聯大士、大力入復社，深相款浹，旦夕諷刺。大力因有髫年藝之刻，以叛東鄉，而臨川之社遂有隙。吾觀東鄉摘諸公之謬，於理本不爲苛，而辭氣太戇，且雜以虐謔，既有足以致讒者。東鄉固以親暱視三公，而不慮其已中敵人之間也。夫以大力之賢，猶不免於投杼，用知盡言之難受，非虚中好學者不能。其爲友忠告而不出以善道，雖骨肉可成吳越，如此不可以不慎也。然傾嶮反覆之徒，其心術亦大可畏哉！後之締遠交而棄故人，張己之翼而離人之友，社盟之禍烈於人倫者，皆繇此道也。髫年藝所行不遠，今未之見，想當時江右多君子，必有沮毁之者云。

録自吕留良評點江西五家稿之章大力先生稿卷首。

記艾稿　三則

艾先生稿，杭本選讀齋所刻者頗不全。後於金陵倪闇公架上借得謝三賓刻本，較備，共得文一百六十三，不知其猶有遺漏否也。天傭子集聞已有全刻，時訪江右友人，皆含糊不確，行當尋東鄉之故舊及有志識者問之。

艾先生文，初亦以纂組古博爲奇，已而漸趨平淡，後於平淡中復發憤刊落爲樸鈍硬瘦之業，其品亦高矣。論者不知，則以爲江郎才盡也。先生極恨嘆，每形之書尺。蓋文品愈高則人愈難曉，固無足怪。然在先生亦有一間之未達者，但於氣體景象之間講究極精，而指歸所以然之處多所踈略，故微見其外强而中乾，質清而味薄。使於此更上一層，豈諸子敢望其項背哉！即至今無一人嘆賞，其足以陵轢古今者，可自信也。

甲戌闈中，文湛持先生得首卷，決爲陳大士，請作元；鄰房項煜亦指一卷，爲楊維斗，爭不肯下。文先生曰：「但顧眼明耳。果維斗爲會元，大士即第二，豈不極盛耶？」遂讓之。及拆號，項卷乃李青也，唱次名，果陳際泰，滿堂鬨然，頌文先生法眼，項已極慚。榜後，艾公領遺卷，適亦落項房，首篇止逗四行而罷。艾遂序刻其七藝，大意謂士子三年之困，不遠數千里走京師，而房官止點四行，棄置不顧，此豈有人心者乎？刊本四出，京師又爲之鬨然。項聲譽頓減，至不得與會推之列，遂大恚恨。至癸未，項資階已深，不應分房，而强謀入簾，陰授名士關節薦榜首，以雪甲戌之耻。是年艾不與試。未幾而國變，項與其門人節敗身辱，流離道路，相繼受戮。而艾公以一老孝廉授命成仁，星寒嶽震。嗚呼！人顧自立耳。名位得喪之間，豈足以沮抑大君子哉？

録自吕留良評點江西五家稿之艾千子先生稿卷首。

記楊稿 三則

楊澹餘先生非非室初稿，即不多；非非室二集，則其在金陵爲博士時宦稿也，亦止三十首。今併集之，得文僅七十首。先生文刻峭清寒，固年數不永，亦勢不能多也。

澹餘有至性，不妄交，與同邑朱敬之、謝士芳、謝子起、楊汝基及汝基之叔某皆爲社，稱「赤水六雋」。敬之以計偕北上，客死；丁卯省試，士芳、子起、汝基下第，歸爲盜所掠，驚躍出舟，皆溺焉。楊奔往，伏其屍而哭，且告邑宰爲建祠祀之，曰「四賢祠」。自是，澹於進取。辛未釋褐，例應授令，曰：「願更讀書十年，有實得以報國。」遂改應天教授，陞國子博士，即引疾歸，曰：「吾終不忍負四君子。今人朝得雋，暮營膴仕，無不至，安得澹然以遠大？」自期如是。與千子論學甚親，與南中名宿論文甚廣，然終不舍死友而投名社，視世之以聲勢煽薰奔競翻覆轉眼即不知誰何者，非先生之罪人也歟？

先生之文，善於用遠，含毫落墨，渺然殊不著題，而曲摺起滅，則皆題之腠理骨脈也。惜其本領出於禪，故不能唐突先民耳。要此一種文境，雖先民嘆未歷矣。問同時如楊機部伯祥，亦江右之爲古文者，何爲不與？曰：「機部得蘇門風力，然其勢太直，氣近浮，要其精蘊固少矣；微按之，律亦不細。澹餘文雖極變逸，然藏針線於繡紋之中，於成弘規矩，固森然也。江右諸家，正以其得先生法耳。先生之法，古文之真法也。」

録自呂留良評點江西五家稿之楊維節先生稿卷首。

刻陳大樽稿記言

復社之支，其文字行世，風氣爲之一變者，莫如雲間之幾社爲極盛。一時菁華爛漫，儁材輩出，其峥嶸足傳者，如夏允彝彝仲、周立勳勒卣、徐孚遠闇公、王光承玠右及大樽陳子龍，當時即爲四方所推重。數公者亦皆激昂自負，思以其手足之烈，支維傾折，争名號於人間，慨然有東漢、江左之風焉。而數公之中，其才情足以揮斥、氣魄足以憑陵、光華足以炫耀、辨駁足以鼓動者，又皆服大樽先生爲之首。及其終也，有以不得志病早死，有間關播越不克有成而死，有赤脚雜田父終不見人自湮其蹟以死，皆風標挺特。而先生與夏公致命危流，大節爲尤烈。嗚呼！其平生期許，可謂皎然不欺，而先生之領袖諸賢，又豈苟然乎哉！然而氣運傾移，有非人力所挽者，雖志義有才略之士，亦且爲氣運所使而不自覺，則吾於雲間當時之文，蓋三歎而痛惜之，不能已也。

當崇禎之初，其文驟進乎古，理雖未醇，漸知有先正傳注矣，而忽焉潰決者誰與？其人有主名，其事有緣起，然而君子以爲皆天也。天欲亡人國，不欲斯文之興於此時，則必生其人其事以敗之，即志義有才略之士，亦靡然而崇其説。人品以晉爲高，詩以王李爲極，文字則以東漢魏晉齊梁爲宗，而詆黜唐宋，於宋之理學爲尤惡，如猛獸毒藥焉。至於波蕩陸沈而不可復理，則豈非爲氣運所使而不覺者與？然吾以爲諸君子之陷入其中也亦有故。彼見夫國勢窳潰，内外交乘，兵罷而不足用，財匱而不足支，士大夫習於文貌相欺而不足恃，其弊略同於宋。於是奮然思有以振起之，而誤信良知後人之説，以爲宋之弱不可爲，由於講理學，不講事功。於是其體取之真率脱落，其實取之功利作用，其爲鼓舞標格，不妨取之俊詭豪華。而所謂傳注先民，及唐宋大家之學，皆近於宋弱而不可爲。嗚呼！是何所見之謬哉！夫北宋有二程而不能用，其所用者爲王吕章蔡。南宋有朱子，不惟不能用，且斥其身，禁其學，而所用者爲秦湯韓賈，由是以至於亡。然則宋之弱，正弱於不用講理學之人，與信用講事功之人耳。然而諸君子者，方且謂吾兹以人力挽氣運也，而不知其所爲挽者，即氣運之使至於亡而不自覺也。

夫天下庸劣萬輩，流習頽壞，無足爲怪，惟志義有才略之士，亦不免於氣運之使，此則真所謂天矣，莫可挽矣！今觀其一時所作，雖師承文選，然其本質超然，皆不爲體調所汩没。彼其才情足以揮斥、氣魄足以憑陵、光華足以炫耀、辨駁足以鼓動者，猶英英然自出於豐詞縟句之表。使其講求理學，而得周秦漢之真源，以極夫唐宋大家之派别，則其所成就何如者。然天下將亡矣，而文章氣運反如此之極盛，則古今以來未之有也。故曰天也。

崇禎已巳，大樽與艾東鄉争辨文體。陳主文選，艾主唐宋大家，反覆不相下。時東鄉負海内宿望，以前輩自居，而大樽一少年與之抗，至詆訶攘臂，吴中後生相傳爲快談。然不二十年而國旋破，兩公皆殉難。而大樽晚年文字，亦刊洗鉛華，獨存淡質，卒同東鄉之旨焉。此亦猶弇州之於震川，有「余豈異趨，久而自傷」之悔歟？夫文章指歸，千古一塗，浮氣消則至理自顯。安有絶世之聰明，而終不悔悟者哉？然則是稿之文，固先生之所晚悔者耳，而又何存乎？蓋先生之生平，不必以是稿傳。是稿之美而未善，亦不足爲先生諱。顧崇禎季年之文，莫著於雲間，雲間之文，又莫著於先生。其光芒四發，固自不可磨滅。而所爲氣運之變，與人力之奇，後世可以觀感者並在焉。則先生此稿，固有不可以不存者也。

録自車鼎豐編呂子評語餘編卷四。鈔本晚村詩文集於「雖師承文選」後有「規模六朝」四字（呂晚村先生論文彙鈔第八十九條、王煜青鈔本呂晚村先生文集同），文末有「因命葆中録刻之，而述斯言於端云」數字。題據刻江西五家稿記言例擬，鈔本晚村詩文集作「刻陳卧子稿記言」，王煜青鈔本呂晚村先生文集題作「陳大樽稿序」。

刻歸震川稿記言

震川全稿成，先生閲前後序文皆不愜，後於初學集見是文文附後，曰：「是雖不言制義，而太僕文章公案略見於此。」遂用之。

門人問曰：「太僕以古文爲時文，故近是耶？」先生曰：「否。文即文耳，何古與時之有？曰古曰時，是二之也。又以古爲時，則太僕强造爲太僕之文耳。於時文且失其宜矣，奚取焉？」曰：「時文自有格式，豈竟與古文同耶？」

先生慨然曰：「此正後世論文之病也。今即與子言古文，夫騷賦有騷賦格式矣，奏疏有奏疏格式矣，碑誌有碑誌格式矣，其爲記序書啓論策傳贊哀誄頌辨難喻説，下至演連珠大小言之類，不各有格式乎？」

曰：「然。」

「然有謂某以古文爲騷賦，某以古文爲奏疏碑誌記序之類，則公必笑之，何也？蓋略格式而專論文，則均之古文，不可贅斯名也。夫既略格式而專論文，即時文何異焉。然則時文皆可爲古文乎？是又不然。其不可爲古文者，雖騷賦奏疏碑誌記序之類，唐荆川所謂以大地爲架、安頓不下者，皆煙消草腐，與今之時文同也。時文之足傳者，經緯終古，光景長新，與古之傳文同也。惟今人視時文，必以煙消草腐者爲正宗，見有異乎其狀者，若馬隊之驚槖駞也。而又不敢遂非之以貽笑於識者，於是乎有以古文爲時文之説。故善爲文者，自騷賦奏疏碑誌記序以致演連珠大小言之類皆一焉，而何有乎時文？其不能一者，時文則時文而已，必不可爲古文者也。非不可爲古文，不能爲時文而已矣。此可於先輩驗之，王守溪、瞿昆湖、鄧定宇、李九我、湯睡菴、許鐘斗諸公，非時文家所稱正宗者乎？然其文集具在，曾不足與太僕平衡者，何也？大都不能一者也。不能一者，非其古文不如，乃其時文故卑也。若太僕則不知有所謂時文者，故其文集亦不知有所謂古文焉。一而已，既已一乎，則以此序太僕時文也，又何爲而不宜。小子志之，而亦求夫太僕之所以一者而已矣。」

錢牧齋題歸集云：熙甫生與王弇州同時。弇州世家膴仕，主盟文壇，海内望走，如玉帛職貢之會，惟恐後時。而熙甫老於場屋，與一二門弟子，端拜雒誦，自相倡歎於荒江虚市之間。嘗爲人叙其文曰：

「今之所謂文者，未始爲古人之學，苟得一二妄庸人爲之鉅子，以詆排前人。」弇州笑曰：「妄誠有之，庸則未敢聞命。」熙甫曰：「唯庸故妄，未有妄而不庸者也。」弇州晚年，頗自悔其少作，亟稱熙甫之文，嘗讚其畫像曰：「風行水上，涣爲文章。風定波息，與水相忘。千載有公，繼韓歐陽。予豈異趨，久而自傷。」其推服之如此。而又曰：「熙甫誌墓文絶佳，惜銘詞不古。」推公之意，其必以聱牙詰曲、不識字句者爲古耶？不獨其護前仍在，亦其學問種子，埋藏八識田中，所見一差，終其身而不能改也。如熙甫之李羅村行狀、趙汝淵墓誌，雖韓歐復生，何以過此？以熙甫追配唐宋八大家，其於介甫、子由，殆有過之無不及也。士生於斯世，尚能知宋元大家之文，可以與兩漢同流，不爲俗學所澌滅，熙甫之功，豈不偉哉！傳聞熙甫上公車，賃騾車以行。熙甫儼然中坐，後生弟子執書夾侍。嘉定徐宗伯年最少，從容問李空同文云何？因取集中于肅愍廟碑以進。熙甫讀畢，揮之曰：「文理那得通？」偶拈一帙，得曾子固書魏鄭公傳後，挾册朗誦至五十餘過。聽者皆欠申欲卧，熙甫沉吟諷詠，猶有餘味。宗伯每歎先輩好學深思，不可幾及如此。今之君子，有能好熙甫之文如熙甫之於子固者乎？後山一瓣香，吾不憂其無所託矣。

録自車鼎豐編吕子評語餘編卷一。題據刻江西五家稿記言例擬，鈔本晚村詩文集作「記歸震川制義序後」。

刻唐荆川稿記言

按荆川先生文，計一百六十三首，家藏止九十餘首，後於秣陵徐州來、儁李盛奕雲家出所藏，共得七十餘首；又虞山錢湘靈寄舊刻大字本，訂正三首，至是而荆川先生全稿略備矣。大人嘗稱荆川之學，初時根柢於程朱，甚正。第所得淺耳，亦自知其淺也，而求上焉。遂爲王畿、李贄之徒所惑，而駸駸於良知之説，於是乎荆川之學終無成。然其制義，雖晚年游戲宦稿，未嘗敢竄入異旨、流露離叛之意，此猶入門時從正之功也。其文超詣剪剔，寫無形之境於眼前，道雖盡之，詞於句外，言各如人，人各生面，得史漢不傳之妙。惟震川先生熟於經，故其文廣淵；荆川先生熟於史，故其文精卓。足配震川者惟荆川耳，自餘諸公，則不過時文而已矣，於古人實無深得也。艾千子刻震川稿，而以金正希合焉。大人謂正希文雖佳，然以當太僕，夫何敢！夫何敢！陳名夏輒欲以茅鹿門駕震川，而詆荆川爲未進於古法，大人笑謂牧豎譏評今古，雖顛倒淆訛而人莫之責，以其無知耳，與之辯論，即兩牧豎矣。男葆中謹識。

録自吕留良評點唐荆川先生傳稿卷首。題據刻江西五家稿記言例擬。車鼎豐編吕子評語餘編卷一摘録，前闕「按荆川先生文」至「大人嘗稱」七十四字，後「大人謂正希文雖佳」中「大人謂」三字闕，「大人笑謂」作「予嘗笑謂」。

補癸丑大題序 一

補癸丑偶評成，先生見之，曰：「是何偶之多也。既偶矣，奚補爲？」曰：「亦偶補之耳。」先生曰：「是言也近於佞。且而不聞考夫張先生之規我乎：『行年即同衛武，已去其半，中夜以興横渠，猶將不及。事固有大於此者。乃爲無益身心、有損志氣之事，耗精神而廢日月，且將久與污濁中苟盜浮名者流動，若絜長角勝者。私心竊不爲兄甘之。寫至此，手指顫震，點畫不成字。』其憤切如此。今吾友亡矣，而吾過猶存，其可哉？」曰：「昔者先生答張先生書，不更有義乎？」曰：「非吾友誰與語此。小子識之，張先生之言是也，吾未之能改也，存此以志吾過，吾偶止此矣。」因退而共名之曰更仰集，同十二科程墨行世。門人陳鏦謹記於集端，康熙乙卯重午。

録自晚村天蓋樓偶評卷首。

補癸丑大題序 二

晚村語余，天下藝事皆存而時文獨亡，余竊疑其過，反覆偶評，而嘆斯言之不我欺也。凡藝事細瑣，皆生人之嗜好，足以留之，故精多物弘，雖戲幻無益，若可與至道相終古，未有舉天下蹴踏唾唾之物而猶有不亡者。

今天下惡時文也至矣，理學家曰害道也，志節家曰失足之資也，經濟家曰於世無用也，詩古文家曰不可以名當時傳後世也。然此數家者，雖甚惡之，實皆不足以亡時文，何者？佛老陰陽醫卜書畫歌伎擊刺工賈之屬，道不同，無不相爲非笑，然其術益精而傳益久者，外人雖惡之，而爲之徒者深信而篤好之也。故天下惡時文，時文終不亡，爲時文之徒者惡之，斯真亡矣。據濃油之檠，抱凍壅之甕，秋蚓寒蛩，哀吟達曙，與昔之篤學好古者何異？若有所迫脅驅使大不得已而爲之，顧斯須敝棄以爲快者何也？凡夫集注章句之所以尊，周程張朱之語之所以至，六經諸子左國莊騷史漢唐宋之所以合，前輩作者源流家數之所以分，體製法度創意造言之所以歸，古今典故記載成敗議論之所以辨，茫乎蕩然，一無所關切，而别有一尷尬麻糊腐爛之具，群目之曰時文。夫如是，奚而不亡！然又不止此也，今之理學、志節、經濟、詩文，其初未有不起家時文者也，或終老不能爲，或爲之而不精，或精而不得其力，於是乎逡巡遁逃，取名品之最高者託焉。試使數家者拈題伸紙，吾知其於尷尬麻糊腐爛之外，無他發明也。故爲理學、志節、經濟、詩文不成，退而爲時文之徒，猶有足觀者。今皆爲時文之徒不成，退而爲理學、志節、經濟、詩文，宜其蹴踏哇唾又特甚而不可返也。

文字，藝之一；時文，又文字之一耳。世家遺澤凝結於斯，嚴師良友四方倡和資助又略備，自少至壯，其志氣神明精力非此無所用，如是以圖一時文而尚或未成，忽焉即以此不能時文之人，無祖宗之澤，師友之資，少壯攻苦之力，轉而求聖賢豪傑所欲然不能自必之事，朝爲而夕報成焉，其亦難信也。今天下幾於無不惡時文者，然而道益害，足愈失，於世仍無用，更不足以名今而傳後，則時文之不足惡也明矣。惡之甚，匪獨時文亡，其爲理學、志節、經濟、詩文先亡也。使皆頫首抑志而讀是書，理學者於此得邪正之準，志節者於此析義理之微，經濟者於此審功利之非，詩文者於此辨雅鄭之故。則晚村之所存，豈特一時文；而其所救正者，又豈特爲時文之徒而已哉。

康熙壬子仲冬長至後三日，洲錢吴之振書於尋暢樓之西閣。

録自晚村天蓋樓偶評卷首。鈔本晚村詩文集收入，題作「天蓋樓大題偶評序」，題下署「代」字。

補癸丑大題序 三

或問於吴子曰：「吾聞晚村之爲人也，倀倀涼涼，多否少唯，遇車蓋則疾走，聞異音則掩耳而逃，與人言至科舉種子，未嘗不痛疾而雪涕也。顧沾沾焉取時文批點之，而吾子又爲之流布於天下，吾甚惑焉。」

吴子曰：「予壹不知夫是書之過至於斯也。雖然，嘗聞之晚村矣：讀書未必能窮理，然而望窮理必於讀書也；秀才未必能讀書，然而望讀書必於秀才也；識字未必能秀才，然而望秀才必於識字也。是則方其指偏旁、描硃墨，便當以此事相責，又何聞乎時文？」

而或曰：「不然。逢年者以山林爲桎梏，避世者以軒冕爲塗炭，趨軌既岐，器業斯別，晚村獨不聞乎？」

吴子曰：「是未知時文，又烏乎知晚村。昔者，程子遇碑於途，有禪子同過焉，讀之，曰：『公看，皆字也。某看，皆理也。』又語學者曰：『某何嘗不教人習舉業，但於上面求必得之道，是惑也。』今晚村所見爲論語、大學、中庸、孟子之理，而公且以爲文字即晚村所見爲文字者，而公又且以爲必得之道，其滋惑也，不亦宜乎？如凡爲隱居，必當仇時文也。將世舉孝弟力田，則去父兄廬墓；舉博學宏詞，則焚經史典籍；舉高蹈丘園不求聞達，則蒼皇反覆，爲馬首之巢由而可哉？晚村則以爲文字之壞，生於人心；而文字之善，又足以正人心。隱微深錮之疾，其將回魯陽之斜曛，障支祁之潰浪。經天行地，一反其常，固非一手一足之烈，吾非斯人之徒與而誰與？而且擎拳撐脚，獨往獨來，行路之人，挨肩疊足而不顧。咄嗟！晚村其舍此識字秀才讀書者而安望耶？東萊有云：『假試課以爲媒，借逢掖以爲郵，遍致於諸公長者之側，其有豐獲焉。』予或者不失晚村意乎？猶以爲房書也，選政也，是蕭公之崇佛，達摩以爲毫無功德者也。」

刻既成，因書問答之語於卷首。洲錢吴爾堯序，時康熙壬子仲冬之朔。

録自晚村天蓋樓偶評卷首。鈔本晚村詩文集收入，題作「天蓋樓大題偶評序」，題下署「代」字。

大題觀略初刊凡例 七則

晚村喜論文，凡文字新出，同志及其門人子侄輒舉以質疑，不厭爲之塗抹詳説，日久充棟，然未嘗有定本也。癸卯更文體，塾師悉取以易策料，散失略盡。年來兒子聖錫從晚村長公無黨游，余與同坐小月泉西閣中，晨夕披析，因集諸友零星本子互訂成書，故頗有名下未見一藝者，實□闕漏之憾。儻佳製全稿，不吝貽教，將商諸晚村，更定全集，以此爲大略可也。

晚村論文，不守一格，片長節美，無不搴收，然要其至處，又極精嚴。求全體當可，正復不易，即集中所取，多瑕瑜不掩之意。門風太峻，同志稍爲通融，評語發明確暢，有所旁及，皆關切生民，根柢要道，但未免刺促駭俗，故爲節遜。行之圈點，過於冷落，亦非時目所習，頗酌增焉。總欲使聽者不驚東門之鐘鼓，非於晚村有損益也。讀者得其指歸而求進焉，斯可矣。

俗下文字禁，於東皋墨選中已發其凡，今爲推廣言之。如起講活套吾必尊一人以立極，亦未取夫〇〇者而深思之矣，説不足以〇〇者至人不以立訓，吾謂其〇可以已也，吾謂其〇更可以已也，天下無所爲〇〇也，至人必取而〇〇焉以明其所〇〇，與〇〇相求於靡盡，祇此〇〇〇者之一心，亦求之一心而已，以我今日思之而愈出，是當取夫〇〇之〇〇者首推之以立隆於天下，而其説乃大著於天下，而其人遂相深於意量之間，而吾之説終爲天下之所不易，不取夫○○而○○之，或作言○○而不言其○○者何若。則○○之○不著而○○之○亦不著，覺其○傳而其○亦與之俱傳，固貴先○○而○其○也尤貴合○○而○其○，不恃有○○之○也而恃其有○○之○，不信之於其○而信之於其○也，非○於其理之無不○而○於其心之無不○也，非異於其○而異於其○也亦非異於其○而異於其○之○也，使○○而不甚○於○○之○吾無俟取此○而深求之也使○○而爲僅○於○○之○吾亦無俟取此○而深求之也惟○○有所甚○於○○之○而尤爲不僅○於○○之○則不得不反覆○之以見其○之有所甚○而○之有所莫能外，凡與道相求之事皆與心相見之端也，固不越一二大端由繹焉而無盡，有愈求而愈覺其○○者爾，屢進而加詳焉，夫固有名言之莫罄者爾，今而知○我以○○者正其○我以○○者爾；【虛縮下文】雖未遽言○○乎，其○○雖未盡此乎，吾且未言其○○者何若，即○○有不盡乎此，雖所爲○○者更自有在，吾欲明夫○○必先舉夫○○，此其事未嘗不合○○以爲量也而必先○○以爲功，此其說未可以一端竟也，吾不必進究其全，不必問其○○之所○爲何如也，而其說乃可以徐詳，未究其○○先徵其○○未與一世問從違，先與一心問疏密，予人以無已之求詳，姑未言，不具論；【引述解釋】此不必徵之○○而始明也，即進徵之○○而益信，諷詠篇章何以啓我無窮之悟，流連往訓何以引人不盡之思，恍遇諸流連歌詠之餘，詞以備述而全，理以推求而出，無不可○○焉以明吾說之不誣，吾人流連往什而不得古人之所○無貴乎取

○○而○之矣即僅得古人之所○更無貴乎取○○而○之矣，可取今日之意而通之古人者，無不可取古人之言而通之今日，在當日初未嘗言○也，而以吾繹之覺有不言○而深於言○者，言○而○見不言○而○愈見，言○不言○無非言○，前之人既詠歌以傳之，後之人復由繹以求之，總以得其○○之所存，○○不欲自言也，而○人代爲言之即○人亦不欲盡言也，而吾更代爲○人言之，吾向欲求所爲○○者而不可得也，而不意忽遇之○○之○也，可從諷詠之餘而觀其蘊，更可就篇什之内而究其微；【形容摹擬】吾幾爲圖維焉而覺○○之難以言盡也，更幾爲圖維焉覺難以言盡，而未始不可以言盡也，試一低徊焉試一想象焉，乃爲之穆然而深思焉，睪然而高望焉，不知幾經○○而後有此○○之一日，一思而覺其○○者，再思之而愈覺其○○也，不覺有如是則○不如是則不○者，一詞之未足擬者，屢詞形之而有所未罄，覺有予人以可思，不予人以可盡，其昭然示人以可見者，即其淵然引人以不可測也，爲之即其人以溯其心者，固可即其心而穆然如覩其人也，○○乎其殆形容莫罄者乎；【比喻】吾欲正言以明之，不若喻言以明之，天下有至顯之形而可以明至微之理者，則與人正容而談不若旁通而悟也，試爲之罕譬以喻焉，此不必即○以形之者，亦何必不即○以形之也；【或有兩喻】擬似之所既罄者，復爲擬似之所難窮，形容之所既至者，復爲形容之所不盡，擬之以○而不擬之以○則其爲○○者終不可得而見也，即理而質言之不如仍即物而喻言之之爲得也；【出題有君子仁者等字】吾得而名之曰

○○，請得尊其人於天下曰○○，統古今而○○者惟○○備帝王而○○者惟○○，爲天下正告之曰○○；有下文惟不盡○○也而○○重，非以責○○正以辨○○耳；提比吆呼虚喝夫孰是，疇則是，果何道而○○○○，則試思能○○於○○者繄何人，伊何人也伊何事也，此其人爲何人，此心則何心，此意則何意，其所爲○○而○○者誰也，亦思○爲誰之○乎，此何王之風也，此誰代之治也，不得不穆然於○○之一人，果何人而有是○○也，顧誰則能○○如是也；有吾字我字其○○而○○者非我乎，安得不取吾之爲吾而正告之也，我之所以爲我者不可不○，○○而○○者非我也而○○而○○者爲我，○○者吾也；前後異稱如前先王而後聖人等昔之所謂○○今之所謂○○也，○○者即前之所謂○○也，則請進○○而論○○，此不得僅以○○目之也，故不稱○○而稱○○；承上吾於是覆思夫○○也者，不得不取○○而申論之矣，安得不重繹夫○○也，可更進而極擬之矣，所當深論焉，以見其理之有所甚全，曷不取夫○○者而深求之；上文有重語前言○○今言○○，此吾前言之所已及者也，此吾前言之所未及者也，此吾前言之所未及而無不可即吾言以通之者也，何以言○不言○何以不言○而反言○；總提反掣則亦何○何○何○之可○也哉，是何必取○與○而析言之哉，方其○○之時豈不○○豈不○○豈不○○而○○哉，然而未可○也，凡此者何一非○○之所○也哉，然而未可一視之也，始焉有不敢○○之心，繼焉有不遽○○之心，終焉有不覺○○之心，此其中有與○○爲類者，有與○○不類者，有與○○相反而適成其相類者；【挑剔】自其○○者言之，則謂之○自其○○者言之，則不謂之○而謂之○，猶是○○也，而所以爲○○者則異，分著之而○自爲○○自爲○合觀之而○即爲○○即爲○，論○○之始未有○○先有○○論○○之後既有○○即有○○，未○之前不特無以○○也，且無以○○既○之後，不特有以○○也并有以○○，分言之而有○○之○者，合言之而又有○○之○，一言○○而即有不止於○○者，不必○○不必不○○；【有必字斷語】非或然或不然之理也，非可信可不信之説也，固非以有○有不○者之爲○而以一○無不○者之爲○也；【提比煞語】所當深體焉以究其歸，所當繹思焉以推其極，約舉焉以見○○之無遺切指焉以徵○○之靡盡，於此有不職詳而職要之圖，於此有不治煩而治簡之理，是必有○○○○者裕○○之宏圖；【中股煞語】以是爲○○焉爾，斯何如○○歟，而何勿○○焉，其○○何如已，惟此之爲○○爾，斯其○有獨○已，此際之○○何如也，其○○也有如斯；【下比即接】如斯而其○○可○矣，此其○亦甚○○也哉；【截渡頓折】初何嘗曰吾如是以○之即如是以○之也哉，起而視其○○則何如哉，○○而不期其○者○○之心○○而自無不○者○○之效也，此豈有意於○○乎而所以○○者在是矣，此其事已進於○○矣夫

○○則何能○也，是惟○○而能有此○○也然惟○○而不僅能有此○○已；【後比推宕】吾於是爲○○者幸矣，吾於是爲○○者慮矣，今而後不必更言○○之○矣，而其人之○○於焉見矣，天下有○○如是者哉；【起下】吾將進而觀○○之全吾將究而考○○之備；【通套混語】歷一境必有一境之益，進一詣必有一詣之修，○無盡○亦與之爲無盡○無窮○亦與之爲無窮，始之以心入理，終之以心化理，以心謀理，以理洽心，不於○○之外有所餘，即不於○○之中有不足，無所損於○之中，亦無所益於○之外，與天下相見仍與天下相忘，見心而不見天下，見天下無非見心，問世如其問心，觀民即以觀我，不徵勢而徵心，不恃權而恃理，以一情協群情之極，以一理觀萬理之同，不在天下而在吾心，在吾心而即在天下，以天下還天下，以天地還天地，見理之處無非見心之處，受益之數即爲受損之數，以爲○○之○其○不可以○也以爲不止○○之○其○尤不可以○也，以治統開教統之先，以聖功全性功之大，○○也而○○者何心○○也而○○者何意，試思夫○○之○爲何更思夫○○之○安在，試思○○之中其○○者何限更思○○之際其○○者何窮，理可用，欲亦可用，忘乎欲，并忘乎理，心外無道，道外無心，統天下於吾心，推吾心於天下，非○○者一心而○○者又一心也非○○者一理而○○者又一理也，以心求理，不過以心見心，以人見天，不過以天合天，博求衆理之分，不若靜悟一原之合，未考圻甸之同風，先觀一身之表建，一致無所不致，一有無所不有，一能無所不能，何在不形其○○何地不著其○○，一善形爲衆善，群理彙爲一理，與人同其○○而不與人同其○○，其視○也重則其視○也不容以或輕；虛活俗字即如，不妨，何妨，姑就，但見，第覺，祇覺，忽覺，轉覺，遥想，還想，恍然，倏思，務期；以上誠有累牘難盡者。晚村所謂老老大大，髭長面皺，猶作此等見識，思之實足愧耻。縱或當時名下偶作，猶以爲創造，今則鈔套熟爛，雖佳文亦不堪矣，況未必佳乎？

集中所痛削者，浮滑軟熟之文。晚村謂文棄實而取虛，棄勁而取柔，棄古雅而取俗惡，棄樸直明白而取含糊輕巧，皆病中人心。而事關氣運，非細故也。近時論文，直至股尾虛字，亦以「乎」「哉」爲硬，而止用「歟」字；以「矣」字「耳」字爲直，而變用「已」字「爾」字。此種議論，不知起自何人，知其心術品行必至污極下而不可問者。至章句詞采，古人無一字無來歷，出於經傳爲上，出於子史古文者次之。湯霍林用「冰兢」二字練經語無法，艾千子猶譏笑其不通，今則俚鄙滿幅。王半山悔變秀才爲學究，不知今又變學究爲白丁也。是集辭而闢之，鄺如矣。

晚村别有知言集一書，起自洪永，訖乎啓禎，程墨、大小題、房行皆統焉。其所披剥，真足發古人未盡之藏。孟舉叔同收拾參訂，行將公之。寓縣其有家藏先稿未經行世，或行世而不盡全美者，望即投贈，以盡表章之功。

晚村年來以病杜門，坐卧天蓋樓中。四方車馬之駐，概謝勿通。惟同志數子，風雨無間，於行藥下酒破寂爲歡。時復及之，故即以名書。部帙繁重，凡經鄉會已出題文，俱不登板。今計佳製甚多，有遠勝闈墨者，其光華不可掩没，但讀闈墨不取房稿，是即村豎之見也，將於增訂全集中補入焉。

自牧漫書。

十二科小題觀略序

録自天蓋樓制藝合刻卷首，内目録、正文、書口皆署「大題觀略初刊」，據此擬題。

時下文字皆自以爲有法，而其實無法，統命曰顢頇。顢頇之患，繇其初未嘗精講於小題也。大題言盡勢足，雖精微難求，而體貌易設，渾舉崖略，猶可鋪張成篇。小題變動不居，半字隻字，稍有增損，即全理爲之改易，邈不相通。不得其道，坐受畫虎捕鼠之誚，故有自詡尊宿而猝拈枯窘闒筆失措者，其思索浮驟，遇生徑則苦澀而不能入，其間架麤忽，束縛於險仄，則昧布置之方，然後知其向所爲鉅篇鴻構，原有所未盡也。

先輩大家多從此用力，故於大題之窾突肢腠，曲盡其妙，而機趣發乎天然，無泛演怗懘之病。今之學者，自初爲文，即不講於此，而遽求速化，逞空鄙之胸，造曼繆之習，徼幸苟得，反取其套數之緒餘，以爲小題。欣然自以爲無難，誑惑後生，轉相仿竊，幾欲笑古人之徒自苦者，宜其顚頇而更不成文也。乃論者不此之爲救，反謂小題無當於性道經世之學，而思有以易之。

夫盈天地間，萬物萬事，無非文也，故曰：「皆備於我。」若曰：「吾得其要者而已。」是紛紛者舉不足問，則已取所備者而盡棄之。吾知要非其要，而得非其得，此之謂義外。自告子、陸子以及近代良知之謬，未有不出乎此也。聖人教人，豈不欲其務本而達用，而曰：「興於詩。」詩之爲道，何與乎本與用也？然聖人以爲可興觀群怨焉，事父事君焉，多識鳥獸草木焉，又何説也？記曰：「不學操縵，不能安絃。不學博依，不能安詩。不學雜服，不能安禮。不興其藝，不能樂學。」小題之道，亦如是已矣。

論者又曰：「吾非惡其小也，惡夫摹肖脣吻，則訕毁駁騂，獶黠滑稽，便嬖駔豎，無所不效焉，斯不可爲訓也。」其辨，吾亦取諸詩。近代叛攻朱子者，謂朱子於詩廢序説而入之淫風，不可訓也。然桑中、氓、丰，雖序亦以爲淫亂者也，其詞曰：「期我乎桑中，要我乎上宫，送我乎淇之上矣。」「乘彼垝垣，以望復關。」「以爾車來，以我賄遷。」「俟我乎巷兮，悔予不送兮。」又何狎褻纖醜之曲盡也。不識當時師儒將廢此數章而不講習歟？抑别有説焉？而序又不足信歟？曰：「此其爲刺也。」夫爲淫亂者之辭而所以爲刺，又烏知夫摹肖脣吻者之非所以爲戒歟？古來稱文章之雄者曰左、曰司馬，左氏於弑逆荒亂怪誕不經者，橅寫尤精彩；司馬氏傳刺客佞幸奸雄權詐者，極意刻畫，令千載下覽者如壁觀焉。使二子者而在今日，幾何其得與於斯文也。夫美惡是非邪正，人事之必然也。聖人立言，詎不專取夫美者是者正者，而必反覆互對舉之，何也？孟子知詖淫邪遁之言，而後聖人復起而不易，正以是也。故狀善而不極善之至，不足以感奮；狀不善而不極不善之至，不足以創懲。極其至者，善與善不相蒙，不善與不善不相混。化工賦物，萬彙流形，皆自然而然，盡古今事理言語之變，而至道行乎其間，此小題之義通於詩，即凡爲文章之法，以進之性道經世之學，無有二也。又何顓頊之患之有？」

時與無黨兄弟及諸子編次天蓋樓偶評小題若干首，書成，因述其所聞於先生者如此。

門人董杲謹序，時康熙癸丑仲冬之望。

録自十二科小題觀略卷首，内目録、正文、書口皆署「天蓋樓偶評」。車鼎豐編呂子評語餘編卷六、鈔本晚村詩文集收入，後者題作「天蓋樓小題偶評序」，題下署「代」字。

十二科小題觀略凡例　八則

小題爲初學從入之門。門逕一誤，終身墮坑落塹，如蠱入腹，後雖知而求治，難愈也。故子弟爲文，須先遠俗派，如時下油口活套，兒曹習之，旬日便肖，不數月輒成。使之解脱，即生軀蜕筒，白首不離毛病。凡爲父兄師友，當如妖魔狼蠆以遠之，不可以不厲也。其句調之禁，向附程墨及天蓋樓大題，兹不復重刊；然在小題爲尤要，讀者當從兩集拈閲而類推，以盡其餘。若近來論題之有俗解，論文之有俗訣，評中摘駁散見，以意逆之，自得也。

小題所以盡文字之變。除是天地間義理所窮，心思所屈，無可復生處則已，有則必須生盡。故是集家數最博，不以成格限之，不以偏嗜障之，然其中指歸固未始不一也。韓公云：「學焉而各得其性之所近。」初取所喜者引之，繼取所逆者治之，漸進漸廣，無所不學，而後能自成一家，此之謂得其性之所近。若專守一格而不知變，未見有得者也。繇淺及深，自正盡奇，是在教者因其材當其可而施，不陵節焉耳。

先生論文，以意思義論爲主，不在機調，意論達則機調自生。凡一翻一正，一開一折，定有頭一皮庸陋見識套數先到。先生謂必須撥過此番，然後有真意思、好義論出。若人人心手必然，萬喙一律者，斷無可取。

小題尤重者法。法無定本，只以恰肖題位，割清上下，不可增損移掇爲率。近日鑒油滑之非法，思有以變之，是也。然不得其真，必以麤踈爲大方，以蕩軼爲才情，以脱落爲高致，此無法之弊，與非法罪均。程子所謂「扶醉漢，扶一邊，倒一邊」，非變之善也。又有一種，假先輩講説，印板泥塑，困縛文人心思，坐置腐爛無用之地，名曰死法，壞卻後生好材質不少。學者知非法無法死法之不可爲法，則真法出矣。

比來佳文，每爲白腹選家刪改壞盡，如集中「魯無君子者」，尹君明廷作，從坊本登板，已而友人以原本來較，則竄抹甚多。若提比有云：「交游日習在樂群者，亦自忘爲我生之幸矣。行誼既成，在考道者亦不知爲誰氏之益矣。」數語極有意思，而橫遭劣傖脚跡點金成鐵，真文章大劫。集中不知凡幾，惜不及一一訂正。識者肯惠教之，異日改刻，亦一快事也。

前輩在文言文，不拘科目，雖諸生有作，亦得不朽。邇年諸生私刻有禁，固不必言，而行書名稿亦隨時淹没不傳，深可惜也。猶憶丁酉行卷中有錢君榜名陸燦者，其小題妙絶一世，先生最賞歎之，今已散失不多，此外更寥寥矣，故不便入集。然其文終不可泯，將來大小題、程墨皆有增訂，全集當蒐羅附入，以廣其傳。

小題選本，向多假託姓名，移甲换乙，不可究詰。今意主欣賞，未遑考核，惟所見之本是從。

先生性喜論文，而不涉世故，手攙舌辨，竟日不知疲。揜卷後或問某某何似，則已忘之矣，故其予奪去取，毫無愛憎徇借之私。嘗歎云：「士林廉耻之道，最是選家喪滅得盡，奔競諂阿，恬無愧怍，其品在儈乞之下，非士人所宜爲也。」平生知交落落，有貴顯者即隱退不復近，亦未嘗輒通書牘。自金陵歸後，患瘻失血，養痾村莊，益厭塵事，即相識罕睹之。外間或以選事致商，雖夙好之稿，從無評序，固其志操素然，亦病不能應也。

力行堂諸子同識。

録自十二科小題觀略卷首，内目録、正文、書口皆署「天蓋樓偶評」。車鼎豐編呂子評語餘編卷六録「小題爲初學從入之門」、「小題所以盡文字之變」、「小題尤重者法」三條。

十二科程墨觀略序

晚村氏評論乙丙以來諸家所選程墨之文，其子弟殺青以行世，既卒業，持卷示余。余讀而作曰：嗟乎！是豈徒懷鉛握槧爲應制舉家導夫先路哉？蓋晚村講學之書也，三代以上聚天下駿雄秀異之士，教之以司徒，升之以司馬，自天子之子、卿大夫元士之適子與國之俊選，無人不學，不必其有講法，自郊遂黨術及乎國之中，無地非學，不必其有講名。於時禮樂斌雅之材出，孝弟廉讓之俗興，若是乎上之所挾以求士者，不出乎所命而士之勉焉以答上旨者，還以其所命之而已。後世長育人材之意，不能善行其法，制科以詔之，多方以羅之，法愈棼而士愈僞，載之史册。文苑儒林，分爲兩科，而文與儒始岐而二之。至於有宋道學，復爲一傳，儒與學又岐而二之。

甚矣！制科之於講學不相爲通也。晚村氏深衷定志，不惜以其身屈都講之壇，願與天下遵發矇之路，卹卹乎其似憂也，憬憬乎其更有懼也。憂斯人之習於制科者，不得聞聖人之言也。又懼斯人之絕乎聖人之言，而一意於制科也。然則風厲學宫，非正道而摩切多士，皆異趨也，而可乎？故其言根柢乎六經，而繩尺以雒閩之旨，本之以辨志敬業之修，而即達之於順時榮譽之技，曰：「吾將舍是以爲教，不若自其幼學而教之之爲便也。」則其操筆也不可謂不勤，而其用志也不可謂不苦矣。而又有不便於其教者，大端有二：鹵莽於訓詁也，滅裂於學殖也。訓詁軒生，守一師説，目傭耳食，前吁後喁，若者爲隸而已矣。學殖不厚，僞體流傳，攻剽敓攘，割此據彼，若者爲蕪而已矣。隸者賤，蕪者塞，没其身於中，不一造高明之域，彼將曰：「大冠如箕，吾攫而取之，有餘力矣。何暇問世間更有何書可讀。」猶是科舉之説害之也。今十數闈之牘具在也，其爲文非不顯融也。晚村出之雺霧之中，而生面一開，則爲通人，爲魁士，爲名業，爲古人。學人生才智，無不相及，汲汲然惟恐其人之鹵莽之、滅裂之也。奈之何不以通人、魁士、古人、名業力自標置，而乃離跂攘臂於隸賤蕪塞之場，則猶鹵莽滅裂而報予。彼則荒矣，而於晚村氏又何患焉？

海内多沉識表微之士，曩大小題二集之行，已能遵持其書而受之，復裒其應制之篇，益以擬作别製，比類同論，抉摘其瘨痏，而標表其菁華，或直言而不迂，或曲言而不殺，繇此以幾於聖人之學也，不遠矣。孟子曰：「博學而詳説之。」學記曰：「先王之祭川也，先河而後海。」能探學説之詳博，而究之以反約，通河海之先後，而掖之以知本，將儒者明理致用之方，與先王設科取士之意，不賴是而較著矣乎？如以其文而已也。丹黄甲乙，儗於壯夫之莫爲；蚓竅鴉塗，譬彼孺子之能語，又何庸嚾嚾焉傳一先生之言，誰爲爲之？孰令聽之？是則好辯之稱，無惑乎外人之亟欲加之也已。

時康熙戊午冬十月，同里學人曹度書於帶存堂。

録自十二科程墨觀略卷首。按，此篇曹度帶存堂集題作「天蓋樓評選近科程墨序」，署時間爲「戊午十月廿三日」；另收入錢肅潤文瀫初編卷八，錢氏評曰：「晚村所選觀略一書，不惟論文，實且明理。此序直爲講學之書，確甚。至以制科説到講學，情弊一一拈出，令制舉家讀之，猛然深省，洵爲干城斯道之言。」

十二科程墨觀略客語後記

程墨偶評與大小題先後告成，先生之老友謂先生曰：「是書也失之直，恐不免於國武之患，子盍慎諸？」先生矍然曰：「嘻！其甚也，止勿行。」有客私於公忠曰：「聞先生之書以直，故不行世，有諸？」曰：「然。」客曰：「今天下學者得先生之書，如墮鬼窟者睹朝陽，漂窮島者遇巨舶，惟慮先生之未盡其説耳，如之何其勿行也？」公忠應之曰：「先生之評也爲吾黨，吾黨之刻也爲天下，誠有如客所云者，願爲讀者計，則善矣。抑讀者之所快，作者之所憎也？快者益快，憎者益憎，是以不可行也。」客曰：「今之鉅公，倡文教於上，惡近習之骫骳，古學之鹵莽也。思滌除而振刷之，莫不曰：『惟先生之書可以爲模楷。』海内聞風而願見者，亦感於鉅公之言矣。

然則雖過直，正作者意也，宜無害。」

公忠以告先生，先生曰：「凡論人易，反己難。高座而議是非，秋毫無爽，見古今喜諛而嫉介者，未嘗不嗤其器小而識卑也。然一言訾及其身，則不禁艴然而赬作於面，雖主持者恐不免，況不盡主持者乎？」客聞而進曰：「評文之有批摘，亦不自先生始也。昔者艾千子、吳次尾、錢吉士諸家，皆以嚴峻爲世所重，其竄抹詆排有人所不堪者，然未聞有他也。即近世如定本、筆斷、蔓簡、書乘、彙選、典言之類，頗多批摘，亦未聞有他也。何獨於先生而不可？」先生曰：「否。千子諸君，可以直而直也；定本、筆斷諸選，承大雅之流風，亦猶行千子諸君之直也。天下毁譽榮辱，相積爲重輕也，皆生於習見。習於直者，聞謾罵而不驚；習於諂者，雖正言平論亦蹙蹙然逆於耳，謂不翅其詈我也。今之選本，自壬辰以後，皆務多圈極贊以媚於世，世亦久習爲宜然矣。譬之塗人，交臂爭道，厲聲瞠目，而不以爲甚迕，有丐過其間，辭稍不阿，則詈僇隨之，何也？習乎丐之諂也，操丐之器，從丐之後，而欲行塗人之厲聲瞠目，其詈僇不又有加乎？」

客曰：「先生之言者，庸流也。若集中作者，皆當世名碩，其志在鴻功駿烈，視毛錐少作，如蛟龍之蜕鱗，鸞鳳之孚縠，雖蹴污於泥沙，未有致雲濤之怒者也。若其以文章自命者，則善人受盡言，賢者喜聞過。曹子建謂著述不能無病，故好人譏彈其文之不善，且述丁敬禮之言爲美談曰：『後世誰相知定吾文者耶？』蓋千古好學之心類如此。故喜諛而嫉介，必非文人而後可。

果其文人也，當亦如釋子之求禪，止欲共明此事耳。雖得法上座，多方不契，必遍參以決其疑，棒𠠎碾足，直下承當。庭叱衆呵，不作罵會。彼異端猶然，況儒林之正宗，當知音之考擊，不知古今以來有幾人劇論及此，方嗟歎之不暇，又何嫌憎之有哉？且先生之批摘，皆爲道，並非文也。文人輕軋，古猶戒之。如其道也，雖孟子不辭好辨之名，蓋其辨愈直，其心愈仁，未有以仁天下之道而獲咎者也。朱子與金溪，往復至卒不可合，猶曰：『各尊所聞，行所知，無望其必同。』至今讀朱子書者，但知其衛道之力，愛人之至，與論析之精，未見其有譏訶爭掎之過也。先生又何患也？」

先生喟然曰：「行藥挑菜之餘，圖取遮眼，瓦盆薄醉，不自沉冥，爲二三子所喧，嗟何及矣。抑吾聞之莊叟曰：『彼亦一是非，此亦一是非。』吾敢以此爲是非哉？君子不以惛耄而舍我，請以批摘我者爲是非之歸焉，可也。」

男公忠謹記。康熙戊午秋分後三日。

錄自十二科程墨觀略卷首。鈔本晚村詩文集收入，題作「天蓋樓程墨偶評客語後記」。

十二科程墨觀略凡例 十三則

歷科程墨觀略，陸雯若先生遺稿，僅十分之五，先生爲增補成書。其所損益，皆以陸先生論文之法爲宗，自己酉至癸丑，雖先生自定，而續附全集，欲其合轍，猶此志也。是書乃先生自抒己見，平日與門人子侄議論，略具於是，與歷科本雖指歸不遠，然部署一更，壁壘改色，讀者心目間又別開一境界，斯有自得之樂矣。在細心者互詳之。

大小題、偶評，選與評並重。是集則惟重評而不重選，自愜心賞歎之文至意所不滿者皆録焉。總以評論有關於義理是非之微、文章升降之大則存之，其他本之不經目者甚多，即經目而不置評者亦略，非謂存此者必所選，而所選盡於此也。然即其中不滿而乙抹者，亦必世間膾炙傳誦之文，以其開後來流弊，不得不論至盡處，要亦非名構，則不足當辨駁耳。

問：「何以大小題不用直抹，而此獨見之？」曰：「大小題，房書也。房書無定本，其大段不佳者，去之可也；字句小疵者，更之可也。若程墨則一成而不可易，且士人所取則，故不得不直。蓋主司就場屋所有爲去取意見，出於一時；選評則有古今一定之衡，日久論定，自與主司不同，故二義並行而不悖。若選評必揣摩主司之論爲不刊之典，則各題只消存首名一篇，亦無待於選家之紛紛矣。」故先生每見專選元墨者，必笑其卑鄙。

先生語學者有思辨之文，有記誦之文，二者功夫皆不可少。今人但解記誦而不知思辨，此文之所以日下也。不知思辨處得力最多，思辨長識見，記誦長機神。機神所附麗止於腔調句字；若識見長則道理精、法度細、手筆高、議論暢，文品不可限量矣。故思辨之文不必句句合度可讀，但就一篇之中，得其高出在何處，其弊病在何處，研窮剖析，擇善而從，擇不善而改，故雖不佳之文，皆可以長識見，此即格物之學所必當引繩批根，不可使有毫髮之差者也。至於腔調句字，乃所以襯簹其道理法度、手筆議論者，固不可不熟，不熟則識見雖高，不能自達。然腔調句字因時爲變，在一時中又有高下異同，各從其所主，但取其有當於己之機神者讀之極熟，到行文時自有奔奏運用之妙。即解有未當，局有未真，皆在所略，故每有平淺無奇之文，而名家反得其用，又不可不知。然此則不可以選限，並不必佳選而後有者。是集止爲學人指示思辨之法，爲增益識見之助。誠虚衷細心以講究之，則甲乙皆我師資也。若記誦之文，雖不外此中而具，然聽人自取，無一定之論矣。

論程墨者，皆執得失以爲招，故卑污者既有低腔墨裁之醜，而其才情自命者又皆以麤踈破碎傲之。先生謂此二家厥罪惟均，蓋總不講義理但講妝束，其無當於題則一也。故先生雅不喜講「變風氣」三字，謂自周秦漢以至今日文字，風氣無一日不變，何待於人之變之？惟文字所載之道，則天地虧沉，此理不滅，雖風氣極變時，必賴學者爲之救正，孟子所謂「反經」是已。故先生論文，一以理爲斷，不講風氣，不講妝束，亦未嘗專取高奇而厭薄平正也。第膚淺板腐之死法，浮誇軟俗之惡聲，自謂平正，其實似是而非，則闢之甚力，惟恐人墮入魔道鬼趣，斯獨有苦心耳。

程文因丁酉以後不作，故東皋本並前此去之，然殊多名作，不忍淹没。又諸公闈中擬程擬墨之篇，先輩多以此傳世，今亦從舊例附入。

先生嘗歎云：「先輩立心端正，故其學篤實鴻博，取多用弘，根深葉茂。雖平日做過之題，至場屋必别構以迎新，意求盡善。」此在啓禎時猶然也，今人一切苟且，惟思鈔謄便捷，於是擬題作文，或割剥新篇，或套襲舊本，竟有通首直書者。自此法得利，恬無愧怍，甚至刻文亦必揀題讀之，若稍不近闈擬者，雖佳文概不入目。嘗究其説，亦起於近時射利小人，迎合空拳白腹之意，造爲闈題，秘擬之名，每選行牘房書，必删卻閒散題目。二十年以來，不知閒題佳文，澌滅幾何，即曾經鄉會出過者，亦皆棄置不存。繇其説推之，竊恐五經四書，亦必有删定秘擬白文矣。先生評騭所及，向欲入之大題，恐習俗深痼，廢而不觀，今附刻於此集。每題之後，甚有遠勝闈牘者，閲者自當稱快。惜爲各選葬送，不能多得耳。行將增入天蓋樓大題全集中，倘有藏稿，俱望賜教。

先民宦稿，多老年涉筆，所見益高，每每脱凡入化，集中亦附一二，以存遺意。皆以刻本爲據，不敢闌入贋作。但此種與詩筒詞版同爲投贈之秘，非坊間流行所有，其未見者必多，望並擬程擬墨逸篇郵寄，以便補入及大題增定全集。

諸選評語之發明有當者，先生多圈出以示門人，有紕繆，亦與門人詳摘其故。今皆録存，餘不漫引，要以究極此理爲歸，初無毁譽黨伐之見。近日坊本頗多辨駁偶評者，先生見之輒欣然反覆。其間讕詆無狀，門人或有不平之色，先生戒之曰：「其言是，吾師也；其言非，彼坐不知耳。不知，又何怒焉。怒者，私心也。所以求明此理，豈止文字，正欲善此心耳。己心未克，此理何繇得明？況吾輩近日少庭訶面諍者，正賴此一路，庶幾得聞其過。昔晉宋時有畫者，又精於雕塑，每製將成，即置像公處而自匿複壁，聽人指議，輒爲改琢，故其像入神。曾謂儒者不如工技乎？」或請更詳論之，以祛惑亂。先生曰：「是徒起爭端，世間只有一箇真僞是非，既有兩說，實心讀書篤志正學之人，自能辨別。彼不知反求者，雖詳論亦必不能入，況此理本不易明，又爲邪說陷溺已久，固難責其遽信，則見訶宜也。彼豈有憾於我，止是蠱惑深、客氣盛耳。奈何以口舌爭勝耶？」

評語爲事甚微，然亦見人言行品地。前輩選家雖優劣不同，然皆自出手眼，不肯蹈襲，即壬辰以前，亦尚多自好。邇來猥瑣無聊，輒掩他人之說爲己有，或改頭換尾，或公然直鈔，或含糊不詳姓氏，旁注小批竟有不更一字者；間有改易，則頗失其旨，非大雅遺風也。是集悉注各選，雖小批，必詳焉。

蒐羅之力，白下徐孔廬、周雪客、周龍客、周鹿峰、倪闇公，甬上潘友碩，同郡沈憲吉、錢蒼城，所貽最富，又施愚山、謝天交、黄俞邰、顧茂倫、黄贊玉、楊祁收、萬祖繩、沈鸝山、萬吉先、王吉光、高仔肩、祝獻虞、吴曜庚、錢穉廉、沈昭嗣、項東井、凌仲遠、温令思諸公，郵致不一，戚友如胡山眉、曹稼令、吴孟舉、吴賡虞、鍾靜遠、曹巨平、黄彜若、胡圓表、徐彦容、徐神功、曹友眉、徐孟博、吴奕亭、吴師魯，門人董方白、柯寓匏、曹彜士、祝兼山、張志雒，皆竭情收輯，詳載知言集叙例中。參論最契，則曹正則先生，其編次爲胡英兆、范佩荀，校訂門人則管嗣欽、董載臣、陳大始、馬籛侯，勤尤倍焉。惟吴自牧先生奄逝，不及見此書之成，先生慟曰：「吾亡以爲質矣。」因特輯刊其遺文行世，名曰質亡集，遂及諸故人，實緣吴先生起也。

增定十二科大小題偶評全集，發刻方始，此番併入行稿宦稿，四方遺軼，未見樣本，已刻未刻，速望郵寄至金陵水西門内斗門橋泰倉巷楊瑞民家，則無浮沉之患。

先生素有失血之疾，數年來又患臟毒注漏，齒落鬚白，精采頓悴。近又苦肩背痹痛，兩臂將不用，往來就醫，皆未見成效，故凡賓友過訪，皆不能晤對。然性喜文字，雖舟中枕上，藥石少間，不輟劉覽，皇皇汲汲，欲速成知言集，而苦於樣本之未備。所欲覓者，啓禎間各省同學名稿如國表二集四集五集、國表小品、國門新業、人文聚天下社、應社六子十二子、熊巖集、小品熊巖集、志機集、同聲録、會友編、明盛集、雅游集、江左友聲、豫章文正、友郵集、秋聲集、楚文續九初集二集三集、雄風集、風始録、幾社春業、幾社二集三集四集五集六集小題、薛崖集、聽社旅誓初編二編、名稿干城、干城小品、直社二集、接要録、吉州合社、環海人文、雪巖、長汀會業、池陽彙業、此觀堂選、賓王集、流觀社、白門社、澄社初集、觀社偶見編等，刻選本則許伯贊皇明文選、楊維斗皇明制科、楊子常文徵、艾千子辛未房書、艾選錢起士各科程墨涉筆、各科房書潔、癸酉逢時録、丙子己卯秋嚴、周勒卣各科房書秉文竇持等書，四方藏書家，不乏高雅，肯傾笥見教，共成不朽，幸甚幸甚。

録自十二科程墨觀略卷首。末附「附刻先生續選凡例原本二則」，即「文體之敝也由選手」、「程子曰今之學有三而異端不與焉」，與上述第四則「先生語學者有思辨之文」並收入吕晚村先生文集卷五，題作「程墨觀略論文三則」。

東皋續選論文

癸丑夏，余尋宋以後書於金陵，得借鈔黄氏千頃齋、周氏遥連堂藏本數十種，又與諸友倡和飲酒樂甚，留秦淮再閲月。攜昔友陸雯若墨選鬻於市，市人謂風氣乍旋，此書如飆激也。余不知風氣爲何物，旋不旋，行不行，何預人事？見坊本有訴群選劣狀者，快喜，披終卷，則故是向聲，適自訴耳，又爲之索然。或曰：「彼固皆知文，而以選爲業，方將以其書媾賈聘，煽童蒙，津干謁，釣優等高第，贄帳幙，梯媒餍宫室妻妾子女臧獲之欲，其關切如此。得失交患，顧瞻皇惑，雖心知其非，不能不順時也。公始無意此數者，盍正諸？」余又烏乎正？人心之污下也久矣，士不力學，中無所主，而丐活於外，惟知温飽聲勢爲志。凡余以爲理也文也，彼且以爲利也名也，而又烏乎正？「雖然，公刻陸君書，既續之矣，今增是集，不更使陸選流通乎？」余感其言，因合諸名本删之，共點次得若干首，以附今集後。雖與外論不同，然典型虎賁，敗骼黄金，其間苟取充塞，可詬亦復不少。嗚呼！雖甚盛，又豈吾事哉？

録自車鼎豐編呂子評語餘編卷八。篇末注出「東皋續選附録」；其後一篇即「文體之敝也由選手」，出處同，已收入爲呂晚村先生文集卷五程墨觀略論文三則之一。又據十二科程墨觀略凡例後附「附刻先生續選凡例原本二則」，即「文體之敝也由選手」、「程子曰今之學有三而異端不與焉」，是知此二篇實出東皋續選。

詩經彙纂詳解序

六經皆裁自聖心也，書以道政事，禮以謹節文，其理固顯而易明，易雖幽隱，尚有定解，至春秋祇編年紀月，取定於大聖人之筆削，其旨已微矣，然猶未有微於詩者也。當西周盛時，中林野人，漢南游女，類皆能文章，嫺吟詠，以其幽深杳渺之思，而寄之於山川草木蟲魚之變；而一時之學士大夫以怨悱孤憤之感，而藏之於微言隱諷之中，其旨遠，其義正，其學廣而博，其情幽而微。是故名卿贈答，或節其一章；聖賢考證，或借其一語。詞在此，而意婉寓於彼者，惟於詩可悟耳。噫！詩真微矣哉！論貧富而通以切磋，辯素絢而悟於禮後。

聖門七十子，可言詩者，商賜而外，不少概見。迨漢以來，齊魯毛韓輩，各持一說，則詩解多背謬而不可知矣。千餘年得晦庵傳注，而諸説稍息，然猶惜其簡而未詳也，筆峒徐公，是以有删補一書。删補出，而後學爭託焉。雖童蒙小子，每置一於案頭，朝誦而夕温之。何則？以從來之解詩者，未有如徐君之詳明也。及江子晉雲援删補而作衍義，其理愈晰而愈詳。迄今操觚者百餘家，亦競言美刺哀樂，究不知所以美刺哀樂者何在；亦競言賦興與比，究不知所以賦興與比者何存。其旨潰潰，其意拘泥，膠執如此而欲爲解詩，吾恐適爲病詩也。

予衰朽不堪，但自髫齡時常究心於詩，其搜剔於肺腸者數十餘年。往往自放於山巔水涯間，對春花秋露、蛩語鶯鳴之際，體會詩人當日作詩情形，亦躍躍如有合焉。以意逆志，是爲得之，殆實得力於子輿氏云爾。由是假筆峒之删補、晉雲之衍義，參考於麟士説約、退菴備旨，合諸家猶虞有未詳者，又搜撮於歷代名文，以盡其意，欲爲後學操八股者作一津梁。故叙次成編，篇有全旨，章有節解，有主意，有考閲，然猶不敢自信，復得仇子滄柱更相考訂而書始成。仇子曰：「予專經於易，而於書、禮、春秋亦略領焉。惟詩，尤予所朝夕涵詠而不置者也。詩解如雲，此獨可謂詳解矣。不可自私，請付諸坊刻以問於世。」

時康熙庚申花朝後五日，晚村吕留良序。

録自詩經彙纂詳解卷首。卷首書名題「詩經詳解」，署「吕晚村先生彙纂，仇滄柱先生鑒定」；凡例題「詩經彙纂合參詳解」；正文題「三元堂新訂增删詩經彙纂詳解」，署「臨川筆峒徐奮鵬删補，金甫晉雲江環輯著，天池徐自溟重訂，禦兒晚村呂留良彙纂，甬上滄柱仇兆鰲參閱」。

易經彙纂詳解序

經學之有裨於天下也，帝王之經濟，聖賢之事業，悉具其中，如日月之麗天，江河之行地，亘萬古爲昭者也。況大易統三才而窮萬有，其辭顯，其旨微，其義奥，其取象最精。以伏羲創於始，文周演於中，而孔子贊於後，聚數大聖人之精神，磅礴藴蓄於其間，此秦燼之所不敢加，何其大也。傳之後世，而易理不明，人祇視爲卜筮之書，顛倒錯繆，不一其解，將前聖人之意旨，其爲淺見寡聞者湮没不少矣。是非好學深思、心知其意，安能喻此理之妙，入其微而闡其幽也。自先輩李九我先生作尊朱約言，而易學始正；李衷一先生作衷旨，而法門已開。蒸蒸然以至今日，而諸名家究心講貫，則又有大較著者矣。獨怪舉業之家，平時舍經學而不理會，臨塲應試，輒剿襲時文數篇以爲科第之資，無惑乎筋節不存，徒竊皮毛已也。余每於誦讀間，聚大全、蒙引、存疑、説統及諸家講義，採而擇之，理則從顯，義則從正，上不悖乎朱注，下以開乎愚蒙，務使先天後天之道，玩辭玩占之理，陰陽之變，鬼神之情，卦爻動静之幾，學者展卷能解，了然心目間而無礙，庶有當耳。若夫參天地之藴，極人事之微，明陰陽消長之至，通剛柔變化之用，雖聖如孔子，猶思卒以學之，謂無大過，而敢詡曰：理統三才，義該萬有，吾其有得也夫。亦將以告天下之善讀是經者，共相質焉。

禦兒呂晚村識。

録自易經彙纂詳解卷首。卷首書名題「易經詳解」，目録及正文題「三元堂新訂增删易經彙纂詳解」，署「禦兒晚村呂留良彙纂，男無黨葆中參訂，太史滄柱仇兆鰲先生鑒定」。

按，詩經彙纂詳解與易經彙纂詳解兩序，文風不類晚村，疑出於僞託。晚村評點時文，影響甚巨，然自康熙十三年癸丑後不復從事，惟以蒐集刊刻先儒典籍爲業，未聞有彙纂詩易諸作。然其與長子公忠書中曾曰：「舊書氣色不振，則乙卯以後文不得不繼起，此事吾意屬之汝，汝可留意，暇即閲選，吾爲託作可也。」「託作」二字，或可釋此原委。曾於南京圖書館見呂子六書評選，鈔本，署「呂留良選」（有墨筆塗抹）。六書者，楚辭、楚辭後、考工記、檀弓、中説、荀子也。其意，似亦同此。亦曾見題名金陳兩先生合稿（即金正希先生傳稿、陳大士先生傳稿），卷首一篇金陳兩先生合稿序，署款爲「時康熙四十五年仲春呂留良書」，此後人附會作僞之尤者也。書賈之爲獲利，無所不用其極；反之，可見晚村批點時文之影響，亦深且遠矣。

跋正王序

斥其學而深服其文，此文亦全力當之。如老將徂征，而遇勁敵，必整師嚴陣，無懈可乘。

録自吴肅公街南文集卷七正王序文末評語（清康熙二十八年貞隱堂刻本）。按，吴肅公與晚村有書信往還，今具存集中。吴肅公街南文集卷一禹傳子論文末附辛酉（康熙二十年）自識曰：「庚寅、辛卯之間，予從叔父學爲古文，讀史著論，多横逸紕漏，後乃漸次毁之，獨存此篇耳。吕晚村嘗見予他論，函書相箴，謂蘇氏之學與儒者悖，不宜效之。予固知少時文士習氣之難除也。此未與孟子悟，儒者呵責應難免矣。」足見晚村對吴氏之影響。

井田硯跋

此與鼓峰團硯同作，團硯歸方公，毁於火。乙卯春，方公過東莊，出此贈之，以志夙昔。留良識。

録自井田硯拓片（參見卷首圖片）。方公即魏尚策，晚村親家。

仲兄仲音墓誌銘

公名茂良，字仲音。嗜蓄古墨，因自號墨公；善畫蘭竹，得松雪、梅道人筆法，故亦號蘭癡；亂後抗志山居，又號爲西樵。萬曆己亥七月六日，公生。生而好武，六歲就傅，課暇即率群兒爲陣伍。及壯，與弟姪少年倡射會曰匡社，製窄袖戎服，習鎗棒，尤精於雙刀。時承平久，文饕武嬉，苟幸無事。里中兒見公所爲皆笑誹，公益自許。已爲邑庠生，補博士弟子員，屢踏省門不利。庚辰，以例入南雍，積分撥歷，公試輒高等，遂得拔貢。弘光元年，考授刑部司務，見奸邪執政，門户互爭，國事不可爲；涖部不數月，即謝病自免，策蹇南歸，部長追留之不得。攜家入臨安亭子山嵒中，則金陵已不守矣。馬士英、方國安挾太后從獨松關入浙，且竄且掠，山中亂不可居。臨安令唐某約公同舉事，機洩唐死。公還，避兵於邑之西鄉，同弟姪結聚，與吴公昜、陳公子龍、張公采、楊公廷樞，同受監國命。吴中無成，後挈妻子入苕之埭山宣村，事敗幾死。自是閉門灌園，繪畫自娱，人爭購之。每聞遠信，一欣然翹首。四方亦知公家所爲，輒有所遷晉。甲寅春，年七十有六，拊臂加頞曰：「吾已朽，復何求？且夕蓋棺，得全父母之遺、朝廷之禮，足矣！」亡何感疾，以八月十有六日卒。卒時猶喃喃問邸報，垂老而志不衰，克壯而命不用，忍死且三十年，而靳於蚤晚，是可悲已！公性豪爽自喜，跌宕聲色，雅不好理學家言。臨終出遺命，禁作佛事，其言正大明切。自世教衰，士大夫陷溺深錮，雖講學宿儒，每不克自振也，公獨毅然行之，頹俗亦皆驚歎。

曾祖相，沔陽別駕。祖熯，淮國儀賓，尚南城郡主。父元學，繁昌令；母贈孺人郭氏，生母黄氏。兄弟五人，公居次。娶本郡泗水守包公世傑女，和婉惇慎，事上孝，御下寬，閫治有禮；

素病無育，自爲納妾婢，多舉子，撫恤如己出；有嬖妾讒搆，幾至離廢，幽怫成鼓疾，竟以此不起；然視嬖所生子，愛與諸子同，未嘗以其母故恩殺也；宗黨戚族，頌其賢爲不可及，公亦以此感悔焉；生萬曆戊戌十月十三日，得年五十，丁亥五月九日，先公卒。子六人：長開忠，殤；次進忠，娶王氏；三履忠，邑庠生，娶楊氏；四愚忠，武生，娶潘氏；三子皆先公死。五奇忠，娶孫氏；六真忠〔一〕，娶潘氏〔二〕。女三人：長適庠生鍾定，次適曹嶽起，三適胡士琳，皆同邑。孫六人：懿行，娶梁氏；懿謀，娶許氏；進忠生。懿典、懿範，履忠生。懿秉、懿臻，愚忠生。孫女三人，皆未字。以乙卯元月庚申，合葬於南官村繁昌墓之西。生子妾聶氏、陳氏從焉，丘氏生壙豫；子進忠附其右。

銘曰：建康下僚，見幾終日。靈光越興，毀家戮力。爰命職方，同爾弟姪。苕折巢傾，偘脱斧鑕。鼇背載浮，即位增秩。龍化濤翻，木葉蔽跡。翠葆南巡，絳節東出。曰咨侍御，監會群璧。西望隕涕，攀髯何及。白髮上指，豸冠有岌。死非其時，待慰幽室。

録自槩兒呂氏鈔本呂晚村文集。

【校　記】

〔一〕真忠　鈔本晚村詩文集作「乂忠」。按：呂東泰呂氏宗譜新編卷一、卞僧慧呂留良年譜長編卷一皆作「乂忠」，並注曰：「真忠字衷赤，疑即乂忠。」備考。

〔二〕娶潘氏　三字鈔本晚村詩文集闕。

祭張木翁文

嗚呼！殯宫儼然，而他人入室，未免有情，能無哀乎？方丙戌之秋季，先生得志於浙闈。越二載，署教事於姚江。十數年間，位得金多，祖孫父子，揚揚閭里。煒煒衣衫，比户之良，慄慄乎其有惕也。惟一二黠者，讒言以附和，乃無何而友失，無何而家喪，又無和而死喪相繼，又無和而骨肉星分。匪類詿誘，以剥厥靈。鄰傭攜婦，而處厥宇。置酒柩前，歡呼群飲。先生子姪，不速而具來，既醉既飽，未暮而旅退。前時雞犬，無一尚存；舊日竈陘，炊煙别起。一堂之中，徒然父櫬塵封，子靈虚設。覩聞所逮，實則靡寧。嗚呼！富貴可欲，而有時不取；貧賤所惡，而有時不辭。惟義之安，惟命之俟。允無君子，式穀庶幾。尚饗。

録自吴榜鈔本耻齋文集。按，此篇又見南京圖書館藏鈔本楊園先生未刻稿，題作告木庵業師，其開篇較此多「時維癸丑仲夏庚午之朔，同姓學生履祥謹以觴酒豆肉，致奠於木翁先生而陳以辭」三十三字，篇後子復曰：「先生文皆切於世道人心，片紙隻字，無不從至誠惻怛中出。此作洵足爲熏心容悦者戒，然其人庸鄙已甚，先生誼關師友，故不忍目擊而爲是言。後有刊是編者，竊謂削之可也。」然此篇文風不類楊園，其痛徹處實與晚村相仿佛。抑或爲晚村代作者耶？

吕晚村先生文集補遺卷五

雜著

慙書

序一

僕生平有二恨：其一阿堵，其一帖括。阿堵之害，舉古今人無貴賤賢愚、男女童叟，皆蠕蠕衮衮出没生死於其中，其罪狀多端，姑不具論。獨是帖括一途，始於王臨川，臨川執拗病國，史册昭然，後世痛詆其人，而仍恪遵其制，真不可解。且臨川晚年，亦自悔其變秀才爲學究矣。彼作俑者方自悔之，而效顰者顧衆悦之，尤不可解也。世之習此技者，剪綵綴花，塗粉著糞，與聖賢理學一路，相去若河漢馬牛，要不過藉以爲功名捷徑耳。然高才博學之士，或槁項黄馘而不得一售，而一二黄口孺子，甫識「之無」，剽掇唾餘數語，便自詡青紫拾芥，舉文章經術、學問品行，一切俱可束之高閣，未仕安得有真人品，既仕安得有真事功？故甘泉先生嘗言「舉業壞人心術」，而草埜抵巇之徒，憤時嫉俗，往往倡爲「廢八股」之説，良有以也。

僕自束髮讀書，黽勉披吟不絶，獨於帖括一途，不能爲違心之媚。雖假手倖竊科名，而所憂乃在世道。每歎取士定制，沿襲已久，神明變通，當自有法，輸攻墨守，兩者交戰，功罪未知孰先。昨得用晦制義，讀之，乃不覺驚歎累日。夫僕所恨者，卑腐庸陋之帖括耳。若如用晦所作，雄奇瑰麗，詭勢瓌聲，拔地倚天，雲垂海立，讀者以爲詩賦可，以爲制策可，以爲經史子集諸大家皆無不可。何物帖括，有此奇觀，真咄咄怪事哉！使世間習此技者皆如用晦，則八股何必不日星麗而嶽瀆尊也？

僕嘗謂欲雪阿堵之恨，定須作神仙；欲雪帖括之恨，定須登制科。然神仙難求而制科易取，僕固嘗爲其易者，鹵莽之報，實愧於心。今幸得用晦此衷，灑然暢然，復何恨於帖括哉！若夫神仙之事，當與用晦共圖之，必不令稚川、貞白拍手笑人耳。

鍾山弟黄周星題。

序二

以用晦之文，而目之曰「慙」，古今誰復有不慙者？昌黎自謂「作俗下文字，下筆令人慙，小慙則人小好之，大慙則人大好之」，斯亦昌黎之云耶？然昌黎之所慙，後世未嘗見，不知於用晦較何如？昌黎固不自存，不應小好大好之人，亦不私相鈔傳也。是昌黎之所慙，人亦從而慙之矣。若舉用晦此文示昌黎，所見人怪則有之，好於何有？然則用晦之云，當自有其所謂「慙」，初不在乎此也。

用晦年十二，即操管與同社角，社中耆宿皆謹避其鋒。其文之奇，無所不盡，忽爲南華禦寇，忽爲楞嚴唯識，忽爲三傳，忽爲騷賦，忽爲蔚宗昭明，忽爲馬班賈董，忽爲韓蘇，每出，必闚然不能測其騰騫所至。亡何，鼇折塵揚，巢傾卵覆，家收圖籍之中，身横刀俎之下，幾殄厥祀，幸而獲生。余過弔之，竹檕木榻，皆非夙御，而手卷微吟，壞牆裂竹，未嘗見其有慙色也。風雨洊漂，甕繩無蔽，稍稍出其聲光於煙燐露蟀之餘，無不知用晦之文既醇且肆，又有不可方物者。乃反顧影咄咄，若不能一日釋然於中。問何以名「慙」，曰：「吾文不及古人耳。」天下讀其文，果不及古人乎哉！吁！其慙吾不知，知其無慙而慙爲可歎而已。

順治庚子夏，同學弟陸文霦拜手書於東皋草堂。

序三

陳祖法

槧書成，客有訾之者曰：「呂子以天縱之姿，其于諸子、百家及天文、地理、醫算等書，無不搜羅無遺，出其精神以肆力於古文詞，邁古大家而上之，名山大業，將在是矣。奚沾沾爲制藝家言，若嗜之而不知倦也。」嗟嗟。客之所爲制藝，予亦能言之矣。循訓詁，襲帖括，高者附爲神理，而得其形似，卑者勦取聲華，而流於庸陋。揣摩自恃，倖博科名，客徒知夫制藝之靡靡，而未知槧書之所爲制藝也。呂子深入乎聖賢之閫奥，而服習之者有年，故其旨一本乎傳注，而其言盡擇乎六經，特借河海奔騰之氣，日星光怪之文，山島竦峙之致，魚龍變幻之奇，以一洩理道之深奥，性命之玄微已耳，寧得爲周秦以下之書乎？客之言，固未知呂子之制藝，而予謂其實不知所爲古文詞也。年來興致疏懶，東制藝不欲寓目。日取所爲氣河海而文日星，致山島而勢魚龍者，諷詠其間，終日不知倦，又取是編諷詠之，爽豁更甚，誠不知孰爲周秦以上與孰爲槧書也。今呂子于朱子近思等書，日搆原本而校讐之，付剞劂以公海内，其欲以素所服習之者，一旦而出之閫奥之間，誠有如韓子所云「功不在禹下」。得此意也，夫而後可與讀槧書矣。

詩三百一　無邪

聖人明立經之旨，即於駉辭取義焉。夫詩三百，無非思之所爲也，夫子懼人之入於思，而忘經教矣，即以駉之言無邪者蔽之，謂詩之大旨則如此。今夫六經，皆治心之書也，然諸經之治心也嚴，而詩之治心也以柔，嚴則可畏，柔則可親，先王曰：「吾使之畏而私伏於中，又不若使之親而盡出其私於外，至於私之盡出，與後世共見焉，則柔也而嚴之至矣。」諸經之治心也斂，而詩之治心也以生，斂則不流，生則不已，先王曰：「吾使之已而情制於正，又不若使之流而博極其情於變，至於情之博極，與天下並論焉，則生也而斂之至矣。」此詩教之所由立也。然而學詩者習於柔而失其嚴，樂於生而昧其斂，則何也？諸經治心之意顯，而詩則隱也。其所以隱者何也？凡所謂經也者，或自聖人作之，或自聖人述之，或聖賢行事而爲之下者紀之，或凡庸之編載而聖人爲之論定之，讀之者震震然有一聖人立於其前，即震震然有一聖人之意行於其內。若夫詩也者，大半出於征夫游女、狂且怨婦、窮愁之民之所爲，其所紀非盡聖賢之行事也，而又不自聖人作之，不自聖人述之，而聖人又未嘗謂若者可、若者不可，若者是、若者非是，而爲之論定之。讀之者忽以其心爲征夫游女焉，忽以其心爲狂且怨婦焉，忽以其心爲窮愁之民焉，若以爲征夫游女、狂且怨婦、窮愁之民之上，又有一聖人立乎其前，有一聖人之意行乎其内，則讀之者忘之矣。而吾謂此其不可忘者也，忘之則詩非經也。古未有征夫游女、狂且怨婦、窮愁之民之所爲而可以爲經者也，詩之所以得爲經者，自不在乎征夫游女、狂且怨婦、窮愁之民之中，而又不出於征夫游女、狂且怨婦、窮愁之民之外，是可即駉之一言以蔽之耳，一言維何？曰「思無邪」。蓋思之本然，有善而無惡，故讀令德而知其褒，讀淫亂而知其刺，詩人不自言其意而無不相喻者，率性之道也，人心之詩也；思之當然，善善而惡惡，故因其褒而令德明，因其刺而淫亂止，詩教不更言其故而無不自得者，反情之學也，先王之詩也。以人心之詩，行先王之詩，是以人心之善，無所緣則易沮，忽於詩遇我心焉，不意如是之纏綿而無遺也，豈惟無遺，將我心所未有之善，亦旁推曲引而達之矣；人心之惡，無所鑒則易藏，忽於詩發我心焉，不意如是之淋漓而難掩也，豈惟難掩，將我心所未知之惡，亦充類比醜而盡之矣。其所以能達且盡者，孰使之？詩使之也。則非詩之能使之，思之無邪者使之也。而聖人已立乎其前，而聖人之意已行乎其内矣，明此者不必執詩之爲善而後感，詩之爲惡而後戒也。帷房哀怨之辭，孤臣孝子引爲至性之事；昆蟲瑣屑之理，達人哲士得爲悟道之原。六卿之餞韓宣也，蔓草同車，百拜而賡晏饗之重；季札之觀魯樂也，邶鄘及衛，三歎而頌周禮之全。如必執善而後感，孰惡而後戒也，穿鑿附會之説固其思，而無邪云乎哉？此讀詩法也。

按，題出論語爲政篇：「子曰：詩三百，一言以蔽之，曰『思無邪』。」按，「思無邪」乃詩經魯頌駉中文，其第四章曰：「駉駉牡馬，在坰之野。薄言駉者，有駰有騢。有驔有魚，以車祛祛。思無邪，思馬斯徂。」朱熹集注曰：「凡詩之言，善者可以感發人之善心，惡者可以懲創人之逸志，其用歸於使人得其情性之正而已。然其言微婉，且或各因一事而發，求其直指全體，則未有若此之明且盡者。故夫子言詩三百篇，而惟此一言足以盡其義，其示人之意亦深切矣。」此文即在「感發善心」與「懲創逸志」處用力焉。尾評曰：「天下稱奇觀者水耳，水至平也，而波濤洶涌則奇矣。洋洋灑灑而來，若出人意中，復出人意外，當有河漢於其言，爲蒙吏之所驚怖。」

周監於二代一節

聖人歎周禮之所由盛，而自決其從王之志焉。蓋周禮之所以文，亦二代之爲文也，而其文則美備矣，聖人又舍周何適哉？且天地之氣，日出而不窮，其必趨於文者，自然之勢也。聖人因其勢而爲之坊，使天地之氣有所留，而漸達於文，而不知其所爲坊者，正天地之文之所自出。至於坊之之道益全，則其出之之勢益盛，而人且疑夫今此之所坊，有異乎前此之所坊，於是乎欲取一代焉以爲之主，而使天地之氣止而不流，歷世聖人反而從我，豈有是哉？今天下亦知周之所以爲周乎？爲三代異尚之説者曰：「周之先王，其意一主乎文，而以文更易前世之制度。」此其説非也。

官天下者其事疎，家天下者其事密，故言制度自夏始，夏之先王以爲不如是不足以承唐虞之後也，久之而人見其近於忠矣，又久之而見其忠之弊矣，夏先王固不知也；當繼世者其法寬，當征誅者其法峻，故變制度自殷始，殷之先王以爲不如是不足以承夏桀之後也，久之而人見其近於質矣，又久之而見其質之弊矣，殷先王固不知也。然則先王之所爲制度者，皆本乎天下之不得不然，而後且從而爲之辭，又從而爲之議其後，周之爲周，亦猶是耳。然而周之獨文於二代者何也？古未有千年之國久而益强者，我周自后稷以來，與二代相終始，成敗得失之故，積久而慮深，則其監之也備，如公劉之夕陽流泉，爲徹田之始，要深明乎作貢作助之原，亶父之司徒司空，爲周官之本，固熟悉夫惟百惟倍之意，既不若二代之開國，其經營皆出於一朝；古未有一家之人生而皆聖者，我周自太王以下，比二代爲最盛，父子兄弟之間，材多而識遠，則其監之也精，如象係於文者，象復成於公旦，已大遠乎首坤首艮之文，下武始於武者，雅頌又作於成康，亦更備乎大夏大濩之作，又不若二代之創業，其功烈皆歸於一手。當是之時，自朝廷以及比閭鄉遂，典章服物，釐然見備，先王先公曰：「我不敢不監於有夏，亦不敢不監於有殷焉爾。」然已郁郁乎其文矣。若謂其意一主乎文，而以文更易前代之制度也。是欲違大典而反之於無文也，夫天下之事，自無而造有，而既有者必不能復使之無，污樽土鼓，昔且以爲文矣，而欲於瑚簋絃匏之世，污樽而土鼓焉，人情之所不能强，即聖人之所不能强也，吾從其不能强者而已矣；是又欲亂舊章而引之於靡文也，夫天下之理，即正而生變，而既變者必不可不復使之正，采蘭佩芍，今且以爲文矣，而置於關雎鵲巢之側，采蘭而佩芍焉，人情之所不敢出，即聖人之所不敢出也，吾從其不敢出者而已矣。然則周之不得不監於二代也，夫子之不得不從周也，皆天地之勢爲之也，則皆聖人之時爲之也。

按，題出論語八佾篇：「子曰：『周監於二代，郁郁乎文哉。吾從周。』」朱熹集注曰：「言其視二代之禮而損益之。」是文即以此爲準的，論述從變之因，緊勢時爲之也。尾評一曰：「上下數千年，經天緯地，都在裏許。豈經生家識解！即以文章觀，亦自光芒萬丈。」二曰：「此方見三代聖人作述原頭，純是天理本然。就時文説，則文武周公制作，一團私意，并夫子尊王述祖，亦是私意曲全矣，即蘇氏父子論六經制作，皆墮此義。」

子語魯太　一節

聖人正樂之始，先以一成之節詔太師焉。蓋一成之節不明，則樂雖正而不可作矣，此則有司之事也，故先以語太師，謂若所可知者如是。昔者魯備六代之樂，夫子自衛反魯，欲取其闕失而悉正之，而特恐奏樂者之失其傳也，則不第既正之後，無以循序而盡其神，即欲正之時，亦無由審微以考其變。於是首語魯太師樂曰：「帝王無一定之制，或以象德，或以象功，此樂之本乎王道者也，不可知者也；天地有自然之情，忽而成方，忽而成文，此樂之生乎人心者也，其可知者也。」然則人心之樂與王道之樂，有異乎哉？而非也。王道之所能變易者，諸律有還主之均，而一律之自爲終始者，非神明之所能改；亦各音有迭廢之位，而七音之自爲周旋者，非運會之所能更。然則帝王之制，其所以歷千古而不忘者，非即此天地自然之情，根於人心者深也哉！得人心之樂，而後可以求天道之樂，故樂其可知也。凡樂必有其始作，拊爲父而鼓爲君，會守者咸具矣，自無聲而至有聲，蓄之者厚，自有聲而開衆聲，出之者盈，殆翕如也，闕略而參差焉，非始也；凡樂必有其從之，治以相而訊以雅，發揚者益出矣，廣大則易於容奸，而獿雜者不得入，清明則易於離節，而促數者無由生，殆純如也，皦如也，繹如也，侵淫而紕繆焉，非從也。以是始，以是從，凡樂之一成盡之矣。由此而六成焉，出以此，由此而九成焉，降以此，六九變，而成不變也；由此而小成焉，分以此，由此而大成焉，合以此，小大殊，而成不殊也。蓋考樂在儒者，而作樂在有司。儒者不與有司習，則其理愈高，其説愈謬，舍易而求難，而不知大樂之必易也，故幾上下而識興衰，末世之矇瞍每喻其微，而當日之君卿不明其故，明其故也，仍不出有司之所守而已矣；抑有司不與儒者親，則其聲日流，其變日遠，去和而就濫，而不知大樂之本和也，故受依永而成克諧，隆古之鳥獸咸通其教，而後世之伶倫不識其方，識其方也，固不外儒者之所聞而已矣。

按，題出論語八佾篇：「子語魯太師樂。曰：『樂其可知也：始作，翕如也；從之，純如也，皦如也，繹如也，以成。』」朱熹集注曰：「時音樂廢缺，故孔子教之。翕，合也。從，放也。純，和也。皦，明也。繹，相續不絶也。成，樂之一終也。」又引謝氏曰：「五音六律不具，不足以爲樂。翕如，言其合也。五音合矣，清濁高下，如五味之相濟而後和，故曰純如。合而和矣，欲其無相奪倫，故曰皦如。然豈宫自宫而商自商乎？不相反而相連，如貫珠可也，故曰繹如也，以成。」晚村自記曰：「少孤喜嬉戲，嘗於度曲絲絃，粗解各均旋宫自然之度。牛鐸蘆吹，此理長在，工尺四上，即是鍾吕。今樂猶古也，惟衆律高下一定之等，諸儒爭求未得，亦當坐不諳音度而憑空説理，故難明耳。試從俗樂中合絲竹肉兩端之盡而求之，元聲未嘗不可尋也，惜無明義習數者就正此事。紛紛是古非今，轉説轉遠。拈此至後幅，未免嘮叨一餉。」知乎此，始悟前論之不虚耳。

子使漆雕 一節

賢者進取其大，於聖心更有當矣。夫子之使開，非於開見小也，而開之自見爲更真，則其所見爲更大矣，安得不欣然有當於聖心也哉？今夫仕也者，性分之事也，而後世且以爲功名之途，故三代以下無治功，即無學術也，雖一二賢智之士，各出其所長，非不足以與世相補救，而意盡於無餘，斯業終於有定。君子不謂其功名之有所歉焉，性分之中，實有其瀰淪而難盡者矣。聖人之門，無求仕之學，無不仕之學，或出或處，皆俟聖人之論定而授之。其仕也，量盡於仕者也；其未仕也，量亦盡於未仕者也。有漆雕開者，其可仕者與？其未可仕者與？吾不得而知也。而夫子則知之深、驗之久、施之當其時，謂開也可以出而仕矣。自子使之，而後知開之果可以仕者也，而開故欿然退，夷然遠也，對曰：「吾斯之未能信。」嗚呼！此豈猶人之見也哉？天地民物之大，謂與吾身無與者，此其人先不能自見其身者也，俯視吾身，與天地民物，尚未得其親切之故，則其本原有疑焉者矣，古之人以田間處之而不損其所本無，以天子投之而不益其所固有，誰則能大定如是也，亦求信乎本原而已爾；禮樂刑政之微，謂皆吾心可略者，此其人先不能自治其心者也，內省吾心，與禮樂政刑，猶多得其闕失之端，則其細微有蔽焉者矣，古之人一夫之不獲而具曰予辜，一物之未格而具曰予疚，誰則能精詳如是也，亦求信乎細微而已爾。夫信之分量不同矣，聖人信之而爲聖，賢者信之而爲賢，信之各有其滿志也，而第得一未信之意，則已爲賢之所不可域，而聖之所不能加；抑未信之境詣不同矣，聖人未信其爲聖，賢者祇未信其爲賢，未信之自有其殊塗也，而忽見一斯爲未信之處，則已爲賢之所不能公，而聖之所不可私。以是知其見者大也，功業之卑也，其力非不足，而明靣於其先，規模因之以不遠矣，開非實見其大，其所謂斯者何得也，其所謂未信者又何分也，夫吾人亦最難得此曠然之識耳，此豈較淺深於疇昔者哉；以是知其志之篤也，治效之虚也，其智非不達，而器限於其外，氣象因之以不化矣，開非所志之篤，其所謂斯者何指也，其所謂未信者又何據也，夫吾人亦最難得此毅然之氣耳，此豈計成否於異時者哉！是意也，夫子嘗以微觀及門而無或喻者也，一旦得之於開，雖欲不説，烏得而不説？自開言之，而後知開之果未可以仕者也；自子説之，而後知開之未可以仕而果可以仕者也。其使也，不病乎其未信也；其未信也，不病乎其説也；其説也，不病乎其使也。此後世以爲功名，而聖賢以爲性分之事也。

按，題出論語公冶長篇：「子使漆雕開仕。對曰：『吾斯之未能信。』子説。」朱熹集注曰：「信，謂真知其如此，而無毫髮之疑也。開自言未能如此，未可以治人，故夫子説其篤志。」引程子曰：「漆雕開已見大意，故夫子説之。」又引謝氏曰：「開之學無可考。然聖人使之仕，必其材可以仕矣。至於心術之微，則一毫不自得，不害其爲未信。此聖人所不能知，而開自知之。其材可以仕，而其器不安於小成，他日所就，其可量乎？夫子所以説之也。」是文亦只在此處盤旋，而尾評曰：「其所言都非恒目所經，恒臆所有，從赤心片片説來，浩然日月經天，江河行地。」晚村自記曰：「作家每苦『説』字難下注脚，皆因『斯』字不確，『未信』處無巴鼻也。程子謂『見大意』，朱子謂『篤志』，一是横處説，一是豎處説。上蔡『不安於小成』，只是兩説反面耳，饒氏分作三樣看，拙矣。融洽聖賢語，於此頗有微長。」「融洽聖賢語」，正是此文之佳處。

女與回也　全節

與方人者方人，就其所自知者進之也。夫子貢喜方人，而令之自方，獨不敢當顔子，斯其自知審矣，知之審，則自治將不暇，故夫子亟進之。且學道而必捐聰明、去知識，此異學之所以爲教，而聖人不然，聖人之通大而實，非聰明知識之至，則其於大也必有所歉，而本原之際無由窺，於其實也必有所遺，而散殊之分無由盡，故聖人甚樂得夫聰明知識之材，而惟恐其聰明知識之不至，則爲之取其已至者以震其所未至，即其未至者而勉其所必至，正所以教聰明、教知識也。聖門諸賢，首稱顔子，其同科而相近者不乏人，而夫子每與子貢相衡量焉，豈抑回以進賜也哉？蓋實以愈賜者止有一回，而可以如回者止有一賜，而他人所不得而望焉者，其知類也。其知類而其所以知者不類，所以知者不類，則其所知亦終不類也。何則？知之量無涯，入其中而取少取多，各有其自足之處；知之分有定，明其故而在彼在此，反生其自安之情。此皆足爲知累者也，而莫先於去其所自足。子謂子貢曰：「女與回也孰愈？」微子言，吾固知回之愈賜也，微子言，賜亦固知夫回之愈賜也，子則以爲此非真回、此非真賜也；子貢對曰：「賜也何敢望回。」微賜言，子固知賜之不敢望也，微賜言，吾亦固知賜之不敢望也，子貢則以爲自有真回、自有真賜也。回有回之聞焉，回有回之知焉，聞非加深也，而體常湛於默識，斯出之也若何思，何思者，思之盡也，借聞爲之引其端，而知輒竟其委，雖得意忘言，得言忘象，似於一之中無復推詳，而已曲盡夫擬議變化之故，則聞一以知十矣；賜有賜之聞焉，賜有賜之知焉，聞非加渺也，而用素熟於億中，斯入之也有獨得，獨得者，得之少也，恃聞爲之開其往，而知即逆其來，雖緣感爲應，應復爲感，似於一之外頗多旁達，而終不離乎將迎對待之間，則聞一以知二矣。若是者，回果有真回矣，賜果有真賜矣，回未必真回，賜已得真賜矣，所謂愈者信不可愈，而望者信不敢望矣，弗如矣，而子則曰「未也」，微賜言，吾固知其弗如也。分之有定者，受之不可不順，使回舍其靜悟，而從事於推測之途，回有所不必，而未嘗無得於回，使賜舍其思維，而從事於自然之域，則賜有所不能，而先已大失其賜矣，賜之能順受其分也，吾與其順受者也；量之無涯者，求之不可不深，使回實其明睿，而不必圖格致之功，則理不虛集，回亦有弗如之賜，使賜養其探索，而亦不必希神奇之詣，則識有漸臻，賜亦無終弗如之回矣，賜之能深求其故也，吾與其深求者也。此又夫子所以去其自安之情也。

按，題出論語公冶長篇：「子謂子貢曰：『女與回也孰愈？』對曰：『賜也何敢望回。回也聞一以知十，賜也聞一以知二。』子曰：『弗如也。吾與女弗如也。』」朱熹集注曰：「一，數之始。十，數之終。二者，一之對也。顏子明睿所照，即始而見終；子貢推測而知，因此而識彼，無所不悦，告往知來，是其驗矣。」又引胡氏曰：「子貢方人，夫子既語以不暇，又問其與回孰愈，以觀其自知之如何。聞一知十，上知之資，生知之亞也。聞一知二，中人以上之資，學而知之之才也。子貢平日以己方回，見其不可企及，故喻之如此。夫子以其自知之明，而又不難於自屈，故既然之，又重許之。此其所以終聞性與天道，不特聞一知二而已矣。」尾評曰：「一涉機鋒油口，便是叢林壁落頭乞兒相；一涉訓詁膚穀，便是講院壁落頭乞兒相。兩乞相盡處纔有箇題目，向此文討取得下落。」

子曰回也　一節

有大賢之仁，有群賢之仁，異之於其心也。夫仁一而已，而心之不違與至則有異，三月與日月則有異，夫子分論之，正所以深勵之與？且自人有心，而仁之理已存乎其中矣。顧仁存乎心之中，而心時出於仁之外，仁已立乎心之外，而心反求入乎仁之中，於是乎離合之端見，而往來之勢分，主客之形成，而久暫之分定。仁之爲仁，亦爲之去留深淺於其間。夫仁則豈可有去留深淺於其間者哉？吾嘗以此靜驗及門而各見其故，殆無以過回。人心未有不與仁爲一者，私入而爲之二也，私烏能遽入哉，此必有授之以隙者，而後彼得而乘其間，方其隙也，我能覺焉即合爾，及間焉，則反與私爲一矣，雖欲力返其故，而終以私爲歸藏之地，故不患夫私之必入，而患心之與仁，無親切之意也；人心未有不以仁爲主者，己勝而爲之敵也，己烏能遽勝哉，此必有示之以離者，而後彼得而攻其弱，方其離也，我能操焉即存爾，及弱焉，則反以己爲主矣，雖欲自還其初，而終與己有憑依之勢，故不慮夫己之能勝，而慮心之於仁，無純固之守也。回也何如乎？回無異仁也，而其心異，回亦無異心也，而其心之於仁異。夫人事深者，天機日淺，回又非離人事以爲治也，日用飲食之故，無一之不安於心者，即無一心之不安於仁，積之至於三月，蓋未能臻乎不息也，然不息亦已久矣；嗜欲去者，清虚自來，回又非守清虚以爲養也，見聞言動之微，無一之不體於心者，遂無一心之不體於仁，循之及於三月，殆未能泯乎不遠也，然不遠則已復矣。若夫其餘，固無異心也，則亦當無異仁也。然心處既失之餘，其視仁也甚尊，以爲甚尊而跂及之境生，以爲甚尊而危疑之情變，以危疑之情，當跂及之境，吾見其飄摇而靡定矣，又況有甚親者，引之於其後也；心在既分之時，其視仁也過難，惟其過難而游移之見出，惟其過難而惕厲之功頻，以惕厲之功，挾游移之見，吾知其難苦而難居矣，又況有甚適者，狎之於其先也。則日月至焉而已矣。蓋理欲不並域而藏，各視夫心之所喻以爲向，所喻在理，所向在欲，其偶也，所喻在欲，所向在理，亦偶矣，此貴乎致知也；危微不中道而立，各從夫心之所習以爲歸，習於微，雖危而即歸於微，可必也，習於危，雖微而即歸於危，亦可必矣，此貴乎積誠也。誠由日月之至，以求三月之不違，由三月不違，以馴至於無可違，而後知仁之真無異也。

按，題出論語雍也篇：「子曰：『回也，其心三月不違仁，其餘則日月至焉而已矣。』」朱熹集注曰：「心不違仁者，無私欲而有其德也。日月至焉者，或日一至焉，或月一至焉，能造其域而不能久也。」引程子曰：「三月，天道小變之節，言其久也，過此則聖人矣。不違仁，只是無纖毫私欲。少有私欲，便是不仁。」又引張子曰：「始學之要，當知『三月不違』與『日月至焉』内外賓主之辨。使心意勉勉循循而不能已，過此幾非在我者。」是文以「心異」爲「仁異」破之，確乎不俗。尾評一曰：「説理至此，直是家常淡飯，無甚好看處，字字明白着實，一刀兩截，細心人咀味，自然無窮。」二曰：「近來亦知心不違仁不是仁不違心解，然寫來究竟蒙混，總不曉心與仁分際，但胡猜啞謎耳。乃群謂論理貴細膩，貴圓熟，此皆强名也。決破籓籬，只須鶻突，不著痛癢而已。」

如有博施　全節

觀聖賢之論仁，善推其心而用無不全矣。夫博施濟衆，未嘗非仁，而以此求仁，已先失其本矣，誠取譬於立達間，仁亦求其至近者耳。今夫天地萬物，皆吾一體事也，而以爲有内外之殊焉，是岐而二之矣。主内者曰：「八荒洞然，皆在吾闥。」此其説虚而無功，於是乎學者欲以實驗之，凡天地萬物，有一不得其所，非仁也。此其説較實矣，而吾謂其虚而無功也等，何也？一體之全夫天地萬物者，其理也；一體之不即全夫天地萬物者，其勢也。理本然而不能即然，勢不及而有以相及，則一體之與天地萬物，自有其親切之處，求仁者之所以實致而可爲。昔者子貢思仁者之治不見於天下也，慨然欲得夫博施而能濟衆者焉，而猶幾幾乎未敢信其爲仁。嗚呼！何仁之難也。夫仁之爲仁，下學與聖人同其責者也，帝王與匹夫共其任者也。必博施濟衆而爲仁，則必有聖人之仁，無下學之仁，然後可，有帝王之仁，無匹夫之仁，然後可，有聖人爲帝王之仁，無匹夫而下學之仁，然後可；不寧唯是，必博施濟衆而爲仁，則聖人不能，不如下學，帝王不能，不如匹夫，聖人爲帝王者不能，不如匹夫而下學。彼水土未平，頑讒未革，誅殛未措，鳥獸草木未時，而君咨於上，臣儆於下者，所謂帝王而聖人者非耶？然且不得爲仁，又何遽爲聖哉？嗚呼！何其難也。夫仁者非難也。仁者之心何如乎？己欲立而立人矣，己欲達而達人矣，非有所擬議而然也，非有所準量而出也。吾正吾性，即與天下正其性；吾遂吾情，即與天下遂其情。仁者之心體，大都如是。仁之爲仁，豈有歉乎哉？而抑有歉焉者，則反之不能得其通，而推之不能實其力，亦未知夫爲仁之有方也。仁之爲道也，極乎自然，而求仁者則必出之以强，天地萬物，皆與一體有强合之迹，我自盡其所强，而自然者即得乎其中；仁之爲道也，本乎大公，而求仁者則必驗之以私，天地萬物，皆與一體有自私之意，我克擴其所私，而大公者即全乎其内。故井田封建，静悟於生人之初；禮樂兵刑，熟悉夫飲食之故。生殺者，志氣之舒慘也；厚薄者，手足之親疎也。澤必遍乎百昌，固精微之自周；治不過乎九州，亦等殺之所及。帝王之仁以此，匹夫之仁亦以此；聖人之仁以此，下學之仁亦以此。帝王非有餘，匹夫非不足；聖人非無憾，下學非難幾，能近取譬，此可謂仁之方也已。如必博施濟衆而爲仁，何以處夫匹夫而下學者也？并何以處夫帝王而聖人者也？

按，題出論語雍也篇：「子貢曰：『如有博施於民而能濟衆，何如？可謂仁乎？』子曰：『何事於仁，必也聖乎。堯舜其猶病諸。夫仁者，己欲立而立人，己欲達而達人。能近取譬，可謂仁之方也已。』」朱熹集注曰：「近取諸身，以己所欲譬之他人，知其所欲亦猶是也。然後推其所欲以及於人，則恕之事而仁之術也。於此勉焉，則有以勝其人欲之私，而全其天理之公矣。」引程子曰：「醫書以手足痿痹爲不仁，此言最善名狀。仁者以天地萬物爲一體，莫非己也。認得爲己，何所不至，若不屬己，自與己不相干。如手足之不仁，氣已不實，皆不屬己，故博施濟衆，乃聖人之功用。仁至難言，故止曰：『己欲立而立人，己欲達而達人，能近取譬，可謂仁之方也已。』欲令如是觀仁，可以得仁之體。」又引曰：「論語言『堯舜其猶病諸』者二。夫博施者，豈非聖人之所欲？然治不過九州，聖人非不欲四海之外亦兼濟也，顧其治有所不及爾，此病其濟之不衆也。推此以求，修己以安百姓，則爲病可知。苟以吾治已足，則便不是聖人。」此文融貫聖語殊妙。尾評一曰：「其卷舒極大，其控駕極安，其斡旋極密，可謂光前絶後。」二曰：「論語只此章仁字從本體説入，徹上徹下，是西銘骨子，不理會西銘過，不能解書，安知此文之佳！」

子與人歌　一節

天高地下，萬物散殊，善流行於其間，無所往而不與人遇也。顧遇恒人則善日見少，而遇聖人則善日見多，何則？聖人之心精，斯其入之也深，故一善而衆善出焉；聖人之心虚，斯其感之也全，故小善而大善備焉；聖人之心誠，斯其出之也敬慎而周密，故一事之善而德性尊焉；聖人之心和，斯其接之也易直而安詳，故一時之善而氣象備焉；聖人之心公，斯其及之也廣大而不遺，故天下之善而一人受焉，一人之善而天下受焉。於何見之？於子與人歌見之。

此心，不失采風問俗之心，此名卿贈答而賦雅頌之章，猶存拜賡規諫之義，閭里謳吟而來倡和之什，或情深有取乎歌也，子與人歌，子亦猶是也；或言短而意彌長，述者之所感，爲作者之所未傳，而聲彌淡，聽者之所悟，爲歌者之所未覺，此有取乎歌之善也，子與人歌而善，子亦猶是也。而子之心，則已與善相深矣，忽而聞焉，欲其善之與我洽也，聲輟而善隨逸焉，而彼之曲折未盡出也，夫所謂曲折者，人能之，人未即解之，子解之，子又未即能之，如是而人之善隱，子之善亦隱矣，必使反之，則人所能者亦解焉，子所解者亦能焉，而曲折乃盡出也；而子之心，則已與善相發矣，漸而即焉，喜其善之與我親也，理得而善斯秘焉，則我之畛域未盡化也，夫所謂畛域者，人有之，子未嘗無之，子有之，人安得有之，如是而人之善微，子之善亦微矣，而後和之，則人所有者固有焉，人所無者亦有焉，而畛域乃盡化也。然則一歌也，而聖心之精且深也如此，其虛而感之大也如此，其誠敬周密也如此，其和易而安詳也如此，其公而無可私、廣大而不遺也如此。此可爲天下取善之法矣，善之來也無端，其往也亦無端，寂然而生，我無以留之，則竟謝焉矣，我不欲謝之，則亦竟留焉矣，其中至賾，其外至庸，無心者不能取，而有心者取之，聖人所以有格物窮理之學也；此可爲天下與善之則矣，善之大也無量，其細也無量，紛然而至，以一人盡之，而已盡於一人矣，不以一人盡之，而并盡乎天下矣，其用萬殊，其體一本，有心者不能與，而無心者與之，聖人所以有存神過化之功也。

按，題出論語述而篇：「子與人歌而善，必使反之，而後和之。」朱熹集注曰：「必使復歌者，欲得其詳而取其善也。而後和之者，喜得其詳而與其善也。此見聖人氣象從容，誠意懇至，而其謙遜審密，不掩人善又如此。蓋一事之微，而衆善之集，有不可勝概者焉，讀者宜詳味之。」所謂「有不可勝概者」，即文中「一善而衆善出焉」、「小善而大善備焉」之謂也。此首無尾評。

孔子曰才　然乎

聖人忽有感於用才之世，而深慨古語之有當焉。夫才之所以難，在古人亦不自知其言之有當於何代也，夫子有感於難之故，則見其足以深長思焉爾。今夫言有理至而事不至者，存其理，而數世之事皆得而證焉，此先見理而後見事者也；有事至而理乃至者，思其事，而數世之理皆得而實焉，此先見事而後見理者也。然則得古人之事，思古人之言，此聖人辭先之意也；得古人之言，信古人之事，此聖人意後之辭也。於是乎記者既列舜武兩朝之才，而遂述夫子之歎曰：「吾嘗上下古今，而知古今之天下，不恃一才爲之也，而未始不以才爲之也。」無一日不生才之天地，無一代不用才之帝王，使生者足以濟其用，用者足以盡其生，則自隆古以迄今兹，將有治而無亂，才之爲才，烏有不足哉？而吾謂誠如是也，則才賤而不足貴，可畏而不足惜，自隆古以迄今兹，亦將有亂而無治。何則？天地之生才也，非治極而將亂也不生，非亂之至也不生，非亂極而將治也不生；帝王之用才也，非治極而將亂也不用，非亂之至也不用，非亂極而將至也不用。蓋天地能生之而不能用之也，帝王能用之而又不能生之也，故當其治極而將亂也，天地生之而無帝王用之；當其亂之至也，帝王不欲用之，而天地故生之；當其亂極而將治也，帝王欲多用之，而天地且慳惜而不盡生之。若是乎相需殷而相過疎，則何也？非天地愛才而有生有不生也，非帝王棄才而有用有不用也。有用有不用者，氣運之所以開；有生有不生者，氣運之所以定。天地不得已而生，帝王不得已而用，知其不得已而用也，則生之者益少；知其不得已而生也，則用之者益慎。吾今而知才之爲才，其不數數見也，雖天地無如何，雖帝王且無如何也。然猶以爲未嘗生，生則不可量也；以爲未嘗用，用則不勝計也。而又有異焉者，亦既生之，亦既用之矣。當其時，都俞颺拜，何如其隆也；奔奏先後，何如其衆也。由今思之而以爲異焉者，且不獨由今思之而以爲異焉也。在昔先民有言曰：「才難。」斯言也，其有感於治極而將亂者耶？其亂之至而致思者耶？其亂極而治而以爲不易得者耶？是殆未見夫天地帝王既生且用，而猶有未易者也，然且其言之咨嗟愛惜、顧慕而遠望也如此，使其較量於都俞颺拜之時，考論於奔奏先後之内，吾不知其咨嗟愛惜、顧慕而遠望者，又當何如也。即以彼所言，思我所見，信乎？否乎？不其然乎？

按，題出論語泰伯篇：「舜有臣五人而天下治，武王曰：『予有亂臣十人。』孔子曰：『才難，不其然乎？唐虞之際，於斯爲盛。有婦人焉，九人而已。三分天下有其二，以服事殷。周之德，其可謂至德也已矣。』」朱熹集注曰：「『才難』，蓋古語，而孔子然之也。才者，德之用也。唐虞，堯舜有天下之號。際，交會之間。言周室人才之多，惟唐虞之際，乃盛於此。降至夏商，皆不能及，然猶但有此數人爾，是才之難得也。」此文取「孔子曰：『才難，不其然乎』」兩句爲題，然上下勾連，依然是以全節爲意。尾評一曰：「其來也無端，其去也不測，縱横排闔，決百瀆而東，能縮全理於毫鋒，按脉則不失累黍，技至此，吾不得而知矣。」二曰：「得動下文，而語仍虚還，便稱能品矣。直使末節淩空飛舞，涉險弄潮，真令長年失色。放翁過無義灘，亂石塞中流，湍激渦盤，望之可畏，舟過乃不甚覺，蓋操舟之妙也。」

子在川上　一節

川流與道爲體，聖人見其不容已之實焉。蓋道體之隱於人心，不若著於川流者之無不共見也，逝者不舍，本然者如是，當然者即如是，夫子又豈有隱義哉！今夫道，兼動静以爲體者也，而聖人之觀道也，每於其動示之。於是乎天地之間，凡物之動者皆可以悟，而異學亦以爲然，聰明自得之士，亦無不以爲然。此皆明於動，而不明乎其所以動者也。何也？異學之所謂悟者，於動之初，忽見夫不動之原，則遂欲絶其既動之後，是内外異本者也，故其於道也，虚而無據；聰明自得之士之所謂悟者，於動之時，忽見夫必動之故，則遂謂已得其自動之天，是知行殊致者也，故其於道也，蹔而不有。觀其悟之所由生，多得之於偶動之物，而未嘗有得於恒動之物，可知也。夫偶動者，其端也；恒動者，其實也。於其端見道之動，於其實見道之所以動，然則天地之間，亦有物焉無端而實存焉如是者乎？夫子嘗在川上矣，忽而歎曰：「逝者如斯夫，不舍晝夜。」夫天地之間，其自無而有者，吾不知其何所始也，浸假而有者來矣；其自有而無者，吾不知其何所歸也，浸假而無者往矣。方其來也，與我相迎，有者據之，無浸假之非有也，庸詎知有之所以爲無也耶；方其往也，與吾相積，無者玩之，無浸假之非無也，庸詎知無之所以爲有也耶？使浸假而來者輟焉，有輟其有矣，無亦輟其無；浸假而往者滯焉，無滯其無矣，有亦滯其有。然則往者逝也，來者亦逝也；無者逝也，有者亦逝也。今夫川，古人臨之曰「此今日之川也」，浸假又爲吾人今日之川，古人與吾人各自私一今日，而川之今日，殆不可得而私也，以是知天下未有無其今日者矣，而其故而益新者有如斯與；吾人遇之曰「此當前之川也」，浸假而又爲後人當前之川，吾人與後人得共留其當前，而川之當前，自不可得而留也。以是知天下無可執其當前者矣，而其通而益久者有如斯與？如斯者，蓋不得不趨於變也，一息之不變，即不可以終古，屈伸嘘吸之微，密爲推移，而晝夜之事出焉，晝夜變，而在晝夜之中者無不變也，而斯其最著者矣；蓋不得不貞於常也，終古而無常，即不可以一息，元會開閉之數，遞爲通復，而晝夜之常定焉，晝夜常，而與晝夜行者無非常也，而斯其最明者矣。由此思之，斯之自爲逝耶？抑有所以逝者耶？晝夜之能使不舍耶？亦有不舍於晝夜者耶？逝之自有所不舍耶？抑不舍之所以爲逝耶？以是知有體者，即有其體之者；有自然之體者，即有體乎自然者也。見體而不見夫體之者，異學之所以虚而無據也；見自然之體而不見夫體乎自然者，聰明自得之士之所以塹而不有也。夫天地之間，無物之不體乎道也明矣。物生乎氣，氣必乘乎化，化必統乎理，理必本乎心。理也，化也，氣也，與物爲不舍者也，而物之自爲舍者，心也。心存與存，心息與息，故觀天地之心者於復，復者，天地之動也，於此不已，真不已矣；觀聖賢之心者於獨，獨者，聖賢之動也，於此無間，真無間矣。

按，題出論語子罕篇：「子在川上曰：『逝者如斯夫，不舍晝夜。』」朱熹集注曰：「天地之化，往者過，來者續，無一息之停，乃道體之本然也。然其可指而易見者，莫如川流。故於此發以示人，欲學者時時省察，而無毫髮之間斷也。」引程子曰：「此道體也。天運而不已，日往則月來，寒往則暑來，水流而不息，物生而不窮，皆與道爲體，運乎晝夜，未嘗已也。是以君子法之，自强不息。及其至也，純亦不已焉。」尾評曰：「時而莊嚴，時而瓌詭，文盡蒙叟之奇，旨窺考亭之奥。」晚村自記曰：「明明言道，卻云不可鑿破，此即一句合頭，萬劫驢橛也；明明就川言道，卻云不可著川，此即『莫將境示人』也。此等説數盛行，書理漆闇矣。正朱子所謂如猜啞謎，又不可説破，自有箇黑腰子者。愚竊謂陽明之傳，至龍溪而發露殆盡，至李贄則又加猖矣，一點無忌憚心傳，呵佛駡祖，靡所不至，究其學，則一黑腰子之學也。隆萬以後，學士大夫無人理會正道，只從此處討生活，下稍學究秀才，越没巴鼻，弄成不尷尬東西，更不像模樣。朱子云：『不是説秀才做文字不好，此事大有關係在。』其言千古不爽也。嗚呼！是誰之過歟？」

或問子產　怨言

分論列國之材，皆以表微也。蓋子產子西管仲，當世稱之熟矣，然子產之德隱於刑，子西之名浮於實，管仲之功抑於罪，非夫子各爲論定焉，三子亦幾無以自白哉。聖人之論人，非求異於衆也，各就其平生而權衡之。或略焉，或詳焉，使其人自爲質，亦足以大服其隱而已矣。列國執政之材，如鄭之僑、楚之申、齊之夷吾，非皆稱賢大夫者哉？或人連類而及之，未必無優劣之見者存也。而夫子或斷以其心焉，或限以其品焉，或定以其事焉，無憂劣之見者存也，而優劣已較然其不可易。今夫子產，明察以斷者也，當其鋤强族、鑄刑書，威期於必立，不避貴者之讐，法期於必行，不干賤者之譽，跡其所爲，不幾與後世天資刻薄之人，同所操之術哉？然後世用其術以强國，而子產則用其術以愛民。以其術强國者，數十年殺僇之運，於是乎開；以其術愛民者，數十年生聚之氣，於是乎厚，操術同而所以操術之心不同也。至於今，術去而心獨存，由其心以思其所操之術，蓋委曲繁重以求達吾不欲委曲繁重之意，意亦良苦也，惜乎以王者之心，行霸者之術，純王則仁矣，純霸則忍矣，雜乎王霸之間，則惠而已矣。若夫王之所必外，霸之所必討，君子之所不道也。即賢如子西，又何以稱焉？吾觀其人，知辭位之爲義，而不知僭竊之爲大不義也；知修政之爲禮，而不知滑夏之爲至無禮也。其始也，不難舍楚之千乘以成名，抑何廉也；其卒也，不能忍鄭之一賂以賈禍，又何貪且愚也。好名之士，敗於簞豆，類如是矣，然而夫子不著其説也，彼之云者，以爲是烏足以當吾責備焉耳。然則名之易敗也，心術之不可知也。若管仲其人者，天下固奇其才，而吾黨每深求其隱，得毋重疑其心而名幾易隳乎？不知仲之罪，在後世效其罪者之事；而仲之功，在當時服其功者之心。大抵王者之服人也，使人自忘，教化神而政令簡，故被其恩者不以爲恩，而寒暑怨咨，無損於覆載之大；伯者之服人也，使人不忘，功過明而賞罰必，故受其怨者亦不以爲怨，而死生感泣，反深於放廢之人。今即觀於奪駢邑一事，至疏食没齒而無幾微怨恨焉，伯氏獨非人情也哉？以是知其功之不可掩，而才之不易得也。夫雜乎王者，尚有不求共白之懷，惟操之者太急，故必怨詛於始，而歌誦於終，子産是已；純乎霸者，亦有深入人心之處，惟留之者無餘，故雖愧厲者固多，而匿詐者亦不少，管仲是已。彼子西者，既無王者求仁之心，復無霸者服世之術，以是卒及於亂，又何足與二大夫較量優劣也哉？

按，題出論語憲問篇：「或問子産。子曰：『惠人也。』問子西。曰：『彼哉。彼哉。』問管仲。曰：『人也。奪伯氏駢邑三百，飯疏食，没齒無怨言。』」朱熹集注曰：「子産之政，不專於寬，然其心則一以愛人爲主，故孔子以爲惠人，蓋舉其重而言也。」又曰：「子西，楚公子申，能遜楚國，立昭王，而改紀其政，亦賢大夫也。然不能革其僭王之號。昭王欲用孔子，又沮止之。其後卒召白公以致禍亂，則其爲人可知矣。彼哉者，外之之辭。」又曰：「蓋桓公奪伯氏之邑以與管仲，伯氏自知己罪，而心服管仲之功，故窮約以終身而無怨言。荀卿所謂『與之書社三百，而富人莫之敢拒』者，即此事也。」○「或問：『管仲子産孰優？』曰：『管仲之德，不勝其才。子産之才，不勝其德。然於聖人之學，則概乎其未有聞也。』」文中論子西，曰：「吾觀其人，知辭位之爲義，而不知僭竊之爲大不義也；知修政之爲禮，而不知滑夏之爲至無禮也。」微言大義已存乎其中，順康之際，士大夫讀至此，能不爲之動容乎？尾評一曰：「子長合傳，以有意聯絡爲奇，此文則又以無意聯絡爲巧。隨物賦形，各開生面，神光離合，自然一氣，不見黏接縫痕，此蠶室中未盡伎倆也。」二曰：「散散淡淡，無甚出奇處，細味之，自覺其妙。如子産之惠，人多泛設，此卻從他嚴刻處看出，與柳下之介、首陽之不念舊惡同一關棙。講彼哉鉤摘甚辣，而仍是渾涵語氣。管仲節大約作鋪張語耳，獨將王者服人處襯託一層。凡此非具絶大本領者，莫想臨摹也。」

君子有九　一節

君子善思之用，各授之以則也。夫君子之思，固無所不致其慎也，而操之者則有要矣，故詳列九思以爲慎思之法。今夫處一身之至虛，而運一身之至實，蓋莫尊於思矣，而洪範直夷之於五事之列，而且繫其後，此何説也？未能善用其思，則事事之中無思，事事之中無思，則事事之外有思矣，故夷其列也；能善用其思，則事事之始有思，事事之始有思，則事事之成一思矣，故繫其後也。通之爲睿，作之爲聖，慎之惟君子。乃有謂天下之思多，而君子之思少者，非也，應感之變無方，而遇於前者至一，坐馳焉而旁落者出矣，惟君子於至一之外無所增焉，故少也；抑有謂天下之思少，而君子之思多者，亦非也，日用之迹甚近，而盡其量者至精，率應焉而簡佚者衆矣，惟君子於至精之内無不足焉，故多也。然則君子何時何事而不慎吾思也哉？而要其大端，則有九者。其一在視，視之體本明也，心亡則不能辨物，而亂色蔽之，明失矣，君子思去其所蔽，則惟明；其一在聽，聽之體本聰也，心蕩則不能審音，而奸聲壅之，聰失矣，君子思去其所壅，則惟聰。由是著於容而有色，色根於心者也，思過剛過柔，非色之德也，必於温；由是徵於躬而有貌，貌從乎心者也，思近諂近瀆，非貌之德也，必於恭。及乎聲相感而言出焉，有聲以心者，即有不及聲以心者，然而皆心之聲也，於其所發思所存，烏得而不忠？及乎動相接而事彰焉，有動以心者，即有不及動以心者，然而皆心之動也，於其所行思所守，烏得而不敬？凡此皆以順用吾思者也，而又有以逆用吾思者。如疑者，心之疚也，耻於問，則疑終不釋，而非思問，則所疑先未盡出矣；忿者，心之慝也，及於難，則忿終不懲，而非思難，則所忿卒未盡泯矣。至於見得，尤心之自出而爲緣者也，其流底於訟師者，其源操於取舍，思合於義，而後無苟得之患也哉。若此者，固非捷獲於臨幾也，一物之交，思之各得其理，然涵泳於平昔者不深，則理中之曲折，皆吾思所未經閱歷之處，及乎臨幾，思雖欲入而圖功，已不識其從入之方矣，以九者合治乎其先，則理積於虚，無物而已備萬物之用，故知周常變而不窮，於以知靜存之所持，在異流爲絶慮之源者，君子正於此深致知之學也；又非力持於當境，一務之末，思之必分其介，然省察於端倪者不豫，則介内之危微，皆吾思所最易忽略之區，及乎當境，思雖欲留而詳審，已不復有少留之暇矣，以九者分治乎其著，則介晰於隱，細務而各極成務之全，故神明肆應而不亂，於以悟動見之所岐，在曲學爲朋從之擾者，君子正於此嚴謹獨之功也。

按，題出論語季氏篇：「孔子曰：『君子有九思：視思明，聽思聰，色思温，貌思恭，言思忠，事思敬，疑思問，忿思難，見得思義。』」朱熹集注曰：「視無所蔽，則明無不見。聽無所壅，則聰無不聞。色，見於面者。貌，舉身而言。思問，則疑不蓄。思難，則忿必懲。思義，則得不苟。」引程子曰：「九思各專其一。」又引謝氏曰：「未至於從容中道，無時而不自省察也，雖有不存焉者寡矣，此之謂思誠。」尾評一曰：「冲夷瀲灔，挹之無窮，掉臂游行於理窟中，如登程朱之堂而聞其討論，此豈徒以才見者！」二曰：「册子上言語，紐揑巴攬來説，終是不似。朱子云：『須是爛泥醬熟，縱横妙用，皆由自家，方濟得事。』老蘇平生因聞『升裏轉、斗裏量』之語，遂悟作文妙處，所爭在熟不熟也。此文無他奇，只是道理熟耳。」

日知其所　二句

推内求之心，有無時不自驗者焉。蓋所亡所能，亦因人心爲得失者耳。日知而月無忘焉，豈猶有優游之候歟？今夫時積而日，日積而月，日月積而終身焉，固無人不行乎其中也。顧聖賢之日月嘗多，而恒人之日月嘗少，非獨少也，爲吾所得有之日月少也；抑聖賢之日月過速，而恒人之日月過遲，非獨遲也，爲吾所不覺之日月遲也。夫來者不相期，而吾所需者不與之俱來；去者不相待，而吾所留者忽與之俱去。於是乎聖賢之視日月，愈多而愈速，此其心如將見之，何則，理之賦於生初者，罔弗全也，然必我生之後，一一取而體之於身，而此理始爲我歸，則雖道成無乎不具，非有加也，雖天亶必多未明，已爲減也，故不言有而言亡，亡固不足諱也，第既亡矣，欲一一而體之，則固日有其未得而必當得者焉，是所亡也，不寧惟是，聖人之所亡在器數，賢人之所亡在神明，恒人之所亡在覩記，所亡一也，而其所亡不一矣，其所亡不一，而能知其所亡仍一也，特無如昧昧者之不見一亡也，又無如昧昧者之僅見一亡也，不見一亡者拒於中，僅見一亡者諉諸外也，且亡亦何定之有，我願自此奢焉，則亡從生矣，我願自此止焉，則亡從息矣，今夫人有嗜欲之物，必謀之未至，而後悟其亡也，亦必積之愈多，愈覺有歉焉，而後悟其亡也，不然者，數年從事，一朝或悟其無聞，寧獨非知其所亡者哉，惜也，吾不知數年之間，其所謂一朝者何限也，今果有人焉，如是日知其所亡；知所亡，則必爲其所能矣，然而未可恃也，何則，功之期於始業者，罔弗力也，然必敬業以往，一一集而守之於中，而此功始爲我受，則雖博極群理無餘量，未敢慶也，雖堅守成轍無餘謀，未敢少也，故又不慮亡而慮能，能亦不足多也，夫既能矣，欲一一而守之，則固月有其已得而又有繼得者焉，是所能也，不寧惟是，恒人之所能在服習，賢人之所能在艱鉅，聖人之所能在神奇，所能同也，而其所能不同矣，其所能不同，而欲無忘其所能仍同也，特無如倀倀者之不執一能也，卒無如倀倀者之不保一能也，不執一能者圖未獲，不保一能者喪已成也，且能亦何幸之有，昔之所無，爲今之所有，則後之無者進矣，今之所有，復爲後之所無，則昔之無者又至矣，今夫人有藝事之末，必習成自然，而後信其能也，亦必釋茲在茲、左宜右有焉，而後信其能也，不然者，逾時捷獲，畢生遂守茲弗失，寧獨非無忘其所能者哉，惜也，吾不知畢生之内，其所謂逾時者何許也，今果有人焉，又如是月無忘其所能？

按，題出論語子張篇：「子夏曰：『日知其所亡，月無忘其所能，可謂好學也已矣。』」朱熹集注曰：「亡，無也。謂己之所未有。」引尹氏曰：「好學者日新而不失。」此文取「日知其所亡，月無忘其所能」兩句爲題，故文中不論及「好學」兩字。晚村自記曰：「『知』字與『無忘』字對，不與『能』字對，朱子謂『知』與『無忘』，『檢校之謂』。如此看，方形容得『好』字出。『日新不失』意，包裹言下，故列之圈外。書理本自如此，初無難解，然嘗舉以語人，都笑不信也。」尾評曰：「題爲學問套語，活埋久矣，此獨每字出奇，兩峰屹峙中，洞壑靈異，别有天地非人間，豈直夢游天姥。」

衛公孫朝　全節

聖無所學，故無不學，即王道而益信其無師也。夫天下安有足爲孔子師者？無可師，斯無不學耳。即文武之道觀之，賢與不賢，皆學之矣，豈皆孔子之師哉？嘗謂士師賢，賢師聖，師至聖人止矣，聖無可師，則反師衆人，蓋衆人之學聖人者極其至，而聖人之學衆人者盡其餘也。何也？聖人之道，有統同者，有散殊者。其統同者，雖生乎千世之下，與千世之上之聖人，若函丈間者，此非學之所能幾也，天也；若其散殊者，雖神靈天亶之聖人，不得不由於學。當其盛也，以聖人學聖人，在未分之時者也；當其衰也，以聖人學衆人，在既分之後者也。至既分之後，則其爲學也倍難，而聖人若以爲無難，則人也而天矣。周之聖人，文武當其盛，孔子當其衰。文武以聖人學聖人，其傳之也一家，其議之也一堂，故天下第見有文武之道，而不復見文武之學；孔子以聖人學衆人，其收之也甚勤，其得之也甚博，故天下共見有孔子之學，而不能見孔子之師。此公孫朝之所以疑也。曰：「仲尼焉學？」夫仲尼則豈有所學而爲仲尼者哉？仲尼而猶學也，其惟文武之道乎？或曰：「仲尼而學文武之道，則必得文武其人焉師之然後可。」則是文武必不可作，仲尼將一無所學，而道亦竟墜於地耶？而非也。道之統同者，仲尼之所求必文武，文武之所求亦必仲尼，文武仲尼而外，無一得而與也，此不墜於地而亦不在人者也；道之散殊者，文武之所求不必仲尼，仲尼之所求不必文武，文武仲尼而外，無一不得而與也，此未墜於地而在人者也。人之中有其賢者，道之中有其大者，禮樂刑政之屬，王朝之不能守者，列國之名卿時明其意，故府之遺老或見其全，賢者而後識其大與，識大而後爲賢者與，而總之賢者則識其大者而已；人之中有其不賢者，道之中有其小者，名物度數之微，有司之失其傳者，一技之精，良工猶守其法，一器之用，草野或辨其名，不賢者而後識其小與，識小而後爲不賢者與，而總之不賢者則識其小者而已。賢者不賢者，莫非人也；大者小者，莫非道也。文武之道，豈不至今存哉？然而識大者學大，識小者學小，識大者不學小，識小者不學大，故賢者師賢，不賢者師不賢，賢者不師不賢，不賢者不師賢，文武之道，其墜於地耶？其不墜於地耶？幾幾乎不可知也，故曰：「未也。」惟我夫子，於賢者得其大焉，於不賢者得其小焉，而後我周一代之典章，燦然明備於萬世。然則文武之道之不墜，不賴有夫子之學，夫子之無不學，不又賴有賢不賢之識哉？乃究未嘗有賢者曰「孔子，吾之弟子也」，不賢者曰「孔子，吾之弟子也」。吾徒習見其事，亦未嘗敢曰「吾師亦嘗師之」云者，何也？聖人之取於人者無不盡，而人之裨於聖人者無可加也。故以爲學，豈惟文武，蓋實學於賢不賢；以爲師，豈惟賢不賢，蓋未嘗師於文武。以爲學，文武之道不足盡其學；以爲師，賢不賢之識皆可以當其師。夫子焉不學？而亦何常師之有。

按，題出論語子張篇：「衛公孫朝問於子貢曰：『仲尼焉學？』子貢曰：『文武之道，未墜於地，在人。賢者識其大者，不賢者識其小者，莫不有文武之道焉。夫子焉不學？而亦何常師之有。』」朱熹集注曰：「文武之道，謂文王武王之謨訓功烈，與凡周之禮樂文章皆是也。在人，言人有能記之者。」文中得出「聖人學衆人」一條，拓展朱子之意，其功大矣，而文則妙矣。尾評曰：「大意祇問孔子何師，答曰『無師』云爾。『文武之道』數句，是子貢反跌文法，正決言其無所從學也。時論多云，不宜重『道』字，宜重『學』字。出夢換夢，魘魅益深。果若彼言，『道』字又何不可重之有？得此一番闡明，方不負端木語妙。」

大畏民志　二句

得畏志之所自，即訟可以悟本矣。蓋民志而至於大畏，必有其所以畏者在也。此雖爲訟言之「乎」，而知本之道，已不外是。嘗讀司刺之職，則曰「斷中」，小司寇之職，則曰「登中」，以是知士師敕法之理，即天子傳心之道也。夫易遁者心，難遁者法，乃使天下不見有難遁之法，而止見有不易遁之心，此其故必有深焉者矣。明其故也，士師得之以爲士師，天子即得之以爲天子。今由夫子無訟之言，而知無情之不得盡辭如此，則非特震之於鈎金束矢之際也，入大吏之庭而思震，其爲震也幾何也，周禮之户口版籍，咸隸於秋官，以是知爾室之中皆閭黨，已久納於大吏之庭矣；亦非特威之於狗衆讀法之下也，觀正月之象而思威，其爲威也幾何也，虞典之奸宄蠻夷，悉統於司寇，以是知飲食之繼爲兵戎，又更出於正月之象矣。若是者，惟民有志，畏之實難，至於大畏民志，斯無訟之至乎？然而大畏者，民之爲之也；其所以大畏者，則非民之爲之也。習朝廷之律令而不驚，而一行之失，恐修士之知而戒之必嚴，非朝廷之勢輕於修士也，吾所畏之，故不存焉耳；違君公之典章而不懼，而一禮之愆，聞賢宰之名而變之必速，非賢宰之權重於君公也，吾所畏之，故忽至焉耳。夫其所畏之故則何也？吾於是憬然於經之所爲本末也。命臣以簡乎，而必稱伯夷之降典，謂刑之生於禮也，此猶其後者也，必先有德明惟明之帝，而後能用降典之伯夷；訊馘於聞人，而必頌皋陶之淑問，謂獄之成於學也，此猶其後者也，必先有敬明其德之侯，而後能教淑問之皋陶。然則大畏民志，無訟之實也，猶新民之説也；所以大畏民志，使無訟之實也，即明德之説也。無訟者，新民之一，使無訟者，明德之一，此自爲本末者也，兼而言之者也；由無訟而思新民，其爲新民者不一，由使無訟而思明德，其爲明德者不一，此異末而共本者也，耑而言之者也。兼言之而本在，耑言之而本在，此謂知本矣。蓋天下有求本之理，不更有求末之理，猶之夫子之言，得無訟之道，不必更得聽訟之道，故知本不復言末也。知本，則本之自全者，其始無旁落之虞，其終必無偏舉之弊矣，不更言終始矣；知本，則本之漸致者，其先無凌節之施，其後必無逆至之應矣，不更言先後矣。然此言可以知本，而不足以盡本，又何也？重華之德，豈殊文祖，而放殛之典，繼乎平章；文武之德，豈遜成康，而刑措之風，遲乎孫子。然則無訟固不足以盡明德，并不足以盡新民也哉。

按，題出大學：「子曰：『聽訟，吾猶人也，必也使無訟乎。』無情者不得盡其辭。大畏民志，此謂知本。」朱熹集注曰：「猶人，不異於人也。情，實也。引夫子之言，而言聖人能使無實之人不敢盡其虚誕之辭。蓋我之明德既明，自然有以畏服民之心志，故訟不待聽而自無也。觀於此言，可以知本末之先後矣。」此文取「大畏民志，此謂知本」兩句爲題，而此釋本末之章，乃涉上文演來，故文中不僅僅抱此八字不放也。尾評一曰：「近習靡蔓，觀者頭岑岑其欲下矣。得此瞻雅安詳，幾於陳記室之檄，使我心開神朗。」二曰：「古人謂讀書須知出入法。見得親切，是入書法；用得透脱，是出書法。惟君乃不愧斯言。」

詩曰妻子　兩節

道有漸進之序，可於詩與聖言喻之矣。夫詩言兄弟而溯及妻子，夫子因詩之言妻子兄弟而又及父母，皆無高卑遠邇之見也，子思則曰：「此與吾自之説相發明矣。」嘗謂道無對待而有對待之象，道無層累而有層累之形，此皆後學者之漸進而生者也。對待者，漸進之極際，漸進無盡，則對待亦無盡，故終身由之而不至也；層累者，漸進之近功，漸進不已，則層累亦不已，故當境求之而即得也。即得者，實得焉；斯不至者，亦馴至焉。此其故虚擬之，亦可實證之；全舉之，亦可曲喻之。如吾言道而有遠邇高卑，而對待之象視此已；行與登必有自，而層累之形視此已。然而過焉者，立一高遠之境，以求之卑邇之中，而不可得也，則廢然返矣；即不及焉者，守一卑遠之説，以求夫高遠之忽至，而不可得也，則亦廢然返矣。何則？是猶見於對待而無見於層累也，是猶見於層累而無見於漸進之實也。無已，則與觀於棠棣，棠棣言兄弟也，言兄弟而忽及妻子矣，言妻子而又及兄弟矣；則又觀於夫子之讀棠棣，棠棣言兄弟，兄弟已也，言兄弟及妻子，妻子兄弟已也，而夫子又忽及父母矣。是説也，可以喻道矣。天下一事必有一事之理，而一事之理既盡，則必有不止於是之用；萬事必有萬事之推，而萬事之推無本，則亦終不得彼此之通。今夫妻子合而兄弟翕焉，妻子若卑邇也，兄弟若高遠也；兄弟翕而室家宜、妻帑樂焉，兄弟若卑邇也，室家妻帑若高遠也；妻子合、兄弟翕而父母順焉，妻子兄弟若卑邇也，父母若高遠也。由此推之，當其未合與翕，必有所以致是者，妻子兄弟未可以爲卑邇也；及其既合與翕以及於順已，必有不止於是者，父母又不可以爲高遠也。若是乎高卑遠邇之無定位，而行遠自邇、登高自卑之必有實功也。道之有序，亦若是而已矣。得其意而通之，妻子兄弟父母皆道也，而皆不可以盡道也。何也？就詩人言之，妻子之道也，兄弟之道也，不必其爲父母之道也，若以爲父母之道，有不盡於此者矣；就夫子言之，妻子兄弟之道也，父母之道也，不必其言君子之道也，若以爲君子之道，又有不盡於此者矣。然而有順推之勢，無逆施之理；有不期之效，無失實之功，大略然也。然則君子之道，又豈外是哉？

按，題出中庸：「君子之道，譬如行遠必自邇，譬如登高必自卑。詩曰：『妻子好合，如鼓瑟琴。兄弟既翕，和樂且耽。宜爾室家，樂爾妻帑。』子曰：『父母其順矣乎。』」朱熹集注曰：「夫子誦此詩而贊之曰：『人能合於妻子，宜於兄弟如此，則父母其安樂之矣。』子思引詩及此語，以明行遠自邇、登高自卑之意。」按，中庸引詩出小雅棠棣：「棠棣之華，鄂不韡韡。凡今之人，莫如兄弟。死喪之威，兄弟孔懷。原隰裒矣，兄弟求矣。脊令在原，兄弟急難。每有良朋，況也永歎。兄弟鬩於牆，外禦其務。每有良朋，烝也無戎。喪亂既平，既安且寧。雖有兄弟，不如友生。儐爾籩豆，飲酒之飫。兄弟既具，和樂且孺。妻子好合，如鼓瑟琴。兄弟既翕，和樂且湛。宜爾室家，樂爾妻帑。是究是圖，亶其然乎。」孔穎達疏曰：「言周公閔傷管、蔡二叔之不和睦，而流言作亂，用兵誅之，致令兄弟之恩疏，恐天下見其如此，亦疏兄弟，故作此詩以燕兄弟，取其相親也。」朱熹集注，乃毛傳之引申，晚村八股，又朱注之發揮。尾評一曰：「題只作上節注脚語，每於合離斷伏之間，回顧躊躕，亦只了卻注中一『意』字，實下一語不得。世人貪發話頭，便生吞琴瑟，活剥壎篪，幾忘卻首節在。讀此狂喜。」二曰：「題不得下實詮，輒以輕快取之，然而空滑多，奇警少矣。如飲村酒，不醉人，但敗肚耳。憑空結撰，層疊不窮，其所解悟者是實理，他人都認做乾矢橛也。」

詩曰嘉樂　二節

引詩以明得天之故，知庸德之必極其至也。夫栽培傾覆，物之於天也有然，而況有大德者乎？讀嘉樂之詩，可無疑於受命之故矣。子思引以結庸行之至，以言費之大者。若謂吾言大德而及於天之生物，而知天之培覆如是其不爽也，而竊有慮焉。以天視聖人，聖人亦一物也，其能有此大德也，則以爲物之栽者也；大德而必得位禄名壽也，則以爲天之培之者也。斯二者，天與人各操其一焉，天不能必人之皆類乎栽，人反能必天之皆出乎培也哉？兩相需，夫是以兩相遁也。而又不然。天無爲者也，以人之有爲，而天之爲著焉，亦人爲之自著而已；天無心者也，以人之有心，而天之心見焉，亦人心之自見而已。其所爲有爲而有心者何也，德也；其所爲自著而自見者何也，命也。然則栽培傾覆，天固盡人而同之，固盡古今之人而同之者哉？其故莫詳於嘉樂之詩。其曰：「嘉樂君子，顯顯令德，宜民宜人。」言君子有此令德，而顯顯然其昭著，則天下嘉樂之矣，説者曰：人在上者也，民在下者也，言君子有此令德，則上下無不宜也。曰：「受禄于天。」言令德之君子爲天下主，天若論定而寵貴之者然。曰：「保佑命之，自天申之。」言天既寵貴君子，又必維持之，啓佑之，反覆眷顧之云爾。夫天之於君子也，既寵貴爲天下主，而又維持之，啓佑之，反覆眷顧焉如此，何其盛也，令德故也。令德，庸德也；庸德，大德也。德，人所主也；命，天人參焉者也。人不克自得其所主，而與天爭其所參，天必不予；人既克自得其所主，而欲天惜其所參，天亦不能。故大德者必受命。然亦有不必大德而受命者，繼統之天子是也，此其命皆其祖宗受之以遺其孫子，故有德易以興，小不德不足以亡，一時自以爲得天之易，而不知祖宗之德有淺深，則子孫之命有延促，故其時雖有位禄之及，而名壽有所不能干；亦有大德而不必受命者，聖人而在下是也，此其命皆自天地受之以移其氣數，故無德可以貴，小有德不足以賤，一時皆以爲得天之難，而不知天地之德有甚尊，則氣數之命有甚薄，故其身既獲名壽之奇，則位禄有所不必計。凡此者，皆天也，而所以必之者，德也。德莫庸於孝，而推之可極於天。嗚呼，費哉。

按，題出中庸：「子曰：『舜其大孝也與！德爲聖人，尊爲天子，富有四海之内。宗廟饗之，子孫保之。故大德必得其位，必得其禄，必得其名，必得其壽。故天之生物，必因其材而篤焉。故栽者培之，傾者覆之。詩曰：「嘉樂君子，憲憲令德。宜民宜人，受禄於天，保佑命之，自天申之。」故大德者必受命。』」朱熹集注曰：「此由庸行之常，推之以極其至，見道之用廣也。而其所以然者，則爲體微矣。」晚村自記曰：「聲始極歎賞此文，謂『只講大意，不屑屑於題面，極肖題神，文氣古甚』。○論章意，舜只做一樣子耳，次節已結住，第三節便推開通論矣。許東陽謂次節即泛言理之必然，此則太驟看注。舜年百有餘歲，則此節正結上起下之詞，熟讀白文數遍自見。乃有謂通章只就舜身上説，不識何據。或曰出存疑達説等書。吁！此余向欲盡去天下講章也。講章之説不息，孔孟之道不著。」尾評曰：「攀援虞周作伴，直是惡夢中譫囈。翻弄詩詞，亦飯土嚼蠟，獨於德命分合處鑿鑿言之，此中消息甚微，殆手探天根、足躡月窟矣。」

唯天下至　參矣

推誠明之全量，由盡性以極其至焉。夫吾性中，本統人物而位天地者也，惟至誠能盡之，則兼盡之，則已贊之，則已參之矣。中庸言道首言性，性，天命者也。天不僅於一人命之，蓋人人命之者也；不僅於人人命之，蓋物物命之者也。人物各命以一性，則人物各命以一天地，然而人人不能天地，物物不能天地者，非所性之有殊，而能盡與不能盡之别也。其所以不能盡者何也？天命一也，而氣質不一，受清者人矣，受濁者物矣，惟其受者濁也，故不能誠，即能誠也，必不能明，不能誠而明，故物必不能自盡其性，而物與物隔，物與人隔，物與天地隔，於是乎有盡物性之人，無盡人性之物矣；氣質不一也，而嗜欲又不一，得純者誠矣，得駁者人矣，惟其得者駁也，故不能誠，或能誠也，亦不能爲自誠明之誠，不能爲自誠明之誠，故人有不能自盡其性，而人與人歧，人與物歧，人與天地歧，於是乎皆能盡人性之人，皆爲求盡性於人之人矣。自今思之，其爲天下至誠乎？天下氣質之偏者不可謂誠，全者亦不可謂誠，即猶有氣質者亦不可謂誠之至；天下嗜欲之多者不可謂誠，寡者亦不可謂誠，即求盡嗜欲者亦不可謂誠之至。故誠爲至誠，則凡天下之有誠有不誠者，不可得而幾也；天下之由不誠以及於誠者，亦不可得而加也。由是以其誠而知，則爲生知，以生知知吾性之理，形上形下，罔不格矣；以其誠而行，則爲安行，以安行行吾性之事，由仁由義，靡不中矣。故唯天下至誠爲能盡其性。夫性，一而已，上而爲天，下而爲地，聚而爲人，散而爲物，皆是性也。至誠能盡之，斯無不盡之矣，然盡則俱盡者，天下之理未始不一；而盡必兼盡者，天下之分未始不殊。則人其同體者也，同體而異性乎？至誠由己以推之，而有所以變其氣質之道，而有所以治其嗜欲之宜，則人性盡矣；而物其共命者也，共命而各性乎？至誠由人以及之，而有所以用其氣質之權，而有所以遂其嗜欲之法，則物性盡矣。夫至誠盡性之能事，至於盡人性、盡物性如此，然則天地之内，惟人物而已矣。天地之所以爲天地，惟能盡人物之性而已矣，然而天地且有不能盡焉者。人物有氣質，天地能生之，未必能變之、用之也；人物有嗜欲，天地能容之，未必能治之、遂之也。而至誠則已變之矣，治之矣，用且遂之矣，則凡天地之化至而育不至，育至而化不至，化育至而皆有所不至，天地固懸一事以待至誠。即懸一位以待至誠，而天位乎上，地位乎下，至誠位乎中也久矣，而人且疑其可贊而不可參也，是猶論官者，克任厥事，而猶謂其不足立乃位也。豈其然哉？若是者，非謂其盡性之後，而後見其盡人物之性以贊化育、參天地也，實可以參天地，而後謂之贊化育；實可以贊化育，而後謂之盡人物之性；實能盡人物之性，而後謂之盡其性；實能盡其性，而後謂之天下至誠。非具聖人之德，居聖人之位者，其孰能與於斯。

按，題出中庸：「唯天下至誠，爲能盡其性；能盡其性，則能盡人之性；能盡人之性，則能盡物之性；能盡物之性，則可以贊天地之化育；可以贊天地之化育，則可以與天地參矣。」朱熹集注曰：「天下至誠，謂聖人之德之實，天下莫能加也。盡其性者德無不實，故無人欲之私，而天命之在我者，察之由之，巨細精粗，無毫髮之不盡也。人物之性，亦我之性，但以所賦形氣不同而有異耳。能盡之者，謂知之無不明而處之無不當也。贊，猶助也。與天地參，謂與天地并立爲三也。此自誠而明者之事也。」尾評一曰：「理則繭絲牛毛，文則排山倒海，此種景界，自造制義來，得未曾有。」二曰：「聲始云：『語語是程朱説性，絶非苟揚所能窺測，不具如此識力，終非大家。』又云：『苦心舉示，不奈許多道理，何故其透快處，時落蘇氏文章，有大驚小怪習氣在。』」

其次致曲　二句

求人道之誠，由偏而得全者也。蓋誠一也，而必俟致曲而能有者，則不謂之至而謂之次矣。至於有誠，又安可量？且天盡人而予以性，則盡人而予以參贊之權矣，而獨尊一人以爲不可及，則以天下無不足於性之人，而有不足於誠之人也。然則人第求足其誠焉而已，而又不能，則吾又謂其無不足於誠，而有不足於性，非不足於性之理，而不足於性之氣也。蓋理止一原，氣有萬變，受理者無一異，受氣者無一同。惟無一同也，故天下皆有未足乎誠之質；惟無一異也，故天下皆有取足乎誠之功。則不得不推夫理全而氣又全者謂之至，則不得不分夫理全而氣偶偏者謂之次矣。而抑有疑焉者，至、次之名，相去而實相近也，其必與聖人未達一間焉然後可，而下此遂無足幾者耶？不知人之品量，雖甚懸絶，而以誠視之，則止有至、次而已矣；以至誠視之，則皆爲其次而已矣。何則？自大賢以下至於恒庸，其未得爲誠一也；自恒庸以上至於大賢，其可以爲誠亦一也。蓋其未得而誠者，惟曲之故，而其可以爲誠者，亦惟曲之故。其所謂曲者何也？當夫理全而氣全，則天下之氣皆統於理而不分，此之謂性；當夫理全而氣偏，則天命之理反附於氣以自見，此之謂曲也。蓋理虚而氣實，實者得，則虚者無不得矣，故性見於誠之後；氣私而理公，私者盡，則公者亦無不盡矣，故曲見於誠之先。然則至之獨尊乎次者，惟誠以前無此曲折耳；然則次之微遜乎至者，亦惟誠以前多此曲折耳。曲折者何？翳惟致曲。曲之囿於禀受者，其體超於禀受之初，而離禀受無所求體也，即其所囿者而一致之，致其不及而無弗及，致其太過而無或過，致之所以爲充盈也；曲之分於散殊者，其本立於散殊之上，而去散殊無所得本也，即其所分者而各致之，致其所知而無弗知，致其所行而無有虚間而弗行，致之所以爲積累也。今夫人有僞妄而不能誠者矣，未有充盈而不能誠者也；有不能有其誠者矣，未有積累而不能有其誠者也。惟曲有自達於誠之功，斯誠無不各給於曲之勢；亦惟誠無或離於曲之道，斯曲無不共極於誠之原，一曲之自有一誠也，衆曲之止有一誠也。彼以順行而有之，此以逆取而有之；彼以統同而有之，此以博求而有之；彼以神靈而有之，此以漸次而有之。其所以爲誠者不同，而誠固無二誠也。蓋莫不生於二氣，而近健者剛居多，近順者柔居多，惟不能自克其剛柔之用，故乾坤之理恒虚；亦莫不出於五行，而得木者仁嘗勝，得金者義嘗勝，惟不能自極其仁義之純，故天地之性難返。誠由致曲而至於有誠，而誠之所極，又豈有畛域哉！

按，題出中庸：「其次致曲，曲能有誠，誠則形，形則著，著則明，明則動，動則變，變則化，唯天下至誠爲能化。」朱熹集注曰：「其次，通大賢以下凡誠有未至者而言也。曲，一偏也。形者，積中而發外。著，則又加顯矣。明，則又有光輝發越之盛也。動者，誠能動物。變者，物從而變。化，則有不知其所以然者。蓋人之性無不同，而氣則有異，故惟聖人能舉其性之全體而盡之。其次則必自其善端發見之偏，而悉推致之，以各造其極也。曲無不致，則德無不實，而形著動變之功自不能已。積而至於能化，則其至誠之妙，亦不異於聖人矣。」晚村自記曰：「時自湖上歸，胸臆尚不惡，憶坡公詩：『所至得其妙，心知口難傳。策杖無道路，直造意所便。』又：『行至孤山西，夜色已蒼蒼。清吟雜夢寐，得句旋已忘。尚記梨花村，依依聞暗香。』西湖、東坡，一時在目也，下筆灑然。」尾評曰：「天理爛熟，隨地湧出，渾浩流轉。吾驚怖其言如河漢無極也。萊峰、震川、理齋，俱當讓一頭地。」篇中「嘗」字避諱。

此天地之所以爲大也

竟以大言天地，其所以爲大者一也。夫天地之所以爲大，即仲尼之所以爲大也。知天地，不必更言仲尼矣，故中庸直指之以明引譬之義。且天下之最易相忘者，大約在人耳目之前者也；天下之最難相信者，大約在人耳目之外者也。今有理焉，既在人耳目之前，又在人耳目之外，則忘之益易，信之益難矣。而吾以爲無易也，無難也，但不忘其耳目之前者，又何難信其耳目之外者哉？今由萬物與道而及小德大德如此，此伊誰之德歟？推二儀太極之初，此蓋虛而無所麗矣，忽而生天而麗於天，忽而生地而麗於地，忽而生天地之間而麗於天地之間，此無不全，則此無不在也，而天地得之爲最先，吾歸之於最先者而已；極參伍變化之際，此蓋紛而無所聚矣。忽而見天而聚於天，忽而見地而聚於地，忽而見天地之間而聚於天地之間，此無不得，則此無不同也。而天地出之爲長存，吾統之於長存者而已。雖然，此以爲天地，誰則謂其非天地也，而吾以爲猶未知天地者也，言天地者必及此，言此者不必主天地，吾以此言天地而人喻，吾以此不言天地而人疑矣，不言天地而人疑，則其所謂喻者，亦未嘗深思而明察也，人各有一天地在其意中，見天地，不見天地之大耳，見其大也，此則真吾意中之天地矣；此以爲天言此者地之大，誰則謂其非天地之大也，而吾以爲猶未知天地之大也，言天地之大者必至此，言此者不必專天地之大，吾以此言天地之大而人悟，吾以此不言天地之大而人驚矣，不言天地而人驚，則其所謂悟者，亦未嘗周通而廣覽也，人各有一天地之大在其意中，見其大，不見其所以爲大耳，見其所以爲大也，此則真吾意中天地之大矣。是故天下言大者，至天地焉而止，吾言大，亦至天地焉而止，彼之言大，大以象，此之言大，大以道也，大以象，謂非天地不足以極其大，大以道，謂非大不足成其爲天地焉爾；天下言天地者，至其大焉而止，吾言天地，亦至其大焉而止，彼之大天地，以分殊，此之大天地，以理一也，以分殊，謂天地自有所以大，以理一，謂天地亦止此所以爲大焉爾。然則天地之不私其大可知也，使大而可私，則天之内不復有地，地之外不復有天，而天地之各成其大已如此矣；然則天地之不分其大可知也，使大而有分，則大天者不足以兼地，大地者不足以兼天，而天地之共有其大又如此矣。此天地之所以爲大也。

按，題出中庸：「仲尼祖述堯舜，憲章文武，上律天時，下襲水土，辟如天地之無不持載，無不覆幬，辟如四時之錯行，如日月之代明。萬物並育而不相害，道並行而不相悖，小德川流，大德敦化，此天地之所以爲大也。」朱熹集注曰：「天覆地載，萬物並育於其間而不相害，四時日月錯行代明而不相悖。所以不害不悖者，小德之川流；所以並育並行者，大德之敦化。小德者，全體之分；大德者，萬殊之本。川流者，如川之流，脈絡分明而往不息也；敦化者，敦厚其化，根本盛大而出無窮也。此言天地之道，以見上文取辟之意也。」此文取末句「此天地之所以爲大也」爲題，而「此」字囊括上文，故實爲全章之題，正尾評所云：「句句説仲尼，卻句句只説天地，許多夾帶添補之法，到此都用不著。只緣人止做得『大』字，故仲尼終在天地外；此文止做『所以爲』三字，故仲尼即在天地中。雁過長空，影留寒水，此境界但許嚙木札人參取耳，依口學舌者當之，未免喪身失命。」

孟子曰天　全節

大賢以王道言兵，凡兵者皆詘矣。夫天時、地利，固戰勝之具也，而必勝不如人和，人主可不思得道以致之哉？且天高地下，人生其間，紛爭而不得和，而戰之事以起，而所以戰之術以深，凡皆以求勝也。然有百戰百勝，而不勝之理自在，及未嘗一戰而必勝之理又自在，豈其爲術特殊與？抑求勝於戰之內，不若求勝於戰之外也；求勝於戰之時，又不若求勝於戰之先也。自君子不言戰，而天下之言戰益多；自天下爭言戰，而君子之言戰益少。遂疑天下之不善戰者，莫君子若矣，而吾謂天下之至善戰者，則莫如君子。何則？天子求勝於戰之內與戰之時，則曰天時、曰地利、曰人和；君子求勝於戰之外與戰之先，則曰得道。天下言天時、言地利，亦言人和，其視人和，猶之乎天時地利也，先有一必戰之意以求人和，故生聚教訓之法，霸者用之，屢盛而屢衰，其盛者，人和也，其衰者，不得道之人和也；君子言得道，亦言人和，其視人和，非猶夫天時地利之人和也，先有一不戰之意以求人和，故仁漸義摩之事，王者用之，愈隱而愈顯，其隱者，得道也，其顯者，得道則人和，而天時地利亦環至而立效也。自天下言之，天時、地利、人和無異也，而吾以爲大異也，天時雖精，等而下之，至不得與地利等，地利雖險，推而上之，亦僅可與天時抗，以言乎人和，則皆不如也，夫六神七殃，不廢吉凶，伊闕孟門，不棄形勢，然人和可以得天地，而天地不可以得人和也，不然，以弱小而或受久遠之圍，以富强而僅效堅壁之計，宜多易奏之功矣，而不勝者如是，委去者如是，則何故哉，謂其不如，誠哉其不如也；自君子言之，人和其要也，而吾以爲尤有要也，天下誰能助我者，而自我多之，則已不勝其多，天下誰非助我者，而自我寡之，則并不止於寡，惟至於得道，則無不勝也，夫關梁要害，不忘修謹，稱干比戈，不廢明威，然人和而有不恃之地利，亦得道而有不求之人和也，不然，以仇敵而生肘腋之中，以腹心而望河山之外，宜多相悖之理矣，而所順者如是，所畔者如是，又何故哉，謂其必勝，誠哉其必勝矣。蓋天時地利，亦爲有國之需，而得道人和，自具兼收之效，則天下之至善戰者，尚有過於君子哉？孔子曰：「我戰則克。」蓋得其道矣。

按，題出孟子公孫丑下：「孟子曰：『天時不如地利，地利不如人和。三里之城，七里之郭，環而攻之而不勝。夫環而攻之，必有得天時者矣，然而不勝者，是天時不如地利也。城非不高也，池非不深也，兵革非不堅利也，米粟非不多也，委而去之，是地利不如人和也。故曰：城民不以封疆之界，固國不以山谿之險，威天下不以兵革之利。得道者多助，失道者寡助。寡助之至，親戚畔之；多助之至，天下順之。以天下之所順攻親戚之所畔，故君子有不戰，戰必勝矣。』」尾評曰：「天時地利人和，當時想有此三説，皆爲用兵言耳。孟子因爲推論，側出人和以得民心爲要。暨下『多助』一段，正是説人和，而上加『得道』二字，正欲人求所以得人和之本，故曰：『有不戰，戰必勝。』原不專主用兵言也。看書精細至此，真恨古人不見我矣！文之奇幻雄深，又屬餘事。」

今有受人　罪也

齊臣自有得爲之責，罕譬焉而知愧矣。夫大夫則未有無所得爲者也，非反諸其人，即立視其死。牧且有然，而曰爾何無罪與？嘗謂國家受才臣之患，不若受庸臣之患深，何則？才臣之患在敢爲，天下共見其喜功之多敗，故雖有可原之心，而其罪彰；庸臣之患在不敢爲，天下共白其尸位之無他，故雖有甚深之禍，而其罪隱。夫庸臣亦不自意其至此也，惟避害之計切，而匡濟之術無聞，持禄之念深，而進退之義不立，故阿世苟容，其患甚於殘忍刻薄之所爲，而庸臣之學術，長爲厲於民生國步之間。以平陸大夫論，有大夫所得爲者焉，有大夫所不得爲者焉，有大夫所不得爲而自有其得爲者焉，而大夫概曰：「此非距心之所得爲也。」嗟乎！其果無所得爲也哉？夫老羸之轉，有轉之者也，壯者之散，有散之者也，此非大夫之所得爲也，然有所得爲者，在未轉與散之先；即老羸之轉，雖欲不轉焉而不可得也，壯者之散，雖欲不散焉而不可得也，此真非大夫之所得爲也，然不得爲而自有其得爲者，在既轉與散之際。當未轉與散之先，固有爲之求之一法焉，蠲租賑恤之德，沮格於下施，亦請之之無術也，悉草野之隱微，而呼號爲可信，審政府之通計，而措置爲可行，豈非所得爲者乎，而大夫曰「否」，此未知服官之難者也，有成例焉，不可以瀆告，有上旨焉，不可以逆攖，於是舉其不欲求與不善求之私，而并責其罪於朝廷，則求之一法廢矣；然既轉與散之際，尚有反諸其人之一法焉，貪殘刻吝之政，因循於已壞，亦爭之之無人也，不以膏脂事權貴，則去就可輕，不以催科博殿最，則進退自裕，豈非不得爲而自有得爲者乎，而大夫曰「否」，此未盡仕宦之巧者也，將沽名乎，無以保首領，將植節乎，無以長子孫，於是隱其不肯反與惟恐反之意，而盡諉其罪於功令，則反之一法又廢矣。譬之爲人牧焉，既不求夫芻牧，又不反其牛羊，主者不以爲非，牧人不以爲疚。齗齶蔽野，寵眷不衰，僚友徒屬，轉相秘授。蓋自受事之始，以迄報績之終，獨有立而視其死之一法爲極良耳。言及此，距心之罪不可掩矣。不得爲而遂無所爲，何貴乎有康濟之略，謂是勢之無可如何也，無可如何之勢，忠臣以之盡瘁，鄙夫即以之養奸，若之何浚民之生，爲大夫養奸地也；且有可爲而終無所爲，何貴乎有明哲之謀，謂是情之必不得已也，必不得已之情，烈士以之殉身，僉壬即以之誣禄，若之何斂民之命，爲大夫誣禄計也？然而幸也，大夫其猶知乃罪也，進無以匡時，退無以潔己，惟此引咎難安，猶足愧包羞集詬之倫；然而惜也，大夫其僅知乃罪也，進無以匡時，退無以潔己，雖或撫躬自悼，卒成夫玩世詭時之學。嗚呼！此距心有距心之罪，不得上歸於王，故王亦自有王之罪，亦不得下移於距心也哉。

按，題出孟子公孫丑下：「孟子之平陸。謂其大夫曰：『子之持戟之士，一日而三失伍，則去之否乎？』曰：『不待三。』『然則子之失伍也亦多矣。凶年饑歲，子之民，老羸轉於溝壑，壯者散而之四方者，幾千人矣。』曰：『此非距心之所得爲也。』曰：『今有受人之牛羊而爲之牧之者，則必爲之求牧與芻矣。求牧與芻而不得，則反諸其人乎，抑亦立而視其死與？』曰：『此則距心之罪也。』他日，見於王曰：『王之爲都者，臣知五人焉。知其罪者，惟孔距心。爲王誦之。』王曰：『此則寡人之罪也。』」朱熹集注引陳氏曰：「孟子一言而齊之君臣舉知其罪，固足以興邦矣。然而齊卒不得爲善國者，豈非說而不繹，從而不改故邪？」是文末言「王亦自有王之罪，亦不得下移於距心」者，正所謂「萬民有罪，罪在朕躬」也。尾評曰：「立而視其死，是後世巧宦家傳衣鉢，被此作以痛哭笑罵盡發之，令汝曹無言抵對。」

孟子道性　一節

記大賢之告儲君，首發性善之旨，復引以盡性之人焉。夫性善之說，古今之所未發也；堯舜之盡性，又古今之所最尊也。孟子之告世子必以此，敬世子乎？悟之也。嘗考禹謨言心而不言性，是性之名，古未立也；湯誥言性而不言心，是性之理，中古亦未明也。至孔子始明其理。然而繼善之言，則猶就造化言之也；相近之言，則已合氣質言之也。至子思則其理愈明矣。

然而言天命，猶未嘗直指其故；言盡性，猶未嘗直指其人也。聖賢豈能異同損益於其間哉？天下言性者少則其言渾而全，言性者多則其言尊而正，言性者大亂則其言斷而盡，親而有據，勢使然也。於是孟子受業於子思，而盡發其旨。當是時，天下言性者紛起，有謂性無善惡者，有謂性有善惡者，有謂性可忽善而忽惡者，至有謂性且本惡者，由其說，不至於胥天下而桀紂焉不止。孟子懼之，爲之明其理，且立其名曰「性善」；而又爲之指夫全其理，且實其名者曰「堯舜」。嘗以此教弟子、待來學，蓋稱述不衰矣。至是滕世子就見，乃即以其說啓之，何歟？古之世子，其教始於深宮阿保之年，則固有之良，出於本然者無損，由是進之以勳華，亦但充其義而盡其類，故三公坐論而不驚，今則宦官宮妾而已矣，習俗深，則必爲之返其原，不則本基既失，而後此之敷施何託乎；抑古之世子，其業成於入學齒胄之後，則大同之量，習於論說者既深，由是極之以綏猷，亦止尊所聞而行所知，故五帝程功而不讓，今則富强功利而已矣，趣向卑，則必爲之立其極，不則規模既隘，而繼此之法制安行乎？昔者嘗三見齊王而不言事，曰「我先攻其邪心」，是言也，猶此旨與？然而孟子不明其意也，世子又一無所辨難也，而諄諄然，而嚾嚾然，但聞其委曲而詳盡者，無非此理也，其指陳而引據者，無非此人也，約略記之，則以爲道性善，言必稱堯舜云，吾於是而知性善之說爲至精也。人之未生，此理自在兩間，兩間者，善而已矣，而分而爲陰陽，陰陽皆善也，自毗陽而亢焉，毗陰而凝焉，兩間且有不善矣，而究不可謂所毗者非陰陽，則究不可謂毗者非善也，化其毗者而善矣，惟天地實化之，天地亦僅全此善耳；人之既生，此理具歸一體，一體者，善而已矣，而列而爲仁義，仁義皆善也，自過仁而兼愛焉，過義而爲我焉，一體且有不善矣，而究不可謂所過者非仁義，則究不可謂所過者非善也，正其過者而善矣，惟堯舜實正之，堯舜亦僅全此善耳。此其理，雖盡悉其説，學士大夫猶或震之，況世子之問未深矣。而孟子以至震之説，加易震之人，以甚深之義，施未深之問，而且以難盡之語，試之以不盡之詞，信乎否耶？吾固知其反也。

按，題出孟子滕文公上：「滕文公爲世子，將之楚，過宋而見孟子。孟子道性善，言必稱堯舜。世子自楚反，復見孟子。孟子曰：『世子疑吾言乎？夫道，一而已矣。成覸謂齊景公曰：彼丈夫也，我丈夫也，吾何畏彼哉？顔淵曰：舜何？人也；予何？人也，有爲者亦若是。公明儀曰：文王我師也，周公豈欺我哉？今滕，絶長補短，將五十里也，猶可以爲善國。書曰：若藥不瞑眩，厥疾不瘳。』」朱熹集注曰：「性者，人所禀於天以生之理也，渾然至善，未嘗有惡。人與堯舜初無少異，但衆人汩於私欲而失之，堯舜則無私欲之蔽，而能充其性爾。故孟子與世子言，每道性善，而必稱堯舜以實之。欲其知仁義不假外求，聖人可學而至，而不懈於用力也。門人不能悉記其辭，而撮其大旨如此。……時人不知性之本善，而以聖賢爲不可企及，故世子於孟子之言不能無疑，而復來求見，蓋恐别有卑近易行之説也。孟子知之，故但告之如此，以明古今聖愚本同一性，前言已盡，無復有他説也。」又引程子曰：「性即理也。天下之理，原其所自，未有不善。喜怒哀樂未發，何嘗不善。發而中節，即無往而不善；發不中節，然後爲不善。故凡言善惡，皆先善而後惡，言吉凶，皆先吉而後凶，言是非，皆先是而後非。」尾評曰：「此是程朱以後一則論性書，如布帛菽粟、耒耜陶冶，爲宇宙一日不可少者，莫僅作文字念過。」

請野九一一節

助不可不行，貢不可盡廢，通其意於徹也。夫井地之法，惟助當必行耳，然貢亦有可兼者，以佐助之難行也。野與國中分治之，其即周徹之遺意也歟？且從來新進喜事者好言變更，然不敢顯畔祖宗之制，則必援返古之說以售其私，而假借之術，其弊深於蔑古；老成守法者力持由舊，然不能參劑朝野之宜，則必執非今之見以絶其類，而矯激之過，其患即復於從今。此帝王良法美意，每壞於主張之偏甚者不少也。惟審乎地之所不齊，因乎時之所不悖，主古之善者，以兼行古之不善者，則善者固善也；復古之不善者，去今之不善者，以濟古之善者，則不善者亦善矣。如分田制禄，古法之最善者，助也；其不盡善者，貢也；兼善不善而通之者，徹也；由古法之不善，而爲今之尤不善者，假貢而爲今之自賦也。然則滕今日宜何從？三代之制互異，而其實從同，九一固取一，什一亦取一也，其爲善與不善，所爭止在因革損益之間；近世之號亦陽奉，而其實陰違，廢助固廢其九一，用貢亦廢其什一也，其爲不善之不善，所分直在仁暴公私之際。然則法古者，但得其九一什一之意而已矣，其詳不必盡合也；救今者，亦去其廢九一什一之害而已矣，其名不必盡罷也。此其道宜仍夫徹之遺意而變通之，吾得而有請：嘗聞周制，國至四郊，爲六鄉六遂，凡十五萬家，都鄙則在鄉遂之外，所謂甸稍縣畺者也。其於都鄙也，爲之建其長，食采者也，立其兩，佐貳也，設其伍，大夫五也，陳其殷，旅士也，置其輔，府史胥從也，滕之五十里，有如是之都鄙乎，則謂之野而已矣；其於鄉遂也，比長里宰，下士也，閭胥酇長，中士也，族師鄙師，上士也，黨正縣正，下大夫也，州長遂大夫，中大夫也，鄉老鄉大夫，公卿也，滕之五十里，有如此之鄉遂乎，則謂之國中而已矣。且古之都鄙也，叔伯之食邑在焉，公孤之采邑在焉，然且井牧其田野，是知世禄之必出於助也，於是小司徒制之，井邑丘甸，咸以四起數，則其體方正，方正則尤宜於助焉，滕之野，豈無沃衍之區，足煩經畫者乎，雖阡陌久更，而都鄙皆野人，則復古也易，此不可不亟正之者也，正之者，亦正其九一耳，而必復夫助焉，環而耕者，既忘會斂之文，借而耕者，已受班秩之誼，如是而叔伯之所供，公孤之所御，庶幾其隆養也哉；抑古之鄉遂也，遂人以興鋤利甿焉，里宰以歲時合耦焉，未嘗輸税於郊畿，是知徹田之專行夫助也，然而大司徒制之，比閭族黨，皆以互相聯，則其體奇零，奇零則可通於貢矣，滕之國中，況有溝澮之界，久供任地者乎，雖良法貴一，而鄉遂依君子，則輸將也便，此其可以兼用之者也，用之者，亦用其什一耳，即可使自賦焉，尊其征者，猶因斂賄之名，寬其征者，已損多加之實，如是而利甿者及乎老稺，合耦者洽其室家，庶幾其徧德也哉？蓋助法之善，本無不可行之地，況又有野之平曠者也，蓋去國遠，則凶豐難察，故但行助，而縣正以叙賞罰斂稼事，則亦無曠土惰游之患矣，或謂野兼山林陵麓，未必能通九一之規，不知隨地爲井，則隨地爲助，齒角羽翮之利，此公於民而不損於民者也，又何疑助之難復乎；抑自賦之不善，本可以不行之道，而其如國中之錯壤何也，蓋去君近，則情僞易知，故可行貢，而司稼以年上下出斂法，則亦未嘗有定額取盈之患矣，或謂國中多闤闠朝市，豈其盡同什一之際，不知國宅無征，則非穀無貢，園廛漆林之異，此輕其無田而重其非田者也，又何慮貢之流弊乎？況鄉遂地寡，而都鄙地多，則行貢自不及行助之廣；且九一數厚，而什一數薄，則行貢又正用行助之寬。徹法雖未盡詳，而大義已略備於此。

按，題出孟子滕文公上：「使畢戰問井地。孟子曰：『子之君將行仁政，選擇而使子，子必勉之。夫仁政，必自經界始。經界不正，井地不均，穀祿不平，是故暴君污吏必慢其經界。經界既正，分田制祿可坐而定也。夫滕，壤地褊小，將爲君子焉，將爲野人焉。無君子，莫治野人；無野人，莫養君子。請野九一而助，國中什一使自賦。卿以下必有圭田，圭田五十畝，餘夫二十五畝。死徙無出鄉，鄉田同井，出入相友，守望相助，疾病相扶持，則百姓親睦。方里而井，井九百畝，其中爲公田。八家皆私百畝，同養公田。公事畢，然後敢治私事，所以別野人也。此其大略也，若夫潤澤之，則在君與子矣。』」朱熹集注曰：「文公因孟子之言，而使畢戰主爲井地之事，故又使之來問其詳也。井地，即井田也。經界，謂治地分田，經畫其溝塗封植之界也。此法不修，則田無定分，而豪强得以兼并，故井地有不均；賦無定法，而貪暴得以多取，故穀禄有不平。此欲行仁政者之所以必從此始，而暴君污吏則必欲慢而廢之也。有以正之，則分田制禄，可不勞而定矣。……此分田制禄之常法，所以治野人使養君子也。野，郊外都鄙之地也。九一而助，爲公田而行助法也。國中，郊門之内，鄉遂之地也。田不井授，但爲溝洫，使什而自賦其一，蓋用貢法也。周所謂徹法者蓋如此。以此推之，當時非惟助法不行，其貢亦不止什一矣。」尾評曰：「此是周徹法，卻不純是周徹法，故孟下箇『請』字。周徹亦井田九一，但公田斂法不同，故下箇『而助』字。徹兼貢法，貢只是什一，後來加重爲自賦，故下箇『什一』字。助法善必當復，貢之名可不必復，故下箇『自賦』字。就滕壤而言，故下箇『野』與『國中』字。無一字無着落，無一義不疏明。」

孔子之謂　二節

唯時聖能合三聖之全，知異而聖益不同也。蓋孔子之異於三聖者，實以知聖合三聖之大，而其所以能合者，則尤在乎知也。觀之樂，復觀之射，不可得其獨尊之故哉！且以天下視聖人，凡爲聖人無異也；以聖人視聖人，而後悟聖人亦自有其偏全焉。不知一聖之全，不知群聖之偏也；不知一聖之所以全，亦不知群聖之所以偏也。觀其後，見并包之量有甚宏；遡其先，見本源之際有獨至。此其説可善喻而得之。吾列叙四聖而分系之以名，得無謂清、任、和之與時，各專一聖人之號，而莫能相兼，將同類而並觀也哉？此明乎聖之謂聖，而未明乎孔子之謂孔子也。今夫春秋冬夏，析之無不可以極一氣之理，而必以備序者爲元運之周；速久處仕，分之無不可以盡一聖之德，而必以統同者爲變化之至也。然而時也者，循環而不見其始，流行而不見其終，是可以觀孔子之聖，而未可以觀孔子之聖之事矣，則猶未明乎孔子之謂也。孔子之謂集大成。夫春秋號樂，統名金奏；詩頌和平，必依磬聲。蓋以建中和而總條貫，以降天神，出地示，實惟金聲玉振主之。何則？編金之鏗也，編石之辨也，匏土之函胡也，革木之隆大而無餘也，絲之哀而竹之濫也，大不揜細，短不凌長，分而觀之，始終咸具，此所謂條理者也。然八音各自有其端，而不能共爲端；各自有其止，而不能共爲止。合同而化之外，有爲之綱紀者焉，則金聲所以始條理，而玉振所以終條理也。吾於是憬然於孔子之事矣。洪纖清濁，翕然萬殊，始之所以極其變也；清越和平，詘然一貫，終之所以成其章也。故有鎛鐘以宣其氣，而有特磬以飭其歸，猶之有神明以開其天，而有化裁以入其域，知事也，聖事也。孔子之集大成以此。然而知也，聖也，不第孔子有也。知清而後能清，知任而後能任，知和而後能和，三子未嘗非知也；知清而必底乎清，知任而必底乎任，知和而必底乎和，三子又未嘗非聖也。然而集大成必歸孔子者，非其聖之有至有不至，而由其知之有大有不大矣。此其理猶射者然，射而不至，直不可謂之射；至而不中，則已及乎百步之外矣。雖失鵠焉若毫釐，固不爲病，然有發必破的者過之，終不若其至而中者之巧力兼絶也。然則三子之止於清、任、和也，聖限之乎？知限之乎？孔子之集大成也，聖異之乎？知異之乎？以是知賦受之散殊，雖聖人不能無厚薄，惟克盡夫賦受之量，斯散殊皆可以盡性，學聖者固恃有力行之功；而理道之中正，雖聖人不能無明蔽，惟推極夫理道之原，斯中正自出於窮神，學聖者尤貴得致知之要。其在易曰「知至至之」，致知也，知之在先，故可與幾；「知終終之」，力行也，守之在後，故可與存義。然而皆統乎知矣。則知也，聖也，在孔子者一而無端，在學孔子者分而有序。

按，題出孟子萬章下：「孟子曰：『伯夷，聖之清者也。伊尹，聖之任者也。柳下惠，聖之和者也。孔子，聖之時者也。孔子之謂集大成。集大成也者，金聲而玉振之也。金聲也者，始條理也。玉振之也者，終條理也。始條理者，智之事也。終條理者，聖之事也。智，譬則巧也。聖，譬則力也。由射於百步之外也，其至，爾力也，其中，非爾力也。』」朱熹集注曰：「張子曰：『無所雜者清之極，無所異者和之極。勉而清，非聖人之清。勉而和，非聖人之和。所謂聖者，不勉不思而至焉者也。』孔氏曰：『任者，以天下爲己責也。』愚謂孔子仕、止、久、速，各當其可，蓋兼三子之所以聖者而時出之，非如三子之可以一德名也。或疑伊尹出處，合乎孔子，而不得爲聖之時，何也？程子曰：『終是任底意思在。』……此章言三子之行，各極其一偏，孔子之道，兼全於衆理。所以偏者，由其蔽於始，是以缺於終。所以全者，由其知之至，是以行之盡。三子猶春夏秋冬之各一其時，孔子則大和元氣之流行於四時也。」尾評曰：「識趣淵微，矩步雄闊，殆非細儒所敢聞。其筆法奇矯，亦當在正蒙理窟中求之。」

此五人者　友矣

進斷大夫友德之心，惟自忘故能使人忘也。夫使獻子而有不能忘貴之友，是猶獻子之有挾也。斷以不與之友，而五人之忘貴也可知，則獻子之不挾也更可知。今天下諸公子爭下士，士應之以千百計，謂非賢公子能自忘其貴不至此。嗚呼！此正震震然以貴收之耳。使其身生韋布，即折節相傾納如今日，豈有歸之者哉？友之者曰：「吾以如是之貴而下士，則莫不爲我致也。」其致以德？仍致以貴也。爲之友者曰：「彼以如是之貴而下士，則安得不爲之死也。」非死其德，仍死其貴也。蓋其視貴也重，而以輕用之，天下阿合苟容者流，鮮不爲貴所驅使，固無足怪，獨奈何有下士之德而挾貴以行，其所得士，止阿合苟容，阿合苟容之出其門，士之所以不至也，亦甚愧於孟大夫之取友矣，大夫之友，無大夫之家，固也，使大夫而自有其家，大夫之友，亦必久矣不與大夫友，亦固也，然亦幸而大夫之友，無大夫之家者耳；倘不能無大夫之家，即無之矣，或陽示以貧賤之肆志，而陰感其富貴之輕身，或外飾以脫略之形骸，而中藏其精工之媚術，辱車騎於市井之間，爭飲食於傳舍之内，以就好賢之名，而成輕侯王之節，若此者，無獻子之家，而實有獻子之家者也，於是聲聞於諸侯，而權重於國，封地日以侈，奉邑日以廣，大夫即欲不自有其家，何可得哉，然則幸而大夫之友，無大夫之家者耳。而又不然。大抵權門赫奕之氣，多成於承旨藉談之人，居勢者不自知其勢之可尊也，有慕勢而來者，而勢尊矣，有來而善張其勢者，而勢益尊矣，推崇之事盡，則箕倨少間，遂驚其有屈己之奇，知其庭必無賢者之跡也，此固獻子之有賴乎五人也；若夫賓客諛佞之風，又多開於驕矜縱恣之主，附勢者不敢遽謂其勢之可親也，有乘勢以招者，而勢親矣，有招以益重其勢者，而勢愈親矣，頤指之習成，則迎合至深，反謂其有忘形之雅，知其人必無正直之交也，此則五人之有賴乎獻子耳。不然者，五人有高世之行，而獻子無樂道之誠，此五人者必不得合；即合焉，而嫌隙生於燕媟之間，讒譖來於忌嫉之口，獻子之家，又安得五人之名而稱之也哉？且獻子以百乘之家而求友，天下聞聲影附，進於前者，不可勝數，要皆求友於獻子者也，而獻子之友，卒僅以五人著，是五人以外，皆不與之友矣。其不與之友何也？有獻子之家者也。然則大夫之友，無大夫之家，其以爲幸也亦宜。非幸獻子，幸五人也，幸五人即所以幸獻子也。不然，此五人者亦有獻子之家，則不與之友矣。嗟乎！世流日下，朋友道衰。布衣昆弟之好，每見棄於仕宦之時；平居道路之人，忽言歡於顯榮之日。至於曳裾侯門，雖執鞭有欣慕焉；或且挾其聲勢以奔走天下，天下不以爲非，交游不以爲耻。若而人者，不爲孟大夫所斥，亦五人之罪人矣哉！

按，題出孟子萬章下：「萬章問曰：『敢問友。』孟子曰：『不挾長，不挾貴，不挾兄弟而友。友也者，友其德也，不可以有挾也。孟獻子，百乘之家也，有友五人焉：樂正裘，牧仲，其三人，則予忘之矣。獻子之與此五人者友也，無獻子之家者也。此五人者，亦有獻子之家，則不與之友矣。非惟百乘之家爲然也。……用下敬上，謂之貴貴。用上敬下，謂之尊賢。貴貴、尊賢，其義一也。』」此文取「此五人者，亦有獻子之家，則不與之友矣」爲題，實是做全章文。朱熹集注曰：「孟獻子，魯之賢大夫仲孫蔑也。張子曰：『獻子忘其勢，五人者忘人之勢。不資其勢而利其有，然後能忘人之勢。若五人者有獻子之家，則反爲獻子之所賤也。』……此言朋友人倫之一，所以輔仁，故以天子友匹夫而不爲詘，以匹夫友天子而不爲僭。以堯舜所以爲人倫之至，而孟子言必稱之也。」尾評一曰：「雄辨易騁，然第爲五人作傳，與章意『不挾』去遠矣。着力折取末句，字字爲五人寫照，卻字字爲獻子傳神。」二曰：「人遇此等題，說得蘭盟石契，似一幅正交論耳。今日卻翻出疾邪詩辨奸論心手，或危言似激，或微文似嘲，吾知其胸中有幾許不平，無處消得，借題抒寫。」

舜發於畎　於市

歷數遇合之奇，其遇合之前可思也。夫舜說諸人，其表見於世者，大約從其發與舉之後觀之耳。試數其所發所舉之由，不出於一而若出於一，君子不得不致思於其際矣。今夫人當貧賤，則未有不思及古之富貴人者，曰「何其不類我也」，此其人於古人無與也，其意薄也；人當貧賤，則未有不思及古之貧賤而後富貴人者，曰「何其不異我也」，此其人於古人猶無與也，其氣矜也。不實見古人之所以富貴，不實見古人之所以貧賤而富貴，不特富貴非古人，即貧賤亦非古人，則安得不取古人衆著之迹而詳觀之？夫古之生而富貴者有幾人哉？使運會有隆而無污，德業有全而無歉，則皆生而富貴可也。而不能也，於是乎五帝之末而有舜。當帝之終，王之始，生舜於其間，不於青宫，則於群后，夫豈不足以徵庸而受終也哉？而必自歷山來也。則帝佐之所發可見也。自是以後，無布衣而爲天子者，猶有布衣而爲相，則必賴夫舉之者矣，後數百年而有傅説，當殷室衰復之會，又數百年而有膠鬲，當周家興革之時，此二人者，帝胄焉可也，望族焉可也，而一則於胥靡，一則於負販，則王佐之所舉可按也；自是以後，無舉於天子者，猶有舉於諸侯，則亦仍夫舉之而已，王降而霸，管夷吾之功尊，霸降而外裔，孫叔敖、百里奚之業偉，此三人者，獨不可出之華閥哉，獨不可出之故國哉，而或則於纍囚，或則於九澤，或則於五羖，則霸佐之所舉可驗也。當其世之變也，此數人者固不知也，及乎既發與舉，而後知世之變也如此；當其與世俱變也，此數人者又不知也，及乎既發與舉，而追意夫未發與舉之初，而後知與世俱變也如此。而抑有説者，於畎畝不即爲舜，於版築不即爲説，於魚鹽不即爲鬲，於士不即爲夷吾，於海不即爲敖，於市不即爲奚，而此數境者，獨見重於數人，若爲發爲舉，不在數境，而自在數人，則何也；而抑有説者，不於畎畝何損於舜，不於版築何損於説，不於魚鹽何損於鬲，不於士何損於夷吾，不於海何損於敖，不於市何損於奚，而此數人者，必見重於數境，若爲發爲舉，其在數人者，正在數境，又何也？悲憫窮愁，未必盡生君相，厚生福澤，嘗以此參庸材，而或者曰：「舜，聖帝也。説與鬲，猶賢輔也。夷吾敖奚，直偏霸材也。是殆不可同年而語矣。」然而雖聖賢不免焉如是，即偏材不免焉如是，謂以此難聖賢也，則其待偏材過刻，謂以此厚偏材也，則其待聖賢又過薄矣。然而非薄也，非刻也，若畎畝，若版築，若魚鹽，若士，若海，若市，皆可以爲舜而有説鬲焉，皆可以説鬲而有夷吾敖奚焉。顧其人自爲之，非天意也，而天意也。

按，題出孟子告子下：「孟子曰：『舜發於畎畝之中，傅説舉於版築之間，膠鬲舉於魚鹽之中，管夷吾舉於士，孫叔敖舉於海，百里奚舉於市。故天將降大任於是人也，必先苦其心志，勞其筋骨，餓其體膚，空乏其身，行拂亂其所爲，所以動心忍性，曾益其所不能。人恒過，然後能改。困於心，衡於慮，而後作。徵於色，發於聲，而後喻。入則無法家拂士，出則無敵國外患者，國恒亡。然後知生於憂患而死於安樂也。』」尾評一曰：「上下數千年，眼大心雄，何處着一語餒餡。」二曰：「全旨正欲人『動心忍性，增益其所不能』，所謂『若要熟，須從這裏過』也。時文輒作感士不遇賦，即有慷慨氣燄，亦是窮秀才攀古人作空頭門面語耳。今日甕盎鶉結者，『苦其心志』五句，大率不免，塵埃中安有如許天才宰相耶？讀此令人浮氣都盡。○是案也，案中不可着議論，此卻純乎議論矣。仍是案，不是斷。似奇反正。因想作文有何體格，總爲鈍漢説法耳。」

孔子登東　二句

推聖人以作則，而先得其峻極之量焉。夫聖人之中有孔子，亦猶夫方之有鎮而嶽之有宗也，而要其視下之益小，有可與登者之所見相喻者，此固難爲未登者道也。今天下異流爭尚，幾欲分一人之統而與之並峙，危乎？曰：不危。其高出於尋常萬萬者自在也。夫古人往矣，其高出於尋常者，亦古人自得之耳，何恃而不危？恃後之人，有馴致乎其域者，以其身體之，罣然於古人之俯視斯世如是也，而後知其高出於尋常者，本歷終古而不遷，以待攀躋者之自驗焉耳。得不重思我孔子哉！孔子集群聖之成，古今不得配，帝王不得加，豈復有能至焉者乎？則高出於尋常者，其孰從而知之？嘗竊不自量，庶幾願學焉，然而不敢驟也，久之自以爲進矣，百家其下矣，而孔子如故；然而不敢止也，久之自以爲益矣，諸子其後矣，而孔子如故。然則孔子其可至者耶？其不可至者耶？未可知也。則所謂高出於尋常者，又孰從而信之？雖然，以吾之所未至，度孔子之已至，以吾未至之所見，度孔子已至之所見，恍然得孔子之爲孔子矣。殆猶登山然，而或者猥曰：「孔子者，非積累之所致也，非有根抵之可尋也，又非離群絶俗、睥睨一世者也。」今試取登山者而問之曰：「而能一蹴而至其顛乎？能不歷原麓而飛越上下乎？能平崔嵬嶻嵲與岃嵬嵱嶁一視乎？」曰：「不能也。」不能，則何足以語孔子！雖然，此論孔子之爲孔子，猶問登山者之所由登也。吾不知孔子果何以成孔子，而第論夫既成之孔子，亦猶不知人果何以能登山，而第論夫已登山之人。則孔子非有意於尊己也，而有不得不尊，非有意於藐世也，而有不得不藐者，其所處然也。今夫魯，負環瀛，帶沂泗，兼隸郲莒，奄及淮徐，地非不廣也，而有登東山者焉，則以爲無幾，魯其微者也，東山其下者也；今夫天下，南極吴越，北抵燕代，東漸齊魯，西逾秦晉，徑非不遠也，而有登泰山者焉，則以爲不盡。小魯小天下，自未嘗登者聞之，鮮不笑而卻走也，後有登者，輒自信其不誣，準此而推，魯不止於東山，登東山而衆山皆絀矣；天下不止於泰山，登泰山而東山且絀矣。然則人固有在一國而輕於一國者，未有重於一國而一國反輕者也；人固有在天下而屈於天下者，亦有尊於天下者，未有尊於天下而天下反屈者也。且東山泰山，非甚難測也；魯與天下，非真弱小也。然而所處之地崇，則所見之物細已如此，況於不可限量之人，臨群焉淆亂之世哉！然而天下能信登東山泰山之可以小魯小天下，而不能信孔子者，何也？東山泰山可長存而測焉，而孔子不可復測也；可相繼而及焉，而孔子不可幾及也。不知孔子亦止一先登東山泰山者耳。奕奕者自若也，岀岀者未嘗頹也。人各有一東山泰山，未嘗一登，而諉之曰：「不能一蹴而至也，不能舍原麓而飛越上下也，不能使崔嵬嶻嵲等於岃嵬嵱嶁之易也。」是以東山泰山爲終不可登之地，而且并疑夫小魯小天下之未必然也，又何足以語孔子！

按，題出孟子盡心上：「孟子曰：『孔子登東山而小魯，登泰山而小天下。故觀於海者難爲水，游於聖人之門者難爲言。觀水有術，必觀其瀾。日月有明，容光必照焉。流水之爲物也，不盈科不行。君子之志於道也，不成章不達。』」此文取「孔子登東山而小魯，登泰山而小天下」二句爲題，不涉上下文。

尾評曰：「題步甚窘，轉側易爲淩犯，扶牆捫壁，神氣索然，安得雄奇浩瀚如許！讀一再過，疑有神龍蜿蟺，雷雨暴注。」

居仁由義　二句

就所居與由而大其事，知仁義之爲事本矣。蓋居仁由義，士之尚志有然耳，而大人之事，已不外乎此，天下又安有事之備如士者哉？聞之古者天子、諸侯、卿大夫以及庶民，無一不出於學，則無一非士也。學而爲天子焉，學而爲諸侯焉，學而爲卿大夫焉，學而爲庶民焉。位遞降而卑者，人因乎事也，蓋其爲事愈耑，則其爲人愈微；職遞分而衆者，事因乎志也，蓋其爲志益薄，則其爲事益少。故可以統乎諸侯而爲天子，統乎卿大夫而爲諸侯，統乎庶民而爲卿大夫。自大夫以下爲庶民，統乎人者也，小人之事也；自大夫以上至天子，皆能統人者也，大人之事也。先王位士於大夫之下、庶民之上，而不畀之以事，若曰「自此以上皆若事，自此以下皆非若事」云爾。夫士何遂得爲天子、諸侯、卿大夫哉？其所學之仁義同也。自三代以來，無學而爲天子、諸侯者，於是大人之事耑屬之天子、諸侯、卿大夫，而仁與義耑屬之士。天子、諸侯、卿大夫不復知有仁義，故雖有大人之事，直與無事等。若夫士也，其居則在仁如此，其路則在義如此矣，而又不得爲大人，則其事亦不著，何怪天下之重疑其無事也？雖然，吾特慮士不尚志，則不能居仁而由義焉耳。果居仁矣，一體之愛至，則天地萬物之愛與之俱至，極之誅殛不廢於帝廷，放伐不傷於王世，總以全夫愛之之方，夫愛之之方，則久在儒者一體中矣；果由義矣，日用之宜得，則散殊高下之宜與之同得，極之受禪而不疑其泰，力征而不病其貪，總以協夫宜之之理，夫宜之之理，則已歸儒者日用間矣。由是而卿大夫焉可也，諸侯焉可也，天子焉亦可也，惟其備也，舉而措之者也；由是而不卿大夫焉可也，不諸侯焉可也，不天子焉亦可也，惟其備也，全而歸之者也。蓋帝王之功，各本乎時勢之所至，故因革損益，歷代皆有不得不偏之業，士惟無時勢之可憑也，故凡有時勢之所不能外，及夫爲所得爲，止成其一代之勳華，或反遜此純全之體；聖賢之出，各從夫君國之所需，故鉅細污隆，名臣各有不得不官之責，士惟無君國之可定也，故凡有君國之所不能盡，及夫見所可見，縱極此一臣之經畫，亦僅分其廣運之餘。由是觀之，大人之事，惟士能備之耳，轉而問世之大人，其果何事也哉！

按，題出孟子盡心上：「王子墊問曰：『士何事？』孟子曰：『尚志。』曰：『何謂尚志？』曰：『仁義而已矣。殺一無罪，非仁也。非其有而取之，非義也。居惡在？仁是也。路惡在？義是也。居仁由義，大人之事備矣。』」朱熹集注曰：「非仁非義之事，雖小不爲，而所居所由，無不在於仁義，此士所以尚其志也。大人，謂公卿大夫。言士雖未得大人之位，而其志如此，則大人之事，體用已全。若小人之事，則固非所當爲也。」此文取「居仁由義，大人之事備矣」二句爲題，重在「仁」、「義」二字，而又細析「備」字。尾評曰：「『備』字若不從仁義得來，也只説得三代下大人之事，怕粘帶上文，輕置上句，即離根脱空矣。此文説『備』字好，只是透徹『仁義』原流，看他安頓上句，又何嘗疊架。」

仁也者人　一節

體仁即所以盡道，貴於人見其合也。夫仁與道，皆因人而得名者也。知所爲仁，即知所爲道矣，言者宜得其合哉！嘗謂上下定位，使無人焉成能於其中，則理之顯藏，可以不設，又安有紛然不一之名哉？惟予兹藐焉，混然中處。聖人因爲之推其所由生曰：是有其本然者焉，性始之德不一，而統之以仁，仁兼衆德也；又推其所由成曰：是有其當然者焉，日用之體不一，而統之以道，道涵衆理也。聖人又何樂乎多爲之名哉？固欲人返而得之，即推而行之已耳。乃名立而説紛，群爭乎其名，而漸失其命名之實，於是乎人與仁離，即仁與道離，不寧惟是，并道與人離，異流者起，病支離之學，而且謂聖賢文字之錮也，豈非言者之過哉？蓋天下物在而則麗焉，未有物之先，見則之一神，既有物之後，見則之兩化，要亦爲之論晰則然，而使無是物，則則亦難稱，固無分先後者也； 氣形而理付焉，觀氣於至虚，得理之冲漠，觀氣於至實，得理之流行，要亦爲之研究則然，而使離是氣，則理亦難見，固無分虚實者也。 今欲明所謂道，當先明所謂仁。 仁必極乎廣被，此猶從施暨言之也，百骸之理而疾痛之必應，此憯怛惻隱之所自生矣，别聲被色，無不見天地之心，有返觀而識其充周耳； 仁必驗乎散殊，此猶從推致言之也，一體之私而愛養之必至，此太和變化之所各正矣，血氣心知，無不通性命之故，有當前而悟其純全耳。 蓋仁也者人也。 仁之理虚，必附於人以自著，而究當仁所得著之處，又不可以仁名； 抑人之質滯，必存其仁以自全，而及夫人當既全之時，又不僅以仁顯。 後之人遂欲於人之外求仁，而又於仁之外求道，此所謂言者之過也。 夫仁以體道，而所以能體者，惟人爲之凝聚也，故就仁而言，元善一虚位耳，合之於人，則遇尊而作忠，遇親而作孝，群倫政教之大，皆吾心不煩擬議之端，即吾身不容闕略之事，非體用之一原哉； 人以弘道，而所以能弘者，惟仁爲之曲成也，故就人而言，絪緼一游氣耳，合之於仁，則曰「明而及爾出王」，曰「旦而及爾游衍」，經曲威儀之細，皆吾性不假强合之迹，即吾學不能損益之天，非顯微之無間哉！ 故不知其合，豈惟仁也，由仁之有裁制而義出焉，由仁之有品節而禮出焉，由仁之有知覺而智出焉，由仁之有貞固而信出焉，言之將不勝其分； 苟知其合，止有此人也，義即人之所宜也，禮即人之所履也，智即人之所知也，信即人之所守也，亦且盡歸於一。 無非仁也，無非人也，合而言之道也。

按，題出孟子盡心下：「孟子曰：『仁也者，人也。合而言之，道也。』」朱熹集注曰：「仁者，人之所以爲人之理也。然仁，理也；人，物也。以仁之理，合於人之身而言之，乃所謂道者也。程子曰：『中庸所謂率性之謂道是也。』○或曰：『外國本，「人也」之下，有「義也者宜也，禮也者履也，智也者知也，信也者實也」，凡二十字。』今按如此，則理極分明，然未詳其是否也。」「或」人所言，爲此文所據。尾評曰：「仁、人、道三字，畫不成界，便搓不成團，搏沙和泥，都無是處。此等文真可謂推赤心置人腹中，瞞他不得。」

録自慙書，康熙初年刻本。按，順治十七年，晚村選自作八股文三十首，彙而成集，名之曰慙書。今傳本卷首有黄周星、陸文霦序，另陳祖法古處齋文集卷一有慙書序，兹據以收入爲序三。晚村與黄氏結識於順治十八年，其黄九煙以奇才吟見贈歌以答之詩曰：「壬辰湖上逢老杜，謂我酷似閻古古。舊年城北遇太沖，又云略似老崑銅。今年邂逅黄進士，更比泗州戚緩耳。」其詳，請參看何求老人殘稿倀倀集之考釋。陸文霦，字雯若，崇德人，東皋遺選序曰：「予時年十三，因與從子約同里孫爽子度、王皡浩如者十餘子爲徵書。浩如乃以雯若來會，予之交雯若始此。」則晚村與雯若之定交，在崇禎十四年。

又按，黄序曰：「僕生平有二恨，其一阿堵，其一帖括。……昨得用晦制義，讀之，乃不覺驚歎累日。夫僕所恨者，卑腐庸陋之帖括耳。若如用晦所作，雄奇瑰麗，詭勢環聲，拔地倚天，雲垂海立，讀者以爲詩賦可，以爲制策可，以爲經史子集諸大家皆無不可。何物帖括有此奇觀，真咄咄怪事哉！使世間習此技者皆如用晦，則八股何必不日星麗而嶽瀆尊也。」推許頗高。要之，亦由其文之妙也哉。先是，晚村與雯若有房選之事，晚村庚子程墨序云：「乙未之冬，燕坐玄覽樓，群居塊然，無所用其心，因與雯若同事房選於吴門。」行略云：「其議論無所發泄，一寄之於時文評語，大聲疾呼，不顧世所諱忌。」所謂「天蓋樓」選本者，風靡全國，以至四十年後之曾靜，「因應試州城，得見吕留良所選本朝程墨及大小題房書諸評，見其論題理，根本傳注，文法規矩先進大家，遂據僻性服膺，妄以爲此人是本朝第一等人物，舉凡一切言議，皆當以他爲宗。其實當時并未曾曉得他的爲人行事何如，而中間有論管仲九合一匡處，他人皆以爲仁只在不用兵車，而吕評大意，獨謂仁在尊攘」，遂私淑爲「宗師」，「不惟以爲師，且以他爲一世的豪傑」，至謂「明末皇帝該吕子做」，於是有「張倬投書岳鍾琪案」。其始也，亦繇曾靜「錯解」晚村之評語。詳見大義覺迷録。其八股亦有是心也，故黄氏稱之。今傳本文中有旁批，有尾評，有自記，前兩項當爲雯若所爲。至於是書何以「慙」名，陸序曰：「問何以名『慙』，曰：『吾文不及古人耳。』天下讀其文，果不如古人乎哉！吁！其慙吾不知，知其無慙而慙爲可歎而已。」吾謂晚村之所慙，必因順治十年「易名光輪，出就試，爲邑諸生」事，其所試之文爲八股，而今日卻要將昔日之八股編輯成集，斯慙在焉。又，文集卷一與某書有云：「丙午所爲，亦一時偶然，無關輕重，相知者喜其有書長足録，未免稱許過當，聞者因而疑之議之，亦其情也。足下又從而洗刷勸勉之，益令人慙死耳。」「丙午所爲」即棄諸生事。是書卷首有「晚村先生小影」一幀，爲畫師謝文侯所繪。

吕晚村先生文集補遺卷六

雜著

吕晚村先生論文彙鈔

弁言

吾鄉吕晚村太翁先生倡明理學，其微言大義，往往散見於文評。門人清溪陳大始先生纂成四書講義，有志之士皆知尊信折衷，可謂盛矣。而論文之法，惜無有彙而録之者，識者不無遺憾焉。錨自束髮讀先生書，蓋嘗留心記憶。今年春三月，先生之曾姪孫程先景初過錨蝸廬，相與商輯論文以惠後學。夫學者得講義以明理，復得論文以知法，理法兼備，行文無不宜之矣。因彙集天蓋樓諸刻，蒐羅掇拾，共得三百餘條，以爲講義外書。語多雜見，不便分類，稍以所論古今先後、綱領節目第其次序，令語意相承，首尾貫串，雖未敢謂無遺漏之虞，而於先生論文之要旨，大略備矣。蓋昔者講義之集，專以發明書理而設；今者是書之編，衹及於行文之法而止。使學者誠能反覆涵泳於其中，而更沉潛體會乎講義之精理，則議論識見，知其必有異於尋常者矣。是書與講義，謂其實相表裏焉可也。刻既成，爰記其所以采輯之意於簡端。

康熙五十三年歲次甲午夏六月三日，同里姻家後學生曹鍴謹書。

呂晚村先生論文彙鈔　三百一條〔一〕

1程子曰：「今之學有三，而異端不與焉，一訓詁，一文章，一儒者。」余按今不特儒者絶於天下，即文章、訓詁皆不可名學，獨存異端耳。昔所謂文章蘇王之類也，訓詁則鄭孔之類也，今有其人乎？故曰不可名學也。而又有自附於訓詁者，則講章是也。儒者正學，自朱子没，勉齋漢卿僅足自守，不能發皇恢張，再傳盡失其旨，如何王金許之徒，皆潛畔師説，不止吴澄一人也。自是講章之派日繁月盛，而儒者之學遂亡，惟異端與講章觭互勝負而已。異端之徒，遂指講章爲程朱，而所爲儒者亦自以爲吾儒之學不過如此，語雖誇大，意實疑餒，故講章諸名宿，其晚年皆歸於禪學。然則講章者實異端之涉廣，爲彼驅除難耳，故曰獨存異端也。永樂間纂脩四書大全，一時學者爲靖難殺戮殆盡，僅存胡廣、楊榮等苟且庸鄙之夫主其事，故所摭掇多與傳注相謬戾，甚有非朱子語而誣人之者，蓋襲通義之誤而莫知正也。自餘蒙引存疑淺説諸書，紛然雜出，拘牽附會，破碎支離，其得者無以逾乎訓詁之精，其失者益以滋後世之惑，上無以承程朱之餘緒，下適足爲異端之所笑非，此余謂講章之説不息，孔孟之道不著也。腐爛陳陳，人心厭惡，良知家挾異端之術，窺群情之所欲流，起而抉其籬樊，聰明向上之士，喜其立論之高，而自悔其舊説之陋，無不翕然歸之。隆萬以後，遂以攻背朱注爲事〔二〕，而禍害有不忍言者，識者歸咎於禪學，而不知致禪學者之爲講章也。近來坊間盛行本子，淺陋更甚，又有增改各刻，愈出愈謬，然且家呫户嗶，取其簡便。穢惡既極，勢不得不變，變則必將復出於異端，此有心吾道者之所深憂而疾首也。朱子教人但涵泳白文，有未得而後看本注，看注未得而後看或問，今當依之爲法，以本注爲主，無論新舊講章，一切弗泥，即大全中亦但看程朱之言，其餘諸儒合於注者取之，否則闕之。如此，則進可以求儒者之學，退亦不失爲古之訓詁，或庶乎其可也。

2朱子集注，字字秤停而下，無毫髮之憾，故雖虚字語助，念去似不着緊要者，思之其妙無窮。憑人改换一二字，便弊病百出，乃知其已至聖處也。惟歸震川先生行文見得此意，其至平極淡處，都從道理千錘百鍊而出，不但人不能爲，亦不能知矣。

3朱子云：「東晉之末，其文一切含糊，是非都没理會。」秀才文字如此最可憂。其病止是鶻突不通，而其流至於悖理非聖。

4 洪永之文，質樸簡重，氣象闊遠，有不欲求工之意，此大圭清瑟也。成弘正三朝，猶漢之建元元封、唐之天寶元和、宋之元祐元豐，蔑以加矣。嘉靖當極盛之時〔三〕，瑰奇浩演，氣越出而不窮，然識者憂其難繼。隆慶辛未，復見弘正風規，至今稱之。文體之壞，其在萬曆乎？丁丑以前，猶屬雅製；庚辰令始限字，而氣格萎薾；癸未開軟媚之端，變徵已見；己丑得陶董中流一砥，而江湖已下，不能留也；至於壬辰，格用斷制，調用挑翻，凌駕攻劫，意見龐逞，矩矱先去矣；再變而乙未，則杜撰惡俗之調，影響之理，剔弄之法，曰圓熟，曰機鋒，皆自古文章之所無，村豎學究喜其淺陋，不必讀書稽古，遂傳爲時文正宗。自此至天啓壬戌，咸以此得元魁，輾轉爛惡，勢無復之，於是甲乙之間，繼以僞子僞經，鬼怪百出，令人作惡。崇禎朝加意振刷，辛未甲戌丁丑，崇雅黜俗，始以秦漢唐宋之文〔四〕，發明經術，理雖未醇，文實近古〔五〕；庚辰癸未，忽流爲浮豔，而變亂不可爲矣。此三百年升降之大略也。

5 先民精於理學，每自有發明，不由訓詁，却正得傳注之妙。自嘉隆以後，邪説浸灌，叛道反攻，若有發明，必悖程朱，又不如墨守之爲愈。近時名爲「遵注」，實不明注義，但聲喚幾箇注中字樣，便自謂得法。作家蕪穢滿紙，此不特爲邪説所鄙笑，并訓詁老學究，亦嘅訕其不通矣。將來窮則必變，此一群梏腹捷舌之徒，豈能出二氏之手？其必折而入於邪説可知。有心斯道者，其憂畏當何如也！

6注中字字實落，非極精細人，不能依注體貼。蓋其中義理辨析甚賾，粗心者不肯講究，乃喜爲空玄儱侗之説，似乎高妙。若可解不可解，不必有研窮詳審之功，而坐踞顛頂，誰復反而爲其難者？此書理之終不可明，而文日趨於妄也。

7先輩文見理的當，只是體會注意仔細，不從講章出身耳。從講章出身者，老死無通理。

8先輩作文定靠注。注所有者必不略，所無者必不增，此是古人敬謹樸實，有法度、有學識處。

9古人文字造極，只是細心靠實，無一句游移活蜕。此後人以爲不必然者。古人以爲非此不成文字，而後人試擬之，則又力疲神喪，而不能至者也。

10先民不可及，只在精細老實處，似乎板近，而其實高遠。若後人弄虚頭作稀奇事，乃先民之不屑污齒頰者也。

11循章演句，討取虚神語氣，近日村裏教書、坊間選手、三等秀才皆云云，何足以論學者之文乎？學者之文，所見高卓，泚筆直達其所見，意盡而止。有所發明於經傳，裨益於後學，斯善矣，又何必虚神語氣之有乎！或曰：「時文自有當然之則，公亦重言法矣，豈學者不當以法求乎？」曰：「非謂可以無法也。法從理生，即虚神語氣亦從理生。理不足而單論法，此時下之似法而非法也。理既足而法有未盡，此古人之所輕，而非其所不知不能也。昔歸太僕自謂作文已，忽悟已能脱去數百排比之習，向來亦不自覺，何況欲他人知之，爲之顯然。然則古人用力之處，非今人之所知也明矣。」

12秀才説道理，做得極高妙，然試令返之胸中，決自以爲未必然者也。此便不是道理，故不落油花，即歸支離悶塞。若説得出底，即是胸中信得及底，此外更有何奇？先輩所爭者，只是此箇境界耳。

13子曰：「辭達而已矣。」「言之不文，行之不遠。」聖人非欲省文，正爲文章家指出自古真訣耳。凡文必先有義理，有意思議論，而後以章法、句法、字法達之。今人不復知本，作古文但講規模，作詩但講聲調，作時文但講圓熟活套。其言不文，先不可謂之辭；即有成辭者，亦不可謂之達；即有能達者，亦止可謂之達辭，不可謂之辭達。辭達有所以達者在也，今所達者何耶？

14文章之病，只是不能達與求多於達之外二者。然看來求多於達外，即不知達之妙，即不能爲達，其實一病而已。如近日時文，只恨不能達，何嘗求多於達外？然偏有許多隔壁閒文，排場鬼話，豈非不能達者必求多於達外乎？

15文章須得大頭腦，則下面意理細曲處皆包貫到。從瑣碎支節尋湊合之法，雖綳布成局，不能達也。

16有德者必有言，八股與詩、古文只體格異耳，道理、文法非有異也。言爲心聲，書爲心畫，古人於顰笑舉止，足以窺人底裏，況經營成章之言乎？故凡棄實而取虚，棄勁而取柔，棄古雅而取熟爛，棄樸直明白而取含糊輕巧，皆病中人心，而事關氣運，非細故也。

17今人作文，皆不犯手做，依樣畫葫蘆，便謂得法了事。見有不討便宜、字字實做者，反笑以爲走向拙路。嗚呼！做人而不肯犯手做者，知其必無好人；做文而不肯犯手做者，知其必無好文。嘗語子弟曰：「汝怕題目痛耶？題目螫汝手耶？如何遮東掩西，只討得一場没理會？」

18凡文不肯正面實講，只是道理不明，講不出耳，乃生旁敲借擊討便宜法，此不學者無聊之術也。後且反謂不宜正面實講，豈不斷絶讀書種子耶？

19凡爲文欲求深一步者，只爲不見本位耳。見本位，則不敢求深矣。凡文多閒文做作者，亦爲不見正意，胡亂綳布。若知正意之所在，則做作便不是。

20文字樸實頭，説得出即見思學交至之功。若求仿套於爛册子，與撰新異於白肚皮，未有能工者也。

21時手爲文，只巴攬大話爲妙，不知聖人之大，不靠此大話擡舉也。要尋大話，便是不曾見聖人大處。論語中瑣瑣屑屑記載細事，都是聖人全身，所謂動容周旋中禮者，盛德之至也。先輩只平平叙去，而聖人之表裏已徹上徹下，是之謂所見者大。

22 增一分大樣閒話，則少一分真實了義。故今人支蔓之詞，先民非不能，寔是用不着，亦無許多閒工夫也。

23 大凡説道理，愛張大決不如愛平實，平實之張大，其大乃真也。

24 凡爲大言者，其中無可大，而假於言以大之，吾正薄其不能大也。按之有骨，咀之有味，又何歉乎大言？

25 凡欲自文闊大，强説入朝廷宫禁，道理便有不足。豈不帖帝王家，文便不闊大耶？正坐眼孔小耳。

26 作論語題最難，蓋聖人語中至味，淺淡不得，做作不得，軒一分便亢，輕一分便卑。體貼融會，不失尺寸，端讓作家耳。

27 蘇東坡作昌黎廟碑，久不下筆，忽得二句云：「匹夫而爲百世師，一言而爲天下法。」以下便順勢疾書而就。其作温公碑云：「公之德，至於感人心、動天地，巍巍如此，而蔽之以二言，曰誠，曰一。」後叙其略。一時遂以其文爲至。古人於此用力，不是練詞句、尋議論，正如畫像者，必將其人形貌、精神熟視於心目間，所見既的，忽然下筆，乃能神肖。今只於口鼻眉目較分寸，於衣摺着色求工巧，雖模樣依稀，畢竟非其人也。

28 論格者詳於排場關目，矜才者盡於機勢橫流。若於題之要害，無樸實頭本事，則兩者總成死法。然所謂樸實頭本事，非呆填敷演幾句詞語之謂也，必於理實有所見，信筆直達，無須假捏始得。

29 作文可想見其人之胸懷體段，韓子謂「仁義之人，其言藹如」，有一分仁義，見一分英華。二者有偏勝，則其言有剛柔，不能借，不可掩也。庸人止流露浮僞、圓融俗腸，畸形者又多傲岸過高之思。惟端人正士，其光明俊偉洋溢紙墨間，雖圭角有未化，精微有未盡，所言不無粗處，則視所見之淺深，所養之厚薄，要非庸流所能望矣。

30 陳百史評歸震川「舜明於庶物」文云：「參用易語，爲後人借徑。作此題宜從虞書斟酌論議。」先生曰：「用易語何害？後人安能借徑？易語於諸經尤難用，正苦人不肯借耳。學者爲文，自當根本六經，融會貫通而雜用之，但問理合與否。熟於心而注於手，汩汩然來，足以發吾意，而不自知其爲何經乃佳。若作此題必據此書，便是笨伯死法，必無佳文矣。此種議論最淺鄙，皆不會讀書人秘訣。世間四書備考、五經類語等俚鄙不通之書所由來也。」

31 六經語惟易最難用，亦無人敢用。只震川、荆川能縱橫驅駕，點金丹，鑄寶器，自具神仙鼎竈。俗眼訶其卦名，甚謂易不可用。六經不可入文，乃反以村談市諢爲妙耶？又云「開後來習套」，吾未見後來更有何人能如是用經者。若以妄填易卦之不通而追論作者，是以暴秦燔書而罪及燧人，白圭壑鄰而議連神禹也。總是不知其理而單論字眼，則似兩先生與不通者同，其實自己不通耳。

32 天下極奇極幻文字，正在目前經傳中自具，不患手拙，只患腹枵。

33 用經用古，全在自己，開點得妙，則頑鐵皆黄金；僅摭詞句以爲點染者，反使黄金成頑鐵也。

34 嘗謂昔日秀才難做，近日忒易。當時極陋劣秀才，巾箱中亦須鈔經子古文摘段各一本，史學則王鳳洲，再少則蘇紫溪、諸理齋鑑各一部，學者猶鄙笑之。今都不消得矣，可歎也。

35 精乎理，熟乎經，馳縱乎古今文字之變化，而後能順心脱手，快然出之而不疑，天下之樂孰過於是？震川先生文，每用六經成語，如天造地設，而或且譏之。嘗自謂己未墨中用「齟齬不合，勞苦不堪」八字，横被醜詆。丁未中庸「位育」題文用「山川鬼神，莫不乂安，鳥獸魚鱉，莫不咸若」，房考大劄批一「粗」字。因歎舉子剽竊坊間熟爛語，五經、廿一史不知爲何物，豈非屈子所謂「邑犬群吠吠所怪」歟？

36 大家文引用成語，雖有異流誕詞，然自我引用，又别自意義。朱子講語亦時借二氏之言，却未嘗於理有弊病。只看道理如何，此不足爲大家病也。

37 艾千子每以後世事實、語言不宜入四子口中，是也。然議論警快處借用意理，亦别見發明，正得史論之力。聖賢實學原期貫串古今，但須無謬於題義耳。若必字字要周朝口角，恐當時先無此排偶語氣矣。

38不窮世故之變，不足以盡事理之變。情形不真，意致便改。文章高下，傳與不傳，亦在此耳。

39熟於史傳，見古來之情形；熟於世故，見今人之變態。聖人作易作詩之妙，亦只是此心此理透明耳。模寫到至處，便是不朽文字。

40聖賢之道，不外人情物理，於此道得明快固也。第情理透矣，而不本之聖學，則情理愈透，愈流入百氏之術，亦未爲得也。蓋三代與後世，不獨規制景象不同，其立心與議論迥乎天淵之絕，不可雜和也。

41只是人情事理透明爛熟，下筆作文自然曲盡。世間讀書人自謂能識道理，及至一事至前，不覺首尾衡決，手足無措，是讀書時於處事接物不去體驗，書自書，人自人，不相關涉。作文亦只依樣葫蘆而已，究竟含糊鶻突，無益也。

42人品高者，爛熟世故之言，盡是看透義理之言。時手開口便露俗腸，直是瞞人不得。

43秀才做時文，亦即可打疊經濟，能見其大，自不同經生家言。程子所謂：「期月三年，皆當思其作爲如何乃有益。」

44今人讀書作文，何嘗有所樂存焉？只爲富貴利達，由此不得不然耳。則是初上學時，便已棄絶天爵矣，故先儒教人尋孔顔樂處。

45文之至者，未有不動人者也。其不動，文未至也。文至矣，情卒不動者，其今之文人乎！何故？曰：「其性與人殊，但知文之能決科，而不復有忠孝也。」

46讀文字至警切處，須有箇悚動意。便是時文秀才也定有些身分。若毫無志氣人，裏外麻木，便日日講習聖賢至論，也針劄不入，況時文乎！

47前輩論文，謂神理亘古常新，字句脱口成故。今以枯管枵腹襲取套詞，若村學童描硃，老弋陽度曲，淺陋雷同，令人嘔吐。若能發揮名理，而以古文氣骨行之，神奇滅没，莫知端倪，令靡靡者欲襲而不可襲，豈非絶代一快哉！

48艾千子評章大力文云：「文至東漢，愈排愈疏，愈整愈俚。大力於時文，恨未窺西京以上耳。天下不知有古文，此腐儒之罪也。天下知有古文，而不知辨西京之古、東漢之古，則亦近日名人不讀書之罪也。」先生曰：「文之古在神理，不在辭句，并不在排整散行間也。自秦漢晉魏六朝唐宋來，皆有其美，有其病，豈得舉一廢百哉？千子之言，似高實過。善學古者，多讀書自會耳。」

49昔人稱梅聖俞詩能寫難狀之景如在目前。梅集只是清真刻削，不着脂粉耳。不着脂粉而精采穠麗，神氣生動，自左傳莊子史記而外，其妙不傳矣。

50即語言之下得見其人，此是文章第一等妙處。司馬遷爲史家之冠也，只得此妙。吾謂唐荆川從史漢得力，正爲此也。若他人學史漢，止在段落、筆意、詞句間摹擬形似，從何處夢見古人哉？

51史記之妙，只是摹寫情事逼真，口角形神都到。而奇古在其中，法度在其中，非別尋奇古、法度以爲摹寫也。

52太史公妙絶古今，只精於排塲耳。排塲出色，則件件皆佳。

53看左傳國語公羊穀梁及史記漢書，同叙一事，各見妙筆，此詳彼略，東漲西坍，情事不殊，境界各異，此所謂化工手也。

54古文中能縮大爲小，第一算公穀。以短節促拍爲排塲縹渺之勢，令人讀之不覺其短促，此公穀之妙也。今人以刻仄尖纖爲公穀，失之遠矣。

55學公穀，須得其用意深細刻鋭，與筆法峭冷變逸處，不徒摹肖其口角已也。文字中自有此種妙境。艾千子以爲「蝸徑蚓穴，終傷大雅」，則不足以極古今之能事矣。

56似穉氣而却有别趣，見思致，此種從公穀得來。

57刻入深際，躍出象表，能傳言外之言，開境外之境，此種妙處，源於莊叟，而禪家竊之爲機鋒作用者也。

58 筆情滉漾蹀躞而不能自止，惟漆園老子有此狡獪耳。

59 一種慨慷感歎之情淋漓欲絶，此風騷遺妙也。東漢六朝間頗知踪跡，又爲詞句所移，降入柔靡。後來一變，而此妙失傳矣。

60 戰國策之刻峭、尖雋，無秦人之雄厲則不大；無漢人之寬閒、渾浩、流轉則氣脈不高深。

61 文之峭崛者必少雄浩之概，其疏闊者又必無堅鍊之音。此唐以後名家所不能兼也。

62 「古削」出佛經語録及後世子書講説，非先秦以上之「古削」，則不貴耳。看周秦文字，乃知「古削」之真妙也。

63 冷語閒情做作入妙，是韓詩説苑得趣文字。

64 子長之文峻，孟堅之文緩。峻故變幻不測，緩故藴蓄有神。退之從峻出者也，永叔學退之，却以緩得峻。子固學永叔，却純用其緩。

65 有轉必束，隨束即轉，界限斬然，而首尾迴旋炤顧，是曾子固間架法度。

66 昌黎作文奇奇怪怪，人莫測其際。獨其議論文字特醇古，有三代以上雅頌氣象。

67 腠理極密，而體勢極寬。渾侖看有渾侖之妙，碎拆看有碎拆之妙。古人服倒杜詩韓文，正爭此耳。

68 一倡三歎，歐曾古文勝地。

69 圓渾流逸，曾南豐頓挈處，其氣度每如此。

70 淺淺發揮而意理開拓，機勢沛然，是坡翁樂境。

71 熟於史學，便多無中生有一法。東坡「殺之三，宥之三」，開想當然一例，是其家傳史論習氣。然蘇氏文章奇横，亦出於此。

72 昔人學古文皆變化不令人易見，今人鈔套古文惟恐人不知，此真僞之辨也。如韓歐記序碑志文字，皆極意摹仿史記，然不能指其摹仿者何篇，此所謂變化也。韓之變化，節節生奇，固不易蹤跡；歐精於法度，似猶可蹤跡，然奇藏於拙，巧出於平，令人不知其法度之精，其變化又别。

73 六朝琢句，效之每落纖靡；三唐長調，學者亦嫌俳悶。文家遂戒不可爲，而并薄古人，不知其自少本事耳。金丹入手，雖鐵石皆能開點，如陸宣公偏以俳調見奇，永叔、子瞻時爲工句，而氣體自高，何嘗貶損其光芒哉！

74 艾千子謂文須爾雅，誠然。然古文中自有似樸拙近俗，而實高古者，不可以一格熟眼觀也。世間惟假爾雅而實惡俗一種爲最不堪耳。

75 古文中能用長句者亦不多數人。朱子用之集注，尤見精神。袁黄不通文章之道，而改爲佻削。甚矣，小人之無忌憚也！時文中惟歸震川先生有此神力，能使數十百字成一句。他人便覺冗漫矣。

76 筆之不妙亦坐不讀古。古不獨經史子集之大者，如檀弓公穀説苑大戴禮韓詩外傳之類，若不曾讀，亦不能盡用筆之變。

77 有綫索可尋，無蹤影可捫，方圓奇偶，隨手散結，皆成異觀。文至此方許講古文法度，辨古文家數。時人漫無欛柄，略曉得有立柱作骨、呼應穿插之樣，便哆然以爲無難。正如弋陽腔説九宫十三宫牌名板眼，老海鹽已掩口嘲之，況真崑腔乎？

78 摹古大家文，不在排奡，不在怒張，只於開闔關鎖處，步驟得法，頓挫得神，自然扼要爭奇，此大家腦髓處也。

79 摹古之縱蕩易，摹古之堅峭難，班駁易，樸茂難，豪壯易，靜穆難。

80 起手换頭處轉拓得開，則超遠不測；轉關押尾處停蓄得住，則悠閒有餘味。不熟古文間架出落，無從得此筋節。

81 疎疎浩浩，淡淡悠悠，若無意爲古者，乃所爲真古也。

82 有用古文極熟套頭語，而能化腐臭爲神奇者，所爭在氣脈，不在皮毛也。不然，李于鱗文字千補百衲，逐句是秦漢，徒見其萎薾齷齪耳。

83欲學古人，弗求形似，須先得其氣。欲得其氣，須先開膽力。膽力何由開？只是看得道理明白，坦然無疑，横衝直撞，無所不可，隨他觸發議論。不論金銀銅錫，皆可開點寶丹，則膽力足而氣沛然矣。但區區補衲幾句古文，麻布夾紵絲，死口取活氣，何處討此景象來？

84自有制義以來，論文者甚多，然吾以爲知文者，艾東鄉先生一人而已。於古今體格之變無所不知，故其見處極高，非餘子所及。所少者，理境不精耳。其自作也亦然。文品老而益尊，得古人皮毛落盡之妙。自謂一意掃除，覺古人深處頗有所窺，漸有「潦水盡而寒潭清」之意。且有詩云：「昔友陳與羅，巨刃摩天揚。蛟龍盤大幽，鬼語爭割强。凌獵經與史，嘈雜奏笙簧。近者思簡淡，净洗十年藏。先民有典型，震澤方垂裳。古貨今難售，封羊亦無衁。」誠確論也。但理境不精，則簡澹高老，無有至味出其中，未免外彊中乾〔六〕。時流因謂江淹才盡。先生甚不平斯語，蓋所爭祇在外面一着，斯先生之高於俗眼者。雖有古今雅鄭之不同，亦尚落皮毛上事耳。

85經制題無經學則議論無本，雖鋪設夸詞，不過奄寺之頌美，吏胥之謀猷而已。本之經矣，而不熟於史，則於成敗得失之故，人情物理機勢之變，不能發攄明快。惟黄陶菴兼攬其勝，故能言經生所不能言。

86遇經制題，不爲新奇驚坐之談，但按事入情，昌明剴切，令讀者如家人婦子商量甘苦，而生民原始與聖人法制本來，無不通達。惟陶菴能之，得力應從陸敬輿奏劄中來也。

87 凡熟於史學者，必重論事而輕説理，好牽引而略本位，務新奇而翻舊案。崇禎間極尊此派，雲間尤盛。陶菴閎博淵靖而綜核史家，故亦不免此習，然其文較有體骨，不同浮華捷給者。但學者須辨此弊，正不必舍先生之長，而效其矒也。

88 崇禎初，一變爲古文之學，多以馳騁浩衍、雄深蒼勁爲勝。惟金正希於簡嚴淡静中自出奇詭，令人一望不易入，久而心爲之移，又迷離而不能出，此先生之超越一時者也。

89 明季之文莫盛於雲間，雲間之文莫著於陳大樽。雖師承文選，規摹六朝，然其本質超然，不爲體調所汩没。且運用更見遒逸，此杜少陵自許「齊梁後塵」，所謂「轉益多師是汝師」也。

今人貌爲漢魏盛唐，乃真卑靡矣。

90 陳大士先生文，人但驚其奇縱，不知其法脈細浄處。是爲老作家，凡一字入其手，必有兩義。文即有八比，或多排小比，亦必每比各有義，不犯合掌、架屋之病。義雖多，局雖碎，而章法首尾有體，股法次第相生，定一氣呵成，轉轉見妙。此皆古文正法，非鈔套時文之所有也。又有一種，略去畦町，標舉指歸，而已得要妙者；有淡點冷逗，疏疏若不經意，而迥不可及者；有直破中堅，樹立奇偉，而餘地輕置不顧者。此皆古文之變别，又法之最高者矣。特其理求超，而每失之邪異；論求新，而每失之駁雜。入情過快，多俚俗之談；發抒急盡，傷神藴之妙。

千子譏其「心粗手滑」，此則先生之所不得而辭者耳。

91 文字首辨雅俗。俗有出於文氣者，有出於理體者。墨裁之俗，如乞兒登門喝采，作吉祥富貴語；油腔之俗，如弋陽村劇，場上場下同聲，此俗之出於文氣者也。至未嘗講究義理，而妄論書旨是非，未嘗稍習古人行文之法，而哆談先輩法度，止靠講章一本，自以爲學問盡於此，此俗之出於理體者也。然文字之俗，不過希世速售，彼亦心知其鄙，故稍有知識，即能改變。若理體之俗，占地高而執説近乎正，更牢不可破。此一種俗，人尤難識辨，故自以講章爲文，不特理體壞，文氣亦壞，此不可不首辨也。

92 出講義語録之俗，此最難辨，其俗非世間甜熟之俗，乃老辣過也。文人須留意。

93 俗在識見議論，不在字句也。古人粗枝大葉，每不揀擇句字，然識見定正大，議論定精醇。

94 法脈出落，不可不講。然無蒼秀氣骨，而着意於此，以爲老鍊，其老鍊處正是惡俗處也。

95 古人説道理樸實頭處，儘粗服亂頭，葉大枝疏，不似後人含糊活蜕。然其理既真，愈盡愈渾厚。糟粕煨燼，隨手拈來，無非至寶。後人講究净詞，其所吐露，不堪嚥嘔。故文之精粗，以理爲斷，不關詞也。

96 理足則語無精粗，西銘，理之至精也，潁封人、申生、伯奇如何拉雜闌入？

97先輩謂文字大段卓越，句字不足介意，如神王者，疥癬豈能爲害？若尪削之人，雖五官肌膚無恙，然長桑君望而却走矣。

98文章有魔調，似演義非演義，似科白非科白，此自古文人之所無，故曰「魔」。然亦有高下二種：下者出於講章小説，湯睡菴之類是也；高者出於佛經語録，楊復所之類是也。至啓禎之間，又有以莊列史漢大家而運用佛經語録，如金正希、陳大士皆不免於此，其品愈高，其魔愈深，真學古者於此當更高着眼孔。

99自有時文以來，惡爛之調，庸鄙之法，皆作俑於湯霍林。而今人方尊秘，以爲宣城之派，亦嗜痂逐臭之見矣。

100宣城派行，無識者目之爲「渾融」，近以此論元家衣鉢矣，而不知其實含糊混賬，亦足以驗人心之污下，而日趨於模稜鄉愿之路也。文字佳惡，固不盡在此，然凡事必有法度，必有定體，其必欲去之而快者，非異端則俗學。即此細事可見，亦學者之所宜辨也。

101有客論近來滑調空行之弊，寔始於唐君德亮。曰：「不然。唐之空滑，猶本之古文，後來之空滑，本於講章，此不可同年而語。出自古文者，猶有思致奇趣，但少實理耳。正如吏部論出身，一爲科甲，一爲雜流，其高卑貴賤固迥殊也。但講章之爛惡，粗事古學者即知其非，其以古文爲空滑者，到説道理處無可支吾，必借佛經語録之套以自名高老，以爲古文之旁通横溢無所不可，而不知其爛惡與講章同也。此又如科甲與雜流，到溺職削籍，則一而已矣。」

102 文字足以觀人性，學也足以卜其生平，故以貴重爲難。然所貴重者，初不在奇正濃淡間論也。奇正濃淡，止是服飾，不關骨相。骨相貴重者，緼褐衮舃，其儀一也。惟骨相輕賤，而後講服飾。試看世間講服飾者，必市井倡優與不學之紈褲〔七〕，其輕賤可知矣。乙丙之間，以詞華爲貴重，而流於穢怪；乙未以後，以講章爲貴重，而流於村鄙；辛丑以後，又以吉祥大話爲貴重，而流於乞媚。總皆以服飾講貴重，而不知其真輕賤也。學者但當求骨相，骨相既好，隨時服飾，其貴重自在。

103 老手作文無他奇，隨他裝束入時，只是骨性不改耳。

104 文之貴賤分於骨氣，不可以形模求也。近人輒以夸大之詞、重滯之調、粗俗之論充之，此乞兒贊富貴，非當身富貴也。骨氣之賤，至此爲極。然則何以救之也？無他法，只是多讀古，不急求必得之道，如此則心正，心正則骨氣亦轉矣。

105 文必以筋骨爲主。筋骨之渾脱處即是氣度，其流利處即是風神。無筋骨而講風神、氣度，皆芻狗之文繡也。筋骨須從古文求之，向熟爛本頭中尋取，那可得？

106 意足則神思安閒，此氣度可學，而不可以套取貌爲也。

107 昔人謂文以意爲主，以氣爲輔，以辭采、章句爲兵衛。如鳥隨鳳、魚隨龍、師衆隨湯武。

不則，如荆川所云：「貧人借富家之衣，莊農作大賈之飾，竭力裝做，醜態盡露矣。」

108 文以氣爲主，有氣方能曲。曲而晦澀軟滑，是無氣也，非曲之過也。一往粗直，亦是無氣。

109 文無遒蕩迤演之氣，因瑣婞嫛，皆行尸坐魄耳，未嘗以崛驁駕奇，自然排闥驚群，得此氣也。

110 孫若士云：「勢者，馭文之善物。」可謂知言矣。然取勢必先鍊氣，鍊氣必先明理。理明則題之髖髀腠理皆以神遇，奏刀騞然，謋然已解，如土委地，所謂目無全牛也。但向文法中求勢，那可得？

111 大江大河終古奔騰東注，而其象只如新出，人以爲氣浩大也。不知單是氣，便有盡時，氣之所以不盡者，須有箇本原在。東坡自言如萬斛泉瀉地，曲折無不如意，他亦止解得氣上事耳。

112 文之一氣呵成者，必用逆不用順。蓋用逆勢，則一句蹙一句，一層剥一層，瀾翻雲湧，勢不可遏，讀至終篇，恰如一句方佳。若用順勢，則數行之後，語氣溘然止矣。

113 凡文之長於騁驟取勢者，每不肯寔講正面，此正其不濟事處。

114 作文一落筆即思作轉，李謍丘、郭恕先畫一尺樹必無一寸直枝，此即文家三昧。然有學轉而反成輕薄者，此非吾之所謂轉也。吾所謂轉，轉以意；彼所謂轉，轉以詞。轉意極難，轉詞極易，學轉者當於轉中求難，不可於轉中求易。

115 禪家蓴機，只在轉語，轉不出便墮鬼國。文字妙處，也都在轉語，轉不出便入死地。然禪家之轉，要轉却理字令盡。文字之轉，要轉得理字令不盡，此不盡之轉也。

116 凡文轉句之捷，其來必紆。一句將轉，數句前必先有布置。其勢欲下，其理已足，故一句即轉耳。若已至此句，然後索轉，只有撞壁柱，豈能轉？又豈能捷乎？今人不求所以捷轉之法，而徒欲其轉之捷，其不入於空滑者鮮矣。

117 文必有開合。開者，先縮退一步，所以先補其滲漏之處也。

118 但用本文白戰，愈轉愈奇幻。舊人往往爲之，入近人手，便覺油纏可厭。蓋舊人以理爲層疊，以意思爲變滅，不僅於聲調求多，故可貴也。

119 凡能精於跌法，則題之虛神無所不出，屈曲無所不盡矣。但其爲過也，則未免有剜肉成瘡之病，是在善學者耳。

120 行文得大意所在，屈曲間自然靈變。

121 今人亦好講婉曲，然心思不靈巧，手筆不奇矯高脱，祇成婆子舌頭，一味軟俗而已。

122 縱横者欠委婉，委婉者欠縱横。

123 文章曲折，本乎題理之所有，則千變萬化，總能妙合自然，但於語氣求肖，於文調求轉，便走入斷港死路。

124 凡文之曲轉者，其腕力必柔婉，其徑路必幽細。若於曲轉中，但見其腕力之遒雄，徑路之昌達，先輩中惟熙甫，近時惟正希，可以語此耳。

125 鬆之妙在筆快，筆快之妙在意多而語雋，則無閒文衍調。一句閒衍，便謂之「泛」，謂之「懈」、謂之「膚」，率不可以語鬆也。

126 文之典麗者，必須流動之致，矜莊過甚，而無風神行乎其間，如讀初唐箋啓，使人悶塞。

127 文之奇横者，以其變化於法度之中，不可捉搦而自合，乃爲真奇横耳，非蔑棄繩尺之謂。

文之有體，猶人之頭目手足也，頭未訖而手已生，目下降而足上出，豈復成形貌哉！

128 古人謂：「行乎不得不行，止乎不得不止。」予謂：「必行處要止便止，止處要行便行，方是文章之至。不如此，不足以爲奇，不足以爲横。」

129 文之不能爲奇，大概犯粘皮帶骨之病。

130 凡文章爭新出奇，只一箇切題入情，真是變化不窮之法。

131 文到極奇快處，止是真耳。昌黎所謂醇而後肆。不醇之肆，詫異也，非肆也。不能肆而曰「醇」，膚陋熟爛也，非醇也。

132 文貴有真氣。真則行文必簡樸，用意必刻深，遣詞必淡雅，此先輩之所以可貴也。

133 文人心思，正當在人所不用處，用出奇勝來爲妙耳。如何今人論文，都要驅入腐爛無用之死地去。

134 昔人論作文，只是一個翻案法耳。此説甚淺，然議論文字須用此法，乃有奇境開闢。盡將從前呫嗶瑣説翻駁一新，拔趙幟而立漢幟，固非辣手不辦。

135 立論文字不在一味蠻斷，須先放他出路，如追窮寇，必寬圍使逸其出路，乃是垛截死路也。蘇氏父子作論，刻毒正在鬆處。

136 凡文要過火求新，每於理上别生病痛。看先輩文，便無此等蹺蹊。

137 心不尖不能入，手不快不能出。天下名區奧迹，爲鈍根封錮者多矣。

138 文最忌熟，熟則必俗。故士龍「怵他人之我先」，退之「惟陳言之務去」，習之以爲造言之大端，即書畫家亦惡熟俗，以「熟裏生」爲訣，正謂此也。今人爲文，惟恐一字一句不熟到十分，萬手雷同，如一父之子，尚得謂之文乎？

139 老手行文，如書畫大家晚年製作，俱從極奇横、秀潤、工緻中來。故淺淺疎疎數筆，令人玩之有不盡之味，即文家所謂「絢爛之極，乃造平淡」也。

140 凡刻劃奇巧，常患尺斷寸續，無渾成之致，猶山之巉峭者，每不能高大也。

141 文字到奇妙處，只是言人之所不能言，却是言人之所必欲言耳，不是別尋蹺蹊家當。

142 淩虚之文，須有奇情，有快腕，有古文間架起伏，乃見勝場。不則，如游絲罥塵煤，愈裊娜飛揚，愈見其蕪穢耳。

143 有力量氣魄，則卷舒之際自生奇偉。凡假外間好議論、藻采以爲勝者，皆非自得者也。

144 凡行文無奇情古色，如村師講故事，街頭説演義，皆有授受援引，言之鑿然，只是白肚鄙妄耳。

145 徑貴生，生則變換不窮；筆貴硬，硬則回幹入古；氣貴横，横則運旋有力；法貴細，細則工巧入神。知此者鮮矣。

146 古今文章難盡，止是靈氣往來日新不息耳。道理只是這道理，不曾有甚詫異也。

147 文字中靈境極難得，以其必從實地開出也。名山勝境終古登臨，而奇變如一日，以其寔也。

148 空靈之文患理不足耳，理足則空靈愈佳矣。桃源醉鄉只好紙上恍惚耳，何靈之有？

149 程朱之理，若無莊、列之思致，也發越不靈。

150 於語言字句之外，別有一種風神纏綿兜裹之，在畫家謂之「氣韻」，診脈謂之「胃氣」，地理謂之「生氣」，皆是物也。文家得之爲文情，此不可以迹象求者。

151 談言微中，而意思探索不盡，所謂神理也。取神理，則品最高矣，然非老手從艱苦中烹鍊來，亦不可得。

152 山無峰巒起伏，即爲頑山。水無波瀾蕩洄，即成死水。文章佳境，亦只在起伏蕩洄處得意耳。

153 文字有學者氣，有大人名士氣，有和尚氣，有村教書氣，有市井氣。時下最是市井氣多，其典型則村教書氣而已，惟學者氣絶少。

154 文至簡當地，真不多些子，後來只是閒套頭，儘力添揑，具眼者以爲未嘗道得一句半句也。

155 先輩文於謹嚴潔浄中，別具一種風格，非後人之所能爲，亦并不使後人知愛。蓋其源流甚高甚遠，隆萬後從講章求之，便相隔萬山矣。

156 文有其貌似拙，其勢似寬，其語似粗，却正先輩極精邃大法力處。艾東鄉以後，知之者鮮矣。

157 艾千子善講拙樸之妙。拙樸者，奇巧之極，近人所不曾夢見也。然有平直之拙樸，有渾浩之拙樸，有幽峭之拙樸。

158 手寫此處，眼注彼處，近人爭尚此巧。然許多動下閒文活套，亦濫觴於此。故機巧作用，終不若古人樸拙真實之難及而無弊，不獨時文爲然也。

159 有似整非整、似散非散、似着意非着意、似筋節非筋節、似脱落非脱落者，真得古人疏、拙、瘦、硬之妙。近人見之，如爰居駭鐘鼓矣。

160 千子評歸震川中庸「和也者」二句文云：「此篇吾頗病其傷於俊，不類他作樸拙莽直。」何也？先生曰：「『俊』字極評得好，人所不易解，惜其論止在語句上耳。後有翻其案，以爲正病其『莽』，此笑府所謂『周文王似蒸餅』之類是也。」

161 文之佳者，祇是尋常結構，公家道理耳，獨覺其幽微深奥者，能不用頭一皮思路論頭也。凡卒乍見得頭一皮便落筆，其文定庸熟膚淺。

162 凡文求雋巧動人，正是本領不濟事處。

163 淵明「采菊東籬下，悠然見南山」，此亦只是尋常眼前實景。看他説出甚容易，爲甚千古詩人刻劃不到，摹仿不來？可知語句之妙，不可向語句中踪跡也。見地高，胸次洒落，下筆自有箇迥絶處。

164 文章到極妙，只是得其神情於語句之外，用意都在淡蕩間，令人往復不已，而其味愈出。此非近人之所能領也。

165 文章有疎、逸、硬、辣之氣，然此數字，昔賢之所貴，而時人之相戒以爲不可近者，如何如何。

166 杜子美詩最多拙樸俚碎之句，然其牢籠物態，雕鎪人情，正於拙樸俚碎中得古來不傳之妙，故昔人稱云「子美詩之聖，堯夫又別傳」。荆川先生自言其詩率意信口，不調不格，以寒山、擊壤爲宗，而其譏當時名家消磨剥裂於月露蟲魚，以景差、唐勒、曹植、蕭統爲聖人而冀爲其後。又自謂聞人詩文，如羅刹國人驟聞華音，不省爲何説。其唾駡如此，正有得於少陵宗旨耳。其行文刻畫皆在俗情細事，而天真爛熳，無中生有，空際散花，遂成奇絶。乃知後人之以修飾浮麗爲雅者，正古人之所謂俗也。

167 先輩論文以本色爲第一。唐荆川謂具千古隻眼人，信手寫出如寫家書，便是宇宙間絶好文字。無他，只是入情入理，自然曲折如法。情不真，理不當，即專説好話，講繩墨，不可謂之有法也。

168 今人未嘗不遵傳注、論先輩。然理則講章之理，法則學究之法，調則枵乞之調，豈可以此爲傳注、先輩哉！言之不文，行之不遠，古文、時文皆文也。今之腔板，謂之俗可耳，亦名曰文，豈不可耻？故當先辨雅俗，而後問其疏密、美惡。

169 王李鍾譚之論詩，爭取舍於濃淡，其不知詩同耳。嘗見錢虞山謂臺閣詩，近世惟李西涯得體。吾見西涯詩只是真雅，真雅便自然、莊嚴、華貴，論文亦當得此意。

170 先輩論文必高華。高華如庾鮑老杜，稱其清新俊逸，故知所爭在氣骨，不在詞句也。但詞句高華尚不是，況今日之詞句那得有高華哉？直謂之卑污而已！

171 如置太白於殿庭，作宫中行樂豔調，而本色高致自在，此之謂真雅。若是俗骨，雖理解不謬，格局如法，而俗不可醫，即不可以言文。

172 近文亦講典制，亦講機局，亦講風調之頓蕩、詞采之詔令，只難逃一「俗」字耳。不食左國之腴，安能望其雅秀？

173 畫家最貴者，氣韻之秀潤，而最惡者曰甜。甜者亦自以爲秀潤，而不知其寔俗也。兩者相似而極相遠，何以辨之？畫之秀在神骨，而不在布設、烘染；文之秀在思理、氣脈，而不在聲調、句字。凡布設、烘染、聲調、句字中求秀，即未有不落甜俗者也。

174 作文初落想時，如向萬里外轉出，只在眉睫之間耳，此法之善也。然方其初發端時，便已開口見喉，及讀之終篇，却又悠然不盡，此又法外之善也。

175 今人好言「醇雅」，不知二字極難承當。「醇」之反爲偏僻，所知也，而不知膚鄙之非醇；「雅」之反爲粗悍，所知也，而不知淺滑之非雅。

176 文章中「名貴」二字最難爲，其不可以貌爲也。於體格、法度不細密，則雖高亦爲踈脱；若過於細密，則又入卑俗；無光華則爲枯澀，着意於光華，則又失之膚。此皆名貴之所反也。必湛深古學，又精於時文之法，陶洗錘錬，皮毛落盡，乃見真相耳。

177 名手行文，多於外邊遠處得來思議，於對面閒情得來風神，然其刻琢正在箇中。

178 文以靜氣爲至貴，而時論每以俗文之卑弱無氣者當之，不知靜出於雅，正與俗反，靜文必矜卓，正與卑反，靜則骨勝於肉，正與弱反也。

179 文章着色，不在堆垛隊仗，但骨氣高貴，雖淡淡烘染，自覺陸離，凡以豐肌縟肉爲色者，真穢相也。

180 詞多而理少則浮，語重而氣俗則穢，皆肉勝之害也。若理真則但覺詞之高貴，氣雅則但覺語之端凝，又何骨肉之可分乎？

181 先輩論文必平實。平非庸也，而況可以俗當之乎！實非肥也，而況可以醜當之乎！按脈中理，不少不多，不浮不沉，斯平實之正則耳。

182 有雄剛之氣，而能出以淡遠，方奇。一着浮囂粗莽，便不成氣質。

183 精切中見古雅乃佳。單講精切，多俚鄙；單講古雅，多泛軼。此合作之難也。

184 胸無識趣，則所揚詡皆卑庸；有識趣，而無淹洽之資與烹錬之法，亦淺鄙而無可觀。

185 字不多設而義藴弘深,局不開張而氣象閒遠,如此乃足當「簡鍊」二字。

186 文家惟「鍊」之一字最難説,此是積學深思鎔煅而成,須火候到此自得,不可以貌爲而捷取也。今人不講於此,徒就聲口、詞句求之,其軟者流爲熟爛,硬者流爲俗賴。皆自以爲鍊,而不知其入於魔道也。

187 今人最不解「鍊」字,但團弄時下詞句,至軟混熟爛處,自以爲鍊,不知正與作家之鍊相反。作家之鍊,正要淘汰凡近,獨存古人之精英。所謂鍊者,鍊其出鋒,非欲其模稜倒角也。

188 意鍊而得深,氣鍊而得高,局鍊而得脱灑,語鍊而得精微。「鍊」之一字,文章之妙訣也,然以語桍腹捷口之人,教他鍊箇甚麽?

189 予論文最不喜「圓」字。圓者,軟熟之美稱。文至軟熟,其品極下,更無長進之日,亦無救拔之方。成弘大家文,未嘗不圓,然其圓處,純是顔筋柳骨,何嘗有一點軟熟氣?可知世間所謂圓者,非真圓也。

190 評文者動曰「渾融」,曰「圓密」,曰「閒静」,曰「韶秀」,此數者,固古人文字中至高至美之品。然觀評者之所指,則實未知此數者是如何,而漫以含糊、軟熟、不着邊際者當之,不知其非數者,而彼固自有主名也。其名維何?曰:「只一『混』字盡之。」「何以爲『混』?」曰:「只講調頭,不論義理。」

191 文貴清辣。「清」字人所愛，「辣」則群然噪之矣。然清而不辣，不成作家。其所謂清，乃白肚皮撈漉不出活計耳。即修飾盡善，亦止是空疎軟媚，非吾所謂清也。

192 文境明快直達，郭青螺所謂「清空一氣如話」者，此本色品骨最高之文，非摹擬修飾之所及也。

193 有蒼老之骨而後能爲輕快之文，無本領而依口學舌，徒見其淺劣白撰而已。白傅詩老嫗能解處，却是作家不到處，他是如何用工來？

194 清異之文，必精於鍛鍊，方有神味，但用空纏，便不堪尋玩。須令人上口爽脆，久咀益鮮，而無糟魄之可厭，乃爲佳耳。

195 清空一氣如話之文，每失之淺薄，失之直盡，失之俚，失之枯硬，失之放。能以歐曾之頓宕醇愉，行蘇氏之明快曲暢，方奇。

196 清真之文欠弘達，弘達之文欠切實。

197 樸實簡老之文每嫌澀縮。澀縮者，理不足而氣不達也。

198 文無他奇，只要見得分明，則一切蒙混纏繞皆用不着，其文必潔凈。潔凈則轉摺出落皆自由自在，故便利。便利則發必中的，而所擇愈簡而愈精，斯爲老到，老到則高矣。

199 文有使人一望而知其爲老手者，其間架方圓，猶夫人也，語句虛實，亦猶夫人也。但言不妄發，必中要害，莊子所謂「犁然有當於人心」者，此却大難，須火候到此乃得。

200 作家到純熟脱化時，用意越濃，出手越淡；用力越重，出手越輕；用筋節越老辣，出手越秀嫩。此種境界，强迫取之不得也。

201 文到漸老漸熟，只是要言不煩，愈讀愈有味而已。

202 荆川詩有云：「文入妙來無過熟，書從疑處更須參。」不參必不能熟也。

203 有精細處，亦有粗疎處；有奇縱處，亦有緊嚴處；有老辣處，亦有游戲處。數者不備，不成老手。

204 凡自命古學者，多失之粗疎；而專精理法者，則又成講説俚鄙之習。兩家分據門户，畸互勝負以爲救，而文章之道盡矣。不知其所謂古學與理法，皆從假襲，故各不相通耳。不相通便非真理、真古也，但真讀書人，則兩者自一。

205 吾論文之訣，止有一「切」字。切則奇平、樸秀、清華、老嫩皆佳。否則，寬帽頭胡叫唤，醉漢嘷喃，婆子絮聒，醜梨園排場科諢，枉費精神，總於題目無當。朱子所云「不曾抓着癢處，何望掐着痛處」，此時下作者之所以不堪也。

206 古人謂作文須捉得正身字面着。所謂正身者，只是確切字面，更無他字可替代也。然此語正難，要看得道理熟極，做得文字熟極，方能得之。今人之文，捉得此字眷屬者，已爲親切，其次或是鄰里知識，其甚者陌路猩獪亦算數矣。只一字捉得正身着，能使一句精湛，一段精湛，一篇精湛。古人之文所以不可及者，只字字正身耳，更有甚奇特事！

207 朱子謂李盱江文字皆從大處起議論，蘇眉山家皆從小處起議論，此指發端言耳。惟大小具備，斯縱横莫當。若有小無大，則叙次雖極錯落，終屬小家；有大無小，則平點必忽略無味矣。

208 震川先生云：「爲文須有出落。從有出落至無出落方妙。」惟先生真不愧斯言。由其胸中自有爐鞴，取題之精神，烹鍊融結，自成法界。外間紛紛，止向糟粕煨燼揣摹形象，何足以論此乎？

209 唐荆川先生謂：「首尾節奏，天然之度，自不可差，而得意於蹊徑之外，則維神解者可語。」予謂：「神解只在天然之度，若俗人所見之度，即非天然。殆莊子所云『不疾不徐，有數存焉於其間』者乎？」

210 文字最怕一口囫圇鮁煞，以下説過又説不過，如此亦勢所必然，而題中之曲折精義，反無處發洩矣。

211 舊人行文，大約前以輕淺引入，其力量俱留在中後，令人愈入愈驚其難盡。今人所有，在起手數行已和盤傾倒，以後不是游演了却，便是説了又説，另生枝節，皆不識養局法也。

212 先輩必不以上下互插爲高。在上爲侵淩，在下爲添繞，故不爲也。慶曆之末，此法始盛，然猶以隱然自然爭巧，今則竟有不論道理，毫無意思，但取字樣互見以爲得法，則愈趨愈下矣。

213 立柱分做，固是古格，然出之須變化生動。古人立柱之法，亦只要每股各有意義，不合掌、不倒亂、不複疊耳。今之論者，但取字樣吆呼道破，即以爲得法，而其中毫無意義，乃仍不免於合掌、倒亂、複疊，則立柱適增醜惡，爲不讀書人開支架捷法矣。故論文總以意理爲主，莫墜死套子下。

214 郝伯常云：「古之爲文，法在文成之後。今則法在文成之前，以理從辭，以辭從文，以文從法，資於人而無我，愈有法而愈無法。」此言良然。

215 或偶，或單，或整齊，或零散，或大散行中藏小偶，或對偶中有參差長短，或流水直下，而其實對仗精工，令人不覺。或排比到底，而起伏開合，只似一股。但看人作法如何，豈有一定之法？況文之佳惡，初不在此，若以此論大家古訣，多見其陋也。

216 艾千子評歸震川先生「老吾老」一節題文云：「古筆單行，得韓、歐之神。」陳百史評云：「中段單行，非數句數節不可。若單句題忽於中段散落，則漫漶不緊嚴矣。」先生曰：「文之古不古，高不高，豈以單行偶對分耶？二評皆低，而陳論尤陋。數句數節，先輩多以短比對副到底。而開合、轉折、變化出奇無窮。單句題亦有波瀾議論，忽於中段用散落別開生境者，豈可作此死板説法耶？」

217 先輩作文無他奇，只如題立局，不減不增，不倒不亂，規矩自然，變化萬狀，便是絶奇處。

218 一題衆拈，變格勢所必至。但變而仍當於理法，正是文人弄奇，妙境無窮處。如不當於理法，雖正格無益也。

219 題有分開處，有合併處，有側重一邊處，惟水屑不漏者爲佳。

220 行文之有整有散，因其理勢所至，作者亦有不知其然之趣，郝伯常所云「文成而法立」也。

221 先輩文降而爲陵駕立局，他也有個陵駕之體。如吴因之「知及之」篇全重仁守，他便開口喝破，自始至終只此一意。若隨手亂竄，絶無關目手法，并不可謂陵駕立局也。

222 凡難立局題，細看注中意義，必有天然生路。若不體注而妄鑿，便是黑風吹墮羅刹國。

223 立局文字，不嫌股法多，不嫌柱子反覆，但欲氣貫而義暢耳。

224 隆慶辛未，「生財有大道」一節題文，鄧黄兩墨皆脱胎於震川先生，然黄得其骨，鄧得其皮毛耳。亦見先輩之取法前人，各有脱化融液之妙用。不似今人直鈔無耻，且失其本意也。

225 汪洋渲迤之文，須節節有意思、有實際、有頓挫，方成巨觀。不則，一望黄茅白葦而已。

226 長文易虚浮，短文易枯寂，皆理不足也。理足只是道得着。道不着時，千言萬句，看來只如無有；道得着時，數語隻字，自是意味無窮。然須不是偶輳，將數十册理學書，一一在尺田寸宅中打疊過來方得。

227 短文貴長勢，在轉换有不窮之氣；短文貴長韻，在蕩折有言外之神。彼枯索以爲短者，非能短者也。

228 短文貴鍛鍊。如丹家銀母，一圭刀可開點千萬乃是耳。又如作畫，尺山寸樹，須通身縮小，若於中忽作徑寸人物，便不成畫矣。

229 短文無變换則窘於邊幅，無意思則枯索，無老峭之致則穉子初試筆，僅免曳白耳。

230 小講最難。先輩最初不甚有小講，有亦只二三語虚冒發端，後來演成長段，反正皆礙，所以爲難也。今更可笑，則一小講已説盡全理，下又有總挈。總挈盡矣，又有提比。重三疊四，不成文字，豈止於屋上屋、頭上頭乎！此則昔之村教書、初開筆童子皆知之，而今之作家名宿不知，蓋求昔日村師蒙童而不可得矣。

231 或疑小講不是點上文處，曰：此論亦坐看煞了時論格式。小講點上文直起，此法最古。後來用虚籠數語爲小講，而後入題，此爲近古法。若小講説完全題，而入題又從新説起，乃時下俗法也。反執俗法以譏古法，不亦謬乎？若小講單冒本題，不承上文，還可點清；若小講承矣，落題又承，不但逐節畫斷，無此文氣，并無此格式，則又以亂竄無法之法，譏最古有法之法，不更謬乎？

232 近人最不解作小講之法，大都開口説盡，已是一篇小文字，後邊反成贅複。其餘或入手太隔遠，或别生枝節，亦總無是處。此皆近時村教書、俗選手不識法度，蒙童開筆便錯，壞却多少好資質，可歎也！

233 説理文字所貴曰真、曰實、曰醇。不真，則雖有如無。真而不實，則淺薄而無味。真實而未醇，則養之未深，有苦心極力之象，而無優柔厭飫之神。

234 説理的確難矣，的確而出之超越、洒脱、流動則更難，到此方是自得。故凡自以爲的確，而驅而納之村學鄙説之中，而不知出者，其所爲「的確」乃大不的確者也。

235 人只爲看得題目艱隱，舉手輒成結澁，以其膽怯也。胸中多少石塊疑團，眼前多少迷陽却曲，必無放曠之作，但心際了了，手底了了，原不曾見有甚棘礙處，故理明則膽自大，膽大則文自逍遥縱恣耳。

236 堅悶之理，能以雋快發之，此是名士風流。然最易攙入晉人陰界去，非精於講究者不易爲也。

237 理明則如説話，淺淺淡淡，脱口輕便，而意味深長，是爲最上。

238 説理如數家具，如看螺紋，如瀉餠水，不弄口頭禪，亦無頭巾氣，是本色佳文矣。

239 道理見得高闊圓足，則落手處不嫌輕，落墨處不嫌淡，自有含咀雋永之妙。但不許白撰家傍口舌作生活耳。

240 理題有經學氣，無講章氣，大是難事。

241 至艱深者能以至淺易達之，言理家最貴此種。

242 言當乎理，則似乎平淺，而深切至味，乃所謂高也。俗學之平淺，則真平淺矣。此須講究有得者，於此信得及耳。

243 凡細實文苦悶嗇，高爽文苦疎略，透過此境，方是迥絶。

244 有講極粗事物而其理極精者，亦有爲玄微之言而仍極粗者，其精粗皆以理之切不切爲分。

245 放筆直書，最是理題快事。俗子含含糊糊，怕觸着人，敢百口保其不曾夢見也。

246 能將人情粗淺意寫入理致精細中，另有異樣神采，此非大家老手不辦。詩家不解少陵、長慶善用俚俗，妄生議論，亦只坐無此見識力量耳。

247 説道理，疆界不分明便不成道理。若不曾融貫通會，則疆界皆生隔礙，此訓詁之家終不可與入道也。

248 理真則文愈輕而力愈厚，愈淡而味愈永。此可爲知者道耳。

249 文到高妙處，只是理明。理明者，不着粧點色相，亦不用空活機鋒，自然神義俱得。

250 贍麗之文，每不耐久者，中無有也。以實義爲體，以古調爲用，斯光景常新矣。

251 經制題，摭實者無當大義，虚弄者不知典章，兩者各失其病，同歸於不學。蓋其摭實者，亦不過從時文中鈔掠膚詞而已，於源流本末，初未嘗習，固與弄虚者之不知典章一也。到此須少不得古學。

252 典制之文，疎則議略，核則疑滋，皆不求曉暢於大義也。詳於古而不窒於古，晁董之所以爲大家，其風軌如是。

253 典制文貴高華，非藻贍之謂也。必以議論爲主，而氣魄輔之，使讀者但快其所欲言，而忘其纂組之麗，乃爲高華。若填綴字句，張皇聲調，正如優人盛設帝王將相服飾耳，其寒賤骨度不可易也。

254 華贍典核，方許作典制文字。白肚兒郎且將身葬書册中，尋箇出頭日子，莫學架空捷法，弄得下梢没理會。

255 揣摩融潤文字，最忌題外尋閒話，題内湊浮詞，便俗爛不堪入眼。

256 作長題有二法：略去枝蔓，直取腦髓，發得透徹，而餘文亦得，此一法也。逐節錘鍊，虚實環生，全於關鎖結裹處着精神，剪裁合度，此亦一法也。若隨手敷衍，忙碌碌地只辨空點，此是游方扯空拳架子，不足以當一戰。名爲如題挨講，其實謂之無法而已。

257 長題以裁剪高簡而映帶不漏稱妙手矣，然免不得一個「忙」字。如飛騎趲驛，未嘗不經歷州縣，然無一州縣入其眼中。作家所以能閒暇者，得題中理要，而以奇偉思議行之，不沾沾以牽聯點綴爲長，而自然牽聯點綴入妙，此用意與調文之不同也。

258 長題能作短篇，須知是賣弄本領，不是討便宜法。若不得他鍛鍊切當，渾身筋節處，而徒賞其遮架輕快以爲奇，便不識短篇之妙。

259 零亂題不可在鋪衍處尋出色，須在提處、收處用力錘鍊之。於此得手，到中幅隨意布置，總不費力。

260 累墜題後人多用淩駕破碎，或短比輕點，不能如先民實做，正是力量薄。然時眼看慣，反喜變亂，而憎此爲板重。不道文字合如此，非板重也。板重之病在詞調，不在意理。

261 累墜題挨講，非先輩第一等剪裁法力，不易動筆。試開手數行，便索然無氣矣。一用空架，又率滑不堪入目。

262 題之搭合，本無義理，做作便成牽鑿。所謂「生薑樹上生，只得繇你説」耳。然義理精熟人，説來定合自然，其餘各就所見發洩。

263 搭截題須有自然之巧，不傷正位而得之乃佳耳。

264 慶曆以後，講提、挽、串、插，愈巧而古法亡矣。舊人作極無理搭截題，也只隨路布置，而奇巧自存，不賴提、挽、串、插也。然以語時人，反以爲無法矣。

265 後來講提、挽、鈎、渡，費無數小巧伎倆，非穉即鑿，不則節外生枝。看古大家作搭截題，只消順文直行，而未嘗無照應攔截之法，此文字以自然大雅爲第一流也。

266 長題不能駕馭，只坐無識。搭題多苦絆縶，只坐欠理。法生於識，巧生於理，其不可方物處，正不可移易處。若離理識而别尋巧法，即走入拙工死路。

267 長搭題要訣，只是隨起隨滅，即渡即走。若在各正位掛搭一絲，即成敗闕。

268 長搭題貴省得出，却遺不得；貴插得入，却添不得。善省者在趁勢，勢逆則逆，勢順則順，輕重曲折，映帶而出。或一筆而得數節，或一語而得數句。隨手有無，忽隱忽現，此省得出也。善插者在起波，波平則收束見奇，波起則轉換入妙，遠近斷續，接渡無痕。或頻呼而非真，或暗渡而不覺，前斷後截，各還天然，此插得入也。

269 筆勢頓跌處不可直，轉折處不可停，渡接處不可順。凡文皆然，而搭題尤甚。

270 凡文之妙，在無閒話。搭題之妙，尤不可有閒話。凡文之所謂閒話者，空放一句，便是閒話。搭題之所謂閒話者，實講一句，便是閒話。做上句便有下句在，做下句便有上句在，做中段便有上下在，令讀之者應接不暇，目不及瞬，方謂之無閒話也。

271 凡搭題，因挽挈而生議論者，大拙也；即議論而爲挽挈者，大巧也。

272 搭題有字面之映帶，有意理之回顧。字面之映帶貴無意，惟無意故位置不紊。意理之回顧須實發，惟實發故意態横生。

273 搭題之串插映帶，作家與俗工同此蹊徑耳，只是出手不同：一則費盡氣力，不得討好處；一則若不經意，而共驚其巧。此豈可以死法求之？

274 割裂題全看他渾成。渾成者，奇巧之至，若出自然也。無奇巧而講渾成，則膚泛而已矣。忙窘題全看他生發。生發者，博辨之至，確切不移也。無博辨而講生發，則但鄙而已矣。

275 引證題夾和正語，是討好法，亦是惹厭法。不着相便討好，着相便惹厭，只在用筆雅俗間辨之。

276 叙事用散體，借幾句史贊套話作假古文，第一可憎，以其無意思議論也。意論多，則轉折自夭矯，起伏自縹緲矣。

277 比喻題一説破正義，不但失行文之體，即十分奇暢，亦索索無味矣。讀韓文中應科目與人書、雜説、獲麟解、毛穎傳，古人正於此得文章之妙。

278 欲作小品佳文，亦須從讀書大本領處用工夫。不博不雅而徒講靈巧，則但有俗想，徒講規則，但成俗法，曠劫無出頭日也。

279 今之作小題者，大概坐不肯刻劃之病。然使今人爲刻劃之文，必成奇醜，何則？緣不讀書，則無根柢，無古脈，無心得，不過鄙俚杜撰而已。不讀書人，總無一而可。今人皆講變風氣，吾謂正難，有志之士急多讀根本之書，然後議變始得。

280 小題固以花簇生動爲佳，然使無層出意思，則雖欲花簇生動，而有所不能也。時手技窮，輒舍意而求之調，三疊四疊，徒增醜態耳。

281 凡一句題，俱宜悟折劃層次之法。

282 題有層次，先須段畫分明。

283 小題渾做則死，逐字拆開便活，逐字挨講則死，伸縮分配便活。故凡文字之拙，俱從渾沌中來。

284 逐字拆散做，文之生發已無數，於拆散中顛倒回互，生發又無數，於拆散倒互又分虛實、賓主、正反，則生發更無數。後生得此訣，題目無窘步矣。

285 凡文至無生發處，入作家手，即無生發是生發，得此訣也，變化宇宙，生心在手，總無窮途死地矣。

286 凡作疊字題，都要從實際做出乃佳。今輒以空腔調弄，或借偏旁反面疊字挑剔，此皆無本領人無聊活計也。

287 兩句相似題，以移掇不去爲妙。若庸搆則換却詞語，彼此可通套矣。一則無法，一則腹白耳。

288 人謂俚題不難於堆積，難於空靈。吾謂不難於輕秀，難於質實。惟不以詞勝而以意勝，乃真所謂空靈輕秀也。

289 治窘以贍，治俗以雅，庸人之所謂難也。作家則又難在刻劃精切，運用無痕處耳。

290 慶曆以前，先輩作虛縮題，只認得本位界限分明，步步倒縮，節節順生，到恰好處便住，而下句自然接合，此爲動下神品。慶曆以後，始開挑逗襯託法門，似巧而實拙，似靈而實死，已犯續尾添足之病，非古法也。今文并不會慶曆之挑逗襯託，而別撰一副醜調，即在聖賢口中自作吆呼，自作商量辨難，曰：「我動下矣。」究竟下何曾動？贏得摇頭擺尾，做出許多惡狀耳。

291 取下文，先輩善用順逼，慶曆後始作反激，極易討好，然不及先輩處亦在此。

292 做小題者，未講動下，先要講劃下，只在看得本題界限清耳。

293 虛題，須看其虛在何處。虛在上較急，虛在下較寬。急則不容停筆，故當以虛養之於前；寬則尚有餘情，故當以虛宕之於後。

294 人亦知虛題苦難支架，於是用文外之文，語外之語，如演義所云「按下不題，且聽下回分解」者，可怪可笑，而相習成風，至今奉爲虛題秘密藏法。選家濃圈密贊，若非此不可者，毒誤後學不小。

295 虚題能實發，又不攘奪，只是理足而心細耳。

296 近日坊選好竄改删割人文字，然或施於時下之人猶可，今且污及先輩，不可也。時下之文，學問淺薄，雖有稱爲古者，其底裏不過講章時文而已，正如方言土俗，爾汝共譜。然猶有高出選家者，不足以服其心也。至於先輩之文，源遠流長，雖極粗率之調，觸戾之詞，必有來歷；一篇之間，自成片段，與今之聲音笑貌，渺不相合。古人謂身坐堂上，乃足判堂下之是非。今豈特堂下哉，直坐之門外者耳。乃欲更反門内堂上之言，不亦異乎？蓋先輩之紕繆，但當批乙，不當删改。批乙，則古之得失與吾之是非，皆可共見，雖摘駁前賢，而其不敢自是之意固在也；删改，則誣妄矣。

297 近日一種議論，謂文字忌入衰亂憂危震動之言，而務爲諂阿、吉祥，自稱冠冕得體，是秦始皇之碑銘勝於三代之謨誥也。看詩書所載，古聖賢告君皆憂危震動之言居多。李文靖爲相，日取四方水旱、盜賊、不孝、惡逆之事奏之，真宗慘然變色，同列皆以爲不美。劉元城論名相，舉此事以爲惟李沆得大臣體。夫告君尚以危言爲得體，豈行文反以阿諛爲得體耶？成弘以前，未嘗有此，即題目亦未嘗避忌。自嘉靖中重符瑞禱祀，始以忌諱爲戒。流至末年，習成諧媚之俗，闈中專取吉祥，偶有句字之觸，雖手拔必黜。士子從未仕時，即學爲諛佞，安得復有品行事功哉？有志於世道人心者，當力破之。

附録

八家序文摘鈔一條

298 先生嘗語學人曰："今爲舉業者，必有數十百篇精熟文字於胸中，以爲底本，但率皆取資時文中，則曷若求之於古文乎？夫讀書無他奇妙，只在一熟。所云熟者，非僅口耳成誦之謂，必且沈潛體味，反覆涵演，使古人之文若自己出，雖至於夢囈顛倒中，朗朗在念，不復可忘，方謂之熟。如此之文，誠不在多，只數十百篇，可以應用不窮。"又曰："讀書固必熟而後用，亦有用而後熟，此又不可不知也。若必待熟而後用，則遂有雖熟而不用者矣。此其法當先勉强用之，用之既久，亦能成熟。譬之人家有百十僮僕，爲主人者，終日不曾呼唤使令，此等亦遂成偃蹇。今但遇有事，輒呼而用之，久久習常，其初猶必俟主人之命而後至，其後主人雖未命之，亦自能窺承意指，趨蹌而前矣。"

程墨凡例二則

299 先生語學者有思辨之文，有記誦之文，二者功夫皆不可少。今人但解記誦而不知思辨，此文之所以日下也。不知思辨處得力最多，思辨長識見，記誦長機神，機神所附麗止於腔調句字；若識見長，則道理精、法度細、手筆高、議論暢，文品不可限量矣。故思辨之文不必句句合度可讀，但就一篇之中，得其高出在何處，其弊病在何處，研窮剖析，擇善而從，擇不善而改，故雖不佳之文，皆可以長識見，此即格物之學所必當引繩批根，不可使有毫髮之差者也。至於腔調句字，乃所以襯簟其道理法度、手筆議論者，固不可不熟，不熟則識見雖高，不能自達。然腔調句字因時爲變，在一時中又有高下異同，各從其所主，但取其有當於己之機神者讀之極熟，到行文時自有奔奏運用之妙。即解有未當，局有未真，皆在所略，故每有平淺無奇之文，而名家反得其用，又不可不知。然此則不可以選限，並不必佳選而後有者。是集止爲學人指示思辨之法，爲增益識見之助。誠虚衷細心以講究之，則甲乙皆我師資也。若記誦之文，雖不外此中而具，然聽人自取，無一定之論矣。

300 論程墨者，皆執得失以爲招，故卑污者既有低腔墨裁之醜，而其才情自命者又皆以麤踈破碎傲之。先生謂此二家厥罪惟均，蓋總不講義理而但講妝束，其無當於題則一也。故先生雅不喜講「變風氣」三字，謂自周秦漢以至今日，文字風氣無一日不變，何待於人之變之？惟文字所載之道，則天地虧沉，此理不滅，雖風氣極變時，必賴學者爲之救正，孟子所謂「反經」是已〔八〕。故先生論文，一以理爲斷，不講風氣，不講妝束，亦未嘗專取高奇而厭薄平正也。第膚淺板腐之死法，浮誇軟俗之惡聲，自謂平正，其實似是而非，則闢之甚力，惟恐人墮入魔道鬼趣，斯獨有苦心耳。

墨評舊序一篇

301 今日文字之壞，不在文字也，其壞在人心風俗。父以是傳，師以是授，子復爲父，弟復爲師，以傳授子弟者，無不以躁進躐取爲事。躁進躐取則不得不求捷徑，求捷徑則斷無出於庸惡陋劣之外者。聖人之言曰：「性相近，習相遠。」子弟之初爲文，未有無性者也。教之者曰：此轉苦不合，此語苦不熟，此一筆太遠，此一解太高，此一字一句未經諸貴人用。凡室中有光頭綫裝書，一切戒勿觀，朝而鋤，夕而燒薙之，不至於庸惡陋劣焉不止。未幾而揣摩成，以取甲乙如拾遺也。吾聞之，先輩大家，研究聖賢之書，浸淫於古文字，不知墨幾丸，退筆幾簏，敗紙殘稿幾百束，而不敢幾一得；今之圈鹿欄牛，胎毛尚濕，調弄之無，鈔仿套數，朝塗而夕就矣。群謂某某已如法，將必售，則果如若言；其所謂轉不合、語不熟、筆太遠、解太高、句字未經用及好閱光頭綫裝書者，大約未必售，售亦離離如曉星，輒曰其人數偶耳。嗚呼！何其言若符券也。人之愛其子弟，則期之以聖賢，或爲名臣豪傑，最下亦不失爲文章之雄，何至突梯滑稽，驅之使與雞鶩鳧等？吾讀其文，知其父兄先生之所願望，不過爲拜塵黄門、由竇尚書、吠籬侍郎而已，故其言曰：「制舉業之於科目，猶叩門之有甎槉也，門啓斯擲之耳。且君之欲入斯門也，何爲也哉？爲其美官也，爲其多得錢也。」然則其視舉業也，猶之乎穿窬之有鍬鍤，盜俠之有斧匕耳。排其闥，發其秘藏，負匱揭篋，擔囊而趨，又何甎槉之有？程子曰：「子弟患其輕俊，當教以經學念書，勿令其作文字。」古之人以聖賢之學爲學，故其視文字也猶糠粃糟魄然，慮其玩物而溺志也。今天下之視文字，殆不啻糠粃糟魄矣，豈皆學聖賢之學者與？人未有不戀其妻若子者矣，而游方之外者，吸光景，練精炁，以離坎爲媾精，以嬰胎爲孕育，其視棄妻子直敝屣耳。情生者無不以爲難，然而文信侯亦能之，故一妻子也，或敝屣之以度世，或敝屣之以釣奇，其心之善不善，豈直雲淵也哉！今天下之輕視夫文字也，亦若是而已矣。惟其視文字也輕，故明知其庸惡陋劣而不以爲耻，曰：「吾以釣聲利、弋身家之腴而已。」程子曰：「灑掃應對，可以至聖人。」則知舉業亦可以爲伊傅周召。然而聞此説也，則群啞啞而笑矣。魏收引據漢書以斷宗廟事，諸博士笑曰：「未聞漢書得證經術。」今天下豈特以制舉業爲糠粃糟魄也哉？其視四書五經，亦猶博士之於漢書焉爾。謂其中有吾所當致知而力行者焉，則又群啞啞而笑耳。以故學究之支離，儇薄之荒僻，佛老異端之説，浸潤陷溺焉而不知其非。比年以來，亦復知有傳注矣。然非真知傳注之有切於己所當致知而力行者也，特以時尚焉耳、科條焉耳，則其視傳注果無異於異端佛老之説也。無異於異端佛老之説，則今日可以爲傳注者，明之日復可以爲異端佛老，何則？其心壞也。以既壞之心而求明書理，不明書理而求文字之復古，是鍛根株而求華實、塞江河之源而求波濤之奇險也，有是哉？天下明知爲庸惡陋劣而不顧者，謂挾其術無不應也。蒲伏新貴人之門，求其平生得力之處，以爲枕秘。僥倖苟竊之徒，鼓其空腹，妄爲大言，至污極鄙，鄭重而受之，如長史右軍筆法，戒其子弟，雖千金弗傳矣。然三家之村，五都之市，比户聽之，其枕秘如一也。雖有才人，困躓塲屋間，不能自振，亦復稍稍爲之。故一省餬名之士，幾及萬人，其不能揣摩如法者約二千餘人，其不願如法者，數十人而已，餘擾擾數千，皆所謂如法者也，而題名者不及百人耳。所謂不願如法者，榜必有數人焉，離立於其間，此數人者，殆天所以扶斯文於不墜乎？然世卒謂如法者獲多，故雖屢受鍛刖而不悔。不知夫如法者以數千人中而得數十人焉，不願如法者以數十人中而得數人焉，其於多寡之計當必有辨矣。且庸惡陋劣一也，而數十人得舉，數千人得黜者，何也？曰：「數十人幸，而數千人不幸也。」夫所貴乎庸惡陋劣者，謂挾其術無不應耳，而亦有幸不幸焉，吾又何樂乎爲庸惡陋劣者乎？故曰：「文字有常賢，科目無常遇。」其人當遇，雖轉不合、語不熟、筆太遠、解太高、句字未經用及好闊光頭綫裝書，而不能禁其爲遇；苟不當遇，雖庸惡陋劣，極揣摩如法，而不能强其爲遇。人知文字不與禄命爭得失，則其作文字與讀文字之心，皆不出於釣聲利、弋身家之腴，然後視文字也重。重則禮義之悦根於心，而廉耻之道迫於外，雖日撻而求其庸惡陋劣也不可得矣。雖然，以予腐儒之力，與億萬庸父兄先生爭，其勢必不勝，又况其躁進躐取之法，更有出於文字外也。

跋

曾叔祖四書講義，清溪陳大始先生所編，海内誦習久矣。當時專取發明集注，而論文之旨趨概未及也。今年暮春三月，程與曹子鍴研幾肄業於樸韻書屋。翻閲各選，相與商略纂輯，共得三百餘條，彙爲一帙，附以八家序文摘鈔一條，程墨凡例二則，歷科墨評原序一首，付之剞劂，與講義并行於世，未必非操觚家一助也。時康熙五十三年甲午六月之望，曾姪孫程先謹識。

録自曹鍴編呂晚村先生論文彙鈔。原書「弁言」、「跋」無題，題爲整理者擬補。其中「程子曰今之學有三而異端不與焉」條，另見呂晚村先生文集卷五程墨觀略論文三則之二；「洪永之文，質樸簡重」條，另見呂晚村先生文集卷五東皋遺選前集論文；「近日坊選好竄改删割人文字」條，另見呂晚村先生文集補遺卷四記陳稿二則之二；附録程墨凡例二則，另見呂晚村先生文集補遺卷四十二科程墨觀略凡例十三則之四、五；墨評舊序一篇「今日文字之壞」條，另見呂晚村先生文集卷五今集附舊序。

【校記】

〔一〕三百一條　原作「三百二條」，據實際條數改。

〔二〕背　原作「皆」，據呂晚村先生文集卷五程墨觀略論文改。

〔三〕極盛　原作「盛極」，據呂晚村先生文集卷五東皋遺選前集論文改。

〔四〕之　據呂晚村先生文集卷五東皋遺選前集論文補。

〔五〕呂晚村先生文集卷五東皋遺選前集論文此句後有「名搆甚多，此猶未備也」九字。

〔六〕免　原作「勉」。　彊　原作「疆」。

〔七〕褌　原作「緷」。按，紈褌即紈絝。

〔八〕謂　原作「爲」。

呂晚村先生文集補遺卷七

雜著

天蓋樓硯銘

團硯

放翁詩：「富貴深知欠面團。」旦中與余同瘦削，恐其感於斯也〔一〕，戲作團硯以廣之〔二〕。

銘曰：

彼團者面，此團者硯。硯之團，尚可磨也；面之團，不可爲也。

旦中曰：「方中，何也？」又銘。銘曰〔三〕：

言可孫也，心匪石不可轉也。砥礪廉隅，是故惡夫原也。〔四〕出硯銘

風字硯

於爾身，謹所自。於爾家，期不墜。於邦國，視民志。惟詩文，及畫字。亦從中，分習氣。息相吹，八方異。誠能動，風之義。出硯銘

半眼硯

升中坐，綠眼破。天然邊，綠眼全。不欲見，去者半。存者半，必及見〔五〕。露一隻，河流逆。開半眸，萬鬼愁。長夜漫漫旭始旦，欲出未出光絢爛，君如望之登日觀。出硯銘

半月硯

文昌斗上半月形，稀疎分明六個星。白鷄綠酒禱不靈，何如此硯通神明，君試求之勝星精。出硯銘

白虹硯〔六〕

但有虹貫日，竟無軻入秦。可憐易水上，愁殺白衣人。出硯銘

蟲蛀硯〔七〕

端石有鸜鵒眼、蟮血黄、膘胞絡、黄龍、流金、硃砂、紅翡翠，皆下巖之驗，蟲蛀其一，舊謂之鑚。硯録云「皆石之病」，俗論也。石無是奇文異氣，乃病耳。但上巖亦有之，枯潤美醜，判然不同，當有真僞之辨矣。孟舉此石，真水坑蛀，更巉剥可愛，因斲而銘之。曰：

惜書不句，寶硯不污。閒過日月，曰天地蠹。此何蟲斯，尚有文字金石之慕。爬羅瑙鏤，寢食陶鑄。蠹哉蠹哉，吾甚慙乎蟲蛀。出硯銘

仇池洞天硯

東坡有奇石，曰「仇池」，取老杜「萬古仇池穴，潛通小有天」語也。是硯有穴達背，若洞然，是與坡石同寶，即用銘焉。

勿謂涯小，放乎尾閭。勿謂穴小，可以通車。迷陽郤曲，吾將安趨。空明一點，萬靈所都。不

用而塞，於洞何居。出硯銘

圜硯

晦作圜硯，四正豐顛。觚稜圭角，磨之不刓。坤也而乾，是爲大圜〔八〕。大圜周天，小圜轉丸。周天道也，轉丸巧也。剛健中正，斯天下之表也。出硯銘

不滿硯

硯落角，名「不滿」。銘曰：

地不滿東南，天不滿西朔。富不滿仁義，士不滿口腹。不可滿者志，不能滿者福。人而滿必敗，器而滿必撲。日知其所亡，學然後不足。長存不滿意，是之謂自牧。出硯銘

東明硯

晝經天，夜食昴，金精睒睒芒四掃。北斗反身大星少，田家私指五更曉。出硯銘

瑞星硯

蒼彗掃陰街，蚩尤張赤幟。屈曲枉矢流，天狗鳴墮地。於彼爲妖此即瑞〔九〕，周伯含譽歸邪視。

出硯銘

雙柱硯

天目生來雙柱長，中間不合落平洋。南龍盡處人誰記，五百年應續紫陽。出硯銘

仿子瞻東井硯

法南海之文章，辨西蜀之權術。白日青天，水涌山出。庶幾乎正學齋之希直。出硯銘

井田硯〔一〇〕

亦有村莊，亦有經籍。出田田甫，入田田尺。禮耕義種，學耨仁穫。合耦誰歟，吾菑吾石。陳修疆畎，爾勤斯食。

又

經界之行，長城天塹。用在要荒，體立丘甸。古聖人其有深意，非後世私心之所能見。爲問河汾滎洛間尚有可驗者乎？歸必語余以求其説於封建。

又　每田有牛

犁其外，平其中。鑿井耕田，八方既同。夜復旦兮，堯與舜逢〔一二〕。惟牛下之人之功。

又

宋子張子，買田井溝。思以一區，經界九州。志則不遂，遺我大憂。三代可復，守在甸丘。揆文奮武，於此焉求。出硯銘

帝弓硯

帝作弧矢，以威天下。五材利用，誰能去者。銷金釋兵〔一三〕，祖龍夾馬。謂萬子孫，無能害也。隆準既盡，衆肉委藉。率獸食人，用夷變夏。以爾私心，流禍及我。烏號在天，彤盧在野。誰

能張之，受成廟社。敢告來兹，監我硯瓦。去萬世患，封建乃可。出硯銘

鳳池硯

德未嘗衰，爾或不來。善以道鳴，必聖人生。出硯銘

力田硯

張子謂余，我輩今日，雖倒溝壑，有三種食，得之則生，决喫不得。請問其目：朱門上客，緑林中人，及善知識。變相雖殊，不義則一。矯節高名，苟且凡百〔一三〕。充類至盡，禽獸其實。我聞懼然，背漿流濕。屈指目前，幾人未必。何以免此，其惟力穡。曰余不能，寧耕片石。子曰詩云，較勝請乞。賣畫傭書，猶自食力。餓死事小，無忘硯側。〔一四〕出吕晚村先生古文

蟾腹硯

頑蟾食月蟲食蟾，蟾斃蟲盡魄復圓。皤腹一刳流紫煙，有光輪囷閶闔邊。吁嗟幺麼自絶天，曾於靈曜奚傷焉。出吕晚村先生古文

陸冰修硯

石無奇色，而何以刻？余曰不然，冰修之物，耻齋琢之，神斤妙質。茹精吐華，終古不蝕。苟非其人，雖有奇石，煨燼灺灰，無異瓦礫。敬哉吾友，永寶爾璧。出呂晚村先生古文

錢一士硯

一士送粤香，以硯索銘，即題四句十二字，一士少之，且以爲謔也。考夫請益之，因廣其意。

鷄舌四，孃子二。易數字，銘於是。初止此。者誰氏，錢一士，書破萬卷老將至。何如坐聽郴州語，張子命名考君志。君曰一士士何事？爲名士耶此石弊，爲真士耶此石棄。出呂晚村先生古文

宇宙硯

四方上下，往古來兹。不繇乎我，更由乎誰。出呂晚村先生古文

耻齋硯

冰雪肌膚藐姑射，近前面發桃花色。琵琶半掩無人識，翠袖牽蘿閉寒日。三千年，化爲石；歸吾齋，養耻德。出吕晚村先生古文

流金紫玉硯

有不毁之玉，無不流之金。故不畏謗焰，而畏無貞心。有可流之金，即有可毁之玉。故不貴英華，而貴慎其獨。出吕晚村先生古文

斷壺硯

八月斷壺頭，九月斷壺尾。十月壺架除，壺根連蔓起。雛壺烹作羹，老壺㧊項煮。馬鈴摘無聲，乾羓載牛腿。輪囷大盤壺，會治供俎匕。剖壺取壺犀，然壺用壺藟。漆壺爲飲器，溺壺爲虎子。壺種收略盡，鼓腹治經史。勒此斷壺功，烝我俊髦士。斷壺復斷壺，斷壺將何如？作器告成功，得佐笙與瑚。上象天地性，下賦萬物模。漆之可用享，鼓之可作歌。

斷壺復斷壺，斷壺將何如？此非杜公頸，此非越王顱。陛下食其母，臣請烹其雛。根荄亦除訖，毋使蔓難圖。

我欲斷壺，誰能斷壺。能斷壺者，聖人之徒。以言以功，有以異乎？出天蓋樓雜著

鼉磯硯

鼉島骨，蒼龍精。隨樓船，貢神京。東門嘯，艮嶽傾。下天府，阻不庭。往復還，旋夷庚。摩陰崖，銘頌聲。膚寸澤，周環瀛。出天蓋樓雜著

交食硯

初虧東北，食甚中天。黑子摩盪，離位復圜〔一五〕。羅睺尾斷，蝦蟇腹穿。靈曜合璧，光被九埏。結鄰鬱儀，拜手萬年。惟帝念哉，毋再餲焉〔一六〕。出耻齋文集

洮河硯

漢域廣兮北斗高，犁紫漠兮蕃部朝。塞垣靜兮玉出洮，佐文德兮莫敢驕，染毫紫兮思祖勞〔一七〕。出天蓋樓雜著

八角硯〔一八〕

出鈔本晚村詩文集

星輝玉法硯〔一九〕

鐵可穿，石可泐。發爲文章，星輝玉潔。晚村。出沈氏硯林

蟲蛀硯

未著蟲書，底事飽蠹魚之腹。堪作石田，爾乃有潛龍之伏。長此逢年，受天百禄。晚村。

出硯拓聚英

按，呂晚村友硯堂記曰：「予幼嗜硯石，所畜不下二三十枚，其佳者才四五耳。憶甲申與從子亮功游杭，見一青花紫石，兩人爭出直買之，互增其數，至過所索，賈反詫不售，歸相咎者數日。予卒以厚直得之，亟呼良工趙三者斲爲宋款，抱卧累月不厭。」古人所謂人不可以無癖者若是。故其友朋皆以硯石贈之，而自名其堂曰「友硯」，並撰文以記。呂氏藏硯亦斲硯，並作硯銘。後人多有彙輯，今可考者有六：一爲禦兒呂氏鈔本硯銘（殘本），附呂晚村詩集後，銘文十七條。二爲孫學顔刻呂晚村先生古文本，銘文十七條，與呂晚村詩集所附者間有出入。三爲精一齋蔡容天蓋樓雜著鈔本，銘文二十九條，然是本文字多有錯訛。四爲吴榜所鈔耻齋文集本，收入硯銘三十六條。耻齋文集吴榜跋曰：「道光戊子冬，於桐鄉友人處得先生講義、語録、慙書、記序、誌銘若干卷。」是知其所鈔録淵源有自。五爲鈔本晚村詩文集本，銘文三十三條。六爲道光二十七年丁未王煜青鈔本呂晚村先生文集本，銘文二十八條。又沈石友沈氏硯林著録力田硯、星輝玉法硯兩方，劉雪樵硯拓聚英著録宇宙硯、蟲蛀硯兩方，其中力田硯、宇宙硯已見上述諸本硯銘。兹即合諸本所有，成天蓋樓硯銘一卷，共四十條，每條之下分别注明所據出處，文字有可商者出校。其字有作「研」、「硯」與「詺」、「銘」者，今統一作「硯」、「銘」。

又按，其中「仿子瞻東井硯」條，諸本皆收入。惟已辨爲僞書之天蓋樓硯述載「方正學遺硯」，曰：「硯以金銀片，歙石之佳者爲之，通體色墨，有光澤，形正方。背有銘云：『法南海之文章，辨西蜀之權術。白日青天，水涌山出。庶幾乎，正學齋之希直。』下署『林右』二字。按：正學名孝孺，字希直，寧海人。嘗從宋濂學，蜀獻王聘爲世子師，名其讀書廬曰『正學』。建文即位，授文學博士，有大政事，輒諮之。燕兵起，廷議討之，詔檄皆出其手。燕王陷京師，逼草登極詔，哭罵不屈，磔於市。弟孝友亦死，妻與二子中憲、中愈俱自經，二女投秦淮河，誅十族，坐死者八百四十七人。」此處稍蹊蹺，殆作僞者雜糅以成者乎？

【校記】

〔一〕也 原作「文」，據鈔本晚村詩文集、王煜青鈔本吕晚村先生文集、耻齋文集及拓片改。

〔二〕作 鈔本晚村詩文集、王煜青鈔本吕晚村先生文集、耻齋文集作「斲」。

〔三〕銘 耻齋文集無。

〔四〕拓片末有「吕留良爲旦中契兄手勒，時乙巳首夏」十五字。

〔五〕及 鈔本晚村詩文集、耻齋文集作「欲」。

〔六〕此銘又見何求老人殘稿萬感集，題作「題白虹硯」。

〔七〕鄒安廣倉硯録著録，有徐蟄叟題記，曰：「此硯爲天蓋樓故物，繼在石門胡氏，後流入杭州夏氏，因得借拓。嗣聞爲人所竊取，今不知所在矣。石質甚佳，惜哉！」一九四六年爲林散之購得，作吕留良蟲蛀硯：「斯石何石龜趺蹲，不圓不方妥渾淪。剜取磨洗者誰子，明之孤臣吕光輪。風生五寸，紫氣崩奔。水巖暈結，冰清玉温。旁有點曰朱砂點，下有紋曰蟲蛀紋。紋作宛延古籀字，點成斑駁鮮血痕。如殘山鑿鑿，如朝日暾暾。訝盤古所開闢，上穹未破泄流坤。疑女媧之鍛煉，補天有罅闕有根。自其小者觀之，渺泰山之培塿；自其大者觀之，擴宇宙之昆侖。從來人間第一最奇物，必待第一最奇人始可與論。人因物顯,物以人聞。受而藏者爲吴子,鏤而銘者乃吕君。二君得石情彌洽,石得二君名益尊。嗚呼兹石!嗚呼光輪!天地元元,日月昏昏。大明之屬既已墟,小臣之屍自可焚。九原煩冤泣文字,四野陰雨黯丘墳。千秋萬歲悠悠口,可憐留此瑰石之精魂。奈何漂流其不遇,逃藏劫運留獨存。豈以不肖能付託,幽冥感召江上村。余小子,痛斯文。沾遺澤,日手捫。藐躬不足以懷葆,闡揚纘述期後昆。望空三拜三叩首,馨香永憶夫石門。」(江上詩存卷一六)後一九八七年林氏子女將之捐贈與江浦林散之書畫陳列館。

〔八〕爲　耻齋文集作「謂」。

〔九〕即　耻齋文集作「爲」。

〔一〇〕鈔本晚村詩文集、天蓋樓雜著同,有四銘;吕晚村先生古文無「經界之行」、「犂其外」兩銘;王煜青鈔本吕晚村先生文集無「經界之行」一銘;吕晚村先生家書真蹟僅録「亦有村莊」一條,文末有「耻翁與大火」五字,並附無黨識語,曰:「仿古溝洫之意,畫爲『井』字,其式先君子所創也,其石龍尾。」由此可見,以上四條非某一硯之銘,實分屬四硯,硯名皆稱「井田」者,是矣。盛澤華建平亦藏一井田硯,硯側題識曰:「此與鼓峰團硯同作,團硯歸方公,毁於火。乙卯春,方公過東莊,出此贈之,以志夙昔。留良識。」

〔一一〕逢　此字原在「惟」之下。據鈔本晚村詩文集、王煜青鈔本吕晚村先生文集、耻齋文集改。

〔一二〕銷金釋兵　耻齋文集作「銷兵去金」。

〔一三〕苟　原作「敬」。據鈔本晚村詩文集、耻齋文集改。

〔一四〕沈石友沈氏硯林著録，末有「圜表兄惜此銘爲人持去，出佳石，屬重書之。耻齋」十九字。硯側有吴昌碩題銘，曰：「耕此石田，吃墨亦飽。何必重言，餓死事小。丙辰仲夏，石友屬銘。老缶。」

〔一五〕圜　天蓋樓雜著作「還」。

〔一六〕鐲　鈔本晚村詩文集作「鐲」，天蓋樓雜著作「蝕」。

〔一七〕紫　鈔本晚村詩文集、耻齋文集作「素」。

〔一八〕天蓋樓雜著、耻齋文集有字無圖。耻齋文集於題下注曰：「中有太極圖，旁書『傳書得意先圖立義』八字，可八讀。」並列二讀曰：「傳書得，得意先。先圖立，立義傳。」「圖立意傳，書得意先。立意傳書，得意先圖。義傳書得，意先圖立。傳書得意，先圖立意。」按，此即迴文法也，順反皆可讀，更舉四例：「立義傳書，傳書得意。得意先圖，先圖立義。」「立義傳書得，傳書得意先。得意先圖立，先圖立義傳。」「立義傳書得意，傳書得意先圖。得意先圖立義，先圖立義傳書。」「先圖立意傳書得，立意傳書得意先。傳書得意先圖立，得意先圖立意傳。」

〔一九〕硯側有吴昌碩題銘，曰：「銘留晚村喪斯文，試磨斷墨生奇芬。乙卯冬仲，石友銘屬。吴昌碩書於海上。」

禦兒呂氏昏禮通俗儀節

親迎

吾鄉行禮，皆用鑷工作儐相，有「待詔大夫」之稱。女家用喜娘，即牙婆，或收生剃面之嫗爲之。斯二者，俗禮之所從出也。按古禮，賓贊擇於賓，主贊擇於子弟，女子則以保姆爲導，皆習於禮者，故無俚鄙魘魅之事。今以此等至賤極愚之人主禮，固宜其悖繆日甚而莫之正也。今欲廢此而復古之贊導，於勢未能。即用儐相，須先與講明，止許其贊唱興拜，往來傳語而已，不許主行禮數；即興拜，亦先與講明，某宜八拜、四拜、再拜及再揖、一揖、立拜等，皆要依儀贊唱，不許妄爲多少。其傳語，亦止許從直，不許用鄙俚詞賦及調不通之文談。至喜娘尤多事害禮，亦不可聽其主行禮數，止許扶掖新婦跪起，亦須先期與之講明，行時方得無差。

俗用儐相、喜娘、樂人，男家女家各一副，甚無謂。今擬儐相、樂人，則用男家而女家不必；喜娘，則用女家而男家不必，爲省事云。

俗禮之最鄙者，皆以禁忌立說。以爲如是則吉，如是則有妨，如是則利壻家，如是則利母家，如是則女强，如是則夫勝。於是，男女之家各有厭勝之法。夫合二姓之好而以魘魅巫蠱爲事，其心已失，豈有受福者乎？無論後應，即此夫婦爭雄，二姓忌嫉，凶德已具，何吉之有？然其説亦有所本，予嘗見元曲中有桃花女破法嫁周公一齣，則凡所謂厭勝之法，皆出於此。按此劇，戲言周公與桃花，各以妖術爭勝，陰相賊殺，而有此以見桃花之術之高耳，豈真有其事哉？即有其事，於我又何取哉？要之二姓胸中，各有自利損人之念，故邪説得行。凡一舉一動，不以禁忌利害爲心，則其説自破矣。然總以不聽儐相、喜娘及多聞老嫗主禮爲本。

古昏禮不用樂，昏爲陰禮，且著代也。今俗習已久，非兩姓皆好古篤行者，必反以爲怪。無已，止許於出門、到門、拜跪、送席時用鼓樂，餘時不許吹打。銃砲非禮，且驚人，去之。或女家不能免俗，止於女家用之，亦可。

先期俗有送轎前羊、酒迎絮、踏飯籮、紙花髻、兜底褲等，鄙俚可笑，去之。又有催嫁酒飯，於義無取，然相沿以爲重事，蓋喜娘之所有也，不得已，尚可從。

親迎隨從諸人，皆有簪花披紅，女家亦配賞，名曰「對紅」。虚費非禮，省之。壻亦有上紅之禮，村狀難看，去之存雅。

前期一日女氏使人張陳其壻之室 俗名「鋪房」。

俗亦用儐相、鼓樂、銃砲，今去之，止用家人女婢爲是。其衣服珍麗之物，不必盡行陳設。

張陳壻室，古無相見儀節，以是日無書帖往還，故不告主人。使人不必行禮見主人，若見，只行常見禮。匳目當於新婦拜見時親呈，或從俗於是日使人遞送亦可。主人以酒食勞來使，且犒之。男使回，留女使一二人看房。

亦有臨期隨迎船花轎送妝匳者，則於花轎未至門時，先入鋪房。

俗有「上幔」之例。陳設畢，儐相贊詞賦，女家使人拜幔，皆戲誕無義理，芟之。

是夕主人設席酌媒會親族，曰「發迎」。

厥明壻家設合巹位於室中 設一桌兩椅，東西相向，旁一桌置合巹杯酒。

古禮，婦至即入室合巹，他俗或有先拜祠堂者，有先拜父母主婚者，有拜壽星仙神者，具失禮意。蓋有夫婦而後有父子，有父子而後事祖宗，故舅姑見於成夫婦之後，祖宗又見於見舅姑之後，若壽星仙神，更怪誕不經矣。吾鄉入門即先拜天地，亦非古禮。然天地爲生人之始，於義尚無礙，今姑從俗。

設香案於堂上。

女家設次於外 以待壻次房舍也，路遠亦有設於舟中者，隨其便。

主人告於祠堂 如常儀，其告詞曰：「某之子某，將以今日親迎於某郡某氏。謹告。」

壻四拜出。

行醮禮

此禮廢已久，然必當舉行。按禮，父座設於東，向西；壻席設於西，向南。壻升自西階，南向，跪受飲拜。蓋古禮父皆西向，與近時南面之儀異。今從俗拜例。

父南面贊引，壻北向再拜，贊酌酒，壻跪受酒，啐酒，父戒之，再拜，興。

禮止，父戒之，俗禮遍告親屬。今擬告於母，再拜，餘親皆揖而行。

禮獨壻往，今從俗。主人揖媒氏導之行。

綵輿前導，用鼓樂，用燈燭，隨多少。俗有竹篩插箭，懸鏡於輿前，亦係厭勝邪説，不可用。

至於女家入俟於次

俗先遣儐相入報，廳唱賦，甚可笑。今但令先進宅，投送「請送親帖」可也。

此時女家未戒女，女父未宜接見，但如古禮，壻獨俟於次，又難行。今從俗，女家親屬先出揖壻，就旁舍飲茶。俗有親屬劇分設酌接親，非禮，辭卻之。道遠者，主人待以酒飯亦可，但未拜見，不可領筵席。至演戲，吾家所戒，尤不可不固辭，雖遜避可也。

俗例，女家司閽者，故意閉門不納索賄，甚有講論增加至再三，饜飫而後開門者；甚有因而爭鬭成非者，可怪甚矣。主人當嚴飭閽者勿效惡俗，以致失禮；在壻家，則隨宜勞之。

女家主人告於祠堂 如常儀，告詞曰：「某之第幾女某，將以今日歸於某郡某氏。謹告。」

女立兩階間四拜。

醮　女

父母就坐，保姆導女就位，北面四拜，跪。侍者酌酒授女，女受酒，啐酒。略沾脣。興。四拜。遍辭諸親屬，尊者再拜，以下再立拜。即屈膝拜，俗名「萬福」。父母諸母各命之。古有命詞，今易隨常方言，教以敬聽舅姑，順事丈夫之義。

俗有踏軸之事，置機軸於地，軸邊安一紅紙竹籮，内盛寶瓶、萬年青等，名「踏飯籮」。軸北設欖，欖上安席，男家女家各一床，名「交福席」。其席男女家爭鋪於上以爲勝，爭之不得，乃平設，令女坐其上，脚踏軸籮，坐少許時起，名爲「踏軸」。女起，又各爭奪其席以爲勝。其鄙惡無禮如此。雖小事，斷當去之。

又俗例，是時男家人至女家者，必思陰竊器物歸，以爲吉利。及女家送親人至男家，亦如之。互爲偷竊，互相防閑，尤可笑可惡，當各戒勿爲。

奠雁

女家戒女，禮畢，主人出迎壻。主東壻西。揖讓請行。主人先入，壻從之。升階。主人升自東階，西向立，壻升自西階，北向立。從者進雁於堂上，壻整雁再拜。主人不答，出亦不送。

俗例欲屈壻，借奠雁之拜，陰使拜女。乃先以綵輿置雁北，令壻拜，非禮也。蓋奠雁者，執贄於女父，非贄於女也。故未奠雁勿進輿。

進綵輿

姆奉女出中門，升輿，壻垂簾。俗名「封轎」。降至西階，輿隨壻出。

俗於垂簾後，强壻使拜轎，是先教其悖婦順之道也。甚有壻逃而要擒誶怒，其失禮也甚矣。惡俗成風，以此爭勝，且其時族屬人多，每有主家知禮而族人猶執俗例者，須先期講明，不致臨時詬戾，有傷雅道。

俗於女踏軸後，即不許女履踐地。謂帶母家泥土去，即利夫家而損母家，於是使其兄弟抱女出升輿。若鄉人，則有竟抱下船三踊以爲利者。按禮，姑姊妹女子已嫁，兄弟不與同坐同食，以遠嫌也，況可令抱持乎？必當禁止勿從。苕俗有「兜底褲」，亦即此意。物雖小而義實悖，不可從也。

壻先行俟於門

俗例，壻歸反避於內。女至，升堂，出輿立堂上，反俟壻出同拜。壻良久而後出，以報閉門拜轎之窘也。女立俟男，大失男先於女之義，不可從。聞他處有壻設高座，作讀書不肯出行禮狀，親賓再四强之，乃出。此何説也，豈非弋陽腔做作乎？

古禮無迎禮送親者一節，今禮有女父兄送親之禮。若女輿先至，則先合巹而後迎送親者；若送親者先至，壻家主人迎入，館於旁舍，醻酢交拜，待茶。

俗有親友劇分設酌接送親者，非禮，宜辭卻之。

女輿至

俗例，或姑或尊行，擕油燈往女輿，執女手使挑撥，名曰「撥迎路火」。鄙甚。且以尊長迎，非禮也，勿用。

壻導入

禮，女至門即下車，故壻揖以入。古所謂揖，即今之拱揖也。今轎直至堂，壻不便揖，但先行，引轎同入。

升堂，壻先立東位，贊者請女出輿，南向並立，對香案四拜或八拜。從俗用鼓樂，禁止歌唱。拜訖，即壻導婦入内。

俗有女入門「跨馬鞍」及「撒金錢」等，亦桃花厭勝之説，去之。

至室

男東女西相向立，交拜。

四拜亦可，但拜時，頗有喜娘忽止女，令立受男拜者，不可不飭戒之。凡拜，男子再拜，則婦人四拜，謂之「俠拜」。俠音夾。

俗於室外有「掘飯蒸」等鄙事，勿用。

就席

俗多南向設席並坐，因有喜娘陰引男衣裾，令女坐之，以爲厭勝，可笑。今東西對坐，自無此事。

進酒進饌者再　每進，用鼓樂。

俗令樂人唱曲，鄙褻不許。

合　巹　從者以巹盃斟酒，互進之，各受巹，同飲畢。

俗有「結同心鏡」、「采花髻」之類，俱鄙褻不用。

徹　饌

壻婦皆興，東西四拜。

俗有坐床、撒帳，他處更有鬧房之事，皆大悖禮義，當禁。

俗有床前拜見舅姑及送親父兄尊親者，此時尚未成婦，則舅姑之名猶虚，豈得先拜見乎？不可。

俗有以龍眼糖湯親送戚屬，名曰「遞圓」，其名既鄙，且未成婦，未得與親戚交際也。

脱服

壻脱服，女家侍女受之；女脱服，男家侍女受之。壻婦各易服，燭出。俗於此時，請姑挑去婦之障面帕，名「挑兜金袱」，故不得不先拜見。今不用姑挑，或不得已，用他親挑去亦可。翰墨昏禮注云：「壻爲婦舉蒙頭，乃交拜。」似尤妥。

主人禮賓饗送者及媒 侑以幣，名「席儀」。

主人禮男賓於外堂，主婦禮女賓於中堂。是夕新婦未拜見，不出與饗。若次夕饗送者，則與饗婦席。若子丑以後合巹，則饗禮行於次日之夕；若在初昏合巹，則當夕亦可行饗禮。俗於是時小酌，名「拂塵」，而於次日之夕，另行饗禮。隨俗酌宜可也。

饗送親者，俗多張戲，無論侈蕩非禮，即舉家勞倦之餘，亦苦支吾。且人衆而雜，起爭、誨盜、失煬之事，往往而有。吾家有永禁條約，一應讌會祝賀，俱不張戲。客有責其簡者，巽謝之可也。

賓主相敬以情，禮取竭誠盡分。若過於奢侈，施受均失，故凡席面儀文，概宜從實從簡。

如筵席，俗鬭豪華，以桌多爲盛，其實糖菓、花草、龍鳳、牌樓、人物、生肖之屬，淫巧飾觀，毫無實用。虚費可惜，且於典禮爲僭，宜從俗芟之。但此事似以吝損敬，當委曲先達，商酌行之可也。

來使饗於外舍，主人之使主之。主人親送席以致敬，客辭乃已。

次日夙興

俗有「叫毛朝」禮。舅姑未興，往拜床下，即晨省意也。然未經拜見而先行晨省，非禮也，去之。

婦見於舅姑

俗禮先見諸親，後拜舅姑，非是。諸親必舅姑率之以見，如之何其不先見舅姑也？今正之。

舅姑就座，旁設一桌置贄禮，又一桌置答婦之物。壻婦並立，壻東婦西。四拜。

古禮止婦獨見，壻不同拜。今從俗。

獻贄。從者以盤盛贄儀，授婦獻之。從者即受，置桌上。其贄隨俗。

此即俗名「上見禮」也。俗於見後三朝方送贄，在房分他親則可。舅姑之贄，必當於此時親獻，並呈匳目。

又四拜，興。舅姑與婦幣珥之屬，隨俗。再拜謝。平身。

遂見於諸尊長

其不同居者，廟見後舅姑率往其家，拜見送贄。

親伯叔東向坐，受不答。從伯叔，立受答。揖兄嫂，東西對面答拜。諸親以次拜見，尊行從伯叔例東西立，壻婦北面拜；同輩，從兄嫂例東西對面拜，各有贈儀，隨俗。拜謝。凡尊行四拜，平等再拜，親戚亦如之，若宗子長兄，則亦四拜。

卑幼見

弟妹娌皆立西，壻婦立東，對拜。其兄弟之子女姪孫輩及親戚下一輩者，俱壻婦東面立，卑幼北向拜見，皆四拜。或受或答，以親疏輩行爲分。

家人男婦四叩首，壻婦東西上立，答以揖。

媵僕媵婢拜見主人，四叩首。

俗於是日，參謁家堂及竈神，但隨俗設拜，無獻。俗有上家堂紅旛及紙馬，此釋氏佛堂穢惡不祥之物，不可入家祠。若女家堅執備來，竟焚之門外，不用可也。

盥饋

禮於次日婦盥饋，示婦主中饋。進食舅姑，誠重禮也。俗廢已久，止於三朝進粥及茶食，雖猶存此意，然是夕舅姑例設席饗婦，而婦於是日反未曾進饋，殊失禮意。今擬即於饗婦前行之。古禮於拜見舅姑時，亦有禮婦禮，今并而爲一，行於此。

設舅姑二席於中堂，東西向。設饗婦席於姑席左。南向。

舅姑就席，婦立中間，北面四拜。興。詣舅席前再立拜，進酒饌；詣姑席前再立拜，進酒饌。復位四拜，興。

遂饗婦

侍者斟酒，捧至姑側，婦跪，侍者以盞授婦，受酒，啐酒，興。侍者接盞，送安於婦席。四拜，興。

從俗，姑與諸女親陪席，姑送諸女親席畢，引婦遍，再立拜，告坐，飲至徹。

廟　見

古者三月而廟見，今依家禮以三日。

三日主人以婦見於祠堂　如常儀，其告詞曰：「某之子某，以某日昏畢，新婦某氏敢見。謹告。」

新婦見

又分送贄於房分俗例，是日婦自至廚，持杓分粥及小菜、茶食等，亦主中饋之意。從之。

尊親，曰送「上見禮」。

壻婦並立，四拜。古無壻拜，今從俗。

録自禦兒呂氏昏禮通俗儀節，上海圖書館藏鈔本。按，此篇向未見著録，該本扉頁題「呂耻齋先生昏禮儀節」，首頁題「禦兒呂氏昏禮通俗儀節」，下一行署「晚村翁手定」。文中曰：「饗送親者，俗多張戲，無論侈蕩非禮，即舉家勞倦之餘，亦苦支吾。且人衆而雜，起爭、誨盜、失煬之事，往往而有。吾家有永禁條約，一應讌會祝賀，俱不張戲。」又曰：「至演戲，吾家所戒，尤不可不固辭，雖遜避可也。」及其臨死，猶在遺令之末條命之曰：「子孫雖貴顯，不許於家中演戲。」又，晚村視釋氏爲「異端」，稱之爲「妖異」，曾遇營僧廟者，立爲阻止，不果，至與友人斷絶關係相威脅，列數七罪，其痛恨也如此，事具與董方白書中。儀節有云：「俗有上家堂紅旛及紙馬，此釋氏佛堂穢惡不祥之物，不可入家祠。若女家堅持備來，竟焚之門外，不用可也。」文中又指斥「厭勝」法之鄙陋，斷不可行，辟邪驅妄之心，無處不在。其間儀節，一以禮爲歸，俗可從者從之，不可從者萬勿取焉。而晚村所留之儀，所去之節，吾幼年猶能見其二三，則其俗於吾鄉沿襲三百餘年而未有變未有正者，非先生之罪也。因循已久，亦難矣哉！今幸睹此書，爰知吾幼時所遇所聞之民風，實出有自，而三百年前禦兒呂氏家族不與焉。

呂晚村先生文集補遺卷八

雜著

東莊醫案

徐五宜先生患滯下膿血

業師徐先生，號五宜。壬寅秋，患滯下膿血，晝夜百餘次，裹急後重。醫診之，曰：「脉已歇至矣，急用厚朴、青皮、檳榔、枳殼、木香等，或可挽回。」業師與鼓峰最契，習聞理解，頗疑之，不肯服。時鼓峰歸四明，予往候。曰：「爾試爲我診之。」脉洪弦而數，或一二至，或三四至，或五六至，輒一止。予曰：「毒及少陰矣，當急顧其陽明。」方用生熟地黄各一兩，歸、芍、丹皮、黄連各三錢，甘草五分。群醫議予方云：「痢疾一症，雖古名醫所用藥，不過數味耳，今盡反常法，恐無當於病，服之必飽悶增劇矣。」次日往候，次數尚頻，而急重已除。診其脉，洪數亦減，至數相續。是日復用前方，病去大半。又次日，去生地、黄連，加人參、白术、山藥、茯苓等藥，飲食大進。午後師自按脉，曰：「爾前謂吾脉尚弦，此刻漸減矣。」診之果然，而至數復有止狀。或駭曰：「病退而脉復變，得無恙乎？」予曰：「無妨也。歇至者，即古代結促之俗名也。若沖氣中絶，臟脉自見者危，今吾師歇至，本以毒盛壅遏墜道，陰精不承，故一二至，或三四至，或五六至而止也。經曰：『數動一代者，病在陽之脉也，洩及便膿血。』今予去陰藥過甚，進陽藥太驟，中臟得和，則木土和而胃氣安，故飲食進，而毒尚未盡者，亦隨壯氣而旺，故復有止狀也。於方中仍加生地、黄連，即平矣。」如言而安。

痢疾一症，惟王損菴論獨得其奥，而法亦極其詳。故善治痢者，未有不以準繩爲準繩者也。是案議論症治與辨晰脉義處，尤足補準繩之所未及，學者其併入準繩痢疾條下參看可也。

陳紫綺内人半産胎衣不下

姚江姻友陳紫綺内人半産，胎衣不下，連服行血催衣之藥四劑，點血不行，胸痛瞀亂。予往視，曰：「此脾失職也。」先與黄芪一兩，當歸一兩，下咽而瞀亂頓減。時有以準繩女科中惡阻血不下及胞衣不下方書一本進者，上注某方經驗，某方試效。紫綺以示予曰：「中有可用否？」曰：「一無可取。」遂用大劑人參、白术、芍藥、黄芪、當歸、茯苓、甘草等藥，一服而惡露漸至。皆驚歎曰：「古方數十，一無可用，而獨以是奏功。準繩一書，真可廢也。」予曰：「惡！是何言？王損菴，醫之海岱也，顧讀書者自不察耳。若唯以惡阻及胞衣不下條中，求合吾方，宜其謬也；試以血崩及血下不止條中求之，吾方可見矣。蓋此病，本氣血大虧而致半産，脾失統血之職，水湮土崩，衝決將至，故生瞀亂。不爲之修築，而反加穿鑿，是愈虚也〔一〕。吾正憂血下之不止，而彼且憂血之不下，其不合也，又何怪焉？」曰：「今從子法，可遂得免乎？」曰：「不能也。穿鑿過當，所決之水，已離故道，狂瀾壅積，勢無所歸，故必崩。急服吾藥，第可固其隄岸，使不致蕩没耳。」至第三日，診尺内動甚，予曰：「今夜子時以前必崩矣〔二〕。」去予家尚遠，因留方戒之曰：「血至即服。」至黄昏果發，如予言，得無恙。方即補中益氣湯，加參、芪各二兩也，次用調補脾腎之藥而愈。

凡半産，總屬氣血兩虧所致，可知半産後之胎衣不下，亦是氣虚不能推送，血虚不能潤利之故。行血催衣等劑，亟當禁忌。乃每見女科庸技臨此等症，非查肉、桃仁，即紅花、香附。祖授師傳，只此數味，而不知其入人腸胃，利如鋸斧也。特示此案以救之。

鍾靜遠暑傷元氣便血

姪倩鍾靜遠，暑傷元氣，便血，胸膈滿悶，數至圊而不能便。醫用半夏、厚朴、蒼朮、枳實、山查、青皮、檳榔、延胡索、杏仁、花粉諸破氣祛痰藥，便益難，胸益悶，遷延半月許。予往視，舌起黑胎，發熱，胸膈痛甚，脉浮數。曰：「此藥傷真陰，火無所畏，故焦燥也。」且問：「醫治法云何？」曰：「三次下之矣，邪甚不能解，今當再下之耳。」予曰：「脉數奈何？」則唯唯無所應。予乃重用生熟地黄，以丹皮、歸、芍佐之。飲藥未半甌，即寒慄發戰，通體振掉，自胸以上汗如雨。舉家驚疑，迎醫視之，則不知其爲戰也，妄駭謂：「吾固知補藥不可服，今果然。」急濃煎陳皮湯及生萊菔搗汁飲之，云唯此可解地黄毒也。繼進涼膈散，倍硝與大黄，下清穢數升。復禁絶飲食，粒米不許入口。舌轉黑，胸轉悶，群醫又雜進滚痰丸、大小陷胸湯等劑，劇甚，垂危。復邀予診之，脉數極而無倫，痰壅脅痛，氣血不屬，症已敗矣，非重劑參、朮不能救也。先以新穀煮濃粥與之，胸膈得寬，乃稍稍信予。試進參、朮等味，得汗，下黑矢，神氣頓安。而痰嗽不止，所咯皆鮮血。向有痔疾，亦大發，痛不可忍，脾下泄。其家復疑參、朮助火。予曰：「此參、朮之力不及，不能助火生土耳。」遂投人參二兩，附子六錢，炮薑、吴茱萸、肉桂、補骨脂、芪、朮、歸、芍。藥稱足，一服而咯血即止，痔痛若失。但恐悸不能寐，吸氣自鼻入口，覺冷如冰雪，雖熱飲百沸，下咽即寒痛欲利。乃製一當茶飲子，用人參二兩，熟地黄二兩，炮薑三錢，製附子六錢，濃煎頻飲，入口便得卧。每日兼用參附養榮湯，元氣漸復。時鼓峰至邑，同邀過看，鼓峰問靜遠曰：「曾舉幾子矣？」靜遠駭曰：「吾病豈終不起耶，何遽問此？」鼓峰曰：「非也，臟腑多用硝、黄攻過，盡變虚寒，生生之源，爲藥所傷。今病雖愈，不服温補，恐艱於生育耳。故予每與用晦言，醫當醫人，不當醫病也。」靜遠乃震悟曰：「非二公，幾殺我！」

任醫如任將，皆安危之所繫也。然非知之深者，不能信之篤；非信之篤者，不能任之專。故惟熟察於平時，而有以識其藴蓄，乃能傾信於臨事，而得以盡其所長。使必待渴而穿井，鬭而鑄兵，則倉卒之間，何所趨賴？一旦有急，不得已而付之庸劣之手，最非計之得者。觀病家與東莊，誼關至戚，乃信任不專，而幾爲庸醫所殺，可鑒也。倘有閲是案而留意於未然者，又孰非不治已病治未病，不治已亂治未亂之明哲乎？

此症已濱於死，而東莊復置之生，非如此破格挽回，豈能出奇奏效耶？觀其所製當茶飲子，具見良工心苦矣。

「醫當醫人，不當醫病」一語，深合内經治病求本之旨。從長洲醫案中細體之自見。

錢嶢都子病疹泄瀉

姚江錢嶢都子，五歲，病疹，泄瀉。兒醫謂瘖毒最宜於瀉，不復顧忌，以清火爲急，寒涼縱進，病勢殊劇。來邀予視，面色兩顴嫩紅，時咬牙喘急，口渴甚，飲水不絶，脉洪緩如平壯人。予曰：「脾急矣。」速投人參、白朮、當歸、黄芪、陳皮、甘草、茯苓、木香以救之，一劑覺安。次日有鄰族人來候，驚阻之曰：「誤矣，小兒有專門，豈可令腐儒治之？吾所聞瘖病，以發散清涼解毒爲主。今半身瘖潮未退，而用温補，必不救矣。」其家懼，遂不敢再服。間二日〔三〕，嶢都復來見予，曰：「諸症復如故，如何？」予曰：「豈有是理哉？君戲我耳。」曰：「日來實不服尊劑。」乃述其故。予曰：「君試急歸，令郎天柱倒矣！」别去，頃之馳至，曰：「果如公言，奈何？急服前方何如？」予曰：「前方救虚也，今加寒矣，非桂、附不能挽也。」曰：「顴紅喘急，口渴飲水，俱是熱症，而公獨言虚寒，何也？」曰：「陰竭於内，陽散於外，而寒涼復逼之，陽無所歸，内真寒而外假熱。此立齋先生所發内經微旨，非深究精藴者不能信也。」嶢都歸，違衆服之，一劑而天柱直，二劑而喘渴止，三劑起行，嬉戲户外。

觀此案，則知小兒瘄症，亦尚有陽虧者，誰謂稚幼純陽，必無補陽之法耶？

吴華崖先生館僮熱症〔四〕

吴華崖先生館僮，夏月隨役湖上，歸感熱症，下利膿血，身如燔炙。予過視之，曰：「此陽明病也，不當作痢治。視其舌必黑而燥，夜必多讝語。」其父母曰：「誠如所言，請診之。」則脉已散亂，忽有忽無，狀類蝦游，不可治也。華崖强予治之，云：「固知無生理，亦冀其萬一。」不得已，用熟地黄一兩，生地、麥冬、當歸、白芍藥、甘草、枸杞子佐之。戒其家曰：「汗至乃活。」次日復往，曰：「昨夜熱不減，而讝語益狂悖，但血痢不下耳。服藥後見微汗，少頃即止，殆不可治？」予曰：「無驚，且診之。」則脉已接續分明，洪數鼓指。予喜曰：「今生矣。」仍用前方，去生地黄，加棗仁、山藥、山茱萸、牡丹皮，連服六帖。其家以讝妄昏熱不減，每日求更定方。予執不可：

「姑再忍，定以活人還汝。」是日診其脉，始斂而圓，乃曰：「今當爲汝去之。」用四順清涼飲子，加熟地黄一兩，大黄五錢，下黑矢數十塊，諸症頓愈。越二日薄暮，忽復狂譫發熱，喘急口渴，舉家惶惑，謂今必死矣。予笑曰：「除是服庸醫藥，不然，雖梃刃擊之，不死也。豈忘吾言乎？得汗即活矣。」遂投白朮一兩，黄芪一兩，乾薑三錢，甘草一錢，當歸、芍藥各三錢，盡劑，汗如注，酣卧至曉，病霍然已。或曰：「陽明熱甚，當速解其毒，在古人亦必急下之以存真陰之氣，今子先補而後下，其義何居？」予曰：「毒火燔熾，涼膈、承氣症也，而其源起於勞倦，陽邪内灼，脉已無陰，若驟下之，則毒留而陰絶，死不治矣。不聞許學士治傷寒乎？發熱頭痛煩渴，脉浮數，曰此麻黄證也。然榮氣不足，未可發汗，先以黄芪建中湯飲之。其家煎迫發汗，語至不遜，許但忍之。至五日，尺部脉應，方投麻黄而愈。因謂醫者須顧表裏虚實，待其時日，若不得次第，暫時雖安，損虧五臟，以促壽限，何足貴哉？南史載范雲病傷寒，恐不預武帝九錫之賀，責良醫徐文伯以速效。文伯曰：『此誠不難，但二年後不復起耳。』雲强之，文伯燒地布桃葉，以法汗之，翌日果愈。雲甚喜。文伯曰：『不足喜也。』後二年果卒。夫取汗先期，尚促壽限，況可不顧臟腑脉症而妄下乎？」或曰：「此則聞教矣。間日復病，而子又以他藥愈之，何也？」曰：「病從陽入，必從陽解。今陰氣已至，而無以鼓動之，則榮衛不洽，汗無從生。不汗，則虚邪不得外達，故内沸而復也。」

先補後下與先補後汗，皆虚回後清邪意也。至於病從陽入，必從陽解之義，則更發前人所未發，非精察内經深藴者，未許窺其妙義。

孫子度姪女病半産咳嗽吐血

亡友孫子度姪女，適張氏，病半産，咳嗽吐血，脉數而濇，色白，胃滿脾泄。醫用理氣降火止血藥，益甚。予投理中湯，加木香、當歸，倍用參、朮而血止，繼用歸脾湯，及加減八味飲子，諸症漸愈。時鼓峰從湖上來，邀視之。鼓峰曰：「大虚症得平至此，非參、朮之力不能。今尚有微嗽，夜熱時作，急宜温補以防將來。」因定朝進加減八味丸，晡進加減歸脾湯。未幾遇粗工，語之，詫曰：「血病從火發，豈可用熱藥？」遂更進清肺涼血之劑，病者覺胃脘愈煩惋，飲食不進，而迫於外論，强服之。逾月病大發，血至如湧，或紫，或黑，或鮮紅。病者怨恨，復來招予，往視之，曰：「敗矣。臟腑爲寒涼所逼，榮衛既傷，水火俱竭，脉有出而無入，病有進而無退，事不可爲也。」未幾果殁。仁齋直指云：「榮氣虚散，血乃錯行，所謂陽虚陰必走也。」曹氏必用方云：「若服生地黄、藕汁、竹茹等藥，去生便遠。」故古人誤解「滋陰」二字，便能殺人。況粗工并不識此，隨手撮藥，漫以清火爲辭。不知此何火也，而可清乎？所用藥味，視之若甚平穩，詎知其入人腸胃，利如斧鋸，如此可畏哉！夫血脱益氣，猶是粗淺之理。此尚不知，而欲明夫氣從何生，血從何化，不亦難乎？操刀必割，百無一生。有仁人之心者，願於此姑少留意也歟！

病家之要，全在擇醫。然而擇醫非難也，而難於任醫；任醫非難也，而難於臨事不惑，確有主持，而不致朱紫混淆者之爲更難也。倘不知此，而偏聽浮議，廣集群醫，則騏驥不多得，何非冀北駑群；帷幄有神籌，幾見圯橋傑豎。危急之際，奚堪庸妄之誤投；疑似之秋，豈可紛紜之錯亂？一着之謬，此生付之矣！以故議多者無成，醫多者必敗，從來如是也。如此症，若信任專而庸技不得以間之，亦何至舉將收之功而棄之哉？每一經目，殊深扼腕。

徐鸞和内人病咳嗽

徐鸞和内病咳嗽，醫以傷風治之，益甚。邀予診，則中虚脉也。曰：「鼻塞垂涕痰急，皆傷風實症，何得云虚？」予曰：「此處真假，所辨在脉。庸醫昧此，枉殺者如麻矣。彼不知脉，請即以症辨之。其人必晡時潮熱嗽甚，至夜半漸清，至晨稍安，然乎？」曰：「然。」「然則中虚何疑乎？所可喜者，正此鼻塞垂涕耳。」乃投人參、白朮、當歸、黄芪、白芍藥各三錢，軟柴胡、升麻各一錢，陳皮、甘草、五味子各六分，三劑而咳嗽立愈〔五〕。再往診，謂之曰：「上症已去，唯帶下殊甚，近崩中耳。」鸞應曰：「然。」即前方重用人參，加補骨脂、阿膠各二錢數劑，兼服六味丸而愈。

南湖沈松如舉此案問予云：「於鼻塞垂涕中，診得中虚，人或能之；於咳嗽既愈後，看出帶下，東莊果何所見耶？」予曰：「東莊亦只是於中虚脉症中，討出消息耳。蓋中氣者，金賴以生，而水藉以攝者也。中氣一虚，則上不能生金而病咳嗽，下不能攝水而患帶下。蓋此症之咳嗽與帶下，論其標則上下分見，求其本則金水同原，總屬中虚所致也。得其致病之源，則自可據其現在之本病，以測其將來之流病矣，況其爲已見之病端哉？」又問：「東莊以鼻塞垂涕反爲可喜，其義何居？」曰：「皮毛者，肺之合也。肺失所養，則腠理不密，外邪易入。其鼻塞垂涕者，乃太陽經傷風表症也。邪之所湊，必先皮毛，一入皮毛，即犯太陽。故凡感症，以見咳嗽爲輕，凡咳嗽以見表症爲輕者，以其邪未深入耳。」又問：「咳嗽與帶下既皆中虚所致，宜其病則俱病，治則俱治，何爲咳嗽既見，而帶下未見耶？且咳嗽既愈，而帶下反甚耶？豈其既能生我所生，而猶未能制我所制耶？」曰：「此則病之見也，有先有後；醫之治也，有次有序。緣土困則金即衰，故咳嗽先見。其不僅用補中而加白芍、五味者，以非補土無以生金，而補土又不可以不生金也。清升而濁始降，故帶下後見，其不僅用調中而加阿膠、故紙者，以非崇土無以攝水，而崇土又不可以不攝水也。尤妙在重用人參與兼服六味，蓋非重用人參，則不能峻補其下；非兼服六味，則不能使水歸其壑。所謂因其勢而利導之，使利機關而脾土健實也。揣東莊之意，大率如此，子以爲何如？」

吴尹明子患夜熱

吴尹明子，十歲，患夜熱二年餘。頷下忽腫，硬如石，面黄，時時鼻衄如注。孟舉致予看之，疑久病必虚，預擬予用參、朮等方。予脉之，沉鬱之氣獨見陽關。曰：「病敦阜也。」用石膏、藿香葉、梔子仁、防風、黄連、甘草等，頷腫漸軟，面黄復正。繼用黄芩、枇杷葉、玄參、枳殼、山梔、茵陳、石斛、天麥門冬、生熟地黄等，重加黄連，而衄血夜熱悉除。孟舉笑出所擬方，以爲非所料云。

如遇此等脉症，即東莊亦未始不用寒涼。看黄葉村莊與東莊最契，其所用方，尚難預料，可知寒熱攻補，須憑所遇脉症，隨宜而用，原未始先存成見也。乃有謂東莊派只一味好用温補者，此不知東莊之言耳。知東莊者，其敢爲此言乎？

從子在公婦半産惡露稀少

從子在公婦，半産，惡露稀少，胸腹脹甚，脉之濡數，當重用參、芪，不然必崩。因力艱未服，已而果崩潰不止，下血塊如拳〔六〕、如碗大者無數，神氣昏憒，兩足厥冷至少腹，兩手厥冷至肩，額鼻俱如冰，頭上汗如油，旋拭旋出。按其脉，至骨不得見。予投大劑補中益氣湯，加人參一兩，未效。急用人參一兩，附子一兩，炮薑二錢，濃煎灌之，至暮漸減。予戒曰：「俟其手足温即停藥。」至三鼓，手足盡温，崩亦止。家人忘予言，又煎前方進之。比曉，予往視，脉已出而無倫，痰忽上湧，點水不能飲，入口即嘔吐，并獨參湯不能下。予曰：「此過劑所致也。」即投生地黄五錢，熟地黄一兩，當歸、芍藥、枸杞子各三錢，甘草一錢，濃煎與飲。病者意參飲尚吐，況藥乎？不肯服。予强之曰：「試少飲，必不吐。」進半甌殊安，遂全與之。盡藥而痰無半點，神氣頓清矣。午後體發熱，予曰：「此血虚熱，恒理也。」復用十全大補調理而痊。

既因力艱，不能救虚於未崩之前。崩後見症，俱屬虚上加寒，則非薑、附不能挽矣。猶用前方，止以救虚，此均是失之不及處。迨至三鼓手足盡温，則一陽之復於半子者，已遍達於四表矣。乃又誤進前劑，以致脉出無倫，痰湧嘔吐，點水不入，不又失之過劑乎？舉此可見臨症制方，凡前後次第，及輕重緩急，皆當合宜而用。若過與不及，無論方不對症也，即使對症，亦堪殺人，其可畏如此。

吴維師内人患胃脘痛〔七〕

吴維師内患胃脘痛，叫號幾絶。體中忽熱忽止，覺有氣逆左脅上，嘔吐酸水，飲食俱出。或疑停滯，或疑感邪，或疑寒凝，或疑痰積。予脉之弦數，重按則濡，蓋火鬱肝血燥耳。與以當歸、芍藥、地黄、柴胡、棗仁、山藥、山萸肉、丹皮、山梔、茯苓、澤瀉，頓安。唯胃口猶覺劣劣，用加味歸脾湯及滋肝補腎丸而愈。

列症中既云覺有氣逆左脅上，嘔吐酸水，則即不知脉，而第以症驗之，已明明是肝血燥痛矣。何諸醫議論紛紜，茫無確見乎？想緣此症在四明、東莊以前，無人闡明其義耳。然試問四明、東莊兩家，從誰氏醫案中參究得來耶？

家仲兄次女患感症

家仲兄次女，年十四，新夏患感症，項强頭痛身熱，仲兄治之旋愈，惟熱尚未解。至第七日，予適候兄，命診之，予曰：「汗至解矣，不必藥也。惟身凉，當服補中益氣湯加黄芩數帖，不則慮其復耳。」果得汗愈，遂不肯服藥，越數日果復。又二日，兄召予視，則體燥熱甚，舌胎乾黄，口渴，遍身疼痛，舉手足俱呼痛不可忍，胸腹尤甚。臍上有塊，高起如鵝子大，按之堅如石，痛欲死。兄曰：「補之乎？下之乎？」予對曰：「下之則死，補之則甚，第可潤之耳。」兄曰：「得之矣。」用人參、地黄、當歸、芍藥、甘草、麥門冬、枸杞子、丹皮，煨薑飲之，即熟睡，醒覺寒慄發戰，汗沾被席，遂失臍腹硬塊所在，痛止熱解。翌日下黑矢而愈。

會得「陰氣外溢則得汗，陰血下潤則便通」之義，方知東莊此案中，「第可潤之」一語之妙。其「下之則死，補之則甚」二語，雖是專就此症而論，然足與景岳「實而誤補，不過增病，病增者可解；虚而誤攻，必先脱元，元脱者無救矣」數語合璧也。

長姓者患齒衄及手足心熱

一長姓者，好學深思士也。年十八，歲杪得齒衄及手足心熱，恍惚不寧，合目愈甚。盜汗胸前出如油，間或夢遺，或不夢而遺。伊叔録脉症求方。予曰：「脉不敢憑，據所示症，乃三焦包絡火游行也。試用後方治之。」方用連翹、黄芩、麥冬、生地、丹皮、丹參、茯苓、石斛、滑石粉、辰砂、甘草、白豆蔻仁等，服七劑而愈。及明年，用功急迫，至夏其症復發，就便醫治。皆云不足症，用温補腎經及澀精等劑，服之日劇。又進温補腎經丸料觔許，愈劇，至不能立，立則足腕下刺痛。見者洶洶，謂爲弱症矣。始疑俗醫之謬，乃駕舟就診。予曰：「尊體雖尫羸，而面色憔悴之中，精神猶在。」已診，問曰：「近服何等湯劑？」出示方，予曰：「生藥舖矣，何得不凶？且少年樸實人，何必用温補？」曰：「手足心熱，奈何？」曰：「勞心人大抵如是。」曰：「夢洩則奈何？」曰：「夢洩，人人各殊。子乃心腎不交所致，與夫盜汗恍惚等，皆三焦包絡之火游行而然，藥宜清涼。」遂用連翹、生地、黄芩、丹皮、茯苓、丹參、甘草、升麻、石斛、麥冬、北五味、燈草，服十餘劑，又用麥冬、熟地、生地、滑石、石斛、茯苓、芍藥、丹參、神麯、辰砂作丸，守服而愈。

血從齒縫中或牙齦中出，名曰「齒衄」，係陽明少陰之症。蓋腎主骨，齒者骨之標，其齦則屬胃土。又上齒止而不動屬土，下齒動而不止屬水。凡陽明病者，口臭不可近，根肉腐爛，痛不可忍。血出或如湧，而齒不動摇，其人必好飲，或多啖炙煿肥甘，豢養所致。内服清胃湯，外敷石膏散，甚者服調胃承氣湯，下黑糞而愈。或有胸虚熱者，以補中益氣加丹皮、黄連亦得。少陰病者，口不臭，但浮動或脱落出血，或縫中痛而出血，或不痛，此火乘水虚而出，服安腎丸而愈。余嘗以水虚有火者，用六味加骨碎補；無火者，八味丸加骨碎補，隨手而應。外以雄鼠骨散敷之，齒動復固。又小兒疳症出血，口臭肉爛者，蘆薈丸主之。

東莊此案，可爲凡症屬三焦包絡之火游行者，立一準繩；并可使慣用温補者，推而廣之，不致誤以此火認爲無根之火，故從西塘治法備忘稿中録存之。

古人立一方，必有一旨。若近來醫方，見某病即用某藥，一方中必下數十味，直是一紙藥賬矣。案中「生藥舖」一語，快極。

許開雍病齒

新安許開雍病齒，上齦從耳根痛起，便苦楚不可耐。醫用平胃降火藥，日增劇。予診之，其關滯而尺衰，授方以熟地黃爲君，杜仲、枸杞子、女貞子、甘草、黄檗、山藥、山茱萸爲臣佐。其尊人青臣舉以問醫曰：「此方何如？」醫云：「大謬，不可服。」問其謬狀，曰：「齒病爲陽明之火，與腎何干，而俱用補腎藥耶？」青臣曰：「果爾，則吾知此方之妙矣。」乃更邀予往視之。余曰：「病見於上，而治當從下起。此有步驟，不可責速效也。」青臣曰：「唯命。」乃仍用前藥數劑，繼用人參、白朮、茯神、甘草、白芍藥、棗仁、遠志肉、當歸、黄芪、牡丹皮數劑，痛已減而未去也。予診其兩尺已應，右關以上皆平和，惟左關尚鬱塞，曰：「今當爲君立除之。」遂用補中益氣湯加龍膽草，即愈。後小發，復加減前方愈之。因囑之曰：「此雖小疾，而其根在下，當謹調攝，無使頻發也〔八〕。」青臣以爲奇，亦令予診脉，得風木之氣太過，法當即見痰症矣。微言之。未數日，夜間痰忽上湧，如中風狀，遂復召予診。脉洪弦而堅。予曰：「此類中風根也。今發幸輕，且精力尚强，實培脾土則風木自能退聽，可無害也。但杜征南所謂『平吴之後，正煩聖慮』耳。」乃用六君子湯，合玉屏風散與之，數帖而愈。予謂宜連服百餘帖，及都氣丸二三料，以絶其株荄。俗儒阻之曰：「服參過多，補住痰涎，禍不旋踵，不可從也。」因猶豫停止，然頗慎調攝，今幸無恙。

症見齒上齦從耳根痛起，診得關滯尺衰，在吾輩處此，必當投以大甘露飲，去茵陳、枳殼，而加柴、梔、丹皮矣。乃始則不用甘露而用左歸，繼又不用逍遥而用歸脾，後復不用歸脾而用補中，何令人莫測也。然細按之，則見其主方之當，加味之精矣。

孟舉僕錢姓者患夢洩肝脹

孟舉僕錢姓者患夢洩不止，夜熱羸弱。予用甘温治之，夢洩頓愈，惟夜熱未除。他醫進清涼之藥，身大熱，下利膿，腹痛不可忍。更醫治痢，雜薑、桂、芩、連，益狼狽，下鮮血，或如屋漏，或如豬肝，或如魚腦汁。復迎予視，脉數大而堅，此挾虚感熱，醫不得次第，致血虚而毒盛也。與當歸、丹皮、芍藥、澤瀉、茯苓、地黄，加黄連，數劑而痢止。時適與友人集公所，其家人馳至曰：「頃忽增一病，患小便内痛，點滴不能便，便後痛愈甚，正號呼牀席，求急解之。」予思良久，問：「痛連少腹乎？」曰：「否。」予曰：「吾知之矣。」急歸，取丸子兩許，令急吞之。下咽少許時，痛若失而便通矣。孟舉驚問何藥，其神如是？則「金匱腎氣丸」也。孟舉曰：「芩連、桂附，兩者冰炭，他人用之兩敗，而今則兩以奏功，何也？」予曰：「此所謂次第也。毒傳脾腎，不先解之，而驟用薑桂，則其焰益張，不得已用寒涼救之，熱毒既去，虚症乃見。命門無氣，腎將敗矣，故急以桂附回之也。」孟舉曰：「焉知便痛非毒甚乎？」予曰：「毒甚，則必下利仍頻，體反加熱矣。未有痢止身涼、食進而毒甚者，故知其非也。且毒甚而痛，乃火逼膀胱而致，則必痛連少腹。今少腹反不痛，故知其爲腎氣寒也。」孟舉驚案稱善。越數日，其人正飯，與人爭辞，復大發熱，此木抑土虚而食復也。與補中益氣湯，熱漸退，但不寐，左横骨下堅硬，飯食過之俱有礙。適有醫者過其門，令診之，曰：「傷寒心下痞，不當用參、朮。」孟舉問予，予笑曰：「渠輩慣誤下人，故熟此症。予未嘗妄下，故不識也。」孟舉曰：「吾固知其非，姑舉爲一劇耳。請問此何病也？」曰：「是爲肝脹。」曰：「得毋抑積停滯乎？」曰：「如所言，當連右骨下。」曰：「飲食不經於肝，過之而礙，何也？」曰：「肝怒則葉張，右侵於胃，胃虚受侵，賁門側寒，故礙也。經不云乎：『肝大則逼胃迫咽，迫咽則苦膈中且脅下痛，肝高則支賁切脅，悗爲息賁。』此之謂也。」乃以加味歸脾湯吞八味丸，加補骨脂、吴茱萸、杜仲等，飲之而平。

其反覆辨症處，遡流窮源，既極精透；其次第用藥處，得心應手，又甚神奇。此等案一出，真可拓後學之心胸，擴群醫之見解。識者諒不以予言爲阿其所好也。

每驗怒氣易動者，最多肝脹一症，其左脅骨下痛而有塊，扁大如痞，實非痞也，乃肝葉血燥，不肯下垂故也。

董雨舟勞力致感頭痛發熱

吾友董雨舟夏月搗膏，勞力致感，頭痛發熱，服解表之藥不效。其長君方白來問予，予曰：

「子不觀東垣脾胃論乎？服補中益氣，加北五味、麥冬，自愈矣。」如予言，服之頓安。復起作勞，仍發熱頭痛，别用清解藥，增甚。予同葉御生往候之，四肢微冷，胸腹熱甚，煩悶，腰墜下，少腹脹痛不能小便。時旁觀者謂重感風邪所致，力主發散。予曰：「虚邪内鬱，正以勞倦傷中，真氣不足，不能託之使盡出，又遇清涼，其火下逼膀胱，責及本藏，故然。安可攻也？請以滋腎飲子合生脉散與之，何如？」御生論與予合，竟投之，得睡。醒，熱解，小便通矣。留方補之而别。翌日方白至，云：「内熱時作，煩悶頭痛，亦間發不盡去。」予曰：「餘火未散，移熱於上也。」用軟柴胡、人參、白朮、黄連、丹皮、甘草、茯神等而愈。

不能小便一症，除合補中合生脉症外，其餘非寒結膀胱，即熱逼膀胱所致，其辨驗全在少腹。如不能便而痛連少腹者爲熱，少腹不痛則爲寒。故同見是症，而前案以益火取效，此案以滋水得功。炎上潤下，判若天淵，互相研究，愈見前輩因症制方，一綫不走之妙。

董雨舟内人感症成瘧

未幾，其内人亦病感症，久不瘳。予用清肝醒脾之藥，病解。復患瘧，用六君子治之，不應；用補中益氣加半夏治之，又不止。予請再診之，曰：「得矣，此鬱火爲瘧也。」用龍腦葉、貝母、黄連、丹皮、生白朮、茯神、生芍藥、當歸、甘草、陳皮、柴胡，即安，復用補中益氣湯加黄連，數帖，遂健如常。

經云：「木鬱則達之，火鬱則發之。」加味逍遥散正所以透發鬱火之的劑也。然此案不用山梔而用黄連者，以山梔屈曲下行，不若黄連運用在上，尤能達心胃之鬱也。其復用補中者，升木以培土也。其又加黄連者，左金以平木也。前輩臨一症必尋其源，處一方必求其當類如此，學者須逐案細心參究之。

徐方虎妹唇焦舌黑體熱痰急

吾友徐方虎以妹病召予。病已浹旬矣，切其脉，弦而數，唇焦黑，生皮如蝙蝠翅，剪去復生。齒枯，舌黑如炭，中起刺，狀如焦荔枝殼，體熱痰急。予曰：「此小柴胡症也，何遽至此？豈服苦寒攻伐之藥耶？」方虎述病狀曰：「初病寒熱起，月事適至，醫用發散未效；繼用大柴胡下之，利行而病不解，舌始燥；始痰起填膈，又用陷胸加化痰藥，又不效，熱益甚；乃用三黄合犀角地黄湯服之，舌始黑，唇始生皮，煩悗不得卧。今當如何？」予曰：「少陽之邪，不得上達，熱抑在下，病及衝任。以苦寒逼之，火急水爍，逆乘於上，腎肝竭矣。」乃投熟地、生地各一兩，當歸、芍藥、丹皮、茯苓、山藥、麥冬、山萸肉、甘草佐之，頓安。而唇舌症未退，予曰：「無慮，得汗而便即解矣。」曰：「前已下而益甚，今何言便解也？」予笑曰：「正唯此處須讀書耳。」遂大進參、芪、歸、朮而汗至，下黑矢甚夥，諸症悉退。唯痰尚多，舌胎尚有未盡，每至夜則煩悗不了了。予曰：「此衝任病未解也。」仍用初方，加芍藥及桃仁泥各三錢，一劑而起。

據所述病狀云「初病寒熱起」，則知邪在少陽，顯屬小柴胡症矣。斯時若以小柴胡湯養汗以開玄府，使少陽之邪得以上達，何至熱抑在下，而病及衝任哉？即病及衝任，經水適來矣，不以苦寒逼之，而仍以小柴胡湯加歸尾等調之，又何至唇焦舌黑，變出爾許肝腎陰虧之危候哉？然此等處，吾不咎若輩之悍於誅伐也，咎若輩之昧於審症耳；并不咎若輩之昧於審症也，咎若輩之誤於讀書耳。東莊醫道得力於四明，四明於「左歸飲」條下云：「傷寒舌黑唇焦，大渴引飲，此必服攻伐寒涼之藥過多也，此方主之〔九〕。」今即就此一案，一一按其論病處方，足見高、吕兩家，固自心心相印也。

徐方虎病三陰瘧

時方虎病三陰瘧，已四年矣，幸所治皆武林名醫，服藥得法，不至潰敗。用人參幾十餘斤，然年久病深，至此遂不能支，形肉盡脱，飲食不進，每覺有氣從左脅上衝，即煩亂欲脱，奄奄幾殆。乃重用桂、附、芍藥、地黄，加以養榮逐翳之藥，冬至日，正發期，是日遂不至。

四明治久瘧不愈，諸藥不效者，以養榮湯送八味丸，仍於湯中加熟附子一錢，謂十劑必除。東莊亦云久瘧用補中益氣不效者，八味丸有神應。予每得其力。按八味丸乃益火之原以消陰翳者，然則案中所謂養榮逐翳者，固即祖四明以養榮湯送八味丸之家法也。而其愈於冬至日者，蓋陽生於子，陽回則陰自退舍耳。

徐方虎適蔡氏妹病感症

未幾，又有適蔡氏妹病感症，遣力迎予。時以事滯武林，不得往，來促數次，及予至，則病曰：「此病甚怪，攻之不可，補之不可，調和之又不可，真反覆無計。」予曰：「攻法吾可臆度得之，請問其補法、調法？」方虎曰：「始用疎表及降火清痰之劑，半月愈甚，胸前脹痛；用温膽湯及花粉、瓜蔞等，此調劑也，服之嘔逆，痰氣反急；昨用理中，加肉桂、延胡索、陳皮、枳殼、香附、半夏等，此補劑也，服之痛結不可忍，至今號呼不絕。醫謂調補不應，治法窮矣。」予笑曰：「所謂補與調和者是耶？無論理中湯外加入破氣傷胃之藥，反益其痛，即理中湯中甘草一味，若蚘發作痛，即非所宜。不記仲景安蚘散去甘草加椒、梅乎？」方虎曰：「向多蚘結症，今補不止，無疑矣。然則如何？」余曰：「吾仍用理中湯，去甘草，加白芍藥三錢，木香五分。」進之，痛減半。按其脉細數甚，口渴欲飲，水不能咽，進湯吸吐，手足時冷時熱，面顴嬌紅不定，體如燔炙。余曰：「此邪火内沸，怒木乘土，五陽火隨之上燔，下爍真陰，龍雷飛越，以藥敺之，陽格於外，伏陰沍結而致。」遂將大八味丸作飲與之，曰：「得汗病已。」黄昏初服藥，少頃，方虎出曰：「服藥訖，即少睡。看面上嬌紅，立退爲白，頃乃索被蓋。」予曰：「俟之，汗至矣〔一〇〕。」及三鼓，有老嫗叩門曰：「此刻熱急氣促，煩亂不可言，請再進視之。」予曰：「無庸，吾欲卧，無擾我。」至黎明起，診之，脉緊數至八九至。予曰：「汗已汩矣〔一一〕，而虚不能發也。」急煎人參一兩，黄芪、白术、當歸、白芍、五味子、甘草爲佐，飲之，汗大至沾席。余曰：「未也。」次日再服，汗又大至，通身如雨，諸症頓愈。方虎曰：「前之甘草不宜服，今兩劑俱重用甘草，何也？」曰：「初胃中氣血攻竭，空虚寒凝，故蚘發而痛，得甘則蚘愈昂上，故不可。今得濡潤之藥，胃氣沖和，蚘頭下伏，雖濃煎甘草汁數盃飲之，何害哉？法不可執，類如是也。」方虎歎以爲精言。

同此一症耳，且同此一方耳，他人用之而痛益甚者，名手用之而痛即減。可見凡方加減，俱有精義，不可不細講也。

沈凝芝内人類中風傷臟

沈凝芝内人時當就卧，忽作寒熱，至夜半即不能言，喘急。醫視之，或以爲感傷，或以爲往來寒熱，氣逆痰結，用烏藥順氣散，不效。邀予視之，則聲如曳鋸，手撒遺溺，口開不能言，自汗如雨。余曰：「此類中風也，已傷臟，不可治矣。」凝芝曰：「即無救理，應用何藥？」余曰：「初發，即當用易簡烏附子散，今無及矣。」凝芝自進之，喘聲忽止，且稍發語，疑尚可救，予曰：「五臟俱絶，今得參附，氣少甦耳，終無濟也。」果三日而殁。

甲午館安邑。九月間，仲弟以痢病，誤殺於庸手，悲憤交集，始究心醫理。至冬底十有二日，館尚未解，而家君復以先母中風，遣人走召，迨歸時則五臟俱絶，與是案所列諸症具見無異矣。急煎參附等劑，挖而灌之，不能挽也。翌日酉刻遂殁。因思病未見之先，與暴發之際，予若在家，或有挽回。乃以十數金薄資，遠館外邑，致抱無涯之戚，仰天錐心，恨何如之！每閲此案，不禁潸然淚下。

沈凝芝側室病傷寒神情昏憒

未幾，其側室復病傷寒，繼壯熱不止。醫疎散之，愈甚。神情昏瞶，不寐。凝芝恐蹈前轍，憂甚。予往診之，曰：「此則感症，無妨也。然起於勞倦，不當重虚其虚。」即投以參、朮等藥，得汗，神情頓清。次用地黄飲子，下黑矢，熟寐。唯熱尚未盡退。余曰：「此甚易事，於昨方中加炙甘草一錢。」如言即安，觀者皆以爲奇。繼以滋腎養榮等藥，調理復初。

汗以參、朮，下以地黄，除熱以炙甘草，此等治感症法，在病家未有不以用補爲嫌，旁觀未有不以用補爲異，即令庸醫見之，亦未有不駭然吐舌者，然其中有妙義焉。蓋感症而起於勞倦，則非助正無以託邪也，非滋陰無以潤便也，非甘温難以除熱也。彼惟不知此義，故妄駭以爲奇耳。

勞仲虎勞倦致感體寒熱口苦

姊丈勞仲虎初夏勞倦致感，體作寒熱，口苦，醫用重藥發散之，復用山查、厚朴、枳實、花粉、瓜蔞、半夏之屬攻其中，熱益甚，痰嗽喘急，語言無序。予往診之，曰：「誤矣。」急止其餘藥，重用滋水清金之藥，一服而痰嗽漸退，神情覺清。次日往診，脉浮洪而數，語急遽而收輕，手指時作微脹。予曰：「此皆虚症也。邪未嘗入陽明，而先攻之，傷其元氣，邪反隨而入陽明矣。重虚其虚，愈不能鼓邪外出。今雖稍定，夜必發譫妄，當急以人參救之。」適篋中所帶不多，止用人参二錢，黄芪一兩。至次日，家人來言：「夜來甚悖亂不安，其勢甚迫，似不可救。」予曰：「無妨，參力不足故耳。」時鼓峰在邑，予拉之同往。曰：「汗已至矣，何慮爲？」乃用參兩許，仍入前藥進之，其親友猶議參之與痰喘詰妄相背也。予與鼓峰曰：「無庸疑，吾輩在此坐一刻許，待其汗至而別，何如？」衆在猶豫間，因出酒食，過午，舉盃未盡，内出報曰：「汗大發矣。」是夜熱退，痰喘悉平。繼用補中調土之劑而起。

此症與前案，俱係勞倦致感，則得病之源，彼此固無或異也，乃其治法則兩不相同，何哉？蓋前案未經庸手發表攻中，則陰液尚未受傷，故宜先以參、朮補中之劑，鼓邪外出。此症則發表既多，攻中又峻，其熱益甚者，火得風而愈熾也；其痰嗽喘急者，陰被劫而益虧也。若遽投以參、朮補土之劑，而不先以滋水清金之藥，則陰液必亡，而氣自何生？汗從何化乎？夫藥之後先，即關病之生死。甚矣，用藥者不可不講次第也！

從子園丁咯血

從子有園丁，忽咯血求診。視其血，鮮紅中間有紫小塊。脉之濡濇，色白。問胸中作惡否？曰：「然。時頗作痛，直映至背〔一二〕。」予曰：「知之矣。」用桃仁泥三錢，紅花三錢，合理中湯，加肉桂一錢。戒之曰：「頻服之，必有黑血大至，待黑盡而鮮者來，乃再來告。」園丁如言，吐瘀積數升〔一三〕，胸痛即平。復再求診，則脉圓實矣。與以理胃養榮之劑，復用填補命門丸子一料，全愈。

治吐血一症，大法有三，然其要只在胸中辨驗。如胸中作惡者，乃七情飢飽勞力等因也；胸中作痛者，乃瘀血抑蓄，折土而奔注也；若不見惡心，不見胸痛，而驟湧出者，乃傷寒變熱，迫竅而出也。今案中血見紫塊，脉見濡濇，則症屬蓄血，東莊固已了了。而問及胸中，又云時頗作痛，則其爲蓄血也，愈明白無疑。而去蓄利瘀之劑，自宜投之立應矣。

明村王義方醫學甚明，其室人患血症，因氣稟怯薄，自進歸脾、養榮等劑，咯血如故，痰嗽殊甚。邀予診之，脉俱濇滯。予曰：「據脉論之，其血色當見紫黑，胸中必有微痛。」義方曰：「誠如所言。」予曰：「此蓄血症也。」遂用此案法治之。一劑而血見鮮紅，脉見充潤矣。仍用歸脾、養榮、都氣等，三十餘劑，諸症悉愈。附識以見前輩成案，俱是後學楷模，第變通則在善學耳。

孫子用患下血體熱

孫子用久患下血，夏末忽滯下，口渴，不飲食，繼而體熱，脉洪數。余曰：「若論滯下，則諸症皆死候也。今在下血之後，則不可盡責之滯下，當變法治之。」先用白朮、茯苓、山藥、神麯、薏苡仁、陳皮、甘草等藥，强其中以統血；次用黄連、澤瀉、黄芩、丹皮等藥，以解鬱積之熱；後用熟地黄、當歸、芍藥等藥，以復其陰。次第進之，乃痊。

開手便用白朮等以助脾，則其久患下血者，脾虚不能統血也。然其人必素多鬱結者，鬱久則積而生熱，故又患滯下耳。其實原只一串也。彼頭痛救頭，脚痛救脚者，試從此參之。

吴弁玉患寒熱肝鬱致感〔一四〕

吴弁玉偶患寒熱，旋至熱不退，胸中作惡。予診之曰：「此肝鬱而致感也。」遂用加減小柴胡湯，一劑減半，次進柴胡地黄飲子。予適欲往旁邑，遂留數方與之：次日仍用地黄飲子，後日用六君子湯加黄芩，再後日用補中益氣湯，加黄芩調之。且戒之曰：「明日若尚有微熱在内，則後日須再用地黄飲子一帖，而後用六君子湯，後皆有次第，不可亂也。」弁玉因服地黄飲子，覺熱已退盡，遂竟用補中益氣湯一帖，是夜即煩熱不安。弁玉曰：「用晦言有次第，果不可紊。」仍用地黄飲子，即安。然後依次服，至第三日，再用補中益氣湯，泰然得力矣。時予尚未歸，弁玉覺病後煩怒易動，體時虚劣，與友人商之，言今可改用歸脾湯矣，如言服之。予歸診之，曰：「今脉已無病，但夜寐不着耳。」弁玉驚曰：「正苦此，奈何？」予曰：「當用加味歸脾湯。」弁玉曰：「今已服此方而未效，何也？」予曰：「君試服我歸脾湯，自愈矣。」一劑而鼾睡達旦。

閲此案，愈見處方必有次第，其序不可稍亂。然方以立法，法以制宜，則方中之分兩，須有圓機焉，必當相所主以爲輕重也；方中之加減，皆有妙義焉，必當參兼症以爲出入也。予於是編，但列某方、某藥及加減法，而不填注分兩者，非敢略也，意正爲此耳。

沈禹玉妻寒熱鬱火虚症

杭人沈禹玉妻夏月發寒熱。迎邑醫治之，則以爲瘧也。時月事適下，遂淋漓不斷。醫又以爲熱入血室，用藥數帖，寒熱益厲，月事益下，色紫黑，或如敗醬。醫且云服此藥勢當更甚，乃得微愈耳。其家疑其説，請予診之。委頓不能起坐，脉細數甚，按之欲絶。問其寒熱，則必起未、申而終於子、亥。予曰：「此鬱火虚症耳。」因出彼藥示，則小柴胡湯也。彼意以治往來寒熱，兼治熱入血室也，又加香薷一大握，則又疑暑毒作瘧也。予不覺大笑曰：「所謂熱入血室者，乃經水方至，遇熱適斷不行，故用清涼以解之。今下且不止，少腹疞痛，與此症何與，而進黄芩等藥乎？即灼知熱入血室矣，當加逐瘀通經之味，香薷一握，又何爲者？」予用肉桂二錢，白朮四錢，炮薑二錢，當歸、芍藥各三錢，人參三錢，陳皮、甘草各四分，一服而痛止經斷，寒熱不至，五服而能起。惟足心時作痛，此去血過多，肝腎傷也。投都氣飲子，加肉桂、牛膝各一錢而全愈。使卒進前藥，重陰下逼，天僵地拆，生氣不内，水泉冰潰，不七日死矣！乃云更甚、方愈，夫誰欺哉？庸妄之巧於脱卸，而悍於誅伐如此夫！

以小柴胡湯治往來寒熱，兼治熱入血室，彼且以爲見病治病，藥甚對症矣。乃寒熱益厲，月事益下，直非對症者。蓋其所爲治病者，本非其治；其所爲見病者，實未嘗見耳。案中辨駁爽快分明，每讀一過，心胸爲之一拓。

朱綺崖大熱發狂昏憒暈絶

桐鄉朱綺崖文戰苦久，得補餼，臨闈適丁内艱，哀毁憤鬱，幾不自勝。旋又以内病憂勞，百感致疾。初發寒熱，漸進不解。時方隆夏，醫進九味羌活湯，不效。又易醫，大進發表消中之藥，凡狠悍之味悉備，雜亂不成方。三劑，勢劇。又進大黄利下等物，下黑水數升，遂大熱發狂，昏憒暈絶，湯水入口即吐。其家無措，試以參湯與之，遂受，垂絶更甦。次日予至，尚憒亂不省人事。承靈、正營及長强俱發腫毒，時時躁亂。診其脉數而大。予曰：「幸不内陷，可生也。」遂重用參、芪、歸、朮，加熟地一兩許。時村醫在坐，欲進連翹、角刺等敗毒藥，且力言熟地不可用。其家從予言進藥，是夜得卧，次早神情頓清。謂予曰：「吾前竟不解何故卧此，今乃知病也，心中如夢始覺矣。」又次日，脉數漸退，煩躁亦平，但胃口未開，腫毒礙事，旬日未便。予曰：「守服此，諸症悉治。」因留方及加減法，且囑之曰：「毋用破氣藥以開胃，苦寒藥以降火，通利藥以起後，敗毒藥以消腫，有一於此，不可爲也。」出邑，晤陸大勝，云：「兄功效及用藥已聞之矣，但邑醫議用黄芪、熟地，將來必發癍，果否？」予曰：「學術膚淺，初不知二藥能發癍。」於是恨張、劉、李、朱諸名家之論猶未備，且恨東璧綱目一書，如許大疎漏也。大勝爲之鼓掌。因問綺崖病狀，予曰：「七情内傷，而外感乘之，傷厥陰而感少陽，從其類也。醫不問經絡而混表之，三陽俱潵矣，然邪猶未入府也；轉用枳實、厚朴、山查、瓜蔞之屬，而邪入二陽矣，然陰猶未受病也；用大黄、玄明粉，而傷及三陰矣。究竟原感分野之邪，不得外洩，輾轉内逼，中寒拒逆，勢將大壞。幸得參扶胃氣，鼓邪外發，其發於承靈、正營者，仍本經未達鬱怫之火也；其發於腰俞、長强者，乃下傷至陰凝沍而成也。」大勝曰：「諸醫方攻前參湯之爲害，而歸功於清解，今方將用清火消毒之藥耳。」予曰：「若輩烏能知此？毒之得發者，參之功也。今毒之麻木未塌，將來正費調理者，乃若輩清解之害也。急服參、朮，庶得起發收功。若再清火消毒，毒仍内陷，不可救矣。」乃如言守方服之而愈。

其囑咐周匝處，可爲瘍科藥石；其辨駁透快處，可爲粗技針砭；至其叙論病情處，因流以遡源，其間陰陽内外經絡穴道，分晰曲盡，與四明治發背一案，洵稱合璧。

細玩此案，則此症一綫生機，全在參湯一試，得以鼓邪外出，發爲腫毒，而不内陷耳。庸技反爲害事，而歸功於清解，煞是可笑！

朱綺崖弟患左眼痛連腦

時綺崖弟患左眼痛連腦。醫以頭風治之，不解。初時發寒熱，後遂壯熱不止。予診之，曰：「火伏於内，風燥泉涸，木乃折矣，非得汗不解也。」或曰：「汗須用發表藥，獨非風燥乎？且發汗藥須擁被悶卧乃得，身熱甚，苦此，奈何？」予曰：「庸醫汗藥皆屬强逼，故須擁被悶卧，然而汗不可得也。予藥非此類，雖薄衾舒體，時雨自至，豈能消遏哉？」乃用龍腦白朮飲子，夜分大汗淋漓，次日頭目爽然矣。

龍腦白朮飲子無從考核。有謂即趙氏加減逍遥散，亦未知是否？然按其案中所列症議，則其治法，必不出木鬱達之、火鬱發之二義，而其方意，亦可意會矣。

楊鹿鳴跋

四明、東莊兩家，其活人之奇驗，傳聞於人口者，不可殫述。是編所集計共五十八案，則尤擇其名言創論，闡發軒岐理奥，奇功異績，開拓後學心胸，無一不足以爲天下後世法者也。識者逐案研究，則其間診法之神，驗症之精，處方之當，應自得之，而吾大兄所以公世之心，亦不無小補云爾。同懷弟鹿鳴謹識。

録自楊乘六編醫宗已任編卷五，道光十年刻本。内中評注文字係楊乘六作，標題係整理者所擬。

按，楊乘六，字以行，號雲峰，西吴（今屬湖州）人。精於醫，尤擅脉診。著臨證驗舌法、潛村醫案等。又按，東莊醫案中「陳紫綺内人半産胎衣不下」、「錢嶢都子病痧泄瀉」、「吴華崖先生館僮熱症」、「吴尹明子患夜熱」、「從子在公婦半産惡露稀少」、「吴維師内人患胃脘痛」、「長姓者患齒衄及手足心熱」、「方虎病三陰瘧」、「方虎適蔡氏妹病感症」、「孫子用患下血體熱」、「吴弁玉患寒熱肝鬱致感」、「朱綺崖大熱發狂昏憒暈絶」、「綺崖弟患左眼痛連腦」諸則，魏之琇輯入續名醫類案（該書後收入四庫全書）。續名醫類案卷三一另有一則，東莊醫案未載，文曰：「吕東莊治曹思遠内人，月水不至四月矣，腹痛不止，飲食少進，醫作胎火治。吕曰：『此鬱血也。然氣稟怯弱，當補而行之。』用八珍湯三大劑，果下血塊升許，腹痛猶未除也。以大劑養榮等藥調理，而痛除食進。」曹思遠疑爲曹遠思之訛。曹廣字遠思，晚村親家曹度字正則之弟。録附於此，以供參考。

【校記】

〔一〕愈 原作「虚」，據續名醫類案卷三四改。

〔二〕時 原闕，據續名醫類案卷三四補。

〔三〕二 續名醫類案卷四二作「三」。

〔四〕續名醫類案卷八此條引至「病霍然已」止。文末魏之琇評曰：「琇按，先補而下，再補而汗，治法固善，此症在初時數劑，能與天水瀉水並行，定不致如許決張。」

〔五〕愈 續名醫類案卷二〇作「止」。

〔六〕塊 原作「魂」。

〔七〕續名醫類案卷二四此條文末魏之琇評曰：「琇按，高、吕二案，持論略同，而俱用滋水生肝飲子。予早年亦常用此，却不甚應，乃自創一方，名一貫煎，用北沙參、麥冬、地黄、當歸、杞子、川楝六味，出入加減投之，應如桴鼓。口苦燥者，加酒連尤捷，可統治脇痛、吞酸、吐酸、疝瘕，一切肝病。」

〔八〕發　原作「復」，據續名醫類案卷二三改。

〔九〕主　高斗魁四明心法上二十五方主症作「救」。

〔一〇〕汗　原闕，據續名醫類案卷六補。

〔一一〕汩　原作「泊」，據續名醫類案卷六改。

〔一二〕映　續名醫類案卷一六作「牽」。

〔一三〕瘀　續名醫類案卷一六作「痰」。

〔一四〕此條文末魏之琇評曰：「琇按，此等病，予惟以地黄飲子，令服五七劑，永無他患。今必用六君子補中歸脾，以致紛紛，此何故耶？未免呆守立齋成法之過。」

東莊醫論

論小兒慢驚慢脾

小兒慢驚慢脾皆此義，但治法不同耳。高斗魁四明心法中風引「東莊云」

論陰症

陰症者寒邪直入三陰之經，以三陽主氣衰，無熱拒寒故也。三陰各有分症，今人卻以房勞後得病，不分陰陽脈症，輒命曰陰症。致令病家諱言，惡聞此二字，亦可笑矣。房勞得病，乃挾虛感，有陰有陽，非必爲陰也。高斗魁四明心法傷寒引「東莊云」

論瘧疾

久瘧用補中益氣不效者，八味丸有神應。予每得其力，然不若兼服養榮，其效爲尤速也。高斗魁四明心法瘧疾引「東莊云」

論痢疾

凡痢疾初起三日内，可皆用白芍藥湯，立除。此方用之初起三日内，無不立效，無疑於肉桂之大熱，而畏不敢用也。高斗魁四明心法痢疾引「東莊云」

論鼓症

治腫脹任其效否，當以前法爲樞機。疏鑿浚川神等方，非萬分禀濃，形盛氣實，不可妄用，丹溪補脾保肺清火，實不易之則也。高斗魁四明心法鼓症引「東莊云」

論膈症

噎膈亦有食入而吐者，但不同於翻胃之每食必出。翻胃止吐原物，有食必盡，噎膈則或食或痰或白沫酸水，或多或少，或初病不吐，而久之屢作。或吐糟粕，非痰非食非血，若醬汁然者。此上脘下脘枯槁，皆噎膈也。

損庵嘗言大黄治膈之妙，實出至理，但不可施於久病與羸敗者耳。如用，竟合四物湯或麻仁潤腸丸佳。

此症則王太僕之論爲的。壯水之主、益火之原二法，隨症並用。趙氏分噎膈爲無水，反胃爲無火，非也。噎膈但不能食耳，反胃必吐，即出久出，以遲速分也。以上高斗魁四明心法膈症引「東莊云」 第一、三兩條又見醫貫卷五噎膈論，文字稍有異。

論吞酸

吞酸一症，東垣作寒論，河間、丹溪作熱論，世人因有標本之説分屬之。但治酸常得芩連症，薑桂者甚少，豈東垣之法可廢與？緣治初見必用温散，久之寒化爲熱，未有不從熱治也。予特未遇初病者耳。高斗魁四明心法吞酸引「東莊云」

治癇方

東莊治驗方：桃仁一兩去油研如霜，朱砂五錢，川連一兩，礞石稍金色爲度錢半，蘆薈五錢，沉香錢半，寒水石、生黄芩、大黄以上二兩。上用薑汁一茶杯，將大黄切片浸透，於炭火上焙乾，再浸再焙，以收盡薑汁爲度。各研成末，水法爲丸，淡薑湯臨卧時每服二錢。高斗魁四明心法癇症引

治感症方

東莊治一人感症，六七日不解，熱甚，胸滿，不大便，發狂譫語。用熟地八錢，生地、麥冬、白芍各二錢，黄芩錢半，黄連、枳實、濃樸各八分，茯苓、知母各一錢，石膏五錢，甘草五分，生薑三片，竹葉三十片，煎成，入蘆根汁小半鐘。又方：用熟地八錢，生地、麥冬各二錢，花粉、枳實、黄芩、黄連、知母各一錢，石膏八錢，瓜蔞、霜玄、明粉各錢半，薑三片，竹葉三十片。此用白虎承氣之準的也。董廢翁西塘感症感症變病引

以上九則，録自楊乘六編醫宗己任編卷一、二、三四明心法與卷七西塘感症。標題係整理者所擬。

論内經十二官

按内經此篇本爲黄帝問十二藏相使，貴賤何如，而岐伯答之如此。謂十二官各有所司，而惟心最貴；心得其職，則十二官皆得其宜，猶孟子謂「耳目之官不思，而蔽於物」，「心之官則思，思則得之」。蓋心與百體分言之，則各有所官；統言之，則心爲百體之主，即此義也，故曰君主之官，曰主明，文義自見。若謂别有一主，則心已不可稱君主，豈主復有主乎？又謂下文當云十一官，不當云十二官，此拘牽句字而不求其義也。即以經文例之，六節藏象論云：「凡十一藏取決於膽。」五藏六府，膽已在内，則宜云十藏，而云十一藏，又將别有一膽耶？靈樞邪客篇曰：「心者，五藏六府之大主，精神之所舍。」如趙氏言，亦止應云四藏六府之大主矣，又豈心非其心耶？夫曰君主，曰大主，經中明以心主爲重。惟心主，故可曰明。不明，可曰以養生，以爲天下正，爲神明出焉故也。如以命門爲主，文義皆不通矣。言豈一端，各有所當。内經止就十二官中分别貴賤，相使而言，初無别有一主之意。趙氏欲主張命門爲一身之要，未嘗無説，而必穿鑿經文以附會之，卻不可爲訓。至雜援儒異以强合自文，更失之矣。凡論學論醫，皆不可如此。

論食厥

又有食厥者，飲食自倍，適有感觸，胃氣不行，陽併於上。其症上半身熱，腹悶，或心煩頭痛，自臍以下至足冷如冰鐵，擁爐不熱，醫以爲陰寒而温補之，必斃。此足陽明氣逆作厥也，故兩手不逆冷，平胃加減保和丸主之。

論傷寒

當看傷寒論原本及婁全善綱目，近日喻嘉言尚論篇亦有發明。此篇與張景岳之論皆本薛新甫，並宜參究，不可求簡捷，守一說以誤世。

太陽經在最外一層，故邪入皮毛，即先傷之。皮毛不能傳變，由太陽之絡傳經而後内入諸經也。邪客於皮毛，即玄府閉。人身藏府之氣，無刻不與外氣通，故和暢。玄府閉，則内氣不能泄而生熱，非風寒能變熱也。此時但發其皮毛，玄府開而邪隨汗散矣。麻黄桂枝，汗皮毛之方，非解中之方也。表不解則熱積而日甚，從本經反而之内，及各經井滎俞原合交會之處，則熱交於他經，而各經病見矣。

肌肉不能傳變，肌肉之中皆經絡也。經絡皆謂之中，裏則府藏，表則皮毛。府藏之氣血惟經絡傳達，外邪之壅熱亦惟經絡傳變，故陽明、少陽皆從中治。中者，經病，非胃與膽病也。經病用和解，和解亦必由汗散，然非開發皮毛之法矣。蓋邪初客表，經中陰津未傷，但啓其竅而汗自通；及熱傳中經，血液燔爍，竅雖啓，而汗爲熱隔，不能達外。庸工不知，尚用風熱之藥以發其表，益助熱而耗陰，汗原乾涸，究竟不得汗而斃者多矣。仲景和解只清解熱邪，而津液自存，陰汁既充，涌出肌表，而外邪自然涣散。此養汗以開玄府，與開玄府以出汗之迴乎不同也。

熱既入裏，離表已遠，驅出爲難，故就大便通泄其熱，從其近也。得汗而經熱從汗解，非汗爲害，而欲祛之也。便矢而府熱從矢出，非矢爲難，而欲攻之也。醫不察此，專與糟粕爲敵，自始至終，但知消尅瀉下之法，禁絶飲食，惟求一便矢，以畢其能事。夭人生命如是者，曰矢醫。

陰症者，寒邪直入三陰之經，以三陽主氣衰，無熱拒寒故也。三陰各有分症，今人都以房勞後得病，不分陰陽脈證，輒命曰陰症，致令病家諱言，惡聞此二字，亦可笑矣。房勞得病，乃挾虛感，有陽有陰，非必爲陰也。

看金鏡三十六舌，當參其意而勿泥其法，然亦有三十六舌之所未及者，即以意通之。

凡從陽經傳陰經者，不作陰症，仍從陽經中治。

固有不必傳少陰而亦壞者，即傳少陰，燥實止三條：一則病二三日而燥乾，此陽明急症，故宜急下，非久而傳者可待緩治也；一則自利清水，此熱逼少陰，非少陰不上濟也；一則腹脹不大便，此胃土實致腎水竭，非腎水竭而致胃實也。

論生地黄黄連湯

生地、川芎、當歸、梔子、黄連、黄芩、芍藥、防風。

此方與地黄丸有未合者，予用陽明陰藥治之，甚效。予友高鼓峰造滋水清肝飲，取地黄丸之探原而不膈於中，取生地湯之降火而不犯於下，真從來之所未及。與予法參用，無不應者。

論温病

其實傷寒、温熱瘧皆四時不正之氣太過，不及即是不正，非傷寒别有法也。

渴只是津液少耳，乃陽明陰虧也。但津液原於腎胃，陰虧則腎水救之亦涸，故初則當清火而存胃汁，久而敗，乃當責之腎耳。趙氏直命之腎水乾枯，亦甚言之。

論鬱病

鬱理經此公發洩，幾無剩義矣。書中每抑丹溪，然終於丹溪「人身諸病，多生於鬱」一語悟入，何可抑也！

論古方逍遥散

柴胡、薄荷、此味可進退用。當歸、芍藥、陳皮、甘草、白朮、茯神。

以加味逍遥散、六味丸治鬱，自薛長洲始也。然長洲之法，實得之丹溪。越鞠之芎藭，即逍遥之歸芍也；越鞠之蒼朮，即逍遥之白朮也；越鞠之神麯，即逍遥之陳皮也；越鞠之香附，即逍遥之柴胡也；越鞠之梔子，即逍遥之加味也。但越鞠峻而逍遥則和矣，越鞠燥而逍遥則潤矣。此則青出於藍，後來居上，亦從古作述之。大凡如東垣之補中益氣，比枳朮萬全無弊矣，然豈可謂枳朮之謬而禁不用哉？

論歸脾湯

歸脾湯乃宋嚴用和所創，以治二陽之病發心脾者也。原方止人參、白朮、黄芪、茯神、甘草、木香、圓眼肉、棗仁、薑、棗。薛新甫加遠志、當歸於本方，以治血虚；又加丹皮、梔子爲加味，以治血熱，而陽生陰長之理乃備。隨手變化，通於各症，無不神應。曰歸脾者，從肝補心，從心補脾，率所生所藏，而從所統，所謂隔二之治。蓋是血藥，非氣藥也。後人見薛氏得力，亦漫浪效用之，而不解其説，妄爲加減，盡失其義。即有稍知者，亦止謂治血從脾，儱侗統燥健之説，雜入温中劫陰之藥，而嚴、薛二家之旨益晦。四明高鼓峰，熟於趙氏之論，而獨悟其微，謂木香一味，本以噓血歸經，然以其香燥，反動肝火而乾津液，故其用每去木香而加芍藥，以追已散之真陰。且肺受火刑，白术燥烈，恐助咳嗽，得芍藥以爲佐，則太陰爲養榮之用。又配合黄芪建中，龍性乃馴。惟脾虚泄瀉者，方留木香以醒脾；脾虚挾寒者，方加桂附以通真陰之陽。而外此皆出入於心肝脾三經，甘平清潤之藥，濟生之法，始無墮義。古人復起，不易其説矣。予特表而著之。

論八味丸説

熟地黄氣寒，味甘、微苦，味厚、氣薄，陰中之陽，手足少陰厥陰藥也。八兩、用真生懷慶酒洗淨，浸一宿，柳木甑砂鍋上蒸半日，曬乾；再蒸再曬，九次爲度，臨用搗膏。山藥氣温，味甘平，手太陰。四兩、山茱萸肉氣平，微温，味酸濇，足厥陰少陰藥。四兩、丹皮氣寒，味苦辛，陰中微陽，手厥陰足少陰。三兩、酒洗。白茯苓氣平，味淡而甘，陽也。白者入手少陰足太陽少陽。三兩、澤瀉氣平，寒甘鹹，味厚，陰也，降也。陰中微陽，手足太陽少陰。三兩、肉桂氣熱，味甘辛，手少陰。枝入足太陽，補下焦，通血脈。一兩、附子氣熱，味大辛，陽之陽。通行諸經，入手少陽三焦命門。一兩。

論張仲景八味丸用澤瀉説

此方加減之法，唯立齋最精，當從醫案中細體之，方悟其變化處一綫不走之妙。

王安道此論亦未得立方之意，趙氏引之止欲證其温補腎火，毫不敢滲瀉耳，於仲景本旨俱不免於顢頇。夫辛甘發散爲陽，酸苦涌泄爲陰，清陽出上竅，濁陰走五臟，製方之原也。此方主治在化元，取潤下之性，補下治下制以急，茯苓、澤瀉之滲瀉，正所以急之使直達於下也。腎陰失守，煬燎於上，欲納之復歸於宅，非借降泄之勢，不能收攝寧靜，故用茯苓之淡泄，以降陰中之陽；用澤瀉之鹹瀉，以降陰中之陰，猶之補中益氣湯用柴胡以升陽中之陰，用升麻以升陽中之陽也。如謂澤瀉亦止取其養臟起陰補虚之功，然則聚凡有補腎之藥以爲方，亦可與此方代興乎？謂諸藥皆腎經，不待接引而後至，是則然矣，人參、黄芪、白术又豈必待升柴之接引而後至脾肺乎？升降者天地之氣交，知仲景之茯苓、澤瀉，即東垣之升麻、柴胡，則可與言立方之旨矣。

論六味丸説

此純陰重味潤下之方也。純陰，腎之氣；重味，腎之質；潤下，腎之性。非此不能使水歸其壑。其中只熟地一味爲木藏之主，然遇氣藥則運用於上，遇血藥則流走於經，不能制其一綫入腎也，故以五者佐之。山藥，陰金也。坎中之艮，堅凝生金，故入手太陰，能潤皮膚。水發高原，導水必自山，山藥堅少腹之土，真水之原也。水土一氣，鎮達臍下。山茱萸，陰木也。肝腎同位乎下，借其酸澀，以斂泛溢。水火升降，必由金木爲道路，故與山藥爲左右降下之主，以制其旁軼，二者不相離。觀李、朱拆用二味於他方，可悟也。丹皮本手足少陰之藥，能降心火達於膀胱。水火對居，瀉南即益北。而又有茯苓之淡泄以降陽，澤瀉之鹹泄以降陰，疏瀹決排，使無不就下入海之水。此制方之微旨也。仲景原方，以此六者駕馭桂附，以收固腎中之陽。至宋錢仲陽治小兒行遲齒遲、脚軟顖開、陰虛發熱諸病，皆屬腎虛。而小兒稚陽純氣，無補陽之法，乃用此方去桂附，用之應手神效，開聾瞶而濟夭枉。明薛新甫因之悟大方陰虛火動，用丹溪補陰法不驗者，以此代之立應。自此以來，爲補陰之神方矣。趙氏得力於薛氏醫案，而益闡其義，觸處旁通。外邪雜病，無不貫攝，而六味之用始盡。然趙氏加減之法甚嚴，又稍異於薛氏。高鼓峰嘗詳論兩家加減之法而附以己意，以授其門人，甚辨，今述之左。

六味丸，薛氏一變而爲滋腎生肝飲。用六味，減半分兩，而加柴胡、白朮、當歸、五味，合逍遥，而去白芍藥，加五味，合都氣意也。以生肝，故去芍藥，而留白朮、甘草以補脾。補脾者，生金而制木也。以制爲生，天地自然之序也。

又一變而爲滋陰腎氣丸。獨去山茱萸，而加柴胡、當歸尾、五味，仍合逍遥、都氣，腎肝同治。然用當歸尾、生地者，行淤滯也。柴胡，疎木氣也。去白芍，恐妨於行之疎也。名滋陰者，厥陰也。皆用五味者，雖合都氣，然實防木之反剋瀉丁之義也。去山茱萸，不欲强木也。

又一變而爲人參補氣湯。其義愈變化無窮，真游龍戲海之妙。去澤瀉而加參、芪、朮、歸、陳皮、甘草、五味、門冬。夫白朮之與六味，其化相反，焉得合之？曰從合生脈來，則有自然相通之義。借茯苓以合五味異攻之妙，用當歸、黄芪以合養血之奇。其不用澤瀉者，蓋爲發熱作渴，小便不調，則無再竭之理。理無再竭，便當急生，生脈之所由來也。既當生脈，異攻之可以轉入也。且水生高原，氣化能出，肺氣將敗，故作渴不調，此所以急去澤瀉而生金滋水，復崇土以生金。其苦心可不知哉！

又一變而爲加味地黄丸，又名抑陰地黄丸。加生地、柴胡、五味，復等其分，愈出愈奇矣。柴胡從逍遥來，生地從固本來，五味仍合都氣。其曰耳内癢痛，或眼昏痰喘，或熱渴便澀，而總爲肝腎陰虚，則知其陰虚，半由火鬱而致也。柴胡以疎之，鬱火非生地不能凉，用五味仍瀉下以補金，補金以生水也。曰抑陰，非疎不可，疎之所以抑之，生地凉血，便有瀉義，瀉之所以抑之也。

又一變而爲九味地黄丸。以赤茯苓换白茯苓，加川楝子、當歸、使君子、川芎，盡是直瀉厥陰風木之藥，仍是肝腎同治之法。緣諸疳必有蟲，皆風木之所化。肝有可伐之理，但伐其子，則傷其母，故用六味以補其母。去澤瀉者，腎不宜再洩也。

又一變而爲益陰腎氣丸。加五味，仍合都氣。生地、當歸二味，則從四物湯來。何也？其列症有發熱、潮熱、晡熱，肝血虧矣，焉能再以柴胡疎之哉？最妙在胸膈痞悶一句，緣此症之悶，是肝膽燥火，閉伏胃中，非當歸、生地合用，何以清胃中之火，而生胃陰！若用柴胡，便爲逍遥，入肝膽，不能走胃陰矣。一用柴胡，一不用柴胡，流濕就燥之義，判若天淵，微乎微乎！

趙氏則以爲六味加減法須嚴。其善用六味，雖薛氏啓其悟端，而以上變化，概未透其根底，故盡廢而不能用。見其能合當歸、柴胡而去芍藥，則反用芍藥爲疎肝益腎，此則其聰明也。乃謂白朮與六味，水土相反。人參脾藥不入腎，其論亦高簡嚴密，然細參薛氏，畢竟趙氏拘淺。薛氏諸變法，似乎寬活，然其實嚴密，學者當善悟其妙，而以意通之。大旨以肝腎爲主，而旁救脾肺，則安頓君相二火，不必提起而自然帖伏矣。

論八味丸説

此方主用之味爲桂附，即坎卦之一陽畫也，非此則不成坎矣。附雖三焦命門之藥，而辛熱純陽，通行諸經，走而不守。桂爲少陰之藥，宣通血脈，性亦竄發。二者皆難控制，必得六者純陰厚味潤下之品，以爲之濬導，而後能納之九淵，而無震盪之虞。今人不明此義，直以桂附爲腎陽之定藥，離法任意而雜用之，酷烈中上，爍涸三陰，爲禍非尠也。或曰：仲景治少陰傷寒，用附者十之五，非專爲保益腎陽耶？然仲景爲寒邪直中陰經，非辛熱不能驅之使出，附子爲三焦命門辛熱之味，故用以攻本經之寒邪，意在通行，不在補守。故太陰之理中，厥陰之烏梅，以至太陽之乾薑、芍藥、桂枝、甘草，陽明之四逆，無所不通，未嘗專泥腎經也。唯八味丸爲少陰主方，故亦名腎氣，列於金匱，不入傷寒論中。正唯八味之附，乃補腎也。桂逢陽藥，即爲汗散，逢血藥即爲温行，逢泄藥即爲滲利，與腎更疏。亦必八味丸之桂，乃補腎也。故曰當論方，不當論藥，當就方以論藥，不當執藥以論方。

論噎膈

丹溪合而爲一，固爲未盡。趙氏竟以噎膈爲上脘乾槁不納食，而以嘔吐歸之反胃，則亦不盡其理。噎膈亦有食久而出者，但不同於反胃之每食必出。反胃止吐原物，有食必盡，噎膈則或食或痰或白沫酸水，或多或少，或初病不吐，而久之屢作，或吐出糟粕，非痰非血非食，若醬汁然者。此上脘下脘枯槁，皆噎膈也。

新墅姜爾强久膈幾殆，予於傷寒論悟其法，一服而愈。又變通作丸，以治沈子明之膈，亦效。

此症則王太僕之論爲的。壯水之主、益火之原二法，隨症並用。趙氏分噎膈爲無水，反胃爲無火，非也。噎膈但不能食耳，反胃必吐，即出久出，以遲速分也。

論補中益氣湯

黄芪、當歸、人參、炙甘草、陳皮、升麻、柴胡、白朮。

東垣此方，從潔古老人枳朮丸化出而青於藍者，其加減皆有妙義，法度甚嚴。有即原方加減法，有加減而別立主名法，每於一味二味之出入分別天淵，條例甚精，不可不細考。吾常見粗工輒云用補中益氣湯，及詳其方，截然背謬，不過偶用方中數味耳。即有名手全用此方矣，於中稍加減一二味，便失本指者，又不少也。可不從全書講明其故耶？

東垣此方，原爲感症中有内傷一種，故立此方以補傷寒書之所未及，非補虚方也。今感症家多不敢用，而以爲調理補虚服食之藥，則謬矣。調理補虚，乃通其義而轉用者耳。

以上十四則，節録自醫貫，明趙獻可撰，吕留良評點，康熙年間刻本。標題係整理者所擬。

附録

生平資料

行略

吕葆中

嗚呼！先君之棄不孝輩也，已再期矣。日月不居，音容莫及。唯是生平言行之記，闕焉未備，每欲伸紙濡毫，次第梗概，而意氣填塞，弗克宣達。竊念先君立身大節，著在人寰；其學術文章議論，四方學者罔不聞知，固無待於不孝之稱述。惟其緒言遺事，或非外人所盡悉者，兹不筆載，誠恐日久散失疏忘，以至於後之人傳聞異辭，無所考據，是重不孝輩通天之罪也。故敢泣血而書之。

先君諱留良，字莊生，又諱光輪，字用晦，號晚村，姓吕氏。先世爲河南人，宋南渡時，始祖諱繼祖，爲崇德尉，阻兵不得歸，因家焉。十世而至竹溪公，諱淇，爲錦衣武略將軍，先君之高祖也。曾祖諱相，號種雲，沔陽別駕，妣孺人趙氏。祖諱焕，號養心，山西行太僕寺丞，妣宜人郭氏。考諱元啓，號空青，鴻臚寺丞，妣孺人黄氏。初，沔陽公以貲豪於鄉里，倜儻好施。倭寇逼，出藏粟三巨艘以餉軍；又助工築邑城之半，阮中丞表其間，曰「善人里」。公生三子，長爲太僕公。次諱炯，號雅山，泰興縣令。季諱熉，號心源，淮府儀賓，尚南城郡主，是爲先君之本生祖考妣也。本生考諱元學，號澹津，萬曆庚子舉人，繁昌縣令，妣孺人郭氏。繁昌公年六十九而卒。已生子四，長諱大良，字伯魯；次諱茂良，字仲音，刑部郎；次諱願良，字季臣，維揚司李；次諱瞿良，字念恭，邑諸生。卒後四月，而側室孺人楊氏生先君於登仙坊之里第，行第五。於是空青公卒，無子，乃以爲後焉。

先君生而神異，穎悟絶人，讀書三遍輒不忘。八歲善屬文，造語奇偉，迥出天表。時同邑孫子度先生爲里中社，擇交甚嚴，偶過書塾，見所爲文，大驚曰：「此吾老友也，豈論年哉？」即拉與同游。先君垂髫據坐，下筆千言立就，芒彩四射，諸名宿皆咋舌避其鋒。癸巳，始出就試，爲邑諸生。每試輒冠軍，聲譽籍甚。時同里陸雯若先生方修社事，操選政。每過先君，虚左請與共事。先君一爲之提唱，名流輻輳，玳筵珠履，會者常數千人。女陽百里間，遂爲人倫奥區。詩筒文卷，流布宇内。人謂自復社以後，未有其盛，亦擬之如金沙、婁東，而先君意不自得也。

壬寅之夏，課兒讀書於家園之楳花閣。息交絶游，於選社一無所與。時高旦中先生自鄞至，黄晦木先生兄弟自剡至，與同里吴孟舉、自牧諸先生，以詩文相倡和。嘗作詩曰：「誰教失脚下魚磯，心跡年年處處違。雅集圖中衣帽改，黨人碑裏姓名非。苟全始信譚何易，餓死今知事最微。醒便行吟埋亦可，無慚尺布裹頭歸！」人莫測其所謂。至丙午歲，學使者以課士按禾，且就試矣，其夕造廣文陳執齋先生寓，出前詩示之，告以將棄諸生去；且囑其「爲我善全，無令剩幾微遺憾」。執齋始愕眙不得應，既而聞其衷曲本末，乃起揖曰：「此真古人所難，但恨向日知君未識君耳！」於是詰旦傳唱，先君不復入，遂以學法除名。一郡大駴，親知無不奔問旁皇，爲之短氣。而先君方怡然自快。復作詩，有「甑要不全行莫顧，簀如當易死何妨」之句。但曰：「自此老子肩頭更重矣！」於是歸卧南陽村，向時詩文友皆散去。乃摒擋一切，與桐鄉張考夫、鹽官何商隱、吴江張佩蔥諸先生及同志數人，共力發明洛閩之學，編輯朱子書，以嘉惠學者。其議論無所發洩，一寄之於時文評語，大聲疾呼，不顧世所諱忌。窮鄉晚進有志之士，聞而興起者甚衆。

顧先君身益隱，名益高。戊午歲，時有宏博之舉，浙省屈指以先君名薦。牒下，自誓必死。不孝輩懼甚，急走謁當事，祈哀固辭，得免。庚申夏，郡守復欲以隱逸舉。先君聞之，乃於枕上翦髮，襲僧伽服，曰：「如是，庶可以舍我矣。」寄清溪徐方虎先生，曰：「弟此病日深，浮生無幾，已削頂爲僧。從此木葉蔽影，得苟延數年，完一兩本無用之書，願望足矣。世間紛紛，總不涉病僧睹聞。」或疑之曰：「先生平生言距二氏，今以儒而墨，將貽天下來世口實，其若之何？」先君亦默然不答。僧名耐可，字不昧，號何求老人。築室於吳興埭溪之妙山，顔曰「風雨庵」。峭壁寒潭，長溪修竹。有泉一泓，構亭其上，題以「二妙」。先君幅巾拄杖，逍遥其間。惟四方問學之士，晨夕從游，有濂溪吟風弄月之意。

顧先君自此亦病甚矣。幼素有咯血疾，方亮功之亡，一嘔數升，幾絶。辛亥以後，遇意有拂鬱，輒作。至庚申夏，方對客語，而郡劄適至，噴噀滿地，坐客咸愕然。自後病益劇。先君自知不起，嘗歎曰：「吾今始得『尺布裹頭歸』矣，夫復何恨！但夙志欲補輯朱子近思録及三百年制義名知言集二書，倘不成，則辜負此生耳！」於是手批目覽，猶矻矻不休。門人子姪苦請稍輟，以俟病間。先君毅然曰：「一息尚存，不敢不勉。況此時精神猶堪收拾，後此更何及耶？」雖發凡起例，稍示端緒，然亦竟不能成也。易簀前三日，猶憑几改訂書義，命不孝執筆，一字未安，輒伫思商酌，其神明不亂如此。病革，門人陳鏦等入問，勖以細心努力爲學。呼不孝輩，諭以孝友大義而已。已而曰：「我此時鼻息間氣，有出無入矣。」言畢，叉手安寢長逝。此癸亥八月十有三日也。嗚呼痛哉！

先君少秉至性，事先祖母楊孺人極孝。孺人雖奇愛先君，而教督尤嚴。年十三，遘孺人喪，哀毁逾禮；又以生不得逮事繁昌公，平生每言及，未嘗不嗚咽流涕也。祭祀必竭誠盡敬，其粢盛羹饌，必豐以潔。夙興行事，未嘗不齋肅也。遇諱辰，未嘗不哀感也。已病劇支綴，家人祭祀，猶必强起行禮，不以憊故自免也。大宗祠堂圮，猶籃輿出城營度，不以瀕死怠於祖先也。少撫於三伯父，事三伯父如嚴父。已出爲鴻臚公後，貲藏甚厚。而三伯父故豪奢，好聲氣結納，輒揮霍盡之。歲大饑，嘗爲友代輸漕粟，一夕空其囷。先君驩然，以兄親愛，視財無爾我，絶無芥蔕悋惜也。三伯父卒，子亮功早世，以先君爲喪主。後十餘年，拮据營葬三伯父父子於高原，哭之盡哀。又以孫懿緒繼亮功後，曰：「吾以報三兄撫養，因亦使吾之子孫得以復奉本生繁昌公祀也。」二伯父與三伯父兄弟異居，以禮數相持責，讒間乘之，差不相能。四伯父撫於二伯父，而與先君友愛最篤，相與彌縫兩兄間。四伯父卒，先君曰：「吾兄死，無與爲善矣。」哀痛過常。遺孤纔歲餘，撫視如己子，以迄於成人。晚年事二伯父尤敬。二伯父性徑直，先君每事推讓，視形聽聲，極意承奉之。即有所諫正，必緩解曲譬，弗使傷其意也。常遘疾，先君爲之終夕不寐，思所以療治之法，復初乃安。先君每曰：「吾生而無父，今兄亦祇一人存，視兄猶視父矣。」

平生篤於朋友之誼，遇有事，不惜頂踵以赴其急。交游投贈，傾筐倒篋，忠盡歡竭，曾無倦意。嘗曰：「友，所以輔仁也。論交既定，則急難通財，乃分内事；今人以通財急難而求友，則不可以言友矣。」顧先君之所求者在此，而友之所望於先君者或在彼。雨雲翻覆，千變百幻，先君祇待以一誠，久而其人感動悔悟，遇之如初。其卒不可化，或自以負途之家，反害先君之潔身浣行而讐之者，天下皆怪歎其爲人，而於先君知人之明固無傷也。初與陸雯若先生同社，時雯若惑於讒，與先君偶相失。他社之人乘間説曰：「請絶雯若，某等願執鞭弭以從。」先君笑曰：「吾與雯若小有言，然門牆之鬩也，於諸君何與哉？且諸君故可交，亦奚必絶雯若而後從也？」其人乃愧服。雯若早卒，先君爲之經紀其家，人謂真不愧生死者。有浮薄子盜名，常獲陸先生左右力；比其亡也，作陸雯若墓誌，痛加詆抹。先君甚不平之，乃爲刊其東皋遺選，序中悲涼感慨，極寓其意，所爲張耳、陳餘之事是也。甲辰歲，有故人死於西湖，先君爲位以哭，壞牆裂竹，擬於西臺之慟，已而葬於南屏山石壁下。高旦中先生與先君交最厚，許以女室先君之第四子，忽致札曰：「某病甚，將死矣。家貧，吾女恐不足以辱君子，請辭。」人或勸從其請，先君正色曰：「旦中與余義同車笠，不應有是言。此亂命耳。」卒娶之。時會葬高先生於鄞之烏石山，先君芒鞵冒雪，哭而往。山中人遥聞其聲，曰：「此間無是人，是必浙西吕用晦矣。」高氏子弟礱石將刻墓誌，先君視其文，微辭醜詆，乃歎曰：「銘之義，稱美而不稱惡，此何爲者也？」遂不復刻。平生愛人以德，不肯爲姑息，以非義相成，責難規過，人或不能堪，而諒其無他，卒相畏服。與吴自牧先生始以藝術文章交，既而進以道義，晚歲甚相依傍。忽暴疾殞，先君哭之慟，曰：「吾質已亡矣，吾亡以言之矣！」爰是有質亡集之刻。并及諸亡友之文章未表見於世者，綴拾其遺事以傳焉。蓋先君貧交死友，尤所鄭重。凡友人之後富且貴者，輒不復通。或以爲已甚，先君曰：「吾自與富貴不相習耳，非忘故人也。」

方在髫齔時，即能發明紫陽之學，偶與姑夫朱聲始先生議論及之，大驚曰：「不意君所見，便已到此境界，真神授也！」先君嘗謂洛閩淵源，至靖難時中絶；後來月川、敬軒、康齋、敬齋諸人，顛末由蘖，僅能敷述緒論，而微言不傳。白沙、陽明乘吾道無人之時，祖大慧之餘智，改頭换面，陽儒陰釋，以聾瞽天下之耳目。而陽明之才氣，尤足以鉗鍾駕馭。自是以後，士之卑靡者，既溺於科舉詞章之習，其有志於講明此理者，倀倀焉如瞽之無相，總不能脱離姚江之圈禮。若羅整庵之困知記、陳清瀾之學蔀通辨，蓋嘗極力攻其瑕纇，而所見猶粗。至後此講學諸儒，未嘗不號宗朱，及論至精微所在，則猶然金溪黑腰子也。然則此學何由而明哉！先君於佛、老家言無不穿穴，諸儒學録悉所窮究，若倉、扁之於疾，洞見其肺腑受病所在，故能力斥其非，詖淫邪遁之辭，披抉呈露，莫得而隱也。嘗曰：「姚江之説不息，紫陽之道不著。」至人以攻王目之則不受，曰：「吾尊朱則有之，攻王則未也。凡天下辨理道，闡絶學，而有一不合於朱子者，則不惜辭而闢之耳，蓋不獨一王學也，王其尤著者耳。」或曰：「先生痛抹陽明太過，得無爲矯枉救弊之言耶？」先君曰：「不然。生平於此事不能含糊者，只有『是非』二字。陽明以洪水猛獸比朱子，而以孟子自居。孟子是則楊墨非，此無可中立者也。若謂陽明此言亦是矯枉救弊，則孟子云云，無非矯救，將楊墨告子，皆得並轡於聖賢之路矣。且論道理必須直窮到底，不容包羅和會。一着含糊，即是自見不的，無所用争，亦無所用調停也。即從陽明家言，渠亦直捷痛快，直指朱子爲楊墨，未嘗少假含糊也。然則不極論是非之歸，而務以渾融存兩是，不特非孔孟程朱家法，即陽明而在，亦以爲失其接機杷柄矣。」

又嘗歎曰：「道之不明也久矣！今欲使斯道復明，舍目前幾個識字秀才，無可與言者；而舍四子書之外，亦無可講之學。」故晚年點勘八股文字，精詳反覆，窮極根柢，每發前人之所未及，樂不爲疲也。有疑時文恐不足以講學者，先君曰：「事理無大小，文義無精粗，莫不有聖人之道焉。但能篤信深思，不失聖人本領，即擇之狂夫，察之邇言，皆能有得，況聖賢經義乎？其病在幼時入塾，即爲村師所誤，授以鄙悖之講章，以爲章句、傳注之説不過如此；導以猥陋之時文，則以爲發揮理解與文字法度之妙不過如此。凡所爲先儒之精義與古人之實學，概未有知，其自視章句、傳注文字之道，原無意味也。已而聞外間有所謂講學者，其説頗與向所聞者不類，大旨多追尋向上，直指本心，恍疑此爲聖學之真傳，而向所聞者果支離膠固而無用，則盡棄其學而學焉。一入其中，益厭薄章句、傳注文字不足爲，而别求新得之解。自正嘉以來，講學諸公皆不免此。故從來俗學與異學，無不惡章句、傳注文字者，而村師與講學先生，其不能精通經義亦一也。乃反謂經義必不可以講學，豈不悖哉！」自先君之説出，天下之士始而怪，中而疑，終乃大信。今者鹿洞之遺書同南陽之評本，無不家庋户肄。後生末學，皆知是非邪正，如冰炭之不可同器，髣髴然陰翳消而日月懸也，世皆以歸先君閑闢之功焉。

又見從來講學者，每以聲利相招集，意甚疾之。以爲學者當先從出處去就、辭受交接處，畫定界限，札定脚根，而後講致知、主敬工夫，方足破良知之黠術，窮陸派之狐禪。蓋自宋以後，春秋變例，先儒不曾講究到此，别須嚴辨，方可下手入德耳。平生不爲小廉曲謹，而於非義所在，一介不苟也。嘗曰：「吾輩今日雖倒溝壑，然有數種食決不可就也。矯節高名，而苟且凡百，目前紛紛名輩，或未能免此矣。然餓死事小，當無忘此志耳。」自棄諸生後，或提囊行藥，以自隱晦，且以效古人自食其力之義。而遠近復争求之，乃歎曰：「豈可令人更識韓伯休耶？」於是雖親故皆謝不往矣。每云：「吾性畏貴人，對宦僕如伍伯也，捧大字書帖如牌檄也，登朱門則惴惴焉大庭福堂也。」抱病村居，四方交游羔雁造門者，皆支扉拒之。官於浙者，皆以不得識先君爲憾。雖以勢强逼之，不可得而屈辱也。蓋先君嚴苦之節，出於至誠，而守之既久，天下亦知其素所樹立，故每能伸其志。世之不快於先君者，或能造作流言以相疑謗，至於立身持己，皭然不滓，則固不得而訾議之也。

嘗游金陵，遇施愚山先生於廣座。愚山論學，先君不數語，中其隱痛，愚山不覺汍瀾失聲，坐客皆驚，遷延避去。於禾遇當湖陸稼書先生，語移日，甚契。稼書商及出處，先君曰：「一命之士，苟存心於愛物，於人必有所濟，君得無誤疑是言與？」及先君卒，稼書在靈壽，爲文致弔，猶不忘斯語焉。龍山查漢園少負駿才，好良知、縱横之學，解后先君，相與辨論，往復甚苦。至夜分，忽蹷而起，曰：「不聞君言，幾誤此一生矣！願爲弟子。」即舍棄場屋，過南陽村。逾月而後歸，人問何如？曰：「殆非復人間世耳！」新安施虹玉與其鄉人篤守考亭之學，襆被過訪，告以綱目凡例未發之藴，歎爲聞所不聞。平居講習，未嘗標立宗旨，曰：「吾儒之學，正當從其支流脈絡，辨别精微，方見道理精切處耳。一立宗旨，即是顢頇鶻突。且無論其所標立者云何，已失時中變動之義矣。惟異端之學，有綱提訣授，吾儒無是也。」故凡與學者言，皆隨事指點，各就其識力功候之所至，或誘而進之，或折而奪之，煅煉人材之法，非可執泥。至於本領歸宿所在，則又未嘗不同也。誨人不倦，每講論常至丙夜。然辭旨明快，聽者忘疲。尤喜辨難，反覆竭其兩端。學者與先君游，經義治事，隨其淺深，無不各有所得。負笈擔簦，不遠千里。遐陬荒裔之士，或有設位遥拜名弟子者。天下方翕然以爲有所依歸，而中道捐棄，宜乎聞訃之日，世之學者無不震悼，以爲斯道之不幸也。嗚呼痛哉！

先君頎身嶽立，音如洪鐘，風采峻厲。遇事盤錯疑難，迎刃立解，精神過人。高旦中先生常曰：「晚村百冗蝟毛，八面受敵，則神愈閑，氣愈攝，精采愈焕發，殆神勇邪？」丁酉倡社邑中，數郡畢至，敦盤裙屐，譙樂紛沓，先君指揮部署之，終會不失一匕箸，人服其綜理之密。他人或分任什一，率不能辨也。二伯父馭下素嚴，猝有家奴之變，奴輩百餘人刼盟寢室，二伯父且受制，計無所出，先君爲密畫擒治之，皆伏法。從兄某，爲奴所誣累，事涉錢課考覆，邑令强欲坐之，先君執不可得，雖以是忤邑令意，失好友歡，不顧也。凡親戚有急呼將伯者，皆以身當之，弗避禍患。其居鄉也，歲饑則議賑；疾癘作，散藥裹，所活常數千人。萑苻充斥，則講保甲法，其措置方略皆有至理，非人所能及。有妖僧將構小九華於邑之北門，煽惑愚俗，富室輸金錢，豪猾恣漁獵，以福田形勢爲辭。既營建矣，先君適自金陵歸，見之大詫，乃貽書知交，責以衛道闢邪，且令門人董杲爲邑令言，指陳利害，數有不可者七，卒毁去之。

先君雖息影深鄉，而讜言清議，人猶有所畏忌，惟恐其聞知。其居家也，闈門之内，肅肅雝雝；教子弟，有家法；御臧獲輩，皆嚴而有恩。平生不事生産封殖，而以勤儉自勵，夙興夜寐，終日乾乾。木屑竹頭，處之各當，靡不經心。常指示不孝輩，曰：「即此便是學，汝等勿看作兩橛也。」其冠昏祭祀，皆痛除俗禮之非，自定儀節；喪事不用浮屠，邑中士大夫家多有效之者。嘗讀浦江鄭氏規範，慨然歎曰：「吾生不得與三代，此事猶堪式萬方。汝等其勉爲之，以成吾志。」

所著有詩集幾卷，文集幾卷，制義一卷；所評有諸先輩稿及天蓋樓偶評若干；於醫有趙氏醫貫評；所選有宋詩鈔初集、唐宋八家古文；惟朱子近思録及知言集二書，未就而卒。

先君博學多材，凡天文讖緯、樂律兵法、星卜算術、靈蘭青烏、丹經梵志之書，莫不洞曉。工書法，逼顔尚書、米海嶽，晚更結密變化。少時能彎五石弧，射輒命中。餘至握槊投壺、彈琴撥阮、摹印斲研，技藝之事，皆精絶。然别有神會，人卒不見其功苦習學也。世每以此相歎羨，先君曰：「此鄙事耳，君子不貴也。」常因吴自牧好弈，思諫之，遂終身不近碁局。晚年悉力屏謝，雖書字亦不爲矣。

生崇禎己巳正月二十一日，距卒康熙癸亥，享年五十有五。娶范氏，天啓甲子舉人翠華公諱金路女，與先君有偕隱志。子男七人，長公忠今名葆中、主忠、寶忠、誨忠、補忠、納忠、止忠。孫男五人：懿曆、懿緒、懿業、懿威、懿統，以懿緒爲亮功後。即以其年十一月二十九日，葬於識村東長坂橋西，祔太僕公之穆，遵遺命也。

先君生而孤露，長而患難，壯而風塵。及其晚也，方思寤歌泉石，而悲天憫人之意，與逃名畏禍之心，兩者未嘗一日去於其懷。素所負志甚遠大，既而生不逢時，乃一以著書立言爲己任，孳孳兀兀，不自暇逸，曰：「庶其假我年乎？」而孰知天之復靳而不予也。嗚呼，其命也夫！至於平日動静語默，無行不與，神明狀貌，非可悉傳。而又嘗命不孝曰：「吾於人倫，往往皆值其變，汝等他日欲稱吾之善而傷吾心，不可也。」乃别作内傳，以紀隱德，不敢以示於人。兹所述者，僅其什一而已。惟世之有道君子，哀而垂覽焉。男公忠謹述。（吕晚村先生文集附録）

呂晚村先生行狀

柯崇樸

先生諱留良，字莊生，又諱光輪，字用晦，號晚村，姓呂氏。先世河南人。始祖繼祖，宋南渡時爲崇德尉，阻兵不得歸，因家焉。高祖淇，錦衣武略將軍；曾祖相，沔陽別駕；祖焕，山西行太僕寺丞；父元啓，鴻臚寺丞。沔陽公以資豪於鄉里，倜儻好施，生三子，長爲太僕公；次炯，泰興縣令；季熯，淮府儀賓，尚南城郡主，先生之本生祖也。本生父元學，萬曆庚子舉人，繁昌縣令。已生子四，卒後四月而先生生，生行第五。於是鴻臚公卒，無子，乃以爲後焉。

先生生而神異，穎悟絶人，垂髫屬文，下筆已驚諸名宿，然志存經濟，學研性天，不徒以藻繢爲工也。甲申之變，曾未弱冠，即自哀憤，散金結客，備嘗艱苦。蓋忠義之氣，得之性生，家既戚畹，世所指名。會姪亮功爲怨家所訐，辭連先生，禍且滅宗，縣令榜掠亮功備至，噴血大言，曰：「此獨余一人所爲，諸父不知也。」於是卒論死武林，事乃解。

癸巳始出就試，爲邑諸生，每試輒冠軍，聲譽籍甚。時同里陸雯若方修社事，操選政，邀與俱。先生爲之提唱，名流輻輳，女陽百里間，遂爲人倫奧區。人方矜其盛，先生意甚不屑也。壬寅夏，遽息交絶游，於選社一無所與，惟二三知己以詩文相唱和。至丙午歲，學使者以課士按禾，試朝傳唱，竟不復入，遂以學法除名。一郡大駭，親知爲之短氣，而先生方怡然自快。歸卧南陽村，摒擋一切，與桐鄉張考夫、鹽官何商隱、吴江張佩葱諸先生，共力發明洛閩之學，絶意進取。嘗與長安故友詩云：「故人今有程文海，莫便吹歸謝叠山。」蓋於出處之際，審計之決矣。

顧先生身益隱，名益高。戊午歲，時有宏博之舉，浙省擬以先生薦，先生堅執不就，當事者不能屈。既而郡守復欲以隱逸舉，先生懼不免，乃築精舍吴興埭溪之妙山，顔曰風雨庵，幅巾野服，遁跡其中。然其悲天憫人之意，與逃名畏禍之心，兩者交迫於懷，自此亦病甚矣。庚申後病漸劇，至康熙癸亥八月十三日，竟以疾卒於南陽村莊，享年五十有五。遠近之士聞者莫不震悼失圖，以爲斯道之不幸也。

先生風神峻整，氣度容與。望之儼然，而即之也温；其言藹如，而其指也遠。學足以窮古今之變，而未嘗立異以鳴高；才足以任天下之重，而未嘗矜己以自足。世之高明者患在好言「了悟」，先生惟循循于下學上達之常；世之卑庸者患在凡事拘牽，先生自優優於明體適用之際。自其少時即能發明正學，迨棄科舉業，益精專求道。資稟既粹，充養有方，嘗出入於佛家言，泛濫於諸儒學録，故能窮究其本末，洞見其是非，詖淫邪遁之辭，披抉呈露，莫得而隱也。嘗謂洛閩淵源，至靖難時中絶，白沙陽明乘我道無人之時，祖大慧之餘智，改頭换面，陽儒陰釋，以聾瞽天下人耳目。而陽明之才氣，尤足以鉗馭驅率天下而從之。若羅整菴之困知記、陳清瀾之學蔀通辨，蓋嘗極力攻其瑕纇，而所見猶麤；至後此講學諸儒，未嘗不號宗朱，及論至精微所在，則猶然金溪黑腰子也。然則此學何由而明哉？故曰：「姚江之説不息，紫陽之道不著。」凡於其所謂「無善無惡心之體，知善知惡是良知」之類，二百年來浸淫于人心而莫知其非者，必隨在致辨，大聲疾呼，直抉其病根所在而顯斥之。或疑其詆陽明太過，先生曰：「不然。平生於此事不能含糊者，只有是非二字。陽明至於洪水猛獸比朱子，而以孟子自居，豈得謂余言爲過耶？且論道理必須直窮到底，不容包羅合會。一着含糊，即是自見不的，無所用爭，亦無所用調停也。」

又嘗嘆曰：「道之不明也久矣，今欲使斯道復明，舍目前幾個識字秀才，無可與言者；而舍四子書之外，亦無可講之學。」故晚年點勘八股文字，精詳反覆，窮極根柢，將以明聖賢立言之指，使窮鄉晚進有志之士，聞而有所感發興起，識理道之所歸，非猶夫揣摩家言，藉是爲決科之利也。有疑時文不足以講學者，先生曰：「事理無大小，文義無精粗，莫不有聖人之道焉，況經義乎？其病在幼時入塾師，爲村師所誤，授以鄙悖之講章，導以猥陋之時文，以爲傳注不過如此，正坐不通經義耳，乃反謂經義不可以講學哉？」平居講習，未嘗標立宗旨，曰：「吾儒之學，正當從其支流脈絡，辨別粗微，乃見道理親切處。一立宗旨，即是顢頇鶻突。且無論其所標立者云何，已失時中變動之義矣。惟異端乃有綱提訣授，吾儒無是也。」故凡與學者言，皆隨事指點，各就其識力功候之所至，或誘而進之，或折而奪之，裁成變化，因人而施，負笈擔簦，遠至千里，莫不虛往實歸。

崇樸嘗請問爲學之要，先生曰：「爲學須是立志得盡，下手便做。從上聖賢道理已説得詳盡，又得程朱發揮，辨決已明白無疑，其要只以小學、近思録爲本，從此以求四書、五經之指歸，於聖賢路脈必無差處。若欲别求高妙，則非所知矣。」其教他弟子亦多舉二書，又特注釋刊布之，豈非博文約禮、循循善誘者歟？見從來講學者每以聲利相招徠，意甚疾之，以爲儒者當先從出處去就、辭受交接處，畫定界限，扎定脚根，而後可講致知主敬工夫。

嘗與當湖陸稼書語甚契，稼書商及出處，先生曰：「一命之士，苟存心於愛物，于人心必有所濟。君得無誤疑是言歟？」及先生卒，稼書爲文致奠，猶不忘斯語焉。龍山查漢園少負駿才，好良知、縱横之學，解后先生，相與辨論，往復甚苦，至夜分忽蹶起，曰：「不聞君言，幾誤此一生！願爲弟子。」即捨棄塲屋以從。門人在燕者寄問曰：「長安富人肯爲某捐納，以其輸錢得官，于心未安而止。」先生答曰：「此固是矣。然賢者見識，於理尚隔一鍼。以僕觀之，以文以錢，有以異乎？」其嚴如此！蓋先生持己以正，愛人以德，内直外方，責難規過，議論侃侃，必不肯詭隨附會，以故世之異趣醜正者，或反肆甚謡諑。然禮義不僭，公評具在，卒莫得而淄磷也。

先生至性過人，内行純備。生不逮事父，祭必竭其誠。少撫於其兄，事之極其敬。篤于友誼，終始不渝。急難相恤，有無相通，即或横逆之來，而先生祇自反其忠。至於貧交死友，尤意所加厚。其居鄉也，歲饑，則議賑；疾癘作，散藥裹，所活常數千人。萑苻充斥，則講保甲法，其措置方略，皆有至理，舉而行之，則治國平天下之道，不外乎是。或疑爲權略智計之所爲，先生要本廓然而大公，物來而順應，故能知明處當如此。閨門雝肅，教子弟有家法，御臧獲輩，嚴而有恩。不事生産封殖，而勤儉自勵，夙興夜寐，終日乾乾。雖木屑竹頭，悉經心處置。嘗以戒子曰：「即此便是學，汝等勿看作兩橛也。」其冠昏喪祭，皆痛除俗禮之非，自定儀節；喪事不用浮屠，邑中士大夫家多有效之者。嘗讀浦江鄭氏規範，慨然歎曰：「吾生不得與三代，此事猶堪式萬方。汝等且勉爲之，以成吾志。」

先生既才全德備，復博學多能。凡天文、讖緯、樂律、兵法、星卜、算術、靈蘭、青烏、丹經、梵志之書，莫不洞曉，書法遒勁，射必命中，餘至握槊投壺、彈琴撥阮、摹印斲硯，技藝之事，皆精絶。要其神悟理解，非可言喻；格物致知，自有獨得。故形上形下，一以貫之。初未嘗事事工，苦習學也。

所著有詩集幾卷、文集幾卷、制藝一卷；所評有諸先輩稿，及天蓋樓偶評行世；于醫有趙氏醫貫評；所選有宋詩鈔、唐宋八家古文。嘗欲評三百年制藝名知言集，會有薦舉事，遂中輟。又欲補輯朱子近思録，初則謙讓未遑，至疾作，乃手批目覽，矻矻不休。門人子姪苦請稍輟，以俟疾間，先生毅然曰：「一息尚存，不敢不勉。不乘此時，後更何及耶？」雖發凡起例，稍示端緒，亦竟不就。易簀前三日，猶憑几改訂書義，命諸子執筆，一字未安，輒佇思商酌，其神明不亂如此。病革，門人陳鏦等入問，勖以細心努力爲學。呼諸子姪，諭以孝友大義，言畢而逝。

嗚呼！先生抱負甚宏，志期遠大，而生不逢時，不能進而覺斯人，乃一以著書立言爲己任，將與斯世共明斯道。而天復不假之年，以竟其業，豈非命也夫！娶碩人范氏，與先生有偕隱志。子男七人，曰葆中、時中、宏中、黄中、甫中、立中、止中，皆能世其家學；女三人。即以其年十一月二十九日葬於識村東長板橋西，祔太僕公之穆，遵遺命也。

崇樸從游先生之門，然奉教日淺，凡先生精微之藴，美大之詣，未易得而窺也。姑識其學之大者：力行不厭，誨人不倦；篤信朱子，明斥禪學；辨異端似是之非，闡先儒未盡之奥，自宋以來，一人而已。夫程朱之在當日，僞學之禁甚嚴，其道歷久始益顯。今先生雖不得行其道，然先生之書，天下皆尊而信之，家庋户肆，後生末學由是知是非邪正之歸。人心蠱惑而復正，大道榛蕪而漸通，是先生之言行，道亦行矣。其繼往開來之業，閑邪衛正之功，顧不偉歟？是宜有當世大人君子表誌其墓，俾異日居史職者採摭，以冠儒林之傳。謹具其行狀以請。門

人嘉善柯崇樸狀。（振雅堂稿）

吕晚村先生事狀

張符驤

先生諱留良，字莊生，别號晚村，姓吕氏，浙江石門人也。先世河南人，宋南渡時有爲崇德尉者，阻兵不得歸，因家焉。高祖淇，錦衣武略將軍；曾祖相，沔陽通判；祖煥，山西行太僕寺丞；考元啓，鴻臚寺丞。其本生考曰元學，繁昌知縣；繁昌之考曰熿，淮府儀賓，尚南城郡主朱氏，是爲先生之本生祖妣。

先生未生而孤，幼有異稟，穎悟絶人。八歲善屬文，十二歲即與里中人爲社，一時名宿皆避其鋒。時國勢竄潰，内外交訌，先生慨然有經世之志。未幾，李自成陷北京，烈皇帝崩於亂，先生哭臨甚哀。或過而勞之曰：「莊生何太自苦？」先生正色曰：「今日天崩地坼，神人共憤，君何出此言也！」於是散萬金之家以結客，往來湖山之間，跋風涉雨，備嘗艱苦。其詳不可得聞，然怨家嘗以訐先生，先生從子亮功，獨自引服，亮功竟論死，而先生幸存。

隱於醫，嘗提囊行市，以效古人自食其力之義。遠近爭求之，先生歎曰：「豈可令人更識韓伯休耶？」顧先生身益隱，名益高。戊午歲有宏博之舉，浙省屈指以先生名薦，先生自誓必死以免。其後三年，而郡守又欲以隱逸舉，先生聞之，噴血滿地，乃於枕上翦髮，襲僧伽服，曰：「如是，庶可以舍我矣。」或疑之曰：「先生言距二氏，今以儒而釋，天下其謂之何？」先生亦不答。嘗言綱目以後，天下之局大變，而義不明者更須爲之閑距。凡友朋涉世者，先生贈言，必寓規諷之旨。或北行來別，以隋珠彈雀爲喻，先生曰：「莫道不是珠，且恐不得雀耳。況此非雀也，一彈之後，豈復有珠哉？」門人在燕者，寄問曰：「長安富人皆爲某捐納，以其輸錢得官，於心未安而止。」先生答曰：「此固是矣。然賢者見識，於理尚隔一鍼。以某今日觀之，以文以錢，有以異乎？無以異也。」其嚴如此。

先生於諸儒語録、佛老家言，靡不究極其是非，而於朱子之書，信之最篤。病夫世之溺於異學而不知所返也，以斯道爲己任，故其教人，大要以格物窮理、辨别是非爲先。以爲姚江之説不息，紫陽之道不著；又以爲闢邪當先正姚江之非，而欲正姚江之非，當真得紫陽之是。其義論一發之於四書時文評語，老友桐鄉張考夫以書來曰：「行年即同衛武，已去其半；中夜以興横渠，猶將不及。事固有大於此者。乃爲無益身心、有損志氣之事，耗精神而廢日月，且將久與污濁中苟盜浮名者流動，若絜長角勝者。私心竊不爲兄甘之。」先生曰：「道之不明也久矣，今欲使斯道復明，舍目前幾個讀書識字秀才，更無可與言者。而舍四子書之外，亦無可講之學。」窮鄉晚進有志之士，聞而興起者甚衆。蓋自朱子殁，黄勉齋、輔漢卿僅足自守，不能發皇恢張，再傳盡失其意。王陽明乘吾道無人之際，祖大慧之餘智，改頭換面，陽儒陰釋，以惑亂天下之耳目，至詆朱子爲洪水猛獸。晚年定論之作，顛倒彌縫，尤爲陰譎。後此講學諸儒，未嘗不號宗朱，而究其底裏，總無能出姚江之圈䙡。羅整庵、陳清瀾雖嘗極力辨之，而所見猶粗，無以攻其堅而撲其焰。先生當否塞之後，大聲疾呼，以覺一世，如執瞽者而予之以杖，天下之學者，亦漸曉然知紫陽、姚江之是非，判然如冰炭之不相入也，皆以歸先生閑闢之功焉。先生又疾世之講學者，多以聲利相招集，以爲學者當先從出處去就、辭受交接處，畫定界限，札定脚根，方可下手入德。而負塗之豕，往往害先生之絜身浣行而讐之，讕詆無狀，天下皆怪歎其爲人，而於先生究無損也。

自傷幼孤，不逮事繁昌，祭祀必盡其誠，不以病憊自免。仲兄性徑直，先生視形聽聲，極急承奉，即有所諫正，必緩解曲譬，勿傷其意；嘗遘疾，爲之終夕不寐，思所以療治之法，復初乃安。叔兄好結納，嘗爲友代輸漕粟，一夕空其囷，先生驩然以兄親愛，視財無爾我，不少悋惜。篤於交游，入其室者，讌贈投歡盡忠竭。經籍玩好，雖見攫敓而不忤。而於貧交死友，尤所鄭重。甲辰，有故人死於西湖，先生爲位以哭，壞墻裂竹，擬於西臺之慟，已而葬於南屏山石壁下。他日過其墓，猶作詩曰：「僧帽故人今不識，酒樓往事老難忘。」

癸亥，忽賦祈死詩六篇，其末章云：「作賊作僧何者是，賣文賣藥汝乎安？」嗚乎！其志爲可悲也！竟以是年八月十三日没。病革，神明不亂，徐曰：「我此時鼻息間氣，有出無入矣。」言畢，叉手安寢而逝。距生崇禎己巳正月二十一日，享年僅五十有五。墓在識村東長板橋西，祔於太僕之穆。

驤自幼歲即讀先生書，而知好之。既長，出交於四方之名人，其爲浮慕先生者多，有獨以爲朱子而後傳聖人之道者，惟先生一人，是則驤區區之愚而已。顧恨不及先生之門。竊謂先生之言，廣大精微，無所不具。門人周在延、陳鏦各以己意編次，雖繁簡得失，不無互異，均之發明章句集注之奥，學者亦可以不外是而求之矣。獨嘗以爲近來人心風俗俱壞，匪直文字一事，凡先生之言，旁涉世故人品，皆今日膏肓之藥。嘗過不自揣，采摭一書，欲使天下之是非榮辱有所定，使天下之假道學假文字不敢吐氣，使天下浮談不根者稍知向學，使天下羡二鳥之光榮者可以知耻，顔曰吕子近思録，鋟板將出。

先生下世十四年，子葆中領皇朝丙子浙江鄉薦。

吕先生傳，志之十年而不敢下筆，頃從員虞肱見吕無黨所撰行略，愛其文而私心有不能無疑者，因參以别本，釐爲事狀一篇。然終不敢列於傳者，蓋有待於筆削，且以爲非門人小子之所爲也。然先生之出處言行，此要爲舉其端矣。（碑傳集補卷三十六）

祭吕晚村先生文

陳祖法

自予締交於親翁也，閱今蓋二十有七年矣。予里居，於選政中見君議論評騭，知非斤斤以文章士自命也。予釋褐，授語溪教諭。至即訪君，介賓主以入，肅然藹然，可敬也而可親。踰數日，飲予吴氏園，蓋君之契友孟舉、自牧，亦因君厚而厚余者也。是夕清絃雅歌，備極韻事。復移飲，坐石上，談論古今，至夜半不休。此燕享之始，故叙之，自是而彼此酬酢無間也。

予契友管襄指與君爲中表，謂予曰：「吕子有次女，曷不爲子子問名焉？」予欣然而君慨然。不幸君女夭，予愀然。襄指復令予問名於君之長女，予欣然而君復慨然。此以叙締婚之始末也。

予婦瀕危，予冢婦亦瀕危，君療治之。午夜往邀君，猶見君秉燭簡方書。按脈後，凝坐沉思。起行，自室以及堂，以及庭，自庭以返堂及室。心力殫矣，而病卒底於安。予爲凶妄搆，縣詳上督撫，咸爲予危，君孤舟往來，風雨不避，心力殫矣，而事亦卒白。救患扶危，在君不靳見之他人者，而余則何能以或忘也。

歲癸卯，學使者來。君先一日，盛服整容，再拜而告曰：「予從此不復爲諸生矣，敢辭！」予愕然。隨出示耦耕詩。予讀竟，曰：「謹如命。」此又叙君出處之大致云爾。自是而君果非僅文章自命之士矣！歲告祲，君出粟倡賑，計口授糈，無或盈，無或绌。里有警，君立團練法，賞罰明而捍禦無不備，此即横渠畫井一方之遺志也。君上有四兄，生時曲致友恭；於其卒也，周身周棺，以至殯葬封殖，無不躬爲完事。待子姪，嚴而有恩，教之以詩書孝弟之澤，桑麻樹植之宜。有侮必禦，有患必恤，而一家之倫叙惇矣。聞忠孝節義之倫，雖絶頸斷脰，骨化形銷，猶願結死後交，於臨没三致意焉。其大者在扶正道於將墜，闡微言之未絶，特於制藝中晰毫釐而抉精髓，終以朱子近思録、知言集二書未成爲憾。雖氣息淹淹，猶正襟危坐，甲乙丹黄不置。嗚呼！此濂洛關閩諸君子之憾，後世有心斯道者之憾，君何憾焉！此生平之大略，予非其人，不足以叙君也。

予移官祁陽，君率同志餞之北門蕭寺，復治肴核，攜壺觴，過予舟話别。始而淚影熒熒，既咯咯成聲，終仍大慟。相隨二十里，箸未嘗下而杯杓未嘗屢舉也。因念予究心内典，勸予棄去不能從，固宜以異己舍之，而何以厚予若是？聞君講聖賢之學，談忠孝節義之事，未嘗不敬而愛，愛而慕，固宜予之厚君，而君何以交相厚若是！抵祁數月，始命次子歸贅君家。踰年家書至，訃君女殞，幸有孫，予夫婦相對泣。戎馬震郊，君屢書勸余歸，或婉言以喻，或正言以動，或危言以激，詞旨纏綿。予感君意，解綬而歸。君已移居南陽村莊，扁舟亟晤君。迎之門外，喜動顔色，留連於君之左右者近一月。談心追舊，時傷悼於君女予婦，間則歡呼快飲，猜枚角勝。一夕，偶言曰：「倘予不幸，使者持訃音南來，君如何歎息於今日在座之陳子也？」君曰：「唯。子他日過村莊，主人已不在座，爲可歎息耳！」一時樂極之言，豈知即爲追痛之言，而歎息陳子者已無其人也！此以叙十年中離合悲歡之情事，而其不及叙已多矣！

五閲月，余復過君莊，爲予删定古處齋詩古文，復爲選定伯兄季弟寒松菴、北書樓二集詩，未及竟而予即言歸。後屢書促之，答以俟子來面訂，不三四日可卒業耳。不意予浪跡武川，因循一載，遂不果成。而予之私情，則與近思、知言二書有同憾也。予武川歸，次兒匆匆告曰：「外父病，當往候。」鑱侯歸，又曰：「先生病亟矣！恐不利於長至！」予曰：「有是哉！予有事不得往，當亟舍之往。」至則卧牀甫兩日，相見勞以遠來，命進茶。旋曰：「向外則痰益升，將易側向内，幸弗罪！」夜卧，聞有詞云：「俟陳親翁至，當有以予之，以完予心。」家人告，延以入，則曰：「已至哉？兹晚矣！」始知爲夢語也。次日，延以入，出牀頭篋置几上，曰：「君家原聘及准釵釧物也。蓄此欲爲存孫計，已不可得，煩阿翁善爲計。」予哭泣受之。因言叩首者再。嗚呼！君甥孫，予孫也。勞君縈心於臨危時，至形夢寐，敢不祇承以負在天之靈！踰日，傳言危益急，五鼓，予同桐川聲始及門人輩進候。家君告以某某至，目遍視，徐曰：「予氣止有出無入。」門人呼先生，答曰：「人皆如此！」聲半澀而字義楚楚也。隨令退。從容正容，命伸其足，叉手拱别者三四。甫出而哭聲已震耳矣。予長君六歲，不料於此紀君之正命，爲文哭君，而淚爲墨瀋也。

嗣君七人，長皆負雋才，最少者已岐嶷不群，於制藝已能紹述先緒，他日知言、近思二書必能爲君足成之。恐予不及見，爲之叙。予非其人，原不足叙君家學淵源也。醴筵空陳，情詞莫盡。尚饗！（古處齋文集卷五）

祭吕晚村先生文

陸隴其

先生之學，已見大意。闢除蓁莽，掃去雲霧。一時學者，獲睹天日，獲游坦途，功亦鉅矣。天假之年，日新月盛。世道人心，庶幾有補。而胡竟至於斯耶？自嘉隆以來，陽儒陰釋之學起，中於人心，形於政事，流於風俗，百病雜興，莫可救藥。先生出而破其藩，拔其根，勇於賁育。我謂天生先生，必非無因，而胡遽奪其年耶？隴其不敏，四十以前，亦嘗反覆於程朱之書，粗知其梗概。繼而縱觀諸家語録，糠粃雜陳，珷玞並列，反生淆惑。壬子癸丑，始遇先生，從容指示，我志始堅，不可復變。所不能盡合於先生者，程明道有云：「一命之士，苟存心於利物，於人必有所濟。」斯言耿耿，横於胸中，遂與先生出處殊途。十年以來，雖日讀先生之書，高山仰止，夢寐以之，不能相聚一堂，面相訂正。方思一旦解釋世網，從先生於泉石之間，切琢磨磋，以開其茅塞，變化其氣質，而先生竟至於斯，豈不痛哉！一芹之奠，無我或棄。（三魚堂文集卷十二）

輓吕晚村徵君

查慎行

屠龍餘技到雕蟲，賣藝文成事事工。晚就人誰推入室，蚤衰君自合稱翁。才今漸少衣冠外，名果難逃出處中。身後有書休論價，也應少作愧揚雄。（敬業堂詩集卷四西江集）

何求老人傳

言敦源

老人姓吕氏，名留良，又名光輪，字莊生，一字用晦，號晚村。其先河南人，南宋之世有崇德尉名繼祖者，始遷於浙，遂爲嘉興人。十世而至高祖淇，明錦衣武略將軍；曾祖相，沔陽州判；祖焕，山西太僕寺丞；本生祖心源，尚南城郡主，淮府儀賓；父元啓，鴻臚寺丞；本生父元學，萬曆庚子舉人，繁昌令，年六十九卒。卒後四月，側室楊孺人始生老人，時崇禎己巳正月二十一日也。兄大良、茂良、願良、瞿良，皆妣郭出。

老人生而神悟，八歲學爲文，出語奇偉，驚長老。及長，博學多才藝，尤篤信洛閩先儒義理之説。癸未入邑庠，越歲甲申，明亡。既而學使按臨，乃詣學官自陳，以學法除名，親知駴異，老人則怡然賦詩，有「甑要不全行莫顧，簀如當易死何妨」之句。康熙戊午，幾與於鴻博之選，力避得免。

幼嘗咯血，以姪亮功喪而益劇，幾絶矣。庚申夏，方對客而郡劄下，將以隱遺舉，乃噴噀徧地，一坐皆驚。自是落髮爲僧，更名耐可，字不昧，號何求老人。自恐病終不起，乃壹意著述，終日不輟。更補輯近思録，發凡起例，未及成書。病革，門人入問，勗以努力爲學；誡子姪以孝友。言畢，叉手安寢而逝。時康熙癸亥八月十三日，年五十五。妻范氏。子七：公忠、主忠、寶忠、誨忠、補忠、納忠、止忠。孫五：懿歷、懿緒、懿業、懿威、懿統。

老人於學，無所不通。凡天文讖緯、樂律兵法、星卜算術、靈蘭青烏、丹經梵志之屬，皆洞明本末。工顔米書法，能彎五石弧。下至執槊投壺、張琴撥阮、摹印斵硯，皆精絶。自遭國變，隱居求志。初居梅花園課兒。棄諸生後，歸卧南陽村。既削髮，築風雨廬、二妙亭於吴興埭溪之妙山。嗣是幅巾柱杖，往來於寒潭修竹之間，四方從游者甚衆。

老人夙多師友。方其少年氣盛，掉鞅文壇，玳筵珠履，遐邇輻輳，人謂自復社以來未之有也。顧擇交綦嚴，與同邑孫子度、吴孟舉，鄞高旦中，餘姚黄晦木兄弟，桐鄉張考夫，鹽官何商隱，吴江張佩蒽，清溪徐方虎諸人，以道義相切劘，暇則以詩互相酬答。旦中以女許字老人子某，一日致書曰：「某病將死，家貧，息女不足以辱君子，請辭。」卒娶之。旦中卒，冒雪會葬烏石山。人聞哭聲異，决爲老人，覘之果然。高氏將刊墓志而文不稱，老人歎曰：「銘之義，稱美不稱惡。此何爲者？」遂止之。孟舉卒，哭之痛，曰：「吾質亡矣！」爰有質亡集之刻，並及諸亡友之文未著見於世者，復輯其遺事以傳焉。同社陸雯若因事偶相失，或請絶之，老人笑謝，乃愧服。及雯若卒，經紀其喪，爲刊其所著東皋遺選。故人某死於西湖，葬之南屏山下。蓋其結友推誠，通財急難，若將不及。極之雨覆雲翻，一秉誠信，積久感動，遇之如初。

尤篤於天性。年十三，居母喪，哀毁逾禮。又以生不逮事父，每言及，輒嗚咽流涕。遇誕辰必哀戚，家祭必竭誠備物，病劇時，猶强起行禮。自沔陽君擁貲好施與，倭警偪，嘗出粟三巨艘餉軍。又助築城工之半。邑人表其閭曰「善人」。老人席素封，以少孤，見撫於叔兄願良。願良性侈，好結納，輕於揮霍。一夕爲友人輸漕，舉老人之囷而空之，歡然無所芥蒂。仲兄茂良與願良異居，以禮數相責，讒間搆之，積不相能。季兄瞿良撫於茂良，與老人篤愛，相與調停兩兄之間。及瞿良卒，老人曰：「無與我爲善者矣！」哀之甚。視其孤，如已出。晚事茂良尤謹，有疾則終夕不寢，療治復初乃安；即有所諫，必曲譬之。一日，家奴聚衆脅刦茂良於寢室，老人以智擒得之，使伏法。茂良卒，其子亮功已前逝，老人爲喪主，又以孫懿緒後亮功，曰：「吾以報兄，且使其復爲本生祀也。」

居鄉里，饑則議賑，疫者議藥，有盜患則講保甲法以禦之。有妖僧惑俗，歛貲將立淫祀，遣門人言於邑令，卒毀去之。生平以道自任，服膺紫陽之學。嘗謂洛閩之淵源絶於靖康，至月川、敬軒、康齋、敬齋諸子，第述緒論而微言不傳；白沙、陽明祖大惠之餘智，陽儒陰釋，以欺天下。陽明才氣，尤足以鉗錘駕馭。厥後卑靡之士，溺於詞章科舉之習，有志理學者，倀倀無之不脱姚江藩籬。若羅整庵之困知記、陳清瀾學蔀通辨，蓋嘗力攻瑕纇，而所見猶粗。下此者未嘗不宗朱，及論至精微所在，則猶然金溪黑腰子也。然則此學何由明哉？又曰：「姚江之説不息，紫陽之道不著。」人有以攻王目之者，曰：「吾尊朱耳，非攻王也。凡辨道闢學，有一不合於朱者，則闢之。」或以其痛斥陽明爲太過，老人曰：「陽明以洪水猛獸比朱子，以孟子自居，孟子是則楊墨非，祇爭是非，不容中立。若謂陽明此言亦是矯枉救弊，則孟子所云無非矯救，將楊墨皆可比於聖賢矣。且論道宜直窮到底，不容含糊。否則即自見不的，無所用爭與調停也。即從陽明者，亦直指朱子爲楊墨，未嘗含糊也。然則不辨是非而務調停者，不特非孔孟程朱家法，即陽明亦以爲失所據矣。」

晚年閉户自精，無所發洩，往往寄意於所評制藝文字，中多發前人之未發。有疑於制藝文者，老人曰：「事無大小，義無精粗，莫不有道焉。但能篤信深思，即擇之狂夫，察之邇言，皆將有得，況聖賢精義乎？大抵俗學誤於講章，而不求章句、傳注，俗學與異學其失均耳，反謂經義不足講學，豈不悖哉！」其識解論議類如此。

論曰：自宋世有程朱，而義理之學大備，後儒講學多重語録，而略經傳，故踳駁雜出。老人生長名門，沈酣道義，自少至老，一宗朱子，於儒釋是非之界，辨别至嚴。蓋深得力於蕺山、梨洲二公之漸染，足與稼書異揆同符。其闢邪衛道，斥遠二氏，勇矣哉！厥後遭遇世變，僧服終身，迨有託而逃，後之人所宜閔其遇而原其心也。予讀老人子公忠所爲先君行略，乃約取大凡，更旁徵别采，以爲之傳。（何求老人詩稿卷首）

按，文中謂「孟舉卒，哭之痛，曰『吾質亡矣』」與「茂良卒，其子亮功已前逝」兩條與事不符，前者當爲自牧，後者當爲願良。

吕留良傳

徐世昌

吕留良，初名光輪，字用晦，號晚村，石門人。少負奇質，八歲能文。及長，讀四子書，輒心領神悟。時陸文霦修社事，邀與襄事，名流輻集。文霦嘗與語曰：「子是宋人文字，宋人議論繁，不如漢疏高也。」答曰：「憑君漢疏高，也須喫宋人議論。」乃與諸耆儒考訂考亭遺書。喟然曰：「吾道在是，奚事旁求！」嘗謂洛閩淵源，至靖難時中絶。及萬曆末，學益荒，雖名公鉅卿，爲宗工人望，而於是非邪正之歸，含糊儱侗，真僞莫辨。遂至國是淆亂，神州陸沈。故其所論著，一以朱子爲歸。陸清獻遺之書曰：「吾與君不同者，止出處耳，其趨一也。」楊園主其家數年，至晚歲，先生與何商隱猶致脩脯而不煩以教授。楊園殁，又共經紀其喪。著有四書講義、語録、文集，皆門人編輯。先世嘗爲明室儀賓，明亡後棄諸生，一意講學，斷斷於夷夏正閏之辨。殁後，雍正中，靖州曾静讀其書而好之，自稱私淑弟子。遣其徒張熙勸岳鍾琪舉兵。事發，興大獄。先生當極刑，發冢斲棺。其子葆中字無黨亦先卒，諸子及弟子存者多牽連重比，遺孥遣戍。著述銷燬，流傳者甚罕。

案：吴江沈日富撰楊園淵源録，所録執友顔士鳳以下十人，吕晚村不與，以當時有所避忌也。晚村爲學，大指與楊園、清獻同出一塗，兹於兩家遺書中采輯數條，略見其言行梗概。晚村生平承明季講學結習，鶩於聲譽，弟子著籍甚多。又以工於時文，竿木集之刻，當日已爲淩渝安所譏。楊園初應其招，秀水徐善敬可遺書相規，謂兹非僻静之地，恐非所宜。其語亦載在見聞録中。全謝山記其初師南雷，因爭購祁氏澹生堂書，遂削弟子籍。屏陸王而專尊程朱，亦由是起。可見名心未淨，終賈奇禍。且益見楊園之特立獨行，爲夐然不可及也！

（清儒學案卷五）

吕晚村傳

黄嗣艾

先生諱留良，字用晦，别號晚村，原名光輪。生於其鄉南陽村東莊，故亦字莊生，初號東莊。又自署耻翁，學者稱耻齋先生。與黄麗農先生子錫爲中表兄弟。諸生。尚氣節，惟性頗狷。虜覆南都，義軍蠭起。浙河列戍之際，奔走規籌，精力彌殷。江上潰師，延命鯨背，而四明抗虜，聯絡尤苦。如義士孫爽等，皆先生死友也。虜官偵狀，露章名捕，眷念同人，半填牢户，先生亦身危家敗。乃飾爲冬烘腐陋，寓三家村，授徒自給，僅僅頭面不掩。而仍還舊居語溪楳花閣，世所稱水生草堂是已。戊戌、己亥以後，南雷公已經十死之餘，於是於永曆十四年十月，再游崇德。十七年癸卯四月，至語溪，館於楳花閣。但一時吴孟舉暨其姪自牧、黄九煙、閻用卿、高旦中、沈眉生、汪魏美諸人，皆先後與之往還。南雷公兄弟，亦引爲至友。先生既限於賦性之偏，復不肯緘默忍受，故雖周旋觴詠，而諸公漸自相疏。因又以南雷公負望彌高，或不欲爲之稍稍下，然南雷公終善與先生交也。先生身帶鏃傷，陰雨痛絶，其貧也幾不舉火，南雷公必護惜之。先生耿耿於中者，憤懣獨甚。更於時變盲如，彼游俠輕妄之夫，一言鬩座，輒爲之易移觀聽。立谿公亦固狷者，厥性差近。先生於是頗疑南雷公之不已類者，至詆諆之，南雷公一笑而已，亦偶規之以明哲之道。錢牧齋之易簀，南雷公偕先生往視，初無暌離之見兆也。南雷公嘗館於姜定菴家。定菴，舊友也，爲清奉天府府尹，先生不善之。周元亮亦仕清官，至福建布政司使，先生尤不謂然。南雷公母老家貧，志在館穀，定菴將薦之櫟園家，教其子弟。櫟園，元亮别號，名亮工，山陰人。早歲與林若撫、吴子遠道凝皆客南都詩社之友。子遠曾賦詩云：「誰家得種三株樹，老我如登群玉峰。」後來出處殊途，櫟園雖書寄引此詩，南雷公淡漠視之耳。迨定菴言薦館席，南雷公尚未意許，先生聞而怫然，遂賦問燕五古一章以嘲南雷。先生旋復自悔，又賦詩云：「倚壁蛛絲名士榻，荒碑宿草故人墳。」「名士榻」者，南雷往來先生家，必下榻，因先生偏執，不敢再近，故云云。「故人」則指高旦中，謂其已死而無調協之友矣。先是，祁氏澹生堂藏書出售，先生持吴孟舉三千金以往，南雷公亦以束脩之入參焉。交易畢，各載書歸。先生門人某中途破緘篋，竊南雷公所得衛湜禮記集説、王偁東都事略去。南雷公責之，門人竟反覆爲譖，致先生雖無事，亦皆以攻擊南雷公爲口實，進且攻擊王文成之學矣！先生之於南雷公也，其搆釁一自其門人。先生没後，其門人寫注遺詩，尚架虚造事以誣南雷公，洩所積恨，世每爲先生太息云。禾中吕氏，嚮爲望族。先生晚年，静住小齋，在林木中，有傳呼則擊磬。諸生有所稟問，則書小帖投進，早晚一出接晤諸生而已。子葆中，初名公忠，字無黨，官清翰林院編修。先生著書，表章春秋大復仇之微義，而生平學術，似顔山農一派。其門人曾静本其師説，使其徒張熙往謁清公爵岳總督鍾琪，勸舉義旗反正。鍾琪奏之，世宗下巡撫等雜治。獄具，并牽涉先生之門人嚴鴻逵等，詔駢戮之。子葆中亦被誅，家屬給旗户爲奴婢。掘墓，戮先生屍骨。其平日著述悉燒毁之。今僅存詩集八卷。

按：虜有中國，至聖祖時，文教大興。君子酌准春秋「夷狄近於中國則中國之」之説，胥彈冠以登朝。一姓不私，世運爲治，然其法網則日密矣。世宗益以嚴爲政，乃曾靜等不識時務，妄致顯戮，抑知夫先生之貽謀不臧也已！顧可鼓遺民之氣，亦適張異族之威。然則待時而動，厥義彌長乎？南雷公詩云：「書到老來方可著，交從亂後不多人。」其識之遠，而爲先生發之歟？第先生苦節毅力，南雷公卒未忍遽絶之。大凡讀書必先養氣，作事必先識幾。錢牧齋嘗贈先生字曰「留侯」，且發揮所以名「良」之微意，殆取圯橋授書老人而鍼砭先生之短也歟？南雷公集有題寄友人詩：「書來相訂讀書期，不是吾儕太好奇。三代之治真可復，七篇以外豈無爲？雖然鼠穴車輪礙，肯放高簾帽樣卑。一個乾坤方著脚，風風雨雨不能吹。」友人，即先生也。亦含有民心厭亂，清可爲政，待時自伏，明哲守身意義。而先生集載有答太沖見寄次韻詩云：「旦中賣藥殊可怪，晦木教書亦太奇。後世喜同高士跡，吾徒隱痛壯夫爲。乾坤定向人才轉，文字豈隨年代卑？誰向高峰深海過，天風不斷紫雲吹。」若謂人力勝天，若僅以賣藥教書博隱士之名，誠恐不爲後世原諒，且非涉險衝危，不足成丈夫已。顯然趣嚮各異。又南雷公之水生草堂及輔潛菴先生墓、鮑螺各詩，先生俱有同作，可知兩人交情，乃最吻合者。嘗側聞之於先公，如晚村集，先生凡有涉及南雷公者，輒有誣衊評注，此固其門人所爲。南雷公集中，於先生者，則不著姓名，又因清代文字禁令而主一公所諱言耳。要之，南雷公始終愛其才而悲其遇，忠告末由以進，偏執益走於榛蕪，允爲無可如何也。全謝山曰：先生欲求所以抗南雷者，乃講朱子之學以罵陽明矣！嗣艾識。（南雷學案卷六同調下）

書吕用晦事

章太炎

明末諸遺逸不入姚江之藩者，寧人、桴亭所成就爲遠大。其學蓋主經世，與勃窣理窟者稍殊。次如應潛齋、張楊園，皆密近朱學，苦節艱貞，爲時輩所不逮。此與夏峰、二曲諸公，立言雖異，其躬行皆足以爲人師，不專以著述重也。若吕用晦，則以俠士報國者，本非朱學。其始館黄太沖於家，用晦與子公忠皆北面請業。後與太沖立異，則以祁氏澹生堂書之爭。所爲者，不過禮記集説、東都事略二種。太沖發怒，因削其弟子籍。用晦遂以朱學與太沖抗。購書細故，成此大郄，用晦則誠薄矣。然祁忠敏本蕺山弟子，身既死節，其子傾家爲國復仇，竟坐遣成。太沖乘其衰落，入化鹿寺，載其書十捆而出（梨洲年譜），又藉用晦資力以取之，亦於故舊爲恝也。用晦以太沖主王學，欲借朱學與競，乃觀用晦文集，尚信呂洞賓事，是果爲朱學者邪？陸三魚祭用晦文，稱年四十不聞道，用晦與語，見始定，蓋亦未探其本也。由今論之，以學則三魚差優，若夫分北華戎，義形於色，其媿用晦實多。祭文自傷不得從用晦於泉石間，蓋猶爲服善者矣。或視用晦爲坊肆評選之士，則不知用晦者。用晦本豪俠，祖父爲明淮府儀賓，家既給富。北都亡，年始十六，散萬金以結客，往來銅鑪石鏡間，竄伏林莽，數日不一食，事竟不就。清順治初，爲怨家所訐，從子亮功論死，而用晦得脱。爲保宗計，始易名光輪，出就試。至清康熙五年，仇復事定，乃棄諸生（見張符驤呂晚村先生事狀）。然性善治生，欲以家資有所就。公忠稱其大治宴飲，不失一匕；清世宗稱其日記所録，微及糞壤，皆善治生之證。其選録時文，蓋亦爲營業計，且以其易傳播，使人漸知有天蓋樓書耳。令方靈皋之徒，不幸而誅，遺書盡燔，則人亦徒知其爲科舉之俊也。吾儕生二百年後，不能爲科舉文，讀其獄辭，猶能勃然發憤，以諳胡清，是豈科舉程選所感邪？用晦舉事既不就，以被迫應童子試，旋即棄去。其名留良，取子房報韓義。觀其詩，率爲故國發憤，時若獷厲（如人日詩云「鷄狗猪羊馬又牛，看來件件壓人頭」，獷厲之氣可見），要非可以飾爲者。繼志述事不得之於其子（公忠於康熙丙戌成進士，距用晦卒已二十四年），而得之於弟子嚴鴻逵、沈在寬，則其所不意也。要之俠士報國，其人足重，朱學科舉，皆非其素志云。用晦長子公忠，小字大火，後改葆中。次子毅中，小字辟惡。曾靜事起，用晦與葆中皆戮屍，毅中處斬，諸孫皆戍寧古塔，後以它事，又改發黑龍江，隸水師營。民國元年，余至齊齊哈爾，釋奠於用晦影堂。後裔多以塾師、醫藥、商販爲業，土人稱之曰「老吕家」。雖爲臺隸，求師者必於吕氏；諸犯官遺戍者，必履其庭。故土人不敢輕，其後裔亦未嘗自屈也。初，開原、鐵嶺以外，皆故胡地，無讀書識字者。寧古塔人知書，由方孝標後裔謫戍者開之。齊齊哈爾人知書，由吕用晦後裔謫戍者開之。至於今，用夏變夷之功亦著矣。

嚴鴻逵者，歸安人，其譜稱鴻逵字賡臣，自號寒村，順治廩貢生。烏程縣志稱鴻逵謀不軌，被逮至京，雍正八年死於獄。鴻逵與嚴元照、嚴可均爲一族，今其書尚有存者，則朱子文語纂編十四卷是。是書成於康熙戊戌（五十七年），刻於庚子（五十九年）。自序稱成先師吕子未竟之緒，與邵陽車鼎豐商訂者也。按順治末至雍正七年曾靜獄興之歲，首尾六十九年。據清雍正七年諭：嚴鴻逵日記，荒唐叛逆之語，自康熙五十五年至雍正六年，不勝枚舉，作何治罪之處，著速議具奏。是鴻逵是時固在也。其譜稱順治廩貢，則順治時必已弱冠，逮至雍正六年，年幾九十矣。一老秃翁，亦何能爲，尚與曾靜輩謀樹漢幟？殊不近情，恐譜有誤爾。

沈在寬籍貫不可考，清諭稱其雜志載沈崑銅、杭純夫、黄補菴詩，又有自著詩集，則當時詩人也。杭純夫詩言「漫嗟卻聘同君直」，又言「痛哭錢唐原隰哀」；黄補菴詩言「聞説深山無甲子，可知雍正又三年」。二子亦是時有志者。清既不問，其事亦湮没不傳，惜已。

曾靜獄起，吕氏弟子蓋無孑遺，而齊周華猶稱私淑。周華與召南爲兄弟行，乾隆中處死。召南亦以故左降。所著有名山藏，於清虜不甚詬厲，或更有它書。（華國月刊第一卷第十期）

序跋資料

妙山精舍集題記

張謙宜

吕先生，少年是豪邁人；後遭患難，是歷練人；收心向學，乃改轍人；逮所見愈深，則進德人矣！丁未末伏日，山民記。（妙山精舍集卷首，天津圖書館藏）

吕晚村先生古文序

孫學顔

宋五子後，以儒者之言，發揮聖賢經訓，俾斯文丕變，彝倫不至於終斁者，功莫盛於東海吕晚村先生。而先生之言，見於評隲時文中者，其高第弟子陳鑅大始，既爲編輯講義一書，而楚邵車遇上氏，又爲增删校訂，題以吕子評語。度今海内有志之士，欲由先生之言，以窺聖學之閫奥者，已莫不家傳而户誦之矣。惟是先生講學暇日，與其知舊門人往還問答，與夫各因一事論著之文，莫不有妙道精義，存乎其間。惜當時未有成書，而窮鄉晚出，雖欲購求片言隻字，以充布帛菽粟之需，終苦於無從物色已也。余不敏，自少有志先生之學，即以不獲盡讀先生著述爲恨。庚寅冬，客金陵，因與二三同志講明先生所刊布諸宋儒書，遂相約悉心訪求先生遺文，以酬夙志，以示來學。然自始及今，十有餘年，僅得書叙、雜著、誌銘凡若干篇，而出於吾友江君歛谷之收羅者，頗十居四五。蓋先生固不屑以文章名後世，而其精神光怪，足以配光岳而昭人紀者；亦若顯晦有時，不輕與人以易覯也。余亟欲推所好，公諸同志，特繕寫以付剞劂，俾凡私淑於先生者，姑從事於是編，以稍慰其廣已造大之思。異時或得見先生全集，益以開拓其胷襟，而知聖賢經訓之旨，有不待他求而得者，即以是爲嚆矢可也。時康熙庚子六月望日，古桐鄉後學孫學顔謹書。（吕晚村先生古文卷首）

吕晚村先生文集題識

吕爲景

右曾大父晚村先生古文若干首，係王父冰蕸先生手輯，距今三十餘年矣。憶丁酉歲，爲景於舊簏中檢得，什襲珍秘，不輕以示人。近見白門刊本，僅十之二三，又其間叙次之舛錯、字句之謬訛，不可殫述，私心竊耿耿焉。懼先人之遺藁，反因是以貶損，非惟無以揚之，且抑之也。甲辰秋杪，龍山沈椒園枉駕南陽村舍，相與披誦竟日，沈子矍然起曰：「先生之書，衣被天下，海内之士，終以不得見全集爲憾。子寧能以舉世之所慕，而爲一家之寶乎？」爲景應之曰：「藏之名山，傳之其人，蓋將以有待也。小子何知，乃敢妄爲流播？」沈子曰：「不然。道之易晦而難明也久矣。朱陸異同之辨，幾如築室道傍，迄無定論。先生憫焉，於是大聲疾呼，慨然以斯道爲己任。是非邪正，一以朱子爲歸。今之學者，不啻撥雲霧而睹青天矣。是編所載，豈特昌黎之原道、廬陵之本論哉？先生之精藴，具見於斯。學先生而因以學朱子者，此即紫陽一瓣香矣。其可以終秘也耶？」用是不揣愚惷，遂與椒園互相商訂，釐爲八卷，並附行略一帙於後，而記其梗概如此。或以是書之刻，爲繼先王父之志，則小子何敢！曾孫爲景謹識，時雍正乙巳長至後五日。（吕晚村先生文集目録後）

吕晚村先生文集跋

阮　元

余昔在都中，於友人處，借得吕子評語一册。退食餘暇，披閲參究。凡闡發奥義，黜駁常説，實能於聖賢心事，曲曲傳達。所有胸中疑團，豁然開悟。閲其書，知非積學功深，必不能然。今復得覩其文集，其所著作，皆具大手筆，於世道人心，煞有關係。展誦之下，心爲之折。因囑曰：「此希世之珍，不易獲也。亟宜什襲而藏，勿使異日有遺棄之憾。」因於卷首樂贅數語云。道光二十年歲次庚子杏月下浣六日，儀徵阮元書於愛蘭山莊之北牕下。（吕晚村先生文集卷首，清華大學圖書館藏）

題鼓峰賣藝文後

李鄴嗣

萬生斯備謂予曰：「古今貧者，率苦無資身之策，今吾輩甚貧，奈何？」予曰：「凡人所謂資身，大者禄食，小者家食，皆是也。謀食而不得其道，辱身莫大焉。資身而反辱之，出下策矣。」萬生曰：「然則不辱身而得所資，其道若何？」予曰：「古人於此，有傭耕者，有爲治工者，營葬者，賃舂者。」萬生曰：「是必至驪面熊脚，背上生鹽，此所不能也。」予曰：「其次則有如治漆者，賣屨者，如織簾者，補鍋者。」萬生曰：「巧者不過習者之門，此所未解也。」予曰：「然則爲其逸者，則有若賣卜者，爲巫醫者，售畫者，傭書者，鬻文者。」萬生曰：「此類近之矣。頃見高丈鼓峰賣藝文，此先得我心者也。」予曰：「吾曹但爲資身謀，則當視作一篇寫一紙，直如織一簾、補一鍋，使人貿貿然出所有餘，吾貿貿然資所不足，交易而去，不知姓名可矣，何用文爲？」萬生曰：「是誠然矣。但古今織簾者無數，而獨曰有織簾先生某；補鍋者無數，而獨曰有補鍋匠某，終以其人名耳。是非文不足以爲招？」予笑曰：「有是哉！諸君資身之念與好名之念平分之。」因爲題於鼓峰賣藝文後。（續甬上耆舊詩卷四十一）

耻齋文集跋

吴　榜

道光戊子冬，榜於桐鄉友人處得先生講義、語録、塹書、記序、誌、詩若干卷，及張良御撰事狀一篇。息心往復，始知先生所學與天所以生先生之故。蓋自陽明以洪水猛獸詆朱子，大慧之餘涎，復浸淫於人心而不可滌濯，即一二負聰明者，亦皆眩惑於陽明之事功，謂其才真朱子勍敵。先生殫力近思録，決然信朱子爲頭等聖人。知朱子者真，故闢王氏者切。非毁王氏，距其背朱子耳。非阿朱子，尊其宗孔孟耳。而又非徒口舌爭勝也。生平立身接物，深體朱子居敬窮理之旨，能於日用行習，洞見天命人心之本然。凡片語隻字，皆欲使學者踐履篤實，由程朱而漸達乎孔孟。則其詩古文辭，直可作章句注脚讀。嗚呼！殆天使之羽翼程朱也。榜故閉户鈔録，以俟後之學朱子者。癸巳暮春，涑南後學吴榜蕊宫甫謹跋。

考亭授受久沉淪，陰釋陽儒太誤人。獨有先生傳絶學，纔教舉世見迷津。功真上燦天心日，稿豈長埋井底塵。目下揚雄知孰是，此書寢饋合終身。

紫陽尊聖斥佛老，不使周行生茂草。姚江學從頓悟來，改頭换面賊吾道。南陽高豎廓如樓，獨回狂瀾於既倒。永康眉州盡屏除，碧落無雲紅日杲。魯齋學朱豈不勤，可惜潔身見未早。（恥齋文集卷首，中華書局圖書館藏）

跋賣藝文

管庭芬

東莊，字光輪，爲儀賓石門呂熯之孫。有才名，縱横文塲幾四十年。然言多詭辨，每以時事觸忤當道。後爲曾靜之獄牽涉，至罹發冢戮尸之慘，蓋有所自取焉。今閱其賣藝文，見其篤於友誼，以佐其治生之術，使各得筆墨之資，而苟免餒死於牖下耳。然今日之將帥，喪師失地，減削軍糈，未聞廷臣議加顯戮者，視東莊之案何如焉！咸豐庚申八月初二日，花近樓主人記。

（國粹學報第六十四期）

呂用晦文集跋

鄧實

是集爲余丙午秋借鈔於杭州丁氏，凡正集八卷，續集四卷，附録一卷。用晦先生之曾孫爲景所梓。時距乾隆曾靜之獄尚未起，先生之書，尚得以刊行無礙，傳本正多。及後禁毁之令行，疆吏奏進書目，對於先生著述最烈，凡片紙隻字，無不蒐毁淨盡，遂爲世人所不敢道。百年以來，人亦尠見其書。意必以爲有甚憤激無狀者。今讀其書，慨然以道自任，焦思痛口，齗齗論學，一以朱子爲歸。即有時興懷故國，自以身遭多難，言有餘哀，迹類於避人絶世，然亦用意甚晦，人莫測其所謂，不應以此而生文字之獄也。余曩得先生手書家訓真蹟，亦治家論學常語，無一涉時政者。而迺以文字賈禍，何歟？或曰：「先生哀憤之語無所寄，則一洩於所批學子之四書文，其得禍以此，於著述無與也。」信歟？顧所批四書文，止不可見；雖見而時代既異，八股已廢，人亦無復取而視之者，而獨其遺書沈埋。國初浙中言學派者，首推先生，與黄梨洲並，而不爲强同，其言學有足稱者，則又不可不傳也。丁未出此本以示同學黄君，爲合刊之。越歲迺蕆事，因記於此。雞鳴跋。（呂用晦文集卷末）

呂晚村墨蹟跋

張謇

謇年三十許時，讀晚村批評之制藝，義本朱子，繩尺極嚴，不少假貸，緣此於制舉業稍覘正軌。當時書禁之弛亦久矣。今觀此册，多朋好往還之箋札及他著。書法大都導源閣帖，而得力於米襄陽者爲多，老輩風流可慕也。石門吴待秋君，以所藏畀商務書館石印，公諸世，意至

善。待秋即册中所稱孟舉之裔孫。孟舉號黄葉老人，著有黄葉村莊集者也。獲觀樣本，書此誌幸。張謇。（呂晚村墨蹟卷首）

呂晚村先生文集序

錢振鍠

朱子謂：「南渡以來，八字著脚，理會著實工夫者，惟吾與子静二人。」黄石齋謂：「文成自説從踐履來，世儒説文成從妙悟來。」由此觀之，陸王之與程朱，未嘗異也。然以世人視之，則皆以程朱爲嚴，陸王爲寬；程朱爲難，陸王爲易。以爲嚴且難，則憚而遠之；以爲寬且易，則樂而道之。嗚呼！此世人之視陸王云爾，豈陸王之果異程朱哉！晚村先生，專主程朱，而嚴斥陸王者也。夫程朱陸王之是非，僕不敏，不足以知之，而猶以爲晚村先生有大功於天下，何也？天下之事，始爲之必難，而繼之者斯易；始爲之必嚴，而繼之者多寬。一代之興，必有道德之儒爲之正人心而維風化，其爲道德，亦必先務其嚴且難者，而後可以爲王化之基。譬之築室，詩云：「約之閣閣，築之橐橐。」嚴之至、難之至也如此，而後可以爲明堂太室，子孫世守之而無傾倒覆壓之患，何者？以基固也。一代之興，是築室開基之時也。夫程朱之學，非人心風化之基乎？是故明、清開國，其始皆崇尚程朱；中葉以後，始有取徑於寬且易者。此非時代升降之故乎？先生崛起於明季人心風俗既壞之後，而毅然以發明程朱之義爲己任，正言厲色以警教世之學者，赫赫如秋陽之燥萬物，虩虩如震雷之殛陰邪，非至誠救世者不能如此。夫一代之興，非特恃熊羆之士，不二心之臣，可以定天下，垂久遠也。定天下，垂久遠，必在真儒。本朝之興也，有湯文正、李文貞、魏文毅、果敏、張清恪、陸清獻諸公贊襄於朝，有夏峰、二曲、楊園、桴亭諸先生提倡於野，而後人心丕變，風俗日臻於治。此本朝三百年太平之所由來也。然而守程朱之學之嚴，無若先生者。清獻近之矣，猶未若先生之峻也。然則道學之有功於本朝，吾必以先生爲之首焉。有王者起，必來取法，先生當之矣。

先生文集極難得。族弟軼裴好聚書，歲戊辰，北游京師，求之書賈，竟得一部。無序，不載刊刻歲月。軼裴商之予，以活字印行之，原闕闕之，顯誤改之，疑者仍之。書内與董方白書重闕兩字，中夾小楮云：「據朝鮮本作今日。」惜乎吾不得朝鮮本爲質也。嗚呼，先生之書厄於天人者三百年矣！今幸而得之而傳之，使天下之人，讀先生書如對嚴師，如受夏楚，戰戰然有以戢其不肖之心，而策其向道之志，世運其有轉機乎？中庸有言：「不誠無物。」有其物則有其功矣。先生之學，天不能死，地不能埋，亦足以見誠之爲物矣哉！己巳秋九月，陽湖錢振鍠庸人序。（吕晚村先生文集卷首）

吕晚村文集弁言

徐　烔

烔服務教育界五十年，今歲辛未，乃得退休。適年七旬，霽園同學諸君，有以集貲紀念爲言者。謝之不能，余乃喟然歎稱曰：「紀念之最大且久遠者，孰有如刻書乎！吾蜀書甚少，如朱子語類、朱子文集、薛文清讀書録、胡敬齋居業録、張楊園集、吕晚村文集、三魚堂集諸書，俱未有刻本，而晚村集尤不易購。今先將吕集印出。厥後母金子金，概交紀念委員保管，一律以之刻書，烔不敢私用一文，庶有以酬諸君之厚意，而餉後之學者於無窮。此則區區之心也已。」書將成，爰書數語於簡端。（日新印刷工業社吕晚村文集卷首）

吕晚村文集跋

姚虞琴

每見晚村先生遺稿，多半爲無黨手録，凡「留」均缺筆，作「畱」，此集全文都十七字，盡寫作「畱」，避先生諱也。又文中「學」字缺末半筆，作「學」，「啓」作「啓」，或亦避其先世之諱歟？往歲得先生詩稿，有其門人嚴鴻逵朱書小注，詩中所指，更覺了然。詩文兩稿，先後貯我篋中，延津劍合，殆有前緣。癸酉小陽春，姚景瀛虞琴甫識。（吕晚村文集卷首，上海圖書館藏）

吕用晦文集跋

徐益藩

三十一年秋，益藩方治晚村先生年譜，遍求其詩文集之異本，於舊刻近印之外，始獲見海寧吕十千丈所藏其鄉隱陸筠巖氏思劼鈔本，書牘取校刻本文集溢出九通，又一通之首多四十四字，一通之末多九十二字。既還瓻矣，繼又假得虞琴翁此本，則陸鈔所溢出者皆有；而又有書四通，爲陸鈔與刻本所並無；一通之末較刻本多百二字；墓誌銘一首，二妙亭二聯，亦刻本所未載。刻本書九十通，以受者年輩爲次弟；陸鈔五十七通，或以作書年月爲次，而其例不純。此本書七十五通，首尾皆編年，偶有顛亂，不及什一。自餘刻本奪訛嫌讀之處，此本多足補正，詢先生文集第一善本也。矧經虞翁鑒定，全集凡遇家諱，無不缺筆，必爲先生嗣子繕正。益藩爲邑後學，敬展手蹟，益復肅然。虞翁又有舊鈔本先生詩集，前人題跋亦有以爲先生嗣子手蹟者，並請觀之，以饜吾嗜。崇德徐益藩謹記。（吕用晦文集夾頁）

吕晚村先生家書真蹟跋

員賡載

先生倡學東南，載束髮受書，即知嚮往，徒以一江之隔，負笈稍遲。壬申歲始得造南陽講習之堂，而先生謝世已近十年矣！徘徊廡序，不能自已。既因先生嗣子無黨瞻拜遺像，執瓣香之誼焉。無黨復盡出先生遺書手澤，共相展閲。中有家訓數帙，其言尤深切著明。載乃作而歎曰：「始吾知先生見道之高明也，今復見先生躬行之篤實矣。夫庭闈私語，皆可告人，立心之誠也。造次指揮，字必端楷，持身之敬也。巨細之務，至理具存，格物之精也。一事而引伸之，數善備矣。至其間格言正論，皆可以砥挽頹波，綱維人紀。抑是訓也，豈惟先生之家，若播諸天下，繄世教實有賴。」因與無黨共相簡綴，成一編，以垂惠來學。此固載平生私淑之微志云爾。康熙癸未冬十月，三原門人員賡載盥手謹識。（吕晚村先生家書真蹟卷末）

天蓋樓四書語録序

錢陸燦

天蓋樓四書語録者，晚村先生評選歷科時藝，其論辨經義，闡明章句之語也。先生殁，大梁周子龍客纂次，都爲一集，以行世。

按，宋儒及勝國薛、胡諸先生，皆有語録之刊，所以正人心、辨學術也。龍客述曰：在延聞之吾師：人主之治天下，未有不以聖人之道治之者也。聖人之道見於經，其治天下，未有不以聖人之經治之者也。今夫六經之道，備於我夫子之一身。夫子者，覆生人之器；夫子之語言，覆六經之器也。夫子之後，曾子、子思、孟子，皆羽翼夫子治六經之書者也。考經學，在西漢立學官，議太常掌故，置博士弟子，或廢或興。余讀太史公儒林傳序，其終篇雖皆以孔子爲主，然當是時治經如董仲舒輩，不及四子，而學、庸編入禮記中，鄭、孔言人人殊。宋興，諸儒始知推崇四子。以冠於諸經之上，蓋莫盛於朱夫子之書焉。章句集注二十六卷而外，或問、輯略、精義、問答、語類，凡又百餘卷，皆以發明章句之義。自朱子之書出，然後人知四子之經，冠於諸經之上，而爲聖賢語論之樞機，道德之橐籥焉。然余考宋史藝文志，當是時，非亶學、庸未有是正，即論語、孟子，尚依班固例，序爲「語類」，而與朱子之書未合爲一。以頒於學宫，行於天下，蓋又莫盛於勝國洪武取士之制藝，與永樂刊序之大全焉。自大全之書出，夫然後學者欲治各經，先治四子之經；欲治四子之經，先發明四子之理於八股。蒙以養正，習與性成，義霑肌髓，言本心術。上以此求，下以此報。理之是非，如黑白之入明鑑也；文之輕重，如鐵炭之載權衡也。材何不周、邵，俗何不成、康，此我國家所以仍其取士之制而不廢。

然而安於習俗之敝，蓋亦已百餘年矣，而於今爲甚，則何哉？一曰：大全所采諸家之説，自漢歷宋，一百五十餘家，大抵以朱子爲宗，而牴牾朱子者復不少，則所當辨正者一矣。二則曰：隆、萬以後，俗師之講章出，講章出而朱子之章句被其抹摋矣。三則曰：俗學之時文出，時文出，聖賢之道理併語氣，受其詆讕割裂無餘矣。此三者，敝之綱也。雖然，略舉大全之當辨正者，如雜舉他家之説與章句合者存之，與章句謬者去之，釐正一書，匡厲學官，俾學者有所折衷，此猶易爲功焉。至俗師之講章，束大全而不觀久矣。條目中預提出一條目，如聖經四節之預重修身也；一節中忽拈一字以串之，如中庸「思修身」節之「思」字也；一章中忽拈一二字以貫之，如「衣錦」章之「闇然」字也。自張寀臼，妄生意解，箋注紛羅，顛倒曲直。諸如此類，疑誤弘多。

有俗師之講章，因而有俗學之文字。隆、萬以前，先輩先體貼語氣，次發揮理學。其所引用入文之字句，非出五經，次亦取史、漢、古文也。隆萬以後，束五經、史、漢而不觀又久矣。初掠禪，既襲子，至於今時，兔園之册，腐鼠相嚇，壞爛而不收，空虛而無用。孔孟之書未嘗不在也，不於其書而求之，則無以得其言；言且不得，況其意乎！朱子之書亦未嘗不在也，不於其書而求之，則無以得其解；解且不得，況其所解之理乎！蓋所聞於其師者曰不必也，所聞於其父兄曰且亦不暇也。不必亦不暇，程效於數十日之間，考業於數十葉之内，希冀時命，苟且一得。心術如是，人材奚由正？報稱如是，風俗亦奚由醇！此二者之流敝，則非人其人，火其書不爲功矣！

經論治天下之道，「正辭，禁民爲非，曰義」，此辭之不可不正也，猶夫非之不可不禁者也，夫豈治天下之細故乎哉？於是入國朝以來，吾師起而憂之，而思所以救之。曰：其道無他，亦即以其所爲科舉之文而論次其所爲文之義。曰：文如是矣，夫子之理不如是也，夫子之理蓋如彼。文之理如是矣，夫子之語氣不如是也，夫子之語氣蓋如彼。理如是矣，語氣如是矣，而所引用入文之字句不出於經史，則必區而別之曰：此亦俗學所得於俗師之時文之字句，而非先輩所得於經史之字句也，先輩之學蓋如彼。要而論之，有先輩之學，自有先輩之文者，其勢也；有俗師之學，自有俗學之文者，亦其勢也。此流之所以承其源，敝之所以日甚也。於是專舉朱子章句之説，先辨去其俗師俗學之説，次辨去其大全某氏某氏之説，又旁舉或問、語類、他書發明章句之説，歸於衆説之一説。朱子嘗曰：一部論語，白頭亦解説不盡。於是則又反覆抽繹朱子所未説之説，以補足千秋萬世所必説之説，而説止矣。三十餘年間，閲文何啻數十萬。文之去取，説之去取也。自吾師之説出，而天下之文始定；自吾師所説之文行，而後四書之説始定。蓋此數科以來，天下之學者翕然望走南陽，奉其書如拱璧。而吾師固已竭心力於文字之間，告無罪於孔孟之世。細書飲格，午夜燭暈，病息綿惙，勤勤不怠，書既成而吾師歿矣！悲夫！

在延親侍聿牘，謹謹薈蕞。初因文以次案其説，不見其文之多；今離文以孤行其説，不見説之少。删其繁複，節其冗長，録分百卷，積葉千餘。於乎！其心可謂勞，其功可謂勤矣。而在延之收輯無遺憾矣。於是謀於同人：「誰可出手作序者？」曰：「有虞山錢湘靈先生在。」龍客則又述曰：「在延侍師久，平生論今古文字源流，近日所心折者，先生一人耳。先生序之，在延得藉手報吾師於異日。」余泫然曰：「於乎！予何敢序晚村哉！文章之敝且百餘年，賴晚村覺悟一世，世既宗之矣，不幸而死。倘假靈於我夫子，而馮儀於有德之在位者入告：呂某書應經義，較正大全，表裏章句，請敕著功，令下所司，副在朱子之書左右，準是以去取文字，掄别人材。其俗師俗學，則人其人，火其書，治勿赦。審爾經正則民興，將天下興起於聖人之學，以成三代之治。其鏡源澄流，正辭禁非之效，豈不功高於有宋、業茂於勝國哉！顧晚村命之矣。」蓋曩歲訪余常州，道相左也。已而以書來，曰「相慕如吾兩人，千載上下，固當几席遇之」云云。於乎！晚村竟先我侍諸夫子矣！詎意几席千載，墜言遺札，遂爲橋公車過腹痛之約哉！因叙龍客之述冠於端，書以俟之。

晚村呂氏，浙之石門人，名某，字用晦，學者不以其名，咸稱曰晚村先生。

康熙二十三年歲在甲子六月朔旦，虞山同學弟錢陸燦盥手拜書於金陵之留湘館，時年七十有三。（天蓋樓四書語録卷首）

天蓋樓四書語録序

王登三

聖人之學，有體有用，而天德王道之旨，仁義中正之歸，以及禮樂政刑，憂世覺民，因事立教之論，莫備於四書，故四書者，六經之指要也。秦灰值厄，至道不彰，及魯壁壞垣，論語始出，然猶未甚較著直。至有宋諸儒起，乃能破意見拘墟，探聖賢理奥，而紫陽朱夫子更統其大成，衷以己見，爲四書集注、或問、語類、精義等篇，而孔曾思孟所以闡述六經，垂訓萬世之墜緒微言，遂無不昭然沛然如揭日月而行江海。大哉！真聖人之徒歟？

暨勝國本朝因之，頒諸天下，詔諸學宫，一以昌明傳注爲主，以故博士家奉爲矩矱，凡發諸制義，莫不根柢程朱。第俗學蒙晦，多因陋就簡，父師子弟，轉復承訛，僅取敷文而止，於是朱子之書每不能卒讀，而聖學荒蕪甚矣！心竊憂之。適龍客氏出一編相示，曰：「此余數年來所編次吕先生語録，而湘靈錢君爲序以行之者也。曷讀之？」爰受歸，誦竟旬朔，研其旨趣，究其統宗，然後知龍客所編次，與錢先生所序行者，非吕先生之書，而紫陽朱夫子之書也。今時下所習講章，未嘗不曰尊傳注、體朱子矣，究之承謬習，舛得其麤，而遺其精：襲其文辭，而忘其根極。若語録則致大極精，而貫之以正，固穿天心，出月脇，銖積尺量，而不失夫杪黍分寸者也。其足以垂世立教也宜哉！

述評爲吕先生長公無黨所著，其記載皆所以發明偶評之説，蓋得於趨庭授受之餘，聞見親切，與吕先生之説相表裏，故龍客亦編次及之。此非獨不欲遺先生之片言隻字，亦冀大闡朱子之言，不使有毫髪遺憾，庶聖人有體有用之學，燦然較著於天下後世，不爲俗學所榛蕪。噫！是固龍客所以編集，錢先生所以序行之意也夫。乃予於龍客尤有所仰止焉。龍客嗜古力學，工詩歌及古文詞，下筆立就，蔑不斐然。至爲制義，則主於發明聖賢精微，不肯泛然爲科舉之學，故於其師説如水乳針芥，雖久困菰蘆中，不以易慮也。

夫不肯以四書經義，泛然爲科舉之學，斯誠聖道之所以益明，而人心之所以復古也歟？吾願天下讀是書者，皆奉此爲舉業之宗，而又不泛然視爲科舉之學，則幾矣！康熙甲子立冬日，江浦王登三漢若書於屏山精舍。（同前）

四書講義弁言

陳鏦

揚子雲曰：「古者楊墨塞路，孟子辭而闢之，廓如也。」自象山爲陽儒陰釋之學，朱子終身力排之，是非明白，炳如日星。後數百年而有王伯安，乘吾道無人之際，竊金溪之狂禪，以惑亂天下之耳目，至詆朱子爲洪水猛獸；晚年定論之作，顛倒彌縫，尤爲陰譎。羅整庵、陳清瀾亦嘗極力辨之，而本領不足，所見猶粗，無以攻其堅而擣其焰。後此講學諸儒，未嘗不號宗朱，而究其底裏，總無能出良知之精藴。蓋陸氏之言，復盈天下，而朱子之學之不明也久矣。先生當否塞之後，慨然以斯道爲己任，於諸儒語録、佛老家言，無不究極其是非，而於朱子之書，信之最篤，好之最深。病夫世之溺於異學而不知所返也，故其教人，大要以格物窮理、辨别是非爲先。以爲姚江之説不息，紫陽之道不著。又以爲闢邪當先正姚江之非，而欲正姚江之非，當真得紫陽之是。是以四方來學者，問難之際，是是非非，不少含糊假借。又以爲欲使斯道復明，舍此幾箇讀書識字秀才，更無可與言者，而舍四子書之外，亦無可講之學。是以晚年點勘文字，發明章句集注，無復剩義，而凡説之不合於朱子者，辨析毫芒，不使稍混。天下讀其書者，如撥雲霧而睹青天，其復見所謂廓如者乎，而不幸先生已即世矣。鎡自甲寅歲受業於先生之門，於先生之書，尋繹蓋亦有年，而未有以得其要領。自先生之亡，嘗欲掇其大要，編爲一書，俾夫窮鄉晚進，有志之士，便於觀覽，而未之敢也。近睹坊間有四書語録之刻，謬戾殊甚，其中有非先生語而混入之者；有妄意增删，遂至文氣不相聯貫者；有議論緊要，而妄削之者；其所載無黨述評，十居其四，甚有以述評語爲先生語者：種種謬戾，不可悉數！鎡竊懼夫後之學者，昧其源流，而以爲先生之書真如此，其爲惑誤不小也，用是不揣固陋，編爲講義一書，間與同學蔡大章雲就、嚴鴻逵庚臣、董采載臣及先生嗣子葆中無黨更互商酌，自春徂夏，凡六閲月而後成。讀者誠由是書以求朱子之書，則孔孟之道可得而復明矣！門人陳鏦謹識，時康熙丙寅立冬後四日。（呂晚村先生四書講義卷首）

呂子評語正編略例 二十五條

車鼎豐

朱子而後，學朱子之學，心朱子之心，而氣魄力量又實足以發揮朱子傳注遺書之藴者，晚村呂先生一人而已。今特尊之曰「呂子」，尊呂所以尊朱也。

宋末元明以來，儒者守朱子家法，闢邪崇正，代不乏人，大槩見粗力小，不足與斯道之傳，故亦無以撲異端之燄。杯水車薪，滅乃益熾。一經呂子辭闢，便如日月之出，爝火不復有其光。山陬海澨，聞呂子之説者，莫不感發興起，宇内得再覩一番經正，此是何等力量。

呂子之説，大約散見於時文評語，評文寔皆所以明道，則集呂子之説者，即謂之評語可。舊本以語録、講義爲名，不知語録乃門弟子記録其師之詞，講義當自成一書，或自成一首。呂子自云生平未嘗開堂説法，則知本無講義流傳；而評語出呂子手筆，初非門弟子記録語也。

此等名目，固已不得其寔，甚至有無限要義，拘於語録、講義之名，槩從節去，學者不能無憾，故不得不另爲編集。

是非二字，不知世間必欲含糊過去，是何肺腸？是非不明於人心，此邪説之所以横流，江河之所以不返也。呂子之説，只不肯含糊是非；不肯含糊是非，只爲要正人心；人心正，則邪説者不得作。故嘗論評語之功在人心，直與孟子好辨等，不是尋常事業。附録明云：「先生非選家也，偶評非時書也。」先生之言間托於是爾，今必曰「選家」，且妄推曰「選家高手」，呂子所以屢歎不幸其形迹似之也。

呂子評刻時文，不過借爲致其説於天下之具耳，認煞便不是。究竟道理逼塞逼滿，無往不是，時文亦即其發見之一端。批摘點勘，只是此理，言借尚看成兩橛也。

呂子評文，正呂子知言處，我輩閲呂子所評之文，即我輩窮理處，胸中眼中總可不存時文見識也。知此意者，可與讀呂子評語，並可與讀呂子所評之時文。

呂子是以評文發揮道理，其就題論題，就文論文，針鋒各有對處，如題係一節兩節，一句半句，上下截斷牽搭，移步换形，其文各有結撰，而評亦因之以立論，更有因文感發推論。時或不盡爲本文本旨所有，然融而會之，無不互相發明。我輩讀書，本只求此理之明。時下講章，越細密，越支離，儒先議論，越開闊，越通暢，此意非俗學所知也。

讀是編者，須知每條前自有時文在，而此爲評語，其議論推廓處，本不得槩以字箋句釋之義例求之，要使吕子就書作傳注，又另有説，然道理總無二也。

此編自成吕子明道救時之書，與從來講章本頭絲毫不相比附。時下動將吕子之説，夾和蒙存等説數，一例編纂混看，此種冤苦，直是無處申訴。

時講惑亂益深，俗學蔽錮益甚。凡一切拘文牽義、破碎支離之解，從前無不誤中蠱毒，直當徹底吐瀉一空，方可與領是編之奥。否則胸腹有宿痞，喉間早已壅滯，雖排列珍異，强之使食，豈能適口下咽乎？

孟子謂「仁，人心也」，説得是。程朱謂「人之心未便是仁，心之德方是仁」；吕子謂「單説心，即本心之學，非聖學也」，又説得是。告子謂「生之謂性」，説得不是；明道亦謂「生之謂性」，却説得是。荀卿謂「性惡」，説得不是；明道謂「惡亦不可不謂之性」，却又説得是。異者不異，同者不同，此間總須解人，强聒不得。

程朱直接孔孟，吕子而外，敢道無人真信得及。無論假竊孔孟，非毁程朱者，直是異教兒孫，吾道蟊賊！即自負爲尊信程朱者，亦僅以爲程朱者孔孟之功臣，由程朱可漸至孔孟。論未嘗不當理，而語實出於隨聲，微窺其胸中，便有老大信不及，畢竟勉强帶三分周旋世情在。展轉遷流，終歸異學俗學，皆此一點勉强周旋處爲之伏根。試看吕子評語中，孔孟程朱，連稱並舉，夾縫不必更著一字，總由其本領印合，洞然無疑。寔見得前聖後聖，道脉心原，揆同致一。其間縱不無些子層級，總非境地隔絶遼遠者所得妄加擬議評騭也。時下貴遠賤近，輕置低昂，都是無知耳食人，門外猜疑，影響夢話。名爲尊信，其實去背畔者無幾。凡此等只在見地上爭高下，所見不真，不但不能尊信程朱，即孔孟亦何嘗受汝曹尊信來？

竊嘗謂四書之後，當續以小學、近思録，更集朱子語爲一書，與四書而七，使萬世學者首先誦習，痛下工夫，打定盤針，而後徐及諸經史，庶不至蹉却路頭。閲向來編朱子語者，如蔡覺軒續近思録、葉雲叟語録類要、丘瓊山學的、高景逸節要諸本，皆有未安，而吕子晚年欲成此書，未及而殁，徒爲千古恨事。今於吕子評語一編，亦願與當世學者重加商訂，一體先行誦習。否則盤針不定，雖窮經而博考注疏，讀史而橫生論斷，到底都成錯鑄，求一言之幾於道而不可得也。

吕子趁快説去，亦間於章句集注小有出入，然枝葉之失，總無傷於其大本之同也。

程子曰：學者全要識時，不識時，不足以言學。吕子所下之藥，多是薑桂大黄，時症不同故也。然每以此攖衆喙，滋羣疑，甚矣此事之難言！

孔父談仁義，期其萬一回。聾者自不與，豈能廢神雷？東海老腐儒，歌哭出蒿萊。其樂有餘樂，其哀有餘哀。噫嘻！呂子固不得已耳。

朱子文集語類中，有問目極長而答止一二語、一二字者，無不收録，祇欲由此得聖之是非耳。此編兼載時文及他評者，即以時文他評當問目也。文仍其姓名，評仍其字甫，或即仍其書名，總不欲掩是非之由以便查考。間有數條合爲一條者，取其意義貫通，彼此相足，庶不失呂子之意，非敢妄爲比附也。

首大學，次論孟，次中庸，此朱子讀法次第也，今遵之。

呂子評語，研窮精微，辨析同異，其於書義文法，皆歸斯理不易之極則，雖若條分縷析，其實同出一源，不可分而爲二者也。但編次雜和，不便觀覽，今以發明書義者編正，其論文則別爲餘編，一並付梓，庶學者得覩評語之全。

槧書三十首，以理則透宗，以文則絶頂，正呂子所謂道所生之文也，今亦附載各章之末。若謂必守溪、鶴灘而後爲經義正則，則余不敢知矣。

余之爲此編也，恐其評本久久磨滅，不得已而出此。固不能盡得呂子之意。且收拾，雖云略備，而遺漏終復不免。呂子評本未至磨滅，正須尋求，此編不過爲窮鄉晚進無力全購者地，非謂有此可廢評本，亦非導人以簡便也。

此編自壬辰迄乙未，繙閱反復，中間以事作輟，凡四年而成。胡君虹山，與余季弟須上，更互商訂，又幾一載，固已章分節次，黑白瞭然。若呂子生平評文公案，則卷首數篇，自道已盡，而此編之指要亦明。故不敢復以己意輕爲之序，懼褻也。（呂子評語正編卷首）

呂子評語餘編略例八條

車鼎豐

呂子之評文，非爲評文也。即以評文論，亦自獨有千古。近代諸名選家不足論，六朝唐宋以來，論定詩文者夥矣，有一足與之頡頏者乎？有目者試取從來評語細加對勘，當自得之，實非予阿好也。

呂子所評者時文，其實古今文字之變，無所不盡。正惟其不止於文者無所不盡，故古今文字皆不能出其範圍也。讀者僅以評文求之，毋怪其與時選一例看承矣。

呂子論文，最惡顢頇。故雖零星偏曲，辨析研窮，必無剩義。正如江河之水，曲港支流，罔不充溢。學者於此逐字反覆潛玩，即可以得其原本之妙。蓋此理本無微不入，心思不到，遂使義理有遺，非細故也。

呂子於先輩，每論一家，必各揭其精神命脈之所寄。憑他用意用筆，奇詭要渺，而是非、真僞、疑似，不容瞞過分毫。即起歸、唐諸公於今日，亦應頫首受判，知言之能事，至是而極。於時下文字，雖不無節取恕收，要多大槩指陳，以本文證合，著語分寸，令閲者高下了然。其泛論源流派别，又隨處發明，彼此互見，故編次但從各本摘録，善讀者自可融會得之。若以詞理體格分類攙和，或反失其本意之所在，且亦無從查核矣。

此編本即正編之餘，故凡已見正編者，皆不復載。如「辭達章」中云云，皆論文精義要語，然正編既詳，兹槩從略，學者參觀之可也。

各本序、例、記言、附録，皆出吕子手筆，雖非評語，而實評語之弁冕也。今於關係某集者，仍就某集評語内首載之，其有通論文字，及雜出他集者，皆附見末卷後。

文章之變，自當從原評本逐一講求，此編亦止節存其槩。其就文細論處，多不能詳録，簡棄更爲不少。閲者諒之。

竊嘗聞之吕子門人寒村叟云：「先師之有事於評選也，非以爲時文也。閔人心之陷溺，而爲是納約自牖之方也。然必其爲文也，而後可與之論是非；藉非文也，而又奚論乎？譬諸人焉，五官具，而後可與言五事；五官未具，則將不得謂人矣，而何恭從明聰之足云？故曰：『文所以載道也。』自世之爲文者，一以詭隨捷取爲心，遂不惟理法之是議，而惟流俗之所尚是趨。正聲既微，淫哇迭起。末流波蕩，變怪百出。始爲輕浮佻達，繼以骫誠俚俗，而文章之法，滅亡盡矣。然理義人心所同然。使人人去其詭隨捷取之心，而從事於文章之正道，則必有以釐然辨其是非好醜之歸，而自厭薄其目前之所爲者。」又云：「先師謂『文以理爲主，理精則文自高』，蓋指夫徒事於法者而言也。若直謂之無法矣，皮之不存，毛將安傅乎？夫文之理與法，有合而助之功焉，而其事尤莫先於勿助長。」準斯説也，則余是編或亦不戾於呂子之意，而卷首數篇，學者尤宜三致意焉。（呂子評語餘編卷首）

呂子評語跋

曾習經

呂晚村評語正編四十二卷，餘編八卷，坿慙書、親炙録。原十二册，湖樓舊藏，癸亥十月八日夜重裝，併四册。

晚村得罪本朝，此在燒毁之列，然此書以制藝論學，尚無畔道之言，因過而存之。蟄厂。

晚村事當參閲大義覺迷録，大義覺迷録湖樓有之。陸清獻不薄晚村，其學亦未可厚非也。

（呂子評語卷首，清華大學圖書館藏）

理學世系圖

張謙宜

周敦實 正宗

程顥 正宗
程頤 正宗
張載 分支

謝良佐 傳述
游酢 傳述
尹焞 傳述
楊時 傳述
胡安國 分支

羅從彦 傳述
李侗 傳述
朱熹 正宗
張栻 分支
呂祖謙 分支

黄幹 傳述
何基 傳述
王柏 傳述
金履祥 傳述
許謙 傳述
黄溍 傳述
宋濂 傳述
方孝孺 正宗
中絶
薛瑄 起嗣
呂留良 起嗣

趙復 分支
許衡 傳述
劉因 傳述

張謙宜曰：由堯舜以至周孔，孟子既言之已。自此以後，湮汩斷滅，無緒可尋。趙宋開基，濂溪挺出，程衍其派，朱會其流，至方子而絕。薛子繼起，不失宗旨。自是之後，無其人，但存其書。有能讀是書者，真千聖之嫡傳也。約計品弟，共有四等。得□遺經，契合聖人者，曰「正宗」。承教大賢，有離有合者，曰「傳述」。得其緒餘，各成一派者，曰「分支」。雖無授受，竟臻堂奥者，曰「嗣起」。若夫踳駁邪雜，支詞曲説者，不在此列。譜而藏之，以待君子焉。康熙丙戌八月初八日誌。（妙山精舍集卷首）

錢吉士先生全稿序

沈受祺

文自萬曆之季至天啓而亂，斯爲極。號爲經生者，不復省章句傳注爲何語，諸子、百家、二氏皆可爲宗，幾不知孔孟曾思爲何人。此豈復有文字哉？東鄉艾千子起而大聲疾呼，而後天下矍然復知有儒者古文之學。然千子猶時出己意，改易程朱之説，其不悖於章句傳注者十得六七已耳。吴門錢吉士、楊維斗從而詳正之，其説必本之章句傳注，其體必以成弘諸大家先輩之法爲率，而後儒者古文之學昭然不息於天下。蓋至於今日，猶得以章句傳注正文字之得失者，千子、吉士、維斗之功居多也。

吉士持論較維斗尤嚴。謂制義期於演聖賢之言，令理真語肖而止。題雖數百言，吾以尺幅演之，使無一字之遺；題雖單句隻字，吾以數百言演之，亦止還其爲單句隻字。絲繩縷削，必不可使有稍軼於章句傳注之外。可謂嚴矣。天下固服其精明，而亦或苦其纆束。然試讀吉士自爲文，於其所持之法無毫髮之憾，而洸洋流宕，變動不居，有從容之樂，無布置之痕。世之豪縱自命爲古文者，其奇横未有能出吉士之上也。然後知苦纆束者，乃不善學之過，非吉士之論太嚴也。

吉士館余家久，與余論文最契。乙酉夏，吴郡難作，吉士遽歸，登舟復起者數四，若戀戀不忍舍者。最後持此稿付余曰：「吾平生所作盡此，不欲持歸，留君篋矣。」是夜抵家，即爲賊所殺。嗚呼！千子維斗猶以乙科鳴世，老死致命，皆不負所學，足以自傳。吉士有大功於文字，而不得一第，卒罹慘禍，文人之無命，未有如吉士者也。今年春，晚村呂子過余北山，蒐訪舊人之文，聆其議論，與吉士神合，而又有聞所未聞者。余喜吉士之文之有所托也，遂以全稿授晚村。吉士生不食稽古之力，而死猶得以老經生之文，離跂攘臂於先輩科甲大家之間而無愧，非晚村其又安望焉？然則吉士臨别，遲迴授記，詎非天意在斯歟？嗟乎！吉士今乃可以不憾矣。麟湖弟沈受祺謹序，時康熙戊午暮春之望。（錢吉士先生全稿卷首）

質亡集序

徐倬

質亡集者，晚村呂氏不死其友之所爲作也。

人之自足長留於天地者，固不盡以文字也。其以文字傳者，古今多有，制義又其末矣。制義之傳，必士之舉於鄉、成進士，而其文乃行於世。然且有舉於鄉、成進士，而文竟不傳者，甚矣其傳之難也！而自明經以下至於布衣，文雖造微極遠，曾不得一附卷集之末，以自見其精英；老甓牖下，平生心血爲人糊壁覆瓿，雖子孫亦不甚珍惜，以爲是不祥無用之物。豈其文誠不足傳哉？黄土青燐，幽悲沉痛，亦知其無可奈何，而安之若命也。晚村氏悄然悼之，作而歎曰：「吾舌猶在，吾友可以不死。」於是盡取昔友自明經至布衣之文，選而刊之，離奇光怪，無所不有。試舉近時舉於鄉、成進士之牘與較量工力，但有不敵，無或過者。因思古今來士不得志，鬱塞無聞，不遇知言論世之友，奇文妙義，與宿草同腐，不復自存於宇宙者，更不知凡幾，獨制義然乎哉？有晚村斯義，士即不得志於生時，亦足自信其傳於後世。窮老讀書，燈寒無焰，其氣猶爲之一振。於是益歎晚村用心之至，爲不可及也。

晚村之友，强半即余友。其間雨雲晦冥，風濤百變，余與身歷之。而晚村光霽如一，日斗室之中，未嘗旦夕無四方之客，詩箭詞版，流布人間。入其室者，供讌贈投，歡盡忠竭，經籍玩好，雖見攫敚而不忤；及乎離去，多以慚生怒，因忌成悁，或至擠排讕詆，加以不堪。旁觀皆疾其無良，而咎晚村之不智，然晚村退然以爲吾誠有過，不則以爲吾命合爾，終於無所言；後有來者，亦未嘗懲前而改度也。蓋性篤於交游，而心忘怨憾如此。使紛紛翻覆之子，老死而有文足傳，晚村必且咨嗟永歎，以之入是集無疑也。天下讀質亡集，可以得晚村之與人，即爲人友者，亦可以知所愧厲矣。

是書之例，凡科甲之友不與，入知言集者不與，雖同社而未面者不與，不長於制義者不與，其餘多與。余嘗與聞其說，因并書之。苕南同學弟徐倬序，時康熙辛酉首夏書於南陔草堂。

（質亡集卷首）

宋詩鈔初集凡例

吴之振

宋詩向無總集，亦無專選。東萊文鑑所録無幾，至李于田宋藝圃集所選，名氏二百八十餘人，詩僅二千餘首，宜其精且備矣，而漫無足觀，非其見聞儉陋，則所汰者殊可惜也。曹能始十二代詩選，所載有百數十家，中如陸務觀、楊誠齋，宋之大家也，集又最富，然存者甚少，誠齋尤寥寥，他可知矣。潘訒菴宋元詩集亦止三四十種，雖去取未精，然每集所存較多。蓋宋集爲世所厭棄，其存者如秦火後之詩書。余兩家幸收得此，歐陽所謂：物聚於所好，聚多而終必散。則古人之精靈，由我而滅矣。欲如古唐詩紀例全刻，則力有不能，故寬以存之。卷帙浩繁，亟於行世，先出初集，以見崖略。宇内同志之家，收藏必更多，倘有隱僻難得之集，近者乞以原書借抄，遠者望録副本惠教，當厚酬繕值，以報明賜。至表章古昔之功，敬識集端，不敢輒忘所自也。

是刻皆以成集者入鈔，其不及五首以下無可附麗者，或雖有集而所選不滿五首者，皆以未成集例，另作一編，附全集之後。雖稗史雜録、地志山經、碑板家乘，所有無不捃摭，同志有得，亦望録貽。

詩文選録，古人間有品題，而無批點。宋以來方有之，亦自存其説，非爲一代定論也。若一加批點，則一人之嗜憎，未免有所偏著，而古人之全體失矣。是選於一代之中，各家俱收；一家之中，各法具在。不著圈點，不下批評，使學者讀之而自得其性之所近，則真詩出矣。由是取其所近者之全書，而饜飫展拓焉，始足以盡古人之妙。朱子所云「以爲取足於此而可」，則非今日纂集此書之意也。

癸卯之夏，余叔姪與晚村讀書水生草堂，此選刻之始也。時甬東高旦中過晚村，姚江黄太沖亦因旦中來會，聯牀分檠，蒐討勘訂，諸公之功居多焉。數年以來，太沖聚徒越中，旦中修文天上，晚村雖相晨夕，而林壑之志深，著書之興淺。余兩人補掇較讎，勉完殘稿，思前後意致之不同，書成展卷，不禁慨然。

金元詩鈔，隨全集嗣出，其隱僻難得文集，亦望好我，或假、或售，拜酬雅惠。

四方見投新篇，及家藏近時文集，幾於充棟，欲專選今詩爲一集，作家巨手，已刻、未刻，俱望賜教。（宋詩鈔卷首）

四書朱子語類摘鈔題識

吕葆中

昔者先君子與楊園張先生欲續朱子近思録，謂諸書皆經朱子手定，唯語類一編出於門人所記録，其間或有初年未定之説，且條多繁複，雖同出一時之言，而記者之淺深工拙不無殊異，精別之爲難。遂相約採輯之功當自語類始。甲寅之春，先生坐南陽村莊，既卒業，乃掩卷嘆曰：「不知天假我年，得再看一過否！」然是歲而先生殁矣！

癸亥之夏，先君子自知病勢日亟，皇皇然唯以續録未成爲生平憾事，乃取張先生所定本，重加簡閲。易簀前數日，是書猶在几案，竟絶筆於論語泰伯之篇。然則語類一書，爲先君子與張先生未竟之緒，而實其平生志念之所繫焉者也。先君子臨終以藁本付公忠俾藏之，距今十有九年矣。公忠自惟惷愚，不足以纂述前人之志，然又恐藏弆笥篋，日就蠹敝，一旦并其僅存之端緒而亡之，則公忠之爲罪滋大。乃取其中論四書數帙，合兩家之所採，彙而録之，名曰四書朱子語類摘鈔，凡三十八卷，先以行於世。嗚呼！四書者，六經之户牖；近思録者，又四子書之階梯也。昔朱子集諸儒之大成，摘取周、程、張子之言以踵繼孔、孟不傳之墜緒，而朱子之微言奥義，訖無續而録之者，豈非宇宙間一大缺陷事哉！然則朱子之微言奥意，又豈更有切要於其論四書者哉？語類居朱子諸書之一，論四書者又居語類之一。然古不云乎？一隅三反。使學者果能沈潛反覆是編，默識夫所以精别取捨之意，即因是以盡讀朱子之書，霈然無疑，則不惟講明四書，於章句集注之旨更多闡發，而所以爲近思續録之根柢者，亦且過半矣。嗚呼！此固先君子與張先生之遺志也。禦兒吕公忠謹識。（四書朱子語類目録後）

晚村先生八家古文精選序

吕葆中

先君子晚歲選定古文，其於唐之韓、柳，宋之歐、曾、王、蘇諸家，則又撮其精腴若干篇，以付家塾，而命葆中曰：「汝試爲點勘，以授學者。毋繁冗，毋穿鑿。但正句讀，分段落，於一篇要害處稍爲提出，粗示學者以行文之法。至精妙處，則在學者熟復深思自得之耳。」葆中既受命，隨點數卷以進。先君子覽之，亦不以爲非。常語學人曰：「今爲舉業者，必有數十百篇精熟文字於胸中，以爲底本。但率皆取資時文中，則曷若求之於古文乎？夫讀書無他奇妙，只在一熟。所云熟者，非僅口耳成誦之謂，必且沈潛體味，反覆涵演，使古人之文，若自己出，雖至於夢囈顛倒中，朗朗在念，不復可忘，方謂之熟。如此之文，誠不在多，衹數十百篇，可以應用不窮。」又常曰：「讀書固必熟而後用，亦有用而後熟，此又不可不知也。若必待熟而後用，則遂有雖熟而不用者矣。此其法當先勉强用之，用之既久，亦能成熟。譬之人家有百十僮僕，爲主人者終日不曾呼喚使令，此等亦遂成偃蹇。今但遇有事輒呼而用之，久久習常，其初猶必俟主人之命而後至，其後主人雖未命之，亦自能窺承意指，趨蹌而前矣。」今者諸弟共請以選本付雕開，以余所批點大半曾經先人過目，因逐仍之。而余并述緒語於簡端，以爲學者讀是書之法。康熙甲申長至後三日，孽兒吕葆中謹識。（晚村先生八家古文精選卷首）

吕晚村手批杜工部全集跋

吕葆中

憶自丱角時，家君子手批工部詩，朝夕講解。且訓學詩宜從老杜入手，謂是渾然元氣，大吕黄鐘，不作錚錚細響。五言七言，當於此求其三昧。葆中識之不敢忘，但恨賦質愚惷，詩學一途，至竟無成，追悔奚及。惟願後之子孫，恪守斯訓，庶無負爾祖批注之苦心也夫！葆中謹識。（杜工部全集卷末，浙江大學西溪校區圖書館藏）

研莊遺稿序

呂葆中

憶自丁卯，藍衍從寒石叔訪先君子於南陽村莊，把臂話闊。藍衍時尚丱，牽衣拱聽，了無倦色，叩所讀經義如響，先君子器重之。臨分，出所刻朱子遺書以授，藍衍歸而卒讀。既先君子與寒石叔相繼即世，余衣食奔走，音問遂疏。迨居母憂，藍衍過唁，余取宋詩鈔及何求老人殘稿去，後四月寓書，云：「詩之爲道，自歷下派盛行，士大夫心思性靈，幾成頑鈍無用；竟陵矯枉過正，舍康莊而由溝竇，温柔敦厚之旨，蕩然矣。比者三復伯父所選宋詩，及所自著，始知元音猶在人間。」余因是益知藍衍之深於詩。會計偕北行，過吳，坐研莊者累日夕，因盡出其所爲詩，見有若春容翺翔，磊落而華贍者，居然臺閣之詩也；見有若流連景光，追逐而纖巧者，又居然山林之詩也。其旨微，其思深，其辭簡古純粹，手一編而不能釋矣。藍衍且起而言曰：「子美夔州以後，和仲海外諸篇，始足垂世行遠，則前此者可知也。暴所長，匃摘所短，箴規雅意乎？」余聞其言而壯之。酒半，復起而言曰：「使吾如小年在南陽村莊時，獲承伯父提命，其有成就，或有可觀，惜乎其無及也。」余非獨壯之，抑不勝歎且羨焉。夫以藍衍之才，又抑乎自下，漸摩淬厲，以底於成子美和仲，並驅先後，以傳於世，亦不難矣。爰附數語簡末，以爲後日券。壬午仲冬朔，兄□□書。（研莊遺稿卷首）

研莊遺稿序

吴瞻泰

呂子煙農，與語溪□□先生爲族屬，少從□□學程朱之學，精研理窟，晚村深器重之。已而爲舉子業，嶔崎歷落，跌宕於場屋，然非其好也。獨長於詩，一時盛稱吴下。朱竹垞檢討負人倫鑒識，於江東菰蘆之士嘗少所許可，而深愛煙農諸什，謂峭折生新，天然與涪翁、後山相肖。世之言詩者，未讀煙農之詩，而聞檢討論煙農之詩，即知煙農之詩之工矣。孟東野之文，得昌黎而益彰，不洵然歟？抑吾聞子桓氏之論文也，以爲年壽有時而盡，榮樂止乎一身，文章爲不朽盛事，傳之無窮，而人多不疆力，忽焉與萬物遷化，誠爲大痛。當世之士，闇淡無奇，傳而不遠，其不爲子桓氏所痛者幾希。今煙農一生善病，年僅三十而隕，而其名可傳遠如此，謂非其詩之可壽人耶？衛洗馬之言愁，李昌谷之嘔心，不以年之不長而減。且煙農性孝友，嘗刲股爲糜，以愈其親，而事兄尤謹。其蓄之也有本，其發之也愈華，故宜其奏塤篪而鳴金石也。

煙農已赴玉樓，而其兄孚嘉惓惓於煙農之詩，謀所以壽棃棗者甚勤，斯其愛弟之心又何如哉？爰不辭莽陋，綴數語以應其請。歙州吴瞻泰撰。（同前）

唐四家文序

胡會恩

五岳之尊，青城、峨眉、羅浮、匡廬、天台、鴈宕之勝，無不知其高且大也，而其宗支脈絡，好奇者有所未悉焉；溟渤之寬，四瀆、五湖、三湘、七澤之險，無不知其深且廣也，而其源流派别，博識者有所未詳焉。建章之宫，淩雲之臺，上林之苑囿，其壯麗窈深，無不知也，而陰陽向背、高低冥迷之位，果孰能辨其精巧乎？握奇之營，天地風雲，龍虎鳥蛇之陣，其制勝出奇，無不知也，而形名分數，虛虛實實之用，果孰能明其變化乎？蓋凡境象之大而能該者，固如是其難窮也夫！大家之文亦若是，則已矣。

唐之大家，莫如韓、柳，韓、柳之文，唐之人未知尊也，迨宋而始尊之，至於今而無異，然韓、柳之所以爲韓、柳也，疇悉之。宋之大家，莫如歐、蘇、曾、王，歐、蘇、曾、王之文，自宋而已尊之，至於今而無異，然歐、蘇、曾、王之所以同於韓、柳也，孰知之？蓋未能負繩束緼，裹糧擕炬，固不足以窮探荒遐；未能乘槎汗漫，往返萬里，固不足以歷溯河源；未能研窮精微，辨析同異，固不足以上窺作家也。昔之論文者多矣，其有識如東萊、西山、迂齋、疊山、荆川、鹿門數公，取捨各有異同，評點亦互有詳略，覽者蓋不無擇焉不精、語焉不詳之憾，而況於其他乎？孟子云：「説詩者不以文害辭，不以辭害志。以意逆志，是爲得之。」又曰：「誦其詩，讀其書，不知其人可乎？」是以論其世也夫，惟知人難，故逆志難。桓譚、侯芭不足以知楊雄，而有待於後世子雲；王、徐、應、劉輩不足以定曹植之文，而有望於後世之相如，豈不有賴乎其人之學與識哉？

朱子作韓文考異，悉考衆本之同異，而一以文勢義理決之。朱子之法，孟子之法也。自時文專行，選評漸盛，艾東鄉始以雒閩之理爲主，而參以歷代大家行文之法，以爲甲乙棄取，蓋前此所未有也。顧入理淺而爲法麤，未可以爲知言。至近日晚村吕先生出，而後於時文之文勢義理，始窮微達眇，而不復有所遺隱。晚村先生之論文，孟子、朱子之法也，惜乎於古文僅有選而未暇評，爲後學之深憾焉。癸未春，其高第弟子董力民設教洪川蔚蘿之間，便道過京師見訪。亟索其行笥，得手批韓文一編，蓋本吕先生之所選而加評點焉。其評點之法，一如吕先生評點時文之法，昔人所稱鯨鏗春麗，驚耀天下，栗密窈眇，章妥句適者，然後人人可以共喻嗟乎？仲達按行岐山行營，桓公周覽定軍石壘，非夫才略足相抗衡，安能心解而服膺之至此耶？時與力民談讌累日夕，因戲語之曰：「使予得侍吕先生，恐聞道不在諸君後。」力民亦笑頷之。

今秋復薈萃所批唐四家文，從曹南寄示，並乞荒言以爲弁首。蓋洵以予爲能見其一斑也，因不辭而序之。其先唐者，便於行也，宋文蓋將嗣出云。康熙四十三年歲次甲申仲秋，清溪胡會恩書。（唐四家文卷首）

唐四家文序

吴　涵

予少讀晚村呂先生所評點時文，見其閑衛正道，梯接後學，俾人人得由所行習之帖括，以馴至於聖賢之塗，湊心懇切，理致精微，輒篤信而深嗜之。同業之士方疑其有戾於歐陽「順時」之旨，而予弗之顧也。既而本其意以應科舉，亦未見其轅轍之相反，同業之士始翕然相信，風靡景從，殆遍天下。予謬以通籍金閨，得讀書中秘，而亦以此弗獲遂執經之初志，蓋至今猶有遺憾焉。

無何，先生下世，而其道益光。居數年，嗣君無黨來都下，風流文采，絶出一時，而意致恬然，淆之不濁，予益以信先生之教爲不苟也。又數年，其門人董力民便道見訪。力民係予同里故交，其爲人勤勤懇懇，長於論説，而瀾翻峽倒，無非儒先義指與作家妙諦。年來講席所敷，自吴越及於魯衛，又次及於趙魏之東，恒代之北，使荒陬絶塞，後生末學，無不知有南陽之教尊，而奉之力民之爲功於師門，亦云偉矣。

當吕先生評點時文之暇，自國語國策，以及漢、唐、宋諸家文，率皆有選；而於唐、宋八家，則俱有廣選又别有精選。頃者力民館於桑乾、壺流二水之濱，與其門下士講論唐、宋文，因取先生廣選而加評點焉。其韓文先成，予間得而閲之，則不惟分肌析理，動中肯綮，而於閑衛正道，梯接後學之意，又直有以上承先生之心傳。蓋先生雖殁，而瓣香滴乳之真不在兹耶，而豈非後學之深幸耶？因倒橐出俸金以助之，使付諸剞劂氏。而其關外門人李應陽、李雲陽、魯陽、子布、廷和五人者，亦樂襄成事焉。今秋郵寄所刻成唐四家文示予。予惟平生私淑之心，隱隱難忘，用深喜力民之親炙有成，而又能發明其未竟之緒，以惠來學焉，是亦予之幸也夫！因不辭而爲之序云。康熙四十三年歲次甲申菊月，年家眷弟吴涵書。（同前）

九科大題文序

戴名世

自乙卯、丙辰至於己卯、庚辰，其間爲鄉試者十，爲會試者九。余選此九科之文分爲三集：曰墨卷、曰大題文、曰小題文，將次等刊刻而布之於世。夫此三集之選，何以始於乙卯、丙辰也？曰：以晚村吕氏之選，終於壬子、癸丑也。今夫制義之有選本也，始於萬曆壬辰。而自乙卯而後，日益多且盛，至於一科之文，其爲選本輒有數百部；順治以來猶有數十部；迄今日而或不能盈十部。其多寡雖懸殊，而文之不可無選本，與選本之未必盡美也，則已非一日矣。蓋昔者有明之季，東鄉艾氏嘗深歎以謂天下之爲選政者，以草莽而操文章之權，其轉移人心，乃與宰執侍從及督學之官等。而深有望於大儒者爲之别黑白而定邪正，使天下曉然知所去取。余考艾氏之時，文訞疊起，而諸選家爲之揚波助瀾，以故文日益趨於衰壞。艾氏乃不顧時忌，昌言正論，崇雅黜浮。而承學有志之士，聞艾氏之風而興起者，比肩接踵。然而艾氏之爲書也，擇焉而不精，語焉而不詳，後之論者，猶有憾焉。而近日吕氏之書，盛行於天下，不減艾氏。其爲學者分别邪正，講述指歸，由俗儒之講章而推而溯之，至於程朱之所論著；由制義而上之，至於古文之波瀾意度。雖不能一盡與古人比合，而摧陷廓清，實有與艾氏相爲頡頏者。嗚呼！文之難知久矣。其謬迷顛倒而無所取裁，不獨衡文者之不可憑也，即選家亦往往是非邪正之莫辨。蓋有佳文而沈埋於廢紙破簏之中者多矣，而大書特讚，乃在於臭腐爛惡。至於義理之幾微疑似，毫釐千里之隔，尤不能爲之剖晰而辨别。吾讀吕氏書，而歎其維挽風氣，力砥狂瀾，其功有不可没也。雖其興起人才不能如艾氏之盛，而古今運會之際，要非有可以强而同者。而二十餘年以來，家誦程朱之書，人知僞體之辨，實自吕氏倡之。自丙辰以後之文，吕氏無所點定。而其家有三科述評一書。三科者，自丙辰而己未而壬戌。或曰即吕氏作，或曰非也。吕氏以癸亥歲卒，而其後數科之文，多有遠盛於前者，惜乎吕氏未之見也。而余爲編次斯集，以補吕氏之所未及。亦使讀者可以考數十年來文章之盛衰得失，而艾、吕兩家之緒言，猶可於此書得之也。（戴名世集卷四）

醫宗己任編弁語

吴之振

天之好生，其德大矣。胡人之自殺，每甚拂乎天？兵戎水火、刑罰賦役，人皆知其能殺人也，則思所以避之。其避之而仍蹈焉，不免者不過十之二三耳。乃有不知其殺而殺焉者，就之乞生而反得殺焉者，則庸醫之殺人是矣。十室之邑，三家之村，提囊而行藥者，莫不家盧扁而人岐黄也。日操刀殺人，而人不之覺，且致命焉。余見童稚夭折，少壯羸瘦，喪車累累，夜長鬼哭，黄耇皤髮之老，百里内外不易多覯。此仁人君子惻怛痛心，日夜不寧，而思所以振濟之者也。於是鼓峰、東莊，慨然以醫天下爲己任。鼓峰習醫術已二十餘年，原本於性命理學之要，窮研於靈樞、素問之旨，參究於張、李、朱、薛之説，神奇變化，不可端倪，往來兩浙，活人甚多。庚子過東莊，意氣神合，一揖間即訂平生之交，相與講論道義，留連詩酒，因舉其奥以授東莊。東莊天資敏妙，學有源本，性命理學之要，向所研精。因源以潮流，窮本以達末，不數月間，内外貫徹，時出其技以治人，亦無不旦夕奏效。鼓峰奇驗傳聞於人口者，不可殫述，因裒集其所著，與來語溪與東莊所治之案，彙爲一編。非敢謂二子之名藉是而傳也，誠願天下庸醫末技，一旦虚中無我，洗滌腸胃，焚生平所讀之書，棄俗師所授之術，一從事於此焉。將見殺人之手反而爲生人之具也，豈非天下之幸歟？雖然，周官，聖經也，而壞於元豐；馬服君書，良法也，而敗於長平，是固聾者不可與語雷霆，而瞽者不可與語黼黻，古今一轍。則二子之書，固當藏之名山，以待其人懸之國門，而究無一識者也。州錢吴之振序。（醫宗己任編卷首）

己任初編啓

楊乘六

蓋聞名山有不朽之藏，本待傳之其人；前哲所未刊之典，端在公諸斯世。兹惟四明鼓峰高氏著有醫家心法遺稿，其理根太極講，來論彌簡而無不該；其方就五行配，出法既要而又加詳。闡靈樞素問所應闡而難闡之微言，允矣内經羽翼；發張李朱薛所欲發而未發之餘藴，洵哉醫學朱程。辨晰病機，罔不精透，分列治驗，尤極神奇。第以醫之見是書者甚少，則此書之活夫人也有限。況從前以來，尚未繡諸梓；恐自今而後，又或失其傳。爰是不揣疏陋，次其簡編；並且無逃僭踰，增以評點。不敢秘之枕中，爲開梨棗之雕；欲以公諸天下，應仔校劇之任。肅裁里句，敬呈清鑒。惟願以頂格之原文，逐一句爲斟而字爲酌，何莫非斯世之厚幸乎；再祈於雙行之小字，細加駁其謬而正其偏，則尤爲本堂所甚快矣。潛村卿三堂謹啓。

醫宗己任編序

王汝謙

昔范文正公作諸生時，輒以天下爲己任。嘗曰：「異日不爲良相，便爲良醫。」蓋以醫與相，跡雖殊，而濟人利物之心則一也。四明高鼓峰先生，由儒而精於醫，其砮脈辨症，處方用藥，理解超豁，迥出凡流，一時負盛名，幾如秦越人之聽聲寫形，隨俗爲變，嗚乎神矣！晚年輯生平所治驗醫案若干卷，并繪五行、五臟、天人一理等圖，名其書曰己任，其即文正之心歟？李氏瀕湖著本草綱目，徵引古今書籍，最稱繁富，而極精核，兹編已嘗采入。余幼年曾於是書熟讀而玩索之，頗得其要。兵燹以來，藏書灰燼，是編亦蕩然無存。遍覓坊板，竟不可得，歎曰：「先生畢生心血，胥在是書，豈終泯滅無傳耶？」

余不復睹此書忽忽三十年，往往臨危殆之症，群醫望而卻走者，輒宗先生法藥之，得生者十居八九。然則余之服膺先生，而先生之有以詔我者，豈偶然哉？一日，兩門人偶於舊書肆中購得此本歸，亟告余。翻閱之下，喜逾獲寶。惜字跡漫漶，語句間有殘缺，爰不辭譾陋，繹其上下文義，妄爲補苴。其眉批旁注，則時及閘人講論，以暢其奥竅，非敢僭也。同鄉李君象春謂曰：「此書誠醫林不可少之書，盍付梓人，以公同好？」余因思昔賢著述，顯晦有時。先生以息脈血之精，著六門二法之目，不朽自在天壤。獨怪余與是書，忽離忽合，積有歲年，隱然假我復起先生繼文正以天下爲己任之心，而使後世業醫者，皆同此心，卒之劍不掩於豐城，珠仍還於合浦，豈非有數存乎其間耶？書凡八卷。原附東莊醫案、西塘感症，皆法奇而正，旨簡而賅，發前人所未發，足堪嘉惠來兹。校刊既成，誌其緣起如此，序云乎哉！光緒十七年秋七月既望，旌德後學王汝謙鏡堂甫題於金陵鴻雪山房知足知不足軒。（同前）

醫貫砭序

徐大椿

小道之中，切於民生日用者，醫、卜二端而已。卜者，最不可憑而可憑；醫者，最可憑而不可憑者也。蓋卜之爲道，布策開兆，毫無據依，而萬事萬物之隱微變態，俱欲先知洞察，此最不可憑者也。然驗者應若桴鼓，不驗者背若冰炭，愚夫愚婦皆能辨其技之工拙也。若醫之爲道，辨症定方，彰彰可考。薑桂入口即熱，芩連下咽知寒，巴黄必瀉，參朮必補，莫不顯然。但病無即愈即死之理，症有假熱假寒之異。上下殊方，六經異治。先後無容顛越，輕重不得倒施。愈期有久暫之數，傳變有淺深之别。或藥不中病，反有小效；或治依正法，竟無近功。有效後而加病者，有無效而病漸除者。有藥本無誤，病適當劇即歸咎於藥者；有藥本大誤，其害未發反歸功於藥者。病家不知也，醫者亦不知也。因而聚訟紛紜，遂至亂投藥石。誰殺之，誰生之，竟無一定之論。此最無憑者也。事既無憑，則技之良賤，何由而定？曰：有之。世故熟，形狀偉，勤説多，時命通，見機便捷，交游推獎，則爲名醫。殺人而人不知也，知之亦不怨也。反此者則爲庸醫，有功則曰偶中，有咎則盡歸之。故醫道不可憑，而醫之良賤更不可憑也。若趙養葵醫貫之盛行於世，則非趙氏之力自能如此也。晚村呂氏負一時之盛名，當世信其學術而並信其醫。彼以爲是，誰敢曰非！況祇記數方，遂傳絶學，藝極高而功極易，效極速而名極美，有不風行天下者耶？如是而殺人之術遂無底止矣！嗚呼！爲盜之害有盡，而賞盜之害無盡。蓋爲盜不過一身，誅之則人盡知懲；賞盜則教天下之人胥爲盜也，禍寧有窮哉？余悲民命之所關甚大，因擇其反經背道之尤者，力爲辨析，名之曰醫貫砭，以請正於明理之君子，冀相與共弭其禍。雖甚不便於崇信醫貫之人，或遭謗黷，亦所不惜也。乾隆六年二月既望，洄溪徐大椿題。（醫貫砭卷首）

書信

與呂用晦

張履祥

一 丁未

暑月曾一至郭外，度不能從容請益，復恐一宿再宿，即不免應酬之煩，非賤軀所堪，故寧不見兄而遄返也。前書一十四册，已達東壁無誤否？韞兄東來，具述雅意。因雲兄苦心，量其事勢亦有難以恝然者。重違台命，實非初心所期也。韞兄嘗以弟之行逕類乎柳下一派，今竟援而止之。而止矣，仁兄得無觖觖乎？

竊意令子春秋方盛，正宜强學勵志，以規無疆之業，萬不當以弟之故，久虚師席也。且弟實碌碌無可相益，恒自深咎，塾書三十餘年，子弟從之，未有一二當意者，即其效亦可睹矣。鄉國名賢不乏，兄亦何取此人而懃若是哉？平生拙學，不敢自掩者，惟是篤信儒先，以小學、近思録爲四書、六經之户牖階梯。而吾人立身爲學，苟不從此取塗發軔，雖有高才軼節，焜耀當世，撰以聖賢所示之極則，終有偏頗駁雜之嫌，未足與於登堂入室之林者也。然此二書，展卷讀之，刻期可了，無俟經年越歲始能得其嚮方。加以令子美質，稍得良師友之助，以弟廢鈍之餘，方耻瞠乎其後，何心抗顏承命，冒昧以前耶？疾疢日侵，志氣頽落，匏繫若此，惡能復進於學，以期桑榆之收？徒然永歎，仁兄其何以啓我也？久感至誠，謹陳區區，以爲就正之端，不盡不盡。

二　丁未

月杪曾抵郭門，因館人艤舟待發，遂邀韞斯兄同歸，不及踵門請益也。韞兄具述明德，於鄙人輒有葑菲之采，慚愧殊深。又懼無以奉報知己，謹效芻蕘之貢，惟垂鑒焉。

仁兄文章可追作者之林，德誼足希賢哲之位，先代傳書既富，而生生之資又足，無求於人。年來徒以活人心切，亟亟於醫，百里遠近，固已爲憔悴疾癘之託命矣。但自仁兄而論，竊恐不免隋珠彈雀之喻也。昔者大禹過門不入，爲放龍蛇；周公仰思待旦，爲寧百姓；若夫顏之陋巷，澤不被於一夫，績罔效於一業，天下歸仁焉。儒者之事，自有居廣居、立正位而行大道者，奚必沾沾日活數人以爲功哉？若乃疲精志於參苓，消日力於道路，笑言之接不越庸夫，酬應之煩不踰鄙俗，較其所損抑已多矣。況復絜長短於粗工，騰稱譽於末世，尤爲賢者所耻乎？弟固於知交之欲以岐黄之道行世者，往往諫止，而於仁兄彌切切也。非不知衰病餘生，緩急幸有賴藉，然不敢以私利忘公理也。仁兄往歲嘗與祥言，於擊干之書連屋，亦既夙有是意矣，何以久而未決也？將亦求者踵至，弗忍遽絶耶？鳳凰翔於千仞，烏鳶莫得而干之，夫物情則固有然者矣。

韞兄耿介之性，困而益堅，去冬非理横干，得仁兄爲之排解，所患亦復無恙。雖祥聞之，猶將手額，何況身受之者？語云：「善人在患弗救不祥」，獨異從而擠之如弗克勝者，誠不知其何心耳！來年敝友嚴貞虚席以迎之，而以親老不能遠出固辭矣，不審上邑父兄有能爲子弟致良師者否？方今師道難言之矣，如烏程凌渝安、嘉興朱洽六、武塘計廉伯諸兄，德行文學，均足師表於時，而均苦於處非其位，如旅之九四「我心不快」者。若韞兄所遇尤窮，則幾於上九「鳥焚其巢」矣，度亦仁者爲之惻心已久。自古獨行之士，其窮容有甚於韞兄者，然或慕義於遠方，或推高於異代，至同閭並世，則婦竪靡不侮而嗤之。以今視昔，人情殆無不然。自非達識，不能破流俗之拘攣，違衆咻而持獨鑒者也。附便及此，不盡區區。

三

初春一晤，備聞教益，高明所見，俱非時賢能及，服膺之私，何日忘之。晝永春深，緬惟進德不倦，自傷老大瞠乎後之，慚負何言。西安葉静遠訪道抵吾郡，其於仁兄文章道誼之慕，既非一日，弟忝同學，敢介以前。然於旦兄亦有素也。仁兄相見，淺深當自悉之。舊作二稿附教。回思去日忽已一紀，齒髮空衰，業靡增舊，悲歎如何。

四　壬子四月

陸婿荷先生一體之仁，三錫寵視，雖生死未可知，爲德已至渥矣。孝垂兄廿六日劄附覽。過此，又下積垢一二，腹痛亦止，雖粒食不進，日飲酒二三盃，痢色亦澹。弟告之當守尊方服藥，以俟天命。竊取解「利西南，無所往」之義，未知宜如何也？

弟自疾初作，及今十月，不敢親書卷筆墨，自知過失日多，義理昏塞，故奮然出門以親道誼，不謂德旌已西指矣。案頭忽見天蓋樓觀略之顔，深疚修己不力，無一可爲相觀之益，而復直諒不足，不能先事沮勸，坐見知己再有成事遂事之失。凡連歲以來，所爲適館授粲之德，將何所爲？夙夜内省，其亦何以爲心耶？仁兄少壯折節求友，可謂衆矣，總始終而論，負兄之德意者蓋已不少，若弟今日之疚惡，豈非又增一人乎？如兄賦禀之高明，嗜善之饑渴，與夫擇道之不惑，見義之勇爲，種種懿美，何難進退比肩於千古之人豪？顧將久與昏濁之日，苟盜浮名之輩流動，若絜長角勝者，某雖志行不立，私心不爲兄甘之。往時嘗止兄之學醫，實懼以醫妨費學問之力。今去此又幾春秋矣，自兹以往，少壯强力更有幾何？誠慮行年即若衛武，已去其半，中夜以興雖若横渠，猶將不及，堪爲若此無益身心，有損志氣之事，耗費精神，空馳日月乎？昔上蔡强記古今，程子尚以爲玩物喪志，東萊日讀左傳，朱子亦以其守約恐未，何況制舉文字益下數等，兄豈未之審思耶？鳳凰翔於千仞，何心下視腐鼠？隋侯之珠，不忍於彈鳥雀。伏惟鑒此硜硜，急卒此役，移此副精神，惜此時歲月，爲世道人心久大德業之計。作字至此，心煩手震，不能復作。然餘生得此，亦兄之賜也，奚所愛焉？

五　壬子

吾兄一載以來，往往疾作，已可驗精力不及舊時矣。近自一門之内，遠而覆載之間，有多少擔荷須此身以幹濟，何可令其漸就衰損乎？老氏之養生，總是私其身，吾儒之養生，只爲公其身也。統惟珍重。

六　壬子八月

十有八日舟至，不及待兄之歸，雖爲秋祀遄返於舍，然抱歉甚矣。尊體竟已復初否？東行汲汲，未嘗不深西馳之懷也。屢歲承吾兄德義之愛，自慚德薄義凉，無以爲賢子姪分毫之益，内省之疚，莫甚於兹。

至於春間所商名臣言行之録，輾轉思之，有未易從事者。非特耳目所及百無一二，又自揣量非著作才，而三百年間紀載，大都失實，不可信於後世，國史、家乘一耳。又開國之時，文臣不如武臣，其間豈無訏謨碩畫，堪勒彝鼎者？但幾經永樂諸臣變亂删修，則已盡非事實。其後數大節目，如「復辟」、「議禮」以及「三案」等事，當時人物闕之不可闕，載之弗堪載。至於嘉、隆以後，大臣之行修言道者幾人？録其節義則似獨爲節義一科，録其循良則似祇爲循良一種。乃若學問之士，其自月川、河東、聘君、敬齋而外，則已不免墜緒茫茫矣。文學則自遜志、一峰諸君子而後，如其人者有幾？然遜志之文，存亡幾半，一峰之集，純駁互有，其餘無論已。更有難者，東事始末是也。種種三思，未得其妥，若欲旁搜廣覽，發潛導隱，無論海内文集難以備收，兼自賤疾至今，心力衰短，晚暮韶光，寧復幾歲？先代遺經，未暇玩心以祈有獲，庶幾桑榆之末效，而復馳情野紀？知小謀大，妄希表見於斯世，真所謂徇外爲人，去珠玉而求敝屩也。

初夏承商兄委批傳習録，此固商兄斯世斯民之心，切切於出焚援溺，故不擇人而呼號以屬之。竊意人心胥溺之久，有未可以筆舌爭者，抑中間詖淫邪遁之病在在而是，本原已非，末流之失蓋有辨之不勝辨者，故亦未之舉筆。

年來燕居，深念先師遺訓：「非其義所出，一簞之食不可受於人。」而漫承兄與商兄之惠，夙夜怵惕，不能自寧。今幸賤體較之去秋稍覺安健，意欲仍如異時，就一課讀之館，以畢餘齒，猶得自食其力，託於没世無聞之義。但平生未嘗就人覓館席，今使無人相招，固已自分枯槁楊園之鄉。若非意所及，或以子弟見屬，則往而就之，度亦兄與商兄之所許者。因小伻便走語溪，布此區區。來月望後，收穫西歸，圖晤不盡。

七 癸丑

琴書出門之後，耳目開滌，胸中日加灑落，知所得彌多也。但游通都之會已閲三朔，南北人士往來繁庶，交游必日廣，聲問必日昭，恐兄雖欲自晦亦不可得。迂鄙私憂，誠及於此。以兄高明，固已洞察微隱，無俟多言，種種多懷，不敢贅及。

春前承有東莊度暑之約，及今思之，修竹高梧，紅蓮碧沼，坐使幽人獨寤其中，爲樂雖自有餘，而意終未盈也。何若主人來歸，共此晨夕乎？韓子云：「有以志乎古，必有以遺乎俗。」近本此意，致書友人，略言：君子之儒，遯世無悶，究竟爲法天下，可傳後世；小人之儒，同乎流俗，合乎污世，赢得身名俱辱。其界分所争，要亦無幾，只在辨之於蚤。固知微生之見，宜爲舉世所疾。附此相質，未必不爲知己所可也。

手目作苦，暑月有加，爲字不恭，希鑒。

日前與佩蕙論及以約鮮失之義，佩兄云：「此意可進之用兄。」并及。

連歲災歉，既無禄仕之義，復絶上下之交，自分溝壑無疑。承兄與商隱歲致粟米兼金，疾病則加之以藥物，因得稍延視息，德至渥矣，賜至重矣。但商兄嗣息未舉，諸姪親戚類皆下愚不移之人，惟沈氏群從有意爲善，而賦質鈍弱，不能興起。夙夜念此，惟有靖節所云「冥報相貽」而已。兄則子孫衆多，生具美質，遠維周南、召南之盛，近追中原文獻之休，咸可幾及，不使古之人專美於前也。是以經月不通聲問，中心輒已弗寧，間過語溪，未或不以道義相示。此則區區素懷，所欲竊效於兄者也。願兄早歸，詩書師友，日相敦勉，以期有成。十年五年之後，氣象更將何如！祥又啓。

望日之夕，與兩令子、載臣、霜威宿於東莊，夢書「檢束」二字贈無黨。覺而思之，不爲無義。無黨平日，終是此二字分數少。康節先生稱風流人豪，然往往書此，用意可知。所以百泉山中，能冬不爐、夏不箑也。查漢園兄竟已古人，海瀕氣色何宜零落至此？先是祝開美、吴仲木、袁仲俱已早世，今復失漢園，可歎可歎。又及。

弟年來每至炊煙幾絶，意外輒有相繼，而又非不義。自信人生有命，何必傾心以營一飽。間以舉似朋友，有議者曰：『此不可效也，吾人若此則立槁而已。』竊以議者之意，誠爲愛我，然尚是信命不及。論語曰：「不知命無以爲君子」，然否如何？載臣將來，聞有賣藥語溪之意，果爾，將與詩書日遠，賈衒日近，初志不期損而日損已。佩蕙往歲欲學醫，尚不敢相勸，載臣又未及佩蕙，如何下此險著？（楊園先生全集卷七）

與呂用晦書

吴肅公

肅公嵓壑鄙人也，往有友人過，謂曰：「子知天下稱□□先生者乎？吾旨其言，甚似吾子。」肅公曰：「予守環堵三十年，天下名公奇士，予何自知之？子以其説似我，何也？」友人出一編指示，則制舉藝所傳□□者也。肅公咤曰：「予自目眇，謝生徒，弗覩制藝且十年，斯又何足以知之？」退而展視所評隲及例論，不禁擊節解頤。制藝非所詳，而其辨儒釋、駮盱姚，以羽翼於經傳，則群天下茫昧鶻突不能言，而學者之所聽熒也。蓋今天下，高者胥溺於二氏；卑者脂韋茅靡，以幾速化。而聖經賢傳、諸家訓注，直弁髦土苴之。肅公之愚，心知其謬，然而不敢發也，發之未敢以告人也。學疏而跡賤，非有聲譽之隆，壇坫之幟，而言之祇足以媒詢耳。先生淹經術，能文章，學稱其才，而卓然壇坫聲望，於以沾溉科舉文藝之士，以梯引夫有志聖學者，不亦斯道斯人之大幸耶？

日客有自東越來者，曰：「□□先生數問吾子。」抑不知先生何自知吴子而訊之，毋乃愚山謬語及之耶？抑以肅公有所正王氏書，不禁針芥之孚耶？尊詩一册，如劒鍔霜華，燿然四射，刁斗夜鳴於悲風邊月中。竊嘗謂今之士既以其學媚二氏，又以其詩媚於唐初，盛明中原而已。夫人而詩也，無詩也；非無詩也，其戛然而鳴，勃然而感之本不在焉。皋羽、放翁所由，與孟頫、集生輩不侔矣。肅公鹵莽於詩，而謬學爲文，皆不足以辱先生之知，服先生之教。然先得我心同然者，同聲之應，奚能自外？謹繕所著正王序例及四無論一首，略見本末；又曩著論辨三教同源，友人所謂與先生似者。譬諸草木，予其臭味焉耳，先生葅而劑之，以所不逮，幸甚！

肅公生而魯，志奪於衣食，蓋絶意學業久矣，間賣文贍朝夕，無足齒者，不自匿醜，聊布陳於左右。他如儒釋之分，盱姚之謬，弟一得之愚，恨無緣班荆，相與面質之也，曷勝仰止！（街南文集卷六）

按，文後朱其恭跋曰：「與街南均不取姚江學，故千里應求，而時有辨論，詞致純似歐曾。」

與呂晚村

陳祖法

屢惄寒松、北書樓二集，訂成全書，屢蒙賜允，尚未如願。前坐足下南陽村莊，時以選事紛紜，又尊體病初痊，欲言而未敢者數四。最後冒昧陳之，蒙有春正必當竣局之諭。聞命踴躍，旋且疑懼，蓋喜局之能竣，而懼局之尚不克竣也。每見古人詩文，埋没已久，忽得高賢引譽，遂傳之千百世下。吾兄吾弟實經營於筆墨者有年，而賫志以没，幸與足下生同時，故深以引譽望我高賢。況經選録而付剞劂者，清神已費過半矣。雖吾兄然諾不苟，必無有以不竣者，盡捐前功，而弟年力衰□，恐不能久待。則即告成全書，兒輩以爲父志也，取一册向墓前焚之，死後踴躍，未必有補於生前之疑懼也。管襄指兄於詩亦苦吟不輟，而古文則偶及焉。每歲終，於是歲所題詠者，手録二本，一送吾兄，一送弟，令各出意見，披閱之竟，則又手録之，併入吾兩人評詞，珍藏焉。經吾兄删録，而光采絢發可傳，曾於弟赴祁時，諄諄以此事相託。不意襄指亡後，詩隨散失，實負良友，而兄亦深惋惜。今遍搜得詩數十首，附以偶及之古文，惜乎皆非兄之所云甲選者也。然亦當録刊之，以了生前之諾。承委小價造酒之役，時慮失手，今接有加冽之言，或出小價口中，不敢信。不然，冽尚不可，何堪復加，令開宴時衆客攢眉終席耶？韓文公云：「大好大怪，小好小怪。」真堪爲貴邑評酒確論也。語溪人酒味嗜甘，獨晚村喜吾姚三白，每歲令僕周豹依法製之，邑中人飲此酒者，咄咄不勝其苦。（古處齋詩集卷十）

與吕晚村書

許承宣

弟與舍弟師六，十四五歲，輒不爲四方士所棄，車騎過市者必相訪，既通姓字，遂訂生平懽。其隔地不相識，或數百里及二三千里，通使郵問，殆無虚日。顧獨與足下漠如也。余兄弟之知足下自天蓋樓選始，而天蓋樓選中，弟輩未得厠名其間，則弟輩雖知足下，而足下未必知弟輩。欲如百千里之不相識而相問者，蓋有間矣。近日文章之壞，初則脂韋以取容，後乃矜張以欺世，選家襲常蹈故，未能卓然獨有所見，遂疑作者之難其人。夫楝梁之木，騏驥之馬，無日不在天下，而公輸般九方臯自任者，鬥削之而喪其材，品題之而失所重，使天下昧所趨嚮，未必非選家有以惑之也。今之選家亦嘗互相詆誹矣，其所詆誹者固足快人意，及取身爲詆誹者之選本觀之，究與所詆誹無異。嗚呼！是所謂笑楚人者亦楚人而已矣！惟足下能自振拔，芟除一切因仍苟且之習，而獨存正始之音，使文章一途，披雲霧而見青天，斯道之不亡，其功詎在禹下耶！雖然，嶢嶢者易缺，皦皦者易污。足下之選，固選人之所未嘗選，設使今之選家反其向之互相詆誹者，并出其詆誹之力以詆誹足下一人，此亦易缺易污之時也。然而天下讀天蓋樓選，未嘗不仰爲景星慶雲之見於世。雖襲常蹈故，混混與世相濁者遜爲不及焉則多矣，出而詆誹者未嘗有，此文章敝極將興之會，而弟輩不能無冀於足下者也。拙稿大小二種附呈左右，倘不吝大誨而賜之筆削，幸甚。（金臺集卷下）

按，文後跋曰：「厚責選家，自是砥柱中流之識，覺晚村諸選爲之增重。」

與某書

王錫闡

半年不通問，不知氣體何似，念極。昨聞無黨還自白下，即往候官，馳驅兩京之間，不太煩劇邪？廿六日，敝邑顧茂老遺信到，云亡友周安石遺書盡廢，内有崇禎曆書、志、樂等集二十六本，有南京坊人以尊刻五種易之。茂老以爲坊人得之，不若同志得之，力阻其事，以俟尊命。弟亦念此書可惜，特令門人九鉉走叩玄關，望不惜尊刻，收此祕書，且無虚茂老之盛意也。九鉉近與四夏、九華共録力田史稿略備，其赤民手筆在笥篋中者，聞已請諸吾兄，許其兑鈔矣。九鉉所以身任此行，一則切欲望長者，一則欲面商史事，望吾兄以赤民稿本畀之全鈔，鈔畢彙致案頭，取大總裁補苴删削，以成一書，使異日有志此事者得言所考，則□□先生功在三百年間，亦不細矣！半邏事頗相聞否？小人道長，爲之奈何！（曉菴先生文集卷二）

題詩

放舟至石門懷亡友吕晚村因過南陽村莊約無黨同行

徐　倬

蒲舠先指禦兒鄉，亟訪城南處士莊。竹篠抽叢藏略彴，柳花吹雪遍池塘。遺書自有兒孫讀，正氣猶存草木香。昔友如存商出處，此行未必苦迷陽。

曲徑依然水檻清，軒窗猶隱讀書聲。寒泉未了生前事，晚村欲編朱子語録以續近思，未成而卒。腐鼠憑猜身後名。黄壤青雲君不朽，緇衣素領我何成。招邀令子出門去，汗漫從游當耦耕。（道貴堂類稿野航集卷上）

無黨招飲南陽村莊出晚村遺照及先賢像相視復細觀便面墨蹟

徐　倬

蠶忙天氣麥秋時，尚肯留賓把酒巵。春草不荒楊子宅，斜陽猶戀習家池。高冠博帶風流在，卧虎跳龍手澤遺。重向墟頭尋昔夢，江山文藻不勝悲。（道貴堂類稿鼓缶集卷下）

贈同里董載臣　勞之辨

吾友呂晚村，奇才世無敵。人中百鍊金，馬中照夜白。往歲文酒場，把臂稱莫逆。余粗通制舉，章句僅尋摘。又以浮名早，根柢鮮滋殖。晚村志倜儻，中年謝羈靮。博極古今文，沈酣聖賢籍。談理黜新奇，紫陽爲準的。至今呂氏書，風行不假翼。東莊諸弟子，董生最超特。晚村如昌黎，生殆過籍湜。吾道本自南，今更行西北。北出居庸關，中外此阨塞。慨然發長嘆，天險歸有德。西望雲中山，綿亘無窮極。三面盡臨邊，時平偃金革。丈夫不封侯，擁書當列戟。講席擬河汾，重把宗風闢。余老不知學，荒落無所獲。董生勉乎哉，淇園詠金錫。（静觀堂詩集卷二十一）

和家雪客兄秋雨懷人詩　呂晚村　周在建

偶爾論時藝，高明遂擅場。但教傳理學，不止重文章。遺佚煩剞劂（刻宋元諸書），風流未渺茫。槧書難更讀，寂莫禦兒鄉。（近思堂詩）

憶自髫齡□□大伯以朱子或問語録諸書手授誌感

吕種玉

道岸高千尺，誰歟登其巔？考亭子夫子，領袖諸儒先。深入冒奇險，孤峻杜攀緣。千載遥相望，寥寥孰與傳？危疑絶續時，禦兒産大賢。曰若我伯父，終日以乾乾。神悟達心華，聞道得自然。微茫搜厥奥，衆理彙其全。如以鐙取影，抑以月落川。遂使聖之心，白日懸青天。言論開生面，雷厲排狂禪。曚發破顓愚，奚啻策一鞭。互相析譜諜，先子齒隨肩。角丱坐春風，手授以韋編。瓊瑶比珍重，紅碧抽牙籤。篝鐙百回讀，精義未貫穿。黽勉永勿諼，屈指經廿年。斯人不可作，欷歔淚流泉。（研莊遺稿卷上）

兒時過南陽講習堂忽忽二十年矣念舊懷賢不勝悒怏

吕種玉

研經人去講堂空，草木何由發巨鐘。尚有濂溪舊風月，一宵爲我滌塵容。（研莊遺稿卷下）

夜讀玉屏書晚村先生講義後詩次和一首

孫學顏

時書坊中有批抹講義舊本以攻王守仁爲非，且有醜詆之語，故玉屏有此作。

妄勘楳花閣裏書，兒曹那值一軒渠。登天不借風爲馬，涉險都憑紙作驢。廢苑幾時無枳棘，先生赤手費誅鋤。正如今夜中天月，豈但清光照里閭。（麻山詩集卷一）

次韻觀晚村先生真蹟并懷寒村時寒村讀書妙山

孫學顏

學到精金一様純，偶然弄筆筆如神。但輸顔柳爲前輩，若擬蘇黄便不倫。瀟灑風流真作者，端莊剛健老成人。高齋拜手頻繙看，定武蘭亭那足珍。

當年老筆太無端，欲遣春風變歲寒。應笑吾曹虧白日，空憐紙上舞青鸞。南龍舊蹟迷芳草，東海多時歇釣竿。寄語妙山松與柏，好留高節待予看。（麻山詩集卷二）

丁未得錫山王氏所藏吕晚村家訓真蹟付之石印因題三絶

鄧　實

白髮而翁不盡思，一編珍重付兒時。米鹽瑣屑年年事，坐老英雄種菜詩。時余方蒐得晚村種菜詩六首。

早歲才名枉自誇，空餘憔悴此生涯。先生本自無家者，豈愛旁人不若家。

摩挲手澤淚潸潸，忌諱之朝例必删。可慨燒書燒不盡，尚留真蹟在人間。（吕晚村先生家書真蹟卷末）

呂留良年譜簡編

崇禎二年己巳（一六二九）　一歲

農曆正月二十一日（陽曆二月十三日），生於浙江嘉興府崇德縣登仙坊之里第。排行第五。本生祖熿，娶明宗室淮莊王女南城郡主，爲淮府儀賓。父元學，萬曆二十八年庚子舉人，官繁昌知縣。生時，父卒已四月，母楊氏體弱，由三兄嫂願良夫婦撫養。按，呂元學妻郭氏，福建鹽運副使郭鼎女，進士郭子直妹，生大良、茂良、願良；側室楊氏，生瞿良、留良。呂留良戊午一日示諸子：「吾遺腹孤也，父喪四月而始生，墮地之日，即縗衰麻。生母抱孤而泣，暈絶而甦，分撫於三兄嫂。」

崇禎三年庚午（一六三〇）　二歲

是年，復社成立。

崇禎四年辛未（一六三一）　三歲

是年，陸隴其生。

是年，三兄願良妻卒，即出繼給伯父元啓爲嗣。呂留良戊午一日示諸子：「三歲而嫂亡，已而出嗣。」呂公忠行略：「考諱元啓，號空青，鴻臚寺丞。妣孺人黄氏。……空青公卒，無子，乃以爲後焉。」

崇禎六年癸酉（一六三三）　五歲

二月，二兄調良卒。曹度明故文學德長呂府君暨配沈孺人改葬墓誌銘：「府君諱調良，字公典，號德長。……生萬曆己亥某月亥日，卒崇禎癸酉二月十二日，年三十有五。孺人生同歲正月十一日，後府君四十五年而殁，年七十有九，丁巳正月二日也。」

崇禎九年丙子（一六三六）　八歲

是年，已善屬文。呂公忠行略：「八歲善屬文，造語奇偉，迥出天表。」

是年四月，皇太極即皇位，國號大清，改元崇德。

崇禎十一年戊寅（一六三八）　十歲

是年，三兄願良舉澄社，得交孫爽。呂留良孫子度墓誌銘：「崇禎十一年戊寅，余兄季臣會南浙十餘郡爲澄社。雜遝千餘人中，重志節，能文章，好古負奇者，僅得數人焉。孫君子度，其一也。」

崇禎十二年己卯（一六三九）　十一歲

是年，三兄願良應徵北上。呂留良東皋遺選序：「己卯以後，季臣應徵辟，詣京師，不復徵會四方。」

崇禎十三年庚辰（一六四〇）　十二歲

是年，作文已驚社中耆宿。陸文霦塹書序：「用晦年十二，即操管與同社角，社中耆宿皆謹避其鋒。其文之奇，無所不盡，忽爲南華禦寇，忽爲楞嚴唯識，忽爲三傳，忽爲騷賦，忽爲蔚宗昭明，忽爲馬班賈董，忽爲韓蘇，每出必闃然，不能測其騰騫所至。」

是年，吴之振生。

崇禎十四年辛巳（一六四一）　十三歲

是年，與孫爽、王皡、侄宣忠等十餘人爲徵書社，交陸文霦。呂留良東皋遺選序：「予時年十三，因與從子約同里孫爽子度、王皡浩如者十餘子爲徵書。浩如乃以雯若來會，予之交雯若始此。」

是年，母楊氏卒。呂留良戊午一日示諸子：「十三歲本生母又卒，母年僅三十七耳。」

崇禎十五年壬午（一六四二）　十四歲

是年，徵書社始選文，有壬午行書臨雲行世。呂留良東皋遺選序：「凡社必選刻文字以爲囮媒，……選與社例相爲表裏。雯若於是與同社有壬午行書臨雲之選，選自此始也。」

是年，遇黄宗炎、宗會兄弟。呂留良友硯堂記：「己亥，遇餘姚黄晦木，童時曾識之季臣兄坐上，拜之東寺僧寮，蓋十八年矣。」

崇禎十六年癸未（一六四三）　十五歲

十月，李自成陷潼關。

崇禎十七年甲申（一六四四）　十六歲

三月，李自成攻北京，明思宗自縊死。聞之，哭臨甚哀。張符驤呂晚村先生事狀：「李自成陷北京，烈皇帝崩於亂，先生哭臨甚哀。或過而勞之曰：『莊生何太自苦。』先生正色曰：『今日天崩地坼，神人共憤，君何出此言也。』」

四月二十九日，李自成即帝位於北京，國號大順，改元永昌。次日，撤出北京。四月，清兵入山海關；五月，據北京。

五月三日，明福王由崧監國南京；十五日，即皇帝位。

九月，清世祖至北京。

是年，始脱衰絰。吕留良戊午一日示諸子：「計自始生至十五歲未嘗脱衰絰，視他兒衣彩繡，曳朱履，如衮舄之不易得。人世孤苦，無以加此。」

是年，與侄宣忠游杭州，得硯數枚。吕留良友硯堂記：「憶甲申與從子亮功游杭，見一青花紫石，兩人爭出直買之，互增其數，至過所索，賈反詫不售。歸相咎者數日，予卒以厚直得之，亟呼良工趙三者斲爲宋欵，抱卧累月不厭，其癖可笑率如此。」

是年，焚棄少作。吕留良寄秦開之先生：「愍予當甲申，焚棄少所作。」

順治二年乙酉（一六四五）　十七歲

四月，清兵攻揚州，督師史可法死之。

五月，清兵渡江，弘光帝奔太平。吴昜、沈自駉起義師於太湖，與侄宣忠同往。吕留良祭董雨舟文：「憶年十七，追逐亂始。余毁厥家，公妙頫齒。經營岩澤，連絡首尾。麈扇所及，如潮赴海。」

侄宣忠受魯監國命，聯絡太湖散兵。黄宗會哀孫子度文：「吕宣忠者，間走東浙，受監國命，約束太湖亡命。」

兵敗，竄跡山林，事多不詳。呂留良看宋石門畫輞川圖依太沖韻：「憶我乙酉避亂初，全身持向萬山棄。銅爐石鏡公山溪，畚轉灘開負奇致。」張符驤呂晚村先生事狀：「散萬金之家以結客，往來銅爐石鏡間，竄伏林莽，常數日不一食，事竟不就，其詳亦不可得聞。」

順治三年丙戌（一六四六） 十八歲

五月，浙東江上師潰。

六月，吴昜被執遇害。

八月，明紹宗隆武帝遇害汀州。

是年，侄宣忠被執，孫爽力保之，致受杖，幽禁於杭之慧安寺，孫爽有丙戌除夕見幽吴山僧樓卻寄仝難者詩。呂留良孫子度墓誌銘：「當從子被收，適在君墨兵齋中，獰卒並縛去，錮吴山閱月。及訊，從子謾罵，君力爲之爭其善，致受杖。」

順治四年丁亥（一六四七） 十九歲

三月，侄宣忠殉難杭州，年二十四。三兄願良因而破産，與四兄瞿良各割田百畝養其兄。張履祥言行見聞録：「崇德呂□□兄子被禍以死，家破，□□與其同母兄（念恭名瞿良）各割田百畝養其兄。」宣忠死，咯血數升。呂公忠行略：「幼素有咯血疾，方亮功之亡，一嘔數升，幾絶。」

四月，陳子龍被執殉國。

順治五年戊子（一六四八）　二十歲

年初，結束亂離，返崇德。呂留良友硯堂記：「戊子以後，歸理筆札。」

春，孫爽游吴門，有送子度游吴門詩三首，孫爽有將自苕入吴吕莊生以三詩贈行次韻答之唱和之作。

秋，游嘉興，有亂後過嘉興詩三首。

順治六年己丑（一六四九）　二十一歲

是年，鄉居。與二兄茂良、三兄願良、四兄瞿良及孫爽等詩酒唱和，有過仲音兄村居、季臣兄卧病欲荒園、東莊閒居貽孫子度念恭兄諸詩。

秋，作秋行詩，有「因思管仲父，是汝論功時」句。

順治七年庚寅（一六五〇）　二十二歲

是年或稍前，與四兄瞿良、曹度飲酒唱和，有飲四兄處與曹叔則分韻詩。

四月，黄宗羲至崇德訪孫爽，陸圻來會。黄炳垕黄梨洲先生年譜：「至崇德，訪孫子度，方欲與之劇談，而陸麗京聞公至，强之入城，同宿吴子虎家。」

秋，看張錙菴所種菊花，有看張錙菴種菊醉歌詩。

與胡涵、孫爽訂東莊詩約約在是年至九年壬辰間。

是年，四兄瞿良卒。曹度吕耕道後死集序：「歲在崇禎之戊寅……甫十二齡耳。……年二十四，死矣。」

是年，查慎行生。

順治八年辛卯（一六五一）　二十三歲

十一月，三兄願良卒。錢謙益吕季臣詩序：「語溪之士，游於吾門者十餘人，皆懷文抱質，有鄒魯儒學之風，吕願良季臣其衰然者也。」孫爽辛卯冬月苕上雜懷第八首自注：「聞吕季臣棄世。」

順治九年壬辰（一六五二）　二十四歲

夏，購朱子語類殘本。吕留良書舊本朱子語類：「壬辰夏買此書，爲書船所欺，自三十一卷至六十六卷俱闕，而自此本至末凡十本又重出。全書中又多爲庸妄人所批抹，侮聖人之言，小人而無忌憚至此，每展閲時，恨怒無已。」

五月，孫爽卒。吕留良孫子度墓誌銘：「生萬曆甲寅四月十五日，得年三十有九之五月二十有八日卒。」

秋，游西湖，遇杜祝進，有送杜退思之金陵詩。吕留良黄九煙以奇才吟見贈歌以答之：「壬辰湖上逢老杜，謂我酷肖閻古古。」

是年，交吴爾堯。吕留良哭吴自牧契兄親家文：「與君相知，壬辰之歲。笑視莫逆，不解所謂。」

順治十年癸巳（一六五三）　二十五歲

是年，易名光輪，應清廷試，爲邑諸生。張符驤吕晚村先生事狀：「當是時罨折塵揚，巢傾卵覆，甕繩無蔽，風雨洊漂。先生悲天憫人，日形瘏歎。而怨家狺吽不已，矚先生者咸曰：『君不出，禍且及宗。』先生不得已，易名光輪，出就試，爲邑諸生。」

與吴之振定交。顧楷仁吴孟舉墓誌銘：「十三應童試，即與□□□定交試席間。」

是年，吴偉業應清廷之徵赴北京。授秘書院侍講，國子監祭酒。

是年，周在延生。

順治十一年甲午（一六五四）　二十六歲

是年，作寄秦開之先生詩，有「人心忽異類，成群畔傳注。罔畏聖人言，充塞仁義路」句。

順治十二年乙未（一六五五）　二十七歲

冬，與陸文霦至吴門同事房選，編成五科程墨。呂留良庚子程墨序：「乙未之冬，燕坐玄覽樓，群居呫然，無所用其心，因與雯若同事房選，於吴門市傭一室如農車大，鍵閉其中，匝月而竣事。……時又無事事，樂爲其所驅，且迫之以程期，限之以額，兩人從事苦不給，因分理之，故五科程墨則予之論居多焉。」

順治十三年丙申（一六五六）　二十八歲

是年，以近思録贈吴爾堯。呂留良哭吴自牧契兄親家文：「憶辛亥秋，大麻舟中。米鹽絮語，驟驚不同。問胡從得，勿慭我告。君曰無他，即子之教。十五年前，受近思録。如嚙木札，心口不屬。比來讀之，分外有味。」

是年，吴之振從學詩。吴之振夏日口占四絶寄晚村兼示自牧侄：「十七從君學賦詩，東塗西抹總迷離。」

是年，魏裔介選刻觀始集，録憶故山鄉里詩。

順治十四年丁酉（一六五七）　二十九歲

正月，倡社崇德，數郡畢至。吕公忠行略：「時同里陸雯若先生方修社事，操選政。每過先君，虛左請與共事。先君一爲之提唱，名流輻輳，玳筵珠履，會者常數千人。女陽百里間，遂爲人倫奥區。詩筒文卷，流布寓内。人謂自復社以後，未有其盛。」

是年，錢陸燦中丁酉江南第二名舉人。吕留良與錢湘靈書：「自丁酉讀行卷來，夢寐傾倒於先生至矣。」

是年，陳祖法任崇德教諭，來訪。陳祖法祭吕晚村先生文：「予釋褐，授語溪教諭。至即訪君，介賓主以入，肅然藹然，可敬也而可親。」曹度陳子執先生六十壽序：「吕子用晦，禦兒之雄駿君子也，而先生率先我得之。於時與用晦意氣相推，結群吴越之士，舲轅而薈禦兒之境。先生以師儒之長，折節載簡，下儕髦士，考證古今，相與修揖讓之節，弘虛受之懷。善問者多所更其端，而賢者樂與並立，其於志念深厚，質行雅馴，逡逡乎儒也。」

是年，谷應泰視學兩浙。

順治十五年戊戌（一六五八）　三十歲

十月，谷應泰自序明史紀事本末。曾有答谷宗師論曆志一文，摘其訛誤。

是年，仍與陸文霦從事評選時文。

是年，張履祥與何汝霖訂交。錢聚仁何商隱先生年譜：「順治十五年戊戌，與張楊園履祥訂交。」

是年，與陸文霦有隙。呂留良質亡集小序章金牧：「戊戌己亥間，雲李、六象、方虎、雯若與予同游湖上。時雯若不快於諸子。西陵、吴門之仇雯若者，聞此過從甚殷，置酒蕭寺，飲酣奉卮曰：『請謝去雯若，願終執鞭弭隸麾下。』雲李與諸子毅然起，對曰：『公等自可相與，何必去雯若而後交。吾輩有口血自相責耳，豈爲公等哉！且如公言，又何取於吾輩耶？』其人乃大慚謝。」

順治十六年己亥（一六五九）　三十一歲

是年，遇黄宗炎於杭州，有次韻答黄晦木詩二首。黄氏贈詩存「勸君截斷千條路，收拾聰明一綫尋」二句。

順治十七年庚子（一六六〇）　三十二歲

夏，陸文霦爲序慚書。後黄周星、陳祖法亦序之。陸文霦慚書序：「以用晦之文，而目之曰『慚』，古今誰復有不慚者？……問何以名『慚』，曰：『吾文不及古人耳。』天下讀其文，果不及古人乎哉！吁！其慚吾不知，知其無慚而慚爲可歎而已。順治庚子夏，同學弟陸文霦拜手書於東皋草堂。」黄周星慚書序：「僕生平有二恨：其一阿堵，其一帖括。……昨得用晦制義讀之，乃不覺驚歎累日。夫僕所恨者，卑腐庸陋之帖括耳。若如用晦所作，雄奇瑰麗，詭勢瓌聲，拔地倚天，雲垂海立，讀者以爲詩賦可，以爲制策可，以爲經史子集諸大家皆無不可。」

六月，病熱癥，黄宗炎同高斗魁來訪，爲醫治。有贈鄞高旦中詩三首，結爲至交；且留二人小住，並向高氏問醫。吴之振己任編弁言：「庚子過東莊，意氣神合，一揖間訂平生之交。相與講論道義，流連詩酒，因舉其奥以授東莊。」

八月，與黄宗炎、高斗魁會黄宗羲於杭之孤山。吕留良友硯堂記：「己亥，遇餘姚黄晦木。……謂予曰：『予兄及弟，子所知也，有鄞高旦中者，此非天下之友，而予兄弟之友也。』庚子遂與旦中來。其秋太沖先生亦以晦木言會予於孤山。晦木、旦中曰：『何如？』太沖曰：『斯可矣！』予謝不敢爲友。固命之，因各以硯贈予，從予嗜也。」

秋，有孤山道士余體崖乞募大滌依韻答之詩。

十月，黄宗羲自廬山歸，至崇德，十一月去，有贈餘姚黄太沖詩。黄炳垕黄梨洲先生年譜：「之金陵，復買舟，至崇德，適高旦中、澤望公在城中，入宿其寓。十一月己巳，發崇德。」

冬，與黄宗炎、高斗魁訪黄子錫，有同晦木旦中宿黄復仲表兄山堂不寐詩。

是年，與黄宗炎、高斗魁、黄子錫、朱洪彝諸友相約賣藝，作賣藝文。吴之振與焉。吕留良賣藝文：「東莊有貧友四，爲四明鷓鴣黄二晦、檇李麗山農黄復仲、桐鄉殳山朱聲始、明州鼓峰高旦中。四友遠不相識，而東莊皆識之。東莊貧或不舉晨爨，四友又貧過東莊。……吾友賣畫，此當與結伴，而鷓鴣意又欲賣文與詩，謂此事可吾輩共計耳。……因約聲始竟賣文，餘友共賣文與詩，麗農鷓鴣共賣畫，鷓鴣東莊共賣篆刻，東莊獨賣字。鼓峰掀髯曰：『終不令子單行。』……於是鼓峰東莊共賣字，既以字食，且以食友。約成，草於吴孟舉之尋暢樓。孟舉書畫故奇艷，涉筆成趣，得天然第一。謂：『吾手獨不堪賣耶？』『然如子家不貧何？』曰：『請以字佐鼓峰東莊，以畫佐鷓鴣麗農。吾出藝，而諸君共收其直可乎？』衆曰：『幸甚。』東莊乃脱稿而屬孟舉書。」

順治十八年辛丑（一六六一）　三十三歲

二月，黄周星來訪，贈奇才吟詩，有黄九煙以奇才吟見贈歌以答之詩，後戚珅作奇才吟答鍾山黄九煙先輩兼寄石門吕用晦秀才詩。戚珅奇才吟答鍾山黄九煙先輩兼寄石門吕用晦秀才：「殷勤遥寄尺書來，情文歷歷皆心血。卷中寄我奇才吟，讀之光怪而雄深。具言所見才人少，蹉跎未遂平生心。近於石門得我輩，吕生光輪字用晦。更分青眼到仇猶，遥舉戚生相與對。檇李人文説語溪，吕生生斯才可知。……當湖董子我何有，語水吕生君可憑。吕生之才無不可，近或因君得知我。」

三月，過常熟錢謙益，爲三兄願良詩集求序，並請爲己更字。吕留良秋崖族兄六十壽序：「辛丑三月，予過虞山紅豆村莊，蒙叟先生時八十辰，在重九之後，請以數言壽先生。」錢謙益吕留侯字説：「崇德吕子吕留良，請更其字於余，余字之曰留侯。……吕子起家布衣，足跡不出閭里，非有如子房五世相韓，破産結客，東見倉海君，震動天地之事。今吕子名曰吕留良，則已兼子房之名與號而有之，余又字之曰留侯。……吕子摇筆爲歌詩，師承太白，其於子房，固有曠世而相感者。余之更其字也，竊有望焉。……爲吕子更字，中心癢癢然，恐不得一當也。作留侯字説以贈吕子，俾其藏之篋衍，須余言之有徵也，而後出之。」

是年，吕章成六十，爲文壽之。

是年，謝去社集坊選，課子侄於家，作梅華閣齋規。吕留良庚子程墨序：「今年，家仲兄以予之馳騖而漸失先人之志也，錮予於梅華閣中，命授二猶子業。戒出入，謝賓客。閣之陽又爲構講室數椽，予挈二幼子與二三友人之子，哦於其間。口爲唱，手爲讀，心爲解。」

是年，姊丈朱洪彝成進士。

康熙元年壬寅（一六六二）　三十四歲

是年，清廷改崇德縣爲石門縣。

四月，明昭宗遇弑。鄭成功仍奉永曆年號。

秋，爲業師徐甘來診疾。吕留良東莊醫案：「業師徐先生，號五宜。壬寅秋，患滯下膿血，晝夜百餘次，裏急後重。醫診之曰：『脈已歇至矣，急用厚樸、青皮、檳榔、枳殼、木香等，或可挽回。』業師與鼓峰最契，習聞理解，頗疑之，不肯服。時鼓峰歸四明，予往候。」

冬，與黄周星、黄子錫、黄宗炎、高斗魁、萬言省高宇泰於杭州，游西湖，請謝彬畫像，有同黄九煙黄復仲黄晦木高旦中萬貞一飲西湖舟中招謝文侯畫像分韻詩二首。

是年，序陳祖法詩。吕留良古處齋集序：「昔嘗問黄太沖：『浙以西人稱多慧，而學者每出南岸，何也？』太沖曰：『浙西之材，未十歲許，便能操觚，文與年進，至三十許而止。自是以後，則與年俱退，亦如進，故日就銷落。吾地人差樸，然三十後，正讀書始耳。』……若某蒲柳之質，向未嘗有所進取，今又不自力學，行年三十有四矣。……三復太沖斯語，能不瞿然悔懼哉？」

是年，寓杭州法雲菴，有諭子公忠書。吕留良諭大火帖：「我十六日繇德清入省，隔一日即會黄二伯，方知姨夫歸念堅决，斷不可復留之意。……黄二伯德性誠明，見識高遠，形跡之間，可不必簡點。廉遠性庸識小，此等處必不能免。吾所以細細詳慎者，非以自解，實欲使異日自省無纖毫愧怍而已。此是汝第一次任事，成父志，歷世務，俱於此覘汝，汝慎毋忽。」

是年，黄宗羲著留書。

康熙二年癸卯（一六六三）　三十五歲

正月，與黄周星、吴之振飲酒；又與黄周星、吴之振、陳祖法、陳紫綺等至東莊賞梅，有詩唱和。

春，與黄宗炎、高斗魁訪陸嘉淑，有同晦木旦中過陸冰修辛齋二首。

四月，黄宗羲館於楳花閣。黄炳垕黄梨洲先生年譜：「四月，至語溪，館於吕氏楳花閣。」

與黄宗羲、高斗魁、吴之振、吴爾堯於水生草堂唱和，共選宋詩。吴之振宋詩鈔凡例：「癸卯之夏，余叔侄與晚村讀書水生草堂，此選刻之始也。時甬東高旦中過晚村，姚江黄太沖亦因旦中來會，聯床分檠，蒐討勘訂，諸公之功居多焉。」

夏，與黄宗羲、高斗魁訪董雨舟，雨舟之子董采飲以含山泉，引起黄、吕詩爭，有飲含山泉次韻答太沖三首、太沖又以詩爭含山泉用韻再答三首、旦中以詩解爭而實佐太沖也再用韻答之三首諸詩。

夏，黄宗羲子百家、百學南旋，有送黄正誼主一歸剡山詩二首。吕留良送黄正誼主一歸剡山其一：「愛煞黄家老弟兄，讀書萬卷只躬行。教君年少窮經術，媿我諸兒雜友生。詩力驟增南海格，鄉音漸減上江聲。喁喁夜語促歸去，知是而翁不及情。」

六月，黄宗羲以弟宗會病，偕高斗魁東歸。黄炳垕黄梨洲先生年譜：「踰月，以弟澤望公報病，馳歸。」

九月九日，與吴之振、黄子錫等集飲力行堂，子錫出示如此江山圖，各有詩。吕留良題如此江山圖：「興亡節義不可磨，説起一部十七史。十七史後天地翻，只此一翻不與亡國比。故當洪武年間觀此圖，但須舉酒追賀畫圖氏。不特元亡不足悲，宋亡之恨亦雪矣。」

秋，陸汝和來訪，有餘姚陸汝和至得太沖詩札依韻寄懷詩。

秋，黄坤五來訪，與陳祖法、黄子錫、高斗魁、萬言、吴之振、吴爾堯集飲尋暢樓、力行堂。吕留良哭黄坤五自注：「先生閩人，流寓白門。病甚，余勸還寓居，曰：『吾何歸哉！在彼猶在此也。』」

秋冬間，吴之振奉母命贈以山繭綢。吕留良孟舉以詩贈山繭紬次韻答之詩自注：「孟舉致其母夫人意，藏此前朝時物，特令見惠。」

冬，陳祖法東歸，有送别陳子執先生詩。

歲末，作歲除雜詩十首，以俚語、土俗入詩，頗具風味。

是年，黄周星移居海寧，有送黄九煙移寓海寧二首。

康熙三年甲辰（一六六四）　三十六歲

正月，作甲辰一日詩，有「廿年不檢戊申曆，一日剛占甲子經」句；又有新歲雜詩八首。

正月初七，高宇泰出獄，來訪，有喜高虞尊事解過話四首。宇泰南旋，作送別虞尊即寄太沖復仲晦木旦中送之。全祖望高隱君斗魁小傳：「蒼水之死，隱學之出獄，莊生皆大有力焉。」

正月，黄文焕卒，有哭黄坤五二首。

二月，黄宗羲、宗炎、高斗魁至崇德，館於梅花閣。黄炳垕黄梨洲先生年譜：「二月，同弟晦木公偕高旦中之語溪。」

三月，高宇泰重入獄。全祖望高武部宇泰小傳：「甫出，甲辰又逮入獄。」高宇泰甲辰三月重入獄次晦木韻：「當暑相離霜又新，相思忽到自關神。單祠於我慚容喙，片語須君可立身。黄葉夢深華髮客，青山寒共白衣人。攜來玉笛將誰識，難遇知音涕滿斤。」

四月，與黄宗羲、宗炎、高斗魁、吴之振至常熟，視錢謙益疾。錢謙益以喪事托黄宗羲。黄炳垕黄梨洲先生年譜：「四月杪，益以吕用晦、吴孟舉同至常熟，適虞山病革，一見即以喪事相托，公未之答，虞山言：『顧鹽臺求文三篇，潤筆千金，使人代草，不合我意，知非兄不可。』即導公入室，反鎖於外。公急欲出，二鼓而畢，虞山叩首稱謝。」

五月，錢謙益卒。

七月，錢行正卒。黄宗羲錢孝直墓誌銘：「其後十九年丙申，而陸文彬雯若、吕光輪用晦復舉社於其邑如故時。子與之子孝直，又主其事。……年十四，補博士弟子。二十二而卒，爲舉社後八年之七月壬辰也。」

七月，張煌言被執；九月初七日，遇害。有九日書感詩。嚴鴻逵釋略：「此詩作於甲辰九日，乃張司馬致命時也。」吕公忠行略：「甲辰歲，有友人死於西湖，先君爲位以哭，擬於西臺之慟，已而葬於南屏山石壁下。」

九月，劉汋卒。黄宗羲劉伯繩先生墓誌銘：「先生諱汋，姓劉氏，伯繩其字，家世具余所撰子劉子行狀。子劉子者，念臺先生諱宗周，先生之父也。……生於某年癸丑六月十日，卒於某年甲辰九月八日。」吕留良跋八哀詩曆後：「伯繩余所願見。甲辰將渡江而不果，識其子子本於杭。」

十月初，黄宗羲復至崇德。黄炳垕黄梨洲先生年譜：「十月初，復之語溪。十二月初，旋里。」

十二月，高宇泰出獄。高宇泰甲辰臘八日脱難歸和大人韻：「殘生暮歲來相合，到岸還憐泛水槎。屋角寒梅春動蕊，雪中縲客夜歸家。迷人熟犬疑霜鬢，傍我新鵑叫月華。一切生涯都罷斥，只除杯酒對庭花。」

冬，以明年之館席請張履祥，張氏不就。蘇惇元張楊園先生年譜：「己酉館語溪。館主人請自甲辰之冬，屢請屢辭，主人虚席待二年，今始就焉。」

康熙四年乙巳（一六六五）　三十七歲

二月，黄宗羲、宗炎、萬斯選至崇德，館於梅花閣。黄炳垕黄梨洲先生年譜：「公之語溪，同晦木公暨萬子公擇登龍山。」

四月，以團硯贈高斗魁。呂留良團硯跋：「呂留良爲旦中契兄手勒，時乙巳首夏。」

夏，過妻族，與范汝瓌話舊，並視范汝聽病，有過范玉賓兄弟話舊詩二首、重過内家問范鄰音疾詩二首。

六月，黄宗炎南旋，有送晦木歸餘姚詩二首。

七月，汪渢卒。

八月，自平湖返崇德；黄宗羲攜萬斯選來聚，同徐相六、鍾靜遠、胡圓表飲酒唱和，有喜太沖至同改齋萬公擇徐相六飲耕瑶亭依改齋韻二首、鍾靜遠攜酒同胡圓表集飲次改齋韻詩。

九月，第五子定忠生。呂留良哭阿彗文：「汝生於乙巳九月……將於晬日命汝正名曰定忠。」

九月，高斗魁仲兄斗權來訪，有喜高辰四至遂送之閩詩三首。

九月，向吴之振乞炭、乞西香、乞書副本，有詩。黄宗羲有乞炭、乞西香、乞書副本三詩；吴之振原次韻詩已佚，今存後十五年續補之作。

秋冬間，同黄宗羲、宗炎、吴之振、爾堯、萬斯選等至官村看菊；謁輔廣墓，議重爲立碑，有同德冰晦木孟舉自牧官村看菊二首、同德冰晦木孟舉自牧謁輔潛菴先生墓詩。黄宗羲輔潛菴傳：「乙巳歲，余拜輔漢卿先生之墓於崇德。」

十一月，黄宗羲、宗炎、高斗魁、管諧琴、萬斯選南旋，送之，有菜市橋小菴送別晦木旦中四首、送德冰東歸四首、送管襄指、送萬公擇歸鄞寄貞一諸詩。

歲末，與吴之振、自牧叔侄飲酒唱和，有集飲自牧齋分韻得渠字詩。

是年，成耦耕詩十首。呂留良耦耕詩第二首：「誰教失脚下漁磯，心跡年年處處違。雅集圖中衣帽改，黨人碑裏姓名非。苟全始信談何易，餓死今知事最微。醒便行吟埋亦可，無慚尺布裹頭歸。」

是年，跋黄宗羲八哀詩。呂留良跋八哀詩曆後：「黎洲八哀詩，余同哭者只牧齋、魏美耳。……耿寒燈於霜木，許故劍於南枝，其聲光氣力能使後世惻愴如見，而况於余乎？」

是年，黄宗羲爲删存舊稿。呂留良送德冰東歸第二首自注：「今年爲予删舊稿爲一集。」

是年，張履祥與何商隱來訪。呂留良張考夫同錢商隱過訪：「劉門弟子别傳多，實踐無如張考夫。死友生交依半邏，荒山古伴約南湖。支頭壞壁當痕滿，立脚寒磚印濕趺。聽雨休時提舊話，分明師意在程朱。」

康熙五年丙午（一六六六）　三十八歲

初春，門人祝潛過訪，有喜祝生潛過詩。

春，黄宗羲館於梅花閣。黄炳垕黄梨洲先生年譜：「五年丙午，公年五十七歲，仍館語溪。」

春，浙江學使課考嘉興學子，拒絶入試，以學法除名，革去秀才。陳祖法耻齋有答予詩再坐弘文館復次韻答：「壁立高牆似碧磯，光輪字畫筆無違。」自注：「光輪，係應時之名，今已削去。」呂留良即事：「僮無人色婢倉皇，底事懸愁到孟光。甑要不全行莫顧，簣如當易死何妨。十年多爲汝曹誤，今日方容老子狂。便荷長鑱出東郭，荳花新紫菜花黄。」柯崇樸呂晚村先生行狀：「一郡大駭，親知爲之短氣。而先生方怡然自快，歸卧南陽村，摒擋一切，與桐鄉張考夫、鹽官何商隱、吴江張佩葱諸先生共力發明洛閩之學，絶意進取。……蓋於出處之際，審計之決矣。」

夏，與黄宗炎登臨平山，有登臨平山同晦木詩。

夏，托黄宗羲購得山陰澹生堂藏書三千餘本，有得山陰祁氏澹生堂藏書三千餘本示大火二首。陸隴其三魚堂日記：「己巳正月初六，往府，會晉州陳名祖法，言：『黄梨洲嘗爲東莊買舊書於紹興，多以善本自與。』」全祖望小山堂藏書記：「曠園之書，其精華歸於南雷，其奇零歸於石門。」

夏，作後耦耕詩十首。嚴鴻逵釋略：「題曰耦耕，終以無真耦而歸去，所謂知之明而行之決也。益將以千秋之事業自任，是豈高、黄輩之所能識哉？」

六月，至杭州。歸而第五子定忠卒。呂留良哭阿彗文：「六月十八日，吾以事須往杭州。……不謂汝病劇於廿三日，身熱洞瀉，家人妄冀吴門之約，又望吾之歸，因循五晝夜，變症蠭起，始遺墀報，吾冒暑奔歸，已無及矣。此是吾方術之疎，而期人之過，急外務而不飭家人以速聞，使汝失治以死也。」

九月，至嘉興，訪巢鳴盛，有贈巢端明詩。

秋，姜希轍序刻劉宗周遺書。校勘者署「後學呂留良同校」，後引起不滿。姜希轍子劉子遺書：「二三子非敢爲一辭之贊，粗寄誦讀，以歷盛衰者如此，今出之以示共學。其校讎則黄宗炎、高斗魁、呂留良、陸嘉淑分任之。學人姜希轍識，時康熙丙午秋日也。」

康熙六年丁未（一六六七）　三十九歲

是年，黄宗羲不復館語溪。黄炳垕黄梨洲先生年譜：「二月，之郡城。……子劉子講學於證人書院，正命之後，虚其席者二十餘年。」

二月，爲作問燕、燕答、管襄指示近作有夢伯夷求太公書薦子仕周詩戲和之諸詩。嚴鴻逵釋略：「此以下三詩，皆爲太沖作也。凡浙東之館浙西者，皆必以二月到館，又其輕薄情事有與燕適相類者，故藉以爲喻。蓋自丙午子棄諸生，太沖次年便去，而館於寧波姜定菴家，所以詆詆子者，無所不至，此問燕、燕答之所爲作也。」

春，得黄周星書，有得黄九煙書並示瀟湘近詩。

春，游嘉興，遇古燈上人，有游東塔寺二首、登真如塔、游鶴洲二首、坐鶴洲梅花下、重過鶴洲二首、次韻酬古燈諸詩。

春，管諧琴六十，有壽管襄指六十詩。

秋，游德清，高斗魁出示黄宗羲詩，有與旦中夜話次所示姚江詩韻；與萬斯選唱和，有又同萬公擇夜話次前韻二首。

是年，有與黄宗羲書信。吕留良與黄太沖書：「貞一歇夏時，曾附數行相候；旦中來，得近況而無字；貞一到館未得晤，然聞其有字與公擇，亦不言太沖有札語也。餘自越中來者，輒言太沖有與吕用晦書，淋漓切直，不媿良友。而某竟未之見，何也？……後問旦中，則曰：『誠有之，不過責善意耳。』……或者又云：『此太沖絶交之惡聲耳，非真責善也。子必欲見之，是又起爭端矣。』此則大不然。縱使太沖立言有私意在，是太沖自己病痛；太沖所言，自是某之病痛，兩者豈相除算哉？即如或言，不可知者心耳，其言豈有不是者，此某之所以引領拳拳也。千萬録示，以卒餘教。」

是年，有與姜垚書信，論刻劉宗周遺書事。呂留良復姜汝高書：「去歲委刻念臺先生遺書，其裁訂則太沖任之，而磨對則太沖之門人，此事之功臣也。若弟者因家中有宋詩之刻，與刻工稍習，太沖令計工之良窳，值之多寡已耳。初未嘗讀其書，今每卷之末必列賤名，於心竊有所未安。……若較爲磨對之名，則萬公擇獨任者，偶一及之，而某未嘗磨對者，反每卷數見，尤所不安也。因其時太沖愛弟過厚，不覺其失耳。至小兒呂公忠則並無計工之勞，豈以其受業太沖門下，故亦濫及耶？則劉門弟子尚多未及，其爲弟子之弟子，殆有不勝書者，即如尊公門下，庸詎無人，而濫及稺子，豈此本爲太沖之私書乎？果其爲太沖之書，則某後學之稱，於心又有所未安也。」

是年，與吴之振有隙。呂留良與沈起廷書：「昔弟與孟舉非尋常悠泛之友也，其才情穎朗，意氣展拓，謂可同切劘於正人君子之塗，冀各有所成就，非世俗徵逐酒食往還體面以爲歡也。其母夫人識弟於稠人之中，命之納交，如其嫡從之屬，孟舉亦竭情盡歡，表裏無間者十有五年。而有劉胤楷、余蘭之變，賴兄與諸友綰合，至今又五六年矣。弟受其解衣推食吉凶同患之德，既渥且久，夢寐不敢忘，今日但有弟負孟舉耳，不可謂孟舉負弟也。」

是年，與張履祥有書信往還。呂留良與張考夫書：「向知老兄於錢氏有『死者復生，生者不愧』之訂，故數年願慕之誠，不敢唐突以請。所請者，期滿謝事後，必欲重累杖履耳。凡某之區區固不僅爲兒輩計也，此理之不明又數百年矣。毒鼓妖幢，潛奪程朱之坐以煽惑天下也亦久矣，此又孟子以後聖學未有之烈禍也。……某竊不揣，謂救正之道，必從朱子；求朱子之學，必於近思録始。又竊謂朱子於先儒所定聖人例内，的是頭等聖人，不落第二等；又竊謂凡朱子之書，有大醇而無小疵，當篤信死守，而不可妄置疑鑿於其間。此數端者，自幼抱之，惟姊丈聲始頗奇其神合，故某喜從之論説，餘皆不之信也。今讀手札所教，正學淵源，漆燈如炬，又自喜瓦聲葉響，上應黄鐘，志趣益堅，已荷鞭策不小矣。」

康熙七年戊申（一六六八）　四十歲

春，送范道原之北京，有送范道原之燕詩；並托帶詩寄陸嘉淑，有「生憎腐鼠從鵷嚇，不惜明珠向鵲彈」句。

秋，游德清蠡山、名園，訪余體崖、徐倬，有游蠡山、游德清名園、至楊山昇元觀訪余體崖不遇、再游蠡山語徐方虎諸詩。

九月九日，作詩寄懷高斗魁，有九日舟中作寄高旦中二首。

是年，漸謝卻醫事。吕留良答某書：「自别後，醫藥之事，凡外間見招者，一切謝卻，已一年矣。只知交及里中見過有不能辭者，間一應之。初亦未嘗計及醫品損益，但於斯有未能自信處，恐致誤人，以此謝卻耳，不意其已有合於良箴也。」

是年，黄宗羲會講於杭州，又講學於鄞。黄炳垕黄梨洲先生年譜：「至郡城，仍與同門會講於證人書院。……甬上諸門士，請主鄞城講席。三月，公之鄞，與諸子大會於廣濟橋，又會於延慶寺，亦以證人名之。」

康熙八年己酉（一六六九）　四十一歲

正月二十日，張履祥館於呂氏東莊，作東莊約語。張履祥答張佩葱：「呂家十九日舟來，弟次早行矣。」蘇惇元張楊園先生年譜：「八年，先生五十九歲，館語水。……先生館語水數年，勸友人門人刻二程遺書、朱子遺書、語類及諸先儒書數十種，且同商略。迄今能得見諸書之全者，先生之力也。作東莊約語。」

三四月間，出游德清。立夏日，卧病徐倬齋中。與萬斯備、許奝、沈宗元、徐尚綸、徐主一、沈應旦等飲酒唱和，有游慈相寺、三游蠡山、雨夜同大辛方虎允一素絲飲、游五石菴、四游蠡山、半月泉、同大辛主一從烏巾山至西茅山二首、沈方平給諫招飲、送甬上友人寄高旦中二首、立夏日卧病方虎齋中諸詩。

四月，旋里，修建房屋。呂留良與高旦中書：「近小葺蘭森堂，初意不過砌磚止溼，换窗蔽風雨而已。事機一動，勢不自止，又須改東西兩廊，又須於南牆架數間作書舍，未免多事浪費，然業已至此，只得成之。」

六七月間，徐倬有約用晦用寓、待用晦不至詩。徐倬約用晦用寓自注：「用晦約予結茅蠡山。」

七月，何汝霖來訪。張履祥謝友序：「七月戊申，同錢雲士問醫語溪。」

八月，黃宗羲六十生日。

秋，爲仲子娶婦。呂留良與高旦中書：「弟今秋爲次兒娶婦，冬營窆季臣先兄父子。」

九月，張嘉玲來訪，有喜張佩葱過留廓如樓次韻二首、佩葱閲舊稿見贈次韻詩。

十月，張履祥至崇德；與同往湖州訪張嘉玲，並赴海鹽訪何汝霖，有過湖州有感二首、至佩葱隱居次韻、同佩葱過半邏次韻、宿何商隱萬蒼山樓同張考夫王寅旭二首、同考夫商隱寅旭登雲岫諸詩。張履祥與張佩葱：「弟十月二日得至語兒城，因致尊意於用兄。大約望後決抵戍上晤面也。」張履祥與何商隱：「本擬二十三日，同寅旭兄東上，因□□兄來甑山留宿，勢竟不能。而使乎適承命以至，其事雖微，亦見氣志之應也。晦兄欲早至湖樓，諸務牽之，然日内努力行矣。」

冬，營葬三兄願良、宣忠父子夫婦，並以孫懿緒續侄宣忠後。張履祥言行見聞録：「兄死，嘗立嗣，久不克葬，主亦不立，不得祀者十有九年。兄之棺在荆棘，幾不可問，□□憫焉。葬其兄嫂，求兄子及兄子之婦之棺秩焉。由是四喪得歸泉壤，始爲作主，使一子嗣之，主其祭祀墳墓。」

歲暮，至海鹽，於何汝霖萬蒼山樓度歲。王錫闡、張履祥、許大辛、吴曰夔、巢鳴盛繼至，詩酒唱和。呂留良錢墓松歌：「紫雲宋松圍一丈，萬蒼明松八尺餘。所爭二尺頗不足，主人疑彼年歲虚。我謂主人勿復疑，今古豈爭尺寸殊。紫雲未必五百壽，固當繫之在德祐。萬蒼不止三百多，只合題名洪武後。其中雖有數十年，天荒地塌非人間。君不見三代不復千餘載，漢高唐太猶虚懸。不妨架漏如許日，何況短景穹廬天。除卻戊年與未月，宋松明松正相接。寄語新松莫癡絶，偷得春光總無涉。」王錫闡贈石門：「報國傷心往事空，騷壇豈肯復爭雄。撑扶日月詩篇裏，檢點君臣藥案中。我性本疏仍帶癖，兄年差小已成翁。南陽一脈來伊洛，可許菅茅在下風。」

是年，董杲以第十二名中是科舉人。

康熙九年庚戌（一六七〇）　四十二歲

正月，於何汝霖家，有元日存雅堂詩二首感懷；訪丘上儀將軍，有贈丘將軍維正詩。

是年，張履祥館於吕氏東莊。蘇惇元張楊園先生年譜：「九年，先生六十歲，館語水。」

四月，游嘉興。張履祥答張佩葱：「弟二十有四日歸自語溪。用兄尚在郡，恐目下正未能去此塵鞅也。」

五月，高斗魁卒。

六月，江南大水，歲大歉。張履祥言行見聞録：「庚戌六月，江南大水，被災之邑，禾大無。吕□□家歲入僅能供賦。……□□承先世之舊，家僕衆而無用，歲大歉，或謂之食指可損。□□曰：『若輩有何生業，吾一日遣之，溝壑中物矣』。且與度凶饑，徐爲之計耳。」

八月，張履祥及諸友均來崇德。張履祥與何商隱：「日者，禦兒之鄉，群賢畢至，其聚不亦樂乎？但來年所以處弟者，太踰其分。雖先生與用兄養老好賢之盛心，與敦舊恤災之厚誼，有加不倦，而弟非其人，爲可恥耳。」

秋，托張嘉玲發出東皋遺選數十册。姚璉楊園訓門人語：「庚戌秋，璉兄弟謁先生於張佩兄齋中，適語溪以東皋遺選數十册托佩兄發出。」

十一月，至鄞會葬高斗魁。吕公忠行略：「高旦中先生，與先君交最厚。……時會葬高先生於鄞之烏石山，先君芒鞋冒雪哭而往，山中人遥聞其聲，曰：『此間無是人，是必浙西吕用晦矣。』高氏子弟礱石將刻墓誌。先君視其文，微辭醜詆，乃歎曰：『銘之義，稱美而不稱惡，此何爲者也。』遂不復刻。」

留鄞上旬日，遇僧人竻在募緣。吕留良僧竻在寄詩次韻答之二首小序：「竻在，爲宣城沈眉生從子。時欲興造開堂，募緣明州。適余會葬鼓峰，相遇於桐齋。謂余曰：『願先生扶翼名教，不教貧僧倒卻剎竿。』余應之曰：『和尚倒卻剎竿，便是扶翼名教。』」

十二月底，返崇德，艱難度歲。吕留良與范道原書：「仲冬會旦中之葬，留甬上旬日。而風雪載途，無從寄問。近除歸里，爲凶歲所困，田租竟不可問。」

康熙十年辛亥（一六七一）　四十三歲

是年以後，張履祥往來何、吕兩家，不拘常課。蘇惇元張楊園先生年譜：「自是以後四年，何商隱與語水主人，以先生年老，不應復有課誦之勞，宜以餘年，優游書籍。乃各具脩俸，爲先生家用。請先生往來語水、半邏間，相與講論，往留任便焉。」

二三月間，張履祥居崇德，姚瑚、姚璉至請業。姚璉楊園訓門人語：「辛亥春仲之望，自莘里至語溪，見先生於力行堂。三月四日，同兄往力行堂候先生。吕先生見賜朱子遺書一册。」

春，寓陳孟樸齋，查雍從許𠆌來訪。吕留良質亡集小序：「辛亥春，聞予之狂言於許子大辛，甚疑異。適予寓趙家橋陳孟樸齋，漢園同大辛見訪，遂留榻相與劇論此事，所持甚堅。至中夜忽披衣起揖曰：『廿年之疑，於兹盡釋。』乃大悔向來之過。又談竟日而別。」

春旱，倡分里散米之議，全活甚衆，作賑饑十二善，吴之振效之。張履祥言行見聞録：「見流亡日衆，憫而歎曰：『人各恤其鄉，焉有流亡乎！』又見邑之爲粥者法不良，暴子弟多得食，貧無告者饑自若。因與所親徐君謀，即其所居之區，擇最貧者計口日給米三合，及麥秋而止。其友吴生亦效之。以是兩區之鰥寡煢獨得所賴，人服其義。」

八月，宋詩鈔初集成。吴之振宋詩鈔序：「余與晚村、自牧所選蓋反是，盡宋人之長，使各極其致，故門户甚博，不以一説蔽古人，非尊宋於唐也，欲天下黜宋者得見宋之爲宋如此，其爲腐與不腐，未知何如，然後徐議其合黜與否。或由是而疑此數十年中，文人老學游居寢食於唐者不翅十倍，後人何獨於嘉隆之説求一端之合而不得，因忽悟其所以然。則是集也未必非唐以後詩道之巫陽也夫。時康熙辛亥仲秋之朔，洲錢吴之振書於鑑古堂。」按，此篇孫學顔編呂晚村先生古文卷下及禦兒呂氏鈔本呂晚村文集亦收入。

八月，吴之振赴北京，以背瘡發作未能餞别，有送孟舉北游二首、臨行餘以背瘡作惡不得執手諸作。後又書信往還，極盡關切之意。呂留良與吴孟舉書：「千里遠别，乃以瘍累不得執手河梁，殊用耿耿。兄體中初和，宜加意保攝。出門與在家不同，飲食起居，分外當慎，雖藥餌勿妄投也。途中雖衣船足恃，然萬勿侈張，以招意外之虞。關津鬧口，勿臨險登眺。至燕尤以收斂謹密爲主。最要勿譏評，重然諾，勿爲快意之舉，勿爲炙手之緣。禁絶鬬戲，屏遠聲伎，庶足以保身進德，省費避尤。但以詩文風雅，自重於儒林。」

秋，與吴爾堯論學於大麻舟中。吕留良哭吴自牧契兄親家文：「憶辛亥秋，大麻舟中。米鹽絮語，驟驚不同。」

秋，王錫闡於力行堂晤萬斯大。王錫闡答萬充宗書：「客秋於力行堂中，片時晤對，未及深領教益。」

冬，查雍來訪，見張履祥、何汝霖、淩克貞、王錫闡。吕留良質亡集小序：「辛亥冬，復過予廓如樓，晤考夫、商隱、渝安、曉菴諸友，歸語人曰：『如游天外。』問：『其説何如？』曰：『非爾所知也。』」

是年，侄至忠游邪放蕩，嚴加督責，張履祥亦屢訓導之，至忠最終改邪歸正。吕留良諭家人帖：「大叔偶被親族匪人所悮，今幸悔悟，家門之福。但恐此輩孽根不斷，仍來煽惑，特設立門簿，著爾等衆人，輪流值日管門。如□□□□□□□□□四人，乃騙誘罪魁，今後不許往來。……即有是非，我自與理論，爾等無畏也。特諭。貼四房後門内，不許損壞。」張履祥與吕仁左：「同人每稱百里而西，子弟之賢，無如吕氏。用老父子，使仁左無父而有父，□□兄弟，使仁左無兄弟而有兄弟，而仁左之於用老不啻父子，於□□兄弟不啻親兄弟。一門孝友，真不易得。而今日足下一比匪人，百度迷亂，竟至於此，可爲痛心也！」

是年，陸隴其輯四書講義續編。楊開基陸清獻先生年譜原本：「輯四書講義續編，取石門□□□、甬上仇滄柱之説爲多。其有可商，亦必以己意折衷之。」

是年，黄宗羲與李鄴嗣、陳錫嘏書，論高旦中墓誌銘。黄宗羲與李杲堂陳介眉書：「萬充宗傳諭，以高旦中誌銘中有兩語，欲弟易之，稍就圓融，其一謂旦中之醫行世未必純以其術，其一謂『身名就剥』之句。……夫銘者，史之類也，史有褒貶，銘則應其子孫之請，不主褒貶。而其人行應銘法則銘之，其人行不應銘法則不銘，是亦褒貶寓於其間。」

是年前後，有與葉敦艮書信往還。吕留良與葉靜遠書：「兩接手書，皆發蒙鞭駑之言。……考夫先生雖在舍間，而違離之日多，親炙之時少。今年又得渝安、寅旭、佩蕙諸君子相聚邑中，友朋合併之緣，從來希覯。」

幼得咯血之疾，是後屢作。吕公忠行略：「幼常有咯血疾。……辛亥以後，遇有拂鬱輒作。」

十二月，吴偉業卒。

康熙十一年壬子（一六七二）　四十四歲

三月，表兄黄子錫客死廣州。魏禧貢士黄君墓誌銘：「辛亥，禧客嘉興，則君已之粤。今年再之嘉興，冀君歸，相與結友，申知己之言，而粤中訃至矣。……君之卒也，歲在壬子，月季春，日二十有一；距其始生，享年六十有一。地在羊城之旅。」吕留良與吴孟舉書：「昨得復仲表兄之訃，竟客死粤中，爲之痛悼。」

三月，姚璉至桐鄉張履祥家。姚璉楊園訓門人語：「三月之杪，璉留楊園一月。時先生選閱朱子文集，本何、吕兩先生所請也。」

四月，張履祥來書，勸阻批選時文。張履祥與吕□□：「案頭忽見天蓋樓觀略之顔，深疚修己不力，無一可爲相觀之益。而復直諒不足，不能先事沮勸，坐見知己再有成事遂事之失。……堪爲若此無益身心，有損志氣之事，耗費精神，空馳日月乎！」

五月，爲避修志書，久駐杭州。張履祥答姚大可：「前月之杪，曾一至語溪。用老避修志書，久駐會城，歸期未定。擬欲初旬一往，然未可必也。」吕留良與吴孟舉書：「志書之事，非吾人之所宜爲。弟之愚，自審所處，固不必言。在吾兄亦萬萬不可。義理有是非，世故有利害，兩者皆不可也。」

並出游嘉興，會陸隴其於旅舍。陸隴其松陽鈔存：「余於壬子五月，始會東莊於郡城旅舍，諄諄以學術人心爲言。」陸隴其祭吕晚村先生文：「隴其不敏，四十以前，亦嘗反復於程朱之書，粗知其梗概。……壬子癸丑，始遇先生，從容指示，我志始堅，不可復變。」

六月，周亮工卒。

秋，查雍來訪，居兩月。吕留良哭查漢園詩注：「壬子秋，家人逼之赴試，紿以入省，竟過予東莊兩月，甚樂。」

八月，赴杭州，張履祥有書論明代名臣言行録編纂事。張履祥與吕□□：「至於春間所商名臣言行之録，輾轉思之，有未易從事者。」

冬，張履祥復至崇德。張履祥與何商隱：「弟初九日至語水。……弟自壯歲以後，自一身以及舉家，疾病之作，初則聽之程長年先生，繼則委薛楚老，今則全憑□□兄矣。常醫之藥，概不敢服，然往往因以得生。」

除夕，作壬子除夕示訓。

康熙十二年癸丑（一六七三）　四十五歲

四月，爲搜書出游，至南京。得交徐州來、徐子貫、黄虞稷、周在浚、張芳、王槩、王潢、胡澂、胡曰從、倪燦、李子固、徐與喬、丁繼之、左仲枚諸人，互相詩酒唱和。借鈔黄氏千頃齋、周氏遥連堂藏書。爲周亮工遺稿櫟園焚餘作序。並將所刻書發售。吕留良東皋續選論文：「癸丑夏，余尋宋以後書於金陵，得借鈔黄氏千頃齋、周氏遥連堂藏本數十種，又與諸友倡和飲酒樂甚，留秦淮再閲月。攜昔友陸雯若墨選鬻於市，市人謂風氣乍旋，此書如飆澂也。……余感其言，因合諸名本删之，共點次得若干首，以附今集後。」吕留良答張菊人書：「自來喜讀宋人書，爬羅繕買，積有卷帙，又得同志吴孟舉互相收拾，目前略備。……近者更欲編次宋以後文字爲一書，此又進乎詩矣。室中所藏，多所未盡，孟浪泛游，實爲斯事。至金陵見黄俞邰、周雪客二兄藏書，欣然借抄，得未曾有者幾二十家，行吟坐校，遂至忘歸。憶出門時，柳始作綿，今又衰黄矣。」

六月，張履祥作書趣歸。張履祥答張佩蔥别楮：「既聞晚村有初秋方歸之信，深恐初秋亦不果，故亟往語溪，寓書趣其歸旌。」

六月，龔鼎孳欲約至北京選房書，吴之振代爲謝却。吕留良得孟舉書志懷第三首：「自古相知心最難，頭皮斷送肯重還。故人誰似程文海，便恐催歸謝疊山。」自注：「燕中友人欲購致予，孟舉以書爲我卻之。」嚴鴻逵釋略：「備忘録云：『方虎、喬三致龔鼎孳意於孟舉，欲我至京選房書，且商迎請之禮當如何。孟舉答云：晚村一至長安，則晚村先失其晚村，合肥又何取於晚村哉。孟舉可謂深知我矣。』末章所以志也。」

六月，查雍卒，有哭查漢園二首。

七月，許脅卒，有又得許大辛凶問哭之二首。嚴鴻逵釋略：「備忘録云：不知今年是何運數，大辛、漢園相繼殞謝，海上志士略盡矣，從此龍山不堪再過耳。」

九月，龔鼎孳卒。

秋，與施閏章論學。吕公忠行略：「嘗游金陵，遇施愚山先生於廣坐。愚山論學，先君不數語中其隱痛，愚山不覺汍瀾失聲。坐客皆驚，遷延避去。」

十月，歸舟過句容，有詩。過常州，訪錢陸燦不值。吕留良與錢湘靈書：「癸丑刺船毗陵，奉訪不遇，歸來怏怏。」錢陸燦天蓋樓四書語録序：「蓋曩歲訪余常州，道相左也。」

返崇德，過北門，見有建佛殿者，與董方白、沈廷起、吴之振、吴自牧書信，論其不可，縣令杜森、教諭管鳳來聽取意見，廢止工程。吕公忠行略：「有妖僧將構小九華於邑之北門，煽惑愚俗，富室輸金錢，豪猾恣漁獵，以福田形勢爲辭。既營建矣，先君適自金陵歸，見之大詫。乃貽書知交，責以衛道闢邪。且令門人董杲爲邑令言，指陳利害，數有不可者七。卒毁去之。」

歲末，移居南陽村莊。吕留良與魏方公書：「弟去歲浪游白下，臘盡歸里，即有移居村莊之役。」

康熙十三年甲寅（一六七四）　四十六歲

是年冬，吴三桂倡亂滇中，耿精忠、尚之信回應，波及十餘省，史稱「三藩之亂」。

居鄉，謝絶世務，作甲寅鄉居偶書。張履祥與姚大也：「用晦令表叔竟居東莊，以課子種植爲事，不入城市矣。」

三月，費密來訪，與論禮。費錫璜費中文先生家傳：「甲寅春，初游浙，與吕公留良論禮。吕公後謂袁君勉欽曰：『吾終身未見此人。』」

七月，張履祥卒。蘇惇元張楊園先生年譜：「秋七月庚寅，終於正寢。庚寅二十八日也。先是二十三日先生在語水。張佩葱偕姚攻玉、四夏問疾。……先生旋歸家。……二十八日時加戌，命具衣冠，居正寢，恬然而逝。」

八月，二兄茂良卒。吕留良仲兄仲音墓誌銘：「甲寅春，年七十有六，拊臂加頞曰：『吾已朽，復何求？旦夕蓋棺，得全父母之遺、朝廷之禮，足矣！』亡何感疾，以八月十有六日卒。」

是年以後，不復評選時文。吕留良答許力臣書：「故於癸丑後，立意不復評點。」戴名世九科大題文序：「自乙卯、丙辰至於己卯、庚辰，其間爲鄉試者十，爲會試者九。余選此九科之文，分爲三：其曰墨卷，曰大題文，曰小題文。將次第刊刻而布之於世。夫此三集之選，何以始於乙卯、丙辰也。曰：以晚村吕氏之選，終於壬子、癸丑也。」

是年，德清陳鏦來受業，其兄鏷因之得聞緒論。陳鏦吕晚村先生四書講義弁言：「鏦自甲寅歲受業於先生之門。」吕留良質亡集小序：「西長，吾門鏦之兄也。陳氏多强穎之資，然皆憎疾根本理義之學。獨西長聞其弟説，雖不能爲，輒欣然信之。」

是年，吴肅公來書，寄正王諸文。呂留良答吴晴岩書：「前者正王之教，似以某有一知半見之仰同足以共論者。……且某尊朱則有之，攻王則未也。凡天下辨理道，闡絶學，而有一不合於朱子者，則不惜辭而辟之耳。蓋不獨一王學也，王其尤著者耳。……夫陳獻章、王守仁，皆朱子之罪人，孔子之賊也。……繇朱子而程子，而孟子，而孔子，此一先生也；繇尊刻所述而湛若水，而陳獻章，亦一先生也。則繇陳獻章、王守仁，而陸九淵，而達摩，而告子，亦一先生也。凡此先生者宜何從，則千古必有能辨之者矣。」

是年，營葬四兄瞿良。張履祥言行見聞録：「呂□□之兄念恭（行四，名瞿良）没二十四年矣。及葬，哀泣不已，經營窀穸，罔間晨夜。」

是年，沈磊、張嘉玲卒。

康熙十四年乙卯（一六七五）　四十七歲

正月，營葬三兄茂良。呂留良仲兄仲音墓誌銘：「以乙卯元月庚申，合葬於南官村繁昌墓之西。」

五月，陳鏦序大題觀略。陳鏦大題觀略序：「補癸丑偶評成，先生見之曰：『是何偶之多也。既偶矣，奚補爲。』曰：『亦偶補之耳。』……因退而共名之曰更仰集，同十二科程墨行世。門人陳鏦謹記於集端，時康熙乙卯重午。」

七月，唱和吴之振種菜詩二首。呂留良和種菜詩小序：「自牧出示時輩和種菜詩甚夥，皆不堪置目，不覺失笑，走筆和之。」第二首曰：「雕欄曲護緑畦斜，土沃肥多易長芽。燕麥兔葵爭一笑，此間那有故候瓜。」

十月，至杭州，黄宗羲遣子百家候之，有送人詩三首；除夕，復作黄太沖書來三詩見懷依韻答之三首。嚴鴻逵釋略：「按備忘録：乙卯十月朔，子在杭城，太沖遣其子主一持書及詩扇三首來索文，以卒歲夜次韻作詩答之。」

是年，大兒公忠喪妻。吕留良諭大火帖：「謝文侯爲汝婦畫遺像，形神極肖，空中懸揣，得此大是奇事。此後可永傳不死，亦大足慰也。」

是年，孫爽入葬，作孫子度墓誌銘。吕留良孫子度墓誌銘：「自子度死，習俗益污下，向之同社面目變换至不可識。驕者以奴隸辱故人；諂者多潦倒自貶，白頭拜門，走於時貴；後起恣惑聲利，不復知名義爲何物，狂敗無耻，恬不相詑，使子度及見之，其憤疾當復何如，固不如不見之爲愈耶？然子度而在，意其人有所畏，都不至此，亦未可知也。以是歎賢者之存亡，其繫人士風俗之重也如此，若子度者烏可復得哉！夫子度一人耳，其名位甚不足動人，然則士誠賢正不在多也。生萬曆甲寅四月十五日，得年三十有九之五月二十有八日卒。又二十三年十二月庚申，其孤慎卜葬於其祖墓之左。」

康熙十五年丙辰（一六七六）　四十八歲

所刻書於南京書坊寄售，爲人欺蝕，命長子公忠往經紀之。吕留良與徐州來書：「弟經年不至金陵，所發書坊葉姓者，頗萌欺蝕之意，敝友索之不吐，倘終於頑梗，欲仗大力與雪客兄以法彈壓之，深感相愛之誼。」

二月，黄宗羲至海昌，許三禮請之講學兩月。黄宗羲留别海昌同學序：「歲丙辰二月，余至海昌。西山許父母，以余曾主教於越中甬上也，戒邑中之士大夫，胥會於北寺。余留者兩月餘。」

三月，至杭州，作詩答黄宗炎。吕留良晦木過村莊用太沖韻見贈依韻答之詩嚴鴻逵釋略：「備忘録：『丙辰三月在杭城，作答晦木三詩。』當即此也。」

是年，又追和吴之振種菜詩八首。

是年，作客坐私告。吕留良客坐私告：「某所最畏者有三：一曰貴人，二曰名士，三曰僧。……又有九不能：一曰寫字，二曰行醫，三曰應酬詩文，四曰批評朋友著作，五曰借書，六曰薦牘，七曰晏會，八曰貨財之會，九曰與講會。」

是年，許承宣成進士。後有與書信往還。許承宣與吕晚村書：余兄弟之知足下自天蓋樓選始，而天蓋樓選中，弟輩未得廁名其間，則弟輩雖知足下，而足下未必知弟輩，欲如百千里之不相識而相問者，蓋有間矣。……拙稿大小二種附呈左右，儻不吝大誨而賜之筆削，幸甚。」吕留良答許力臣書：「乙卯坊刻，膾炙海内，與酒後呼天而奮決者若合符券，亦既自信而信諸人矣。今於已售已行之後，復生疑憾，又何自信之不堅也。……千里命使，愧無以塞責，但能爲決未必傳之疑，亦執事之所快聞也。」

康熙十六年丁巳（一六七七）　四十九歲

春，尋書至嘉興，訪沈受祺。吕留良質亡集小序：「丁巳春，余尋知言集佚藁於鴛湖，有友言憲吉所藏之富，遂移艇子訪之。……憲吉與錢起士友善，其論文宗旨亦與起士合。起士選同文録，憲吉與有功焉。……憲吉乃起簡篋中，並自所作文授余曰：『吾老矣，不足以慰亡友之託，今且以累公。吾文不足傳，公選知言集，有節義諸公而失其文者，以吾文繫之。吾文賴賢者以傳，亦吾志也。』余拜而受之，且約余過其北山消夏，共商知言集事。」

七月，吴爾堯卒。有哭吴自牧契兄親家文。始輯諸亡友之文爲質亡集。呂留良質亡集小序：「自牧，吾黨之第一流也。……今亡矣！吾亡以爲質矣！吾亡與言之矣！」

秋，張元聲、胡嵋攜胡涵（夏古丹）遺稿來訪，有喜張午祁攜胡天木遺詩過訪、胡山眉瘞天木於家山同午祁過訪感贈詩。張詔葫蘆藏稿序：「先生固越中望族，生長燕山，繼遷白門，三吴華胄，無不盡識先生，然與往來最契者，惟語溪呂氏。」

是年，有書寄董杲，時董杲在北京。呂留良與董方白書：「得近札，知以館穀北留，較之奔馳，此爲良矣。……惟幕館則必不可爲，書館猶不失故吾，一爲幕師，即與本根斷絶。」

是年，晤葉敦艮。呂留良與葉靜遠：「某衰病日深，支骨待死。較丁巳追隨時，先生所睹憔悴之容，已不可復得矣！」

是年，張嘉瑾卒。

康熙十七年戊午（一六七八）　五十歲

正月，作戊午一日示諸子。呂留良戊午一日示諸子：「吾遺腹孤也，父喪四月而始生。……母年不能及四十，而幸已之五十爲榮。以父喪母哭之日，爲置酒張樂之辰，其可乎不可？……凡親朋以壽盒祝儀來者，愼勿受，雖以此得罪勿顧也。」

正月，買得妙山。弔胡涵墓，有至胡天木墓所哭之詩。呂留良寄董方白柯寓匏書：「正月入埭，買得青山潭石壁一帶。溪山幽峭，樂而忘返，留連者兩月，昨始歸家。」

二月，訪張元聲、胡嵋，有過胡山眉二首、題張午祁楊園竹屋次夏古丹原韻六首。

八月，吴之振陪周士儀來訪。時有封呂氏家塋地樹之令，適周氏客石門縣知縣署中，因得免。呂留良衡陽周令公見訪村莊其一：「四載聞聲一面遲，虚堂落穟又離思。君山南望家猶遠，湘水西來人未知。鈴閣銀船浮舊史，倡樓鐵篴按新詞。村中花木爭迎笑，也感恩私曲護持。」嚴鴻逵釋略：「周名士儀，永曆時登科。戊午八月過訪時，湖湘間阻亂未通，故次聯云云。周有史貫之作，故第五句稱之。有令封大樹，子家先塋樹慮不免，適周在邑令署中，因得免封，故落句云云。」

十月，曹度序十二科程墨觀略。曹度十二科程墨觀略序：「晚村氏評論乙丙以來諸家所選程墨之文，其子弟殺青以行世，既卒業，持卷視予，蓋晚村講學之書也。……故其言根柢乎六經，而繩尺以雒閩之旨，本之以辨志敬業之修，而即達之於順時榮譽之技，曰：『吾將舍是以爲教，不若自其幼學者而教之之爲便也。』則其操筆也不可謂不勤，而其用志也不可謂不苦矣。……時康熙戊午冬十月，同里學人曹度書於帶存堂。」

是年，王錫闡爲結交事致書顧炎武。王錫闡答顧亭林書：「至若□□兄，文章行誼，邁絶等夷，當今人傑也。少遭坎壈，玩世不羈，而力學篤行，已非人所易及。中年潛心理學，弦轍一新，常言：『由傳注以求程朱，由程朱以溯孔孟，庶有階梯而無歧路之虞。』僕素服膺此言，不知高明以爲何如。尤可喜者，資性爽闓，而處事倜儻。先友嚴穎生謂其八面受敵之才，未見其比。穎生平日不輕許，可以見□□之大概矣。昨已寓書語水，致先生願交之意。俟相見時，再當委悉道達耳。」

是年，清廷有詔舉博學宏儒。浙江欲薦之，固辭得免。呂公忠行略：「先君身益隱，名益高。戊午歲，時有宏博之舉，浙省屈指以先君名薦。牒下，自誓必死。不孝輩懼甚，急走謁當事，祈哀固辭，得免。」

是年，高宇泰、沈受祺卒。董雨舟約卒於是年。

康熙十八年己未（一六七九）　五十一歲

是年，顧炎武有答李因篤書。顧炎武答李子德：「梨洲、晚村，一代豪傑之胤，朽人不敢比也。」

秋，周士儀歸楚，爲餞行，有送周令公二首、送別令公再次元韻二首。

歲末，倡行保甲賑濟，詳爲規畫。石門知縣劉佐明取其法而行之。呂公忠石門縣保甲事宜注：「己未之歲，年穀不登，萑苻充斥。先君子謂力行保甲賑濟，則可無虞也。因條畫規制，精詳美備，邑令劉君佐明善而舉行之。先君子躬先以爲之倡，闔邑帖然，實其驗也。」

是年，萬斯同、萬言應徵北上，參修明史。黄宗羲送萬季野貞一北上：「史局新開上苑中，一時名士走空同。是非難下神宗後，底本誰搜烈廟終？此世文章推婺女，定知忠義及韓通。憑君寄語書成日，糾謬須防在下風。」

是年，曾静生。大義覺迷録卷一：「曾静供：彌天重犯是康熙十八年生，吕留良是康熙二十二年死。……實未曾與他會晤。」

是年，「三藩之亂」平定。

康熙十九年庚申（一六八〇）　五十二歲

春，爲吴之振尋暢樓詩稿作序。吕留良尋暢樓詩稿序：「孟舉之詩，神骨清逸，而有光豔，著語驚人，讀者每目瞤而心蕩，……陸務觀曰：『外物不移方是學，俗人猶愛未爲詩。』余愛誦此句，輒自咎平生言距陽明，而熟於用處，不事撿束，正坐陽明無忌憚之病。爲詩恨僞盛唐，而未離聲律，兩騎夾帶，猶爲所牽挽，思欲坐進古人，所待於後甚遠。不汲汲有求於今世者，心知其甚難，然不敢不與孟舉同厲之也。」

夏，清廷有山林隱逸之舉。地方官復薦及，遂削髮襲僧服。黄周星爲畫僧裝像，自題像贊。吕公忠行略：「庚申夏，郡守復欲以隱逸舉。先君聞之，乃於枕上翦髮，襲僧伽服，曰：『如是，庶可以舍我矣。』……僧名耐可，字不昧，號何求老人。築室於吴興埭溪之妙山，顔曰風雨菴。」吕留良自題僧裝像贊：「僧乎不僧，而不得不謂之僧；俗乎不俗，亦原不可概謂之俗。不參宗門，不講義録。既科唄之茫然，亦戒律之難縛。有妻有子，喫酒喫肉。奈何衲裰領方，短髮頂禿。儒者曰是殆異端，釋者曰非吾眷屬。」

冬，送張元聲歸埭溪，有庚申歲暮雪後送午祁歸埭溪詩。

是年，王錫闡爲結交事再致書顧炎武。王錫闡與顧亭林書：「去冬晤□□，言已接尊翰，嫌近聲氣標榜之習，未敢報書。大約此兄向頗廣交，翻雲覆雨，嘗之熟矣。非識面知心，不輕結納。姑徐之耳。」

是年，徐元文延黄百家參修明史。黄炳垕黄梨洲先生年譜：「徐公又延主一公參史局。公以書戲之曰：『昔聞首陽二老，托孤於尚父，遂得三年食薇，顏色不壞。今我遣子從公，可以置我矣！』」

是年，巢鳴盛、黄周星卒。

康熙二十年辛酉（一六八一） 五十三歲

二月，王超遯過訪南陽村莊，不遇。三月初一，歸自妙山，作辛酉仲春台州王薇苫先生過訪南陽村舍不遇題句留至季春之朔歸自妙山得晤次韻奉答詩。

三月，有山中絶句六首。

初夏，涂穉陸來訪，有初夏同涂穉陸坐長灘二首、送涂穉陸歸黄州詩。

七月，觀稼樓成，有新秋觀稼樓成四首。呂留良諭大火帖：「莊中東北角造觀稼樓成，須柱聯兩對，煩鄭公爲一揮灑。」

連年鬻書南京，命長子公忠等經紀其事。近復赴福建銷售，又命前往。呂留良諭大火帖：「一逕南行，親知皆有惋惜之言。兒得無微動於中乎？人生榮辱重輕，目前安足論，要當遠付後賢耳。父爲隱者，子爲新貴，誰能不嗤鄙。父爲志士，子承其志，其爲榮重，又豈舉人進士之足語議也耶？兒勉矣！一路但見好書，遇才賢，勿輕放過。餘無所囑。」

是年，王錫闡爲編吴炎、潘檉章明史遺稿事來書。王錫闡與某書：「昨聞無黨還自白下，即往侯官，馳驅兩京之間，不太煩劇耶！……九鉉近與四夏、九華共録力田史稿略備，其赤民手筆在笥篋中者，聞已請諸吾兄，許其兑鈔矣。九鉉所以身任此行，一則切欲望長者，一則欲面商史事。望吾兄以赤民稿本畀之全鈔，鈔畢彙致案頭，取大總裁補苴删削以成一書，使異日有志此事者，得有所考。」

康熙二十一年壬戌（一六八二）　五十四歲

正月，顧炎武卒。

年來衰病日甚。嚴鴻逵親炙録：「壬戌正月，見先生於驛司橋舟中。先生曰：『去歲幾登鬼録，今自分必得危證，不久於人世矣。』」

五月，有台州王薇苫以長律見贈次韻奉酬、讀薇苫桐江隨筆再次原韻奉題詩。

九月二日，攜門人馬允彭、董采、陳鏦、嚴鴻逵、查樞及長子公忠、從子至忠乘舟東游。三日至海寧，訪陳翼不遇。四日游金粟，至邵灣訪何汝霖，重過湖天海月樓。五日同何汝霖等登雲岫。六日同汝霖游澉浦，飲於吴曰夔書屋。七日至海鹽，訪胡申之，觀書。八日游秦駐山，同何汝霖飲朱彧賓樹滋堂。九日集飲裴翰小齋。十三日集飲張小白涉園。十六日何汝霖歸半邏，集飲曹希文廉讓堂。十七日集飲俞漢乘海樹堂，同席有余懷。十八日觀潮海塘。十九日登天寧寺塔。二十日歸，夜抵南陽村莊。有東將詩一卷。

九月，王錫闡卒。

是年，吴涵成進士。吕留良與吴容大書：「敬賀吾兄掇巍第，步清華，開吾邑二三百年未有之盛事。鄉里之榮，何以逾此。」吴涵唐文吕選序：「予少讀晚村吕先生所評點時文。見其閑衛正道，梯接後學，俾人人得由所行習之帖括，以馴至於聖賢之途，漊心懇切，理致精微，輒篤信而深嗜之。……予謬以通籍金閨，得讀中秘，而亦以此弗獲遂執經之初志，蓋至今猶有遺憾焉。」

十月，萬斯大序黄宗羲吾悔集。吕留良與魏方公書：「惠示南雷文案，雨中無事，卒閲之。其議論乖角，心術鍥薄，觸目皆是，不止如尊意所指摘僅旦中一首也。」

十一月，刻成江西五家稿。

康熙二十二年癸亥(一六八三)　五十五歲

歲首，作祈死詩六首。嚴鴻逵釋略：「歎宇宙之變更，而不願生，乃祈死之本旨也。……總計一生，而悔其死之不早也。故歷舉平生之事，皆其所悔恨者；而其所至者，則一事而無成焉，殆死而猶有遺憾云。」

二月，游杭州西湖，與魏尚策往還。七日，至南屏山張煌言墓，有同游西湖過南屏石壁下詩。嚴鴻逵釋略：「張蒼水墓在南屏九曜山下，南陵廟後，時欲買地建白衣菴，故往相視也。」吕留良答萬祖繩書：「仲春過湖上，欲看西溪河渚梅花，而雨雪爲虐，竟阻勝事。悶坐魏舍親齋中，忽接尊札，惠以公是、改之二集，不禁眼爲明而膈爲爽，忘沉痼之在體與陰霾之在庭也。」

於杭州遇黄宗炎。黄宗炎武林逢吕用晦次日别去代簡送之：「依回往事千雙淚，慘澹貧交四十年。今日與君皆老病，未知何物可留連。」

四五月間，居妙山，作癸亥初夏書於風雨菴中。金陵徐子貫來訪，有金陵徐子貫攜其尊人詩文過妙山見示信宿別歸感賦詩。

五六月間，有答黄晦木詩。呂留良答黄晦木：「寄語南山老鷓鴣，真行不得也哥哥。虚疑世亂人材少，只覺年衰病痛多。雖甚難爲猶下藥，直無可説已成魔。還思共吐胸中積，將子能來及早過。」

六月，自妙山歸南陽村莊。嚴鴻逵何求老人殘稿跋：「癸亥六月，子歸自妙山。病轉劇，攝養於觀稼樓西竹深荷静處。」

病甚，猶補輯朱子近思録及知言集二書。呂公忠行略：「夙志欲補輯朱子近思録及三百年制義名知言集二書，儻不成，則辜負此生耳。於是手批目覽，猶矻矻不休。……易簀前三日，猶憑几改訂書儀，命不孝執筆。一字未安，輒佇思商酌，其神明不亂如此。」

閏六月，施閏章卒。

夏秋間，徐倬有詩念及。徐倬卧病月餘人事放廢室無瓶儲户無履跡藥裹之外兀然形影而已感物觸事漫成斷句不忍棄去約積至四十首東野雲主人夜呻吟皆入妻子心遠客晝呻吟徒爲蟲鳥音夫呻吟猶是也若爲主爲客則余既兩忘之矣（録二）：「優孟論詩詩莫論，廬山真面幾人存。近時重整西江社，篳路先驅呂晚村。◯南陽萬卷病摩挲，高枕危言愈不磨。憔悴面龐骯髒骨，斯文未喪病其何（聞晚村病）。」（道貴堂類稿蘋蓼間集卷上）

七月，作遺令；至八月十一日絶筆。呂公忠遺令跋：「先君子終於癸亥八月十三日，遺命絶筆於十一日之晨，然中有數條，則自七月來已書之矣。」

八月十三日（陽曆十月三日），卒。十七日，何汝霖來弔。黄宗炎爲詩哭之，陸隴其、陳祖法爲文祭之，查慎行作挽呂晚村徵君。

十一月二十九日，入葬。呂公忠行略：「即以其年十一月二十九日，葬於識村東、長阪橋西，祔太僕公之穆，遵遺命也。」